Zu diesem Buch

*Die Grausamkeit der Raben.* Als sie das Opfer des Überfalls fanden, lag es halb auf dem öffentlichen Fußweg und blutete aus einer Wunde an der Schulter. Noch während sie sich über den Mann beugten, tauchte unter den Bäumen des Wäldchens auf der Nordseite des Wegs ein junges Mädchen auf. Sie erklärte, sie heiße Edwina Klein, und reichte den Polizisten ein Federmesser, von dem sie das meiste Blut abgewischt hatte.

*See der Dunkelheit.* Finn tapeziert, repariert kaputte Boiler, errichtet Zwischenwände. Doch er kann noch viel mehr. Und als er eines Tages ein Päckchen mit 2500 Pfund erhält, weiß er genau, was er zu tun hat. Denn der Hausbesitzer Kaiafas möchte sein Haus verkaufen. Leer würde es eine Menge Geld bringen. Doch eine Mieterin weigert sich auszuziehen. Also verspricht Kaiafas seinem Freund Finn eine große Summe, wenn er einen unverdächtigen, aber tödlichen Unfall arrangiert. Und Finn weiß auch schon, wie er das machen wird.

Ruth Rendells erster Kriminalroman erschien 1964. Inzwischen hat sie mehr als zwei Dutzend Romane und mehrere Kurzgeschichtenbände veröffentlicht und alle wichtigen Preise erhalten, die an Kriminalromanautoren vergeben werden. Ruth Rendells Kriminalromane erscheinen in der Reihe rororo thriller.

Ruth Rendell

# Die Grausamkeit der Raben

# See der Dunkelheit

rororo

Rowohlt

*Die Grausamkeit der Raben*
Die Originalausgabe erschien unter dem Titel
«The Unkindness of Ravens»
bei Hutchinson Publishing Group, London
*See der Dunkelheit*
Die Originalausgabe erschien 1980 unter dem Titel
«The Lake of Darkness»
bei Hutchinson Publishing Group, London

Umschlaggestaltung Barbara Hanke
Übersetzer siehe Zwischentitel

Veröffentlicht im Rowohlt Taschenbuch Verlag GmbH,
Reinbek bei Hamburg, Mai 1993

Redaktion Jutta Schwarz

Gesamtherstellung Clausen & Bosse, Leck
Printed in Germany
1400-ISBN3 499 12058 5

# Die Grausamkeit der Raben

Deutsch von
Edith Walter

# Die Hauptpersonen

| | |
|---|---|
| Rodney Williams | führt zwei Leben und verliert (s)eines. |
| Joy Williams | vermißt ihren Mann hauptsächlich als Brötchenverdiener. |
| Wendy Williams | vermißt ihren Mann hauptsächlich als Prestigeobjekt. |
| Veronica<br>Sarah<br>Kevin | kennen sich und<br>wissen doch nichts<br>voneinander. |
| Edwina Klein<br>und<br>Caroline Peters | haben nicht nur Ideen,<br>sie leben<br>auch danach. |
| John und Hope Harmer | werden von den Ereignissen überrollt. |
| Paulette Harmer | geht dabei unter. |
| Detective Inspector<br>Michael Burden | macht eine Veränderung durch, die er nie für möglich gehalten hätte. |
| Detective Chief Inspector<br>Reginald Wexford | tritt erst auf der Stelle und läuft dann um sein Leben. |

Für Sonia und Jeff

# 1

Sie wohnte in der Nachbarschaft. Dora kannte sie, und wenn sie sich auf der Straße trafen, wechselten sie ein paar Worte miteinander. Das letzte Mal war es allerdings nicht nur bei einem freundlichen Guten Tag geblieben.

«Ich habe versprochen, es dir zu erzählen», sagte Dora. «Oder es wenigstens zu erwähnen. Sie hatte wieder diesen seltsamen Gesichtsausdruck, der mir schon öfter an ihr aufgefallen ist. Ehrlich gesagt, war mir das Ganze sehr peinlich.»

«Und was hat sie nun gesagt?» fragte Wexford.

«‹Rod wird vermißt› oder ‹Rod ist verschwunden› – oder so ähnlich. Dann wollte sie wissen, ob ich es dir vielleicht sagen könnte. Sie weiß natürlich, wer du bist.»

Ein Detective Chief Inspector vergeudet seine Zeit nur ungern damit, sich die Klagen einer Frau anzuhören, deren Ehemann mit einer anderen durchgebrannt ist. Wexford war noch keine fünf Minuten bei Joy Williams, als für ihn bereits feststand, daß genau das passiert sein mußte. Aber sie war eine Nachbarin, wohnte praktisch «um die Ecke». Ich sollte froh sein, dachte er, daß es kein Fall zu sein scheint, in dem ich ermitteln muß.

Sein Haus und das der Williams waren zur gleichen Zeit gebaut worden, Mitte der dreißiger Jahre, als Kingsmarkham sich vom Dorf zur Kleinstadt entwickelt hatte. Von der Struktur her waren sie sich sehr ähnlich: drei Schlaf- und zwei Wohnzimmer, Bad und Toilette im Erdgeschoß. Aber sein Haus war ein gemütliches Zuhause, mit Liebe eingerichtet, und dies hier war ... Ja, was war es eigentlich? Ein Unterschlupf, der vor Regen schützte, vier Wände, in denen Menschen essen, schlafen und fernsehen konnten?

Joy Williams führte ihn in das vordere Zimmer, das sie Wohnraum nannte. Es enthielt nicht ein einziges Buch. Der viereckige Teppich wurde von senfgelben Kunststofffliesen eingerahmt. Die dreiteilige Sitzgarnitur hatte einen genarbten senfgelben Kunstlederbezug. Der Kamin aus dem Jahr 1935, der in Wexfords Haus längst durch einen aus Yorkstein gemauerten ersetzt worden war, wurde künstlich beheizt. Der elektrische Einsatz, eine Ungeheuerlichkeit aus Regency- und mittelalterlichem Stil, hatte vorn ein Gitter gegen Funkenflug, das aussah wie das Fallgatter einer Burg. Über dem Kamin hing ein Spiegel mit einem Rahmen aus grünem und gelbem Mattglas, für einen Liebhaber der Art Déco eine Augenweide. Wexford gefiel er nicht besonders. Das einzige Bild war eine Komposition aus buntem Silberpapier. Sie stellte zwei Katzen dar, die mit einem Wollknäuel spielten.

«Sie ist eine ziemlich farblose Person», hatte Dora gesagt. «Scheint sich für nichts zu interessieren und kommt mir oft irgendwie niedergeschlagen vor. Die zwanzig Jahre mit Rodney Williams haben ihr offenbar nicht besonders gutgetan.»

Joy. Der Name, hatte Dora fast entschuldigend hinzugefügt, der Name sei irreführend. Die Frau sei innerlich völlig ergraut, nicht nur ihr Haar. Sie mußte früher recht hübsche Züge gehabt haben, hatte sie vermutlich immer noch, nur waren sie hinter ihrer faltigen, aknenarbigen, rötlichgrauen, rauhen und verbrauchten Haut versteckt wie hinter einer häßlichen Maske. Sie mußte ungefähr fünfundvierzig sein, sah aber zehn Jahre älter aus. Bevor Wexford gekommen war, hatte sie ferngesehen. Der Apparat lief auch jetzt noch, aber ohne Ton. Es war das größte Fernsehgerät, das Wexford je gesehen hatte, auf jeden Fall in einer Privatwohnung. Er vermutete, daß Joy Williams einen großen Teil ihrer Zeit vor dem Bildschirm verbrachte und sich vielleicht unbehaglich fühlte, wenn er dunkel war.

Es gab keine einzige Sitzgelegenheit im Raum, die dem Fernseher nicht zugewandt war. Wexford setzte sich so ans Sofaende, daß er dem Gerät den Rücken kehrte. Joy Williams' Blick schweifte immer wieder zu den Eisläufern ab, die bei irgendeiner Meisterschaft im Rhythmus einer unhörbaren Musik über das Eis flogen. Sie saß auf der äußersten Kante ihres Sessels.

«Hat Ihnen Ihre Frau gesagt, was ich ...»

«Sie hat es erwähnt», unterbrach er sie, um ihr die Peinlichkeit zu ersparen, es noch einmal aussprechen zu müssen, denn um ihre Nase herum und auf ihren Wangen bildeten sich schon dunkelrote Flecken. «Sie hat gesagt, daß Ihr Mann vermißt wird.»

Joy Williams lachte. Es war ein Lachen, das er noch oft hören und sehr gut kennenlernen sollte – ein rauhes Gackern ohne Humor, ohne Heiterkeit, ohne Belustigung. Sie lachte, um Gefühle zu verbergen, oder weil sie Gefühle nicht anders ausdrücken konnte. Die

Hände, die auf ihren Knien lagen, ballten sich zur Faust. Sie trug einen sehr breiten, reich ziselierten Ehering aus Weißgold oder Platin und einen noch reicher verzierten Verlobungsring aus Platin oder Weißgold mit einem Brillantsplitter.

«Rodney mußte auf seine übliche Tour nach Ipswich, und ich habe ihn seither nicht wiedergesehen.»

«Ihr Mann ist Geschäftsreisender, soviel ich von Dora weiß.»

«Ja, bei Sevensmith Harding», antwortete sie. «Farben und Lacke.»

Das hätte sie gar nicht hinzufügen müssen. Von Sevensmith Harding bezogen vermutlich die meisten Einzelhändler für Baumaterialien und Raumausstattung in Südengland ihre Waren. *Sevenstar Matt- oder Seidenglanzfarbe* bedeckt wahrscheinlich eine Million Wände zwischen Dover und Land's End, dachte Wexford. Er und Dora hatten eben das zweite Schlafzimmer damit streichen lassen, und wenn er sich nicht sehr irrte, war die Farbe in Mrs. Williams' Diele die neueste Schattierung von *Sevenshine, nicht tropfend und hochglänzend – Weizengelb*.

«Er bereist ganz Suffolk», sagte sie, «das ist sein Gebiet.» Sie fing an, die Ringe am Finger hin und her zu schieben. «Er ist vergangenen Donnerstag losgefahren – ja, gestern vor einer Woche. Heute haben wir den Dreiundzwanzigsten – ja, es muß der Fünfzehnte gewesen sein. Er hat gesagt, er fahre nach Ipswich und übernachte dort, um am nächsten Morgen gleich anfangen zu können.»

«Wann ist er aufgebrochen?»

«Gegen Abend. Um sechs Uhr herum. Er war den ganzen Nachmittag zu Hause.»

Und genau hier kam Wexford der Gedanke, es müsse eine andere Frau im Spiel sein. Sogar durch den Dartford-Tunnel fuhr man von Kingsmarkham gut dreieinhalb Stunden nach Ipswich. Ein Handelsvertreter, der tatsächlich nach Suffolk wollte, wäre bestimmt schon um vier aufgebrochen, nicht erst um sechs.

«Wo hat er in Ipswich gewohnt? Vermutlich in einem Hotel?»

«In einem Motel außerhalb der Stadt, glaube ich.»

Sie sprach so lustlos, als wisse sie nicht viel über die Arbeit ihres Mannes und interessiere sich auch nicht dafür. Die Tür ging auf, ein Mädchen kam herein, blieb auf der Schwelle stehen und sagte: «Oh, Verzeihung!»

«Sara, wann ist Vater vorige Woche losgefahren?»

«Gegen sechs.»

Mrs. Williams nickte. «Das ist meine Tochter Sara», sagte sie und betonte den Namen auf der ersten Silbe.

«Sie haben doch auch einen Sohn?»

«Kevin. Er ist zwanzig. Studiert an der Universität in Keele.»

Das Mädchen stützte die Arme auf die Lehne des gelben Plastiksessels, in dem niemand saß, die Augen mehr oder weniger ausdruckslos auf die Mutter gerichtet. Wenn man allerdings genauer hinsah, waren sie eher feindselig als freundlich. Sie war sehr schlank, hell, mit dem Gesicht eines Malermodells aus der Renaissance, mit feinen Zügen, einer hohen Stirn und einem leicht verschlagenen Ausdruck. Sie hatte ungewöhnlich langes Haar, das ihr fast bis zur Taille reichte und so gewellt war, als werde es oft zu Zöpfen geflochten. Sie trug Jeans und ein T-Shirt mit einem aufgedruckten Raben und den Buchstaben ARRIA darüber.

Vom einzigen Tisch im Raum, ein Rattantisch mit Glasplatte, der hinter der Sofalehne fast verschwand, nahm sie eine Fotografie in einem verchromten Rahmen. Sie hielt sie Wexford hin und zeigte mit den Daumen auf den Kopf eines Mannes, der mit einem halbwüchsigen Jungen und dem Mädchen, das sie selbst vor fünf Jahren gewesen war, an einem Strand saß. Wexford nahm das Foto in die Hand. Der Mann war groß und breit, aber außer Form geraten und um die Taille herum sogar ziemlich fett. Er hatte eine riesige, gewölbte Stirn. Seine Züge wirkten, vielleicht weil sie von der kahlen Stirn beherrscht wurden, unbedeutend und irgendwie zusammengequetscht. Der Mund, ein lippenloser Schlitz, war für die Kamera zu einem Lächeln verzogen.

Wexford reichte Sara das Foto zurück. Sie stellte es wieder auf den Tisch, ihre Augen ruhten kurz mit einem seltsamen und leicht verächtlichen Ausdruck auf ihrer Mutter, dann ging sie hinaus. Wexford hörte sie die Treppe hinaufgehen.

«Wann haben Sie Ihren Mann zurückerwartet?»

«Sonntagabend wollte er wieder da sein. Als er nicht kam, habe ich mir nicht viel dabei gedacht. Ich war der Meinung, er sei einfach noch eine Nacht geblieben und komme Montag. Aber er kam nicht, und er hat auch nicht telefoniert.»

«Haben Sie denn nicht das Motel angerufen?»

Sie sah ihn an, als habe er ihr eine ungeheure, schwierige Aufgabe zugemutet, die ihre Fähigkeiten weit überstieg.

«Das würde ich nie tun. Es ist doch ein Ferngespräch. Außerdem habe ich die Nummer nicht.»

«Haben Sie irgend etwas unternommen?»

Wieder dieses trockene, humorlose, gackernde Lachen. «Was könnte ich denn unternehmen? Kevin war übers Wochenende zu Hause, ist aber am Sonntag nach Keele zurückgefahren.» Sie sprach, als könnte in einer solchen Angelegenheit nur ein Mann die Initiative ergreifen. «Ich weiß, daß ich verständigt worden wäre, wenn er einen Unfall gehabt hätte. Man hätte ihn schnell identifiziert. Er hat Scheckkarte und Scheckbuch bei sich, viele Sachen, in denen sein Name steht.»

«Und Sevensmith Harding haben Sie auch nicht angerufen?»

«Was hätte das wohl für einen Sinn gehabt? In der Firma hat er sich oft wochenlang nicht sehen lassen.»

«Und Sie haben seither nichts von ihm gehört? Seit – lassen Sie mich mal überlegen – seit acht Tagen haben Sie keinen Hinweis darauf, wo er sein könnte?»

«Das ist richtig. Aber eigentlich sind es nur fünf Tage. Während der ersten drei Tage habe ich ihn ja nicht zurückerwartet.»

Er mußte die Frage stellen. Schließlich hatte sie ihn gerufen. Als Nachbarn, dem sie sich anvertrauen konnte, gewiß, aber vor allem als Polizeibeamten. Nichts, was er bisher zu hören bekommen hatte, machte es seinem Gefühl nach erforderlich, Nachforschungen nach Rodney Williams einzuleiten. Wenn er Mrs. Williams betrachtete, das Haus, die Tochter, das ganze Drum und Dran, fragte er sich nur mit einer Gehässigkeit, die er nicht einmal Dora offen eingestanden hätte, wieso der Mann eigentlich so lange geblieben war. Er war mit oder zu einer anderen Frau durchgebrannt, und nur Feigheit hinderte ihn daran, den notwendigen Brief zu schreiben oder anzurufen, wie es neuerdings üblich war.

«Entschuldigen Sie, aber ist es möglich, daß Ihr Mann ...» Er suchte nach einer Wendung und rettete sich dann in die geheuchelt rücksichtsvolle, die er verabscheute. «Wäre es möglich, daß Ihr Mann mit einer anderen Frau befreundet ist? Kann er sich mit einer anderen getroffen haben?»

Sie warf ihm einen langen, kalten, ungerührten Blick zu. Was sie auch sagen mochte, Wexford wußte jetzt, daß der Gedanke ihr auch schon gekommen war. Vielleicht war es sogar mehr als nur ein flüchtiger Gedanke gewesen. Etwas in diesem Blick sagte ihm, daß sie zu den Frauen gehörte, die es sich fast zum Prinzip machen, nie etwas Unangenehmes zuzugeben.

Natürlich konnte er ihr auch unrecht tun. All das existierte ja nur in seiner Phantasie. «Es ist nur eine Möglichkeit», sagte er. «Tut mir leid, daß ich's überhaupt erwähnen mußte.»

«Ich weiß schließlich nicht, was er tut, wenn er Tag und Nacht unterwegs ist, nicht wahr? Seit wir verheiratet sind, war er genausooft auf Geschäftsreise wie zu Hause. Ich weiß nicht, wie viele Flittchen er gehabt hat, und ich würde auch nie fragen.»

Das Wort paßte irgendwie zu diesem Zimmer und zu Mrs. Williams grauer, in Kräuselkrepp gehüllter, ein bißchen unappetitlicher Ehrpusseligkeit. Erst jetzt fiel ihm auf beiden Schultern ihrer Bluse die dicke Schuppenschicht auf, die aussah wie darübergestäubtes Mehl. Er hatte ihr eine Lösung geboten, die für die meisten Frauen die am wenigsten akzeptable gewesen wäre. Aber sie, dachte er, wirkt erleichtert. Vermutete sie, ihr Mann könnte sich in etwas Ungesetzliches eingelassen haben, so daß etwas Unmoralisches immer noch die bessere Alternative gewesen wäre?

Du mißtraust allem und jedem, sagte er sich. Du Polizist!

«Glauben Sie, daß wir etwas unternehmen sollten?» Es war, von den rein rhetorischen abgesehen, die erste Frage, die sie ihm stellte.

«Wenn Sie damit meinen, ob Sie eine Vermißtenanzeige aufgeben und ihn von der Polizei suchen lassen sollen, dann lautet meine Antwort: nein, ganz gewiß nicht. Wahrscheinlich werden Sie in den nächsten Tagen von ihm hören. Ist das nicht der Fall, wenden Sie sich am besten an einen Anwalt oder an das für Sie zuständige Büro der Bürgerberatung. Aber auch das sollten Sie erst tun, nachdem Sie bei Sevensmith Harding waren. Die Wahrscheinlichkeit, daß Sie ihn durch die Firma finden, ist sehr groß.»

Sie bedankte sich nicht bei ihm, weil er gekommen war. Dabei war er noch nicht einmal zu Hause gewesen, sondern hatte auf dem Heimweg zu ihr hineingeschaut. Sie entschuldigte sich auch nicht, daß sie seine Zeit in Anspruch genommen hatte. Er blickte zurück und sah sie, die Haustürklinke in der Hand, auf der Schwelle stehen, eine sehr dünne, eckige Frau in einer rehbraunen Bluse und einem unmodernen dunkelgrünen Hosenanzug mit stark taillierter Jacke und überweitem Schlag. Ihr Vorgarten war in der Alverbury Road der einzige, in dem keine Frühlingsblumen blühten. Nicht eine einzige Narzisse hellte das Stückchen Rasen oder die dunkle Eibenhecke auf.

Es war ein wolkenverhangener Abend, noch ziemlich hell, aprilkühl. Dieses kleine wabenähnliche Viertel glich einem Obstgarten im Frühling. In allen Gärten üppige rosafarbene und weiße Blütenpracht und auf den Gehsteigen schon dicke Polster aus abgefallenen Blütenblättern. Auf dem Rasen von Wexfords Vorgarten dominierte eine große Trauerkirsche mit bonbonrosa Blüten.

Seine Frau saß in einem Lehnsessel, der fast im gleichen Winkel zum Kamin stand wie der, in dem Joy Williams gesessen hatte, in einem Raum, der so groß war und die gleichen Proportionen hatte wie der, aus dem er kam. Damit war aber auch jede Ähnlichkeit zu Ende. Das Kaminfeuer – ein echtes Holzfeuer! – brannte. Sie hatten einen kalten Winter hinter sich, und auch der Frühling war kalt und hatte sich verspätet. Noch immer bedrohten Nachtfröste die Blüten. Dora arbeitete an einer Patchworkdecke – einer Tagesdecke in Blau und Rot, in allen Schattierungen von Blau und Rot mit vielfältigem Muster. Der fertige Teil lag auf dem langen roten Samtrock ihres Hauskleids, das sie wegen der Kälte jetzt am Abend zu tragen pflegte. Ihr Haar war dunkel und üppig. Wexford hatte ihr einmal gesagt, sie müsse eine Zigeunerin sein, weil sie mit fast sechzig Jahren noch kein graues Haar hatte.

«Hast du Mike heute gesehen?»

Sie meinte Detective Inspector Burden. Wexford sagte nein, er sei in Myringham bei Gericht gewesen.

«Jenny war heute hier, um mir zu sagen, daß jetzt das Ergebnis der Amniozentese vorliegt. Das Baby ist gesund. Es ist ein Mädchen.»

«Was ist eine Amniozentese?»

«Eine vorgeburtliche Untersuchung. Sie durchstechen die Bauchwand und entnehmen der Gebärmutter etwas Fruchtwasser. Es enthält Zellen des Fötus, und die setzen sie wie eine Kultur an. Auf jeden Fall kommt es zu einer Zellteilung, und dann kann man feststellen, ob das Kind mongoloid wird oder an der sogenannten *Spina bifida* – einer angeborenen Mißbildung der Wirbelsäule leidet. Und ob es Junge oder Mädchen ist, sagen ihnen die Chromosomen, die sie auch im Fruchtwasser finden: XY oder XX.»

«Was du alles weißt! Woher hast du das?»

«Jenny hat es mir erzählt.» Dora stand auf und legte die Patchworkdecke auf den Sessel. «Eine Amniozentese kann übrigens erst ab der sechzehnten Schwangerschaftswoche gemacht werden, und es ist immer ein Risiko dabei. Man kann das Baby verlieren.»

Wexford ging ihr in die Küche nach. Noch mehr als sonst war er sich heute der Wärme und der Helligkeit seines Hauses bewußt. Ihm fiel ein, daß Joy Williams ihm nichts angeboten hatte, nicht einmal eine Tasse Tee. Dora hatte die Tür des Backrohrs geöffnet und begutachtete die Steak- und Nierenpastete, die fast fertig war.

«Möchtest du was trinken?»

«Warum nicht?» sagte Dora. «Feiern wir Jennys und Mikes gesundes Baby.»

«Ich bin überrascht, daß sie ein solches Risiko auf sich genommen hat», sagte er, als sie ihren Sherry und er seinen Scotch mit drei Teilen Wasser hatte. «Sie will dieses Kind doch unbedingt haben. Schließlich haben sie jahrelang darauf gewartet.»

«Sie ist einundvierzig, Reg. In diesem Alter ist das Risiko, ein mongoloides Kind zu bekommen, viel höher. Auf jeden Fall ist alles in Ordnung.»

«Soll ich dir von Mrs. Williams erzählen?»

«Die arme Joy», sagte Dora. «Sie war wirklich hübsch, als ich sie kennenlernte. Aber das ist natürlich auch schon achtzehn Jahre her. Ich nehme an, er ist mit einer anderen auf und davon. Habe ich recht?»

«Warum hast du sie mir auf den Hals gehetzt, wenn du das wußtest?»

Dora lachte. Sie hatte ein leises, warmes, ein bißchen kehliges Lachen. Sofort sagte sie jedoch, sie wisse, daß die Sache nicht zum Lachen sei. «Er ist ein schrecklicher Mensch. Du hast ihn nie kennengelernt, nicht wahr? Er wirkt irgendwie verschlossen, unaufrichtig. Ich war immer der Meinung, daß sich so wirklich nur jemand benimmt, der etwas zu verbergen hat.»

«Doch jetzt bist du nicht mehr so sicher.»

«Ich will dir jetzt etwas sagen, was ich mich seinerzeit einfach nicht zu sagen traute. Ich hatte Angst, du würdest gewalttätig.»

«Na klar», sagte er. «Ich war ja schon immer ein übler Schläger. Wovon redest du?»

«Er hat Sylvia belästigt.»

Es klang trotzig. In ihrem langen roten Kleid, das Sherryglas in der Hand, die Augen plötzlich groß und wachsam, sah sie erstaunlich jung aus.

«Und?» Seine älteste Tochter war dreißig, seit zwölf Jahren verheiratet und Mutter zweier hochgeschossener Jungen. «Sie ist eine attraktive Frau. Ich bin überzeugt, daß sie von allen möglichen Männern alle möglichen Anträge bekommt und es sehr gut versteht, sie abzuwimmeln.»

Dora warf ihm von der Seite her einen langen Blick zu. «Ich habe gesagt, ich hätte Angst gehabt, es dir zu erzählen. Sylvia war damals fünfzehn.»

Die gewalttätigen Gefühle, von denen sie gesprochen hatte, waren tatsächlich da. Nach so vielen Jahren! Seine fünfzehnjährige Tochter. Am liebsten hätte er losgebrüllt, doch er beherrschte sich. Er stampfte auch nicht mit den Füßen. Er trank einen Schluck und sagte kühl: «Und sie kam wie ein braves kleines Mädchen zu ihrer Mami gelaufen und hat ihr alles erzählt?»

«Lieb von ihr, nicht wahr?» entgegnete Dora leichthin. «Ich war gerührt. Aber meiner Meinung nach war sie starr vor Angst, Reg.»

«Hast du etwas unternommen?»

«O ja. Ich bin zu ihm gegangen und habe ihn über deinen Beruf aufgeklärt. Er wußte nicht, was du bist. Joy und er haben wohl nie viel miteinander geredet. Auf jeden Fall hat es genutzt. Er ließ sich kaum noch blicken, und Sylvia hat dort nie wieder den Babysitter gemacht. Joy habe ich nichts davon gesagt, doch ich denke, sie wußte auch so, was gespielt wurde, und machte sich keine Illusionen mehr über ihn. Auf jeden Fall hat sie ihn nicht mehr so angebetet wie früher.»

«‹Einst wurde auch ich angebetet›», zitierte Wexford.

«Und wirst es noch heute, Liebling. Du weißt, daß wir dich alle anbeten. Du hast dir ja auch nicht unsere Achtung verscherzt, indem du hinter kleinen Mädchen herläufst. Kann ich noch ein bißchen Sherry haben?»

«Den mußt du dir schon selber holen», antwortete Wexford und machte das Ofenrohr auf. «Immer nur trinken und klatschen! Ich möchte mein Abendessen.»

## 2

Das Unternehmen Sevensmith Harding war 1875 von Septimus Sevensmith gegründet worden, der sich Farbenhändler nannte. In seinem Laden auf der High Street von Myringham verkaufte er Farben und Zeichenmaterial für Kunstmaler. Farben für den Außenanstrich und die Innendekoration von Häusern kamen erst später hinzu. Eigentlich erst nach dem Ersten Weltkrieg, als Septimus' Enkelin einen Major John Harding heiratete, der bei Passchendaele ein Bein verloren hatte.

Der erste große Bauboom der achtziger und neunziger Jahre war vorüber, und der nächste stand kurz bevor. Major Harding machte sich ihn zunutze. Er begann in riesigen Mengen die Braun- und Grüntöne herzustellen, an denen die Herzen der Baumeister hingen, die im Süden Londons Reihen- und Doppelhäuser wie Pilze aus dem Boden schießen ließen. Wie Fühler streckten sich die neuen Siedlungen aus der Stadt aufs Land hinaus. Und gegen Ende des Jahrzehnts brachte Harding eine gewagte Nuance in Creme heraus.

Schon war die Firma in Sevensmith Harding umbenannt worden. Die Büros waren in der High Street von Myringham geblieben, aber die Produktion sollte bald aus dem Rückgebäude in einen Industriekomplex außerhalb der Stadt verlegt werden. Da sich niemand mehr mit dem Einzelhandel befaßte, wurde das ursprüngliche Geschäft aufgelöst.

Während der sechziger und frühen siebziger Jahre erlebte die Farbenindustrie in der ganzen Welt eine ständig wachsende Konjunktur. Man schätzt, daß es im Vereinigten Königreich fast fünfhundert Firmen gibt, die Farben herstellen, hohe Umsätze machen jedoch nur ein paar große Unternehmen. Vier von diesen großen Unternehmen beherrschen den Markt auf den Britischen Inseln, und zu ihnen gehört Sevensmith Harding.

Ihre Farben *Sevenstar Vinyl Seidenglanz* und *Sevenstar Vinyl matt, Sevenshine Firnis und Satin-Lack* werden heute in Harlow, Essex, erzeugt, und ihre Tapeten, Leisten und die farblich darauf abgestimmten Fliesen in Crawley, Sussex. Die Hauptverwaltung in der High Street in Myringham, gegenüber vom *Old Flag Hotel*, gleicht eher der Kanzlei eines sehr gediegenen Anwalts oder dem Geschäft eines sehr vornehmen Antiquitätenhändlers als den Büros von Farbenherstellern. Tatsächlich weist kaum etwas darauf hin, daß es Farbenhersteller sind. In den abgerundeten Erkerfenstern zu beiden Seiten der Tür werden keine Farbbüchsen oder Pappfiguren begeisterter Hausfrauen mit Pinseln in der Hand ausgestellt. Der Vorübergehende kann höchstens einen Blick auf eine *famille noir*-Vase mit getrockneten Gräsern in dem einen Fenster und einen Hepplewhitestuhl im anderen bewundern. Aber über der Tür findet man im Stil Georgs V. und auf poliertem Mahagoni das königliche Wappen und den Text: *Von Ihrer Majestät Königin Elizabeth und der Königinmutter bestellter königlicher Hoflieferant, Hersteller feinster Farben und Lacke.*

Der Präsident des Unternehmens, Jeremy Harding-Grey, teilte seine Zeit zwischen seinem Haus in Monte Carlo und seinem Haus in Nassau auf, und obwohl der geschäftsführende Direktor George Delahaye in Sussex lebte, wurde er in Myringham nur selten gesehen. Der stellvertretende geschäftsführende Direktor jedoch war ein bescheidenerer Mann und viel eher auf dem Niveau eines Durchschnittsmenschen. Wexford kannte ihn. Sie waren sich im Haus von Sylvias Schwiegervater begegnet, der Architekt war, und seither waren die Gardners einmal bei den Wexfords und die Wexfords einmal bei den Gardners zu Gast gewesen. Dennoch hatte Wexford nicht das Gefühl, mit Miles Gardner auf so gutem Fuß zu stehen, daß er ganz formlos bei Sevensmith Harding hineinplatzen und Miles zu einem Drink und einem Sandwich einladen konnte.

Vierzehn Tage waren verstrichen, seit er mit Joy Williams gesprochen hatte, und er hatte die Angelegenheit buchstäblich vergessen, hatte sie noch am selben Abend, bevor er zu Bett ging, aus seinen Gedanken verdrängt. Und wenn sie ihm zwischendurch wieder einfiel, sagte er sich, daß Mrs. Williams und ihr Anwalt entweder alles zur ihrer Zufriedenheit geregelt hatten oder Williams längst wieder zu Hause saß. Weil er, wie schon viele Männer vor ihm, festgestellt hatte, daß der häusliche Herd immer noch der sparsamste war.

Doch selbst wenn Williams noch nicht wieder aufgetaucht war, hatte Wexford keinen Anlaß, bei Sevensmith Harding Erkundigungen nach ihm einzuziehen. Das überließ er Joy Williams, das mußte sie schon selbst tun. Gleichgültig, wie abenteuerlich das Liebesleben eines Mannes sein mag, er muß zur Arbeit gehen und sich sein Brot verdienen. Außerdem verdiente Williams dieses

Brot in einer so bescheidenen Position, daß Miles Gardner kaum je von ihm gehört haben würde.

Wexford und Burden hatten bei verschiedenen Prozessen, die in Myringham verhandelt wurden, als Zeugen ausgesagt, und beide Kammern hatten sich bis nach dem Lunch vertagt. Burden mußte nach dem Essen wieder zu seinem Fall zurück – einer kniffligen Sache, bei der es um Hehlerei ging –, und er mußte bis zum bitteren Ende bleiben. Wexford hingegen brauchte nicht mehr aufs Gericht, er konnte nach Hause fahren. Auf dem Weg zum Hotel war Burden schweigsam und mürrisch, war es schon, seit sie das Gerichtsgebäude verlassen hatten. Wäre es nicht Burden gewesen, hätte Wexford gedacht, er sei so schlecht gelaunt, weil der Anwalt des mutmaßlichen Hehlers ihn wie einen Schuljungen heruntergeputzt hatte. Aber auf Burden machte so etwas keinen Eindruck. Eine solche Anwaltsschelte hatte er schon zu oft einstecken müssen, um sie noch ernst zu nehmen.

Es muß was anderes sein, dachte Wexford, etwas viel Persönlicheres. Und nachträglich fiel ihm auf, daß Burden schon seit längerer Zeit mürrisch und verdrießlich war. Das Problem schien ihn also schon seit Tagen, nein, sogar seit Wochen zu belasten. Zwar litt seine Arbeit nicht unter seiner Stimmung, sie wirkte sich jedoch sehr negativ auf seine Beziehungen zu seinen Mitmenschen aus.

Äußerlich war er unverändert, man merkte ihm weder Angst noch Sorge an. Er war zwar mager, aber das war er immer gewesen. Wexford wußte nicht, ob er einen neuen Anzug trug oder ob es der vom vergangenen Jahr war – frisch gereinigt und allabendlich mit dem elektrischen Hosenbügelgerät aufgebügelt, das ihm seine Frau zu Weihnachten geschenkt hatte. («So eins wie die Dinger, die man in schicken Hotels auf den Zimmern findet», hatte Burden stolz erklärt.) Burdens zweite Ehe war genauso glücklich wie seine erste. Aber fast jede Ehe, die Burden einging, würde glücklich sein. Er war der geborene Ehemann, der es fertigbrachte, sich seiner Frau unterzuordnen, ohne dabei eine lächerliche Figur abzugeben. Was ihn jetzt bedrückte, konnte nichts mit seiner Ehe zu tun haben. Seine Frau erwartete das langersehnte Kind – auf jeden Fall von ihr lang ersehnt. Burden hatte erwachsene Kinder aus erster Ehe, einen Sohn und eine Tochter. Wexford beschäftigte sich kurz mit einer Idee, die ihm gekommen war, verwarf sie jedoch sofort wieder, denn sie war absurd und paßte nicht zu Burden. Er fürchtete sich bestimmt nicht davor, mit Mitte Vierzig noch einmal Vater zu werden und wieder einen Säugling im Haus zu haben. Damit wurde er auf seine Art bestimmt fertig.

«Was ist los, Mike?» fragte Wexford, als das Schweigen allzu drückend wurde.

«Nichts.»

Die klassische Antwort. Einer jener Fälle, bei denen eine Erklärung genau das Gegenteil von dem bedeutet, was sie aussagt.

Wexford drängte nicht. Er ging weiter und sah sich in dem alten Marktflecken um, der sich in den letzten Jahren sehr verändert hatte. Man hatte zuerst ein riesiges Einkaufs- und später ein Kulturzentrum mit Theater, Kino und Konzertsaal gebaut. Vor drei Wochen hatte an der Universität das neue Semester begonnen, und in der Stadt wimmelte es von Studenten in Bluejeans. Doch hier, an diesem Ende der Stadt, wo man immer mehr Häuser unter Denkmalschutz stellte, war alles fast noch beim alten. Es war alles besser geworden, seit die Stadtverwaltung endlich aufgewacht war und begriffen hatte, daß Myringham schön war und der Kern erhalten werden sollte. Seither war viel gesäubert, aufgeräumt, gestrichen und gepflanzt worden.

Er warf einen Blick in die Erkerfenster von Sevensmith Harding, zuerst auf den Hepplewhite-Stuhl und dann auf die Vase. Hinter dem getrockneten Gras sah er eine junge Empfangsdame, die telefonierte. Dann überquerten er und Burden die Straße und betraten das *Old Flag*.

Wexford kannte das Hotel, er war schon ein- oder zweimal dagewesen. Es war tagsüber nie sehr voll. Die Leute gingen zum Lunch lieber in billigere Pubs, in denen es außerdem fröhlicher zuging. Auch Weinbars waren sehr beliebt. In der kleineren Salonbar, in der man auch essen konnte, waren mehrere Tische frei. Wexford ging auf einen zu, als er Miles Gardner entdeckte, der allein saß.

«Wollen Sie sich nicht zu mir setzen?»

«Sie sehen so aus, als warteten Sie auf jemand», sagte Wexford.

«Auf jede unterhaltsame Gesellschaft, die sich anbietet.» Gardner hatte eine warmherzige Art zu sprechen und drückte sich gewählt aus, was jedoch durchaus nicht gekünstelt wirkte. Wexford erinnerte sich, daß er das immer besonders sympathisch gefunden hatte. «Sie haben hier einen ausgezeichneten Garnelensalat», sagte

Miles Gardner. «Und wenn man es schafft, vor ein Uhr herzukommen, holen sie ein frisches Filetsteak vom Metzger.»

«Was geschieht um eins?»

«Der Metzger schließt. Er macht um zwei wieder auf, aber dann schließt das Restaurant. Das ist Myringham wie es leibt und lebt.»

Wexford lachte. Burden lachte nicht. Er saß mit jener Miene steifer Höflichkeit da, die sogar dem unsensibelsten Menschen begreiflich macht, daß man allein glücklicher – oder zumindest weniger unglücklich wäre. Wexford beschloß, ihn zu ignorieren. Gardner schien sich über ihre Gesellschaft zu freuen und begann, nachdem er eine Runde bestellt hatte, auf die ihm eigene leichte und elegante Art von dem neuen Haus zu erzählen, das er eben bezogen hatte und das von Sylvias Schwiegervater entworfen worden war. Es ist, dachte Wexford, eine wertvolle Gabe, wenn man mit Menschen, die man kaum oder nur oberflächlich kennt, sprechen kann wie mit alten Freunden, mit denen man regelmäßig zusammenkommt.

Gardner war ein kleiner, unauffälliger Mann, der nicht besonders vornehm wirkte. Sein Stil lag in seiner Stimme und in seinem Verhalten. Er hatte eine Frau, die viel größer war als er, und zwei gräßlich laute Töchter. Nachdem er von seinem neuen Haus und den Nöten eines Bauherrn erzählt hatte, kam er auf die Arbeit zu sprechen, auf den Arbeitsmangel und die Arbeitslosigkeit. Ein Thema, das bei Burden auf ein mildes Interesse stieß, so daß er sich sogar zu ein paar einsilbigen Bemerkungen aufraffte. Sevensmith Harding, sagte Gardner, habe alles getan, um im Harlower Werk Massenentlassungen zu vermeiden, und das sei auch gelungen. Man habe nur ein paar Angestellte und Arbeiter freigestellt, es habe jedoch für die betroffenen Männer und Frauen keine Härte bedeutet. Behauptete Gardner.

«Das glaube ich gern», sagte Burden.

Schon immer reaktionär, hatte er sich bis vor ein paar Jahren immer weiter und bis zur Unerträglichkeit nach rechts orientiert, bis Jenny gekommen war und ihn «umgedreht» hatte. Er hatte jetzt viel gemäßigtere Ansichten und begann auch nicht gleich, wie er es früher getan hätte, gegen Arbeitslosengeld, Sozialversicherung und die um sich greifende Arbeitsunlust oder Faulheit zu wettern. Vielleicht stimmte ihn aber auch nur seine eigene Niedergeschlagenheit so nachsichtig.

«Ich stelle fest, daß die Einstellung zur Arbeit sich verändert», sagte Gardner. «Einen Job zu haben und zu halten, hat heute einen ganz anderen Stellenwert als früher.» Er begann darüber zu dozieren, wo seiner Meinung nach die Ursachen dieser neuen sozialen Verhaltensweisen lagen, und er wußte viel Interessantes darüber zu sagen. Das fand zumindest Wexford. Burden, der den Garnelensalat viel zu hastig in sich hineinschlang, sah ständig auf die Uhr. Er wurde um zwei wieder im Gerichtssaal erwartet. Ich werde nicht traurig sein, wenn ich ihn eine Weile los bin, dachte Wexford.

«Damit», wandte er sich an Gardner, «wollen Sie doch eigentlich sagen, daß die Leute trotz drohender Arbeitslosigkeit und zu geringem Arbeitslosengeld die nagende Furcht vor dem Verlust ihrer Stellung verloren haben, von der sie in den dreißiger Jahren geradezu besessen waren?»

«Ja, und sie sind, wenigstens in den mittleren Schichten, auch nicht mehr bereit, ihr Leben lang auf Biegen oder Brechen an einem verhaßten Beruf festzuhalten, weil es nun einmal der Beruf ist, den sie mit zwanzig erlernt haben.»

«Und wie ist es zu dieser veränderten Haltung gekommen?»

«Das weiß ich nicht. Ich habe darüber nachgedacht, doch die Antworten, die ich gefunden habe, befriedigen mich nicht. Ich kann Ihnen aber sagen, daß mit der Angst um die Stellung und dem Respekt vor dem Arbeitgeber – nur weil er eben der Arbeitgeber ist –, leider auch der Stolz auf die Leistung und die Loyalität gegen eine Firma verlorengegangen sind. Mein Marketing-Manager ist ein typisches Beispiel dafür. Früher konnte man sich darauf verlassen, daß ein Mann in einer solchen Position auch ein verantwortungsbewußter Mensch war, jemand, der einen ganz bestimmt nie im Stich ließ. Er wäre stolz darauf und – ja, ich spreche es aus – dankbar gewesen, an der Stelle zu stehen, an der er stand, und das Wohlergehen seiner Firma hätte ihm ehrlich am Herzen gelegen.»

«Was hat er getan?» fragte Burden. «Hat er beschlossen, mitten im Strom die Schiffe – ich meine, den Beruf zu wechseln?»

Das klang hämisch, aber Gardner tat so, als habe er nichts gemerkt.

«Das nicht, soweit ich weiß», antwortete er ganz gelassen. «Er ist eines Tages einfach nicht mehr erschienen. Er hat eine dreimonatige Kündigungsfrist – oder sollte sie haben. Zuerst hat uns seine Frau angerufen und gesagt, er sei krank. Und dann kein Wort mehr, bis zu seinem Kündigungsbrief. Einem kurzen, fast schroffen Brief mit einem P. S. ...» Gardner sah aus, als müsse er sich rechtfertigen und fügte fast um Entschuldigung bittend hinzu: «Es war eine ziemlich unverschämte Bemerkung. Wegen seiner Altersrente, schrieb er, werde er sich mit unserer Buchhaltungsabteilung in Verbindung setzen.»

«War er lange bei Ihrer Firma?»

«Ich glaube, er ist sofort nach der Schule zu uns gekommen und war seit fünf Jahren Marketing-Manager.»

«In diesen schweren Zeiten werden Sie wenigstens keine Mühe haben, Ersatz zu finden.»

«Es bedeutet Beförderung für einen unserer besten Verkäufer. Es war schon seit jeher Firmenpolitik, einen von unseren Leuten nachrücken zu lassen. Aber in der Regel natürlich nur dann, wenn wir ein bißchen mehr Zeit haben.»

Burden stand auf und sagte, er müsse wieder aufs Gericht. Er schüttelte Gardner die Hand und hatte wenigstens den Anstand, etwas vor sich hinzumurmeln, das so ähnlich klang wie: «Hat mich gefreut, Sie kennenzulernen.»

«Darf ich Ihnen noch ein Bier bestellen?» sagte Wexford, nachdem Burden gegangen war, den Gardner – zu Wexfords größter Überraschung – einen netten Kerl nannte.

«Besten Dank, ja. Ich nehme nicht an, daß man uns hier vor halb drei hinauswerfen wird, oder?»

Das Bier kam, eine von hundertdreißig verschiedenen «echten» Ale-Sorten, die das *Old Flag* angeblich führte.

«Haben Sie vielleicht rein zufällig vor, meinen Nachbarn Rodney Williams zu befördern?» fragte Wexford.

Gardner sah ihn überrascht an.

«Rod Williams?»

«Ja. Er wohnt ganz in meiner Nähe, praktisch nur um die Ecke.»

«Rod Williams ist unser ehemaliger Marketing-Manager», sagte Gardner geduldig. «Der, von dem ich eben erzählt habe, daß er uns auf sehr unschöne Weise verlassen hat.»

«Williams?»

«Ja. Ich dachte, ich hätte Ihnen die Sache erklärt. Vielleicht habe ich den Namen nicht genannt.»

«Ich habe das deutliche Gefühl, daß hier jemand etwas mißverstanden hat», sagte Wexford.

«Sie, mein Lieber», antwortete Gardner lächelnd.

«Ja, es sieht ganz danach aus. Jemand hat mich falsch informiert. Soll ich also daraus schließen, daß Williams keiner Ihrer Firmenvertreter war und nicht den Bezirk Suffolk bereiste?»

«Das war er früher, und das hat er früher getan. Bis vor fünf Jahren. Dann mußte unser damaliger Marketing-Manager wegen eines Herzfehlers vorzeitig in den Ruhestand treten, und getreu unserer Firmenpolitik haben wir Rod Williams befördert.»

«Für seine Frau ist er immer noch Vertreter. Was bedeutet, daß er die Hälfte seiner Zeit immer noch in Suffolk verbringt.»

Gardner zog die Brauen hoch und lächelte schief. «Sein Privatleben geht mich nichts an.»

«Mich auch nicht.»

Gardner wechselte das Thema. Er fing an von seiner ältesten Tochter zu sprechen, die im Spätsommer heiraten wollte. Wexford trennte sich schließlich mit dem Versprechen, sich wieder zu melden, «Dora zu bitten, Pam anzurufen und etwas zu verabreden.» Auf der Heimfahrt nach Kingsmarkham dachte er eine Zeitlang über Rodney Williams nach. In seiner eigenen Ehe hatte er nie ein Alibi gebraucht. Er fragte sich, wie es sein mochte, wenn fünf Jahre lang ein feststehendes Alibi wesentlicher Bestandteil einer Ehe war? Undenkbar. Unvorstellbar. Er gab es auf, sich in eine solche Situation hineinzudenken, sie auf sich zu beziehen, und betrachtete sie nur noch mit Abstand.

Möglicherweise hatte Williams vor fünf Jahren ein Mädchen kennengelernt, mit dem er zusammensein wollte, ohne seine Ehe zu beenden. Dadurch, daß er seine Beförderung vor seiner Frau geheimhielt, hatte er die Möglichkeit dazu. Wahrscheinlich wohnte das Mädchen in Myringham. Während Joy Williams ihren Mann in einem Motel bei Ipswich vermutete, hielt er sich bei der anderen auf, lebte wahrscheinlich mit ihr zusammen und saß von neun bis fünf im Büro bei Sevensmith Harding in Myringham.

Es war eine jener Situationen, über die Männer sich amüsieren. Wexford gehörte nicht zu ihnen. Und es gab noch einen anderen Aspekt – einen, den nur wenige Männer komisch finden würden. Wenn Williams seiner Frau nichts von seiner Beförderung erzählt hatte, dann hatte er ihr wahrscheinlich auch verschwiegen, daß er jetzt wesentlich mehr verdiente. Trotzdem war das Rätsel gelöst. Williams hatte an die Firma geschrieben, Joy hatte angerufen und ihn entschuldigt. Und in der Alverbury Road gelang es Williams vielleicht auch noch jetzt, sich mit einem Rest von Täuschung und Lüge davor zu schützen, daß man ihm hinter die Schliche kam.

Es war neun Uhr abends, er saß noch immer im Büro und ging zum zehntenmal die Aussagen durch, die er gegen einen gewissen Francis Wingrave Adams gesammelt hatte, der wegen Betrugs angeklagt werden sollte. Wexford bezweifelte jedoch, daß es ihnen gelingen würde, lückenlose Beweise zu finden, und der Polizeianwalt war derselben Meinung wie er, obwohl sie beide wußten, daß Adams schuldig war. Beim letzten Schlag der Kirchenuhr – die von St. Peter klang genauso dumpf wie die von St. Mary Woolnoth – räumte er die Papiere auf und machte sich zu Fuß auf den Heimweg.

In letzter Zeit ging er immer zu Fuß ins Büro und nach Hause. Dr. Crocker hatte es ihm dringend empfohlen und darauf hingewiesen, daß es ja nicht einmal eine halbe Meile war.

«Dann lohnt es sich doch kaum», hatte Wexford erwidert.

«Zwei Meilen täglich könnten Ihnen das Leben um zehn Jahre verlängern.»

«Heißt das, daß ich dreißig Jahre länger leben kann, wenn ich jeden Tag sechs Meilen zu Fuß gehe?»

Auf diese Frage hatte der Doktor nicht geantwortet. Und Wexford, der so tat, als habe er für den ärztlichen Rat nur Spott und Hohn, befolgte ihn nun doch bis zu einem gewissen Grad. Manchmal ging er durch die Tabard Road, an Burdens Bungalow vorbei, manchmal durch die Alverbury Road, in der die Williams wohnten. Gelegentlich schlug er auch den längeren Weg über einen Wiesenpfad ein. Heute abend wollte er schnell noch bei Burden hineinschauen, um mit ihm ein letztes Mal über den Fall Adams zu sprechen.

Plötzlich hatte er das Gefühl, daß es über den Mann, der eine ältere Frau um 20000 Pfund betrogen hatte, eigentlich kaum noch etwas zu sagen gab. Er wollte auch gar nicht über ihn sprechen. Er wollte versuchen, aus Burden herauszubekommen, warum er so niedergeschlagen war.

Die Burdens lebten noch immer in dem Bungalow, den Burden kurz nach seiner ersten Heirat bezogen hatte. Der Garten sah nicht sonderlich gepflegt aus, und der Efeu, der sich an den Hausmauern emporranken wollte, war rücksichtslos zurückgeschnitten worden. Nur die Haustür veränderte sich von Zeit zu Zeit. Sie hatte schon alle Farben durchgespielt – Burden ersparte einem in dieser Hinsicht nichts –, aber Wexford hatte das Rosenrot am besten gefallen, Jetzt prangte sie in einem dunklen Grünblau – *Sevenshine Pfauenblau, orientalisch* vermutlich. Da der Abend allmählich hereinbrach, brannte die Außenleuchte, eine bleigefaßte sternförmige Laterne.

Jenny öffnete ihm. Sie war jetzt im fünften Monat, «und man sah es schon», wie die alten Weiber sagten. Sie trug keinen Schwangerschaftshänger, sondern ein Kleid mit weiten Ärmeln, viereckigem Ausschnitt und hoher Taille wie die Frau auf dem Vermeer-Gemälde *Der Brief*. Sie hatte sich das goldbraune Haar wachsen lassen, und es reichte ihr jetzt bis auf die Schultern. Trotzdem erschrak Wexford über ihr Aussehen. Sie wirkte mutlos und verhärmt.

Burden, der sich vor Jahren damit einverstanden erklärt hatte, Wexford nicht mehr «Sir» zu nennen, umging seither jede Anrede. Aber Jenny nannte ihn Reg. «Mike ist im Wohnzimmer, Reg», sagte sie und fügte auf eine für sie ganz und gar untypische Weise hinzu: «Ich wollte eben ins Bett gehen.»

Er fühlte sich genötigt zu sagen, es tue ihm leid, daß er so spät noch störe, obwohl es erst zwanzig nach neun war. Sie zuckte mit den Schultern und sagte, das mache doch nichts, und es klang, als sei ihr alles gleichgültig. Er folgte ihr in das Zimmer, in dem sich Burden aufhielt.

Er saß in der Mitte des dreisitzigen Sofas und las die Polizeizeitung. Wexford hätte erwartet, daß Jenny neben ihm gesessen hatte, doch das war nicht der Fall gewesen. Neben einem Sessel am anderen Ende des Zimmers lagen ein aufgeschlagenes Buch mit den Seiten nach unten und ein weißes Strickzeug, das so aussah, als werde nicht gerade mit Begeisterung daran gearbeitet. Auf dem Fensterbrett stand in einer gläsernen Vase welkender Goldlack in einer knappen Handbreit alten bräunlichen Wassers.

«Was zu trinken?» fragte Burden. «Es ist Bier da. Es ist doch Bier da, nicht wahr, Jenny?»

«Keine Ahnung. Ich rühr das Zeug nie an.»

Burden sagte nichts. Er ging in die Küche und kam mit zwei Büchsen Bier auf einem Tablett zurück. Seine erste Frau hätte gesagt, und auch Jenny hatte es noch vor kurzem getan, daß sie Gläser brauchten. Heute setzte sie sich nur matt nieder, hob Buch und Strickzeug auf, sah jedoch keins von beiden an und sagte: «Ihr könnt aus der Dose trinken, nicht wahr?»

Wexford begann sich unbehaglich zu fühlen. Eine starke, zornige Spannung schien in der Luft zu hängen wie Rauch, der ihm in die Luftröhre drang, so daß er glaubte, ersticken zu müssen. Er riß die Lasche von seiner Bierdose ab. Jenny hielt die Stricknadeln in der Faust und starrte die Wand an. Wexford hatte nicht die Absicht, in ihrer Gegenwart über Francis Wingrave Adams zu sprechen. Wenn sie früher etwas Ähnliches zu bereden gehabt hatten, waren sie immer in ein anderes Zimmer gegangen. Burden rührte sich jedoch nicht von der Stelle und runzelte leicht die Stirn, wie immer in letzter Zeit. Er riß mit einer heftigen, unachtsamen Bewegung seine Bierdose auf, sie schäumte über, und der Schaum landete auf dem Teppich.

Vor drei Monaten hatte Wexford erlebt, wie Jenny ihren Mann getröstet und sofort praktische Hilfe geleistet hatte, als er nicht nur einen Löffel voll Bier verschüttet hatte, sondern ein Schälchen mit Erdbeermousse auf den helleren und neueren Speisezimmerteppich fallen ließ. Sie hatte gelacht und gesagt, die «Aufräumungsarbeiten» solle er ruhig ihr überlassen. Jetzt stieß sie einen zornigen Schrei aus und sprang aus dem Sessel auf.

«Schon gut, schon gut», sagte Burden. «Ich bring das schon in Ordnung. Außerdem ist doch kaum was passiert. Ich hole ein Tuch.»

Sie brach in Tränen aus, schlug eine Hand vor das Gesicht und stürzte hinaus. Burden folgte ihr. Das heißt, Wexford hatte gedacht, Burden sei hinter ihr her gelaufen, doch er kam fast umgehend mit einem Putzlumpen zurück.

«Tut mir leid», sagte er, auf dem Boden kniend. «Es geht natürlich nicht um das Bier. Sie fährt wegen jeder Kleinigkeit aus der Haut. Achten Sie einfach nicht darauf.» Er sah mit ärgerlicher Miene auf. «Ich habe jedenfalls beschlossen, in Zukunft nicht mehr darauf zu achten.»

«Aber wenn es ihr nicht gutgeht, Mike ...»

«Es geht ihr ausgezeichnet.» Burden stand auf und ließ den Lumpen auf den gefliesten Kaminsockel fallen. «Ihre Schwangerschaft verläuft geradezu ideal und beschwerdefrei. Sie leidet nicht einmal unter Übelkeit. Wenn ich daran denke, was Jean durchgemacht hat...» Wexford traute seinen Ohren nicht. Ein Ehemann – und noch dazu ein Ehemann wie Burden – zog einen solchen Vergleich! Ihm schien auf einmal klarzuwerden, was er da gesagt hatte, und er wurde feuerrot. «Nein, es geht ihr wirklich bestens. Ehrlich. Sie sagt es ja selbst. Sie ist einfach nur neurotisch.»

Wexford hatte schon früher manchmal gedacht, daß fast die ganze Bevölkerung mit Tranquilizern ruhiggestellt oder gar in Nervenheilanstalten eingeliefert werden müßte, wenn tatsächlich alles neurotisch gewesen wäre, was Burden so bezeichnete. «Die Amniozentese war doch in Ordnung, oder?» sagte er. «Haben die Ärzte ihr vielleicht etwas gesagt, was sie beunruhigt?»

Burden zögerte. «Ja, das haben sie. Leider.» Er lachte auf. Es klang häßlich und unfroh. «Genau das haben sie getan. Sie haben ihr etwas gesagt, was sie beunruhigt. Damit haben Sie den Nagel auf den Kopf getroffen. Mich beunruhigt es nicht, und ich bin der Vater des Kindes. Aber sie macht sich schreckliche Sorgen, und ich bin derjenige, der darunter zu leiden hat.» Er setzte sich und sagte sehr laut, schrie es fast heraus: «Aber ich will nicht drüber reden! Ich habe schon zuviel gesagt und nicht die Absicht, noch mehr zu sagen! Ich habe das Gefühl, eine Formel zu lernen, um das Benehmen meiner Frau zu erklären, und mit dieser Formel jeden Besucher an der Haustür empfangen zu müssen.»

«Dazu brauchen Sie nichts zu lernen», antwortete Wexford gelassen, «das können Sie aus dem Stegreif, weil Sie ohnehin nur brüllen.»

Burden warf ihm einen finsteren Blick zu.

«Ich bin wegen Adams gekommen», sagte Wexford. «Oder nehmen Ihre häuslichen Probleme Sie so in Anspruch, daß Sie sich für unsere Angelegenheiten nicht mehr interessieren?»

«Ich habe Ihnen doch gesagt, daß ich einfach nicht mehr darauf achten werde», erwiderte Burden, und dann sprachen sie eine halbe Stunde lang über Adams, obwohl nicht viel dabei herauskam.

Als Wexford nach Hause kam, saß Dora im Bett und las. Während er sich auszog, berichtete er ihr, was er bei den Burdens erlebt hatte.

«Sie sind schon zu alt, um Babies zu bekommen», war ihr einziger Kommentar.

«Du meinst, sie handeln wider die Natur?»

«Du wirst überrascht sein, mein Junge, aber das meine ich wirklich. – Übrigens, Rodney Williams ist noch immer nicht aufgetaucht. Ich habe Joy getroffen, und sie hat noch kein Wort von ihm gehört.»

«Aber ich dachte, sie hätte bei Sevensmith Harding angerufen», warf Wexford ein.

«Du meinst, du hast ihr dazu geraten. Du hast ihr gesagt, sie soll dort anrufen und feststellen, ob die ihr was sagen können. Und das will sie jetzt auch tun.»

Das hatte Wexford nicht gemeint. Und er ging mit der festen Überzeugung zu Bett, daß er heute nicht zum letztenmal von der Affäre Williams gehört hatte.

## 3

Länger als zwei Wochen beobachtete er jetzt schon den dunkelblauen Ford Granada, der vor seinem Haus in der Arnold Road in Myringham parkte. Das erste Mal hatte er ihn kurz nach Ostern dort entdeckt. Aus seinen Vorderfenstern konnte Graham Gee ihn ebensowenig sehen wie aus dem Vorgarten, weil ihm dort die hohe Geißblatthecke die Sicht versperrte. Er sah ihn, wenn er selbst am Morgen aus seiner Garage fuhr und am Spätnachmittag um halb sechs nach Hause kam.

Zuerst – sagte er bei der Polizei aus – habe er gedacht, der Wagen könnte etwas mit dem Jungen von gegenüber zu tun haben, dem Teenager-Sohn der Leute, die den Bungalow bewohnten. Doch dann schien ihm das Auto für einen Jugendlichen zu gediegen. Nachdem er diese Theorie verworfen hatte, fragte er sich, ob der Wagen vielleicht einem Pendler gehörte, der die Arnold Road als ständigen Parkplatz benutzte. Zwar war es von hier noch ein gutes Stück zum Bahnhof Myringham-Süd – etwas mehr als eine Viertelmeile –, doch war es vermutlich die dem Bahnhof nächstgelegene Straße, in der nicht auf beiden Seiten Stoßstange an Stoßstange die Autos anderer Pendler parkten.

Für Graham Gee war der Ford Granada vor seiner Gartentür der Anfang vom Ende. Bald würden die Autos von hundert Bahnreisenden die Arnold Road verstopfen. Man mußte dem Übel wehren, solange noch Zeit war. Graham Gee brauchte nicht zu pendeln. Er war Wirtschaftsprüfer und arbeitete in Pomfret.

Die Arnold Road war das, was man eine «gehobene Wohngegend» nennt. Freistehende Häuser inmitten großer Gärten. Dort gab es keine zwielichtigen Elemente, und es gab keine Vergehen oder gar kriminelle Delikte – außer daß im vergangenen Herbst jemand aus Nachbars Vorgarten Dahlien gestohlen hatte. Graham Gee war daher ziemlich überrascht, als eines Morgens die Radkappen des blauen Ford Granada verschwunden waren. Vielleicht hatten sie aber auch schon immer gefehlt, das wußte er nicht so genau. Daß die Räder aber noch dran gewesen waren, das wußte er. Der Wagen hatte nicht immer auf Ziegelsteinen aufgebockt gestanden. Schmutzig, mit getrockneten Regentropfen gesprenkelt, hockte er jetzt unelegant auf seinen Ziegeln und sah aus, als gehöre er doch dem Teenager von gegenüber.

Graham Gee unternahm noch immer nichts, obwohl er jetzt wußte, daß das Auto immer da war, nicht morgens abgestellt und abends abgeholt wurde. Seit einer Woche war es fahruntüchtig, seiner Beweglichkeit beraubt. Erst als jemand die Heckscheibe zertrümmert hatte, hielt Graham Gee es für richtig, etwas zu tun.

Die Heckscheibe war zertrümmert, die vorderen Türen geöffnet und das Wageninnere ausgeschlachtet worden: das Radio herausgenommen, die Kopfstützen entfernt und aus dem Armaturenbrett etwas herausgebohrt worden – eine Uhr vermutlich. Obwohl der Kofferraum aufgebrochen war, hatten die Diebe sich nicht an der Schneeschaufel vergriffen, die darin lag. Gee rief die Polizei an.

Die Polizei brauchte nicht einmal die überregionale Zulassungsstelle in Swansea zu bemühen, um den Halter des Wagens zu ermitteln. Die Wagenpapiere lagen zusammen mit einer Straßenkarte von Südengland, einem Kugelschreiber und einer Sonnenbrille im Handschuhfach.

In den Zulassungspapieren eines Fahrzeugs stehen Name und Adresse des Halters, nicht des Eigentümers, was der Polizei die Arbeit ebenfalls erleichterte. Halter des blauen Ford Granada war ein gewisser Rodney John Williams, wohnhaft in Kingsmarkham, Alverbury Road 31.

Warum hatte Williams den Wagen in der Arnold Road abgestellt, wenn der Firmenparkplatz von Sevensmith Harding hinter dem Bürohaus in der High Street nur eine knappe Viertelmeile entfernt war? Der Parkplatz wurde nie abgeschlossen, es gab auch kein Tor, sondern nur eine Öffnung im Zaun und am Zaun eine kleine Tafel, auf der «Unbefugte» gebeten wurden, den Parkplatz nicht zu benutzen.

«Ich begreife das nicht», sagte Miles Gardner. «Offen gesagt, haben wir uns überlegt, ob wir den Wagen abschleppen lassen sollen, aber wir wissen nicht, wo Williams ist. Er hat das Fahrzeug in seinem Kündigungsbrief nicht erwähnt. Und wo immer er gewesen sein mag, als er kündigte, mit seiner Frau ist er nicht mehr zusammen, sonst hätten wir uns an sie gewandt. Er scheint sich buchstäblich in Luft aufgelöst zu haben. Ein bißchen viel, das Ganze, nicht wahr? Ich vermute, der Wagen sieht schlimm aus, wahrscheinlich ist nur noch das leere Gehäuse übrig.»

«Der Motor ist noch da», sagte Wexford.

Gardner verzog das Gesicht. Sie saßen in seinem zwar luxuriösen, aber ziemlich düsteren Büro, einem Raum, der vollständig mit Eiche getäfelt war. Die Ausstattung stammte aus der Zeit zwischen den beiden Weltkriegen, in der es Hartholz noch in Hülle und Fülle gab. Eure eigenen vier Wände streicht ihr nicht mit *Sevenstar matt*, dachte Wexford.

Es gab hier mehr gerahmte Fotografien als im Wohnzimmer eines älteren Ehepaars: auf Gardners Schreibtisch, gewissermaßen als Blickfang für ihn, wenn er von der Arbeit aufsah, ein großes Bild der langen Mrs. Gardner und ihrer drei Töchter, liebevoll aneinandergeschmiegt, mit verschlungenen Armen; an den Wänden verschiedene Männergruppen bei Jubiläen, anderen Feiern und Festen oder sportlichen Ereignissen der Firma. Unter anderem ein Foto von einem Kricketmatch. Der Schlagmann war ein hochgewachsener, schlaksiger Typ. Rodney Williams. Die hohe Stirn, die ein wenig hohlen Züge, die man vom Profil bestimmt noch deutlicher sah, der schmale Mund, zu einem Lachen verzogen, waren unverkennbar.

Gardner betrachtete ihn bekümmert.

«Damals war er viel jünger», sagte er. «Die Firma hatte seinerzeit ein erstklassiges Team.» Er machte eine Bewegung, als wolle er das Foto herunternehmen – zweifellos ärgerte er sich über den ewig grinsenden Williams –, doch dann überlegte er es sich anders. «Die ganze Sache ist sehr ungewöhnlich. Er hatte einen Autospleen, wissen Sie, gehörte zu den Männern, die nur ihre Autos im Kopf haben. Glauben Sie, daß ihm etwas zugestoßen ist?»

Die Wendung, mit der immer das Wort «Tod» umschrieben wurde ...

«Falls Sie an einen Unfall denken – ich weiß es nicht, aber ich glaube es nicht. Es geht doch vielmehr um das, was er im Schilde führte.»

Gardner sah ihn verständnislos an.

«Ich habe den Eindruck, daß er möglicherweise etwas getan hat, was er nicht sollte. Gaunereien meine ich. Entweder hat er sich gesagt, er habe genug herausgeholt – oder es ist etwas passiert, so daß er glauben mußte, man sei ihm auf die Schliche gekommen, und seine Entlarvung stehe unmittelbar bevor. Und wo hätte er die Bücher frisiert, wenn nicht hier? Haben Sie schon mal daran gedacht?»

«Er hätte keine Gelegenheit gehabt, unsere Bücher zu frisieren. Er hat sie ja gar nicht zu Gesicht bekommen. Soll ich unseren Chefbuchhalter heraufbitten? Rod Williams hätte höchstens seine Spesenabrechnungen fälschen können, und Ken Risby ist der Mann, der darüber am besten Bescheid weiß.»

Gardner telefonierte kurz über den Hausapparat. Während sie auf Risby warteten, sagte Wexford: «Gibt es hier nichts Kleines, Tragbares von beträchtlichem Wert, das er gestohlen haben könnte. Ist ihm vielleicht ein Scheck in die Hände geraten, auf dem er die Unterschrift fälschen konnte? Oder hatte er Gelegenheit zu anderen Fälschungen?»

Gardner schien ehrlich verwirrt. «Ich glaube nicht. Nein, ich bin sicher, daß nichts dergleichen vorgefallen ist. Ich meine, ich hätte es inzwischen erfahren. Guter Gott, der Mann ist seit mehr als drei Wochen verschwunden.» Er sprang auf. «Hier kommt Ken. Er wird es uns sagen.»

Aber Risby wußte auch nicht viel. Er war ein magerer blonder Mann in den Dreißigern, wirkte nervös und war über Wexfords Vermutung genauso schockiert wie Gardner. Man könnte glauben, die beiden leben in einer Welt, in der man noch nie etwas von Betrug gehört hat, in der jeder Geschäftsmann ein unbestechliches, harmloses Unschuldslamm ist, dachte Wexford.

«Seine Spesen waren manchmal ein bißchen hoch, aber das ist alles, das ist wirklich alles. Mit Firmengeldern hatte er nie zu tun. Wieso glauben Sie, daß er so etwas getan hat?»

«Überlegen Sie mal selbst. Betrachten Sie die Sache von Ihrer Warte aus. Fünf Jahre lang belügt dieser Mann seine Frau und verschweigt ihr, welche Stellung er in dieser Firma bekleidet. Wie hoch war übrigens sein Gehalt?»

«25 000 jährlich», sagte Gardner grollend.

Mehr als Wexford erwartet hatte. 5000 Pfund mehr. «Und auch das hat er ihr verschwiegen und sie belogen. Sie können darauf wetten, daß sie glaubt, er habe weniger als die Hälfte verdient. Eines Tages erzählt er ihr, er fahre nach Ipswich – eine Stadt, in die er bestimmt seit fünf Jahren keinen Fuß mehr gesetzt hat – und zieht ab. Den Firmenwagen läßt er auf der Straße stehen und verschwindet. Sie hören nur noch zweimal von ihm: Einmal telefoniert die Dame, mit der er im wahrsten Sinne des Wortes unter einer Decke steckt, mit Ihnen und entschuldigt ihn wegen Krankheit. Und dann bekommen Sie sein Kündigungsschreiben. Seither – Funkstille. Und Sie fragen mich, wieso ich auf den Gedanken komme, daß er sich etwas zuschulden kommen ließ? Erzählen Sie mir was über den Mann. Wenn er kein Fälscher oder Dieb war – zu welcher anderen Gaunerei war er fähig?»

Sie sahen ihn nur an. Da sie keine Phantasie hatten, wußten sie es nicht und wagten es nicht, Vermutungen auszusprechen. Wexford hatte eine reiche Phantasie und nur eine unklare Vorstellung vom Marketing.

«Könnte er nicht Ihre Farben zu überhöhten Preisen verkauft und die Differenz in die eigene Tasche gesteckt haben? Oder so was Ähnliches?»

Gardner, der ausgesehen hatte, als werde er nie wieder lächeln, brach in Gelächter aus.

«Er hatte nie etwas mit dem Direktverkauf zu tun, Reg. So funktioniert das nicht. Er hatte auch nie etwas mit Geld zu tun – in keiner Form.»

«Das klingt ja, als wäre er eine königliche Hoheit», sagte Wexford. «Ich würde Sie und Mr. Risby trotzdem bitten, daß Sie sich Ihre Bücher einmal ganz genau ansehen. Setzen Sie eine zusätzliche Bücherrevision an oder was man in solchen Fällen eben tut.»

«Das ist wirklich nicht nötig, überhaupt nicht nötig. Ich könnte auf der Stelle vor Gericht gehen und beschwören, daß es in meinen Büchern nicht die geringste Unregelmäßigkeit gibt.»

«Ich hoffe, daß wir in dieser Sache nie vor Gericht gehen müssen, aber verlassen Sie sich nicht darauf», sagte Wexford, und Risby machte dazu große Augen. «Und prüfen Sie bitte die Bücher.» Wexford wandte sich an Gardner: «Kann ich mal den Kündigungsbrief von Williams sehen?»

Gardner rief seine Sekretärin herein, sie sollte den Brief suchen. Wexford fiel auf, daß er sie Susan nannte, und sie, was noch erstaunlicher war, Miles zu ihm sagte. Der Brief war von einem ungeübten Schreiber auf der Maschine getippt worden.

*Lieber Mr. Gardner,*
*mit diesem Schreiben möchte ich Sie davon in Kenntnis setzen, daß ich mein Arbeitsverhältnis bei Sevensmith Harding mit sofortiger Wirkung als beendet betrachte. Ich bedaure, daß ich Sie vor vollendete Tatsachen stellen muß, aber gewisse Umstände, die leider mächtiger sind als ich, zwingen mich dazu. Ich komme nicht mehr ins Büro und bitte Sie, sich nicht mit mir in Verbindung zu setzen.*

*Hochachtungsvoll,*

*Rodney J. Williams*

*P. S. Wegen der Rückerstattung der von mir entrichteten Beiträge zur Altersrente werde ich mich zu gegebener Zeit mit der Buchhaltungsabteilung in Verbindung setzen.*

«Hier im Büro scheinen sich alle mit dem Vornamen anzureden», sagte Wexford, «aber Rodney Williams nannte Sie Mr. Gardner. Ist das zutreffend?»

«Nein, natürlich nicht. Auch er nannte mich Miles.»

«Aber nicht in diesem Brief.»

«Ich vermute, er war der Meinung, daß hier eine förmlichere Anrede angebracht sei.»

«Das ist natürlich möglich. Kommt es Ihnen nicht seltsam vor, daß ein Mann von einem Tag auf den anderen kündigt, obwohl seine Kündigungsfrist drei Monate beträgt? Und hätten Sie in einem solchen Fall nicht erwartet, daß er Ihnen, einfach aus Höflichkeit, eine nähere Erklärung gibt und sich nicht hinter der Floskel von den gewissen Umständen versteckt, die ‹leider mächtiger sind als er›?»

«Wollen Sie damit andeuten, daß vielleicht jemand anders den Brief geschrieben hat?»

Wexford umging die Antwort auf diese Frage. «Ich nehme den Brief mit, wenn ich darf», sagte er. «Wir werden ein paar Sachverständige auf die Unterschrift ansetzen. Könnten Sie mir ein Muster von Williams' Unterschrift überlassen, von dem wir genau wissen, daß es von ihm stammt?»

Auf der Karosserie und im Innenraum des Ford Granada hatte man neun verschiedene Fingerabdrucksätze gefunden. Darunter wahrscheinlich auch die Abdrücke derjenigen, die das Auto mit einem Selbstbedienungsladen verwechselt hatten. Die anderen gehörten bestimmt Williams, Joy, Sara, Kevin. Aber noch war es zu früh, sie alle zu bitten, sich die Fingerabdrücke abnehmen zu lassen, damit sie verglichen werden konnten. Von den gepolsterten Lehnen der Sitze hatte man eine Menge grauer und blonder Haare eingesammelt. Blut hatte man keins entdeckt, natürlich nicht. Überhaupt nichts Dramatisches. Dafür aber etwas Merkwürdiges. Auf dem Boden des Kofferraums waren neben der Schaufel ein paar Krümel gefunden worden, die aussahen wie Gips, die das Labor jedoch als Tetrion oder Sevensmith Hardings *Ritzenzu* identifiziert hatte.

Der Bericht über den Brief ließ ein paar Tage länger auf sich warten.

Er war auf einer mechanischen Reiseschreibmaschine, einer Remington 315, getippt worden. An der Spitze des großen A fehlte ein winziges Stück, und ein ähnlicher Mangel tauchte in der Oberlänge des kleinen t auf. Der Kopf des Kommas war leicht verschmiert. Die Unterschrift stammte nicht von Williams. Der Handschriftenexperte vertrat diesmal eine sehr kategorische Meinung, wozu diese Leute sich sonst kaum aufraffen können. Er konnte beinahe nicht fassen, daß irgend jemand auch nur einen Moment glauben konnte, Williams habe diesen Brief unterschrieben.

Als Joy Dora von ihrer Absicht erzählt hatte, bei Sevensmith Harding anzurufen, war sie gleichzeitig mit der Bitte herausgerückt, Dora solle ihr doch Wexford noch einmal «rüberschicken». Diesmal hatte Dora ziemlich scharf erwidert, ihr Mann sei kein Privatdetektiv, und Wexford war natürlich nicht gegangen. Doch Williams' Verschwinden war keine Privatangelegenheit mehr. Auf jeden Fall, dachte er, bin ich in der Alverbury Road nicht unwillkommen. Im Gegenteil, eher die Erfüllung eines Gebets. Er ging gegen acht Uhr abends hin.

Diesmal öffnete ihm Sara. Sie sagte kein Wort, schloß die Haustür hinter ihm, machte die Wohnzimmertür auf, ließ ihn stehen und ging in den ersten Stock hinauf.

Joy Williams saß vor dem Fernseher. Über den Bildschirm flimmerte einer dieser Wettbewerbe, bei denen Kandidatenteams lächerliche oder erniedrigende Aufgaben zu bewältigen haben. Männer in Frack und Zylinder versuchten über einer Masse, die wie Kartoffelbrei aussah, über ein Drahtseil zu gehen. Kurz bevor die Tür geöffnet wurde, hatte Wexford Joy Williams lachen gehört. Sie schaltete den Fernseher nicht aus, drehte nur den Ton leise. Er fand, daß sie nicht besonders erfreut schien, ihn zu sehen. Sie machte plötzlich ein verdrießliches Gesicht.

Ja, gab sie zu, sie hätten ein gemeinsames Bankkonto. Rod war so häufig unterwegs, daß es so am zweckmäßigsten sei. Wexford bat sie, ihm ein paar von den letzten Auszügen zu zeigen.

Sie zog die Schultern ein, schlang die Arme um ihren mageren Körper, legte die rechte Hand auf die linke Schulter und die Linke mit den häßlichen, auffallenden Ringen auf die rechte. Die Geste war ihr schon zur Gewohnheit geworden, und ein Psychiater hätte vermutlich gesagt, sie habe sie ursprünglich wohl angewandt, um sich gegen einen Angriff zu schützen. Sie trug die grüne Hose und eine Strickweste, mit ausgefallenen Haaren und Schuppen auf den Schultern.

«Wie oft bekommen Sie die Bankauszüge zugeschickt?»

«In letzter Zeit einmal monatlich.» Ihr Blick schweifte zu dem stummen Bildschirm hinüber, auf dem sich eine tumultartige Szene abspielte. Ein Kandidat war in den Kartoffelbrei gestürzt. «Es war irgendein Fehler vorgekommen, und Rod hat sich beschwert, deshalb haben sie die Auszüge dann einmal monatlich geschickt.»

Dr. Crocker hatte Wexford von einem Patientenbesuch erzählt, den er kürzlich bei einer Frau mit Bronchitis gemacht hatte. In ihrem Schlafzimmer war der Fernseher gelaufen, und alle sechs Kinder hatten davorgesessen. Als er die Frau untersuchen wollte, hatte sie ärgerlich protestiert, weil er verlangt hatte, daß der Fernseher ausgeschaltet wurde.

«Seither ziehe ich einfach den Stecker raus, ohne lange zu fragen», hatte der Doktor gesagt. «Wenn der Fernseher oder der Videorecorder läuft, mache ich keine langen Geschichten und ziehe den Stecker raus.»

Wexford hätte es jetzt auch gern getan. Und er hätte sich nicht davon abhalten lassen, hätte er nur den geringsten Beweis gehabt, daß ein echter Grund zur Beunruhigung vorlag. Merkwürdig fand er nur, wie unmißverständlich Joy ihm zu verstehen gab, daß er ihr lästig war, obwohl sie Dora keine Ruhe gelassen und immer wieder um seinen Besuch gebeten hatte.

«Darf ich die Bankauszüge sehen?»

Sie wandte sich ihm widerstrebend zu. «Okay, wenn Sie unbedingt wollen.» Er hatte so höflich gesprochen, als bitte er sie um einen Gefallen, und sie reagierte, als tue sie ihm wirklich einen.

Sie hatte die Auszüge schnell gefunden, denn sie wollte nicht mehr von dem Programm versäumen als unbedingt nötig. Während er sich in die Auszüge vertiefte, beugte sie sich vor und drehte den Ton etwas lauter, so daß Schreie, Ausrufe und Kommentare gerade noch zu hören waren. Er fragte sich, was sie wohl vom Fernseher ablenken konnte, welches Ereignis, welcher Schock. Und im nächsten Augenblick wußte er es. Das Telefon. Irgendwo im Haus begann das Telefon zu klingeln.

Sie sprang auf. «Das wird mein Sohn sein. Mein Sohn ruft mich jeden Donnerstagabend an.»

Wexford beschäftigte sich wieder mit den Bankauszügen. Auf jedem erschien regelmäßig Anfang des Monats eine Summe von 500 Pfund. Ein Gehaltsscheck, allem Anschein nach. Aber gegen diese Theorie hatte Wexford einiges einzuwenden. Williams hatte im Jahr 25000 Pfund verdient, und selbst wenn er hohe Abzüge gehabt hatte, konnte eine solche Summe unmöglich auf 500 Pfund im Monat schrumpfen. Zweitens wären die Beträge von Monat zu Monat verschieden gewesen, nicht immer dieselbe runde Summe. Drittens wäre das Geld jeden Monat am selben Tag eingegangen, mit geringfügigen Abweichungen, und nicht einmal am 1. und dann wieder am 8.

Was geschehen war, lag klar auf der Hand. Williams hatte irgendwo ein eigenes Konto, auf das die Firma sein Gehalt überwies. Und von diesem Konto ließ er allmonatlich 500 Pfund auf das gemeinsame Konto überweisen. Wenn das zutraf, und etwas anderes war kaum möglich, war es sinnlos, Joy zu fragen, ob ihr Mann seit seinem Verschwinden etwas von diesem gemeinsamen

Konto abgehoben hatte. Sevensmith Harding würden wohl keine Bedenken haben, ihm zu verraten, wo dieses andere Konto war. Das Problem würde der starrköpfige Bankdirektor sein, der sich weigerte, ihm Informationen über das Konto eines Kunden zu geben. Er sah sich noch einmal den Auszug vom April an. Am 2. April waren 500 Pfund eingezahlt worden. Einen Auszug für den laufenden Monat gab es noch nicht, da der Mai erst halb vorbei war.

Joy kam wieder herein und sah vergnügter und lebhafter und jünger aus, als er sie je gesehen hatte. Sie hatte mit ihrem Sohn gesprochen, mit ihrem Liebling.

«Ich bitte Sie, bei Ihrer Bank anzurufen und zu fragen, ob Anfang des Monats die üblichen 500 eingegangen sind. Würden Sie das tun?»

Sie nickte. Er forderte sie auf, ihm etwas über den letzten Nachmittag und Abend zu erzählen, den Williams zu Hause verbracht hatte. Nachmittags habe Rod den Rasen gemäht, sagte sie, und dann sei er mit ihr zum Einkaufen in den Tesco Discount gefahren. Sie habe keinen Führerschein.

«Als wir wieder zu Hause waren, haben wir eine Tasse Tee getrunken. Rod hat ein Sandwich gegessen. Er sagte, er werde irgendwo unterwegs essen. Dann ist er hinaufgegangen, hat seinen Koffer gepackt, und weg war er. Am Sonntag sei er wieder da, sagte er noch.» Sie lachte rauh auf. «Und seither kein Lebenszeichen mehr. Nach zweiundzwanzig Jahren.»

«Was haben Sie mit dem restlichen Abend angefangen?»

«Ich?»

«Ja. Was haben Sie gemacht? Sind Sie zu Hause geblieben? Oder ausgegangen? Hat Sie jemand besucht?»

«Ich bin mit dem Bus zu meiner Schwester gefahren. Sie wohnt in Pomfret. Ich habe eine Kleinigkeit gegessen, und dann bin ich zu meiner Schwester gefahren.»

«Sara war hier. Oben.» Joy zeigte zur Zimmerdecke. «Hat für ihr Abitur gebüffelt, nehme ich an.» Das klang geringschätzig, als sei ihr unverständlich, wie sich ihre Tochter mit so etwas abgeben konnte.

Etwas war falsch an ihrer Schilderung, so konnte der Abend nicht verlaufen sein, irgend etwas paßte nicht zusammen, aber Wexford kam einfach nicht dahinter, was es war.

«Ich möchte gern mit Sara sprechen», sagte er.

«Wenn es sein muß.»

Sie drehte sich in ihrem Sessel um und sah ihm voll ins Gesicht. Der Fernseher war für den Augenblick vergessen.

«Sie ist zwar in ihrem Schlafzimmer, aber Sie können ruhig hinaufgehen.» Wieder kam ihr schreckliches Lachen. «Sie hat bestimmt nichts dagegen. Eher das Gegenteil, wie ich sie kenne.»

## 4

Also hatte man die kleine Sara, die aussah wie eine Botticelli-Jungfrau, mit einem Jungen im Bett erwischt. Oder doch nicht im Bett, eher auf der gelben Plastikcouch oder auf den Rücksitzen eines Autos. Mit Töchtern hatte man es schwer. Man war aufgeklärt, fortschrittlich und tolerant, doch wenn es sich um die eigene Tochter handelte, sah plötzlich alles ganz anders aus. Das rechtfertigte jedoch kaum Joys herabsetzende Anspielungen. Während Wexford die Treppe hinaufstieg, sagte er sich, daß Mr. Williams ganz offensichtlich kein besonders sympathischer Zeitgenosse gewesen war, aber Mrs. Williams mochte er auch nicht. Allerdings kam es nicht darauf an, ob er für die beiden etwas übrig hatte oder nicht. Vielleicht war es verständlich, daß die Frau so war. Sie machte eine schwere Zeit durch. Sie, die eben ihren Mann verlor, mußte Bitterkeit gegen die Tochter empfinden, die auf rosaroten Wolken ging. Vielleicht hatte sie Sara und den Jungen erst kürzlich ertappt.

Wexford wußte, welches Schlafzimmer es war, denn durch die Tür drang Musik. Rockmusik, untermalt von monotonem Trommelschlag. Inzwischen mußte Sara seine Schritte auf der Treppe gehört haben. Er hatte absichtlich ein bißchen Lärm gemacht, was auf dem mit dünnem Nadelfilz belegten Linoleum nicht schwierig gewesen war. Er klopfte.

Sie rief nicht «Herein!» Sie öffnete selbst. Wexford achtete meist darauf, wie jemand auf ein Klopfen reagierte. Es war sehr aufschlußreich im Hinblick auf Charakter und die Motive, von denen ein Mensch sich leiten ließ. Die Frau, die «Herein» ruft, ist zum Beispiel viel offener, ungezwungener und umgänglicher als eine, die selbst die Tür öffnet. Letztere ist verschwiegen und zurückhaltend. Was hat sie in den etwa dreißig Sekunden, ehe sie öffnet, hastig in eine Schublade geworfen oder unter einer Zeitschrift versteckt.

Er sah auf den ersten Blick, daß Sara sich ihr Zimmer selbst ausgestaltet hatte. Das Anziehende, das es besaß, hatte nichts mit den Möbeln, dem Teppich und den Vorhängen zu tun, die ihre Eltern beigesteuert hatten. Das Schlafzimmer war winzig. Wexford hatte, als die Mädchen klein waren, ein paar Räume anbauen lassen, doch dieses Haus war noch genauso, wie es ursprünglich gewesen war. Es gab ein großes eheliches Schlafzimmer nach vorn hinaus, ein etwas kleineres mit Blick in den Garten – das hier wohl dem Sohn «zustand» – und eine kaum sechs Quadratmeter große Kammer für die Tochter. Sie hatte die Wände mit Postern tapeziert. Auf einem galoppierte ein rotes Pferd durch den Schnee – der Maler war ein Naiver der jugoslawischen Schule –, auf einem anderen prangte ein gitarrespielender magerer, nackter Schwarzer. Dazwischen hingen ein Tennisschläger und eine Strohpuppe und eine Collage aus Tarotkarten. Das eindrucksvollste Poster war vielleicht jenes, das gegenüber der Tür hing. Ein harpyenähnliches Wesen mit dem Kopf und den Brüsten einer Frau und dem Körper, den Schwingen und den Krallen eines Raben, das ein sich aufrollendes Band mit dem Aufdruck ARRIA – ein Kurzwort? – umklammerte. Wexford erinnerte sich an das T-Shirt, das Sara getragen hatte, als er sie zum erstenmal sah. Die Rabenfrau hatte das Gesicht einer Britannia oder Boadicea, eines jener edlen, schönen, furchtlosen, fanatischen Gesichter, bei deren Anblick man am liebsten die Messer wegschließen und nach Valium greifen möchte.

Bücherregale, die aussahen, als seien sie von Sara selbst gezimmert, darin die Taschenbuchausgabe einer Biographie von Sigmund Freud, außerdem Phyllis Großkurths *Havelock Ellis,* Erich Fromm, Robert D. Laing, Freud *Eine Kindheitserinnerung des Leonardo da Vinci,* Erin Pizzey und Jeff Shapiro über Inzest und Kindesmißbrauch, aber kein einziger Roman. Während ihr winziges Radio die Hintergrundmusik lieferte, hatte sie an einem Toilettentisch gesessen, der gleichzeitig als Schreibtisch diente, und für ein Examen geschwitzt. Unverkennbar Chemie. Das Lehrbuch mit den Formeln war aufgeschlagen.

«Wir bemühen uns, Ihren Vater zu finden, Sara», sagte Wexford. «Ich möchte nicht behaupten, daß er verschwunden ist, aber er hat sich sehr gut versteckt.»

Sie musterte ihn ernst und zurückhaltend. Sie hatte eine wunderschöne Haut, cremefarben, samtig, mit Sommersprossen wie Goldstaub auf der Nase. Als sie ihm die Tür öffnete, hatte sie einen grünen Filzstift in der Hand. Auf den Rücken der anderen Hand hatte sie sich eine grüne Schlange gemalt. Teenager hatten ihre Hände schon immer bemalt, sie hatten es getan, als er und als seine Töchter in diesem Alter gewesen waren, doch jetzt schien es ganz besonders in Mode gekommen zu sein. Hände, Arme und Körper mit roten, schwarzen und grünen Zeichnungen zu «verzieren», war «in». Sara hatte mit ihrem grünen Filzstift eine Schlange mit Pünktchen gemalt, nicht zusammengerollt, sondern lang und wellenförmig, die gespaltene Zunge herausgestreckt.

«Haben Sie sich überlegt, wo er sein könnte?»

Sie schüttelte den Kopf, steckte die Hülse auf den Filzstift und legte ihn weg.

«Wann waren Sie das letzte Mal mit Ihrem Vater zusammen? Waren Sie hier, als er ging?»

Sie zögerte, nickte dann. «Es war der zweite Schultag nach den Osterferien. Ich kam erst später nach Hause, weil ich in der Bibliothek zu tun hatte. Sie hatten ein Buch für mich, ein neues Buch, für das ich mich hatte vormerken lassen.» Sie nahm zwei Bücher vom Stapel und reichte ihm das nächste. Sie wollte beeindrucken, es war ein wissenschaftliches Buch. William Stern *Psychologie der frühen Kindheit.* Er interessierte sich nicht sonderlich für das Buch selbst, um so mehr aber für den Datumsstempel der Bibliothek. «Ich habe in der Bibliothek angerufen und um Fristverlängerung gebeten», sagte sie, als müsse sie sich verteidigen. «Es ist ein sehr schwieriges Buch, ich hab's nicht geschafft, es in drei Wochen zu lesen.» Endlich lächelte sie und verwandelte sich sofort in eine Schönheit. «Ich will damit nicht sagen, daß es für mich zu schwer ist, aber ich stehe vor dem Abitur, und das hat Vorrang.»

«Sie interessieren sich sehr für diese Dinge, nicht wahr?»

«Ich habe einen Studienplatz für Medizin bekommen», antwortete sie, «an der medizinischen Fakultät von St. Biddulph.» Dort hatte auch Crocker studiert, erinnerte sich Wexford. «Er ist mir natürlich sicher, hängt aber im Endeffekt von meinen Abiturnoten ab.» Sie sagte das so selbstsicher, als wisse sie schon jetzt, daß ihr Notendurchschnitt ausreichen werde. «Ich muß mindestens drei Zweien haben, aber eine Eins und zwei Zweien wären besser.»

Sie mußte sehr intelligent sein. Vor ein oder zwei Jahren hatte man eine Statistik veröffentlicht, aus der hervorging, daß viel zu viele junge Leute Medizin studierten und es Ende des 20. Jahrhunderts in Britannien vierzigtausend überzählige Ärzte geben würde. Die medizinischen Fakultäten waren daher angewiesen worden, ihre Anforderungen zu erhöhen und weniger Studenten aufzunehmen. Wenn Sara Williams daher schon einen Studienplatz an der sehr angesehenen Fakultät von St. Biddulph hatte ...

«Ihre Eltern müssen sehr stolz auf Sie sein.»

Der durchdringende Blick, den sie ihm zuwarf, sagte ihm, daß er etwas Dummes oder wenigstens höchst Unangebrachtes gesagt hatte.

«Wie ich sehe, kennen Sie meine Eltern nicht.»

«Wäre ihnen denn etwas anderes für Sie lieber?»

«Ich könnte Stenotypistin werden, nicht wahr? Oder Krankenschwester. Da bekäme ich schon während der Ausbildung ein Gehalt, nicht wahr?» Ihre Stimme war voller Verachtung und Zorn. «Aber sie können mich nicht halten. Außerdem bekomme ich Studienbeihilfe. Keine Ahnung, was ich in der guten alten Zeit getan hätte.»

Mit der «guten alten Zeit» meinte sie wohl die, in der er jung gewesen war und die Eltern für die Ausbildung ihrer Kinder aufkommen mußten. Wenn sie das nicht konnten, mußte man sich sein Studium eben selbst erarbeiten. Heutzutage lagen die Dinge anders. Ein Vater konnte kein Machtwort mehr sprechen, zumindest hatte es nicht mehr dieselbe Wirkung. Er konnte eigentlich nur noch zu- oder abraten.

«Also – wie war das, als Sie Ihren Vater zum letztenmal gesehen haben?» erinnerte er sie.

Ihr Zorn war verraucht. Sie war wieder sachlich, zählte Fakten auf. Manchmal jedoch klang es unverkennbar spöttisch, wenn sie von ihrem Vater sprach. Als sei er eine lächerliche Figur oder ein Organismus, den sie unter dem Mikroskop betrachtete.

«Als ich nach Hause kam, wollte er gerade gehen. Ich hörte ihn mit Mutter über die Route sprechen, die er nehmen wollte. Die A 26 nach Tonbridge, dann durch den Dartford-Tunnel auf die M 25 und schließlich über die A 12 nach Ipswich.»

«Warum hat er ihr die Route so genau erklärt? Hat sie sich dafür interessiert? Ich meine, war das nicht die Route, die er immer fuhr?»

«Ich habe Ihnen schon gesagt, Sie kennen meinen Vater nicht. Erstens ist ihm völlig gleichgültig, was andere interessiert. Vater spricht viel über Autos, über das Autofahren, über Straßen, über solche Dinge eben. Ich interessiere mich überhaupt nicht dafür, und doch redet er mit mir darüber. Das Auto ist für ihn ein Mensch, eine Frau, und es hat sogar einen Namen. Es heißt Greta. Greta, die Granadinerin.»

«Ihr Vater ging also, Ihre Mutter fuhr nach Pomfret, und Sie blieben zu Hause, um zu lernen?»

Bildete er sich das Zögern ein, das kurze Aufflackern in ihren Augen, das einem Warnsignal glich?

«Das stimmt. Ich gehe zur Zeit am Abend nicht weg. Dazu habe ich keine Zeit.» Sie lächelte wieder, doch diesmal wirkte es sehr gekünstelt. «Ich habe gehört, man hat seinen Wagen gefunden.»

«Ja, nachdem man die Räder abmontiert und das Radio gestohlen hatte.»

«Also waren Menschenfresser am Werk», sagte sie und lachte genau wie ihre Mutter. «Arme alte Greta!»

Dürfte er sich einmal im ganzen Haus umsehen? Vor allem in Williams' Papieren und Kleidungsstücken? Joy hatte nichts dagegen. Der Fernseher krakeelte durch den Fußboden, und Popmusik hämmerte durch die Wände. Im Buch der Regeln über menschliches Verhalten, das er genau im Kopf hatte, war eines der ersten Gesetze jenes über die Verteilung der Schlafzimmer. Die britische Mittelklasse bewohnte meist Häuser mit drei Schlafzimmern, einem großen, einem mittelgroßen und einem kleinen. In einer Familie, die aus Eltern, Sohn und Tochter bestand, bekam die Tochter stets das zweite Schlafzimmer und der Sohn das winzige, unabhängig davon, wer von den beiden der ältere war. Es war ein Aspekt im Leben – hätten die Feministinnen erklärt, wenn es ihnen aufgefallen wäre –, bei dem das weibliche Geschlecht gegen das männliche im Vorteil war. Vermutlich kam es daher, daß die Mädchen von Anfang an mehr ans Haus gebunden wurden, sich mehr auf häusliche Dinge konzentrierten und praktisch auf ihre vier Wände angewiesen waren. Was den Feministinnen wiederum nicht sehr recht wäre. In diesem Haushalt war es jedoch das Mädchen, das das kleinste Zimmer hatte, obwohl der Bruder jetzt meistens nicht da war. Selbstverständlich war es möglich, daß Sara selbst es so gewollt hatte. Doch irgendwie glaubte er es nicht.

Wexford öffnete die Tür des zweiten Schlafzimmers und warf einen Blick hinein. Ziemlich neue Schlafzimmermöbel aus Kiefernholz, zwei helle afghanische Teppiche, eine Tagesdecke mit Fransen, die unverkennbar von Mark und Spencer stammte. Er erkannte das Muster. Es sah so aus, als habe hier jemand mit wenig Geschmack und wenig Geld sein Bestes getan, um ein «hübsches» Zimmer daraus zu machen. Die einzige «persönliche Note», die der Bewohner beigesteuert hatte, war die Weltkarte, die er gegenüber vom Bett an die Wand gehängt hatte.

Das Elternschlafzimmer war so groß wie das der Wexfords und hatte dieselben Proportionen. Die Wände waren sogar in demselben Farbton gestrichen wie bei ihm, *Sevenstar Orangenblüte*. Hier endete aber auch jede Ähnlichkeit. Die Williams' schliefen in einem Doppelbett, von denen jedes schmaler war als die üblichen neunzig Zentimeter. Joy schlief in dem Bett am Fenster, das erkannte er an dem mit gestepptem pfirsichfarbenen Satin überzogenen muschelförmigen Kasten für das Nachthemd. Die übrige Einrichtung bestand aus einem Schrank, einem Toilettentisch, einem Hocker, einer Kommode und zwei Nachtschränkchen aus dunklem, rötlichem Holz mit Mattglanz und goldfarbenen Griffen. Außerdem gab es noch einen Einbauschrank.

Wexford schaute zuerst in die Schublade des Nachtschränkchens zwischen Williams' Bett und der Tür. Er fand ein leeres Etui für Manschettenknöpfe, einen Kamm, eine Tube antiseptische Hautcreme, eine unbenutzte Zahnbürste, ein Röhrchen Halspastillen, zwei Sicherheitsnadeln, mehrere Kragenversteifer aus Plastik, eine halbvolle Flasche Nasentropfen und ein leeres Pillenfläschchen. Auf dem Etikett stand: *Mandaret. Zweimal täglich eine Tablette. Rodney Williams.*

Im Schränkchen selbst lagen zwei Spionagethriller in Taschenbuchform, ein noch nicht benutzter Schreibblock, ein gültiger britischer Paß, ausgestellt auf den Namen Mr. R. J. Williams, ein sauberes Taschentuch mit dem eingestickten Buchstaben «R» und zwei elektrische Rasierapparate.

Im Schrank hingen Joys Kleider, eine Sammlung, von der ein ungewaschener, unsauberer Geruch ausging, vermischt mit einem Hauch Kampfer und irgendeinem Desinfektionsmittel. Rodney

Williams' Sachen waren im Einbauschrank. Ein Mantel, eine Schaffelljacke, ein Regenmantel aus Plastik, zwei hüftlange regendichte Jacken, ein schäbiges und ein neues Sportjackett, vier Anzüge, zwei sportliche Leinenhosen. Es waren lauter gute Sachen, von wesentlich besserer Qualität als die von Joy. Keine umfangreiche Garderobe, dachte Wexford, untersuchte das Futter von Mantel und Jakken und griff in die Taschen. Im Seitenteil lagen Unterwäsche und Schlafanzüge, und auf dem Schrankboden standen drei Paar Schuhe und ein Paar Sandalen. Für Kleidung hatte Rodney Williams das Geld, das ihm übriggeblieben war, bestimmt nicht ausgegeben. Es sei denn, er hatte mehr mitgenommen, als Joy und Sara wußten. Vielleicht hatte er im Lauf des Tages heimlich ein paar dicke Koffer in den Kofferraum seiner Greta geschmuggelt.

Das Eßzimmer wurde nur selten benutzt, das merkte man ihm an. In der Mitte stand ein heller, polierter Tisch mit vier hellen Stühlen, deren Sitzflächen mit Möbelplüsch bezogen waren. Eine Anrichte mit einer Capo da Monte-Schale darauf nahm eine ganze Wand ein, und gegenüber thronte ein Zylinderschreibtisch aus Mahagoni, wahrscheinlich ein ererbtes Stück und ganz gewiß das schönste im ganzen Haus. Ein bis zum Fußboden reichendes Flügelfenster mit Obergardinen aus senfgelbem Rips – offenbar der Lieblingsfarbe von Joy Williams – blickte auf den Hintergarten, etwa sechshundert Quadratmeter ungepflegten Rasens mit einem dichten Holzzaun rundherum. Zwei Apfelbäumchen mit in der Abenddämmerung blaß schimmernden Blüten hellten die Trostlosigkeit ein wenig auf. Es sah nicht so aus, als sei das Gras, inzwischen gut fünfzehn Zentimeter hoch, seit Williams' Verschwinden vor fünf Wochen noch einmal gemäht worden.

Der Schreibtisch war nicht abgeschlossen. Wexford schob den Rolladen hinauf. Die Fächer waren fast leer. Briefpapier ohne Kopf, Kuverts, ein Fläschchen Tinte in einer Schachtel, aus der es nie herausgenommen worden war und auch nie herausgenommen werden würde, eine Schachtel Reißzwecken, eine Glasflasche mit Klebstoff, eine Rolle Klebeband. In einer Schublade lagen lauter alte Weihnachtskarten, in der anderen eine quittierte Stromrechnung, ein Taschenrechner und ein zerbrochener Kugelschreiber.

Wexford schaute in die kleinen seitlichen Fächer, fand jedoch weder aufgebrauchte Scheckbücher noch andere, die noch Scheckformulare enthielten. Joy trug ihr Scheckbuch wahrscheinlich immer in der Handtasche mit. Er ging zu ihr zurück. Sie saß noch immer vor dem Fernseher. Über den Bildschirm flimmerte jetzt die Endlos-Serie *Startbahn,* in der seine Tochter Sheila die Hauptrolle der heldenhaften Stewardess spielte. Vielmehr in der vorigen Woche zum letztenmal gespielt hatte. Aber das war ein streng gehütetes Geheimnis und bisher nur ihrer Familie bekannt. Bisher hatte noch nicht einmal die Presse Wind davon bekommen, daß im Herbst eine Katastrophe die Karriere der Stewardess Charlotte Riley für immer beenden würde.

Joy Williams wußte es nicht. Falls sie wußte, daß Sheila seine Tochter war, ließ sie sich nichts anmerken. Es war ein merkwürdiges Gefühl, neben ihr zu stehen und mit ihr seiner Tochter zuzusehen, die sich bemühte, einen unleidlichen Passagier zu beschwichtigen. Dann tat er, was Dr. Crocker ihm empfohlen hatte, ging aber nicht ganz soweit, den Stecker herauszuziehen, sondern schaltete den Apparat nur aus. Joy sah blinzelnd zu ihm auf.

«Besitzt Ihr Mann eine Schreibmaschine, Mrs. Williams?»

«Eine Schreibmaschine? Nein.»

«Nimmt er noch *Mandaret*?»

Sie nickte und schaute zu dem leeren Bildschirm hinüber, als müsse er selbsttätig und ohne Strom wieder lebendig werden.

«Es ist ein Mittel gegen Bluthochdruck, nicht wahr?»

«Ja, er leidet seit zwei oder drei Jahren unter zu hohem Blutdruck.»

«Ich habe in seinem Nachtschränkchen eine leere Flasche gefunden und nehme an, er hat sich einen Tablettenvorrat mitgenommen?»

«Die Tabletten würde er nie vergessen. Er wollte nicht einmal einen Tag lang damit aussetzen. Er nahm immer eine nach dem Aufstehen und eine zum Tee.»

«Ich nehme doch an, daß er Gepäck mitgenommen hat? Einen Koffer? Etwas, wo er seine Sachen unterbringen konnte.»

Wieder nickte sie nur.

«Was hatte er an?»

«Wie bitte?»

«Was für einen Anzug hat er getragen, als er nach Ipswich aufbrach?»

Sie konnte sich nicht erinnern, das war ganz offensichtlich. Sie sah ihn verständnislos an – und sie wirkte gelangweilt. Wexford begriff in diesem Moment, daß sie ihren Mann nicht liebte, vielleicht schon seit Jahren nicht mehr. Ob er anwesend oder abwesend war, ließ sie völlig gleichgültig, für sie zählten nur der Status als verheiratete Frau und das Geld, das Williams nach Hause brachte. Oder waren ihre Gefühle komplizierter und vielschichtiger? Wahrscheinlich waren sie das. Das sind Gefühle immer. Was eine Frau für ihren Mann und ein Mann für seine Frau empfindet, läßt sich nicht einfach und klar analysieren.

Er fragte noch einmal nach der Kleidung.

«Irgendeine rehfarbene Hose», antwortete sie und verzog das Gesicht, so sehr mußte sie sich anstrengen, um sich zu erinnern. «Aus festem Köper mit Kordsamteffekt. Einen dunkelblauen Pullover. Hängt sein Regenmantel oben?»

«Einer aus Plastik, ja.»

«Nein, er hat einen guten Regenmantel. Fast neu. Den hat er wohl mitgenommen. Ich schätze, er hatte auch ein Jackett im Koffer. Wahrscheinlich die braune Wildlederjacke.»

«Hat er sich naß oder trocken rasiert?»

«Wie bitte?»

«Hat er einen Rasierapparat mit Rasiercreme und Wasser benutzt?»

«O ja, er kam mit den elektrischen nicht zurecht. Er hat es versucht, aber es klappte nie.»

Das erklärte den Remington und den Phillips im Nachtschränkchen. Joy starrte unglücklich auf den leeren grauen Bildschirm. Wexford hatte das Gefühl, es sei grausam, ihr den einzigen Trost zu nehmen – wie wenn man einen hungrigen Hund nicht an seine gefüllte Schüssel ließ. Er fragte sie nach Namen und Adresse ihrer Schwester und schaltete den Fernseher wieder ein. Sie sah ihn an, als halte sie ihn für total verrückt, aber sie sagte nichts, und ihre Augen kehrten wie magisch angezogen zum Bildschirm zurück. Dort war Sheila eben dabei, sich in einem Hotelzimmer in Hongkong für einen Abend mit dem Kapitän der Boing 747 umzuziehen.

Auf dem Heimweg dachte Wexford über Williams und über Geld nach. Was hatte der Mann mit dem ganzen Geld gemacht? Auch wenn man Steuern und andere Abzüge abrechnete und seinen knausrigen Beitrag zur Haushaltskasse berücksichtigte, mußten ihm im Jahr mindestens 12000 Pfund geblieben sein. Er hatte einen

Firmenwagen gefahren, das Geld also nicht für Autos ausgegeben. In seinem Paß, der sieben Jahre alt war, war eine einzige Reise nach Mallorca eingetragen. Er leistete sich also auch keine teuren Auslandsreisen. Natürlich mußte er noch seinen studierenden Sohn erhalten, der bei einem so gut verdienenden Vater kaum mit einer Studienbeihilfe rechnen konnte ...

Und plötzlich wußte Wexford, was ihn seit einer Stunde im Unterbewußtsein beschäftigt hatte. Williams war am Donnerstagabend abgefahren. Und am Donnerstagabend rief Kevin Williams regelmäßig zu Hause an. Und an dem Donnerstag, an dem sein Vater verschwunden war, hatte er bestimmt zum erstenmal nach den Osterferien angerufen. Doch seine Mutter, die ihn ganz offensichtlich anbetete, nervös auf seine Anrufe wartete und stolz darauf war, daß er pünktlich jede Woche mit ihr telefonierte – ausgerechnet diese Mutter war an jenem Donnerstag ausgegangen, obwohl sie nichts Wichtigeres vorgehabt hatte als einen Besuch bei ihrer Schwester.

Wenn sie bei ihrer Schwester gewesen war ...

Und wie war das mit Williams' Kleidung? Log Joy, wenn sie behauptete, er habe nur eine Jacke und einen Regenmantel mitgenommen? Oder wußte sie nicht, was er eingepackt hatte? Wexford konnte sich eigentlich nicht gut vorstellen, daß Williams sein Auto in der Arnold Road abgestellt und dann große, vollgestopfte Koffer eine Viertelmeile weit zum Bahnhof Myringham-Süd geschleppt hatte. Warum war er überhaupt nach Myringham gefahren, wenn er einen Zug nach London nehmen wollte? Kingsmarkham lag acht Meilen näher ...

Eine Woche später tauchte Williams' Kleidung – oder zumindest ein Teil davon – wieder auf.

## 5

Eine einsame Landstraße verbindet Kingsmarkham mit Pomfret. Hat man die Forest Road hinter sich gelassen, sieht man nur noch auf den Abhängen der sanft ansteigenden Hügel ein paar einzelne Häuser, vom Cheriton Forest überragt. Der Wald wirkt ein bißchen dunkel und drohend – wie alle Nadelwälder. Am Horizont ragt ein

Obelisk auf, eine steinerne Nadel, die ein einheimischer Magnat vor etwa hundertfünfzig Jahren dort errichten ließ.

Fast das letzte Haus von Kingsmarkham ist die Polizeistation. Ihr gegenüber zweigt von der High Street die Cheriton Lane ab, die zum Tennis-Club führt. Etwa ein Dutzend weiterer schmaler Straßen bilden ein kleines abgeschlossenes Wohnviertel. Die Gärten der Häuser in der Forest Road grenzen an die Felder. Und zwischen dem Clubgelände und der Stadt gibt es wieder nur Felder, durch die diagonal ein Fußweg verläuft. Ungefähr zweihundert Meter hinter der Polizeistation in Richtung Pomfret steht die letzte Straßenlaterne, und dann gibt es nur noch eine einzelne an der Bus-Haltestelle.

Diese Haltestelle mit Wartehäuschen liegt ungefähr in der Mitte zwischen den beiden Städten. Das Wartehäuschen hatte man aufgestellt, weil dort keine Bäume sind, die vor Wind und Regen schützen können. Und an diesem Abend regnete es, wie schon seit Tagen, und es sah aus, als wehten graue Schleier über die Wiesen.

Der letzte Bus von Pomfret nach Kingsmarkham, der um zehn Uhr vierzig eintreffen sollte, verspätete sich um zehn Minuten. Er fuhr wegen des schlechten Wetters nicht allzu schnell, und unter seinen Reifen spritzte hoch das Wasser auf. Die Haltestelle mit dem Wartehäuschen wurde nicht nur bei Bedarf, sondern regelmäßig angefahren, also lenkte der Fahrer den Bus in die Parkbucht, hielt kurz, wollte aber sofort weiterfahren, da hier niemand wartete. Plötzlich schrie eine Frau auf, die in der ersten Reihe links saß. Der Fahrer, der schon Gas gegeben hatte, bremste wieder, und der Bus blieb ruckelnd stehen.

«Dort kriecht jemand auf dem Gehsteig herum!» rief die Frau.

An den Vorplatz des Wartehäuschens schlossen sich hier ein paar Meter Gehsteig an. Der Busfahrer stieg aus. Zwei oder drei Fahrgäste widersetzten sich seiner Anordnung, im Wagen zu bleiben – wer war er denn, daß er sie herumkommandieren durfte? –, und folgten ihm. Auf den Eindeckerbussen fuhr kein Schaffner mit. Es goß jetzt in Strömen, der Regen trommelte auf den Vorplatz, den Randstein und das triefende Bündel, das wimmernd und aus einer Brustwunde blutend, weiterkroch.

Der Busfahrer hatte zuerst geglaubt, es sei ein verletzter Hund. Aber die Frau hatte recht gehabt, es war ein Mann. Er kroch auf den Fahrer zu und rollte ihm dann vor die Füße.

Am nächsten Tag begann am anderen Ende von Kingsmarkham, auf der Forby-Seite, eine Firma namens Mid-Sussex Kanal- und Tiefbau einen Teich auszubaggern. «Green Pond Hall» hatte jahrelang leergestanden, doch im Januar hatte sich endlich ein Käufer gefunden, und im April wurde der Kaufvertrag unterschrieben. Zu dem Besitz gehörten ein Teich und ein Bach, in dem der neue Eigentümer Forellen züchten wollte.

Einen See nennt man eine Wasserfläche von mindestens einem Morgen. Für einen See war der Green Pond ein bißchen zu klein, aber er war ein sehr großer Teich. Er hatte kein stehendes Wasser, denn durch die Mitte floß der kleine, schnelle Bach, verschwand in einem Rohr, das unter einem Weg durchführte, kam auf der anderen Seite wieder rauschend und schäumend an die Oberfläche und mündete schließlich in den Kingsbrook. Trotzdem war der Teich flach und mit dem dicken grünen Schleim der Wasserpflanzen bedeckt. Er mußte gesäubert und sollte ausgehoben werden. Außerdem mußte man die Algen ausrotten, die – wie man bei der Mid-Sussex Kanal- und Tiefbau meinte – durch den Stickstoff so überhand genommen hatten, mit dem die benachbarten Wiesen gedüngt wurden. Im Grundnetz fand man nach der Säuberung des Teichs einen Einkaufskorb ohne Henkel, eine Anzahl Flaschen, Gläser und Glühlampen, einen Auspufftopf, Zweige und gehacktes Holz, Steine, darunter Feuersteine und Kreidebrocken, einen Gummistiefel, eine feuerfeste Kasserolle, abgestoßen und gesprungen, eine metallene Türklinke, ein Schloß, eine Schere und eine dunkle burgunderrote Reisetasche.

Die Tasche war mit grünem Schleim und feinkörnigem schwarzem Schlamm bedeckt, doch nachdem man die Schnallen und den Reißverschluß geöffnet hatte, stellte man fest, daß nur Wasser durch die Nähte gedrungen war. Die Sachen waren zwar klatschnaß, aber nicht verfärbt. Das Kleidungsstück, das zuoberst lag, war ein brauner Wildlederblouson.

Es war reines Glück, dachte Wexford, daß William Milvey, der Chef der Mid-Sussex Kanal- und Tiefbau, Geld in der Tasche gefunden hat. Zehn Fünfer, zusammengerollt und mit einem Gummiband zusammengehalten. Wären in der Tasche nur Kleidungsstücke gewesen, hätte er sie vermutlich zu dem anderen Unrat in die Grube geworfen, die eigens zu diesem Zweck ausgebaggert worden war. Geld, das hatte Wexford schon oft festgestellt, übte auf

Menschen eine geradezu elektrisierende Wirkung aus. So mancher, der sich für absolut ehrlich hält, behält zwar eine Fundsache, die mit Geld erstanden wurde, nie aber das Geld selbst. Als treffe die Wendung «der glückliche Finder» nur auf jemanden zu, der eine Sache findet, als sei Geld etwas Erhabenes, das ausschließlich dem zusteht, der es verdient hat.

Doch selbst dann hätte Wexford wahrscheinlich nie etwas von der Tasche gehört, hätte in der Brusttasche des Blousons nicht eine Organspenderkarte gesteckt, die mit R. J. Williams unterschrieben war.

William Milvey wußte, wer R. J. Williams war. Er wohnte in der Alverbury Road im übernächsten Haus.

Um das zu erfahren, brauchte Wexford ungefähr eine halbe Stunde. Er vernahm Milvey sehr gründlich. Hatte er die Tasche schon im Teich liegen sehen, bevor er sie im Netz entdeckte. O ja, er denke schon. Nun, da Wexford die Sache erwähne, glaube er sich zu erinnern, daß er am anderen Ufer, in der Nähe des Weges, einen rötlichbraunen Klumpen im Wasser liegen gesehen hatte. Nein, er hatte ihn nicht angefaßt und auch nicht versucht ihn herauszuholen. Das war mit dem Grundnetz geschehen.

Milvey war ein kleiner, untersetzter Mann mit den großen, schweren Händen eines Menschen, der sein Leben lang harte manuelle Arbeit verrichtet hat. Er mußte ungefähr fünfzig sein. Der Taschenfund schien ihn ungewöhnlich aufgeregt zu haben – zumindest hatte Wexford den Eindruck, daß er ungewöhnlich erregt war.

«50 Pfund», sagte er immer wieder, «und diese gute Jacke.»

«Haben Sie im Park von ‹Green Pond Hall› jemanden gesehen?»

«Sie meinen irgendeinen Typen, der irgendwas im Schilde führte?»

«Ich meinte, ob Sie überhaupt jemanden gesehen haben – egal wen.»

«Wir haben niemanden zu Gesicht bekommen und auch nichts gehört.»

Auf der Zufahrt, die von der Forby Road abzweigte, oder auf dem Pfad, der um das tiefer gelegene Ufer des Teichs führte, waren vielleicht Reifenspuren gewesen, nachdem der Dauerregen den Boden in Schlamm verwandelt hatte. Doch die großen, schweren Reifen des Baggers der Mid-Essex Kanal- und Tiefbau hatten alle anderen eventuell vorhandenen Spuren vernichtet.

Milvey konnte sich nicht erinnern, ob Reifenspuren dagewesen waren oder nicht. Sie holten den zweiten Mann herein und befragten ihn, doch auch er wußte es nicht mehr.

«50 Pfund», sagte Milvey, «und die gute Jacke. Einfach weggeschmissen.»

«Lassen Sie mir Ihre Adresse hier, Mr. Milvey. Ich muß wahrscheinlich noch einmal mit Ihnen reden. Privat- oder Geschäftsadresse, das ist mir egal.»

«Es ist ein und dieselbe. Ich arbeite schließlich von zu Hause aus, nicht wahr?» Er sagte das so, als habe er es für selbstverständlich gehalten, daß Wexford das wußte. Und im selben geduldigen Tonfall milden Erstaunens fügte er hinzu: «Kingsmarkham, Alverbury Road 27.»

«Heißt das, daß Sie Mr. Williams' übernächster Nachbar sind?»

Milveys Miene, obwohl offen und arglos, verriet leichtes Unbehagen. «Ich hab gedacht, das wissen Sie.»

«Nein, ich wußte es nicht.» Undeutlich erinnerte sich Wexford jetzt, daß er gelesen hatte, beim Stadtbauamt sei der Antrag eingegangen, im Garten von Alverbury Road 27 den Bau einer Garage oder vielmehr eines Hangars zu genehmigen, der so groß war, daß man einen Bagger darin unterbringen konnte. Da es sich um eine reine Wohngegend handelte, war der Antrag selbstverständlich abgelehnt worden. «Dann müssen Sie Mr. Williams doch kennen.»

«Wir grüßen uns», antwortete Milvey. «Meine Frau schwatzt ab und zu mit Mrs. Williams. Meine Tochter ist in derselben Klasse wie Sara.»

«Mr. Williams wird vermißt», sagte Wexford kurz. «Er ist seit einem Monat verschwunden – oder sogar noch länger.»

«Ach, tatsächlich?» Milvey sah nicht überrascht aus, sagte jedoch auch nicht, er habe es schon gewußt. «50 Pfund in Scheinen», sagte er, «und eine Jacke, die dreimal soviel wert ist.»

Wexford ließ ihn gehen.

«Das muß ein Zufall sein», sagte Burden.

«Wirklich, Mike? Dann wäre es aber schon ein verdammter Zufall, nicht wahr? Williams verschwindet, weil er etwas getan oder weil jemand ihm etwas angetan hat. Seine Reisetasche wird in einen

Teich geworfen, und wer findet sie? Ein Mann, der in derselben Straße im übernächsten Haus wohnt. Ich habe schon seit – warten Sie! – seit mindestens vierzig Jahren keinen John Buchan mehr gelesen. Aber ich erinnere mich, daß in einem seiner Bücher der Held eine Autopanne hat, und das Haus, in dem er um Hilfe bittet, ausgerechnet das Domizil des Chefs der Anarchisten ist. Ein wenig später stellt es sich heraus, daß der Mörder, der angeheuert wurde, um ihn zu erledigen, ein Einbrecher ist, den er vor kurzem vor Gericht erfolgreich verteidigte. Na ja, das sind Romane für Halbwüchsige, würde ich sagen. Aber was Sie Zufall nennen, kann man ohne weiteres mit diesen Geschichten vergleichen. Haben Sie schon einmal einen so unglaublichen Zufall erlebt?»

«Meine Großmütter hießen beide Mary Brown.»

«Nein, wirklich?» Wexford ließ sich vorübergehend ablenken. «Das haben Sie mir noch gar nicht erzählt. Und stammten sie auch aus derselben Gegend?»

«Die eine kam aus Sussex, die andere aus Herefordshire. Ich wette mit Ihnen, daß so etwas viel seltener vorkommt als die Sache mit der Tasche. Warum soll sie nicht zufällig von einem Nachbarn gefunden werden? Wäre sie vergraben gewesen oder hätte sie in einem hohlen Baum gesteckt, und Milvey hätte sie gefunden, wäre das etwas anderes gewesen. Aber die Tasche lag in einem Teich, und Milvey hat nun mal mit Teichen beruflich zu tun. Wenn Sie gründlich darüber nachdenken, werden Sie merken, daß der Zufall gar nicht so groß ist. Sobald die Tasche im Teich lag und Milvey den Auftrag bekam, ihn zu säubern und auszubaggern – was derjenige, der die Tasche hineingeworfen hatte, natürlich nicht wissen konnte –, mußte er sie zwangsläufig finden.»

Wexford wußte, daß mehr dahintersteckte. Er konnte die Angelegenheit nicht so leichthin abtun wie Burden. Milvey hatte sich ohnehin ein bißchen seltsam benommen, und Wexford war überzeugt, daß er ihm nicht alles gesagt hatte, was er wußte.

«Wie lange hat die Tasche Ihrer Meinung nach im Teich gelegen?»

Sie stand auf einer dicken Schicht Zeitungspapier zwischen ihnen auf dem Fußboden. Die Sachen, die Wexford schon genau untersucht hatte, waren wieder hineingepackt worden.

«Seit dem Abend, an dem er nach Ipswich wollte, nehme ich an. Vielleicht wurde sie auch erst am Tag danach hineingeworfen.»

Wexford war auch damit nicht einverstanden, behielt seine Einwände aber vorläufig für sich. Außer dem braunen Wildlederblouson enthielt die Tasche einen Regenmantel, einen modischen Burberry, die 50 Pfund, Zahnbürste, Zahncreme, einen Wegwerfrasierer, eingerollt in eine Unterhose, eine Flasche Eau de Cologne, Marke Monsieur Rochas, und ein Paar funkelnagelneue Socken, an denen noch das Preisschildchen hing. Die Unterhose war eine sehr jugendliche und modische von Homs, hellblau und weiß, die Sokken dunkelbraun, eine teure Marke aus reiner Seide.

Das waren genau die Sachen, die ein Mann einpacken würde, wenn er eine Nacht ausbleiben wollte, nicht aber drei. Und die Unterhose, das Cologne und die Socken schienen darauf hinzuweisen, daß es keine einsamen Nächte werden sollten. Oder hatte die Tasche noch andere Gegenstände enthalten, die herausgenommen worden waren? Dann war es gewiß nur geschehen, weil man verhindern wollte, daß der Eigentümer schnell identifiziert wurde. Aber warum steckte, wenn das der Fall war, die Organspenderkarte noch in der Tasche des Blousons? «Ich möchte nach meinem Tod einem anderen helfen weiterzuleben», verkündete sie etwas naiv in Scharlachrot und Weiß, und auf der Rückseite hatte R. J. Williams erklärt, er sei damit einverstanden, daß nach seinem Tod jeder Körperteil von ihm zur Behandlung anderer verwendet werden durfte. Unter diesem Text standen seine Unterschrift und das – nunmehr ein Jahr zurückliegende – Datum. Als nächste Verwandte war, wie nicht anders zu erwarten, Joy Williams angegeben. Außerdem noch die Telefonnummer in der Alverbury Road.

Die menschliche Natur war eine Anhäufung von Widersprüchlichkeiten, sie kannte kein Folgerichtigkeit, das wußte Wexford. Trotzdem wunderte es ihn, daß ein Ehemann und Vater mit voller Absicht und unglaublicher Rücksichtslosigkeit seine Frau über die Höhe seines Einkommens täuschen und gegen sie und seine Kinder den unerbittlichen Geizhals hervorkehren konnte, andererseits jedoch bereit war, seinen Körper für Transplantate zur Verfügung zu stellen. Doch das kostete ihn nichts, denn dann war er ja tot. War er jetzt schon tot?

«Wir werden anfangen müssen, ihn zu suchen. Ich meine, richtig suchen. Kämmen wir erst mal den Park von ‹Green Pond Hall› richtig durch.»

Burden war im Büro auf und ab gegangen. Er hatte es sich erst in letzter Zeit angewöhnt, und das ewige Hin und Her wirkte auf alle, die sich im selben Raum aufhielten, unglaublich anstrengend und ermüdend. Er hingegen schien kaum zu merken, was er tat. Zweimal war er schon am Fenster gewesen, zweimal an der Tür, hatte einmal eine Pause eingelegt und sich für ein paar Sekunden auf die Schreibtischkante gesetzt. Jetzt war er wieder am Fenster angekommen, blieb stehen, drehte sich um und sah Wexford gereizt und ungläubig an.

«Ihn suchen? Es liegt doch klar auf der Hand, daß er irgend etwas auf dem Kerbholz hat und abgehauen ist, um sich den Konsequenzen zu entziehen.»

«Na schön, Mike. Aber wenn das so ist – was hat er getan? Bei Sevensmith Harding nichts. Dort bescheinigt man ihm eine Weste von reinstem Weiß. Was könnte er sonst getan haben? Es ist natürlich möglich, daß er in einen Betrug verwickelt ist, der noch nicht entdeckt wurde, doch dagegen gibt es einen stichhaltigen Einwand. Er ist weg. Der einzige Grund für ihn zu verschwinden, wäre in diesem Fall doch nur die unmittelbar bevorstehende Aufdeckung des Betrugs gewesen. Warum ist sie dann nicht erfolgt?»

Burden zuckte mit den Schultern. «Wer weiß? Vielleicht hatte Williams einfach Glück.»

«Warum ist er nicht zurückgekommen? Warum kommt er nicht nach Hause, nachdem die Gefahr vorbei ist? Er hat das Land nicht verlassen, es sei denn, er hat einen falschen Paß. Und warum sollte er sich einen falschen Paß besorgen, wenn er einen eigenen hat und erst drei oder vier Tage nach seinem Verschwinden vermißt wird?»

«Es ist der älteste Trick der Welt, Kleidungsstücke an einem Flußufer liegenzulassen, wenn man verschwinden möchte. Haben Sie diese Möglichkeit schon in Betracht gezogen?»

«Sie verwechseln da ein bißchen was, Mike. Kein Mensch, der das vortäuschen will, was Sie meinen, packt seine Sachen in eine Reisetasche und wirft sie in einen Teich, der so flach ist, daß man sich, um Selbstmord zu begehen, im Wasser auf den Bauch legen und den Atem anhalten müßte. Außerdem hat die Tasche höchstens zwei Tage im Wasser gelegen. Hätte sie seit Williams Verschwinden dringelegen, hätten die Sachen schon angefangen zu faulen und würden fürchterlich stinken. Wir werden sie ins Labor hinüberschicken und abwarten, was sie dort dazu sagen. Aber was sie sagen werden, können wir mit eigenen Augen sehen und mit unseren eigenen Nasen riechen.

Williams ist tot. Seine Tasche sagt mir, daß er tot ist. Hätte er sie selbst in den Teich geworfen, damit wir glauben sollen, er sei tot, hätte er das sofort getan. Und der Inhalt sähe anders aus. Er hätte mehr Hinweise auf seine Identität zurückgelassen, zum Beispiel, und wir hätten weder Parfum noch hellblaue Unterhosen gefunden. Und das Geld wäre auch nicht drin gewesen, denke ich. Er hätte es gebraucht, er hätte jeden Penny gebraucht, dessen er habhaft werden konnte. Wir haben keinen Grund anzunehmen, daß er 50 Pfund entbehren konnte – denn was er auch getan haben mag, eine Bank hat er nicht ausgeraubt.

Er ist tot. Und weder Brief noch Telefonanruf sprechen dagegen, daß er, nachdem er Frau und Tochter verlassen hatte, vielleicht nur noch eine oder zwei Stunden lebte.»

Am nächsten Tag begann man den Park von «Green Pond Hall» zu durchsuchen. Das Gelände umfaßte acht Morgen, bestand zum Teil aus Wald, zum Teil aus einem völlig verwilderten von Unkraut überwucherten Landschaftsgarten, aus Stallungen und Koppeln und Weiden. Den Suchtrupp bildeten Sergeant Martin und drei Männer aus seiner Abteilung. Wexford fuhr selbst auch hinaus, um einen Blick auf den gesäuberten Teich und seine nähere Umgebung zu werfen. Es regnete noch immer. Es hatte gestern und vorgestern und mit Unterbrechungen drei Wochen lang geregnet. Die Wetterfrösche prophezeiten den niederschlagreichsten Mai seit man begonnen hatte, Aufzeichnungen über das Wetter zu machen. Der Weg war ein Morast und glich in Farbe und Beschaffenheit geschmolzener Schokolade, in die eine Riesengabel tiefe Furchen gezogen hatte. Es gab noch andere Möglichkeiten, zum Teich hinunterzukommen, doch nur, wenn man zu Fuß ging.

Um drei Uhr hatte Wexford einen Termin im Stowerton Royal Hospital. Colin Budd hatte über Nacht auf der Intensivstation gelegen. Am Morgen ging es ihm schon so gut, daß er in ein kleines Einzelzimmer auf der chirurgischen Männerstation verlegt werden konnte. Die fünf Messerstiche, die man ihm beigebracht hatte, waren nicht nur oberflächlicher Natur – einer war sogar sieben bis acht Zentimeter tief –, doch wie durch ein Wunder hatte keiner Herz oder Lunge verletzt.

Ein dicker weißer Verband bedeckte seine Brust, und darüber trug er eine weit offene gestreifte Schlafanzugjacke. Die Jacke hatte Übergröße, und Wexford schätzte Budds Brustumfang auf ungefähr fünfundachtzig Zentimeter. Budd war ein sehr magerer, knochiger, leichenblasser junger Mensch mit langem schwarzem Haar. Er schien genau zu wissen, was Wexford ihn fragen wollte, und nannte nervös Namen und Alter, gab als Beruf Automechaniker und eine Adresse in Kingsmarkham an. Er wohnte bei seinen Eltern.

«Erzählen Sie mir, was passiert ist.»

«Das Mädchen hat mir das Messer in die Brust gestoßen.»

«Aber Mr. Budd, Sie wissen genau, daß mir das nicht genügt. Ich will alle Einzelheiten hören, alles, woran Sie sich erinnern können. Zu allererst möchte ich wissen, wieso Sie ausgerechnet dort, wo Füchse und Hasen sich gute Nacht sagen, auf den Bus gewartet haben.»

Budd hatte eine nörgelnde Stimme, die immer leicht entrüstet klang. Er gehörte zu den Leuten, die glauben, die Welt schulde ihnen nicht nur ihren Lebensunterhalt, sondern auch ganz besondere Rücksicht.

«Das hat nichts damit zu tun», antwortete er.

«Das zu beurteilen, müssen Sie schon mir überlassen. Ich nehme nicht an, daß Sie dort etwas getan haben, dessen Sie sich schämen müßten. Und sollte das doch der Fall gewesen sein, bleibt es unter uns.»

«Ich weiß nicht, worauf Sie hinauswollen!»

«Sagen Sie mir ganz einfach, wo Sie gestern abend waren, Mr. Budd.»

«Ich habe Billard gespielt», antwortete Budd mürrisch.

Was für ein Idiot! Er sagte das so, als habe er es in einem der Häuschen am Hang mindestens mit der Frau eines Freundes getrieben.

«In einem Billard-Club?»

«Wir spielen immer am Dienstagabend. In Pomfret, in einem Hinterzimmer vom *White Horse*. Es war schon nach zehn, und ich rechnete damit, zu Fuß nach Hause gehen zu müssen.» Budd schob sich ein wenig nach links, zuckte zusammen und zog sich im Bett in die Höhe. «Dann regnete es immer stärker, und ich wurde durch und durch naß. Ich schaute auf meine Uhr und stellte fest, daß in zehn Minuten der Bus kommen mußte. Der Zehn-Uhr-Vierziger. Und ich hatte es nicht mehr weit bis zur Haltestelle.»

«Ein Automechaniker, der keinen eigenen Wagen hat?»

«Ich hatte einen kleinen Unfall. Mein Wagen ist in der Werkstatt und bekommt einen neuen Kotflügel. Ich bin höchstens fünfunddreißig gefahren, als die Frau plötzlich aus einer Seitenstraße einbiegt ...»

«Sie kamen also zur Bus-Haltestelle, zum Wartehäuschen», unterbrach ihn Wexford. «Was passierte dann?»

Budd sah ihn an, dann irrte sein Blick wieder ab. «Auf der Bank saß ein Mädchen. Ich setzte mich neben sie.»

Wexford kannte das Wartehäuschen. Es war ungefähr drei Meter lang, die Bank etwa einen halben Meter kürzer.

«Neben sie?» fragte er. «Oder ans andere Ende der Bank.»

«Neben sie. Ist das wichtig?»

Vielleicht, dachte Wexford.

Ob das nun richtig oder falsch ist, ob es sich auf das soziale Leben nun positiv oder negativ auswirkt, in England ist es jedenfalls üblich, daß ein Mann, der nichts im Schilde führt, sich auf einer Bank nie direkt neben eine Frau setzt, sondern so weit wie möglich von ihr abrückt. Eine Frau handelt wahrscheinlich genauso, wenn eine andere Frau oder ein Mann dort sitzt, und ein Mann hält auch Abstand, wenn vor ihm schon ein anderer Mann da war.

«Haben Sie das Mädchen gekannt? Haben Sie es schon früher mal gesehen?»

Budd schüttelte den Kopf.

«Haben Sie mit ihr gesprochen?»

«Ich habe nur gesagt, daß es regnet.»

Also das wußte sie ja wohl, dachte Wexford. Er warf Budd einen harten Blick zu.

«Ich habe gesagt», fuhr Budd fort, «es sei jammerschade, daß der Mai so verregnet ist, dadurch hätten wir einen längeren Winter, so ungefähr. Sie zog ein Messer aus der Tasche und stürzte sich auf mich.»

«Einfach so? Sie haben nichts anderes zu ihr gesagt?»

«Ich habe eben wiederholt, was ich sagte.»

«Sie war verrückt, nicht wahr? Ein Mädchen, das mit dem Messer auf Männer einsticht, weil sie eine ganz harmlose Bemerkung über das Wetter machen.»

«Ich habe nur noch gesagt, daß ich normalerweise mit meinem Auto unterwegs wäre und sie mitnehmen könnte.»

«Mit anderen Worten, Sie haben versucht, sie anzumachen?»

«Na gut, und wennschon? Ich habe sie nicht angefaßt. Ich habe nichts getan, habe sie nicht erschreckt. Ich habe nur gesagt, daß ich sie heimfahren könnte, wenn ich meinen Wagen hätte. Sie holte das Messer raus und stach vier- oder fünfmal zu. Ich schrie, und sie rannte weg.»

«Würden Sie sie wiedererkennen?»

«Darauf können Sie wetten.»

«Beschreiben Sie sie.»

Es kam nichts Brauchbares dabei heraus, wie Wexford vermutet hatte. Budd wußte nicht, ob sie groß oder klein, dick oder dünn war, weil er sie nur im Sitzen gesehen hatte. Er glaubte jedoch, sie habe einen Regenmantel angehabt. Einen dünnen, hellen Regenmantel. Sie hatte blondes Haar, das wußte er, obwohl sie einen Hut oder ein Kopftuch getragen hatte. Aber darunter hätten blonde Haarsträhnen herausgeschaut. Ihr Gesicht? Durchschnittlich, meinte er. Hübsch könnte man sie nicht nennen. Wexford fragte sich, was Budd dann an ihr so anziehend gefunden hatte? Einfach die Tatsachen, daß sie weiblich und jung gewesen war? Ungefähr zwanzig, sagte Budd. Na ja, möglicherweise auch fünf- oder sechsundzwanzig. Gedrängt, sich genauer zu äußern, sagte er, sie könne zwischen achtzehn und dreißig gewesen sein, er könne nicht gut schätzen, aber jung sei sie gewesen.

«Fällt Ihnen noch etwas anderes ein?»

Eine Schwester war hereingekommen und an der Tür stehengeblieben. Wexford wußte, was sie gleich sagen würde, er hätte den Text für sie schreiben können: «Jetzt ist es aber genug. Mr. Budd braucht Ruhe.» Sie trat ans Bett, nahm die Fieberkurve vom Haken und studierte sie mit begeisterter Konzentration.

«Sie hatte einen Sack bei sich. Den packte sie, bevor sie wegrannte.»

«Was für einen Sack?»

«Einen Plastiksack, wie die, die man in die Mülltonnen gibt. Einen schwarzen. Sie nahm ihn auf, warf sich ihn über die Schulter und rannte.»

«Jetzt haben Sie aber genug gefragt», sagte die Schwester, von Wexfords Konzept ein wenig abweichend.

Er stand auf. Budds Geschichte hatte ein ungewöhnliches Bild in ihm heraufbeschworen, eins, das Wexfords Phantasie beflügelte. Der dunkle, verregnete Abend, das blitzende Messer, das zustieß und immer wieder zustieß, das Mädchen, das, einen Sack über der Schulter, durch den Regen lief ... Es war wie die Illustration in einem Märchenbuch von Andrew Lang, schwer faßbar, unheimlich und wie aus einer anderen Welt.

## 6

Was hat Burden nur gemeint, als er sagte, bei der Amniozentese sei etwas ans Licht gekommen, das Jenny beunruhige? fragte sich Wexford grübelnd. Nachts war er ein- oder zweimal aufgewacht, und sein erster bewußter Gedanke war diese Frage gewesen. Auf der Fahrt nach Myringham sah er auf dem Gehsteig eine Frau mit einem mongoloiden Kind, und sofort war die Frage wieder da.

Mit Burden hatte er nicht darüber sprechen wollen. So etwas fragte man einen künftigen Vater nicht. Was für einen kleinen Defekt gab es, der dem Vater nichts, der Mutter aber sehr viel ausmachte? Das war grotesk, lächerlich, so etwas gab es nicht. Jeder Defekt wäre eine Tragödie. Taubheit, Schwerhörigkeit, ein Herzgeräusch, eine Hasenscharte oder deformierte Lippen – der Test hätte sie ohnehin nicht aufgezeigt. Ein zusätzliches Chromosom? Das war ein Gebiet, auf dem er völlig unwissend war. Er dachte an seine eigenen Kinder, vollkommen, immer gesund. Sie hatten ihm auch nie ernsthafte Schwierigkeiten gemacht. Ihm wurde warm ums Herz, wenn er an seine Mädchen dachte.

Dabei fiel ihm ein, daß er das Programmheft des Nationaltheaters für die Sommerspielzeit in der Tasche hatte. Sheila gehörte zum Ensemble und sollte in diesem Jahr zum erstenmal große Rollen spielen. Deshalb machte sie auch bei «Startbahn» nicht mehr mit. Er warf einen Blick auf seinen Fahrer, wollte etwas sagen, überlegte es sich jedoch und holte das Theaterprogramm heraus. Dora hatte ihn gebeten festzulegen, an welchen Tagen sie nach London fahren und sich die drei Produktionen ansehen sollten, in denen Sheila spielte. Aus naheliegenden Gründen mußte immer er es sein, der solche Entscheidungen traf.

Das neueste Stück von Stoppard, Ibsens *Klein Eyolf* und Shelleys *Die Cenci*. Wexford hatte schon von *Klein Eyolf* gehört, das Stück aber nie gesehen oder gelesen. Und was *Die Cenci* betraf, mußte er zu seiner Schande gestehen, daß ihm Shelley als Dramatiker bisher überhaupt kein Begriff gewesen war. Er hatte nicht einmal gewußt, daß es Dramen von Shelley gab. Doch hier stand es klipp und klar: *Percy Bysshe Shelley,* und das Stück wurde als Drama in fünf Akten bezeichnet. Wexford malte neben einen Freitag im Juli und zwei Samstage im August vorläufige Fragezeichen ins Programm, und im selben Augenblick hielt sein Fahrer Donaldson vor dem Bürogebäude von Sevensmith Harding.

Miles Gardner hatte nach Wexford Ausschau gehalten und kam mit einem Regenschirm herausgestürzt. Wexford kam sich vor wie ein königlicher Besuch. Sie platschten über den Gehsteig zur Haustür.

Der Hauptbuchhalter Kenneth Risby sagte Wexford, Rodney Williams' Gehalt sei auf sein Konto bei der Filiale der Anglican-Victorian Bank in Pomfret überwiesen worden. Von diesem Konto hatte er dann allmonatlich 500 Pfund auf das gemeinsame Konto überwiesen. Risby war seit fünfzehn Jahren bei der Firma, und er sagte, er könne sich nicht erinnern, daß sich in dieser Beziehung bei Williams je etwas geändert hätte – weder in jüngster Zeit noch damals, als er noch Firmenvertreter gewesen war. Sein Gehalt war immer nach Pomfret gegangen, nie nach Kingsmarkham.

«Wir haben nichts von ihm gehört», mischte sich Miles Gardner ein. «Was er auch mit dem PS. in seinem Brief gemeint haben mag, er hat sich mit unserer Buchhaltung nicht in Verbindung gesetzt.»

«Williams hat den Brief doch nicht geschrieben», erinnerte ihn Wexford.

Gardner nickte unglücklich.

«Als wir uns das erste Mal über diese Sache unterhielten», fuhr Wexford fort, «haben Sie mir erzählt, eine Frau, die sich als Mrs. Williams ausgab, habe angerufen und gesagt, ihr Mann sei krank und könne nicht kommen. War das vielleicht am Freitag, dem 16. April?»

«Ja, ich glaube, genau da war's.»

«Wer hat das Gespräch entgegengenommen?»

«Das muß eine von unseren Telefonistinnen gewesen sein. Sie arbeiten nur halbtags. Ich weiß heute wirklich nicht mehr, ob es Anna war oder Michelle. Als das Gespräch kam, war ich noch nicht hier. Es muß also vor halb zehn gewesen sein.»

«Williams hatte doch eine Sekretärin?»

«Christine Lomond. Er mußte sie mit unserem stellvertretenden Verkaufsdirektor teilen. Wollen Sie mit ihr sprechen?»

«Noch nicht. Heute vielleicht noch nicht. Ich brauche Anna oder Michelle. Aber welche von den beiden?»

«Michelle, nehme ich an», sagte Gardner. «Manchmal tauschen sie den Dienst, aber am Vormittag ist gewöhnlich Michelle hier.»

Sie war an jenem Freitag dagewesen und war auch heute hier. Michelle war ein sehr junges und sehr hübsches Mädchen mit einem auffallenden Make-up. Der Telefonzentrale, die nicht viel größer war als ein Schrank, hatte sie (oder Anna) ihren Stempel aufgeprägt. Da stand ein blauer Blumentopf mit einer Zinerarie, ein Stapel Zeitschriften und ein Strickzeug lagen herum und auf dem Tisch vor ihr, rasch mit dem Rücken nach oben aus der Hand gelegt, das Buch über die neueste Schlankheitsdiät.

Es war klar, daß Michelle das Telefongespräch schon gründlich durchgehechelt hatte. Vielleicht mit Anna oder mit Christine Lomond. Williams' Verschwinden war natürlich Bürogespräch gewesen.

«Ich komme kurz vor neun», sagte sie. «Um die Zeit geht es mit den Anrufen los. Aber das komische war, daß an dem Morgen kein einziges Gespräch hereinkam, bis Mrs. Williams zwanzig nach neun anrief.»

«Sie meinen, bis jemand anrief, der sich Mrs. Williams nannte?»

Michelle sah ihn an und schüttelte heftig den Kopf. «Es war Mrs. Williams. Sie sagte: ‹Hier spricht Joy Williams›.»

Wexford widersprach nicht.

«Was hat sie genau gesagt?»

«‹Mein Mann, Mr. Williams, kommt heute nicht.› Dann zögerte sie irgendwie und fügte hinzu: ‹Ich meine Mr. Rodney Williams, den Marketing-Manager.› Ich sagte, außer mir sei noch niemand da, und sie antwortete, das mache nichts, ich solle Christine nur ausrichten, daß er Grippe habe und nicht kommen könne.»

Wer es auch gewesen sein mochte, Joy war es nicht. Damals hatte sie noch gar nicht gewußt, daß ihr Mann Marketing-Manager war.

Wexford bedankte sich bei Michelle und wandte sich ab, in Gedanken schon bei den Schreibmaschinen der Firma, als ihm plötzlich etwas einfiel.

«Wieso sind Sie so sicher, daß die Frau, mit der Sie gesprochen haben, Mrs. Williams war?»

«Weil sie's war. Ich weiß es einfach.»

«Nein, lassen Sie mich korrigieren. Sie wissen, daß es eine Frau war, die behauptete, Mrs. Joy Williams zu sein. Sie hatte vorher noch nie hier angerufen, nicht wahr? Also konnten Sie auch ihre Stimme nicht wiedererkennen.»

«Vorher nicht, aber später hat sie noch mal angerufen.»

«Was meinen Sie mit später?»

«Ungefähr drei Wochen später.» Michelle sprach jetzt mit übertriebener Geduld, als habe sie einen geistig verwirrten oder sehr einfältigen Menschen vor sich. «Mrs. Joy Williams hat drei Wochen, nachdem ihr Mann die Firma verlassen hatte, noch einmal hier angerufen.»

Natürlich. Wexford erinnerte sich jetzt. Er selbst hatte Joy zu dem Anruf geraten.

«Ich habe sie mit Mr. Gardner verbunden», sagte Michelle. «Ich war ein bißchen verlegen, wenn ich ehrlich sein will. Aber ich weiß, es war dieselbe Stimme. Ich weiß es wirklich. Es war die Stimme der Frau, die an dem bewußten Freitagmorgen hier angerufen hatte. Es war Mrs. Williams.»

Das Mädchen wartete auf dem Grasstreifen, der den Verkehrskreisel vor Kingsmarkham seitlich begrenzt, und hielt ein Stück Pappe in die Höhe, auf dem in Druckbuchstaben MYRINGHAM stand. Die zweite Ausfahrt des Kreisels ist der Anfang der Umgehungsstraße von Kingsmarkham. Brian Wheatley hielt an der ersten Ausfahrt, die ins Stadtzentrum führt, das Mädchen stieg ein und setzte sich auf den Beifahrersitz. Aus einem ihm selbst unerklärlichen Grund – vielleicht weil er schon abgebogen war und es schwierig gewesen wäre, sich wieder in den Kreisverkehr einzufädeln – beschloß Wheatley, durch die Stadt zu fahren, anstatt über die Umgehungsstraße. Sie sollte der Verkehrsberuhigung in der Stadt dienen und den Verkehr um sie herumleiten und war daher meistens viel stärker befahren als die alte Route.

Wheatley kam aus London, wo er dreimal wöchentlich arbeitete, und wollte nach Hause. Es war gegen sechs Uhr abends und natürlich noch taghell. Wheatley war erst vor zwei Wochen nach Myringham umgezogen und kannte sich in den Seitenstraßen und Sackgassen noch nicht gut aus. Das Mädchen sprach kein Wort. Es hatte kein Gepäck bei sich, nur eine Umhängetasche. Wheatley fuhr über die High Street durch Kingsmarkham und wußte plötzlich nicht mehr, wo er war. Die zahlreichen Hinweisschilder verwirrten ihn nur noch mehr. Statt geradeaus weiterzufahren, bildete er sich auf einmal ein, er sei schon zu weit draußen und hätte bei einer etwa eine halbe Meile zurückliegenden Kreuzung links abbiegen müssen. Er hielt daher in der nächsten Parkbucht – an einer leider ziemlich abgelegenen Stelle, wie er selbst zugab – und wollte seine Straßenkarte zu Rate ziehen.

Das habe er, wie er sagte, dem Mädchen auch unmißverständlich klargemacht. Nachdem er den Motor abgestellt hatte, war er gezwungen, an seiner Beifahrerin vorbei zum Handschuhfach zu greifen, um die Karte herauszuholen. Sie schrie leise auf – ob vor Angst oder vor Zorn wußte er nicht –, und dann fühlte er einen heftigen Schmerz in der rechten Hand, einem Brennen ähnlicher als einem Schnitt.

Das Messer bekam er überhaupt nicht zu Gesicht. Das Mädchen sprang aus dem Wagen, knallte die Tür hinter sich zu und lief weg. Nicht die Straße entlang, sondern über einen Pfad zwischen einem Weizenfeld und einem Wald. Aus einer tiefen Wunde an Wheatleys Daumenballen strömte das Blut. Wheatley verband sie so gut er konnte mit dem Taschentuch, war aber so geschockt und fühlte sich so schwach, daß er erst nach ein paar Minuten weiterfahren konnte. Als es ihm besser ging, warf er einen Blick auf die Landkarte, stellte fest, daß er näher bei seinem Haus war, als er gedacht hatte, und kam nach einer knappen Viertelstunde dort an. Der Allgemeinarzt, zu dessen eingetragenen Patienten er seit einer Woche gehörte, hatte noch Sprechstunde. Wheatley ließ sich von seiner Frau zur Praxis fahren, und der Stich wurde genäht. Wheatley erzählte dem Arzt, er sei beim Fleischschneiden versehentlich an die Spitze des Fleischmessers geraten und habe sich gestochen. Ob der Arzt ihm glaubte oder nicht, war eine andere Sache. Er enthielt sich jeden Kommentars. Wheatley hatte ihm die Wahrheit sagen wollen, auch auf die Gefahr hin, daß die Polizei eingeschaltet werden mußte. Seine Frau hatte es ihm jedoch ausgeredet, weil die Polizei bestimmt vermuten würde, daß er das Mädchen belästigt habe.

Das war die Geschichte, die Wheatley drei Tage später Wexford erzählte. Seine Frau wußte nicht, daß er sich nun doch zu einer Anzeige entschlossen hatte. Er sei zur Polizei gegangen, erklärte er, weil es ihn immer mehr empörte, daß dieses Mädchen, dem er nichts getan, ja, mit dem er kaum gesprochen hatte – außer daß er ihm sagte, er müsse jetzt anhalten, um sich die Landkarte anzusehen –, ihn gewissermaßen aus heiterem Himmel mit dem Messer angreifen durfte und ungestraft davonkam.

«Können Sie sie beschreiben?»

Resigniert wartete Wexford auf eine genauso unnütze Beschreibung wie die, die Colin Budd geliefert hatte. Er sollte eine Überraschung erleben. Wheatley schien zwar in vielen Dingen ziemlich unbeholfen zu sein, er war jedoch ein ausgezeichneter Beobachter.

«Sie war ziemlich groß für eine Frau – einszweiundsiebzig bis einsfünfundsiebzig. Jung, achtzehn oder neunzehn. Braunes oder noch helleres Haar, schulterlang, Sonnenbrille, obwohl es nicht sonnig war, helle Haut. Mir fiel auf, daß sie sehr weiße Hände hatte. Jeans und eine Bluse, glaube ich, und eine Strickjacke. Die Tasche war dunkel, schwarz oder marineblau.»

«Hatten Sie den Eindruck, daß sie in Myringham wohnt? Daß sie nach Hause wollte?»

«Ich hatte überhaupt keinen Eindruck von ihr. Als sie einstieg, sagte sie danke. Nur dieses eine Wort ‹danke›, sonst nichts. Ich erklärte ihr, daß ich doch lieber durch die Stadt fahren wollte, als über die Umgehungsstraße. Sie antwortete nicht. Später sagte ich noch, ich müßte jetzt halten und einen Blick auf die Karte werfen. Sie antwortete wieder nicht. Aber als ich die Hand ausstreckte, um ins Handschuhfach zu greifen – ich habe sie dabei nicht berührt, das könnte ich beschwören –, schrie sie leise und ganz kurz auf. Mehr als ‹danke› und den Schrei habe ich von ihr nicht zu hören bekommen.»

Die Vermutung lag nahe, daß Budd von demselben Mädchen überfallen worden war. Doch konnte man in Budds Annäherungsversuch noch ein schwaches Motiv sehen, gab es bei Wheatley, wenn man ihm glauben wollte, nicht den geringsten Grund für einen so heimtückischen Überfall. Hatte das Mädchen vielleicht gedacht, Wheatley wolle gar nicht ins Handschuhfach greifen, sondern ihre linke Schulter packen oder ihr die Hand aufs Knie legen? Diese Angriffe hatten etwas Lächerliches an sich, und doch waren zwei Männer der Ansicht, sie seien bitter ernst zu nehmen. Beim nächstenmal konnte es einen Toten geben.

Oder gab es ihn vielleicht schon?

Der Filialleiter der Anglican-Victorian Bank in Pomfret sah Adolf Hitler zum Verwechseln ähnlich. Das lag nicht nur an dem kleinen bürstenähnlichen Schnurrbart und der dunklen Haarsträhne, die Mr. Skinner tief in die Stirn hing. Das Gesicht war dasselbe – ein recht angenehmes Gesicht mit einem großen Kinn, einer kräftigen Nase und kleinen Augen mit schweren Lidern. Aber das wäre ohne den Schnurrbart und die Haarsträhne nicht aufgefallen, daher mußte man einfach zu dem unerfreulichen Schluß kommen, daß Mr. Skinner die Ähnlichkeit absichtlich herausstrich. Wexfords Ansicht nach, konnte ein Bankdirektor Hitler nur aus einem einzigen Grund nachahmen: er wollte seine Kunden einschüchtern.

Er war jedoch herzlich, freundlich und charmant. All das, aber er war auch unerbittlich. Es kam gar nicht in Frage, daß er Wexford die Kontoblätter von Rodney Williams' Konten überließ, und er war auch nicht bereit, Wexford Aufschluß über diese Konten zu geben.

«Sagten Sie ‹Konten›, weil es mehrere gibt?» fragte Wexford.

«Ja. Mr. Williams hat zwei Girokonten bei uns – und damit habe ich wahrscheinlich schon mehr gesagt, als ich sollte.»

«Zwei Girokonten unter dem Namen Rodney Williams?»

Skinner stand auf, legte den Kopf leicht schief und sah aus wie Hitler, der in Hendaye auf den Zug mit Franco wartete. «Ich habe zwei Girokonten gesagt, Chief Inspector. Und dabei wollen wir es bewenden lassen, ja?»

Ein Gehaltskonto, dachte Wexford, als sein Wagen, mit Donaldson am Steuer, durch das Zentrum von Pomfret zur Ausfallstraße nach Kingsmarkham fuhr. Das andere – wofür? Der Haushalt in Kingsmarkham war von den 500 Pfund bestritten worden, die Williams allmonatlich vom Pomfret-Konto A auf das gemeinsame Kingsmarkham-Konto überwiesen hatte. Wozu dann das Konto B? Seine Frau hatte von der Existenz des Kontos A ohnehin keine Ahnung. Es hätte genügt, um vor ihr geheimzuhalten, über wieviel Geld Williams tatsächlich verfügte. Wozu brauchte er ein drittes Girokonto?

Sie suchten jetzt in dem zum Teil bewaldeten Gebiet zwischen

Kingsmarkham und Forby nach ihm. Doch hatte sich seit dem Taschenfund im Green Pond nichts mehr ergeben. Er ist tot, dachte Wexford. Er muß tot sein.

Burden hatte sich in Pomfret mit der Familie Harmer unterhalten, Joy Williams' Schwester, Schwager und Nichte. John Harmer war Apotheker und hatte ein Geschäft in der High Street.

«Sie bestätigen, daß Mrs. Williams an diesem Abend bei ihnen war», sagte Burden. «Aber ich würde ihrer Aussage keine allzu große Bedeutung beimessen. Sie lügen nicht absichtlich, sie können sich nicht erinnern. Es ist sieben Wochen her. Außerdem ist Mrs. Williams am Abend sehr oft bei ihnen. Eigentlich nur, um dann vor ihrem Fernseher zu sitzen, statt vor dem eigenen, nehme ich an. Wahrscheinlich fühlt sie sich einsam und sehnt sich nach Gesellschaft. Mrs. Harmer erklärt, ihre Schwester sei an jenem Abend ganz bestimmt dagewesen, ihr Mann meint, wenn seine Frau es sagt, muß es stimmen, und das Mädchen weiß es nicht. Man kann auch von einem Teenager nicht erwarten, daß er sich sehr dafür interessiert, wann seine Tante kommt.»

Wexford berichtete ihm, was er von der Telefonistin bei Sevensmith Harding erfahren hatte. «Natürlich kann sich das Mädchen irren, vielleicht redet es sich auch ein, es sei dieselbe Stimme gewesen, damit das Ganze noch ein bißchen dramatischer wird. Aber es ist durchaus möglich, daß die Frau, die bei Sevensmith Harding anrief, um Williams zu entschuldigen, und diejenige, die drei Wochen später mit Gardner telefonierte, um sich nach Williams' Verbleib zu erkundigen, ein und dieselbe war. Und wir wissen, daß der zweite Anruf von Joy Williams kam. Kurz nachdem ihr Mann verschwand, war Joy sehr erpicht darauf, mich hinzuzuziehen, später legte sich dieser Eifer, da verhielt sie sich eher ablehnend. Als ich das erste Mal mit ihr sprach, sagte sie nicht, daß sie an dem Abend ausgegangen war. Das erwähnte sie erst bei meinem zweiten Besuch. Joy betet ihren Sohn Kevin an. Die Tochter bedeutet ihr nichts, der Sohn alles. Was ist denn los, um Himmels willen?»

Burden war sehr blaß geworden, sein Gesicht wirkte seltsam angespannt, und seine Hände umklammerten die Armlehnen seines Sessels. «Sprechen Sie weiter.»

«Na schön. Also – ihr Sohn ruft jeden Donnerstag abend zu Hause an, und der bewußte Donnerstag war der erste nach den Ferien. Hätte eine Mutter, die so an ihrem Sohn hängt, nicht alles mögliche wissen wollen – Dinge, über die sich Mütter unter diesen Umständen eben den Kopf zerbrechen? Hatte er eine gute Reise gehabt? War sein Zimmer in Ordnung? Hatte er sich schon wieder eingewöhnt? Diese liebende Mutter aber wartet nicht auf seinen Anruf. Sie geht weg – nicht weil sie etwas Wichtiges vorhat, nicht zu irgendeiner Veranstaltung, die schon seit Monaten auf ihrem Programm steht, nein, sie geht zu ihrer Schwester, um dort fernzusehen. Was schließen Sie daraus?»

Burden, der seine unerklärliche Erregung inzwischen unterdrückt hatte, lachte gezwungen. «Sie reden wie Sherlock Holmes mit Dr. Watson.» Seit seiner zweiten Heirat las er ab und zu ein Buch, eine Veränderung an ihm, an die Wexford sich nicht gewöhnen konnte.

«Nein», antwortete er, «eher wie ein aufrechter Mann aus Sussex – einer Rasse, die unter einem schweigsamen Äußeren einen sehr gesunden Menschenverstand verbirgt.»

«Also schweigsam würde ich Sie nicht gerade nennen. War das ein Zitat von Sherlock Holmes?»

Wexford nickte. «Also, was denken Sie, Mike?» sagte er weniger geschraubt als vorher.

«Daß Joy Williams irgendwie mit ihrem Mann unter einer Decke steckt. Daß die beiden ein Komplott geschmiedet haben. Wenn Sie von mir wissen wollen, wieso und warum, bin ich überfragt, aber meiner Meinung nach soll alle Welt glauben, daß Williams tot ist. Er hat an dem Abend das Haus verlassen, und sie hat sich später irgendwo mit ihm getroffen. Was sie auch vorhatten, es durfte nicht im Haus geschehen, weil sie es vor ihrer Tochter ebenso geheimhalten mußten wie vor allen anderen Leuten. Am nächsten Morgen rief Joy Williams bei Sevensmith Harding an und entschuldigte ihren Mann mit Krankheit. Es ist natürlich Unsinn, wenn sie behauptet, sie habe nicht gewußt, daß er Marketing-Manager war und daß sie die Höhe seines Einkommens nicht gekannt habe. Als nächstes tippten er oder sie den Kündigungsbrief auf einer gemieteten Schreibmaschine. Wahrscheinlich war sie es, die nicht wußte, wie er Gardner anredete, und deshalb den Fehler machte, ‹Mr. Gardner› zu schreiben. Der verlassene Wagen, die weggeworfene Tasche gehörten zu einem Plan, der uns glauben machen sollte, daß Williams tot ist. Doch daß wir dem Fall immer mehr Aufmerksamkeit widmeten, erschreckte Joy, ihr wäre eine langsamere Gangart lieber gewesen. Daher ihre Zurückhaltung. Ich habe vorhin gesagt, ich kann mir nicht vorstellen, was das Ganze soll. Aber es könnte sich um Versicherungsbetrug handeln, nicht wahr?»

«Ohne Leiche, Mike? Ohne für den Tod mehr Beweise zu haben als eine weggeworfene Reisetasche? Und wenn Sie die Leute glauben machen wollen, Sie seien tot, gäbe es doch wahrhaftig ein gutes halbes Dutzend einfachere und überzeugendere Möglichkeiten, nicht wahr?»

«Dann sind Sie also meiner Meinung? Sie glauben nicht, daß er tot ist?»

«Ich weiß, daß er tot ist», sagte Wexford.

Am nächsten Tag stellte es sich heraus, daß er recht hatte.

Es sah wie ein Grab aus. Es hatte die Form eines Grabes, so klar umrissen, als sei es mit einer Steinplatte abgedeckt, obwohl das Edwin Fitzgerald zunächst gar nicht auffiel. Trotz seiner Form hätte er es als reine Kuriosität angesehen, als er vorüberkam, als Laune der Natur. Es war der Hund Shep, der seine Aufmerksamkeit darauf lenkte.

Edwin Fitzgerald war Polizeibeamter im Ruhestand, ein ehemaliger Hundeführer. Er wohnte in Pomfret und arbeitete halbtags als Wachmann in einer Fabrik in Stowerton. Der Hund Shep hatte, strenggenommen, keine Polizeiausbildung – als Drogenschnüffler zum Beispiel. Fitzgerald hatte ihn gekauft, nachdem sein letzter Hund gestorben war – ein wunderbarer Hund übrigens, intelligenter als jeder Mensch, ein Hund, der jedes Wort verstanden hatte. Shep konnte diesem Hund nicht das Wasser reichen und mußte es sich oft gefallen lassen, daß er mit ihm verglichen wurde, was immer zu Sheps Ungunsten ausfiel. Er verstand nicht jedes Wort, das Fitzgerald sagte, oder benahm sich zumindest so, als verstehe er es nicht.

An diesem Junimorgen, an dem es nicht regnete, dem ersten wirklich schönen Morgen in diesem Sommer, hörte Shep auf kein Wort, ignorierte alle Befehle, reagierte weder auf «hierher» noch auf «bei Fuß» und grub mit wahrem Feuereifer an einer Stelle, die für seinen Herrn wie ein von Unkraut überwuchertes Beet aussah. Shep buddelte wie besessen. Fitzgerald teilte ihm daher allen Ernstes mit, er sei ein Teufel, und Fitzgerald wisse nicht, was in ihn gefahren sei. Er brüllte sogar – was ein guter Hundeführer nie tun sollte –, und er drohte Shep mit der Faust, bis er sah, was der Hund ausgegraben hatte. Da verstummte er.

Es war ein menschlicher Fuß.

Fitzgerald war Polizist gewesen, und das hatte den doppelten Vorteil, daß er gelernt hatte, bei einer solchen Entdeckung nicht hysterisch zu werden und außerdem nichts anzufassen. Er nahm Shep an die Leine und zog ihn weg. Das dauerte eine Zeitlang, da Shep ein junger Deutscher Schäferhund war, der sich am liebsten noch stundenlang mit dem Ding beschäftigt hätte, das aus der Erde ragte.

Soweit Fitzgerald sehen konnte – nachdem es ihm gelungen war, den Hund wegzuziehen –, hing der Fuß noch an einem Bein und das Bein vermutlich an einem Körper. Er steckte in einem durchnäßten, schwärzlich verfärbten, schleimigen, mit Schlamm beschmierten Schuh, und am Knöchel klebte ein Stück verdreckten, durchweichten Stoffs, früher einmal der Aufschlag eines Hosenbeins. Shep hatte den Fuß aus einem merkwürdigen kleinen Rechteck ausgegraben. Es lag am Rand einer Wiese, auf der das Gras, kurz vor der Heuernte, so hoch stand, daß Shep darin verschwand, wenn er hineintauchte. Aber das Rechteck, das er entdeckt hatte – zwei Meter lang und nicht ganz einen Meter breit –, war dicht mit frischem Grün bepflanzt, als sei hier ein Gärtner am Werk gewesen. Es waren zwar lauter Unkrautpflanzen, aber so hübsch, daß man sie ruhig als Blumen bezeichnen konnte – rote Lichtnelken, Klee, Ehrenpreis –, und sie bedeckten das längliche Stückchen Boden so genau, als seien sie gesät worden.

Das Gras, das es umgab, war in Samen geschossen und trug leichte fedrige Samenköpfe in Braun, Beige und silbrigem Gold. Es war so hoch und so dicht, daß man das Rechteck nicht sah, wenn man auf dem Weg blieb. Um das Grab zu entdecken, war schon ein Hund nötig gewesen, der sich in die Wiese stürzte. Noch ein oder zwei sonnige Tage, dachte Fitzgerald, und der Farmer hätte das Heu geschnitten und selbstverständlich auch das Unkraut, ohne sich etwas dabei zu denken ... Shep war also doch ein guter Hund, auch wenn er nicht jedes Wort verstand, das Fitzgerald sagte.

Er ging den Weg zurück, schlug dann die Abzweigung nach Myfleet ein, lief den Hügel hinunter zu seinem Haus und rief die Polizei an.

# 7

Von der Pomfret Road schlängelt sich eine schmale Straße in die Hügel hinauf bis zum Waldrand. Der erlenblättrige Schneeball mit seinen cremefarbenen Blütenbüscheln bildet hier die Hecken, und darunter wächst, die Wiesen wie weiße Spitze einrahmend, der weißere, zartere Wiesenkerbel. Zu den Häusern – zu denen auch das von Edwin Fitzgerald gehörte – führen Fuß- und Karren- oder noch schmalere Heckenwege, aber die Straße sieht aus, als halte sie direkt auf den Obelisken zu.

Hier oben ist es wie im Flachland – ein baumloses Plateau, das sich bis zu dem Nadelwald im Osten erstreckt. An manchen Stellen tritt der Kreideboden hervor, auf dem üppiges Heidekraut blüht. Und alles überragt drohend der Obelisk, eine Nadel aus Granit mit einer viereckigen Spitze. Die Straße erreicht ihn jedoch nie. Eine Viertelmeile entfernt biegt sie scharf nach Osten ab und gabelt sich. Eine Abzweigung führt nach Myfleet, die andere nach Pomfret. Bald hat man die Heide hinter sich gelassen und geht wieder durch Wiesen. Die Leiche wurde in einer Wiese dicht am Überhang des Waldes gefunden, durch die diagonal ein Fußweg führt, eine Abkürzung nach Myfleet. Im Westen schien sich der Obelisk in den Himmel zu bohren und mit seiner Spitze die Wolkenfetzen aufzufangen.

Das Grab lag in einem Dreieck, das vom Wald, der Straße und dem Fußweg gebildet wurde, in einer leicht stumpfwinkligen Ecke der Wiese. Es war so nah beim Wald, daß die Luft harzig roch. Der Boden war leicht und sandig, mit Tannennadeln vermischt.

«Hier kann man leicht graben», sagte Wexford zu Burden. «Jeder, der nicht gerade altersschwach ist, könnte ein solches Grab in einer halben Stunde ausgehoben haben. Es tief genug zu graben, hätte ein bißchen länger gedauert.»

Sie sahen sich die nähere Umgebung der Fundstelle an, schätzten die Entfernung zur Straße und zum Fußweg ab, während Sir Hilary Tremlett, der Pathologe, mit dem Beamten, der als erster am Tatort gewesen war, der Exhumierung zusah, die mit größter Vorsicht bewerkstelligt werden mußte. Sir Hilary war ganz zufällig in Stowerton gewesen, als Fitzgerald angerufen hatte. Er hatte im Hospital eine Autopsie durchführen sollen. Es war noch nicht zehn Uhr, ein sonniger Morgen, der blaue Himmel mit unzähligen weißen

Wölkchen betupft. Aber alle Männer am Tatort, auch der kleine, plumpe adelige Pathologe, trugen Regenmäntel. Es hatte so viele Wochen tagtäglich geregnet, daß niemand es riskierte, ohne Regenmantel zu gehen. Man konnte kaum seinen Augen trauen.

«Durch den Regen ist das Unkraut so gewachsen», sagte Wexford. «Man sieht geradezu, was geschehen ist. Es ist ziemlich interessant. Überall hier wuchs Gras, dann wurde eine Grube ausgehoben und – das hineingelegt. Es wurde mit umgegrabener Erde zugedeckt, die Unkrautsamen und der Regen kamen, und was an dieser Stelle – und nur hier aus dem fruchtbaren Boden schoß, waren breitblättrige Pflanzen. Hätten wir einen trockenen Frühling gehabt, wäre hier mehr Gras und alles viel weniger grün gewesen.»

«Und der Boden härter. Wäre er nicht so weich gewesen, hätte der Hund wahrscheinlich nicht so hartnäckig weitergebuddelt.»

«Der Fehler war, daß das Grab nicht tief genug ausgehoben wurde. Man fragt sich unwillkürlich, warum er oder sie es nicht getan haben? Aus Faulheit? Zeitmangel? Zuwenig Licht? Die Regel, daß man ungefähr zwei Meter tief graben muß, ist schon richtig, weil solche – Dinge sich gern an die Oberfläche arbeiten.»

«Warum, wenn Ihre Theorie zutrifft», mischte sich Dr. Crocker ein, «muß man dann immer so tief graben, um antike Städte und Tempel und so weiter zu finden?»

«Fragen Sie nicht mich», antwortete Wexford. «Fragen Sie den Hund. Er ist hier der Archäologe. Wohlgemerkt, wir haben hier in Sussex keine Lava.»

Sie gingen ein bißchen näher an die Stelle heran, wo die Detectives Archbold und Bennett ihre knifflige Arbeit erledigten. Man sah schon, daß die Leiche des Mannes weder in eine Hülle eingeschlagen noch zugedeckt worden war, bevor man sie begrub. Die Erde hatte sie auch nicht verschmutzt, wie schwererer lehmiger Boden es möglicherweise getan hätte. Sie war verhältnismäßig sauber, durch und durch naß, hatte dunkle Flecke und verströmte den furchtbaren Geruch, den jeder der hier anwesenden Männer kannte, den süßlichen, fischigen, würgenden, gasähnlichen Gestank faulenden Fleisches. Ihn hatte der Hund gewittert, hatte ihn schön gefunden und wollte mehr davon.

«Ich habe mir schon oft gedacht», wandte sich Wexford an den Arzt, «daß wir mit Hunden nicht viel gemeinsam haben.»

«Das stimmt. In Augenblicken wie diesem begreifen wir, was wir schon immer vermutet haben, aber nie zugeben wollten – daß sie doch nicht fast menschlich sind.»

Das Gesicht war bleich, fleckig, aufgedunsen, die hellen Teile ähnelten in der Farbe einem Fischbauch. Wexford, durchaus nicht zimperlich und mit den Jahren abgehärtet, beschloß, das Gesicht erst wieder anzusehen, wenn er mußte. Die große, gewölbte Stirn, noch größer und gewölbter, weil das Haar ausgefallen war, sah aus wie ein großer gesprenkelter Stein oder eine krankhafte Geschwulst. Diese Stirn war es, die Wexford die Überzeugung eingab, daß der Tote Rodney Williams sein mußte. Er war natürlich in diesem Stadium nicht bereit, das offen zu erklären, doch wäre er sehr überrascht gewesen, wenn es sich nicht um Williams gehandelt hätte.

Sir Hilary war in die Hocke gegangen und beugte sich jetzt noch tiefer über die Leiche. Murdoch, der Beamte, der als erster am Tatort gewesen war, begann Entfernungen auszumessen und Berechnungen anzustellen. Er rief nach dem Fotografen, aber Sir Hilary hob abwehrend die Hand.

Wexford fragte sich, wie er den Gestank so dicht unter seinem Gesicht ertrug? Er schien das alles irgendwie zu genießen, die Leiche, die Atmosphäre, das Grauen, den Schmutz. Aber so waren Pathologen nun einmal, und das war gut. Wie schlimm für einen Pathologen, wenn er davor zurückscheute.

Die Leiche wurde einer langen und gründlichen Betrachtung unterzogen. Sir Hilary musterte sie aus nächster Nähe und von allen Seiten. Fast sah es so aus, als wolle er sie berühren, tat es aber dann doch nicht. Er hatte plumpe, stark gerötete, sehr saubere Hände. Er stand auf, nickte Murdoch und dem Fotografen zu, lächelte zu Wexford hinüber.

«Ich könnte nach dem Lunch ein bißchen dran herumstochern», sagte er. Er nannte seine Autopsien immer «herumstochern». «Habe heute nicht besonders viel zu tun. Irgendeine Ahnung, wer das sein könnte?»

«Ich glaube ja, Sir Hilary.»

«Da bin ich aber froh. Erspart uns eine Menge Scherereien. Wir wollen ihn ein bißchen hübsch machen, bevor seine Nächsten und Liebsten ihn zu sehen bekommen.»

Joy Williams, dachte Wexford. Nein, dem kann man sie wirklich nicht aussetzen. Er fühlte die Sonnenwärme weich und angenehm auf dem Gesicht, drehte sich um und blickte über die weiten Wiesen, die sich bis zur Pomfret Road erstreckten, grünes Gras, goldverbrämt, dazwischen dunkelgrüne Hecken, wie Gobelinbilder hineingewirkt, Schafe auf einem Hang. Doch er sah nur dieses Gesicht vor sich und eine Ehefrau, die es betrachtete. Dies furchtbare Antlitz löset mein Haar und läßt mein ruhig Herz an meine Rippen schlagen ...

Ihm fiel auf, daß der nächste feste Punkt auf der Hauptstraße die Bus-Haltestelle war, in der das Mädchen Colin Budd überfallen hatte. Hatte das etwas zu bedeuten? Die Landstraße, die im Abstand von wenigen Metern an der Begräbnisstätte vorüberführte, mündete genau gegenüber der Bus-Haltestelle in die Pomfret Road. Aber Budd war Wochen nach dem Tod dieses Mannes niedergestochen worden. Man konnte den Schwager bitten, den Toten zu identifizieren. John Sowieso, den Apotheker. John Harmer.

Er schien ein vernünftiger Mann zu sein. Fünf oder sechs Jahre jünger als Williams, gehörte er zu den Menschen, bei denen alles stimmte – ein adretter, gut gebauter, nicht sehr großer Mann mit regelmäßigen Zügen und kurzem krausen Haar. Er hatte die Apotheke geschlossen und die Drogerieabteilung in der Obhut seiner Frau zurückgelassen.

Er holte tief Luft und sah dann die Leiche an. Er betrachtete das Gesicht, die regelmäßigen Züge ausdruckslos in ihrer Beherrschtheit. Er zeigte keine Gefühle – er nicht –, weder Schock noch Ekel, noch Mitleid. Fast glaubte man die Stimme einer Mutter zu einem kleinen krausköpfigen Jungen sagen zu hören: «Sei ein Mann, John. Wein nicht. Sei ein Mann.»

Harmer erinnerte sich daran und war ein Mann. Aber er hätte mit Macduff sagen können, es sei nicht genug, nach außenhin ein Mann zu sein, er müsse es auch fühlen, denn sein Gesicht wurde immer blasser, nahm die gleiche grünlichweiße Farbe an wie das der Leiche. Sein Magen, nicht sein Wille, hatte ihn im Stich gelassen. Oder drohte ihn im Stich zu lassen. Er ging hinaus an die Luft, in den Sonnenschein, fort von dem faulenden Fleisch im Leichenhaus, roch den Duft des sommerlichen Mittags, und die Galle hörte auf, ihn zu würgen. Er nickte Wexford zu, nickte heftiger und länger als nötig.

«Ist es Ihr Schwager Rodney Williams?»

«Ja.»

«Sind Sie ganz sicher?»

«Ich bin sicher.»

Wexford hatte daran gedacht, ihn zu bitten, Joy Williams die traurige Nachricht zu überbringen, jedoch rasch erkannt, daß Harmer kein geeigneter, geschweige denn mitfühlender Bote wäre. Er mußte es selbst tun. Tief in Gedanken, ging er zu Fuß in die Alverbury Road. Bevor er den Autopsiebericht bekam und das Labor Williams' Kleidungsstücke untersucht hatte, konnte er nicht viel unternehmen. Voller Ekel rief er sich die blutigen Stoffetzen um die Wunden herum in Erinnerung. Er war jetzt froh, daß er den Wagen von den Laborleuten so gründlich hatte untersuchen lassen, und das zu einer Zeit, zu der alle noch glaubten, Williams habe sich etwas zuschulden kommen lassen und bei Nacht und Nebel aus dem Staub gemacht.

Diese gipsähnlichen Krümel im Kofferraum konnten ein wichtiger Beweis sein. Zunächst hatte er angenommen, sie hingen irgendwie mit Williams' Arbeit zusammen, hätten zu seinem Alltag gehört. Aber Gardner hatte ihm erklärt, Williams habe die Ware, die er verkaufte, nie in die Hände bekommen. Der Wahrheit näher kam wohl, daß die Krümel sich in den Falten der blutbefleckten Kleidungsstücke verfangen hatten und die Leiche im Kofferraum transportiert worden war.

Im Vorgarten von Alverbury Road 31 hatte jemand den winzigen Rasen gemäht und die Ligusterhecke beschnitten. Es sah aus, als sei beides mit derselben stumpfen Schere gemacht worden. Rodney Williams war in einer Beziehung sehr häuslich gewesen, er hatte seinen Garten tipptopp in Ordnung gehalten.

Sara öffnete Wexford die Tür. Er hatte nicht erwartet, daß sie zu Hause sein würde, und war ein wenig betroffen. Es wäre ihm lieber gewesen, mit ihrer Mutter allein zu sprechen. Das Schuljahr war zwar noch nicht zu Ende, aber da sie das Abitur hinter sich hatte, brauchte sie vielleicht nicht mehr in die Schule zu gehen.

Sie trug ein kurzärmeliges reinweißes T-Shirt ohne Aufdruck. Arme und Hände hatte sie mit Filzstift bemalt. Da war wieder die grüne Schlange, dann ein Schmetterling mit einem Babygesicht, eine Rabenfrau mit aufreizenden Brüsten und gebreiteten Schwingen. Sie wirkte irgendwie obszön auf diesen glatten, goldenen, kindlich gerundeten Armen.

«Ist Ihre Mutter zu Hause, Sara?»

Sie nickte. Hatte sein Tonfall ihr alles verraten? Sie warf ihm, als sie durch den kurzen Korridor zur Küche gingen, einen ängstlichen Seitenblick zu.

Joy Williams war ahnungslos. Auf dem Tisch, an dem sie saß, standen die Überbleibsel eines Lunchs für zwei. Sie blickte mit einem leicht unfreundlichen, fragenden Blick auf. Sie hatten Fischstäbchen mit gebackenen Bohnen gegessen – eine unglückliche Mischung, fand Wexford. Woraus die Mahlzeit bestanden hatte, ersah er aus den reichlichen Resten auf Saras Teller. Joy hatte eine Frauenzeitschrift gelesen, eines jener Presseerzeugnisse, in denen es von Histörchen über Adelige wimmelt und die aufgeschlossene, moderne Frau alles über feine Häkelarbeiten, Kosmetik, Liebe und gemütliche Teestunden lernen kann. Die Zeitschrift lehnte an einer Flasche Sojasoße. Wahrscheinlich eine rührende Aufmerksamkeit von Sara für ihre Mutter. Was tut eine Tochter in einer Situation wie dieser? Geht sie zu ihrer Mutter und legt den Arm um sie? Oder stellt sie sich zumindest hinter ihren Stuhl? Sara ging zum Spülbekken, kehrte ihnen den Rücken und schaute aus dem Fenster über der Spüle, betrachtete das Gras, den Zaun und die kümmerlichen kleinen Apfelbäumchen.

Wexford sagte Joy, man habe ihren Mann gefunden. Die Leiche ihres Mannes. Mehr als das konnte er ihr nicht sagen, er wußte nicht mehr. Saras Schultern zuckten. Joy Williams beugte sich über den Tisch und preßte die Hände auf den Mund. So blieb sie ein paar Minuten sitzen. Der Wasserkessel auf dem Herd begann zu pfeifen. Sara drehte sich um, stellte das Gas ab und sah ihre Mutter an. Sie verzog dabei den Mund, als habe sie Zahnweh.

«Wollen Sie eine Tasse Kaffee?» fragte Joy.

Wexford schüttelte den Kopf. Sara gab Pulverkaffee in zwei Tassen. Auf einer war ein großes «S», auf der anderen der Kopf des Prince of Wales. Joy nahm einen Löffel Zucker, überlegte kurz und nahm einen zweiten.

«Muß ich ihn – sehen?»

«Ihr Schwager hat ihn schon identifiziert.»

«John?»

«Haben Sie mehrere Schwäger, Mrs. Williams?»

«Rod hat einen Bruder in Bath. ‹Hatte› sollte ich wohl sagen. Ich meine, er ist noch am Leben, soviel ich weiß, und Rod nicht mehr.»

«O Mutter!» sagte Sara. «Um Himmels willen!»

«Halt du den Mund, du kleine Kuh!» schrie Joy Williams.

Sie sagte kein Wort mehr, sondern fuhr fort zu schreien, hämmerte mit den Fäusten auf den Tisch, so daß die Kaffeetasse hinunterhüpfte, auf dem Boden zerbrach und der Kaffee sich über die ganze Kokosmatte ergoß. Joy schrie, bis Sara ihr heftig ins Gesicht schlug – schon ganz Ärztin, ganz kühler Kopf bei einem Notfall. Wexford hütete sich davor, es selbst zu tun. Einmal hatte er einer hysterischen Frau eine Ohrfeige gegeben, und hinterher hatte man ihm mit einer Anzeige wegen Körperverletzung gedroht.

«Wer könnte sich ein bißchen um sie kümmern?» fragte er. Mrs. Milvey? Er dachte an Dora, verwarf den Gedanken aber sofort wieder.

«Sie hat keine Freundinnen. Ich nehme an, Tante Hope wird bald kommen.»

Mrs. Harmer. Natürlich. Hope und Joy – Hoffnung und Freude. Mein Gott, was für Namen, dachte er. Sara saß jetzt bei ihrer Mutter und hielt ihre Hand. Joy war erschöpft zurückgesunken, ihr Kopf hing über die Lehne des Küchenstuhls nach hinten, und sie weinte lautlos vor sich hin. Wexford spürte jedoch, daß Sara die Nähe ihrer Mutter nur mit Widerwillen ertrug, den sie mit ganzer Kraft zu unterdrücken suchte. Sie zitterte fast vor Widerwillen. Beide würden erst wieder frei atmen können, wenn sie nicht mehr unter einem Dach leben mußten. Sara konnte es kaum mehr erwarten, ihre Abiturnoten zu erfahren und die Bestätigung zu erhalten, daß sie in St. Biddulph angenommen war. Der Oktober und der Semesteranfang konnten nicht schnell genug für sie kommen.

«Ich bleibe bei Mutter», sagte sie, und in der Art, in der sie es sagte, lag ein gewisser Stoizismus. «Ich gebe ihr eine Tablette. Sie hat Valium im Haus. Ich gebe ihr zwei Valium und suche im Fernsehen ein hübsches Programm für sie aus.»

Das stets bereite Universalheilmittel.

Für den Lunch war es jetzt zu spät. Er würde mit Burden im Büro ein paar Bissen essen, sich aus der Kantine ein Sandwich bringen lassen. Er hatte versprochen, um halb drei mit der Presse zu reden. Nun ja, mit dem jungen Varney von der Lokalzeitung, der die überregionalen mit Nachrichten versorgte.

Auf dem Platz vor der Polizeistation stand ein Aufnahmewagen mit der Aufschrift *TV Süd*, und ein Kamerateam stieg eben aus.

«Sie waren oben am Wald und haben das Grab, Fitzgerald und den Hund gefilmt», sagte Burden. «Sie sollen der nächste sein.»

«Das ist gut. Dann kann ich das Spektakel zu einem Aufruf an die Leute benutzen, die Williams' Wagen irgendwo geparkt gesehen haben.» Wexford kam ein weniger erfreulicher Gedanke. «Sie werden mich doch nicht schminken wollen, oder?» Er war noch nie im Fernsehen gewesen.

Burden sah ihn sauertöpfisch an und zuckte mit geradzu beleidigender Gleichgültigkeit die Achseln.

«Es bedeutet schließlich nicht das Ende der Welt, wenn sie's tun, oder?»

Es gab keinen besseren Augenblick als diesen, auch wenn er in zehn Minuten seinen ersten Fernsehauftritt haben sollte.

«Was war das Ende Ihrer Welt, Mike? Was ist passiert?»

Burden wandte sofort den Blick ab. Er murmelte etwas, was Wexford nicht hören konnte, so daß er ihn bitten mußte, es zu wiederholen.

«Ich habe gesagt, ich sollte Ihnen wahrscheinlich wirklich erklären, was los ist.»

«Ja. Ich will es wissen.» Wexford sah Burden an und sah zum erstenmal, daß sich graue Haare unter seine blonden gemischt hatten. «Irgend etwas stimmt nicht mit dem Baby, nicht wahr?»

«Ganz recht.» Burdens Stimme klang sehr trocken. «Jennys – nicht meiner Meinung nach.» Er lachte bellend auf. «Es ist ein Mädchen.»

«Was?»

Wexfords Telefon klingelte. Er nahm ab. *TV Süd*, der *Kingsmarkham Courier* und noch zwei andere Reporter warteten unten auf ihn. Burden war schon gegangen und hatte ganz leise die Tür hinter sich geschlossen.

## 8

Sie deckte den Tisch mit dem Silber und den Gläsern, die sie zur Hochzeit geschenkt bekommen hatte. Die Spitzendecke hatte sie während ihres ersten Urlaubs nach der Hochzeitsreise in Venedig gekauft. Die Hausarbeit hatte ihr viel Freude gemacht, nachdem sie ihren Beruf als Lehrerin aufgegeben hatte, weil sie wußte, daß sie ein Baby erwartete. Es war natürlich das Neue, das sie so reizvoll fand – den ganzen Tag zu Hause zu sein und Haushalt zu spielen. Seither war sie gleichgültig geworden, war gegen alles gleichgültig geworden. Nur nicht gegen das Kind. Und das Kind haßte sie.

Manchmal, wenn sie den Staubsauger vor sich herschob oder aufräumte, liefen ihr die Tränen aus den Augen und die Wangen hinunter. Sie weinte, weil sie nicht glauben konnte, daß sie fähig war, das Kind zu hassen, das in ihr wuchs, obwohl sie sich so sehr nach einem Baby gesehnt hatte. Das hatte sie bei der zweiten Sitzung auch der Psychiaterin gesagt, die ihr praktisch schweigend zugehört hatte. Einmal hatte sie gefragt: «Warum sagen Sie das?», und einmal hatte sie Jenny aufgefordert, weiterzusprechen. Darüber hinaus hatte sie ihr nur aufmerksam zugehört.

Mike hatte ihr vorgeschlagen, zur Psychiaterin zu gehen. Weil er sonst für die Psychotherapie nur Hohn und Spott übrig hatte, war sie so überrascht gewesen, daß sie sich widerspruchslos fügte. Außerdem konnte sie wenigstens irgendwohin gehen, konnte etwas anderes unternehmen, als zu Hause zu sitzen, über die Zukunft, ihre Ehe und das unerwünschte Kind nachzugrübeln. Und natürlich zu weinen, wenn sie sich daran erinnerte, wie das Leben früher gewesen war, als die Tage zu kurz schienen, als sie den Sechstkläßlern in Haldon Finch Geschichte beibrachte, in einem Orchester Violine spielte und einen Kunstgeschichte-Kurs für Fortgeschrittene besuchte.

Jenny verachtete sich selbst, doch das änderte nichts. Sie fand ihr Selbstmitleid widerlich.

Das Geräusch eines Schlüssels, der sich im Schloß drehte – altehrwürdiges Liebesbarometer – ließ ihren Herzschlag nicht stocken, bewirkte gar nichts bei ihr, außer daß sie sich ein wenig vor dem Abend zu fürchten begann, der vor ihnen lag. Mike kam herein und küßte sie. Das hatte er noch nicht aufgegeben.

«Wie war's beim Gehirnklempner?»

Sie nahm ihm seine Ungeduld übel. Sie sollte gesund werden, damit das Leben so weitergehen konnte wie früher, das fühlte sie. «Was hast du erwartet? Ein Wunder nach zwei Sitzungen?»

Sie setzte sich. Sie fühlte sich dann ein wenig besser, weil man den Bauch nicht so sah. Und das Kind war still, Gott sei Dank, strampelte und trat nicht.

«Laß dir von ihm keine Medikamente geben.»

«Es ist eine Frau.»

Am liebsten hätte sie geschrien vor Lachen. Was für eine bittere Ironie! Sie war Lehrerin, diese andere Frau Psychotherapeutin, und Mikes Tochter Pat stand kurz vor ihrem Staatsexamen als Zahnärztin, und doch saß sie hier und benahm sich so unterwürfig wie eine völlig bedeutungslose Nebenfrau in einem Harem. Weil das Baby ein Mädchen war.

Er brachte ihr einen Drink. Orangensaft mit Perrier. Er trank Whisky, einen großen, und würde sich in ein paar Minuten einen zweiten einschenken. Vor kurzem noch hatte er keinen Alkohol gebraucht, wenn er nach Hause kam. Sie sah ihn an und wünschte, sie brächte es fertig, seinen Arm zu berühren oder seine Hand zu halten. Eine Apathie hinderte sie daran, die genauso stark war wie Energie.

«Mike», sagte sie – und sagte es zum hundertstenmal –, «ich kann nichts dafür. Ich wünschte, ich könnte etwas dagegen tun. Ich hab's versucht.»

«Das beteuerst du immer wieder. Ich verstehe es trotzdem nicht. Es übersteigt meinen Verstand.»

Sie schlug die Augen nieder und sagte leise: «Meinen auch, Mike.» Das Kind begann sich zu bewegen, flatternd zuerst, dann mit einem herzhaften Tritt gegen ihre unterste Rippe. Sie hatte plötzlich Sodbrennen. «Ich wünschte, ich hätte dieses Zeug nie machen lassen!» schrie sie auf. «Ich hätte es nie zulassen dürfen! Sie hätten es mir nicht sagen dürfen! Warum hab ich's nur zugelassen? Wenn ich nichts wüßte, wäre ich heute noch glücklich. Ich hätte das Baby bekommen, und es wäre mir egal gewesen, was es ist. Ich hätte mich über mein gesundes Baby gefreut. Ich wollte ja nicht unbedingt einen Sohn – oder vielmehr, ich wußte nicht, daß ich unbedingt einen wollte. Es war mir egal, was es ist, solange ich nichts wußte. Seit ich es weiß, kann ich's nicht ertragen. Ich kann das alles nicht durchstehen – nicht für ein Mädchen. Die Schwangerschaft, die Geburt, den Schmerz, die Arbeit, die Sorge, den Zwang, es ein Leben lang um mich zu haben – ich halte es nicht aus!»

Mike hörte das nicht zum erstenmal. Es kam ihm vor, als wiederhole sie es Abend für Abend. Das war es, was er zu erwarten hatte, wenn er nach Hause kam. Leicht variiert, abgeändert, mit abgewandelten Redewendungen, aber dem Sinn nach immer dasselbe. Sie sagte es immer wieder, sagte immer dasselbe, sagte es jeden Abend so oft und so lange, bis sie erschöpft war oder weinte oder völlig kaputt in ihrem Sessel zusammensank; oder bis sie, jeden Tag früher, ins Bett ging. Vergeblich hatte er sie gefragt, warum sie ein solches Vorurteil gegen Mädchen hatte, sie, eine engagierte Feministin? Sie unterstützte die Frauenbewegung, sagte, daß ihr die kleinen Töchter ihrer Freundinnen lieber seien als die kleinen Söhne, sie kam mit ihrer Stieftochter besser aus als mit ihrem Stiefsohn und erklärte, sie unterrichte lieber Mädchen als Jungen.

Sie wußte nicht, warum, sie wußte nur, daß es so war. Die lang ersehnte Schwangerschaft, die sie anfangs unendlich glücklich gemacht hatte, hatte sie in den Wahnsinn getrieben. Das schlimmste war, daß auch er allmählich anfing, das ungeborene Kind zu hassen, und wünschte, es wäre nie gezeugt worden.

In der Wein-Bar war es dunkel und kühl. Die höhlenähnlichen Keller waren bei der Sanierung eines alten Hauses in der Queen Street in Kingsmarkham entdeckt worden. Der Besitzer hatte der Versuchung widerstanden, Deckenbalken einzuziehen und mit Feuersteinschlössern und kupfernen Wärmepfannen eine falsche mittelalterliche Atmosphäre zu schaffen. Er hatte lediglich die niedrigen, breiten Mauerbögen weiß getüncht, den Boden gefliest und Tische und Stühle aus Fichtenholz mit dunklen Astlöchern hineingestellt.

Wexford und Burden gingen zweimal wöchentlich in den *Old Cellar* zum Lunch. Das Lokal hatte den großen Vorteil, an kalten Tagen warm und an heißen Tagen wie dem heutigen, kühl zu sein. Auf der Speisekarte stand Quiche mit Salat, geräucherte Makrele, Kohlsalat, Schweinepastete, Quiche, Quiche und noch einmal Quiche.

«Was haben sie in solchen Lokalen auf die Speisekarte geschrieben, bevor die Quiche in Mode kam? Ich meine, vor noch nicht allzu langer Zeit konnte ein Engländer doch noch offen zugeben, er habe das Wort ‹Quiche› noch nie gehört.»

«Aber gegessen hat er es schon immer», entgegnete Wexford. «Nur hat er Käse- und Zwiebelpastetchen dazu gesagt.»

Er hatte die Morgenzeitung mitgebracht. Der *Kingsmarkham Courier* war ein Wochenblatt und erschien erst freitags. Die überregionalen Tageszeitungen hatten über die Entdeckung von Rodney

Williams' Leiche nur eine einspaltige Notiz gebracht, ohne Einzelheiten oder Hintergrundinformationen, obwohl Wexford überzeugt war, daß Varney alles haarklein weitergegeben hatte. Der *Daily Telegraph* hatte lediglich berichtet, daß in einem flachen Grab die Leiche eines Mannes gefunden und später als die von Rodney Williams, Angestellter aus Kingsmarkham in Sussex, identifiziert worden war. Nichts über Joy, nichts über seine Kinder, nichts über seine Stellung bei Sevensmith Harding oder die Tatsache, daß er zwei Monate lang als vermißt gegolten hatte. Wexford war zwar im Fernsehen erschienen, aber nur in dem kurzen regionalen Teil nach den Nachrichten. Der Halbstundenfilm, den sie mit ihm gedreht hatten, war auf dürftige fünfundvierzig Sekunden zusammengeschnitten worden.

Die Leichen von Männern mittleren Alters hatten nicht den gleichen Nachrichtenwert wie die von Frauen und Kindern. Frauen gaben immer etwas her. Vielleicht würde es damit ein Ende haben, wenn sie eines Tages nicht nur ihre Rechte hatten, sondern wirklich gleichberechtigt waren. Eine interessante Überlegung, und eine, die ihn daran erinnerte ...

«Sie wollten mit mir über Ihre privaten Probleme sprechen, als wir unterbrochen wurden, Mike.»

«Es ist nicht so, daß sie im allgemeinen etwas gegen Mädchen hat», sagte Burden. «Sie ist schließlich Feministin. Ich meine, es handelt sich nicht um dieses dämliche ‹Ich muß einen Erben haben› oder ‹Jede Frau möchte einen Sohn haben, um sich selbst zu bestätigen›. Ich glaube sogar, daß sie insgeheim denkt, Frauen seien besser als Männer – klüger und flexibler und so weiter. Sie sagt, sie versteht es selber nicht. Sie sagt, vor dieser Untersuchung sei das Geschlecht des Kindes für sie kein Problem gewesen, aber als man ihr sagte, daß es ein Mädchen ist, war sie – nun ja, bestürzt. Am Anfang. Es wurde schlimmer. Und jetzt ist es nicht nur Bestürzung, es ist Haß.»

«Warum will sie kein Mädchen?» Wexford erinnerte sich an verschiedene Sprüche, die seine Tochter Sylvia, Mutter zweier Söhne, von sich gegeben hatte. «Ist sie der Meinung, daß Frauen in unserer Gesellschaft die zweite Geige spielen, und glaubt es daher nicht verantworten zu können, noch eine in die Welt zu setzen?» Um sich für seine unverblümte Bemerkung zu entschuldigen, fügte er hinzu: «Diese Meinung ist mir nämlich schon zu Ohren gekommen.»

«Sie weiß es nicht. Sie sagt, seit die Welt besteht, sind Söhne immer den Töchtern vorgezogen worden, und das hat sich inzwischen tief in das Gedächtnis der menschlichen Rasse eingebrannt, in das, wie sie es nennt, kollektive Unterbewußtsein.»

«So hat Jung es genannt.»

Burden zögerte, überging dann aber die Bemerkung. «Sie ist wahnsinnig, wissen Sie. Die Schwangerschaft hat sie um den Verstand gebracht. Sehen Sie mich bloß nicht so an. Mir ist es längst egal, ob man mich für unloyal hält oder nicht. Sie ist mir inzwischen überhaupt völlig gleichgültig geworden, wenn Sie's unbedingt wissen wollen. Wissen Sie, was sie sagt? Sie sagt, sie kann unmöglich – nun ja, etwa zwanzig Jahre mit jemandem zusammen leben, den sie schon haßt, bevor er geboren ist. Wie wird mein Leben aussehen, wenn das so weitergeht?»

«Auf das Risiko hin, ein uraltes Klischee zu äußern, möchte ich behaupten, daß sie anders empfinden wird, wenn das Baby erst mal da ist.»

«Ach, tatsächlich? Können Sie mir das garantieren? Sie wird es lieben, wenn man es ihr in die Arme legt? Wollen Sie hören, was sie noch so von sich gibt? Sie sagt, sie will das Kind nie sehen. Es soll sofort zur Adoption freigegeben werden, bevor einer von uns beiden es gesehen hat. Ich habe Ihnen doch gesagt, daß sie wahnsinnig ist.»

Wexford hatte das Gefühl, unbedingt etwas trinken zu müssen, aber er konnte nicht mitten am Tag zu Alkohol greifen, dazu hatte er zuviel zu tun. Burden trank auch nichts. Doch nach dem zu urteilen, wie er jetzt manchmal am Morgen aussah, hob er es sich auf, bis er nach Hause kam. Sie beglichen die Rechnung und kletterten die alten Stufen des *Old Cellar* hinauf. Draußen schien die Junisonne so grell, daß sie blinzeln mußten.

«Sie geht zu einer Psychiaterin. Die ist meine einzige Hoffnung. Ausgerechnet ich setze auf die Psychos! Wenn ich so etwas sage, frage ich mich manchmal wirklich, was aus mir geworden ist.»

Sir Hilary Tremletts Autopsiebericht war eingetroffen. Gerade als Burden ging, kam Dr. Crocker, um Wexford die unverständlichen Passagen zu erklären. Sie trafen sich in der Tür. Mürrisch und einsilbig schob Burden sich an Crocker vorbei. Der Doktor lachte.

«Mike hat eine komplizierte Schwangerschaft.»

Wexford dachte nicht daran, ihn über die Situation aufzuklären. Burden hatte den anderen Stuhl unter den Tisch geschoben, und Wexford stieß ihn mit der Schuhspitze wieder heraus.

«Sir Hilary schreibt hier, er habe in Williams' Magen und in anderen Organen dreihundertzwanzig Milligramm Cyclobarbital gefunden. Was ist Cyclobarbital?»

«Ein intermediär wirkendes Barbiturat – das heißt, daß es ungefähr acht Stunden wirkt, eine schlaffördernde Droge, ein Schlafmittel, wenn Sie so wollen. Der gebräuchliche Markenname ist Phanodorm, glaube ich. Die gebräuchliche Dosis sind zweihundert Milligramm. Aber dreihundertzwanzig würden ihn auch nicht umbringen. Ich nehme an, er hat zwei Tabletten zu je zweihundert Milligramm genommen.»

«Aber daran ist er doch nicht gestorben, nicht wahr? Er starb an den Stichwunden.»

Wexford blickte auf, weil der Doktor ihn eindringlich ansah. Sie dachten beide dasselbe. Sie dachten an Colin Budd und Brian Wheatley.

«Sein Tod wurde durch einen Stich herbeigeführt, der die Halsschlagader durchtrennte.»

«Ach! Tatsächlich? Da muß das Blut doch gesprudelt sein wie ein Springbrunnen.»

«Im Hals, in der Brust und im Rücken hatte er noch sieben weitere Stiche. Hier steht eine Menge über verschiedene Gewebearten.» Wexford reichte die Blätter über den Tisch und behielt nur eins. «Mich interessiert mehr, was Sir Hilary über Form und Größe des Messers schreibt. Ein großes Küchenmesser mit einer Dolchspitze scheint es gewesen zu sein.»

«Sir Hilarys Schätzung nach wurde Williams vor sieben oder acht Wochen getötet. Was meinen Sie? Hat er zwei Schlaftabletten genommen, und jemand hat ihm den Garaus gemacht, während er selig schlummerte? Sie sind der Meinung, daß er schon kurz nach sechs ermordet wurde, bald nachdem er das Haus verlassen hatte. Aber warum sollte er um diese Zeit Schlaftabletten nehmen?»

«Er könnte sie mit einem anderen Medikament verwechselt haben», sagte Wexford nachdenklich. «Mit Tabletten gegen zu hohen Blutdruck zum Beispiel. Er litt darunter.»

Während der Arzt las, griff Wexford nach dem Telefon und ließ sich mit Wheatleys Nummer verbinden. Wheatley hatte gesagt, er arbeite nur dreimal wöchentlich in London, es bestand daher die Möglichkeit, daß er zu Hause war. Er war da.

«Ich finde, Sie haben kein besonders überwältigendes Interesse für meinen Fall gezeigt», sagte er gekränkt.

Darauf wollte Wexford gar nicht eingehen. Außerdem stimmte es. Sie hatten sich wirklich nicht sonderlich für einen Mann interessiert, dem von einer Anhalterin der Daumen mit einem Messer angekratzt worden war. Doch seither hatte der Zwischenfall einen anderen Aspekt bekommen.

«Sie haben mir eine genaue Beschreibung des Mädchens gegeben, das Sie angegriffen hat, Mr. Wheatley», sagte er. «Die Tatsache, daß Sie ein so guter Beobachter sind, hat mich auf den Gedanken gebracht, daß Ihnen vielleicht noch mehr aufgefallen ist. Denken Sie bitte darüber nach, und versuchen Sie sich an alles zu erinnern, was passiert ist. Vor allem hätten wir gern noch nähere Informationen über das Aussehen des Mädchens, über ihre Stimme und so weiter. Wir kämen gern zu Ihnen. Geht das?»

Beschwichtigt antwortete Wheatley, er wolle gern darüber nachdenken und ihnen alles sagen, woran er sich erinnere. Und sie könnten gern irgendwann im Lauf des Abends kommen.

«Es kann nicht in einem Wagen passiert sein, Reg», sagte der Doktor. «Dazu war die Sache zu blutig.»

«Dann vielleicht im Freien?»

«Und hinterher hat man ihm den Hals mit einem geblümten Geschirrtuch von Marks & Spencer verbunden, wie?»

«Davon steht hier nichts drin.»

«Ich habe es zufällig gemerkt, als der arme Teufel exhumiert wurde. Zu Hause haben wir nämlich so ein Tuch.»

Das Telefon klingelte. «Mr. Wexford», sagte die Telefonistin, «hier ist eine Mrs. Williams, die gern mit jemandem über Mr. Rodney Williams sprechen möchte.»

Joy, dachte Wexford. Na schön.

«Mrs. Joy Williams?»

«Mrs. Wendy Williams.»

Die Schwägerin? Die Frau von Williams' Bruder aus Bath? Wenn du nicht weißt, was als nächstes passieren soll, rät Raymond Chandler seinen ebenfalls Kriminalromane schreibenden Kollegen, dann laß einen Mann mit einem Revolver auftreten. Kann es, dachte Wexford, in einem echten Mordfall eine wirkungsvollere

Überraschung geben als den Auftritt einer mysteriösen Frau aus Bath?

Er sah auf, als Burden wieder hereinkam. Burden hatte die Kleidungsstücke untersucht, die man an Williams' Leiche gefunden hatte – eine blaue Unterhose, sehr verschieden von der weißen Unterwäsche, die in der Alverbury Road im Schrank lag, braune Socken, eine rehfarbene Sporthose aus Köper, ein blau, braun und cremefarben gestreiftes Hemd und einen dunkelblauen Pullover von Yves St. Laurent. In der Gesäßtasche der Hose steckten ein Scheckbuch für eines der Konten bei der Anglican-Victorian Bank in Pomfret (R. W. Williams, Privatkonto), eine Brieftasche mit einem Fünfer, drei Ein-Pfund-Noten und zwei Kreditkarten, Visa und American Express, aber weder Auto- noch Hausschlüssel.

«Wahrscheinlich hing sein Hausschlüssel am selben Ring wie der Wagenschlüssel», sagte Burden. «Ich halte es jedenfalls so.»

«Auf jeden Fall können wir jetzt an das Bankkonto heran. Dr. Crocker hat gesagt, um Williams' Hals sei ein Geschirrtuch gewikkelt gewesen. Wahrscheinlich um das Blut zu stillen.»

«Er hatte zwei Geschirrtücher und von einem Bettuch abgerissene Streifen um den Hals», antwortete Burden. «Und das Blut hat sie völlig durchtränkt, bevor es anfing zu gerinnen.»

Es klopfte. Bennett kam mit einer jungen Frau herein, die ganz und gar nicht aussah wie eine biedere Ehefrau aus Bath.

«Mrs. Wendy Williams, Sir.»

Sie sah aus wie fünfundzwanzig. Ein hübsches Mädchen mit einem zarten, nervösen Gesicht und blonden Locken. Wexford forderte sie auf, sich zu setzen, nachdem der Doktor aufgesprungen war. Sie ließ sich in den Sessel sinken, umklammerte die Armlehnen und zuckte zusammen, als Crocker auf dem Weg zur Tür hinter ihr vorbeiging. Burden schloß die Tür hinter ihm und blieb dort stehen.

«Warum wollten Sie mich sprechen, Mrs. Williams?»

Sie antwortete nicht. Sie musterte ihn mit einem durchdringenden Blick und fuhr sich immer wieder mit der Zungenspitze über die Lippen.

«Ich nehme an, Sie sind Rodney Williams' Schwägerin? Oder irre ich mich?»

Sie rutschte mit dem ganzen Körper ein bißchen tiefer in den Sessel, ließ aber die Armlehnen nicht los. «Seine Schwägerin?

Wieso seine Schwägerin?» Sie wartete seine Antwort nicht ab. «Hören Sie, ich – ich weiß nicht, wie ich es sagen soll. Ich war so – ich habe fast den Verstand verloren.» Ihre Stimme wurde immer schriller, wie vor einem hysterischen Anfall. «Ich hab's in der Zeitung gelesen – da war so eine kleine Notiz, und ... Ist dieser – dieser Mann, der da gefunden wurde ... Ist das mein Mann?»

## 9

Er hatte nur selten Gelegenheit, jemandem etwas Erfreuliches zu sagen, und wollte schon antworten: «Nein, natürlich nicht. Die Leiche wurde identifiziert.» Wendy Williams hielt sich noch immer an den Armlehnen des Sessels fest und rieb mit den Fingerspitzen das Holz.

«Wie ist der vollständige Name Ihres Mannes, Mrs. Williams?»

«Rodney John Williams. Er ist achtundvierzig.» Sie sprach in kurzen, abgehackten Sätzen und wartete nicht, bis sie gefragt wurde. «Einsachtzig groß. Blond mit ein bißchen Grau drunter. Er ist Vertreter. In der Zeitung steht, daß er Vertreter ist.»

Burden starrte sie an, senkte dann den Blick. Sie schluckte und gab sich Mühe, gegen ihre Panik anzukämpfen, indem sie die Muskeln aufs äußerste anspannte.

«Könnten Sie – bitte ich habe ein Foto hier.»

Sie ließ die Armlehnen los, doch als sie ihre Handtasche öffnen wollte, gehorchten ihr die Hände zuerst nicht. Das Foto, das sie Wexford reichte, flatterte, so stark zitterte sie. Er betrachtete es ungläubig.

Es war Rodney Williams, die hohe, gewölbte Stirn, der schmale Mund zu einem breiten Lächeln verzogen. Das Foto, das Joy ihm gezeigt hatte, war älter gewesen. Dieses zeigte Williams in der Badehose – schlaffe, haarlose Brust, spindeldürre X-Beine – mit diesem Mädchen, das einen schwarzen Bikini trug, und einem zweiten Mädchen, auch im Bikini, aber nicht älter als zwölf Jahre. Wexfords Blick kehrte zu dem unverkennbaren Gesicht von Williams zurück, zu dem Kopf, dem man am liebsten eine Fransenperücke aufgesetzt hätte, um ihn dadurch zu verändern.

Sie wartete, beobachtete Wexford. Er nickte. Sie hob die zitternde Hand an die Brust, legte sie aufs Herz und erstarrte sekundenlang in dieser tragischen Pose. Dann fielen ihr die Lider zu, und sie sackte zur Seite.

Später sah er sich gezwungen, es für eine großartige schauspielerische Leistung zu halten, im Augenblick war er jedoch überzeugt, daß sie wirklich ohnmächtig geworden war. Burden nahm sie bei den Schultern und drückte ihr den Kopf auf die Knie. Wexford griff nach dem Telefon und bat, eine Polizeibeamtin heraufzuschicken, Polly Davies oder Marion Bayliss, welche gerade da war. «Außerdem brauche ich eine Kanne starken Tee. Und man soll die Zuckerdose nicht vergessen.»

Wendy Williams kam wieder zu sich, richtete sich auf und preßte das Gesicht in die Hände.

«Sie sind die Ehefrau von Rodney John Williams und wohnen in Pomfret in der Liskeard Avenue?»

Sie trank den Tee, ohne Zucker und sehr heiß, anfangs mit geschlossenen Augen. Als sie sie öffnete und ihn ansah, stellte er fest, daß sie sehr klar und tiefblau waren. Sie nickte langsam.

«Wie lange waren Sie verheiratet, Mrs. Williams?»

«Sechzehn Jahre. Im März haben wir unseren sechzehnten Hochzeitstag gefeiert.»

Er konnte es kaum glauben. Ihre Haut war so frisch und weich wie die eines jungen Mädchens, sie hatte so seidiges Haar wie ein Baby, und die Locken schienen natürlich zu sein. Sie merkte sein Erstaunen und war trotz ihres Schmerzes und ihrer Trauer geschmeichelt, es richtete sie ein wenig auf. Er sah ihr an, daß sie zu den Frauen gehörte, für die Komplimente, auch unausgesprochene, ein wahres Lebenselixier waren. Von ihnen zehrte sie. Ein schwaches, bebendes Lächeln umspielte ihren Mund. Er sah sich noch einmal das Foto an.

«Meine Tochter Veronica», sagte sie. «Ich habe sehr jung geheiratet. Mit sechzehn. Das Foto wurde vor drei oder vier Jahren aufgenommen.»

Er war also Bigamist gewesen, kein «Feld-Wald-und-Wiesen-Fremdgeher» mit einer Freundin in der Nachbarstadt, kein verheirateter Mann mit einer Reihe kostspieliger Geliebter, sondern ein braver, altmodischer, waschechter Bigamist. Wexford zweifelte nicht daran, daß Wendy Williams eine genauso gültige Heiratsurkunde hatte wie Joy, und wenn die ihre nicht rechtskräftig war, dann wußte sie es bestimmt nicht.

Deshalb also hatte er keine Kleidung zum Wechseln mitgenommen. Er hatte die Sachen in seinem zweiten Heim. Und mehr als das. Viel mehr. Wexford begriff jetzt den Sinn der beiden Bankkonten: eins, auf das sein Gehalt überwiesen wurde, und zwei gemeinsame, die er daraus versorgte, eins für jeden Haushalt – R. J. und J. Williams und R. J. und W. Williams. Er hatte sich nicht einmal einen neuen Namen zulegen müssen, um die zweite Ehe einzugehen – Williams gab es so viele, daß es nicht nötig war. Er war wie ein Moslem gewesen, der sich streng an das islamische Gesetz hält und dafür sorgt, daß jede seiner Frauen ein eigenes Haus hat. Der Unterschied war hier nur der, daß die beiden Frauen nichts voneinander wußten.

Daß Williams noch eine Ehefrau hatte, eine – wie man sie vielleicht nennen konnte – Hauptfrau, mußte die junge Frau erfahren. Und Joy durften sie auch nicht verschweigen, daß es eine zweite Familie Rodney Williams gab.

«Wann haben Sie Mr. Williams das letzte Mal gesehen?» fragte Wexford. Er nannte ihn bewußt nicht mehr «Ihren Mann», um allmählich auf das zuzusteuern, was er ihr zu sagen hatte.

«Ungefähr vor zwei Monaten. Kurz nach Ostern.»

Es war jetzt nicht der richtige Moment, um von ihr eine Erklärung für diese Lücke von acht Wochen zu verlangen. Er sagte ihr, er werde sie am Abend zu Hause aufsuchen. Polly Davies würde sich um sie kümmern und dafür sorgen, daß sie gut nach Hause käme.

Endlich hatte sich etwas ereignet, das Burden vorübergehend von seinen privaten Sorgen ablenkte. Sein Gesicht war so neugierig und lebhaft wie das eines kleinen Jungen.

«Was hat er Weihnachten gemacht?» sagte er. «Was Ostern? Wie hat er es mit dem Urlaub gehalten?»

«Das werden wir alles erfahren. Andere Bigamisten haben diese Probleme auch gelöst. Wahrscheinlich hatte er einen Strohmann.»

«Wozu denn das?»

«Nun ja, einen nicht existierenden Freund oder Verwandten, der ihn mit Alibis versorgt. Meiner Meinung nach war Williams' Strohmann eine alte Mutter.»

«Hatte er eine alte Mutter?»

«Das weiß der Himmel. Es wäre ihm aber durchaus zuzutrauen,

daß er eine erfunden hat. Sie wissen doch, daß es heißt, wenn es keine Mütter gäbe, müßte man sie erfinden, weil man sie braucht.»

Burden zuckte zusammen. «Glauben Sie, daß er an dem Abend, an dem er aus der Alverbury Road wegging, zu seiner zweiten Familie fuhr?»

«Ich denke, daß er die Absicht hatte, hinzufahren. Ob er je dort eintraf, ist etwas anderes.»

Von Williams' Familienverhältnissen fasziniert, fuhr Burden fort: «Während Joy glaubte, er fahre für Sevensmith Harding nach Ipswich, war er bei Wendy. Und wo war er Wendys Meinung nach, wenn er sich bei Joy aufhielt?»

«Ich glaube, sie wußte gar nicht, daß er bei Sevensmith Harding angestellt war. Wahrscheinlich hat er ihr über das, was er tat, lauter Lügenmärchen erzählt.»

«Man müßte doch annehmen, daß er manchmal ihre Namen verwechselt hat – ich meine, daß er Wendy Joy und Joy Wendy nannte.»

«Aus Ihnen spricht der unschuldige monogame Ehemann», erwiderte Wexford und verdrehte die Augen. «Was glauben Sie, wie das verheiratete Männer mit Freundinnen machen? Die Ehefrau und alle anderen werden einfach ‹Liebling› tituliert.»

Burden schüttelte den Kopf, als sei er überfordert, wenn er an so etwas auch nur denken sollte. «Glauben Sie, daß eine der beiden ihn getötet hat?»

«Und dann hat sie die Leiche zu dem Grab geschleppt und hineingelegt? Williams hat fast zwei Zentner gewogen – oder hundertneunzig Pfund oder fünfundneunzig Kilo oder wie immer das jetzt heißt.»

«Es könnte Wendy gewesen sein, die das erste Mal bei Sevensmith Harding angerufen hat.»

«Haben Sie den Eindruck, daß ihre Stimme wie die von Joy klingt?»

Burden mußte zugeben, daß das nicht der Fall war. Joys Stimme war monoton, akzentfrei. Wendys Stimme klang wie die eines kleinen Mädchens, sehr angenehm, und außerdem lispelte sie leicht. Wexford sprach noch über Stimmen, über die ziemlich unschöne, aber trotzdem einprägsame Stimme von Joy Williams, als das Telefon abermals klingelte.

«Noch eine junge Dame, die mich sprechen möchte», sagte er zu Burden, als er auflegte.

«Blaubarts dritte Frau?» Es war seit zwei Monaten der erste schwache Scherz, zu dem Burden sich hinreißen ließ.

Wexford nahm es erfreut zur Kenntnis. «Sagen wir, es ist ein Fan von mir, jemand, der mich im Fernsehen bewundert hat.»

«Hören Sie, wie wär's, wenn ich jetzt mit Martin zu Wheatley hinüberführe? Dann könnte ich Sie heute abend zu Wendy Williams begleiten.»

«Okay, und wir nehmen Marion mit.»

Das Mädchen kam mit überheblicher Selbstsicherheit herein. Sie war siebzehn oder achtzehn, hieß Eve Freeborn und sah aus, als spiele sie eine Schelmenrolle in einer mittelalterlichen Komödie. Sie trug Stretch-Jeans, ein kariertes Hemd und Riemchensandalen. Ihr Haar war kurzgeschoren und stellenweise purpurn eingefärbt.

Sie setzte sich mit weit gespreizten Beinen, stützte die Ellenbogen auf die Armlehnen und flocht die Finger beider Hände ineinander, um das Kinn hineinlegen zu können. Sie erzählte Wexford ihre Geschichte knapp, klar und deutlich. Eve ging noch in die Schule und war von dort aus direkt zu Wexford gekommen. Wahrscheinlich ist sie Vorsitzende des Debattier-Clubs, dachte er. Als sie die Hände nach außen drehte, entdeckte er an ihrem Handgelenk eine Filzstiftzeichnung – eine Frau mit einem Rabenkopf. Dann bewegte Eve den Arm, und der Ärmel schob sich wieder über die Zeichnung.

«Ich hielt es für meine Pflicht als Bürgerin, Sie aufzusuchen», sagte sie großspurig. «Und habe es nur so lange aufgeschoben, bis ich die Sache mit meinem Freund besprochen hatte. Er geht in dieselbe Schule wie ich – Haldon Finch. In einem gewissen Sinn ist er nämlich in die Sache verwickelt, wissen Sie. Wir haben uns nämlich geschworen, immer rückhaltlos offen und ehrlich zueinander zu sein.»

Wexford lächelte ihr ermutigend zu.

«Mein Freund wohnt in Myringham, in der Arnold Road. Es ist ein ebenerdiges Haus, Nummer dreiundvierzig.» Gegenüber von Graham Gee, der uns den Hinweis auf die arme alte Greta gegeben hat, dachte Wexford. «Seine Eltern wohnen auch da», fuhr Eve in einem Ton fort, der unmißverständlich besagte, es sei unglaublich gütig und großzügig von ihrem Freund, seinen Eltern zu gestatten, in ihrem eigenen Haus zu wohnen. «Die Sache ist die – und Sie werden sie vielleicht gar nicht für möglich halten, aber ich versichere Ihnen, es ist die reine Wahrheit –, daß es ihnen nicht recht ist, wenn ich bei ihm übernachte. Ich meine, das richtet sich nicht gegen mich persönlich, was ich noch verstehen könnte, wenn sie mich nicht leiden könnten. Sie dulden überhaupt kein Mädchen im Haus. Deshalb bleibt mir nichts anderes übrig, als zu ihm zu kommen, wenn er schon im Bett liegt, und zum Fenster hineinzuklettern.»

Wexford starrte sie nicht mit offenem Mund an. Er fühlte nur den inneren Zwang dazu, konnte jedoch nicht widerstehen zu fragen: «Warum kommt er nicht zu Ihnen?»

«Weil meine Schwester und ich ein gemeinsames Zimmer haben. Aber das hätte ich Ihnen schon noch gesagt. An dem Donnerstag, um den es geht, bin ich gegen zehn Uhr abends zu ihm gefahren. Es war nur eine einzige Parklücke frei, und die war sehr klein. Als ich zurücksetzte, stieß ich leicht gegen den Wagen hinter mir. Es gab nur eine ganz kleine Delle im Kotflügel des anderen Wagens, wirklich nur eine winzige Delle, er hätte keinen neuen Kotflügel gebraucht oder so. Aber ich fand, es sei meine Pflicht, die Sache auf mich zu nehmen und mich nicht zu drücken, daher ...»

«Einen Moment. Das war am Abend des 15. April?»

«Stimmt. Da hatte mein Freund nämlich Geburtstag.»

Da hat er ja ein reizendes Geschenk bekommen, dachte Wexford.

«Und welchen Wagen haben Sie beschädigt?»

«Ein dunkelblauer Ford Granada. Es war der Wagen, nach dem Sie im Fernsehen gefragt haben. Ich hatte einen Zettel mit Namen, Adresse und Telefonnummer hinter den Scheibenwischer gesteckt. Aber der Wind muß ihn weggeweht haben, oder er ist sonst irgendwie verlorengegangen, weil der Wagen noch lange dastand. Doch der Fahrer hat sich nie mit mir in Verbindung gesetzt.»

Um zehn Uhr abends. Greta, die Granadinerin, hatte um zehn Uhr also dort gestanden. Aber wie lange schon?

«Und wessen Wagen haben Sie gefahren, wenn ich fragen darf?»

«Ja, meinen eigenen natürlich», antwortete Eve erstaunt.

«Sie haben einen eigenen Wagen?»

«Technisch gesehen gehört er eigentlich meiner Mutter. Aber das kommt auf dasselbe raus.»

Das traf zweifellos zu. Sie waren schon unglaublich, diese jungen Leute! Und das Unglaublichste und Erstaunlichste an ihnen war, sie hatten keine Ahnung, daß frühere Generationen sich nicht so benommen hatten wie sie. Daß Leute alt, langweilig und ‹tranig› wurden, wußten sie natürlich; nicht aber, daß Halbwüchsige früher nicht miteinander geschlafen oder das Auto ihrer Eltern mit Beschlag belegt hatten. Und noch weniger durften sie über Nacht ausbleiben und ihr Haar in allen Regenbogenfarben färben.

Er bedankte sich für ihre Hilfe, und als sie aufstand, sah er wieder die kleine Zeichnung oder Tätowierung an ihrem Handgelenk. Ihm fiel ein, daß er keine Ahnung hatte, welche Schule Sara Williams besuchte. Und die ihm bisher noch unbekannte Größe Veronica Williams ...

«Kennen Sie ein Mädchen namens Sara Williams? Sie muß ungefähr in Ihrem Alter sein?»

Er war sicher, daß sie den Zusammenhang bisher noch nicht gesehen hatte, daß ihr erst jetzt der Gedanke kam, es könnte einen geben. «Wollen Sie damit sagen, daß Sara die Tochter des Mannes ist, der ermordet wurde?»

«Ja. Gehen Sie in dieselbe Schule?»

«Nein», antwortete sie zurückhaltend, «aber ich kenne Sara.»

Wheatley wohnte in einer neuen Siedlung auf der nach Myringham zu gelegenen Seite von Pomfret. Die Häuser waren, erinnerte sich Burden, von einer Gesellschaft gebaut worden, die so darauf erpicht gewesen war, sie zu verkaufen, daß sie den Interessenten eine Hypothek von hundert Prozent garantiert und die Zusage gegeben hatte, die Häuser nach zwei Jahren für den vollen Kaufpreis zurückzunehmen, wenn der Käufer unzufrieden war. Die Siedlung wirkte irgendwie unfertig und sogar in der Junisonne merkwürdig kalt. Wheatleys Frau öffnete Burden. Sie war schwanger. Ein Kind von etwa drei Jahren, ein Mädchen, stand hinter ihr und hielt sich an ihrem Rock fest. Burden stellte die fortgeschrittene Schwangerschaft und das Geschlecht des Kindes mit der gesteigerten Empfindsamkeit fest, die von seiner eigenen Situation herrührte. Vielleicht, dachte er dann, hatte die Schwangerschaft seiner Frau irgendeinen Einfluß auf Wheatleys Verhalten gegen das Mädchen, das er im Auto mitgenommen hat? Vielleicht ist er sexuell frustriert? Darüber wußte Burden genau Bescheid. Vielleicht war Wheatley auch nicht ganz ehrlich gewesen, als er behauptete, er habe sich gegen das Mädchen untadelig benommen. Möglicherweise fürchtete er, seine schwangere Frau könnte erfahren, daß er fähig war, einer anderen die Hand aufs Knie oder – was in diesem Fall wahrscheinlicher war – auf die Brust zu legen.

Das dritte Schlafzimmer dieses sehr kleinen Hauses war in ein Arbeitszimmer oder Büro für Wheatley umgewandelt worden. Er telefonierte gerade, legte aber auf, nachdem Burden und Martin eingetreten waren. Ja, ihm seien noch ein paar Kleinigkeiten eingefallen, und er sei sicher, ihnen eine noch genauere Beschreibung geben zu können. Darüber, was das Mädchen eventuell noch gesagt haben könnte, habe er nicht nachzudenken brauchen, weil es einfach nicht mehr gesprochen hatte. «Danke» und den leisen Aufschrei, mehr habe er von ihr nicht zu hören bekommen.

«Ich habe Ihnen schon gesagt, daß sie für ein Mädchen ziemlich groß war – einsvierundsiebzig oder einsfünfundsiebzig. Noch nicht zwanzig, da bin ich sicher. Sie hatte schulterlanges dunkelbraunes Haar und trug einen Pony. Ihre Haut war sehr hell und ihre Hände ungewöhnlich weiß. Ich erinnere mich an einen Ring, glaub ich. Es war kein Ehe- und auch kein Verlobungsring, sondern einer dieser unförmigen silbernen Ringe, die man heute trägt. Hübsch war sie nicht, überhaupt nicht hübsch.» War das eine Beschwichtigungsformel für seine Frau, die mit dem kleinen Mädchen auf dem Arm leise hereingekommen war? «Sonnenbrille, eine dunkle Umhängetasche aus Leder. Bluejeans und eine graue Strickjacke. Sie war dünn – richtig dürr, würde ich sagen.» Wieder eine Opfergabe auf dem Altar der Ehe. «Und unter der Strickjacke hatte sie ein T-Shirt an. Es war ein weißes T-Shirt mit einem verrückten Bild drauf – irgendeinem Vogel mit einem Frauenkopf.»

«Das haben Sie bei Ihrer ersten Aussage aber nicht erwähnt, Mr. Wheatley.»

«Ebensowenig wie den Ring und die Farbe ihrer Kleidung. Sie haben mich gebeten, darüber nachzudenken, und ich habe nachgedacht. Das sind die Dinge, die mir noch eingefallen sind. Sie können mir glauben oder nicht. Es war ein weißes T-Shirt mit einem Vogel drauf, der ein Frauengesicht hatte.»

«Das glaube ich nicht!»

Sie starrte Wexford an mit vor Entsetzen geöffneten Lippen und flatternden Lidern. Sie hob die Hände und befingerte ihren Hals.

«Ich glaube es nicht!» Jetzt klang ihre Stimme trotzig. «Ich werde es nicht glauben.» Dadurch, daß sie dieses eine Wort hinzufügte, bewies sie ihm, daß sie akzeptierte und begriff, daß er die Wahrheit sagte.

Polly Davies, die er mitgenommen hatte, saß wie eine brave Anstandsdame dabei, schweigend, aber sehr aufmerksam. Sie warf Wexford einen Blick zu, und er nickte.

«Es ist leider wahr, Mrs. Williams.»

«Ich – ich habe kein Recht auf diesen Namen, nicht wahr?»

«Aber selbstverständlich haben Sie ein Recht darauf. Ihr Name hängt doch nicht von einer Heiratsurkunde ab.» Wexford dachte an Eve Freeborn. Zwischen ihr und Wendy Williams lagen Welten, obwohl der Altersunterschied zwischen ihnen nur vierzehn Jahre betrug, nicht einmal eine ganze Generation. Wußte Eve überhaupt, daß es so etwas wie Heiratsurkunden gab?

«Mrs. Williams», sagte die energische Polly, «wir beide sollten jetzt eine Kanne Kaffee kochen. Wir hätten alle gern eine Tasse. Mr. Wexford muß Ihnen zwar noch ein paar Fragen stellen, aber soweit ich ihn kenne, möchte er, daß Sie vorher über den Schock hinwegkommen.»

Wendy Williams nickte und stand schwerfällig auf, als habe sie steife Knochen. Sie sah aus wie betäubt. Sie ging wie eine Schlafwandlerin, und jetzt hätte sie niemand mehr für ein fünfundzwanzigjähriges Mädchen gehalten.

Burden zuckte mit den Schultern, nachdem die Tür hinter den beiden Frauen zugefallen war, und versank in das für ihn neuerdings typische mürrische Schweigen. Wexford sah sich in dem Zimmer um, in dem sie saßen. Das Haus war neuer als das in Kingsmarkham, ein kleines «Stadthaus» mit integrierter Garage, vermutlich Ende der sechziger Jahre gebaut. Wendy war eine gründliche, peinlich saubere und vielleicht sogar fanatische Hausfrau. Wohnzimmer und Eßzimmer bildeten eine Einheit, und beide waren erst kürzlich frisch gestrichen worden – in leuchtendem Weiß mit einem Hauch von zartestem Rosa. War das eine Farbe aus Sevensmith Hardings *Eiscreme*-Serie? Der Teppich war tief erdbeerrot, ein paar Möbelstücke aus Mahagoni, ein paar aus weißem Rohr, die Kissen in verschiedenen Schattierungen von Rosa und Rot. Ein sehr geschmackvolles Zimmer und sehr weit entfernt von der Schäbigkeit, in der Joy lebte. Doch irgendwie wirkte es auch ungemütlich, als sei alles bis ins kleinste ausgeklügelt worden und dürfe keinen Zentimeter verrückt werden – die Hängekörbchen, kleinen Tische, das rote venezianische Glas, alles schien nur vorhanden zu sein, um zu wirken, nicht um gebraucht zu werden.

Wexford erinnerte sich, daß hier auch ein junges Mädchen wohnte. Dafür gab es nicht die geringsten Anzeichen. Aber was für Anzeichen erwartete er? Würde er sie überhaupt erkennen, wenn er sie sah? Auf dem Foto war Veronica Williams zwölf Jahre alt ...

«Meine Tochter ist jetzt sechzehn», sagte Wendy, als sie den Kaffee hereinbrachte. Ein leicht trotziger Unterton kam in ihre Stimme, als sie hinzufügte: «Vor drei Wochen war sie sechzehn.»

Sie senkte den Blick. Er rechnete ein bißchen nach, und ihm fiel ein, was sie über ihren Hochzeitstag im März gesagt hatte. Also hatte Williams drei Monate vor der Geburt des Kindes «geheiratet». Er hatte warten müssen, bis Wendy das gesetzlich vorgeschriebene heiratsfähige Alter erreicht hatte.

«Wo haben Sie geheiratet, Mrs. Williams?»

«Auf dem Standesamt in Myringham. Meine Mutter wollte eine kirchliche Trauung, aber – nun ja, aus offensichtlichen Gründen ...»

Wenn sie im sechsten Monat schwanger gewesen war, konnte Wexford sich nur einen einzigen offensichtlichen Grund vorstellen. Was für eine bodenlose Unverschämtheit von Williams, einem verheirateten Mann, das Kind, das sie damals ja noch gewesen war, nicht mehr als ein Dutzend Meilen von seinem Haus entfernt zu «heiraten»! Die Hochzeit mit Joy, hatte Dora Wexford erzählt, hatte in Kingsmarkham in St. Peter stattgefunden, und die Braut hatte weißen Satin getragen ...

Wendy Williams hielt ihm ein Papier unter die Nase. Es war ihr Trauschein.

Ausgestellt vom Standesamt des Bezirks Myringham. Rodney John Williams, zweiunddreißig. In gewissen Dingen war er wenigstens ehrlich gewesen. Obwohl er diese Angaben wohl kaum hatte verfälschen können. Eine Adresse in Bath, wahrscheinlich die seines Bruders, Beruf Handelsvertreter. Wendy Ann Rees, sechzehn, Pelham Street, Myringham, Verkäuferin. Trauzeugen waren Norman Rees und Brenda Rees gewesen, entweder die Eltern oder Bruder und Schwägerin.

Wexford reichte ihr das Dokument zurück. Sie sah es lange an und fuhr sich mit der Zungenspitze über die trockenen Lippen.

Einen Augenblick glaubte er, sie wolle den Trauschein zerreißen. Doch sie legte ihn in den Umschlag zurück und den Umschlag auf das niedrige weiße Kunststofftischchen, das dicht neben der Armlehne ihres Sessels stand.

Sie preßte die Knie zusammen, und faltete die Hände im Schoß. Sie hatte sehr schöne lange Beine mit schlanken Fesseln. Als sie aufs Revier gekommen war, hatte sie ein graues Flanellkostüm und eine weiße Bluse getragen. Er hatte das Gefühl, daß sie zu den Frauen gehörte, für die es wichtig war, immer richtig angezogen zu sein. Inzwischen hatte sie das Kostüm mit einem Baumwollkleid vertauscht. Sie war der Typ, der seine Sachen «aufhob», nicht in einem engen Rock herumsaß oder einen Fleck auf weißer Seide riskierte. Mit dem traurigen Ausdruck war auch die Jugend in ihr Gesicht zurückgekehrt.

«Mrs. Williams», sagte er, «Sie werden sicherlich nichts dagegen haben, mir zu sagen, wieso Sie sich nicht sorgten, als Ihr Mann wochenlang nicht nach Hause kam?»

Sie hatte etwas dagegen. Sie tat es ungern. Geduld und ganz einfaches ruhiges Warten führte bei ihr zum Erfolg. Hätte er die Geduld verloren, hätte er Wendy gedrängt, wäre sie widerspenstig geworden.

«Rodney und ich ...» Sie unterbrach sich. Sie nannte ihn immer «Rodney», wie Wexford feststellte, nie «Rod». «Wir – wir hatten gestritten. Nun ja, es war ein sehr ernster Streit. Das muß ein paar Tage nach Ostern gewesen sein. Rodney hatte die Osterfeiertage bei seiner Mutter in Bath verbracht. Weihnachten und Ostern war er immer bei ihr. Er war ein Einzelkind, wissen Sie, und sie ist seit vielen, vielen Jahren in einem Altenheim.»

Wexford vermied es sorgfältig, Burden anzusehen. Durch ihre Erklärung auf den Gedanken gebracht, fragte Wendy: «War sie ... Ich meine, weiß sie es schon?»

Ein wenig unklar antwortete Wexford, darum habe man sich gekümmert. «Bitte fahren Sie fort, Mrs. Williams.»

«Wir haben uns gestritten», sagte sie. «Es ging um etwas sehr Privates. Ich möchte es gern für mich behalten, wenn Sie nichts dagegen haben. Ich sagte zu ihm – nun ja, ich sagte, wenn er – wenn das nicht aufhöre, wenn er mir nicht hoch und heilig verspreche, daß er nie ... Nun ja, ich drohte ihm, mit Veronica wegzugehen und nie mehr zurückzukommen. Ich – ich habe ihn sogar geschlagen, so wütend war ich, so verzweifelt. Ich kann Ihnen gar nicht sagen, wie sehr. Er war natürlich auch zornig. Er leugnete selbstverständlich und erklärte, ich brauchte mir nicht die Mühe zu machen, ihn zu verlassen, weil er gehe. Er könne meine ewige Nörgelei sowieso nicht mehr ertragen.» Sie hob den Kopf und sah Wexford in die Augen. «Ich habe genörgelt, ich gebe es zu. Ich hab's nicht ausgehalten, ihn nie zu sehen. Immer war er weg. Wir haben nie miteinander Weihnachten gefeiert. Ich mußte immer zu meinen Eltern fahren. Wir haben kaum einmal Urlaub gemacht. Ich habe ihn gebeten ...» Ihre Stimme begann zu zittern, und Wexford sah, daß sie allmählich begriff. Sie begann zu verstehen, was der wahre Grund für seine häufige Abwesenheit war. «Jedenfalls», sagte sie und bemühte sich um Beherrschung, «beruhigten wir uns nach einer Weile. Er mußte wieder weg und wollte am Donnerstag zurück sein – am fünfzehnten. Ich war noch immer sehr verletzt und aufgeregt, aber ich verabschiedete mich von ihm und sagte, auf Wiedersehen am Donnerstag. Und er antwortete, vielleicht ja, vielleicht nein. Vielleicht komme er nie wieder. Sie sehen also, daß ich, als er nicht wiederkam, glauben mußte, er habe mich verlassen.»

Es war keine sehr überzeugende Erklärung. Wexford versuchte sich in ihre Lage zu versetzen. Er versuchte sich vorzustellen, was er empfunden hätte, wenn Dora, als sie noch viel jünger waren, nach einem Streit gesagt hätte, sie gehe zu ihrer Schwester und komme vielleicht nie mehr wieder. Wahrscheinlich war es tatsächlich so gewesen. So etwas passierte in einer Ehe, sogar in einer sehr guten. Aber wenn sie an dem bestimmten Tag nicht zurückgekommen wäre, ja, wenn sie sich nur zwei Stunden verspätet hätte, wäre er verrückt geworden vor Sorge. Selbstverständlich kam es sehr darauf an, wie ernst der Streit gewesen und um was es dabei gegangen war.

«Erzählen Sie mir, was am Donnerstag passiert ist.»

«Am Abend, meinen Sie?»

«Als er nicht nach Hause kam.»

«Ich war im Geschäft. Donnerstag haben wir immer länger geöffnet. Ach ja, das habe ich Ihnen wohl noch gar nicht gesagt. Ich bin Abteilungsleiterin bei Jickie. Bei Damenmoden.»

Er war überrascht, hatte es irgendwie für selbstverständlich gehalten, daß sie nicht arbeitete. «In Myringham?» fragte er. «Oder in der Filiale in Kingsmarkham?»

«Oh, in Kingsmarkham. Im Einkaufszentrum.»

Jickie war das größte Kaufhaus in Kingsmarkham und beanspruchte im Kingsbrooke-Einkaufszentrum am meisten Platz. Bestimmt hatte Rodney Williams sich gehütet, Joy zu begleiten, wenn sie sich an einem Samstagnachmittag einen Pullover oder eine Strumpfhose kaufen ging. Hatte er es riskiert, in der Einkaufszeit mit ihr Arm in Arm durch die High Street zu schlendern? Hatte er es riskiert, auf dem Parkplatz des Einkaufszentrums zu parken, wenn sein Sohn oder seine Tochter im Wagen saßen? Es war der reinste Hochseilakt gewesen, und zweifellos – denn das liegt in der Natur solcher Menschen – hatte er ihm Spaß gemacht; aber am Ende war er doch abgestürzt. War der Seiltanz der Grund? Oder gab es einen anderen?

«Wir haben am Donnerstag bis acht Uhr offen, doch vor neun komme ich nie weg, und ich brauche eine Viertelstunde bis nach Hause. Als ich hier ankam, war Veronica da, aber Rodney war nicht gekommen. Ich dachte, noch ist ja nicht aller Tage Abend, aber er kam nicht, und da wußte ich Bescheid. Oder glaubte Bescheid zu wissen. Ich dachte, er habe mich verlassen.»

«Und sie haben sich in all den Wochen nicht die geringsten Sorgen gemacht?» warf Burden ein. «Haben sich nicht gefragt, was aus Ihnen und Ihrer Tochter werden soll, wenn er nicht wiederkommt?»

«Finanziell komme ich auch ohne ihn zurecht. Ich habe immer gearbeitet, und jetzt verdiene ich recht gut.» Die sanfte, mädchenhafte Stimme klang jetzt sehr selbstbewußt. Unter dem zarten, rosigen Äußeren, den blonden Löckchen, dem Lispeln und der Scheu steckt möglicherweise ein stählerner Kern, dachte Wexford. «Dieses Haus ist zu neunzig Prozent mit Hypotheken belastet, und bis vor fünf Jahren konnte Rodney nur mit Mühe und Not für unseren Lebensunterhalt aufkommen. Dann wurde er befördert, und wir hatten es leichter, aber ich arbeitete weiter. Ich brauchte auch ein eigenes Leben. Er war so oft fort.»

«Er wurde befördert?» tastete Wexford sich vorsichtig weiter.

«Es ist eine ziemlich kleine Firma, und die Geschäfte sind in letzter Zeit nicht allzu gutgegangen – Badezimmerarmaturen und -möbel und so. Rodney wurde Verkaufsmanager für den Stadtbezirk.»

Polly Davies nahm das Tablett und trug es in die Küche. Ich

kann mir, dachte Wexford, Rodney Williams – oder vielmehr die Vorstellung, die ich von ihm habe – sehr gut in seinem anderen Heim vorstellen, aber es ist mir fast unmöglich, ihn mir in dieses Haus hineinzudenken: in einem der mit rosafarbenem Chintz überzogenen Armstühle an dem Eßtisch mit der polierten Glasplatte sitzend, zum Beispiel, vor sich eine Vase mit weißen und rosafarbenen Rosen. Er war ein großer, derber Mann, und hier war alles so zierlich und zart wie eine rosafarbene Muschel.

«Ich muß wissen, um was es bei Ihrem Streit ging, Mrs. Williams.»

«Das hat nicht das geringste mit Rodneys Tod zu tun», sagte sie mit plötzlich geziert und sehr hochmütig klingender Stimme.

«Woher wissen Sie das?»

Sie sah ihn an, als fühle sie sich von ihm ungerecht verfolgt.

«Wie könnte sein Tod etwas mit unserem Streit zu tun haben? Er wurde ermordet, weil er Anhalter mitgenommen hat. Die haben ihn umgebracht. Das passiert jeden Tag.»

«Das ist eine interessante Vermutung, mehr aber auch nicht, oder? Sie haben keinerlei Beweise dafür, aber es gibt eine Menge Beweise, die dagegen sprechen. Daß der Wagen nach Myringham zurückgebracht wurde, zum Beispiel. Jemand hat in der Firma Ihres Mannes angerufen und später einen Kündigungsbrief geschickt. Glauben Sie wirklich, irgendein mordgieriger Tramper hätte dieses Telefongespräch geführt?»

Sie saß steif da und hielt die Augen eigensinnig abgewandt. Polly kam wieder herein.

«Geht es Ihnen gut, Mrs. Williams?»

Ein Nicken. Ein tiefes Atemholen, ein Seufzen.

«Warum haben Sie gestritten?»

«Ich könnte mich weigern, es Ihnen zu sagen.»

«Sie könnten. Aber warum sollten Sie? Alles, was Sie uns sagen, wird streng vertraulich behandelt. Fragen Sie sich selbst, ob es so schrecklich sein kann, daß es uns noch nie zu Ohren gekommen ist? Und wenn Sie sich weiterhin so strikt weigern, könnten wir doch auch auf die Idee kommen, es handle sich um etwas viel Schlimmeres, als es tatsächlich der Fall war?»

Sie schwieg und machte ein Gesicht wie jemand, der erwartet, etwas Widerwärtiges und Schockierendes auf dem Bildschirm zu sehen. Fast flüsternd sagte sie: «Er hatte eine andere.»

«Wollen Sie damit sagen, daß Ihr Mann eine Freundin hatte, mit der er sich regelmäßig traf?»

«Mit der er sich regelmäßig traf?» wiederholte sie. «Die Wendung gefällt mir. Ja, er hatte eine Freundin, mit der er sich regelmäßig traf. So kann man es auch ausdrücken.»

«Wie würden Sie es nennen?»

«Oh, genauso wie Sie, es gefällt mir. Wie könnte man es sonst ausdrücken? Ziemlich grob, nehme ich an.» Ihre Zurückhaltung bekam winzige Risse, und Groll und Bitterkeit sickerten heraus. «Ich habe gedacht, er würde nie eine andere ansehen. Ich sehe jung aus, nicht wahr? Ich bin recht hübsch, und ich sehe jünger aus. Die Leute schätzen mich auf achtzehn. Was ist mit ihm los, daß er ... Ja, deshalb haben wir gestritten. Wegen eines Mädchens. Er sollte mir versprechen, daß so etwas nie wieder vorkommen würde.»

«Hat er sich geweigert?»

«Oh, er hat es versprochen. Ich habe ihm nicht geglaubt. Ich dachte, daß er bestimmt jede Gelegenheit ausnutzte. Das hielt ich nicht aus, unter diesen Umständen wollte ich ihn nicht. Ich war froh, als er nicht zurückkam. Verstehen Sie das denn nicht? Ich war froh!»

«Sie müssen mir den Namen des Mädchens sagen.»

«Ich weiß ihn nicht.» Das kam blitzschnell.

«Aber Mrs. Williams!»

«Ich weiß ihn nicht, er wollte ihn mir nicht sagen. Es war eben irgendein Mädchen. Wie es heißt, ist doch egal.»

Sie fand, sie habe schon zuviel gesagt. Wexford sah es ihr deutlich an. Ihr Blick verriet ihm, daß sie über ihre Schwatzhaftigkeit entsetzt war. Bevor er jedoch noch etwas sagen konnte, ging die Tür auf, und ein junges Mädchen kam herein. Kurz vorher hatte er unten ein Geräusch und Schritte auf der Treppe gehört – das Wohnzimmer lag im mittleren Stockwerk –, und jetzt stand plötzlich das Mädchen mitten unter ihnen.

Obwohl sie nicht so groß und ihr Haar kürzer war, fiel Wexford sofort ihre große Ähnlichkeit mit Sara Williams auf. Die beiden hätten Zwillinge sein können.

Ihr Haar war genauso hell, nicht lockig, aber auch nicht ganz glatt und knapp schulterlang. Braune Augen, leicht gewölbte Brauen, kleine, gerade Nase, zarte weiße Haut, mit Sommersprossen gesprenkelt. Rodney Williams' hohe, runde Stirn und kleiner, schmaler Mund. Doch sie trug keine Jeans, sondern ein Sommerkleid mit weißer Strumpfhose und weißen Sandalen. Von Wexfords, Burdens und Pollys Anblick überrascht, blieb sie verwirrt auf der Schwelle stehen.

Wendy Williams war bestürzt.

«Das ist meine Tochter Veronica», sagte sie erregt, und zu dem Mädchen: «Du bist aber früh zu Hause.»

«Nicht viel früher als sonst. Es ist nach neun.»

Sie hatte dieselbe Stimme wie ihre Mutter, weich, ein bißchen affektiert, aber ohne das Lispeln. Sie hatte mit Saras schroffer, eintöniger Stimme überhaupt keine Ähnlichkeit. Nachdem Wendy sich wieder gefaßt hatte, sagte sie zu Veronica: «Das sind Polizeibeamte. Sie bleiben nur ein paar Minuten. Wir haben Schwierigkeiten im Geschäft», log sie, ohne lange überlegen zu müssen. «Du hast doch nichts dagegen, uns eine Weile allein zu lassen, Liebling?»

«Ich will sowieso baden.»

Mit der Sorgfalt, die sie ihrer Mutter abgeschaut haben mochte, schloß Veronica die Tür und ging die Wendeltreppe hinauf, die die senkrechte Mittelachse dieses Hauses war.

«Ich weiß nicht, warum sie in letzter Zeit so gleichgültig und abweisend gegen mich ist. Seit einem Jahr ...»

«Sie haben es ihr nicht gesagt?» fragte Wexford.

«Ich habe sie noch nicht gesehen. Am Dienstag geht sie nach der Schule immer zu ihrer Freundin. Sagt sie wenigstens. Sie ist so verschlossen ...»

«In welche Schule geht sie, Mrs. Williams?»

«In die Gesamtschule Haldon Finch. Sobald Sie fort sind, spreche ich mit ihr über ihren Vater. Ich nehme an, ich muß ihr auch sagen, daß er ein Bigamist war und irgendwo eine zweite Frau sitzen hatte. Es wird nicht leicht sein. Ich weiß nicht, ob Sie das begreifen?»

Wenn Wexford jemanden vernahm, erlaubte er zwar gewisse Abschweifungen, ließ sich aber nie völlig ablenken. Die Befragten mußten früher oder später wieder dahin zurück, wo er sie haben wollte. Das war sehr hart für sie, denn oft glaubten sie schon, entkommen zu sein. Die Zügel waren gerissen, und die Freiheit war zum Greifen nah, doch die Hand griff unerbittlich zu und packte das abgerissene Ende.

«Wir haben uns über die Freundin Ihres Mannes unterhalten. Vielleicht wollte er an dem Abend, an dem er starb, zu ihr.»

«Ich weiß nicht mehr über sie, als ich Ihnen schon sagte.»

Aus ihrer Stimme klang jetzt deutlich Angst heraus. Viele hätten es Vorsicht oder Befürchtung genannt, aber es war echte Angst.

«Sie haben sie ein Mädchen genannt. Daraus schließe ich, daß es ein junges Mädchen ist.»

«Ein junges unverheiratetes Mädchen, ein sehr junges Mädchen, mehr weiß ich nicht.» Das wurde wie in Panik hervorgestoßen, hastig und abgehackt. «Ich hab Ihnen doch gesagt, ich weiß nicht mehr.»

Wexford erinnerte sich, daß Williams einmal sogar Sylvia belästigt hatte. Sie war damals fünfzehn gewesen. Hatte Wendy auf etwas Ähnliches angespielt, als sie so rührend gefragt hatte, ob sie nicht noch jung aussehe? Ob sie mit zweiunddreißig für seine achtundvierzig Jahre vielleicht nicht mehr jung genug gewesen war?

«Heißt das, noch jung genug, daß sie bei ihren Eltern lebt?»

Ein Nicken, schmerzlich und verwirrt.

«Was wissen Sie sonst noch von ihr, Mrs. Williams?»

«Nichts. Gar nichts. Glauben Sie, ich wollte, daß er mir von ihr erzählt?»

Das klang nicht unvernünftig. Zuerst hatte er geglaubt, sie lüge, als sie gesagt hatte, sie wisse den Namen des Mädchens nicht. Jetzt war er nicht mehr so sicher. Wie oft hatte er Leute schon sagen hören: «Wenn mein Mann – meine Frau – mir je untreu wäre, möchte ich das gar nicht wissen.» Und wenn sie es notgedrungen erfuhren: «Ich will nichts darüber hören.» Die Messer der Eifersucht wetzen sich an Einzelheiten.

Die Frage, die ihr, wie er wußte, am unangenehmsten sein würde, die er aber stellen mußte, hatte er sich bis zuletzt aufgespart.

«Woher wußten Sie überhaupt, was vorging? Wie haben Sie von ihrer Existenz erfahren?»

Er hatte sich geirrt. Es machte ihr nichts aus, daß er fragte. Es machte ihr nichts aus, weil sie mit einer Lüge antwortete. Mit einer Lüge, die sie sich seit einer halben Stunde, seit sie wußte, daß die Frage unvermeidlich war, im stillen immer wieder vorgesagt hatte.

«Ich habe einen anonymen Brief bekommen.»

Irgendwann würde er die Wahrheit erfahren. Doch das hatte Zeit.

«Und jetzt, Mrs. Williams, Ihre Tochter ...»

«Was ist mit ihr?» Das kam rasch und voller Abwehr.

«Ich möchte mit Veronica reden.»

«O nein. Das nicht. Bitte!»

«Nachdem Sie mit ihr gesprochen haben und sie einen oder zwei Tage Zeit hatte, über den Schock hinwegzukommen.»

«Aber warum?»

«Ihr Vater wurde ermordet. Er sollte hierherkommen, und sie war hier. Allein hier. Es ist doch möglich, daß er hier war, und sie die letzte ist, die ihn lebend gesehen hat.»

«Er war nicht hier. Das hätte sie mir gesagt.»

«Wir werden sehen, Mrs. Williams. Wir werden uns auch das Haus genau ansehen wollen, und ganz besonders interessieren uns die persönlichen Sachen Ihres Mannes.»

«Wir stoßen immer wieder auf diese jungen Mädchen», sagt Burden.

«Und auf Raben mit Frauengesichtern.»

«Das auch. Budd und Wheatley wurden von einem jungen Mädchen angegriffen. Sie sind beide nicht schwer verletzt, aber sie wurden angegriffen, und das mit einem Messer. Rodney Williams mochte junge Mädchen – ich meine, er scheint sie ganz besonders jung gemocht zu haben haben –, und er hatte eine sehr junge Freundin. Er wurde mit einem Messer getötet, wurde erstochen. Wheatley hat ausgesagt, das Mädchen, das ihn überfiel, habe ein T-Shirt mit einem Muster – einem Vogel mit dem Kopf einer Frau ...»

«Und Sara Williams», fuhr Wexford fort, «hat auch so ein T-Shirt. Außerdem hängt in ihrem Zimmer ein Poster mit dem gleichen Motiv.»

«Tatsächlich? Ist das kein Witz?»

«Nein. Es ist wahr. Und Eve Freeborn hat einen Raben mit dem Kopf einer Frau auf ihr linkes Handgelenk tätowiert oder gezeichnet. Seit die Sonne wieder scheint, Mike, und die Frauen sich nicht mehr in Jacken und Mäntel einpacken, habe ich in Kingsmarkham und Pomfret nicht weniger als fünf Mädchen in weißen T-Shirts mit demselben Emblem gesehen – einem Raben mit Frauenkopf. Was sagen Sie dazu?»

«Gütiger Gott, und ich dachte, wir kämen endlich ein bißchen weiter. Es kommt mir vor wie die Geschichte in *Ali Baba und die vierzig Räuber*, in der die Frau ihm sagt, daß er den richtigen Ölkrug erkennen wird, weil ein Kreuz draufgemalt ist, und als er hinkommt, hat jemand alle Ölkrüge mit Kreuzen bemalt.»

«Sie haben ja schon wieder gelesen. Oder waren sogar im Theater. Ich habe den Eindruck, daß diese Raben-Harpyie das Emblem oder Symbol einer Vereinigung oder eines Kults ist. Vielleicht sind es moderne Anarchisten oder falsche Freiheitskämpfer.»

«Tierschützer?» meinte Burden zweifelnd.

«Das wäre möglich. Vielleicht soll darauf hingewiesen werden, daß ein Tier – in diesem Fall der Vogel – die gleichen Gefühle und Rechte hat wie ein Mensch? Auf dem Poster in Saras Zimmer sind außer der Abbildung noch ein paar Buchstaben – ein Kurzwort, glaub ich a, r, r, i, a, Arria.»

«‹Aktion rettet Raben› und so weiter?»

«In der römischen Geschichte gibt es eine Frau namens Arria, wie ich mich dunkel erinnern kann. Ich will dem mal nachgehen. Wenn es um Tierschutz ginge, Mike, würden sich im Ernstfall die Aggressionen wahrscheinlich gegen Leute richten, die ihrer Meinung nach grausam zu Tieren sind – Farmer, die ihre Hühner in Legebatterien halten, oder Besitzer einer zur Fuchsjagd abgerichteten Hundemeute. Ich glaube nicht, daß Wheatley sich im Hintergarten angekettete Kälber hält, oder? Wir werden Sara fragen. Aber vorerst möchte ich ihr und Joy die Möglichkeit geben, über den Schock hinwegzukommen, daß Williams noch eine Ehefrau und noch eine Tochter hatte.»

«Haben Sie es ihnen gesagt?»

«Der finanzielle Aspekt scheint Joy am schwersten getroffen zu haben. Sie mußte auf so manches verzichten, damit er für seine zweite Familie sorgen konnte. Sie lachte nur bitter auf, als sie es erfuhr. Wenn meine Frau ein solches Lachen hätte, ginge es mir schrecklich auf die Nerven.»

«Wie kommt Martin mit seinen Ermittlungen wegen der Schreibmaschine weiter?»

Wexford zog den Bericht über den Schreibtisch zu sich heran. Williams' Kündigungsbrief war nicht auf einer Maschine von Sevensmith Harding geschrieben worden. In den Büros in Myringham gab es nur modernste elektronische Maschinen. Weder bei den einen noch bei den anderen Williams' wurde eine Schreibmaschine gefunden. Die Harmers besaßen eine. Sie stand bei ihnen zu Hause. Ihre Wohnung lag über der Apotheke und nahm zwei Stockwerke ein. Hope und Paulette, Joy Williams' Schwester und Nichte, benutzten sie beide. Es war eine kleine elektrische Olivetti.

«Den Brief hat seine neueste Flamme getippt», sagte Burden. «Sobald wir sie haben, haben wir auch die Schreibmaschine.»

«Wenn wir sie finden, wird die Schreibmaschine nicht mehr wichtig sein.»

Sergeant Martin war auch in Bath gewesen, von wo Rodney Williams allem Anschein nach stammte. In einer Siedlung ein paar Meilen außerhalb der Stadt besaß sein Bruder Howard ein Haus, das jenem sehr ähnelte, in dem Rodney mit seiner zweiten Frau gelebt hatte. Es war Howards Adresse, die in Wendys Trauschein eingetragen war.

Rodneys Eltern hatten auch in Bath gelebt, doch den Vater hatte er schon als Kind verloren, und seine Mutter war gestorben, als er siebenundzwanzig war. Daß seine Mutter tot war, hatte er kaltblütig und berechnend zu seinem Vorteil genutzt. Bestimmt hatte er Wendy weisgemacht, die alte Mrs. Williams mißbillige seine Heirat mit einem so jungen Mädchen und lehne es strikt ab, die Schwiegertochter kennenzulernen. Als pflichtgetreuer Sohn müsse er sie jedoch gelegentlich besuchen ...

Der Bruder schien ein offener und ehrlicher Mensch zu sein. Er habe mit Rodney kaum Kontakt gehabt, sagte er. Vor Jahren, fünfzehn oder sechzehn etwa, war ab und zu Post für Rodney an seine Adresse gekommen. Irrtümlich natürlich. Er hatte sie ganz einfach weitergeleitet. Mitteilungen des Standesamts in der Zeit, in der Rodney die zweite Ehe einging, dachte Wexford. Howard Williams war ebenfalls Handelsvertreter und hatte sich am 15. April geschäftlich in Irland aufgehalten.

Joy hatte ihn nicht vom Tod seines Bruders unterrichtet. Er hatte die Nachricht in der Zeitung gelesen und kühl und gleichgültig darauf reagiert.

Wendy Williams' Haus am Stadtrand von Pomfret war von der

Apotheke der Harmers nur eine Meile entfernt. Hatte es Rodney Williams beunruhigt, daß seine angeheirateten Verwandten so nahe wohnten? Hatte er das Haus dort nur gekauft, um Wendy zu beschwichtigen oder ihr einen Wunsch zu erfüllen? Oder war ein solches Risiko für ihn nur ein weiterer Nevenkitzel bei seinem Balanceakt auf dem Hochseil?

Zwischen der Siedlung und dem Stadtkern, der vor noch nicht allzu langer Zeit die ganze Stadt gewesen war, lagen die Sportstätten der Gesamtschule Haldon Finch, Spielfelder, Tennis-, Basketball-, Fußball- und Hockeyplätze, eine Aschenbahn. Die Haldon Finch-Schule, obwohl neu und ein Beispiel für moderne Erziehung mit ihren zweitausend Schülern und Schülerinnen, die in nicht weniger als sechs Gebäuden untergebracht waren, legte ebensogroßen Wert auf Sport und Spiel wie die alten Public Schools. Man konnte in zehn Fächern die besten Noten haben, wenn man eine sportliche Niete war, war man trotzdem ein Nichts.

Um halb sechs spielten zwölf Mädchen auf den Tennisplätzen an der Procter Road.

«Wahrscheinlich ein Match mit einer anderen Schule», sagte Burden. «Solche Spiele werden immer nach Schulschluß ausgetragen.»

Er und Wexford waren zu Veronica Williams unterwegs. Donaldson hatte eine Abkürzung oder – besser gesagt – eine weniger stark befahrene Straße genommen, und sie hatten sich inmitten der Schul-Sportplätze wiedergefunden.

«Kommen Sie, Mike», sagte Wexford, «schauen wir ein paar Minuten zu.»

Burden stieg, wenn auch leicht widerstrebend, aus. «Ich habe immer ein komisches Gefühl, wenn ich herumstehen und Mädchen beobachten soll», brummte er. «Ich meine, man fragt sich doch selber – oder sie fragen sich –, was das für ein Typ ist, der so was tut?»

«Was würden Sie denken, wenn Sie zwei Frauen mittleren Alters sehen, die jungen Männern beim Squash zusehen?»

Burden warf ihm einen Seitenblick zu.

«Na ja, nichts natürlich, oder? Ich würde sie für die Mutter der jungen Männer oder einfach für sportbegeisterte Frauen halten.»

«Genau. Sagt Ihnen das gar nichts? Sagt es Ihnen nicht zweierlei? Erstens, daß es trotz gegenteiliger Behauptungen der Feministinnen zwischen Männern und Frauen einen grundlegenden Unterschied in ihrer Einstellung zum Sex gibt. Und zweitens, daß Frauen

– wenn sie je auf den Gedanken kämen – mit gutem Recht behaupten könnten, daß sie uns in dieser Hinsicht überlegen sind.»

«Aber Sie müssen zugeben, daß auch das sich ändert. Denken Sie doch an die vielen Clubs im Norden, in denen Männer sich vor weiblichem Publikum ausziehen.»

«Ein Unterschied bleibt trotzdem. Männer gehen zu Strip-Shows, und das Wasser rinnt ihnen gewissermaßen im Mund zusammen, während sie stumm die Frauen angaffen.»

«Ist das bei Frauen anders?»

«Frauen lachen, allem Anschein nach», sagte Wexford.

Eine der Tennisspielerinnen war Eve Freeborn. Er erkannte sie an den purpurn eingefärbten Haarsträhnen. In den flachen weißen Tennisschuhen wirkte sie nicht so groß und nicht so langbeinig. Ihre Partnerin war ein mageres dunkelhäutiges Mädchen, ihre Gegnerinnen eine sehr kräftige Blondine und ebenfalls ein mageres dunkelhäutiges Mädchen, aber mit Brille. Die vier spielten auf dem Platz direkt an der Straße. Wexford übersah die beiden anderen Plätze und die anderen vier Paare noch gut genug, um festzustellen, daß Sara Williams nicht darunter war. Sara ging natürlich nicht in die Haldon Finch-Schule, das wäre sogar für Rodney Williams ein zu großes Risiko gewesen. Doch wenn es sich um ein Match handelte, mußten sechs Mädchen von einer anderen Schule kommen. Auf den drei Schiedsrichterstühlen saßen drei junge Frauen, die wie Sportlehrerinnen aussahen.

Er merkte sofort, daß keines der Mädchen besonders gut spielte. Waren die Leistungen allgemein schlechter geworden, seit er Sheila und Sylvia beim Tennis zugesehen hatte? Nein, daran lag es nicht. Es lag am Fernsehen. Woche für Woche sah man auf dem Bildschirm große internationale Matchs, ob sie nun hier oder in Amerika stattfanden, und das verdarb einem den Blick für das Echte, für das, was man vor seiner Haustür zu sehen bekam. Es war wirklich jammerschade. Man reagierte gereizt, weil der Ball so oft nicht getroffen wurde. Eve Freeborn hatte einen guten, harten Aufschlag. Sie wollte Asse servieren, doch kamen sie immer auf der falschen Seite der Linie an. Ihre Gegnerin, das Mädchen mit der Brille, war die schlechteste Spielerin von allen, mit langsamer Beinarbeit, weichem Aufschlag und der Manier, den Ball hoch in die Luft zu schlagen, so daß er für Eves zupackenden Schläger eine leichte Beute wurde.

«Zwei Spielbälle», sagte Burden, der sich mehr für das Spiel selbst interessierte.

Eve machte einen Doppelfehler. Ein Spielball war abgewehrt. Sie schlug noch einmal auf, und die Blonde schickte den Ball wie einen Pfeil die Seitenlinie entlang. Die Schiedsrichterin sagte Einstand an. Eve machte einen zweiten Doppelfehler.

«Vorteil Kingsmarkham!» rief die Schiedsrichterin.

Also spielte Haldon Finch gegen die Kingsmarkham High School, früher ein Gymnasium, jetzt eine Privatschule, an der man Schulgeld bezahlen mußte, weil sie nicht mehr staatlich gefördert wurde.

Kingsmarkham gewann den Satz. Man wechselte die Seiten. Die Mädchen blieben bei der Schiedsrichterin stehen, trockneten sich Gesichter und Arme ab, tranken Cola aus Dosen. Eve stand in Wexfords Nähe. Das kleine feuerfarbene Zeichen am Halsausschnitt ihres weißen T-Shirts, das er bisher nur als orangefarbenen Fleck gesehen hatte, entpuppte sich als Bouton. Er konnte ausgebreitete Flügel und die Buchstaben ARRIA darauf ausmachen. Eve sah ihn nicht oder wollte ihn nicht ansehen. Vielleicht erkannte sie ihn auch außerhalb seines Büros und in Hemdsärmeln nicht. Er kniff die Augen zusammen, um das Abzeichen besser zu sehen. Die Schiedsrichterin stieg von ihrem hohen Sitz und kam an den Zaun. Sie war eine untersetzte, muskulöse junge Frau mit einem bitterbösen Gesicht und blitzenden Augen.

«Wünschen Sie etwas Besonderes?» fragte sie mit eisiger Stimme.

Wexford überlegte sich alle möglichen Antworten, zweideutige, herausfordernde, sogar leicht lüsterne. Er war Polizeibeamter. Aber Burden kam ihm mit der klassischen Antwort des ertappten Voyeurs zuvor:

«Wir haben nur zugeschaut.»

«Wie wär's, wenn Sie sich jetzt eine andere Beschäftigung suchten?»

«Kommen Sie, Mike», sagte Wexford.

Sie gingen rasch zum Wagen. Die Sportlehrerin sah ihnen finster nach.

«Nennt man sie auch jetzt noch so?»

«Wie meinen Sie das? Ob man sie noch Sportlehrerin nennt?»

Burden schwieg einen Augenblick, dann fügte er, das Gesicht

verziehend, hinzu: «Ich werde es Ihnen sagen, sobald meine neue Tochter elf ist. Wenn sie je zur Welt kommt. Wenn sie je elf wird. Wenn sie und ich zusammen sind, falls sie es wird.»

«So schlimm kann es doch nicht sein.»

«Wirklich nicht? Nein, vielleicht nicht. Vielleicht werde ich mit ihr zusammensein und nicht mit Jenny.»

Es mußte um Burden sehr schlecht stehen, wenn er sich vor Donaldson zu einem solchen Ausbruch hinreißen ließ. Selbstverständlich würde Donaldson kein Wort darüber verlieren. Aber er hörte es und würde nachdenklich werden. Wexford sagte nichts. Burdens Gesicht verschloß sich, sein Blick wurde stumpf, er spitzte die Lippen, und die steile Falte über der Nase, die sich nie mehr ganz glättete, wurde noch tiefer. Der Wagen fuhr an. Wexford blickte sich um und sah Eve zum Sprung ansetzen und den besten Volley des ganzen Matchs schlagen.

«Veronica sollte jetzt eigentlich für ihre Schule Tennis spielen», sagte Wendy Williams, «aber sie ist natürlich viel zu aufgeregt dazu. Sie war heute nicht im Unterricht, und ich mußte mir freinehmen. Ich mußte ihr sagen, daß ihr Vater eine zweite Frau und noch zwei Kinder hatte. Ihr zu sagen, daß er tot ist, war schon schlimm genug.»

Die zweite Mrs. Williams, die er ursprünglich für sanft und lieb gehalten hatte, hatte – wie er jetzt feststellte – auch andere Eigenschaften. Unter anderem die ziemlich unangenehme, die Schuld an jedem Mißgeschick, das ihr widerfuhr, jedem zufällig Anwesenden in die Schuhe zu schieben.

«Ich habe ihr alles erzählt, und zuerst wollte sie kein Wort sagen, aber dann war sie schrecklich verzweifelt.» Die sanfte, kindliche Stimme klang zaghaft. Die Augen wurden groß und feucht wie bei einem Kind, das Reklame für Seife macht. Wexford kam der ketzerische Gedanke, daß sie dieses Verhalten geradezu kultiviert hatte, weil Williams hinter kleinen Mädchen hergewesen war. «Sie werden vorsichtig mit ihr umgehen, nicht wahr? Sie werden nicht vergessen, daß sie erst sechzehn ist? Und sie hat ja nicht einfach nur ihren Vater verloren, es ist viel, viel schlimmer.»

Hier wurde er natürlich nicht in das Schlafzimmer des Mädchens geschickt. Veronica würde herunterkommen, und Wendy würde dabeisein. Wahrscheinlich war Veronica die Tennisspielerin gewesen, für die das dunkelhäutige Mädchen ohne Brille eingesprungen war. Während Wexford noch darüber nachdachte, kam Veronica herein, schüchtern und zögernd, das Gesicht noch immer wie erstarrt. Sie hatte geweint, doch das war schon lange her. Ihre Augen waren trocken, die Lider blaß, aber verquollen. Trotzdem hatte sie sich für diese Begegnung sehr sorgfältig angezogen, ebenso wie ihre Mutter. Derlei Dinge, die andere Männer gar nicht bemerkt hätten, fielen Wexford immer auf. Wendy trug ein schwarzes Baumwollkleid mit weiten Ärmeln, das ein bißchen zu schick war, um wie ein Trauerkleid zu wirken. Veronica hatte einen rosa Faltenrock, ein rosa Sweat-Shirt mit einem goldenen «V» und weißrosa Turnschuhe an. Wahrscheinlich kaufte Wendy ihre Garderobe bei Jickie zu Großhandelspreisen.

«Das sind Chief Inspector Wexford und Inspector Burden, Liebling. Sie möchten dir ein paar Fragen stellen. Keine schweren oder komplizierten Fragen. Sie wissen, daß du einen bösen Schock hinter dir hast. Und ich bleibe die ganze Zeit hier.»

Um Himmels willen, dachte Wexford, sie ist schließlich nicht mehr zehn. Der stumpfe, starre Blick des Mädchens machte ihn nervös.

«Das mit deinem Vater tut mir leid, Veronica», begann er. «Ich weiß, daß du jetzt sehr unglücklich bist und am liebsten in Ruhe gelassen werden willst. Aber deine Mutter hat dir ja erzählt, was passiert ist. Dein Vater ist nicht einfach gestorben. Er wurde ermordet. Und wir müssen herausfinden, wer ihn getötet hat, nicht wahr?»

Ein ihm schon längst vertrauter Zweifel überkam ihn. Mußten sie das wirklich? *Cui bono?* Wen stellte es zufrieden, wer wurde gerächt, wieder zum Leben erweckt? Aber er war Polizist und durfte so nicht denken. Sein Tonfall verriet natürlich nichts von diesen Gedanken. Er sah Veronica an. Was mochte wohl während der Wochen, in denen ihr Vater vermißt worden war, in ihrem Kopf vorgegangen sein? Hatte sie wie ihre Mutter geglaubt, er sei bei einer anderen Frau? Oder hatte sie seine Abwesenheit hingenommen wie alle anderen, wenn er angeblich für seine Firma verreist war oder in Bath den pflichtgetreuen Sohn spielte? Veronica sah Wexford nicht mehr an, sondern blickte zu Boden. Ihr Kopf hing herunter, als sei er zu schwer für den schmalen Hals.

«Können Sie sich noch an den 15. April erinnern?» fragte er. «Es war ein Donnerstag. Ihre Mutter erwartete, daß Ihr Vater am

Abend nach Hause kam, mußte selbst aber länger arbeiten. Doch Sie waren hier, nicht wahr?»

Das «Ja» kam sehr leise. Er hätte es vielleicht gar nicht gehört, wenn sie nicht gleichzeitig genickt hätte.

«Was haben Sie gemacht? Wann sind Sie aus der Schule gekommen? Um vier?» Auch er redete mit ihr, als sei sie zehn, aber etwas an ihrer Haltung, der gesenkte Kopf, die gekreuzten Füße, die geballt auf dem Schoß liegenden Hände, schienen es herauszufordern. Wieder das Nicken, und um nicken zu können, hatte sie den Kopf vorher ein wenig gehoben. «Und wie ging's weiter? Um welche Zeit haben Sie Ihren Vater erwartet?»

Sie murmelte vor sich hin, das wisse sie nicht.

«Wir wußten nie, wann er kam», warf Wendy ein. «Wir wußten es nie. Jede Zeit war möglich.»

«Und ist er gekommen?» fragte Wexford.

«Natürlich nicht. Das habe ich Ihnen doch schon gesagt.»

«Bitte, Mrs. Williams, lassen Sie Veronica antworten.»

Veronica war scheu, nervös, vielleicht auch unglücklich. Den Schock hatte sie jedenfalls noch nicht überwunden. Plötzlich riß sie sich zusammen, als habe sie begriffen, daß es keinen Ausweg gab. Sie mußte sprechen, also brachte sie es am besten schnell hinter sich.

Saras braune Augen sahen Wexford an, und Saras Lippen zitterten leicht.

«Ich hab Tee getrunken. Na ja, eigentlich Cola und dazu etwas gegessen, was Mami mir im Kühlschrank bereitgestellt hatte.» Obwohl Wendy so jung war, gehörte sie zu den Frauen, die ihre Kinder mit ihrer Fürsorge ersticken und sogar soweit gehen, einer Sechzehnjährigen die Mahlzeiten vorzubereiten, als sei sie behindert. «Ich hatte eine Freundin eingeladen – als Sie das erste Mal hier waren, war ich gerade bei ihr –, aber sie rief an und sagte, sie könne nicht kommen. Wenn ich Lust hätte, könnte ich ja bei ihr vorbeischauen.»

«Aber Sie wollten auf Ihren Vater warten?»

Sie war keine Sara, keine Eve Freeborn. Sie wandte den Kopf und sah hilfesuchend ihre Mutter an. Und die Mutter sprang ihr natürlich bei, wie immer.

«Veronica brauchte nicht auf ihren Vater zu warten. Ich habe Ihnen doch gesagt, daß wir eigentlich gar nicht mehr mit ihm rechneten.»

«‹Wir›, Mrs. Williams?»

«Nun ja, was Veronica dachte, weiß ich wirklich nicht. Ich hatte ihr gegenüber noch nichts von einer möglichen Trennung erwähnt. Ich wartete ab, wollte sehen, wie es weiterging. Entscheidend ist, daß Veronica nicht auf ihn zu warten brauchte und auch nicht gewartet hätte – sie hat schließlich ein eigenes Leben.»

Was hatte sie sagen wollen, bevor sie sich unterbrach und diese ungewöhnliche Erklärung über die nicht vorhandene Unabhängigkeit des kleinen, scheuen Wesens abgab?

«Dann sind Sie also weggegangen?»

«Ja, zu meiner Freundin. Aber ich bin nicht lange geblieben. Wir haben Platten gehört, und dann habe ich ihr vorgeschlagen, irgendwohin Kaffee trinken zu gehen. Sie konnte nicht, mußte auf ihren kleinen Bruder aufpassen. Er ist erst zwei. Deshalb war sie auch nicht zu mir gekommen.»

«Da sind Sie wieder nach Hause gegangen, ja? Um wieviel Uhr, ungefähr?»

«Ich bin nicht gleich nach Hause gegangen, ich war noch im Café, allein, im *Castor.* Zu Hause war ich dann gegen neun, und Mami kam etwa zehn Minuten später.»

«Sie müssen enttäuscht gewesen sein, weil Ihr Vater nicht da war.»

«Ich weiß nicht», sagte Veronica. «Ich habe nicht darüber nachgedacht. Es macht mir nichts aus, allein zu sein. Im Gegenteil, es gefällt mir sogar.» Eine erstaunliche Feststellung, zumal sie nicht danach gefragt worden war.

«Du meine Güte!» Wendy war nicht gewillt, das unwidersprochen zu lassen. «Du bist nie allein, wenn ich es verhindern kann. Du brauchst nicht so zu reden, als wärst du ein armes vernachlässigtes Kind.»

Wexford erkundigte sich nach dem Namen der Freundin. Sie hieß Nicola Tennyson und wohnte näher zur Innenstadt. Wendy hatte nichts dagegen, daß Wexford und Burden sich im Haus umsahen und Rodney Williams' Sachen durchsuchten. Wexford hatte das Gefühl, daß sie es so bereitwillig erlaubte, weil sie wollte, daß sie sahen, wie sauber und elegant das Haus und was für eine gute Hausfrau sie war.

Und hier fanden sie dann auch Williams' restliche Kleidung und machten die interessante Entdeckung, daß seine besseren und modischeren Sachen ausschließlich dieser Familie vorbehalten geblieben waren. In dem mit Goldleisten verzierten weißen Einbauschrank hingen Jeans, Western-Hemden, ein Drillichanzug und ein zweiter aus einem modernen steingrauen Leinenmischgewebe. Auf dem Bodenbrett standen zwei Paar Halbstiefel und ein Paar beigefarbene Mokassins aus Ziegenleder. Die Unterwäsche paßte zu einem viel jüngeren Mann als zu dem Teilzeit-Bewohner des Hauses Alverbury Road 31.

«Er bestand aus zwei völlig verschiedenen Persönlichkeiten», sagte Wexford.

«Vielleicht sogar aus dreien.»

«Wir werden sehen. Auf jeden Fall waren es zwei: die eine ein Mann in mittleren Jahren, gesetzt, vielleicht gelangweilt, mit einer Familie, die ihm nicht allzuviel bedeutete, weil sie ihm selbstverständlich geworden war; die andere jugendlich, ziemlich unternehmungslustig – werfen Sie doch mal einen Blick auf die Unterhosen –, nimmt es noch leicht mit seiner jungen Frau auf und führt in dieser kleinen Hutschachtel von Haus ein recht flottes Leben.»

Wexford sah sich im Zimmer um und verglich es mit der Alverbury Road. Auf den Betten lagen Steppdecken, die Fenster hatten Jalousien, auf dem Sitz eines weißen Rohrsessels türmten sich grüne, blaue und weiße Seidenkissen. Und das Bett hatte Übergröße.

«Wahrscheinlich hat er es den ‹Spielplatz› genannt, sagte Burden, das Gesicht verziehend.

«Früher mal», entgegnete Wexford.

In diesem Haus hatte Williams keinen Schreibtisch gehabt, nur eine Schublade in der mit Gold verzierten weißen Kunststoffkommode. Das war Wendys Haus gewesen, daran gab es keinen Zweifel, das Allerheiligste, ausschließlich ihr Herrschaftsbereich. So mädchenhaft, zart und sanft sie auch sein mochte, sie hatte dieses Haus zu dem ihren gemacht, feminin und ausschließlich für sie bestimmt. Rodney Williams war hier immer nur geduldet gewesen, das fühlte Wexford, und ob er bleiben durfte oder gehen mußte, hing von seinem Wohlverhalten ab. Und dennoch hatte er sich von Anfang an nicht sehr gut benommen. Da waren die vielen Reisen gewesen, die «Mutter», die langen Spannen der Abwesenheit. Also hatte sich Wendy mit Blumen, Farben und Seidenkissen ein Heim geschaffen, in dem ihm nur hier und da ein Eckchen zugestanden wurde, als habe sie sich unbewußt – Wexford war überzeugt, daß es unbewußt geschehen war – auf den Tag vorbereitet, an dem sie mit ihrer Tochter allein sein würde. Wexford schaute in die Schublade, doch sie sagte ihm wenig. Wie nicht anders erwartet, enthielt sie nur Papiere.

Das einzig Überraschende war Williams' Führerschein mit der Adresse Alverbury Road.

«Daß er den so rumliegen ließ, war ein ziemliches Risiko», sagte Burden.

«Sein ganzes Leben bestand aus Risiken, er ist sie ununterbrochen eingegangen. Er balancierte gern auf dem Hochseil. Außerdem lesen mißtrauische Ehefrauen Briefe und nicht den Führerschein.»

In der Schublade lagen außerdem noch Rechnungen, Kupons von Kreditkartenschecks, Unterlagen für ein allmonatlich abzurechnendes American Express-Konto. Auf welche Adresse war es ausgestellt? Auf diese hier, ja. Irgendwie paßte es. Visa und Access waren Konten für den braven Bürger, der kosmopolitischere American Express stand dem Playboy besser zu Gesicht. Zweifellos war es Wendy, die die fälligen Rechnungen vom gemeinsamen Konto bezahlte. In der Schublade fanden sich jedenfalls keine, nur eine Zahlungsaufforderung für eine fällige Rate, ein Leasing-Vertrag für ein Fernsehgerät, ein Kostenvoranschlag der Baufirma Godwin and Sculp aus Pomfret mit dem Datum vom 30. März für das Wohnzimmer, das frisch gestrichen werden sollte, und eine Rechnung (mit dem Stempel «Bezahlt») von derselben Firma für den Einbau eines neuen Wasserbehälters im Bad. Darunter lag Rodneys Scheckbuch für das gemeinsame Konto und eine kleine, noch halbvolle Flasche mit Tabletten. Auf dem Etikett stand «Mandaret».

Im selben, dem obersten Stock des Hauses, gab es noch zwei Schlaf- und ein Badezimmer. Veronicas Zimmer war tadellos aufgeräumt, mit einer Menge Schnickschnack und in dem Stil eingerichtet, den einschlägige Zeitschriften in Wendys Kindheit unter Überschriften wie «Ein Traumschlafzimmer für Ihre Tochter» propagiert hatten. Wahrscheinlich hat die arme Wendy als Kind nie ein Traumschlafzimmer gehabt, dachte Wexford. Ihre Jugend hatte wohl mehr Ähnlichkeit mit der von Sara. Hier gab es keine Poster, kein selbstgebasteltes Mobile, aber auch keine Bücher. Das Zimmer gehörte zu einem Mädchen, das nur «sinnend» auf der Fensterbank saß und weiße Söckchen trug.

Die Wendeltreppe, eine gräßlich unbequeme und gefährliche neue Erfindung für alle, die nicht wendig und geschmeidig waren wie Katzen, ging durch die Mitte des Hauses wie eine Riesenschraube durch eine Presse. Im Erdgeschoß gab es eine Duschkabine, eine separate Toilette, und die dritte Tür auf dieser Seite führte in die angebaute Garage. Am Ende des Flurs lag ein Raum, der die ganze Breite des Hauses einnahm. Von dort gelangte man durch eine Terrassentür in einen Patio und den Garten, der ungefähr so groß war wie ein Speisezimmertisch. Das Zimmer, das sich als Eß- oder Arbeitszimmer für Rodney Williams angeboten hätte – wäre ihm eins gestattet gewesen –, diente ausschließlich Wendys Interessen. Eine Nähmaschine und ein Strickapparat standen darin, ein Bügelbrett mit einem Trocken- und einem Dampfbügeleisen, und überall hingen Kleider, ordentlich in Plastikhüllen gepackt, damit sie nicht einstaubten.

Mutter und Tochter saßen immer noch im Wohnzimmer an dem Tisch mit der Glasplatte. Wendy hatte eine Näharbeit in der Hand, ein Taschentuch oder eine Serviette, an der sie mit großer Sorgfalt stichelte. Den kleinen Finger hielt sie abgespreizt, was beim Teetrinken heutzutage als vulgär galt. Veronica knabberte Erdnüsse aus einer Folienpackung. Natürlich trockene, da die anderen Fettflecke machen konnten. Beide glichen zu straff gespannten Federn und konnten es nicht erwarten, daß die Polizisten endlich gingen und sie allein ließen.

«Haben Sie schon von einer Vereinigung oder einem Club namens ARRIA gehört?» wandte sich Wexford an Veronica.

Die Feder sprang nicht. Veronica erschrak nicht. Sie nickte nur. Sie knüllte die leere Erdnußpackung nicht zusammen, sondern strich sie glatt und fing sie an zu falten, zuerst in die Hälfte, dann in Viertel.

«In der Schule?»

Sie blickte auf. «Ein paar Mädchen in der Sechsten und Siebenten gehören dazu.»

«Aber Sie nicht?»

«Man muß über sechzehn sein.»

«Warum Mädchen?» fragte Wexford. «Haldon Finch ist eine gemischte Schule. Warum gehören keine Jungen zu ARRIA?»

Sie war im Grunde ein ganz normaler Teenager. Unter dem spröden Äußeren, der Scheu, dem kleinen Mädchen an Mamis Rockzipfel, gehörte sie zu ihnen. In dem Blick, den sie ihm zuwarf, lag die ganze Verachtung für die an Schwachsinn grenzende Verständnislosigkeit, die für die Erwachsenen so typisch war.

«Nun, es ist eine Frauenvereinigung, verstehen Sie? Sie ist nur für Frauen. Es sind – wie nennt man sie? – Feministinnen. Militante Feministinnen.»

«Dann will ich nur hoffen, daß du dich von ihnen fernhältst, Veronica», sagte Wendy sehr rasch und für sie ungewöhnlich scharf. «Ich hoffe, du hast nichts damit zu tun. Wenn es etwas gibt, was ich von ganzem Herzen verabscheue, dann ist es die Frauenbewegung. Emanzipation! Ich bin emanzipiert, und was hab ich davon? Ich hoffe nur, du wirst klüger sein als ich und dir einen Mann aussuchen, der dich wirklich erhalten kann, der für dich sorgt, einen netten, anständigen Mann, der dich liebt und schätzt.» Ihre Lippen zitterten vor Erregung. Sie legte die Näharbeit aus der Hand. «Ich war für Rodney nicht fraulich genug», sagte sie, als sei das Mädchen nicht anwesend. «Ich war ihm nicht mädchenhaft genug. Ich bin zu hart, zu unabhängig und – und zu erwachsen geworden, das weiß ich.» Sie strengte sich geradezu heldenhaft an, die Tränen zurückzuhalten, und sie gewann den Kampf mit sich selbst. Auch die Stimme versagte ihr nicht. «Vergiß das ja nicht, Veronica, wenn du einmal an der Reihe bist zu heiraten.»

Sergeant Martin bearbeitete die Beschwerde, obwohl er, wie er Wexford erklärte, kaum etwas hatte, worauf er sich stützen konnte. Auch war bisher noch nichts passiert.

«Eine gewisse Ms. Caroline Peters, Lehrerin für Leibesübungen an der Gesamtschule Haldon Finch», sagte Martin. «Miz nicht Miss, wohlgemerkt. Sie wurde richtig pampig, als ich sie Miss nannte, Sir. Sie behauptet, zwei Männer hätten sich während eines Tennisturniers der Mädchen am Zaun herumgedrückt. Haben sich angeblich sehr verdächtig benommen, sagt sie. Sie seien mit einem Wagen gekommen und eigens ausgestiegen, um zuzusehen. Hinterher hat sie die Schülerinnen gefragt, ob die eine oder die andere die Männer vielleicht gekannt habe, doch sie hätten alle verneint.»

Danke, Miss Freeborn, dachte Wexford.

«Lassen Sie die Sache auf sich beruhen, Martin. Vergessen Sie sie. Wir haben Wichtigeres zu tun.»

«Ich soll mich überhaupt nicht mehr darum kümmern, Sir?»

«Ich nehme es Ihnen ab.» Er würde der Frau schreiben und ihr alles erklären. Vielleicht rief er sie auch an. Sie hatte ein Recht darauf. Sie war eine gute, gewissenhafte Lehrerin, die verantwortungsbewußt handelte. Er durfte nicht über sie lachen – oder erst später, mit Burden.

Sein Besuch in der Liskeard Avenue hatte ihm ausreichend zu denken gegeben. Und über etwas hatte er sich gewundert, und dieses Etwas war weder eine Information noch war es der zündende Funke einer Idee, sondern etwas absolut Negatives.

War es nicht ungewöhnlich, daß sich Wendy, obwohl er sie schon zweimal besucht und lange Gespräche mit ihr geführt hatte, überhaupt nicht für Rodneys zweite Familie zu interessieren schien? Nicht ein einziges Mal hatte sie sich nach der Ehefrau erkundigt, die sie zwar ausgestochen, deren Stelle sie jedoch nicht eingenommen hatte, und auch nach den Kindern hatte sie nie gefragt, die schließlich Halbgeschwister ihrer Veronica waren. War ihre Eifersucht auf diese Familie vielleicht zu groß? Oder hatte sie einen Grund, der mit seiner Ermittlung zusammenhing?

## 11

Kevin Williams sah seiner Mutter ähnlicher als seinem Vater. Ihn hätte man nicht für Veronicas Halbbruder gehalten. Das genetische Erbe, das bei Sara und Veronica ein so deutliches Merkmal war, hatte ihn übersprungen. Er hatte eine schmale Stirn und einen niedrigen Haaransatz. Von Natur aus war er sachlich, lässig, gleichgültig.

Wexford, der Martin bei sich hatte, war mitten in eine Familienkonferenz hineingeplatzt, wie ihm schien. Ausnahmsweise lief der Fernseher einmal nicht. Mit geradezu überschwenglichem Stolz stellte Joy Williams nur ihren Sohn vor. Wexford blieb es überlassen zu erraten, daß die Frau und das Mädchen, die nebeneinander auf dem gelben Sofa saßen, Hope Harmer und ihre Tochter Paulette sein mußten.

Mrs. Harmer, obwohl rundlicher, hellhaariger und gepflegter als ihre Schwester, sah Joy trotzdem so ähnlich, daß man an ihrer Identität nicht zweifeln konnte. Sie war eine hübsche Frau, die auch in dieser Krise noch Lebensfreude ausstrahlte. Das Mädchen war – um mit Wexfords Enkelsöhnen zu sprechen – «eine richtige Wucht». Paulette war so schön, daß Sara und Veronica neben ihr zu durchschnittlich hübschen jungen Mädchen verblaßten. Sie erinnerte Wexford an ein Gemälde, das er einmal gesehen hatte – an Rosettis Porträt der Mrs. William Morris. Paulette war dunkelhaarig, und ihr Gesicht hatte den gleichen dunklen Schimmer wie das auf dem Bild, ihre Züge waren genauso ebenmäßig, und ihre großen dunklen Augen leuchteten genauso seelenvoll. Als er sie fragte, ob sie Paulette sei, hob sie die träumerischen dunkelgrauen Augen, nickte und wandte dann ihre Aufmerksamkeit wieder der Zeitschrift zu, die sie betrachtete und in der es anscheinend nur Frisuren zu sehen gab.

Kevins Trimester war am Tag vorher zu Ende gegangen, und er war sofort nach Hause gekommen. Aber nicht, um zu bleiben, wie er Wexford erklärte, als sie in dem kahlen Eßzimmer allein waren. Er sei es seiner Mutter schuldig, ihr ein paar Tage beizustehen, aber dann wollte er, wie schon seit einem Monat geplant, einen Freund in Cornwall besuchen und später nach Frankreich zum Camping fahren. Er schien erstaunt, als Wexford sich nach der Adresse des Freundes erkundigte.

«Es wäre uns lieber, wenn Sie das Land jetzt nicht verließen.»

«Sie können mich nicht hier festhalten. Ich habe mit dem Tod meines Vaters nichts zu tun.»

«Erzählen Sie mir, wie Sie am Donnerstag, dem 15. April, den Abend verbracht haben.»

«Ist er da gestorben?» Seine Lässigkeit war mürrischer Verdrossenheit gewichen. Jetzt war er seiner Mutter noch ähnlicher.

«Ich stelle hier die Fragen, Kevin.»

Das wurde nicht unfreundlich gesagt, aber trotzdem sah der Junge ihn an, als habe noch nie jemand in diesem Ton mit ihm gesprochen. Er legte die niedrige Stirn in Falten und verzog gekränkt den Mund.

«Ich habe nur gefragt. Er war mein Vater.»

Das wurde mit gekünstelter und schlecht gespielter Gefühlsduselei gesagt, und Wexford begriff plötzlich, daß es auch in diesem Haus keinen einzigen Menschen gab, dem Rodney Williams etwas bedeutete. Er schien sich die Zuneigung der Menschen immer schnell verscherzt zu haben. Auf diesem Gebiet hatte er jedenfalls seinen verdienten Lohn bekommen.

«Was war an dem Abend los? Was haben Sie gemacht?»

«Zu Hause angerufen, nehme ich an», antwortete Kevin, zu seiner alten Lässigkeit zurückkehrend. «Ich rufe jeden Donnerstag zu Hause an, sonst dreht meine Mutter durch.»

«Telefonieren Sie vom College aus?»

«Nein, die Telefone sind meistens kaputt, und es ist ein ganz schöner Stress, ein freies zu finden.» Kevin schien beschlossen zu haben, Wexfords Fragen, wenn auch widerwillig, über sich ergehen zu lassen. «Ich telefoniere von außerhalb. Das heißt, wir sind immer zu zweit oder zu dritt. Wir gehen in ein Pub. Ich rufe zu Hause an, und Mutter übernimmt die Kosten.»

«Sie werden sich vielleicht besser an diesen Donnerstag erinnern, wenn ich Ihnen sage, daß es der erste nach den Osterferien war.

Der Junge überlegte anscheinend konzentriert. Wexford bezweifelte nicht, daß er von Anfang an genau gewußt hatte, um welchen Donnerstag es ging.

«Ja, ich erinnere mich. Ich rief gegen acht oder halb neun zu Hause an – die präzise Minute werden Sie ja nicht wissen wollen, oder? Mutter war nicht zu Hause. Ich habe mit Sara gesprochen.»

«Waren Sie nicht überrascht, daß Ihre Mutter nicht zu Hause war, wenn Sie anriefen?»

«Ja, es war ungewöhnlich. Sie bildet sich ein, daß die Sonne aus meinem Arsch heraus scheint, aber das haben Sie sicher selbst bemerkt.» Er zuckte übertrieben mit den Schultern. «Ungewöhnlich, ja», sagte er. «Doch es ist schon vorgekommen.»

Noch entrüsteter reagierte Kevin, als Wexford ihn nach den Namen der Kommilitonen fragte, mit denen er im Pub gewesen war. Aber es war nichts als heiße Luft, reine Widerspenstigkeit. Nach einem kurzen Protest nannte Kevin die Namen.

«Wie sind Sie mit Ihrem Vater ausgekommen?»

«Zwischen uns herrschte Funkstille. Wir haben nicht miteinander geredet. Die übliche Situation, nicht wahr?»

«Und wie war das bei Ihrem Vater und Sara?»

«Lassen Sie gefälligst meine Schwester aus dem Spiel!» antwortete Kevin scharf.

Es war unglaublich. Es war genau die Antwort, die ein Junge in Kevins Alter vor hundert Jahren gegeben hätte – wenn man der Literatur glauben wollte.

Wexford bemühte sich, nicht zu lachen. «Gut», sagte er, «lassen wir sie vorläufig aus dem Spiel.»

Als er ins Wohnzimmer kam, fragten Joy und ihre Schwester Sergeant Martin auf Herz und Seele nach Wendy aus. Die Mädchen waren nicht mehr da. Martin antwortete einsilbig und machte ein erleichtertes Gesicht, als Wexford erschien. Joy unterbrach sich sofort, als sie sah, daß er allein war. «Wo ist mein Sohn?» fragte sie so heftig, als habe Wexford ihn bereits festgenommen und in einen Polizeiwagen gesperrt.

Wexford und Burden warteten im Büro des geschäftsführenden Direktors auf Miles Gardner. Wexford hatte ihn nicht mehr gesprochen, seit Rodney Williams tot aufgefunden worden war. Das getäfelte Büro war trotz des strahlend hellen Tages ein bißchen düster und schattig. Auf dem Fensterbrett stand ein kupferner Krug mit Lupinen. Wexford nahm das Foto von Gardners Familie vom Schreibtisch und betrachtete es zweifelnd.

«Ich glaube, ich bin gegen heranwachsende Mädchen überempfindlich geworden», sagte er. «Ich sehe überall welche.»

«Erinnern Sie sich nur an das, was die Sportlehrerin gesagt hat.»

«Ich glaube nicht, daß ich in dieser Beziehung gefährdet bin, obwohl es wirklich hübsche Dinger sind, mit denen wir's zu tun haben. Fast könnte man Williams' Standpunkt verstehen.»

«Er war nichts anderes als ein schmutziger alter Lustmolch», sagte Burden, der ganz vergaß, daß Williams nur drei Jahre älter gewesen war als er.

«Das ist der zweite Frühling, die ewige Hitze in alten Knochen.»

Gardner kam herein und entschuldigte sich, weil er sie warten lassen mußte. Er begann ein paar unaufrichtig klingende Sätze des Bedauerns über Williams' Ableben zu murmeln. Wexford ließ sie eine Weile über sich ergehen und unterbrach ihn dann.

«Wenn Sie Zeit haben, könnten wir zum Lunch ins *Old Flag* gehen», sagte er.

Gardner hatte leider keine Zeit. «Ich habe meiner Tochter versprochen, sie zum Lunch auszuführen, meiner jüngsten, Jane. Sie hat schulfrei bekommen, weil sie zu einer Besprechung an der hiesigen Uni muß. Sie ist ziemlich nervös und hat natürlich Angst, also habe ich sie mit dem Versprechen bestochen, ganz schick mit ihr essen zu gehen.»

Die University of the South war in Myringham. Schon wieder eine Achtzehnjährige ...

«Sie müßten Jane eigentlich nehmen», sagte Gardner und fügte mit einer Art stolzen Bedauerns hinzu: «Das ist für die nächsten drei Jahre das Aus für unsere Ferien im Ausland.»

Wexford sagte, er wolle mit Christine Lomond sprechen, und zwar am liebsten in Williams' ehemaligem Büro. Gardner selbst brachte ihn in dem kleinen, langsamen Lift nach oben. In dem Büro standen zwei Schreibtische und zwei Schreibmaschinen, eine Sierra 3400 und eine Olympia ES 100. Aber die Maschinen waren «sauber». Das Mädchen, das hereinkam, trug ein geranienrotes Kostüm, eine dunkelgrüne Baumwollbluse, um den Hals eine Kette mit einem grünen rautenförmigen Anhänger aus Glas und am linken Handgelenk eine Armbanduhr mit einem rotgrünen Band. Das Haar hatte sie sich stellenweise, wie seine Tochter Sylvia es nannte, «mit Glanzlichtern aufhellen» lassen. Er glaubte ihr allerdings nicht so recht und dachte, sie halte ihn zum Narren. Christine Lomonds Fingernägel waren in dem leuchtenden Karminrot lackiert, das Sevensmith Harding als seine neueste Farbnuance für Haustüren propagierte. Die Finger huschten wie rote Käfer über die Aktenordner. Wie Kartoffelkäfer, behauptete Burden später, der Nagellack verabscheute.

Wexford hatte sie gebeten, ihm ein paar Briefe oder andere Schriftstücke herauszusuchen, die Williams selbst getippt hatte. Berichte, Schätzungen, ja sogar Notizen, die er vielleicht ins Büro mitgebracht hatte. Sie sagte, sie sei sicher, daß er derartige Notizen mit der Hand geschrieben haben würde, förderte auch zwei oder drei handgeschriebene zutage und dann noch mehrere, die ihrer Meinung nach wahrscheinlich auf der Olympia getippt worden waren, jedoch mit einem anderen Typenrad, so daß sie ein anderes Schriftbild hatten. Wexford war sehr interessiert, denn es kam ihm so vor, als sei in der Spitze des großen A ein winziger Fehler.

Das Experiment brachte ihm nichts ein außer der Erkenntnis, wie wenig er über Schreibmaschinen oder zumindest über die Fortschritte wußte, die in der Technologie der Schreibmaschinen inzwischen gemacht worden waren. Die weißen Finger mit den roten Nägeln legten im Handumdrehen einen frischen Bogen Papier in die Maschine, schalteten sie ein, schalteten sie aus, nahmen das Typenrad heraus, setzten ein anderes ein und tippten mit Windgeschwindigkeit eine genaue Kopie von Williams' Verkaufsprognose für die ersten drei Monate des Jahres.

«Wir müssen das Typenrad erneuern, es schreibt nicht mehr ganz gleichmäßig», sagte sie, nahm das beschädigte Rad heraus und warf es in den Papierkorb.

«Wo wohnen Sie, Miss Lomond?»

«Hier. In Myringham. Warum?» Sie wirkte ein bißchen schroff, es war ein Benehmen, das oft «energisch» genannt wurde.

«Haben Sie Mr. Williams gemocht?»

Sie schwieg. Sie schien beleidigt, hatte vielleicht nichts anderes erwartet als eine Untersuchung von Papieren und Schreibmaschinen. Wie alt mochte sie sein? Sechs- oder siebenundzwanzig? Sie konnte aber auch viel jünger sein. Das starke Make-up und die kunstvolle Frisur machten sie älter.

«Nun, Miss Lomond?»

«Ja, ich habe ihn gemocht. Ganz einfach gemocht. Ich habe nicht darüber nachgedacht, ob ich ihn mag oder nicht.»

«Versuchen Sie sich bitte an den Abend des fünfzehnten April zu erinnern. Was haben Sie damals gemacht?»

«Also das weiß ich heute wirklich nicht mehr, da verlangen Sie zuviel.»

Christine Lomonds Lider flatterten. Sie hatte glitzernden meerblauen Lidschatten aufgetragen.

«Versuchen Sie den Abend gewissermaßen einzukreisen, indem Sie überlegen, was Sie am nächsten Tag getan haben», sagte Burden. «Das war der Vormittag, an dem jemand anrief und sagte, Mr. Williams sei krank und käme nicht ins Büro. Hilft Ihnen das?»

«Ich glaube, ich war zu Hause. Allein.»

Das klang nicht abwehrend, schuldbewußt oder verängstigt, sondern eher mürrisch, als hätten ihre Kleidung, die Frisur und das Make-up ihre Wirkung verfehlt.

«Leben Sie mit jemandem zusammen oder allein?»

Das war gewiß eine sehr harmlose Frage. Doch Christine Lomond wurde so aggressiv, daß man den Eindruck hatte, sie wäre Wexford am liebsten mit ihren roten Krallen ins Gesicht gefahren.

«Ich lebe mit niemandem zusammen, und ich war zu Hause und habe ferngesehen.»

Noch ein Fernseh-Fan. Was hatten sie nur früher getan, bevor die Braunsche Röhre die Welt erobert hatte? Er sollte sich eigentlich noch an die Alibis erinnern, die man ihm aufgetischt hatte, als es noch kein Fernsehen gab, aber er konnte es nicht. Ich habe gelesen, genäht, Regale aufgestellt, geangelt, habe Radio gehört, war spazieren, im Pub, im Kino? Vielleicht.

Nur höchst unwillig gab Christine Lomond ihnen ihre Adresse. Sie gab zu, eine Schreibmaschine zu besitzen, eine alte Smith Corona, jedoch keine Reiseschreibmaschine, und sie behauptete, sie stehe im Haus ihrer Eltern in Tonbridge, und sie habe sie nie in ihr Einzimmerapartment nach Myringham mitgebracht.

Als sie in den Empfang hinunterkamen, überraschten sie ein junges Mädchen beim Ausziehen. So kam es dem erstaunten Wexford wenigstens vor. Es unterhielt sich mit der Telefonistin – heute hatte Anna Dienst –, und es war eben dabei, sich ein Baumwollkleid über den Kopf zu ziehen. Lange schlanke Beine in weißen Strumpfhosen, hellblaue Pumps mit gedrechselten Absätzen und ja, ein bis knapp über die Knie reichender Rock, der hinaufgerutscht war und erst zum Vorschein kam, als das Mädchen ihn herunterstreifte, nachdem es das andere Kleidungsstück, offenbar eine Matrosenbluse, ausgezogen hatte. Unter der Bluse trug das Mädchen ein weißes T-Shirt.

Das Mädchen kehrte Wexford den Rücken zu. Es schleuderte die hellblauen Pumps von den Füßen, so daß der eine quer durch den Raum flog und ein Beobachter keinen Augenblick daran zweifeln konnte, wie froh das Mädchen war, die verhaßte Verkleidung loszuwerden.

«Jane», sagte Anna warnend, «hinter dir sind zwei ...»

Das Mädchen fuhr herum. Auf das Vorderteil des T-Shirts waren die Buchstaben ARRIA aufgedruckt.

Was Wexford an dem Haus in der Down Road, Kingsmarkham, zuerst auffiel, war die Tatsache, daß hier bestimmt jeder sein eigenes Zimmer hatte. Daß man es mit jemand teilte, kam gar nicht in Frage. Es war ein sehr großes Gebäude im edwardianischen Stil mit Zinnen und Türmchen und vielen Balkonen. Die meisten dieser Häuser waren in Mietwohnungen unterteilt worden, dieses jedoch nicht. Eine einzige Familie bewohnte es und die (mindestens) acht Schlafzimmer. Und doch hatte Eve Freeborn ihm gesagt, sie müsse bei ihrem Freund in Myringham übernachten, und er könne nicht zu ihr kommen, weil sie mit ihrer Schwester in einem Zimmer schlafe. Vielleicht hatte sie auch keine Schwester. Das würde er bald erfahren.

Im ersten Moment glaubte er, das Mädchen, das ihm die Tür öffnete, sei Eve. Daß es grüne Haare hatte, hatte gar nichts zu bedeuten. Heutzutage wechselten sie ihre Haarfarbe so schnell wie früher den Lippenstift. Auf den zweiten Blick sah er, daß sie nicht einmal eineiige Zwillinge sein konnten. Zweieiige Zwillinge, ja, mit dem gleichen Körperbau und den gleichen Augen. Das war alles. Welche Haarfarbe sie ursprünglich gehabt hatten, wußte nur der Himmel. Wahrscheinlich hatten sie es selbst schon vergessen.

Im Haus roch es schwach nach Marihuana. Ein unverkennbarer Geruch, wie Holzrauch mit einem süßlichen Cologne vermischt.

«Eve?» wiederholte Eves Schwester ungläubig. «Sie wollen mit Eve sprechen?»

«Ist das so schwierig?»

«Ich weiß wirklich nicht . . .»

Er hatte ihr seinen Polizeiausweis gezeigt. Schließlich war sie ein junges Mädchen, und es war Abend. Sie sollte keinen Mann ins Haus lassen, der sich nicht ausgewiesen hatte. Aber sie starrte die Karte an, als sei sie ein Haftbefehl für sie oder Eve. Er wurde ungeduldig.

«Soll ich vielleicht einen Fragebogen ausfüllen oder jemanden mitbringen, der für mich bürgt?»

«O nein! Kommen Sie rein. Tut mir leid. Es ist nur, daß . . .»

Sie hatte eine aufreizende Art, ihre Sätze nicht zu Ende zu sprechen. Er folgte ihr in die Halle, die so dunkel getäfelt war wie die Büros bei Sevensmith Harding, und eine breite, elegant geschwungene Treppe hinauf, die in eine Galerie mündete. Der Marihuanageruch war hier schwächer, aber immer noch vorhanden. Was ihn an diesem Haus am meisten überraschte, war die Atmosphäre der sechziger Jahre, die hier vorherrschte. An der Wand hing – allerdings unter Glas und gerahmt – ein Poster von John Lennon, der an einem weißen Flügel saß. Auf einem Beistelltischchen stand eine Vase mit getrockneten Gräsern und schäbigen Pfauenfedern. Und nicht zufällig dort vergessen, sondern als Schmuck gedacht, hing da ein altmodisches rotes Seidenkleid mit gestickten goldenen Applikationen. An Rot und Gold hatte nicht nur der Zahn der Zeit genagt, auch die Motten hatten es zerfressen.

«Sind Ihre Eltern zu Hause?» fragte Wexford.

«Sie haben eine Wohnung in London und halten sich die meiste Zeit dort auf.»

Unmöglich zu sagen, ob sie es ihnen übelnahm oder froh darüber war. Die Eltern sind wahrscheinlich selbst kaum älter als vierzig, die Mutter eher noch jünger, dachte er.

«Sie warten am besten hier», sagte Eves Zwillingsschwester. «Ich will nur nachsehen, ob ...»

Die Türen zu allen Schlafzimmern standen offen. Allerdings waren sie nicht wie konventionelle Schlafzimmer eingerichtet. Sie glichen eher Wohnschlafzimmern mit Sesseln, Tischen, Sitzkissen und einer Couch oder einem Diwan mit lässig darübergebreiteter indischer Decke. An den Wänden hingen Poster und waren bunte Ansichtskarten kreuz und quer angepinnt. Wexford setzte sich in einen Schaukelstuhl mit rot, schwarz und weiß lackierten Kufen und einem schmutzigen Spitzenschleier über der Lehne und begann zu überlegen, wie er sich dieses merkwürdige Haus erklären sollte.

Plötzlich begriff er. Nicht die Mädchen lebten in der Vergangenheit, nicht sie waren altmodisch oder lebten absichtlich einen Anachronismus. Die Eltern waren in den sechziger Jahren jung gewesen, hatten sich wahrscheinlich von der neuen begeisternden Freiheit mitreißen lassen und konnten sich nie mehr vom Geist, dem Geschmack und den Sitten jener Zeit befreien. Nicht die Mädchen, die Eltern rauchten Marihuana. Dagegen würde er etwas unternehmen müssen ...

Wie lange wollte sie ihn eigentlich warten lassen?

Er stand auf und trat auf den Flur. Es war kein Mensch zu sehen. Doch von irgendwoher hörte er weibliche Stimmen – Stimmen, die jedoch nicht sorglos und vergnügt klangen, auch nicht murmelten, sondern laut und sehr ernst miteinander sprachen. Eine Treppe führte ins Dachgeschoß, aber die Stimmen kamen nicht von dort oben.

Wexford hörte lautes Gelächter und vereinzelt Applaus. Er ging den Geräuschen nach, kam auf einen kleineren, viereckigen Treppenabsatz. An die Decke hatte jemand, der zwar etwas vom Malen verstand, aber eine völlig ungeübte Hand hatte, eine Himmelskarte gepinselt. Ein Amateurastrologe, der die Kunstakademie besucht hat, dachte Wexford und mußte unwillkürlich wieder an die sechziger Jahre denken. Während er noch überlegte, ob es klug war, in ein Zimmer voller Frauen hineinzuplatzen, ging die Tür auf und zwei Mädchen kamen heraus. Sie blieben auf der Schwelle stehen und musterten ihn erstaunt. Die eine kannte er nicht, die andere war Caroline Peters, die Lehrerin für Leibeserziehung.

Bevor jemand etwas sagen konnte, kam Eve Freeborn aus dem Zimmer und schob die beiden, die ihr den Weg verstellten, mit der Schulter beiseite. Sie trug wieder ihre knallengen Jeans, die Schuhe mit den zwölf Zentimeter hohen Absätzen, aber diesmal mit einer purpurroten Satinbluse, die farblich auf ihr Haar abgestimmt war. Caroline Peters hingegen war wie ein Junge angezogen – oder wie die Jungen sich angezogen hatten, bevor die Punkmode aufkam: Jeans, braune Lederjacke, halbhohe Stiefel, kein Make-up, das Haar ganz kurzgeschoren.

«Entschuldigen Sie», sagte Eve. «Haben Sie lange gewartet?»

«Sie haben uns viertausend Jahre warten lassen», mischte sich Caroline Peter gehässig und rachsüchtig ein.

Sie hatte ihn erkannt und war unangenehm berührt. Oder sah sie in ihm nicht den Polizisten, sondern vor allem den Mann? Wexford war bisher noch nie einer jener militanten Feministinnen begegnet, die für einen totalen Separatismus der Frauen eintreten. Und auf einmal dämmerte es ihm.

«Hab ich vielleicht zufällig eine Versammlung von ARRIA gestört?»

«Sie ist zu Ende», sagte Eve. «Sie ist eben zu Ende gegangen.»

«Wir hätten keine Störung geduldet.»

Wexford sah Caroline Peters an. «Bitte gehen Sie noch nicht. Ich möchte auch mit Ihnen sprechen.»

Sie hob die Schultern und ging ins Zimmer zurück. Eve zeigte mit der Hand lässig auf das andere Mädchen, einen hübschen Rotschopf mit scharfen Zügen.

«Das ist Nicky.»

Im Zimmer, einem weiteren und größeren Wohnschlafzimmer, hingen von der Decke und an den Wänden gestreifte Tagesdecken, so daß das Ganze einem Beduinenzelt nicht unähnlich war. Ungefähr ein halbes Dutzend Mädchen standen herum, und einige bereiteten sich darauf vor zu gehen. Sara Williams und ihre Kusine Paulette waren da. Sie unterhielten sich mit Jane Gardner, und alle drei trugen ARRIA-T-Shirts. Ein farbiges Mädchen, schlank und elegant wie ein Modell, saß mit gekreuzten Beinen auf einem Sitzkissen.

«Ich weiß nicht mehr, wie man ihn nennt», sagte Eve zu den anderen, «aber er ist Polizist.» Sie zeigte der Reihe nach auf die Mädchen: «Jane, Sara, Paulette, Donella, Helen, Elaine. Meine Schwester Amy haben Sie ja schon kennengelernt.»

Caroline Peters schob die Hände in die Taschen ihrer Lederjacke.

«Was wollen Sie?»

«Ich möchte mehr über ARRIA erfahren – für den Anfang.»

«Für den Anfang – ich und eine gleichgesinnte Frau haben ARRIA gegründet. Sie studiert jetzt Philologie und klassisch-antike Literatur in Oxford.» Caroline Peters unterbrach sich und fuhr nach ein paar Sekunden fort: «*Arria Paeta* war eine Römerin, die Frau von *Caecina Paetus*. Selbstverständlich mußte sie seinen Namen annehmen.» Wexford begriff, daß sie zu jenen Fanatikerinnen gehörte, die nie auf einen Seitenhieb verzichteten. «Das antike Rom ist für die Unterdrückung und Ausbeutung der Frauen berühmt und berüchtigt.» Da sie Lehrerin war, wartete sie auf einen Einwurf von Wexford.

Er kam auch – vielleicht zu ihrer größten Überraschung. «Kaiser Claudius», sagte Wexford, der seine Hausaufgaben gemacht hatte, «befahl Paetus, Selbstmord zu begehen, aber er war zu feige. Also nahm seine Frau das Schwert, stieß es sich ins Herz und sagte: ‹Sieh, Paetus, es tut nicht weh ...›»

«Sie haben Graves gelesen!»

«Nein. Smiths klassisches Wörterbuch.» Das Mädchen namens Nicky lachte. «Aber ich weiß nicht, was die Buchstaben auf den T-Shirts bedeuten.»

«*Action for the Radical Reform of Intersexual Attitudes* – Aktion für die radikale Reform intersexueller Verhaltensweisen.»

«Wie schön, daß das Akronym nicht anonym ist und sich auf einen richtigen Namen bezieht. Oder ist es eine bewußte Verschleierung?»

«Vielleicht.»

«Wie viele Schulen sind beteiligt?»

«Kingsmarkham High», antwortete diesmal Eve, «Haldon Finch, St. Catherine ...»

Aber Caroline Peters unterbrach sie.

«Ich unterrichte an der Gesamtschule Haldon Finch. ARRIA wurde vor etwas mehr als einem Jahr in St. Catherine gegründet. Wir haben als Mitglieder nur Frauen über sechzehn aufgenommen, tatsächlich also nur Schülerinnen der sechsten und siebenten Klasse. Ich bin sehr froh, sagen zu können, daß wir sofort großen Anklang gefunden haben – wie könnte es bei einer Organisation auch anders sein, die ausschließlich für Frauen gegründet wurde und in der Männer nichts zu sagen haben?»

Sie sah Wexford mit einem Blick kalten Widerwillens an, bei dem er sich alles andere als wohl fühlte. Er gehörte keiner Minderheit an, man konnte ihn in keiner Beziehung einer Minderheit zuordnen. Doch sie brachte es fertig, daß er sich so vorkam und daß es sich außerdem um eine unterdrückte Minderheit handeln mußte.

«Da wir über eine sehr gut funktionierende Propagandamaschine verfügen, verbreitete sich die erfreuliche Neuigkeit schnell in den anderen Schulen der Umgebung, und bald hatten wir beachtliche Zellen im Pomfret College und der Kingsmarkham High School.»

Die erfreuliche Neuigkeit, dachte Wexford, eine Art ‹Evangelium›, nicht mehr und nicht weniger.

«Wir haben jetzt schon über fünfhundert Miglieder», fügte sie hinzu.

Er war mehr als überrascht und hätte fast durch die Zähne gepfiffen vor Staunen. Wie viele siebzehn- und achtzehnjährige Mädchen gab es wohl in der näheren Umgebung. Kaum mehr als zweitausend Schülerinnen und Berufstätige zusammengenommen. Das bedeutete, daß fünfundzwanzig Prozent zu ARRIA gehörten. Du meine Güte, sie konnten ja fast eine Revolution anzetteln.

«Na schön. Sie haben Abzeichen, Sie haben T-Shirts mit dem Aufdruck ARRIA, sie treffen sich regelmäßig, aber was tun Sie?»

«Wir pflegen so wenig Kontakt mit Männern wie nur möglich», antwortete Caroline Peters bereitwillig. «Außerdem bekämpfen wir Männer mit geistigen und physischen Mitteln.»

Bei diesem Satz spitzte Wexford die Ohren. Sie trug keine Handtasche, aber ihre Kleidung hatte Taschen. Die meisten anderen Mädchen hatten Handtaschen. Er hatte jedoch keinen Durchsuchungsbefehl und auch keine Polizeibeamtin dabei, die die Untersuchung vornehmen konnte.

«Wir haben eine Konstitution und ein Manifest», sagte sie. «Ich nehme an, daß hier irgendwo eine Kopie rumliegt, und ich hab nichts dagegen, daß Sie sie mitnehmen. Seid ihr Frauen alle damit einverstanden?» Beistimmendes Gemurmel wurde laut, und ein paar Stimen klangen unüberhörbar belustigt. «Ich muß Sie jedoch darauf aufmerksam machen, daß es nicht unser Ziel ist, den Männern gleichberechtigt zu sein. Wir wollen weder einen Waffenstillstand noch einen Kompromiß mit ihnen schließen, noch jene wenig zufriedenstellende Entspannung erreichen, wie sie während vergangener Revolutionen zwischen Proletariat und Bourgeoisie zustande gekommen ist. Wie Marx in einem anderen Zusammenhang sagt: ‹Philosophen haben versucht die Welt zu erklären. Wichtiger ist es jedoch, sie zu verändern.› Guten Abend, allerseits.» Sie verließ den Raum und schloß die Tür so leise hinter sich, daß es fast unheilverkündend wirkte.

Stille. Donella, das schwarze Mädchen, verdrehte die Augen und rollte schlehbraune Pupillen.

«Mit physischen Mitteln hat sie nur Selbstverteidigung und so gemeint», sagte Eve. «Wenn man Mitglied wird, ist es Pflicht, einen Kurs in Selbstverteidigung zu belegen, Karate, Judo oder Tai Chi, egal was.»

«Ich denke», sagte Donella, «die meisten finden es einfach super, daß so viel Sport betrieben wird. Er hat, meiner Meinung nach, die größte Anziehungskraft.»

«Euch wird ja nicht entgangen sein, daß wir jetzt dreimal soviel Abendkurse in den Kampfsportarten im Programm haben wie früher», sagte Nicky. «Bei uns gibt es eben eine Wechselbeziehung zwischen Angebot und Nachfrage. So arbeitet ARRIA.»

Das hatte nicht aggressiv geklungen, nur stolz. Sie hob rasch den Arm und ließ ihn mit unglaublicher Wucht heruntersausen. Wexford, ein kräftiger, über einsachtzig großer Mann, war erleichtert, daß dieser Schlag nicht ihm galt. Was sie über Judo- und Karatekurse sagte, traf zu, er selbst hatte schon zu Burden gesagt, er sei froh, daß die Frauen endlich etwas unternahmen, um sich gegen Überfälle und Vergewaltigung zu schützen, die in den letzten Jahren so überhand genommen hatten.

«In Ordnung», sagte er. «Die Kurse dienen der Selbstverteidigung. Wie steht es mit der Aggression? Ich darf wohl annehmen, daß keine von Ihnen zugeben wird, eine Angriffswaffe bei sich zu haben?»

Natürlich gab es niemand zu. Sie sahen auch nicht erschrocken oder schuldbewußt aus. Nur in einem oder zwei Gesichtern glaubte er eine gewisse erhöhte Wachsamkeit zu entdecken.

«Ich gebe Ihnen eine Kopie unserer Satzungen», sagte Eve. «Es stehen keine Geheimnisse drin. Jeder, Frauen und Männer, sollen erfahren, was wir tun. Haben Sie Töchter?»

«Sie sind viel älter als Sie.»

Sie musterte ihn abschätzend, aber nicht unfreundlich. «Nun ja, das ist nur natürlich, nicht wahr? Aber für ARRIA ist man nie zu alt.»

Die Satzung war getippt und fotokopiert. Die Spitzen der großen As und die Oberlängen der kleinen ts waren unbeschädigt. Er steckte das Papier in die Tasche, um es in Ruhe zu lesen. Ihm fiel auf, daß Sara Williams jede seiner Bewegungen beobachtete. Das große blonde Mädchen namens Helen war bei dem Tennisturnier Eves Partnerin gewesen.

«Wenn jetzt wirklich alle gehen wollen», wandte er sich an Eve, «würde ich gern fünf Minuten mit Ihnen allein sprechen.»

Daß er nicht mehr so leichthin und munter, sondern im strengen und sachlichen Polizistenton sprach, schien sie aufzurütteln. Sie fuhr sich mit den Fingern durch den purpurroten Schopf.

«Okay, wenn Sie wollen. Alle sollen verschwinden, richtig?» Sie kicherte, und es klang wie ein Schluckauf. «Nach Hause mit euch, Frauen.»

«Tja, ich denke, ich werde einfach –» sagte Amy und ging langsam und unschlüssig zur Tür.

Sie verabschiedeten sich alle in der allen jungen Mädchen eigenen Art, ob sie nun Feministinnen oder reaktionär sind. Helen und Donella umarmten sich fest, begannen zu kichern, ließen den Kopf jeweils auf die Schulter der anderen fallen. Sara legte die Arme um sich selbst und bewegte sich mit angedeuteten Tanzschritten zur Tür. Jane warf sich ihre Tasche, in der ein dickes Bündel der ARRIA-Satzungen steckte, so schwerfällig über die Schulter, als wiege sie eine Tonne, und verzog gequält das Gesicht. Nicky war in einen Traum versunken und ging umher wie mondsüchtig, blieb weder noch einmal stehen noch sagte sie etwas und hob, als sie durch die Tür verschwand, nur einmal die Hand zum Abschied.

«Sie haben mir ganz schöne Lügen aufgetischt», sagte Wexford, als er mit Eve allein war.

«Das ist nicht wahr!»

«Warum haben Sie mir erzählt, Ihr Freund könne nicht zu Ihnen kommen, weil Sie mit Ihrer Schwester ein gemeinsames Zimmer haben? Das ist ein riesiges Haus, und ich weiß inzwischen, daß Ihre Eltern nur sehr selten hier sind. Aber Sie haben mir gesagt, er könne nicht zu Ihnen kommen, weil Sie zuwenig Platz und keine Gelegenheit haben, mit ihm allein zu sein.»

«Na ja», sagte sie, einen durchtriebenen Ausdruck in den Augen, «das kann ich erklären. Sie finden die Antwort in unseren Satzungen, Paragraph vier.»

Er holte das Blatt mit den Satzungen aus der Tasche. Hier war er, der Paragraph vier. «Frauen» – es hieß nie ARRIA-Mitglieder, wie er feststellte, sondern immer «Frauen», als gehörte die gesamte weibliche Weltbevölkerung der Vereinigung an – «Frauen meiden die Gesellschaft von Männern, wo immer es möglich ist, aber sollte ihre Anwesenheit aus sexuellen, biologischen, geschäftlichen oder beruflichen Gründen erforderlich sein, ist es ratsam und wünschenswert, daß die Frauen die Männer aufsuchen. Es soll den Männern nicht gestattet sein, zu den Frauen zu kommen.»

«Aber warum denn nicht?»

«Caroline und Edwina – das ist die Philologiestudentin, die jetzt in Oxford ist – sagen, das rieche zu sehr nach dem Sultan, der seinen Harem besucht. Man muß es nur richtig durchdenken, wissen Sie. Sobald Sie das getan haben, werden Sie schon merken, was gemeint ist.»

«Deshalb sind Sie also zu Ihrem Freund in die Arnold Road gefahren? Seine Anwesenheit war aus sexuellen oder sogar biologischen Gründen erforderlich?»

«Ja, sind das denn nicht die üblichen Gründe? Gibt es denn auch noch andere?»

«Man kann es anders ausdrücken. Auf ästhetischere Weise, meine ich. Zivilisierter vielleicht.»

«Oh, zivilisierter. Der Mensch hat die Zivilisation geschaffen, und sie taugt nicht viel, oder? Eine Großtat war es jedenfalls nicht.»

Er beließ es dabei. «Haben Sie gewußt, daß Sara Williams die Tochter des Mannes ist, der ermordet wurde und dessen Wagen Sie in der Arnold Road gesehen haben?»

«Damals nicht. Ich weiß es jetzt. Hören Sie, ich kenne sie nur durch ARRIA, und ihren Vater kannte ich überhaupt nicht. Für meine Begriffe hätte sie genausogut keinen Vater haben können.»

Das ließ er gelten. «Miss Peters hat mir nicht viel über Ihre Vereinigung gesagt. Nur, daß es sich um eine Bewegung handelt, die sich wie ein Waldbrand ausbreitet und schon alle Schulen in der Umgebung erreicht hat. Wie verhält es sich mit der – wie soll ich es nennen? – internen Organisation? Wie wird man Mitglied? Zahlen

Sie eine Aufnahmegebühr? Gibt es Rituale wie bei den Freimaurern, zum Beispiel?»

«Wir brauchen kein Geld», antwortete Eve, «also gibt es keine Beiträge. Woher sollten sie es auch nehmen? Der größte Teil unserer Mitglieder geht noch in die Schule. Sie müßten sich das Geld von ihren Vätern geben lassen, und das kommt nicht in Frage. Siehe Paragraph sechs und Abhängigkeit. Die einzigen Unkosten, die wir haben, sind die Fotokopien. Aber auch die kriegen wir umsonst, weil Nicky sie nachts auf der Xerox ihres Vaters macht.»

Er hütete sich, sie auf die versteckte Ironie der Sache aufmerksam zu machen. «Kann jeder beitreten?»

«Jede Frau, die älter als sechzehn und nicht verheiratet ist. Eine verheiratete Frau hat offensichtlich schon kapituliert. Außerdem könnte sie sich nicht an die Regeln unserer Satzung halten.»

«Dann kommt ARRIA für meine Töchter nicht in Frage.»

Sie ignorierte seinen Einwurf. «Ich bin Gründungsmitglied. Am Anfang gab es auch bei uns allerlei Brimborium. Edwina wollte verschiedene Riten und Zeremonien einführen, eine Art Weihe oder Feuertaufe, wenn Sie sich darunter was vorstellen können.»

«Wie sollte die aussehen?»

Er war unglaublich neugierig. Hoffentlich kam sie nicht allzubald dahinter, daß sie unnötigerweise zuviel Zeit an einen Mann verschwendete. Schweigend und nachdenklich überlegte sie sich die Antwort auf seine letzte Frage. Sie war nicht hübsch. Aber vielleicht war das heutzutage nicht mehr wichtig, da Schönheit nicht mehr geschätzt wurde. Sie hatte ein fliehendes Kinn, eine lange Nase und wulstige Lippen, aber eine zarte, cremefarbene Haut. Ihre Stirn war so voller Falten, daß sie wie zerknittert wirkte. Zerfurcht waren die Gesichter älterer Menschen.

«Ein paar von den anderen fanden ihre Ideen gut», sagte sie schließlich. «Sie ist nämlich eine radikale Feministin. Sie meinte zum Beispiel, wir könnten uns bei unserer Revolution nicht auf Marx und seine Prinzipien stützen, weil Marx ein Mann war. Sie sagte, Sexualität sei Politik, und um wirklich frei zu sein, müßten alle Frauen Lesbierinnen werden. Jedes heterosexuelle Verhalten sei Kollaboration mit dem Feind. Nicht einmal Caroline Peters ist je so weit gegangen.»

«Sie wollten mir von den Weihen, von den Aufnahmeriten erzählen.»

Eve schien nur sehr ungern auf das Thema einzugehen. «Sie haben deshalb wirklich und wahrhaftig eine Splittergruppe gebildet», sagte sie. «Sara – die, deren Vater man umgebracht hat – gehörte dazu. Und Nicky Anerley ebenfalls. Sie hatten zum Beispiel etwas dagegen, zusammen mit Männern unterrichtet zu werden. Schulen und Colleges sollten von Frauen geleitet, und nur Lehrerinnen sollten eingestellt werden. Es wäre natürlich das Beste, das Ideal, wenn Sie verstehen, was ich meine, aber es ist ein bißchen phantastisch.»

«Vor allem deshalb, weil Frauen ja erst seit wenigen Jahren zu bestimmten Colleges zugelassen werden, besonders in Oxford.»

«Darum geht es nicht. Denn dann dürfte kein Mann mehr dort studieren. Edwina und die übrigen, die an gemischten Schulen waren, wollten solange streiken, bis sie erreicht hatten, daß keine Jungen mehr aufgenommen wurden. Aber Caroline wollte davon nichts wissen. Wahrscheinlich hatte sie Angst, ihren Job zu verlieren.»

«Und das hat ARRIA gespalten?»

«Na ja, zum Teil. Das war im Sommer und Herbst des vergangenen Jahres. Die Auseinandersetzungen sind mehr oder weniger eingeschlafen, als Edwina im Oktober nach Oxford ging und die anderen nach und nach wieder zu uns stießen. Aber was soll's, ich kann es Ihnen ruhig sagen. Es waren ohnehin nur Phantastereien. Edwina hatte verlangt, daß jede Frau einen Mann töten sollte, um zu beweisen, daß sie eine echte Feministin ist.» Eve warf ihm einen wachsamen Blick zu. «Das bedeutet nicht, daß jede Frau, die Mitglied bei ARRIA werden will, einen Mann umbringen muß. Die Grundidee war die, daß sich drei oder vier zusammentun sollten, und ...»

«Aber das ist nicht die eigentliche Aufnahmezeremonie, nicht wahr? Ein paar davon kann ich Ihnen schildern, wenn Sie wollen.»

## 12

Mit undurchdringlichem Gesicht las Jenny Burden das Manifest von ARRIA. Sie war jetzt über das Stadium hinaus, trotz ihrer Schwangerschaft noch hübsch aussehen zu wollen. Ihr Zustand ließ sich nicht länger verbergen, und er bekam Jenny nicht. Obwohl sie immer viel jünger ausgesehen hatte, schien sie jetzt zu alt, um noch ein Baby zu bekommen. Ihr Gesicht war zwar nicht faltig geworden, hatte jedoch seine Festigkeit verloren. Die Augen waren tief eingesunken, das Kinn war schlaff. Da sie jetzt nichts mehr auf den Schoß legen konnte, hielt sie die dünnen Blätter des Manifests gegen ein Buch, das sie aufgeschlagen auf dem Tisch aufstützte.

Wexford sah Burdens zufriedenem Gesicht an, daß er sich freute, weil seine Frau sich wenigstens ein bißchen bemühte, die Apathie abzuschütteln, die nach jedem Besuch beim Psychotherapeuten immer schlimmer zu werden schien. Sie revoltierte nicht mehr, ihr Haß auf das Kind war nicht mehr so heftig, sie hatte resigniert. Sie wartete in hoffnungsloser Passivität. Als Wexford gekommen war, hatte sie ihm die Hand gegeben, das Gesicht gehoben, sich die Wange küssen lassen und sich mit tonloser Stimme nach Dora und den Mädchen erkundigt. Und er hatte gedacht: Vielleicht dreht sie nach der Geburt des Babys ganz durch, flieht in eine schizophrene Welt und muß für den Rest ihres Lebens in eine Heilanstalt. Sie wäre nicht die erste, der so etwas passiert.

Jetzt aber las sie die ARRIA-Satzungen und zwar sorgfältig Wort für Wort. Wexford wollte in ihrer Anwesenheit nicht über den Fall Williams reden, und das wußte Burden. Plötzlich fing Jenny an laut zu lesen.

«Regel sechs. ‹Von gewissen seltenen Ausnahmen abgesehen, soll keine Frau finanziell von einem Mann abhängig sein.› – Dann werden die Ausnahmen angeführt. Regel sieben. ‹Alle Frauen sollen sich in einer Kampfsportart ausbilden lassen oder einen Kurs in Selbstverteidigung absolvieren.› Regel acht. ‹Alle Frauen sollen eine erlaubte Waffe zur Selbstverteidigung mitführen, z. B. Ammoniak-Spray, Nadel, Taschenmesser, Pfefferstreuer, etc.› Regel neun. ‹Kein Mitglied darf heiraten, sich gut bürgerlich verloben oder mit einem Mann in einem gemeinsamen Haushalt leben.› Regel zehn ... Wollt ihr auch Regel zehn hören?»

«Oh, ich hab sie gelesen», sagte Wexford. «Sie ist reine Ketzerei.»

Jenny erkannte das Zitat nicht. «Sie müssen natürlich so denken, das ist klar. Vielleicht hätte ich diese Statuten lesen sollen, bevor ich dich kennenlernte, Mike.»

Burden zuckte zwar heftig zusammen, aber er steckte den Schlag ein.

«Damals gab's ARRIA noch nicht. Ich habe erst Anfang des Jahres davon gehört, kurz bevor ich meine Arbeit aufgab. Ich wollte mir schon immer eins von diesen Manifesten beschaffen, aber sie wollten nicht einmal mit mir darüber reden. Ich war ja verheiratet.»

«Was für ein Glück, daß ich eins ergattert habe», gab Wexford zu.

Burden gab sich große Mühe, den Schmerz zu unterdrücken, den Jenny ihm zugefügt hatte. «Ich möchte Regel zehn hören.»

«Na schön. Regel zehn. ‹Frauen, die Kinder haben wollen, sollen den künftigen Vater nach seiner körperlichen Beschaffenheit, seinem Gesundheitszustand, nach Größe etc. sorgfältig auswählen und dafür sorgen, daß die Zeugung sich bei einer Vergewaltigung oder unter Bedingungen vollzieht, die einer Vergewaltigung nahekommen.›»

«Unter was für Bedingungen? Was, zum Teufel, ist damit gemeint?»

«Margaret Mead schreibt», sagte Wexford, «daß die Männer der Arapesh, eines Papuastamms, sich genauso davor fürchten, von Frauen vergewaltigt zu werden, wie in allen anderen Kulturen die Frauen vor der Gewalttätigkeit der Männer zittern.»

«Also, ich denk, mich tritt ein Pferd», sagte Burden, und damit meinte er, wie Wexford wußte, daß er ihn liebend gern nach dem Ablauf von Mechanismen und Techniken gefragt hätte, aber seine Hemmungen nicht überwinden konnte. «Die große Schwäche dieses Manifests ist, daß es hauptsächlich von Lesbierinnen wie Edwina Klein und Caroline Peters verfaßt wurde. Es scheint mir jene Frauen ganz außer acht zu lassen, die Männer wirklich lieben, und das ist garantiert die überwältigende Mehrzahl.»

Jenny sah ihren Mann kalt an. «In den Erläuterungen, die auf die Regeln folgen, heißt es, die Autorinnen wüßten sehr wohl, daß Frauen für Männer Zuneigung empfinden können und sogar etwas – ich zitiere wörtlich –, ‹was man mit sexueller Liebe bezeichnet›, aber um der Sache willen muß man bereit sein, auch einiges zu opfern. Schon früher haben Frauen auf die sogenannte Liebe verzichtet und wurden reichlich dafür entschädigt. Ich lese weiter: ‹Was hat das, was sich so großspurig Liebe nennt, eigentlich für positive Seiten, wenn eine Frau das, was sie ihr bringt, gegen ihre Begleitumstände abwägt; zum Beispiel gegen rücksichtslose Ausbeutung, pornographische Erniedrigung, das Verbot, einen Beruf oder eine eingeschränkte Berufstätigkeit auszuüben, Vergewaltigung, Vater-Tochter-Inzest und die noch immer vorhandene doppelte Moral.›»

«All das scheint mir auf unser Leben kaum zuzutreffen», sagte Burden.

Jenny hatte Tränen in den Augen, die verdächtig glänzten. «Revolutionäre gehen immer ins Extrem», erwiderte sie. «Denk an den Terror von 1793, sieh dir den Stalinismus an. Sind sie nicht extrem genug, schließen sie einen Kompromiß mit dem Liberalismus, lösen ihre Prinzipien sich bald in Rauch auf, und übrig bleibt ein Status quo. Ist nicht genau das mit der großen Frauenbewegung passiert?»

Die beiden Männer sahen sie mit wechselndem Ausdruck an, sie schwankten zwischen Zweifeln und Bestürzung. Burden war ziemlich blaß geworden.

«Wenn diese Mädchen», fuhr Jenny fort, «nur einen Bruchteil von dem erreichen, was sie sich vorgenommen haben, wenn sie den Menschen auch nur annähernd begreiflich machen können, daß auf dieser Welt mit zweierlei Maß gemessen wird und was es mit der ungerechten Benachteiligung der Frau auf sich hat, vielleicht – vielleicht werde ich es nicht mehr so schlimm finden, daß meine Tochter geboren wird.»

Diesmal brach sie nicht in Tränen aus. «Ich weiß, ihr wollt miteinander reden, ich lasse euch allein.» Sie wandte sich zu ihrem Mann um, küßte ihn auf die Stirn und ging schwerfällig zur Tür. Sie strahlte weder Würde aus noch wirkte sie schön, weil das Kind, das sie so schwerfällig machte, unerwünscht war ... Burden streckte einen Finger aus und berührte das ARRIA-Manifest wie jemand, der sich überwindet, etwas anzufassen, gegen das er Widerwillen empfindet.

«Ich habe das Gefühl, daß davon eine Bedrohung ausgeht, die sich gegen mich richtet. Ich fürchte mich davor.»

«Gut, daß Sie aufrichtig genug sind, es zuzugeben.»

«Glauben Sie, daß es mit dieser Forderung, einen Mann zu töten, wirklich etwas auf sich hat?»

Anfangs hatte er es geglaubt. Es war ihm wie eine einleuchtende Lösung vorgekommen und für ganz kurze Zeit wie die einzig mögliche. An diesem Punkt hatte sich seine ganze Haltung gegen Eve verändert. Er hatte unbeschwert mit ihr getanzt, dann war die Musik plötzlich verstummt, und er hatte zugepackt. Es war ein treffender Vergleich. Natürlich hatte er sie mit seinen raschen, barschen Fragen erschreckt.

«Aber niemand hat oder hätte es je getan. Es war reine Phantasterei – wie Gruppensex oder so. Wie eine Orgie. Man denkt darüber nach, wie es wäre, man phantasiert sich was zusammen, aber man tut es nicht.»

«Sehr viele tun es.»

«Okay, okay, das war kein sehr guter Vergleich. Ich will damit nur sagen, daß Phantasie nicht zur Wirklichkeit wird. Die beiden vertragen sich nicht.»

«Tatsächlich nicht? Es gibt doch Menschen, die Phantasie und Wirklichkeit nicht auseinanderhalten können. Nennt man sie nicht Psychopathen?»

Eve war inzwischen klargeworden, daß sie zuviel gesagt hatte. Deshalb hatte sie auch geradezu verzweifelt darauf bestanden, daß es ausschließlich Edwina Kleins Idee gewesen war. Sie habe nicht einmal bei der Splittergruppe Unterstützung gefunden. Nächster Punkt waren die Messer gewesen. Er hatte sie gefragt, was unter «erlaubte Waffen» zu verstehen war. Gehörten auch Messer in diese Kategorie. Keine richtigen Messer, hatte sie geantwortet und ihn mit großen runden Augen angesehen wie ein Kind, das sich vor etwas fürchtet, das es nicht versteht.

«Es ist sehr verlockend», sagte er zu Burden, «sich vorzustellen, daß sich eine Gruppe dieser ARRIA-Mädchen den armen alten Williams schnappte wie einst die thrakischen Mänaden Orpheus, den sie ja dann am Strand von Lesbos zerrissen.»

Burden sah ihn verwirrt an. «Trinken wir ein Bier zusammen?» fragte er.

«Eine gute Idee.»

«‹Das Malz macht Gottes unerforschliche Wege dem Mann viel besser begreiflich, als Milton es kann.›»

«Wie recht Sie haben», sagte Burden mit viel Gefühl.

Er ging hinaus und kam mit zwei Büchsen und zwei Bierkrügen auf einem Tablett zurück. Armer Kerl, dachte Wexford, er hat genug. Wie merkwürdig, daß ausgerechnet das Leben von Mike Burden, der ein so durchschnittlicher, phantasieloser, absolut verläßlicher Mensch war, so dramatisch verlief. Der Prototyp des Mannes, den Kafka beschrieben hatte – des Mannes, den das Leben immer wieder aufspürte und dem es sich ekstatisch zu Füßen warf, obwohl er sich einsperrte, versteckte, den Kopf einzog. Wexfords privater Frieden hingegen blieb ungestört. Gott sei Dank!

«Trotzdem», sagte er, «werden wir eine Menge zu tun haben,

wenn wir alle ARRIA-Mitglieder einzeln überprüfen wollen. Angeblich sind es fünfhundert, vergessen Sie das nicht.»

«Das Mädchen, das Budd niedergestochen hat, ist vielleicht nicht dasselbe, das Wheatley mit dem Messer angriff, und dieses Mädchen wiederum muß nicht unbedingt auch Rodney Williams ermordet haben. Andererseits könnte es sich aber genausogut immer um dieselbe Täterin handeln.»

«Stimmt», pflichtete Wexford ihm bei. «Aber wir wollen nicht schon jetzt von ‹dem Mädchen› reden, das Williams ermordet hat. Kein Mädchen allein hätte die Leiche in den Wagen tragen, dann wieder herausholen und begraben können.»

«Wie ich die Sache sehe, müssen wir aber so denken. Einerseits haben wir die radikalen Feministinnen, von denen wir (a) wissen, daß sie es zumindest in Betracht gezogen haben, einen Mann zu töten, und (b), daß ihre eigenen Regeln sie dazu verpflichten, Angriffswaffen zu tragen. Wir wissen auch, daß Budd möglicherweise und Wheatley ganz bestimmt von ARRIA-Mitgliedern mit dem Messer verletzt wurde. Außerdem haben wir erfahren, daß Williams, seine bekannten Gelüste befriedigend, eine sehr junge Freundin hatte. Ist diese Freundin vielleicht Mitglied bei ARRIA?»

«Was immer in den ARRIA-Satzungen stehen mag», entgegnete Wexford, «wir wissen, daß einige Mitglieder das andere Geschlecht nicht ganz abgeschrieben haben. Eve zum Beispiel, die nachts bei ihrem Freund durch das Fenster klettert. Sie hat das große Opfer nicht gebracht, die Männer nicht aufgegeben. Und wenn Sie einen Mann töten wollen, gibt es kaum eine bessere Möglichkeit, als ihn in eine – wie die ARRIA-Leute es ausdrücken würden – libidoemotionale Beziehung zu verstricken, mit anderen Worten in eine Liebesaffäre.»

Burden trank sein Bier aus. Im Nebenzimmer hatte Jenny eine Platte aufgelegt, Ravels *Pavane für eine tote Infantin*.

«Wer hat das über Malz und Milton gesagt?» fragte Burden.

«Housman. Sein Leben wurde durch eine unerwiderte Liebe zerstört.»

«Ach! Tatsächlich? Warum Raben?»

«Im ARRIA-Emblem, meinen Sie? Es sind Raubvögel, oder? Nein, ich glaube doch nicht. Vielleicht weil sie so rauhe Töne von sich geben? Ich weiß es wirklich nicht, Mike. Jedenfalls sind sie nicht sanft und gehorsam. Sie haben gewissermaßen die Grausamkeit auf ihr Panier geschrieben. Die Grausamkeit der Raben. Sehr passend, finden Sie nicht? In ihrer Haltung gegen die Männer ganz bestimmt. Sie picken nicht mit den Schnäbeln nach uns, sondern stechen gleich mit dem Messer zu.»

«Natürlich nur, wenn sie provoziert werden.»

«Das stimmt. Budd hat selbst zugegeben, daß er das Mädchen belästigen wollte, das ihn angegriffen hat. Vielleicht war er unverschämter, als er uns gesagt hat. Wheatley behauptet zwar, er sei dem Mädchen nicht zu nahe getreten, aber ich glaube ihm nicht so recht. Sie haben versucht, die Mädchen anzumachen, und die Mädchen stachen zu. Da fragt man sich allmählich, was Williams getan hat, nicht wahr?»

Auf dem Heimweg überlegte Wexford, welche Folgen sich aus seinem Besuch im Haus der Freeborns ergaben und was er jetzt zu tun hatte. Sergeant Martin und Detective Bennett hatten dem Haus einen zweiten Besuch abgestattet, und heute vormittag hatte Charles Freeborn, der Vater von Eve und Amy, in Kingsmarkham vor Gericht gestanden, angeklagt, weil er erstens selbst im Besitz von Cannabis gewesen war und weil er zweitens geduldet hatte, daß in seinem Haus Cannabis geraucht wurde. Bennett, der das Zeug bei einer Suche entdeckte, die ihn sehr stark an ein Katz-und-Maus-Spiel erinnerte, hatte den großen, verwilderten Garten methodisch abgesucht. Er hatte im Treibhaus begonnen und war dem sich wie närrisch schlängelnden Pfad durch ein Dickicht aus unbeschnittenen staubigen Sträuchern gefolgt. Der Pfad zog sich kreuz und quer durch den ganzen Garten, wand sich zwischen gespenstischen Blumenbeeten hindurch, wo ein paar schwächliche kultivierte Pflanzen ihre Köpfe durch verfilzte Matten aus Winden, Kriechholunder und Disteln steckten. Eine Pforte am Ende des Gartens führte auf einen Weg, der eine Abkürzung zur High Street war. Bennett hatte sich schon gefragt, ob er eine Meise hatte, weil er sich steif und fest einbildete, der *Cannabis sativa*, der viel Sonne und Platz braucht, könnte hier gedeihen, als er plötzlich vor dem einzigen gepflegten Beet in dem etwa einen halben Morgen großen Grundstück stand.

Er war schon fast wieder beim Haus angelangt, die beengenden, schattenspendenden Bäume lagen hinter ihm. Mitten im zottigen Gras war ein ordentlich mit Steinen eingefaßtes Rechteck ausgespart, der Boden gründlich gegossen und sauber gejätet. Martin hatte erklärt, bei den jungen Pflanzen handele es sich um Tomatensämlinge, aber Bennett wußte es besser. Der Indische Hanf braucht unbedingt Infrarot-Bestrahlung, wenn er die charakteristische halluzinogene Wirkung erzielen soll, und diese Pflanzen badeten darin, denn dieses Beet war die einzige Stelle im Garten, auf die den ganzen Tag ununterbrochen die Sonne herunterschien.

Nicht zum erstenmal grübelte Wexford darüber nach, ob es eigentlich noch moralisch war, sich unter dem Vorwand, etwas nachprüfen und ein paar Fragen stellen zu wollen, Zutritt zu einem Haus zu verschaffen, durch Zufall auf eine verbotene Droge zu stoßen und sofort gerichtlich gegen den Missetäter vorzugehen. Gegen seinen abwesenden Gastgeber, sozusagen. Selbstverständlich hatte er richtig gehandelt. Er war Polizist, und das hatte Vorrang. Das mußte immer Vorrang haben, sonst gäbe es bald ein Chaos ...

Als Ende Juli die Schulferien begannen, hatten Wexfords Männer ungefähr die Hälfte aller ARRIA-Mitglieder gründlich überprüft. Am schwierigsten war es, sie aufzuspüren, da Caroline Peters behauptete, es gebe kein Mitgliederverzeichnis. Wozu auch, da keine Aufnahmegebühr und keine Beiträge zu entrichten waren und Datum und Ort einer Zusammenkunft jeweils mündlich weitergegeben wurden?

Paulette Harmer, Williams' Nichte, Abiturientin wie Sara Williams, war völlig entlastet. Als Budd und Wheatley mit Messern attackiert worden waren, war sie mit ihrem Freund zusammengewesen, mit dem sie sich Weihnachten verloben wollte – was sie wahrscheinlich die Mitgliedschaft bei ARRIA kosten würde. Und den Abend des 15. April hatte sie mit ihren Eltern und ihrer Tante Joy zu Hause verbracht. Eve Freeborn war, bevor sie zu ihrem Freund in die Arnold Road fuhr, mit ihren Eltern und ihrer Schwester zu Hause gewesen. Dasselbe Alibi galt auch für Amy. Für die Zeit der Überfälle auf Wheatley und Budd hatten beide kein Alibi. Ebensowenig wie Caroline Peters, die am Abend des 15. in London an einer Versammlung teilgenommen hatte. Die rothaarige Nicky stellte sich als Nicola Anerley und nicht als die Nicola Tennyson heraus, mit der Victoria Williams befreundet war. Sie war am 15. April auf einer Party gewesen. Helen Blake hatte ihren achtzehnten Geburtstag gefeiert. Zwölf weitere ARRIA-Mitglieder, die auch bei ihr gewesen waren, konnte Wexford von der Liste der Mordverdächtigen streichen.

Die Vernehmung von Jane Gardner führte er selbst durch. Sie war im richtigen Alter, hübsch und lebhaft, ein aktives Mitglied bei ARRIA. Er war es seiner fast freundschaftlichen Beziehung zu ihrem Vater schuldig, selbst hinzugehen und nicht etwa Bennett oder Archbold zu schicken.

Miles war zu Hause, war offenbar eigens zu Hause geblieben. Er war entrüstet und hatte die Absicht, tief beleidigt zu sein. Er und seine große Frau saßen im Wohnzimmer – Wände in *Sevenstar Chinesisch Gelb*, schwarzer Teppich, gelbes Porzellan. Wexford wurde von der als Stubenmädchen verkleideten Putzfrau hineingeführt. Die Gardners sprachen mit ihm in dem entgeisterten Tonfall von Eltern, die einen Schulleiter fragen, warum er ihre Tochter von der Schule verweisen will. Pamela Gardner sagte «Mr. Wexford» zu ihm, obwohl sie ihn früher «Reg» genannt hatte. Da sie keine Möglichkeit hatte, die Putzfrau anders als durch lautes Schreien herbeizurufen, ging sie Jane selbst holen.

«Das ist doch absolut überflüssig», sagte Gardner hart.

Wexford antwortete, es sei reine Routine, und kam sich wie ein Cop in einem uralten Detektivroman von Cyril Hare vor.

Jane kam lächelnd und völlig ungezwungen herein. Dann mußte er die Eltern bitten, das Zimmer zu verlassen. Sie gingen, aber nur widerwillig. Pamela Gardner tat anfangs, als verstehe sie nicht, was er meinte. Dann begriff sie, sah ihn ungläubig an und ging schließlich unter Protest. Sie nahm den Arm ihres Mannes, als sei ihr Heim in seinen Grundfesten erschüttert worden.

«Haben Sie einen Studienplatz bekommen?» erkundigte sich Wexford bei Jane, sobald sie allein waren.

«O ja, vielen Dank. Wir sind uns schon begegnet, nicht wahr? In Dads Büro? Eigentlich habe ich ja nicht daran geglaubt. Ich hatte mich sogar schon in London zu einem Sekretärinnenkurs angemeldet. Meine Schule hat keinen wirtschaftlichen Zweig.»

Wexford sah wieder das Mädchen vor sich, das ganz unbekümmert seine Kleidung wechselte, obwohl man es von der Straße aus dabei beobachten konnte. In «Dads Büro». Und als Jane sich umgedreht und ihn erblickt hatte, hatte sie keine Miene verzogen.

«Haben Sie Rodney Williams gekannt, Jane?»

«Ja, ich hab ihn auch im Büro getroffen. Dad hat uns miteinander bekannt gemacht. Er hatte viel Charme, wissen Sie?» Sie lächelte in der Erinnerung, es sah ein bißchen traurig aus. «Er gab einem das Gefühl, daß man der einzige Mensch auf der Welt sei, mit dem es sich zu reden lohne.»

Sie war, wie Wexford bei sich feststellte, bisher der einzige Mensch, der Williams ein gutes Wort gönnte. Doch sie verdarb diesen Eindruck gleich wieder ein wenig.

«Ich nehme an, so hat er alle jungen Mädchen behandelt.»

War sie eine begeisterte ARRIA-Anhängerin? Hatte sie zur Splittergruppe gehört? Trug sie eine Waffe bei sich? Wo war sie gewesen, als Budd niedergestochen wurde? Wo, als Wheatley verletzt und wo, als Williams ermordet wurde? Auf die beiden ersten Fragen antwortete sie mit ja. Auf die dritte, vierte und fünfte mit großen Augen, entrüstet, ganz gesetzestreue Bürgerin, mit nein. Am 15. April hatte sie ein Kind gehütet, als Budd überfallen worden war, hatte sie ihre jungverheiratete Schwester besucht. Sie konnte sich nicht erinnern, was sie an dem Abend gemacht hatte, als Wheatley mit dem Messer angegriffen wurde. Ohne darauf einzugehen, überraschte Wexford sie mit einer scheinbar völlig unzusammenhängenden Frage: «Welche Schulen in der Umgebung haben einen Wirtschaftszweig?»

«Haldon Finch, und in Sewingbury kann man in der Prima Wirtschaft belegen.» Sie sah Wexford ernst an. «Dad regt sich furchtbar auf, daß Sie mich verdächtigen.»

«Aber davon ist doch keine Rede. Das ist reine Routine.»

«Nun ...» Plötzlich war sie die brave Tochter, pflichtbewußt, fügsam, gehorsam. «Er und Mami sind strikt dagegen, daß sie mir die Fingerabdrücke abnehmen.»

«Sie» bezog sich vermutlich auf die Mid-Sussex Constabulary, oder glaubte sie, er sei mit Stempelkissen und dem übrigen Zubehör bewaffnet hier aufgetaucht? Die Putzfrau führte ihn hinaus. Sie hatte die Schürze abgelegt und trug jetzt einen todschicken Overall. Miles und Pamela zeigten sich nicht. Donaldson fuhr Wexford nach Kingsmarkham und setzte ihn vor seinem Haus ab. Dora telefonierte, schon zum Ausgehen angezogen, mit Sylvia.

Er strich ganz nah an ihr vorbei und küßte sie auf die Wange. Sie erwiderte den Kuß, sagte, lautlos die Lippen bewegend, er solle sich beeilen, und unterhielt sich weiter mit Sylvia. Er ging hinauf, warf sich in den Anzug, den er seinen «besten» nannte – grau wie die anderen, aber nicht so alt und nicht ganz so schäbig. Sobald er pensioniert war, wollte er nie wieder einen Anzug anziehen, nicht einmal ins Theater.

Im Zug erzählte er Dora von den Gardners und fügte hinzu, er habe das Gefühl, daß man sie wohl zu keiner Gartenparty mehr einladen werde. Dora sagte, das mache doch nichts, oder? Ihr sei es jedenfalls egal. Und auch er solle sich deshalb keine grauen Haare wachsen lassen, sondern sich entspannen, ganz besonders heute abend.

«Ich wünschte, ich hätte das Stück gelesen.»

«Du hattest keine Zeit.»

«Für Dinge, die man gern tut, findet man immer Zeit.»

Er ahnte leider nicht einmal, um was es bei *Die Cenci* ging, kannte weder Handlung noch Geschichte des Stücks, wußte nur, daß es lange Zeit auf englischen Bühnen nicht gespielt werden durfte. Als Dora und er in Italien Urlaub gemacht hatten, hatten sie in der Galleria Nazionale in Rom Guido Renis Porträt der Beatrice Cenci gesehen, doch er hätte es nicht mit dem Stück in Verbindung gebracht, wenn Sheila nicht gesagt hätte, es werde auf die Programme gedruckt. Er hätte sich dazu überwinden sollen, das Stück oder Alberto Moravias *Beatrice Cenci* zu lesen, einen Roman, der vielleicht unterhaltsamer gewesen wäre.

Am Anfang sah es so aus, als sei das Stück überhaupt nicht unterhaltsam. Shelley, dachte Wexford, obwohl ihm klar war, daß er sich keine Kritik erlauben durfte, war nun einmal kein Shakespeare. Und hinkte er, als er dieses Drama in fünf Akten in Blankversen schrieb, seiner Zeit nicht zweihundert Jahre hinterher? Dann trat Sheila auf, weiß und grau gekleidet, mit einem Käppchen auf dem blonden Haar. Sie sah dem Porträt nicht ähnlich, doch Wexford wurde von einem so übermächtigen Stolz auf sie erfaßt, daß er alles vergaß, sogar das Stück. Sie hatte ein ungewöhnliches Talent, das nicht nur ihm, sondern auch der Kritik aufgefallen war. Sie brachte Klarheit in verschachtelte und durch Umschreibungen unverständliche Texte, so daß ihr Auftritt alles Dunkle und Geheimnisvolle aufzuhellen schien. So war es auch jetzt, und so blieb es ... Er sah und verstand. Die Fabel und der Sinn des Stückes begannen sich vor ihm zu entfalten, und Shelleys Stil wirkte auf ihn nicht mehr wie ein Anachronismus.

Dora war weniger davon angetan.

«Es steckte mehr dahinter, als ich sehe, das weiß ich», flüsterte sie ihm zu, als sie in der Pause ein Glas Wein tranken. «Sie ertragen einfach die Grausamkeit des Alten nicht mehr, oder? Ich meine, warum ist Sheila hereingestürzt und hat geschrien, ihre Augen seien voller Blut?»

«Ihr Vater hat sie vergewaltigt.» Im nächsten Moment wurde Wexford bewußt, was er da gesagt hatte. «Graf Cenci hat seine Tochter Beatrice vergewaltigt», korrigierte er sich.

«Oh, ich verstehe. Jetzt verstehe ich natürlich. Das ist nicht sehr klar herausgearbeitet, nicht wahr?»

«Ich glaube, Shelley durfte nicht deutlicher werden. Meiner Meinung nach war das Stück wegen des Inzest-Themas so lange verboten.»

Während sie darauf warteten, daß sich der Vorhang zum vierten Akt hob, las Wexford den Essay, den ein berühmter Historiker für das Programm geschrieben hatte. Beatrice, ihre Stiefmutter und ihr Bruder waren hingerichtet worden, weil sie Graf Cenci ermordet hatten. Das war eine historische Tatsache. Es hatte sich wirklich zugetragen. Guido Reni hatte Beatrice gemalt, als sie im Gefängnis war. Später hatte man sie gefoltert, um ihr ein Geständnis abzupressen.

Es war, stellte er bei sich fest, kein Stück, das man gern noch einmal sehen, lesen oder aus dem man zitieren wollte. Als es zu Ende war, gingen sie wie immer hinter die Bühne. Sheila trug jetzt zwar Jeans und Pullover, aber ihr Gesicht war noch immer hinter der Maske aus schimmernder weißer Farbe verborgen, und das Haar hatte sie noch wie für die Hinrichtung hochgesteckt, als sie gerufen hatte:

«... hier, Mutter, binde
den Gürtel mir ... Mein Gott,
wir sind ganz bereit. Gut, 's ist alles gut.»

Auf der Heimfahrt schlief Dora im Zug ein, und Wexfords Gedanken beschäftigten sich mit etwas sehr Prosaischem – mit Schreibmaschinen.

Das Kreis-Schulamt hatte den Hausmeister der Gesamtschule Haldon Finch telefonisch von ihrem Besuch verständigt, und er führte sie jetzt herum. Wexford hatte vor vielen Jahren schon einmal in der Schule zu tun gehabt, als der Kern noch die alte öffentliche High

School gewesen war. Inzwischen gehörten die benachbarten Gebäude einer ehemaligen Klinik mit Rehabilitations-Zentrum dazu. Auch mehrere Neubauten gab es: eine riesige Festhalle, einen großen Komplex aus Glas, Beton und Schiefer, in dem Klassenzimmer, Musikzimmer und Konzertsaal untergebracht waren, und ein Sport-Zentrum, einen Rundbau mit goldfarbenem Dach, in dem sich grell die Sonne spiegelte.

«Das erinnert mich an ein Bild des Goldenen Tempels von Amritsar, das ich mal gesehen habe», sagte Wexford zu Burden.

Der Wirtschaftszweig der Schule war jedoch in keinem neuen Trakt untergebracht. Er war in die drei hintersten Klassenzimmer im obersten Stockwerk des alten High School-Gebäudes verbannt worden, als habe sich die Schulbehörde die Behauptung eines Ministers zu Herzen genommen, der kürzlich erklärt hatte, Kurzschrift und Maschineschreiben gehörten nicht zur Allgemeinbildung und sollten in Schulen nicht unterrichtet werden. Wexford folgte Mike Burden und dem Hausmeister eine bemerkenswerte – und bemerkenswert schäbige – Art Déco-Treppe hinauf und dann durch einen breiten Flur mit gewölbter Decke. Der Hausmeister sperrte die Tür auf, die zu den Klassenräumen des Wirtschaftszweigs führte. Es war eine Doppeltür, ebenfalls Art Déco, mit verschlungenen Ornamenten und Blättern in grünem Schmiedeeisen auf den Mattglasscheiben. Die alte High School war 1930 gebaut worden, und die Klassenzimmer sahen aus, als seien sie seither höchstens einmal frisch gestrichen worden. Sie waren schäbig, grün und cremefarben, mit dem Blick auf Dachfirste und einen schachtähnlichen Hinterhof voller Mülltonnen.

Die Schreibmaschinen standen im allerletzten Raum. Wexford fragte sich, was er eigentlich erwartet hatte? Modernste Textverarbeitungsmaschinen? Offenbar wurden hier die staatlichen Geldmittel hauptsächlich für wissenschaftliche Fächer und Sport verwendet. Außerdem würde ARRIA seinen Mitgliedern wohl kaum Sekretärinnenkurse empfehlen. Es gab hier nicht eine einzige elektrische Schreibmaschine, und ein paar sahen älter aus als das Haus. Burden, der zwischen den Tischen hin und her ging, hatte ein Stück Papier in der Hand, wahrscheinlich mit dem fehlerhaften Schriftbild der Maschine, nach der sie suchten. Wexford kannte es auswendig. Die Spitze des großen A und die Oberlänge des kleinen t waren gespalten, das Komma hatte nur eine Unterlänge.

Als er die erste Remington 315s entdeckte, durchrieselte ihn leichte Erregung.

«Können Sie tippen?»

«Genug, um das zu überprüfen», antwortete Burden und beeindruckte Wexford sehr, als er an die Arbeit ging und alle zehn Finger benutzte.

Bei der ersten waren das A, das t und das Komma in Ordnung. Burden spannte sein Papier in die Walze der zweiten Maschine ein. Das große A war nicht ganz in Ordnung, aber das B, C, D und fast alle anderen Großbuchstaben ebenfalls nicht. Die Oberlängen der Kleinbuchstaben und die Kommas schienen in Ordnung zu sein. Er probierte die dritte Maschine aus, und der Hausmeister sah mit der faszinierten Miene eines Menschen zu, der erwartet, daß sich das Lackmuspapier nicht rot, sondern in allen Regenbogenfarben verfärbt. Die Schreibmaschine schien aber ohne Mängel und produzierte die bisher beste Abschrift. Jetzt war nur noch eine übrig. Burden spannte das Papier ein, doch tippte er diesmal nicht *Jetzt ist es Aber An der Zeit, daß Alle guten Männer der Partei zu Hilfe eilen*, sondern *Aber tausend Tage sind vor Deinem Angesicht wie ein Abend.* Wäre Wexford Freudianer gewesen, hätte er jetzt wissen wollen, warum Burden auf einmal ein Bibelzitat tippte. Vielleicht nur, um den Hausmeister zu verblüffen. Doch egal, warum er es getan hatte, es war nicht die Maschine, auf der Rodney Williams' Kündigungsbrief geschrieben worden war.

«Das wär's dann.»

«Zeigen Sie meine vier Schriftproben trotzdem den Sachverständigen. Wir könnten uns irren.»

«Wir irren uns nicht. Sind das alle Schreibmaschinen, die der Schule gehören?»

«Abgesehen von denen, die beim Kundendienst sind, um gewartet zu werden.»

«Damit rückt er jetzt erst raus», sagte Wexford.

«In den Sommerferien sind immer ein paar beim Kundendienst. Aber nie alle. Das wird im Rotationsverfahren gemacht.»

«Wissen Sie, wie viele es sind, und wohin sie gebracht werden?»

Diese Fragen konnte der Hausmeister nicht beantworten. Aber wahrscheinlich waren es jeweils nicht mehr als fünf. Den Namen der Kundendienst-Firma hatte er nie gehört und hatte auch keinen Lieferwagen mit Firmenaufdruck gesehen, der sie abholte.

«Wir müssen dankbar sein, daß wir wenigstens nur eine mechanische Reiseschreibmaschine suchen», sagte Wexford, als sie die Schule verließen. «Und keine moderne mit Kugelkopf oder Typenrad.»

«Womit bitte?»

«Sagen wir mit einer Schriftart, die sich nicht auswechseln läßt, sonst hätte unser Verbrecher sie herausgenommen und weggeworfen.»

Das Schuljahr mochte zu Ende sein, aber Sport wurde immer noch getrieben. Ein halbes Dutzend Jungen in Shorts und T-Shirts zogen um das größte Spielfeld ihre Runden auf der Aschenbahn, und auf den Tennisplätzen wurden ein Doppel und ein Einzel gespielt. Die Schiedsrichterstühle waren nicht besetzt, aber Caroline Peters war als Trainerin da, und als sie näher zum Zaun kamen, stellte Wexford fest, daß das, was er für das Einzel gehalten hatte, eine Trainerstunde war. Die Schülerin war Veronica Williams.

Das Doppel bestritten Eve und Amy Freeborn mit Helen Blake und einem Mädchen, das Wexford noch nie gesehen hatte. Es gab in dieser Ecke von Sussex tatsächlich noch Siebzehn- oder Achtzehnjährige, die ihm bisher nicht über den Weg gelaufen waren? Er bildete sich nämlich ein, er kenne inzwischen alle vom Sehen und kenne die Namen der meisten. Er und Burden stellten sich an den Drahtzaun und sahen zu wie schon einmal. Caroline Peters machte zwar ein finsteres Gesicht, sagte jedoch nichts. Sie wußte ja jetzt, wer sie waren.

Es war nicht zu übersehen, daß Veronica die anderen Spielerinnen schon weit überflügelt hatte, obwohl sie zwei Jahre jünger war. Sie war die beste Tennisspielerin, die Wexford je auf einem heimischen Platz gesehen hatte. Diesmal schien der Unterschied zwischen dem, was er auf dem Bildschirm zu sehen bekam und dieser Life-Vorstellung nicht so groß. Sie war eine starke, wendige und schnelle Spielerin mit einer genauen Rückhand und mächtigen Schmetterbällen. Als Caroline Peters sie aufschlagen ließ, war ihr Aufschlag so hart wie der von Eve, doch die Bälle kamen immer zu kurz.

Das Doppel wechselte die Seiten. Eve schaute zu Wexford hinüber und wandte dann betont das Gesicht ab. Loyalität gegen ihren Vater, der ihm die Anklage wegen Drogenbesitzes zu verdanken hatte, vermutete Wexford. So etwas war ihm in letzter Zeit häufig passiert.

Polizistenschicksal. Veronica retournierte Caroline Peters' Lob mit einem diagonalem Schlag, den die Lehrerin nicht erreichte. Es ist wirklich mysteriös, woher Menschen ihre Talente haben, dachte Wexford. Man konnte sich nicht vorstellen, daß die zimperliche Wendy Sport trieb oder auch nur eine halbe Meile zu Fuß ging. Und Rodney Williams war seit Jahren nicht mehr in Form gewesen. Trieb die andere Familie Williams Sport? In Saras Zimmer hatte an der Wand ein Tennisschläger gehangen, fiel ihm ein. Doch wahrscheinlich konnte jedes junge, gesunde Mädchen es so weit bringen wie Veronica Williams. Sie war schon sechzehn. Über Schulturniere konnte auch sie nicht mehr hinauskommen. Um mit Tennis Karriere zu machen, war sie schon zu alt.

Das Mädchen, dessen Gesicht und Namen er nicht kannte, fabrizierte einen Doppelfehler. Beim nächsten war der Satz verloren. Sie machte noch einen und schleuderte ihr Racket so wütend zu Boden, wie sie es im Fernsehen einigen Wimbledon-Stars abgeschaut hatte. Wexford und Burden gingen zum Wagen zurück.

«Haben wir schon den Bericht über die Fingerabdrücke, die in Williams' Wagen gefunden wurden?» fragte Burden.

«Sie konnten ungefähr sechzig Abdrücke sichern», antwortete Wexford. «Sie stammen von neun Leuten. Aber die meisten hat ein einziger Mann hinterlassen, und die Spezialisten haben sich darauf geeinigt, daß sie mit an Sicherheit grenzender Wahrscheinlichkeit Williams gehören.»

«Nachdem er neun Wochen in der Erde gelegen hatte, konnten sie ihm wohl keine Abdrücke mehr abnehmen?» sagte Burden.

«Genau. Sie haben die Abdrücke aus dem Wagen mit denen in seinem Schlafzimmer – vielmehr in seinen Schlafzimmern verglichen. Die anderen Abdrücke stammen von zwei unbekannten Männern, möglicherweise denjenigen, die damit angefangen hatten, Greta auszuschlachten, von Joy, Wendy, Sara, Veronica und zwei weiteren Frauen oder Mädchen, die Freundinnen der Ehefrauen oder Töchter sein können – oder auch nicht. Das Steuer wurde abgewischt.»

«Wie kaum anders zu erwarten», sagte Burden.

Nicola Tennyson, Veronicas Freundin, fand es «riesig», sich die Fingerabdrücke abnehmen zu lassen. An den 15. April konnte sie sich allerdings nicht mehr besonders gut erinnern. Sie war nur sicher, daß sie an diesem Abend auf ihren Bruder aufpassen mußte und Veronica vorbeigekommen war. Wann, wußte sie allerdings nicht mehr. Veronica und sie besuchten sich sehr oft, sagte sie.

Ein Satz der bis dahin nicht identifizierten Fingerabdrücke in Greta stammte von ihr.

## 13

Wheatley sagte, die Frau, die ihn mit dem Messer verletzt hatte, sei überdurchschnittlich groß gewesen. Budd erklärte, er habe ihre Größe nicht abschätzen können, da er sie nur im Sitzen gesehen habe. Das entsprach nicht ganz der Wahrheit. Er hatte sie mit dem Sack über der Schulter weglaufen sehen. Der Sack und das blonde Haar waren das einzige, woran er sich genau erinnerte. Das Mädchen, das Wheatley überfallen hatte, hatte braunes oder irgendwie helles Haar gehabt. Ungefähr achtzehn oder neunzehn. Budd schätzte seine Angreiferin auf zwanzig. Eigentlich konnte sie alles zwischen achtzehn und dreißig gewesen sein.

In beiden Fällen stammten die Verletzungen von großen Federmessern. Es mußte jedoch nicht unbedingt dasselbe gewesen sein. Und auch nicht unbedingt dieselbe Frau. Wexford hätte gern gewußt, was in dem Sack gewesen war. Er glaubte nicht, daß Budd den Sack erfunden hatte. Dazu hatte er nicht genug Phantasie. Den Sack hatte es bestimmt gegeben, einen Müllsack aus Plastik. Warum hatte sie ihn bei sich gehabt?

Es hatte in Strömen gegossen. Diese Plastiksäcke waren wasserdicht. Was hatte nicht naß werden sollen? Die Bus-Haltestelle lag dem Fundort von Rodney Williams' Leiche am nächsten. Doch an dem Abend, an dem Budd überfallen wurde, war Williams schon sechs Wochen tot. Wendy Williams war nicht besonders groß, aber sie war blond, und sie sah viel jünger aus als sie war. Budd könnte sie sehr leicht für Anfang der Zwanzig gehalten haben.

Sie hatte vierzehn Tage Urlaub genommen. Die sie wohl hauptsächlich auf der Polizeistation von Kingsmarkham verbringen wird, dachte Wexford. Veronica saß in dem himbeereisfarbenen Wohnzimmer an dem Tisch mit der Glasplatte und blätterte in der *Vogue*. Er fand, daß sie wie ein Teenager in einem französischen Film aus den sechziger Jahren aussah. Zwar hatte er nicht viele französische Filme aus den sechziger Jahren gesehen, doch sie machte ganz einfach diesen Eindruck, sah aus wie aus dem Ei gepellt mit dem ordentlich geschnittenen, frisch gewaschenen Pagenkopf. Die Kleidung – gelber Latzrock, gestärkte weiße Bluse, schmale Krawatte, weiße Söckchen, himmelblaue Sandalen – war ein bißchen zu kindlich für sie. Ihr Gesichtsausdruck setzte sich zusammen aus 99 Prozent Unschuld und einem Prozent Berechnung.

«Ich habe Sie vor ein paar Tagen Tennis spielen gesehen.»

«Ich hab Sie auch gesehen.»

Warum plötzlich diese wachsame Miene, der Schatten des Unbehagens auf den naiven Zügen?

«Sie sind sehr gut.»

Das wußte sie schon, das brauchte man ihr nicht zu sagen. Ein höfliches Lächeln und dann zurück zur *Vogue*. Wendy Williams kam die Wendeltreppe herunter. Sie ging langsam und gab ihm ausreichend Gelegenheit, ihre wohlgeformten Beine in der hauchdünnen Strumpfhose bis hinauf zu einem cremefarbenen Spitzensaum zu betrachten, der ab und zu aufblitzte. Er hatte keine voyeuristischen Anwandlungen und sah nicht hin, stellte jedoch fest, daß sie ihren Rock festhielt, als ob er sie anstarrte.

Sie hatte sich herausgeputzt. Heutzutage machte sich eine Frau nur zu besonderen Gelegenheiten die Mühe, außer sie tat es zum Vergnügen. Das war allgemein so, nicht nur ARRIA-Doktrin. In den ‹Laden› der Bullen ging man in Jeans und dem Hemd, das man zu Hause trug. Doch das hatte sich noch nicht bis zu Wendy Williams herumgesprochen und würde sich vielleicht nie zu ihr herumsprechen. Wahrscheinlich besaß sie gar keine Jeans. Und Veronica hatte bestenfalls Marken-Jeans mit dem Etikett von Vidal Sassoon oder Gloria Vanderbilt auf der Gesäßtasche. Wendy trug ein hübsches Baumwollkleid, das bestimmt oft gebügelt werden mußte, einen breiten schwarzen Ledergürtel, der ihre mädchenhafte Taille betonte, und rote Schuhe mit Keilabsatz.

Im Wagen breitete sich der Duft ihres Parfums aus. *White Linen* von Estée Lauder, dachte Wexford, der eine feine Nase hatte. Er beschloß, sie in sein Büro mitzunehmen und nicht mit ihr in ein Verhörzimmer zu gehen.

«Sie haben mir noch nicht viel über diese Freundin Ihres Mannes erzählt, Mrs. Williams», sagte er, als sie dort waren.

«Ich habe Ihnen alles gesagt, was ich weiß. Ich habe Ihnen gesagt, daß es ein sehr junges Mädchen war, und mehr weiß ich nicht.»

«Das glaube ich nicht», erwiderte er. «Da ist bestimmt noch mehr, versuchen Sie sich zu erinnern.»

Ihr Gesicht verschloß sich, ihre Miene wurde abweisend. Warum? Warum wollte sie ihm die Identität jenes Mädchens nicht preisgeben?

«Ich wünschte, ich hätte das Mädchen nie erwähnt.» Das klang gereizt. Der Ton einer Mutter, deren Kind quengelnd die Erfüllung eines Versprechens fordert.

«Sie haben gesagt, Sie hätten einen anonymen Brief bekommen.»

Sie zögerte, öffnete den Mund, um mit einer Erklärung anzufangen. Er schnitt ihr das Wort ab.

«Sie haben ihn aber nicht aufgehoben. Sie haben ihn verbrannt.»

«Woher wissen Sie das?»

«Ich will Ihnen jetzt sagen, was ich weiß, Mrs. Williams. Erstens: Nur in Büchern verbrennen die Leute anonyme Briefe. Im Leben ärgern sie sich vielleicht darüber, fühlen sich vielleicht sogar abgestoßen, aber sie verbrennen sie nicht. Einmal schon deshalb, weil die meisten Leute kein Feuer mehr haben. Wo würden Sie zum Beispiel etwas verbrennen?»

Sie sagte nichts. Ein mürrischer, niedergeschlagener Ausdruck machte sie fast häßlich.

«Leute, die anonyme Briefe bekommen, sehen sie möglicherweise nicht gern an. Gewöhnlich verstauen sie sie in einer Schublade, für den Fall, daß wir sie sehen wollen. Oder sie werfen sie in den Müll. Sie haben irgendwo gelesen, daß ‹man› anonyme Briefe verbrennt, nicht wahr? Wahrscheinlich in einem Detektivroman. Die Wahrheit ist, daß Sie nie einen bekommen haben.»

«Na schön, ich habe keinen bekommen.»

«Hat Ihnen nie jemand gesagt, daß Sie die Polizei nicht anlügen dürfen?»

Wexford hatte nicht schroff gesprochen, sondern im Gegenteil fast neckend. Aber Spott, und wenn er auch so mild war, vertrug sie am wenigsten. Sie wurde rot und preßte eigensinnig die Lippen zusammen.

«Ich habe nicht gelogen. Es gab ein Mädchen.» Vielleicht sah sie, daß er im Moment nichts sagen würde. «Es war schon pervers, wie er hinter jungen Mädchen her war, und es hat mein Leben zerstört.» Ihre Stimme hob sich, klang gereizt und klagend. «Als wir uns kennenlernten, glaubte ich, daß er mich liebe. Ich glaubte, er liebe mich, doch jetzt weiß ich, daß er mich nur wollte, weil ich jung war. Und als Veronica unterwegs war, mußte er mich heiraten. Na ja, heiraten. Es ist einfach zu heiraten, nicht wahr? Man kann es immer wieder tun.

Ich habe nie richtig gelebt, ich hatte keine Jugend. Wissen Sie was? Ich bin zweiunddreißig und wurde noch nie von einem Mann in ein gutes Restaurant zum Essen eingeladen. Ich war noch nie im Ausland. Ich hatte noch nie etwas anderes anzuziehen als die Sachen, die ich verbilligt bei Jickie bekomme. Ich hatte nicht einmal einen Verlobungsring.»

Wexford fragte sie, wie sie von der Existenz des Mädchens erfahren hatte. Genau in diesem Moment kam Marion mit einem Tablett herein. Darauf Kaffee, drei nicht sehr appetitlich aussehende Käsesandwichs und drei Cremebiskuits. Wendy musterte die Sandwichs und schüttelte dann vornehm schaudernd den Kopf.

Wexford wiederholte die Frage.

«Rodney hat es mir gebeichtet.»

«Einfach so? Aus heiterem Himmel? Sie waren völlig ahnungslos, aber er gestand Ihnen, daß er eine junge Freundin habe?»

«Das habe ich Ihnen doch gesagt.»

«Warum hat er gebeichtet? Wollte er Sie wegen dieses Mädchens verlassen? Was er Ihrer Meinung nach ja auch getan hatte.»

Auf diese Frage lachte sie wie jemand, der um ein Geheimnis wußte, das nie jemand erraten könnte. Wexford blieb hartnäckig, und sie sah ihn ärgerlich an und antwortete, das habe sie ihm schon gesagt. Sie aß nichts. Er aß ein Sandwich und ließ alles andere für Marion stehen, die einen herzhaften Appetit hatte. Hinterher, dachte er, wird Wendy Williams den Leuten wahrscheinlich erzählen, wir hätten sie stundenlang festgehalten und ihr keinen Bissen zu essen oder zu trinken gegeben.

Er fragte sie wieder nach dem 15. April. Nach dem Abend des 15. April. Wann hatte sie bei Jickie Schluß gemacht und war nach Hause gefahren? Wann war sie in Pomfret gewesen? Das gesamte Personal von Jickie war von Martin, Bennett und Archbold vernommen worden. Niemand wußte etwas. Warum sollte man sich auch an diesen besonderen Abend erinnern? Eines der Mädchen, das in der Abteilung für Damenmoden an der Kasse saß, hatte ausgesagt, wenn Mrs. Williams tatsächlich nicht vor neun gegangen sei, sei das sehr spät für sie gewesen. Am Donnerstag ging sie gewöhnlich kurz nach acht, manchmal sogar schon um halb acht.

Wendy behauptete weiterhin steif und fest, sie sei erst um neun gegangen. Sie blieb dabei. Er bohrte nicht weiter. Er müsse sie noch etwas fragen, sagte er. Sei sie vielleicht mit einem anderen Mann befreundet, da ihr Mann sie doch immer vernachlässigt und sie seit zwei Monaten geglaubt habe, er habe sie verlassen?

«Es wäre nur normal und natürlich. Sie sind noch eine sehr junge Frau. Und Sie haben selbst gesagt, daß Sie das Gefühl haben, man habe Ihnen Ihr Leben und Ihre Jugend gestohlen.»

«Wollen Sie damit andeuten, ich – könnte ein Verhältnis haben?»

«Es wäre doch nur verständlich.»

«Wie ekelhaft! Das wäre wirklich unmoralisch. Ich muß schließlich an meine Tochter denken. Und ich muß Veronica ein Beispiel geben. Nur weil Rodney sich so scheußlich benahm, ist das für mich noch lange kein Grund, das gleiche zu tun. Ich war ihm immer absolut treu, lassen Sie sich das gesagt sein. Ich habe nie einen anderen angesehen, der Gedanke wäre mir gar nicht gekommen.»

Wexford kannte sie und ihre Proteste allmählich. Er sagte kein Wort, dachte sich jedoch um so mehr. Es war jetzt Nachmittag und Burden fing jetzt damit an, ihren gemeinsamen Plan in die Tat umzusetzen. Natürlich war es möglich, daß er nicht funktionierte – doch was würde er aufzeigen oder beweisen, wenn er gelang? Wexford wußte nicht einmal, ob er erwartete, daß er gelang.

Inzwischen fragte er Wendy nach ihrem Leben aus, nach ihren Gefühlen, ihren Reaktionen. Noch immer hatte sie kein Wort über die zweite Familie Williams verloren. Sie war bereit zu akzeptieren, daß Rodney Williams eine bigamistische Ehe mit ihr eingegangen war, ignorierte jedoch die Existenz seiner ersten gesetzlichen Ehefrau. Er hätte erwartet, daß ihre Neugier stärker wäre als alles andere. Oder war sie über derart menschliche Schwächen erhaben? Das war natürlich möglich.

«Mrs. Joy Williams», sagte er mit voller Absicht, «hat einen Sohn und eine Tochter. Ihre Tochter und Veronica sehen sich sehr ähnlich. Was empfinden Sie, wenn Sie an diese Menschen denken?» Ihm war klar, daß er sich wie ein Psychotherapeut anhörte, obwohl ein Polizist bei einer Vernehmung kaum etwas anderes war. Dennoch korrigierte er sich leicht. «Interessiert es Sie denn nicht, etwas über sie zu erfahren?»

«Nein.» Sie errötete wieder, machte wieder ihr eigensinniges Gesicht. «Warum denn? Sie bedeuten mir nichts. Sie können Rodney nicht viel bedeutet haben.»

«Wieso denn das?»

Ihre kleine, beredte Geste sollte andeuten, daß die Antwort klar auf der Hand läge. Wexford sagte, es sei genug für heute, und er lasse sie jetzt mit einem Wagen nach Hause bringen. Sie fuhren mit dem Lift hinunter, und es klappte vorzüglich, denn als der Lift hielt und die Tür sich öffnete, kam ihnen Burden mit Joy Williams entgegen. Einzig und allein um stehenbleiben zu können, tat Wexford so, als habe er etwas mit Burden zu besprechen. Joy starrte Wendy unverhohlen an, und Wendy betrachtete die gegenüberliegende Wand, als sei sie das faszinierendste Beispiel von Innendekoration seit der Entdeckung der Höhlenmalereien von Trois-Frères.

Die beiden Frauen stellten einen rührenden und geradezu grotesken Gegensatz dar. Er war fast zu auffallend, um echt zu sein. Sie glichen einem Cartoon für ein altmodisches Inserat: die Ehefrau, die weder Gesichtscreme, Bohnerwachs, Deodorant und Suppenwürfel verwendet, und die Ehefrau, die sich dieser Errungenschaften bedient. Joy hatte eine Strickjacke über ein Baumwollkleid gezogen, dessen Saum zur Hälfte abgetrennt war und herunterhing. Ihre Schuhe sahen merkwürdigerweise alle wie Hauspantoffeln aus, obwohl sie es nicht waren. Wendy schwankte leicht auf ihren hohen Absätzen, reckte den Hals und setzte ihre reizendste Miene auf. Eine Wolke von *White Linen* schien Wexford plötzlich einzuhüllen. Vielleicht weil Wendy schwitzte. Die größte Ironie des Ganzen war, daß der Mann, um den es ging, sie beide verschmäht hatte.

Burden und Joy stiegen in den Lift. Die Tür schloß sich.

«Wissen Sie, wer die Frau war?»

«Welche Frau?» sagte Wendy.

«Ich meine nicht Detective Bayliss. Ich spreche von der Frau, die eben mit Inspector Burden in den Lift gestiegen ist.»

Sie zog die Brauen hoch, zuckte mit den Schultern.

«Das war Mrs. Joy Williams.»

«Seine Frau?»

«Ja», sagte Wexford.

«Sie sieht aus wie sechzig.»

Oben befragte Burden Joy nach dem Telefonanruf und dem Kündigungsbrief. Warum war sie am Abend des 15. April ausgegangen, anstatt zu Hause zu bleiben und auf den Anruf ihres Sohnes zu warten?

«Ich kann ihm nicht immer auf Abruf zur Verfügung stehen», antwortete sie mit großer Bitterkeit. «Ihm ist es egal, ob ich da bin oder nicht. Er ist wie sein Vater – gleichgültig, lieblos. Ich habe alles für ihn getan, habe den Boden angebetet, über den er ging. Aber ich hätte mir die Mühe ersparen können. Wissen Sie, wo er jetzt ist? In Cornwall. Auf Urlaub. So viel bedeutet es ihm, daß seine Mutter jetzt Witwe ist.»

Das konnte durchaus die Wahrheit sein. Es war durchaus möglich, daß sie endlich begriffen hatte, wohin eine solche Affenliebe führte. Ein Streit, dachte Burden, am Tag bevor Kevin zur Universität zurückfuhr. Er konnte sich vorstellen, was gesagt worden war: «Na schön, warte nur, bis du das nächstemal etwas von mir willst. Ruf ruhig an, mein Junge, aber rechne nicht damit, daß ich zu Hause bin ...» Doch hatte es seither keinerlei Anzeichen dafür gegeben, daß die Anbetung im Schwinden war.

«Wissen Sie, wer die Frau in Begleitung des Chief Inspectors war?»

«Ich kann es mir denken.» Das grelle, klirrende Lachen. «Billiges kleines Flittchen. Er hatte nun mal einen schlechten Geschmack.»

Er fragte sie, ob Sara einen Freund hätte. Unglaublicherweise sagte sie, das wisse sie nicht. Es war ihr offensichtlich wirklich gleichgültig. Haß trat in ihre Augen, als der Name der Tochter erwähnt wurde.

«Und das nach allem, was ich für sie getan habe», sagte Joy, als habe ihre Unterhaltung sich um die Wohltaten gedreht, die sie ihrer Tochter hatte zuteil werden lassen, und um die Undankbarkeit des Mädchens. Burden ließ sie nach Hause fahren. Er hatte das Gefühl, er habe gegen eine Mauer aus Stein angeredet, die höchstens einen oder zwei Zentimeter von seinem Gesicht entfernt war.

Carol Milvey war nicht Mitglied bei ARRIA, aber sie war achtzehn und wohnte nur zwei Häuser von Joy Williams entfernt. Und es war ihr Vater gewesen, der Chef der Mid-Sussex Kanal- und Tiefbau, der Rodney Williams' Reisetasche aus dem Green Pond gefischt hatte – ein Zufall, der bis heute noch nicht geklärt worden war. Sergeant Martin sprach mit ihr. Es war eine kurze Vernehmung, denn Carol Milvey hatte am 15. April mit Mandelentzündung im Bett gelegen und zwei Tage in der Schule gefehlt.

Weitere zehn Mitglieder von ARRIA hatten für den 15. April und für den Tag, an dem Brian Wheatley in die Hand gestochen worden war, ein ausreichendes Alibi. Es war jetzt Anfang August, und die Reisezeit begann. Natürlich fuhren auch ARRIA-Mitglieder auf Urlaub. Die Anerlys hielten sich mit ihrer Tochter, der rothaarigen Nicola, seit Ferienbeginn in Frankreich auf und wurden nicht vor dem 12. August zurückerwartet. Am selben Tag begann man auch bei der Pomfret Office Equipment Ltd nach zwei Wochen Firmenferien wieder zu arbeiten. Wenn die Schreibmaschinen, die in Haldon Finch fehlten, irgendwo in der Nachbarschaft gewartet wurden, konnte es nur bei der Pomfret Office Equipment sein. Keine andere Firma, die Schreibmachinen wartete und reparierte, wußte etwas vom Verbleib der bewußten Remingtons.

Der Wirtschaftszweig des Sixth Form Colleges in Sewingbury war überprüft worden. Dort arbeiteten die Schülerinnen an Mikrocomputern, vier Textverarbeitungsmaschinen und die zehn Schreibmaschinen waren modernste vollelektronische Geräte. Die High School in Kingsmarkham besaß nur eine einzige Schreibmaschine, und sie stand im Büro der Schulsekretärin.

Kevin Williams kam aus Cornwall zurück und fuhr mit sechs gleichgesinnten Studenten auf die Kanalinseln zum Camping. Die Harmers und Paulettes Freund reisten für eine Woche nach Nord Wales und überließen die Apotheke einem indischen Apotheker und seiner Frau, die beide hochqualifiziert, aber stellungslos waren. Sara blieb zu Hause, wo sie zweifellos auf ihr Abiturzeugnis wartete, das sie in der zweiten oder dritten Augustwoche bekommen sollte.

«Ich frage mich wirklich, ob es überhaupt noch so etwas wie ein Abitur geben wird, wenn unser Baby heranwächst», sagte Burden. Er erwähnte das Kind jetzt häufiger, gereizt und verlegen, oder so, als sei seine bevorstehende Geburt schon eine feststehende Tatsache und seine Zukunft mehr oder weniger gesichert. «Wenn sie anfängt zu studieren, bin ich ein alter Mann. In den Sechzigern jedenfalls und pensioniert. Können Sie sich noch an die vielen Formulare erinnern, die man ausfüllen muß? An die Bestätigung des Arbeitgebers über die Höhe Ihres Einkommens und den anderen Kram? Na ja, bis dahin erledigt bestimmt alles der Computer, ein ‹Apricot› des 21. Jahrhunderts.»

«Oder ein ‹Apple›», warf Wexford ein. «Warum nennen Computer-Konstrukteure ihre Produkte eigentlich immer nach Obstsorten? Dafür gibt es bestimmt eine verblüffende Freudsche Erklärung.» Ein gelangweilter Ausdruck ließ Burdens Gesicht erstarren. «Da wir über verblüffende Erklärungen sprechen», fuhr Wexford hastig fort. «Ist Ihnen klar, daß dieser Fall einen Aspekt hat, an den wir bisher kaum gedacht haben? Das Motiv. Das Motiv ist bisher noch kaum zur Sprache gekommen.»

Burden sah aus, als wolle er sagen, die Polizei brauche sich nicht um das Motiv zu kümmern, da Verbrecher sich oft auf Motive beriefen, die dünn und unglaubwürdig waren. Doch er sagte es nicht, sondern fragte zögernd: «Gehen wir nicht davon aus, daß der Mord an Williams das war, was man bei ARRIA Selbstverteidigung nennt?»

«Da gibt es nur eine Schwierigkeit: wenn wir voraussetzen – und das tun wir ja –, daß die Frau oder das Mädchen, das bei Sevensmith Harding anrief und später den Kündigungsbrief schrieb, Williams' Freundin war, hätte es sich doch wohl kaum gegen ihn verteidigen müssen. Budd und Wheatley wurden angegriffen, weil sie die Mädchen belästigten, sexuelle Annäherungsversuche machten. Aber diesem Mädchen, seiner Freundin, waren Williams' Annäherungsversuche doch bestimmt recht?»

«Das hängt möglicherweise davon ab, wie sie ausfielen», wandte Burden in seiner prüden Art ein.

«Meinen Sie damit, daß er sadistisch veranlagt gewesen sein könnte? Oder vielleicht ein Nachthemd von ihr anziehen wollte? Wir haben keine Beweise, daß Williams irgendwie abartig war. Und vergessen Sie nicht etwas? Es sieht so aus, als handle es sich um einen geplanten Mord. Williams wurde mit einem Schlafmittel betäubt und erst dann erstochen. Ich sehe keine Möglichkeit, mir die Theorie zu eigen zu machen, daß Williams seiner Freundin eines schönen Tages vorschlägt, gewagte Sexspiele auszuprobieren, und sie am nächsten Tag hingeht, seine Blutdruck-Tabletten gegen ein Schlafmittel austauscht und ihm, sobald er schläft, ein französisches Küchenmesser achtmal in den Leib stößt.»

«Was für ein Motiv hätten Sie vorzuschlagen?»

«Überhaupt keins. Seine Freundin hätte ihn bestimmt nicht umgebracht, um ihn loszuwerden, sie brauchte ihn ja nur zu seiner Frau, beziehungsweise zu seinen Frauen zurückschicken. Zwar hätte ein Mädchen allein ihn töten, aber es hätte sich der Leiche nicht allein entledigen können. Ein Mädchen mit einem eifersüchtigen Mann oder Freund? ARRIA-Mitglieder haben keine Ehemänner. ARRIA-Mitglieder dürfen sich auch nicht so weit mit einem Mann einlassen, daß eine Dreiecksgeschichte und eine Eifersuchtstragödie daraus entstehen könnte. Aber ist sie ein ARRIA-Mitglied? Existiert sie überhaupt?»

«Wenn man nur im Buch des Schicksals lesen könnte», sagte Burden, ohne zu merken, daß er zitierte und gar nicht mehr an den Fall Williams dachte.

«Wenn man das könnte», erwiderte Wexford, «würde auch der glücklichste junge Mensch, der sähe, was ihm bevorsteht, das Buch zuklappen, sich zurücklehnen und sterben.»

Er fuhr nach Hause, holte Dora ab, und sie sahen sich im Olivier-Theater Sheila in *Der kleine Eyolf* an.

## 14

Bei Pomfret Office Equipment Ltd wurde am 12. August um neun Uhr dreißig die Arbeit wiederaufgenommen. Es war ein Ladengeschäft mit einem großen Lagerraum dahinter. Die Firma war ein Familienbetrieb und wurde von Vater und Sohn geleitet. Edgar Ovington, der Vater, bestätigte, daß die Schreibmaschinen der Gesamtschule Haldon Finch in seinem Betrieb gewartet und repariert wurden. Und zwar gewöhnlich während der langen Sommerferien. Sein Sohn hatte die Haldon Finch-Maschinen am 26. Juli abgeholt, einen Tag vor Ferienbeginn.

Wexford und Burden folgten ihm in den Lagerraum. Er war voller Schreibmaschinen, mechanischen, elektrischen, elektronischen. Reihenweise standen sie in langen Regalen, und an jeder war ein Anhänger befestigt. Ovington zeigte ihnen die Haldon Finch-Maschinen, drei auf dem unteren, zwei auf dem oberen Bord. Auf den Anhängern stand «H. Finch». Drei Reiseschreibmaschinen Remington 315, zwei Adler Gabrielle 5000. Burden erklärte Ovington kurz, warum sie nach einer bestimmten Schreibmaschine suchten und welche Besonderheiten sie hatte. Er bat um ein Blatt Papier. Ovington öffnete eine Packung siebziggrammiges weißes und zog zwei Blatt heraus.

Ein Fehler in der Spitze des großen A, in der Oberlänge des kleinen t und der Kopf des Kommas verschmiert. Burden legte einen Bogen in die erste Maschine ein und tippte ein paar Zeilen von «O Gott, nimm Alle Angst von mir». Es war das einzige Kirchenlied, das er auswendig konnte. Keine Mängel. Und auch die zweite Maschine war in Ordnung.

«Haben Sie vielleicht bei einer dieser Maschinen Typenhebel ausgetauscht?» fragte Wexford.

«Ich habe sie bisher noch nicht einmal angefaßt», antwortete Ovington.

Burden spannte den Bogen in die dritte Maschine. Hier war das Schriftbild noch klarer als bei den beiden anderen. Sie war offensichtlich nur zur Reparatur gegeben worden, weil zwei Typenhebel hängenblieben.

«Waren das die einzigen Maschinen, die Ihr Sohn aus der Gesamtschule mitbrachte?»

«Die einzigen. Ich kennzeichne sie sofort, wenn sie hereinkommen, damit es ja keine Verwechslungen gibt.»

«Ja, ich verstehe. Es ist also nicht möglich, daß eine Maschine irrtümlich einem Privatkunden zurückgebracht worden sein kann?»

«Ich würde sie wohl kaum einem Privatkunden geben, wenn auf dem Anhänger Haldon Finch steht, oder?» sagte Ovington sauertöpfisch. Er war ein strenger, empfindlicher, mißtrauischer Mensch, der ständig befürchtete, man könnte seine Fähigkeiten oder seine Tüchtigkeit anzweifeln. Burdens Bitte, noch die eine oder die andere Remington ausprobieren zu dürfen, die zwischen den ungefähr zweihundert vorhandenen Maschinen bestimmt zu finden war, stieß bei Ovington auf Widerspruch, und sie wären vermutlich viel zu lange aufgehalten worden, wäre nicht James Ovington, der Sohn, aufgetaucht, verbindlich lächelnd und entgegenkommend. Er war ein großer, kräftiger Mann mit beim Lächeln vorstehenden Zähnen und einem völlig kahlen Kopf.

«Sehen Sie sich ruhig um, probieren Sie jede Maschine aus, die Sie wollen.» Die großen weißen Zähne schimmerten, als sich seine Lippen spannten. «Soll ich Ihnen von jeder Maschine, die wir hier haben, eine Schriftprobe machen lassen?» Er meinte es ernst, es war kein Spott dahinter.

«Das machen wir schon selber», antwortete Burden. «Und wir interessieren uns nur für die Remingtons 315.»

Neben den dreien, die er schon ausprobiert hatte, standen noch zwei im Regal. «Allmächtig ist Dein Arm Allein», tippte Burden, und «Du wehrest All unsren Feinden». Die Maschine war in Ordnung. «Allabendlich im Abendrot, und dann wieder vor tau und tag, sah man das Altbekannte Boot ...» Keine Mängel.

«Besten Dank für Ihre Hilfe», sagte Wexford.

James Ovington erklärte, es sei ihm ein Vergnügen gewesen, und lächelte so breit, daß ihm die Zähne aus dem Mund zu fallen drohten.

«Wahrscheinlich liegt die Maschine irgendwo im Graben oder in einem Teich», sagte Burden.

«Im Green Pond jedenfalls nicht, sonst hätte Milvey sie gefunden.» Wieder wurde Wexford an den bisher noch ungeklärten Zufall erinnert. Das Bindeglied zwischen Milvey und Rodney Williams war jedoch nicht Carol Milvey, denn sie hatte Mandelentzündung gehabt, als Williams starb. Was also war es? Es mußte ein Bindeglied geben. Wexford weigerte sich, ganz einfach zu glauben, daß Milvey die Reisetasche seines Nachbarn rein zufällig im Green Pond entdeckt hatte.

Und der Zufall wurde noch unglaubhafter, war mit Vernunft überhaupt nicht mehr zu erklären, verirrte sich ins Magische und Phantastische, als Milvey am nächsten Tag anrief. Zwar hatte er nicht die Schreibmaschine, aber ein langes französisches Küchenmesser in einem kleinen Zierteich im Park von Green Pond Hall gefunden.

Die drei Teiche im alten Wassergarten, der jetzt völlig verwildert war, waren durch die Quellbäche aus dem Cheriton Forest mit Schlamm, Schlick und feinem Sand gefüllt worden. Wexfords Männer hatten sie gesäubert, als sie den Park durchsuchten, doch inzwischen gab es neue Ablagerungen. Der künftige Forellenzüchter hatte sich noch einmal an die Mid-Sussex Kanal- und Tiefbau gewandt und die Firma beauftragt, eine Lösung für das Problem der Vermurung durch angeschwemmten Schlamm und Sand zu finden.

War das Messer in den Teich geworfen worden, nachdem die

Polizei den Park durchsucht hatte? Oder war es weiter oben in einem Bachbett versteckt gewesen und heruntergespült worden? Es war ein großes Messer mit einem fünfzehn Zentimeter langen elfenbeinfarbenen Plastikgriff und einer dreiundzwanzig Zentimeter langen Klinge. Es hatte eine scharfe und bösartig aussehende Spitze. Am Griff hatte sich in den Vertiefungen um die Nieten herum grauer Schlamm angesammelt, aber nirgends gab es auch nur eine Spur von Rost. Wexford ließ das Messer ans forensische Institut – Abteilung Chemie – nach Stowerton schicken. Die Verbindung zu Milvey war ihm immer noch ein Rätsel. Milvey saß ihm an seinem Schreibtisch gegenüber, und er wußte nicht, was er ihn als nächstes fragen sollte. Ihm kam die abenteuerliche Idee, Milvey und Joy Williams könnten ein Verhältnis miteinander haben. Aber sie war zu abenteuerlich – nicht der fette, langweilige Milvey und die schlampige Joy mit ihren abgerissenen Rocksäumen. Und warum sollte Milvey ihm die Tatwaffe präsentieren, wenn er etwas mit Williams' Tod zu tun hätte?

Ihm blieb nichts anderes übrig, als zu sagen: «Sie sehen doch ein, Mr. Milvey, daß die Situation und Ihre Position sehr verwirrend sind. Der Mann, der nur zwei Häuser von Ihnen entfernt wohnt, wird ermordet. Sie finden zuerst die Tasche, die er bei sich hatte, als er verschwand, und dann ein Messer, das wahrscheinlich die Mordwaffe ist.»

«Irgend jemand», sagte Milvey, der nicht zu verstehen schien, worauf Wexford hinauswollte, «mußte die Sachen früher oder später finden.»

«Kingsmarkham hat ungefähr achtundsiebzigtausend Einwohner.»

Milvey starrte ihn dumm und stur wie ein Ochse an. Endlich sagte er grob: «Wenn ich das nächstemal etwas finde, das der Polizei bei ihren Ermittlungen helfen könnte, halte ich den Mund.»

Während im Labor des forensischen Instituts das Messer untersucht und mit den Abmessungen von Williams' Stichwunden verglichen wurde, stellte Sergeant Martin mit Bennett und Archbold Ermittlungen über seine Herkunft an. Sie verfügten schließlich über eine Liste mit neununddreiig Läden und Warenhäusern, in denen ähnliche Messer verkauft wurden. Aber nur Jickie führte französische Küchenmesser von dieser Marke.

«Wendy Williams mag zwar dort arbeiten», sagte Wexford,

«aber alle kaufen dort ein. Wir. Ihr. Martin fragt das Personal in der Abteilung für Haushaltswaren, ob jemand kürzlich ein französisches Küchenmesser gekauft hat. Sie wissen, wie weit uns das bringen wird. Außerdem führen sie diese Dinger seit fünf Jahren. Wir haben keinen Anlaß zu glauben, das Messer sei eigens für den Mord an Williams gekauft worden. Wahrscheinlicher ist, daß es nicht so war.»

«Ja», sagte Burden, «wir sind noch keinen Schritt weitergekommen.»

«Sie sind zu kleingläubig. Kommen Sie mit, verbringen wir einen Nachmittag bei den Schreibmaschinen. Ich habe da eine Idee, die ich gern überprüfen möchte.»

Ovington sen. war allein im Laden. Zuerst versuchte er, sie unter dem Vorwand abzuwimmeln, er habe zuviel zu tun. Wexford machte ihn freundlich darauf aufmerksam, dadurch könnte er den gewiß falschen Eindruck erwecken, er wolle die Polizei bei ihren Ermittlungen behindern. Ovington brummte leise etwas vor sich hin und führte sie noch einmal in den Lagerraum hinter dem Laden.

Zwischen den Regalreihen hindurchgehend, betrachtete Wexford prüfend die Schildchen, die an den Maschinen hingen.

«Kennzeichnen Sie die Maschinen immer auf diese Weise?»

«Was stimmt nicht damit?»

«Ich habe nicht gesagt, daß etwas damit nicht stimmt. Ich finde nur, daß die Beschriftung nicht sehr klar ist. Was bedeutet zum Beispiel das ‹P. und L.› hier?» Er zeigte auf die Schildchen zweier Smith Coronas SX 440.

«Poster und Lamb im Industriegebiet», antwortete Ovington mürrisch. Er meinte das Industriegebiet in Stowerton.

«Und TML?»

«Tube Manipulators Limited.»

«Und Sie wissen ganz genau, was diese Buchstaben – ich könnte auch Codes sagen – bedeuten? Wenn die Maschinen zurückgebracht werden, ist kein Irrtum möglich? Sie wissen, daß ‹P und L› Porter und Lamb heißt und nicht Payne und Lovell, die Metallwarenhandlung in der High Street hier?»

«Payne und Lovell gehören nicht zu unseren Kunden», sagte Ovington erstaunt.

«Ich glaube, Sie haben sehr gut verstanden, was ich meine. Bei diesem System der Etikettierung können sich sehr leicht Fehler einschleichen. Ich komme jetzt zum Wesentlichen. Es ist meiner Meinung nach wohl mehr schlecht als recht, die Maschinen der Gesamtschule Haldon Finch mit ‹H. Finch› zu kennzeichnen.»

«Es erfüllt seinen Zweck.»

«Angenommen, Sie hätten einen Kunden namens Henry Finch. Wie könnten Sie es verhindern, daß seine Maschine mit einer von Haldon Finch verwechselt wird?»

«Wir haben keinen Kunden, der Henry Finch heißt, deshalb können wir auch nichts verwechseln.»

«Haben Sie andere Kunden, die Finch heißen?» fragte Burden scharf.

«Möglich.»

Es war die merkwürdige Antwort oder eine Version dieser Antwort, die Wexford schon so oft bei Gericht von Zeugen gehört hatte, die sich zu keinem klaren Ja entschließen konnten. «Möglich, daß ich es getan, gesehen, gehört habe ...» Ovington in seinem ölfleckigen alten Anzug, dem Hemd mit dem offenen Kragen, preßte das Kinn an den Hals, spitzte die Lippen, und sein unsteter Blick wirkte schuldbewußt, mißtrauisch und widerspenstig, weil er Wexfords und Burdens Argwohn fühlte.

«Prüfen Sie es bitte nach.»

«Wir haben keinen Henry. Ganz bestimmt nicht. Eine Dame. Überhaupt kein H.»

«Sie vergeuden meine Zeit, Mr. Ovington.»

Darüber freute er sich, verschlagen und boshaft. «Wir haben vor einiger Zeit eine Remington für sie repariert. Aber keine 315er.» Schließlich kratzte er sich am Kopf. «Ich könnte im Buch nachschauen.»

«Das könnte es sein», sagte Wexford zu Burden, als sie einen Moment allein waren. «Sie hätten die Maschinen verwechseln und die falsche zurückbringen können.»

«Wäre ihr das nicht aufgefallen?»

«Vielleicht tippt sie nicht regelmäßig, hat die Maschine vielleicht noch gar nicht benutzt, seit sie von der Reparatur zurück ist.»

Er sah sich die Schildchen der Schreibmaschinen im unteren Regal links der Reihe nach an. P und L, E und Ten, (was konnte das heißen?), TML, HBSS, H. Finch, J. St G, M. Br ... Ovington kam mit einem Geschäftsbuch zurück.

«Miss J. Finch, Bodmin Road 22, Pomfret. Sie hat die Maschine am sechsundzwanzigsten Juli selbst abgeholt.» Er knallte das Buch zu, als habe er eben zu seiner größten Zufriedenheit etwas bewiesen oder einen Verdacht zerstreut.

Am 26. Juli. An dem Tag waren die Haldon Finch-Maschinen abgeholt und hierhergebracht worden. Hat das etwas zu bedeuten, dachte Wexford, oder bin ich auf dem Holzweg? Saß die Freundin mit ihrer Schreibmaschine vielleicht artig in London oder Brighton?

Weder er noch Burden wußten, wo die Bodmin Road war.

«Wissen Sie was?» sagte Burden. «Wendy Williams wohnt in der Liskeard Road, und Liskeard ist ein Ort in Cornwall. Bodmin ist eine Kreisstadt in Cornwall. Vielleicht ist die Straße gleich um die Ecke.»

«Das prüfen wir nach, sobald wir zurück sind.»

Es war gleich um die Ecke. Liskeard Road, Falmouth Road, Truro Road, und die Bodmin Road, die quer verlief, verband sie alle.

«Sie war praktisch Williams' Nachbarin», sagte Burden beinahe aufgeregt. «Und ARRIA-Mitglied, darauf könnte ich wetten. Hier – sie steht in der Wählerliste. Finch, Joan B.»

«Moment, Moment, Mike! Sagen wir – oder nehmen wir vielleicht an –, daß sie irrtümlich eine Haldon Finch-Schreibmaschine abgeholt hat? Oder nehmen wir an, sie hat ihre eigene Schreibmaschine, und es ist die, die wir suchen? Dann hätten wir sie nicht durch logische Folgerungen gefunden, sondern wären durch puren Zufall darauf gestoßen.»

«Ist das nicht egal?» sagte Burden einfach.

Bodmin Road 22 war ein kleines, ausschließlich Wohnzwecken dienendes Haus mit vier Wohneinheiten. Laut Klingelknopf wohnte J. B. Finch im ersten Stock. Sie war jedoch weder am Nachmittag zu Hause noch als sie es um sieben und acht Uhr wieder versuchten. Wexford war seit etwa einer Stunde daheim, als ein Anruf kam, daß ein vierter Mann mit einem Messer angegriffen worden war. Diesmal war die Stichverletzung im Oberarm. Die Wunde war nicht schwer, aber der Blutverlust erheblich.

Der Fall unterschied sich von den anderen dadurch, daß zwei Polizisten, die auf einem Rastplatz an der Umgehungsstraße von Kingsmarkham in ihrem Streifenwagen saßen, seine Schreie gehört hatten. Als sie das Opfer des Überfalls fanden, lag es halb auf einem öffentlichen Fußweg und blutete aus einer Wunde in Schulternähe. Noch während sie sich über den Mann beugten, tauchte unter den Bäumen des Wäldchens auf der Nordseite des Wegs ein junges Mädchen auf. Sie erklärte, sie heiße Edwina Klein und reichte den Polizisten ein Federmesser, von dem sie das meiste Blut abgewischt hatte.

## 15

ARRIA erwartete eine Show. Die Mitglieder erschienen in Kompaniestärke im Amtsgericht von Kingsmarkham. Wexford hatte den kleinen holzgetäfelten Zuschauerraum noch nie so überfüllt gesehen. Caroline Peters und Sara Williams waren da, die rothaarige Nicola Anerley, Jane Gardner und die Freeborn-Zwillinge, Helen Blake und Donella, das schwarze Mädchen, die Tennisspielerin mit Brille und die Tennisspielerin ohne Brille.

Es sollte natürlich ein Präzedenzfall werden, das hatte Wexford schon vermutet, ehe er mit Edwina Klein gesprochen hatte. Sie hatte nicht direkt den Lockvogel gespielt. Was ist das für eine Welt, wenn man eine Frau, die in der Abenddämmerung allein über einen Feldweg geht, so nennen durfte. Die Wahrheit jedoch war, daß Edwina Klein, seit sie Ende Juni aus Oxford zurückgekommen war, Abend für Abend dort spazierenging und erwartete, überfallen zu werden. Sie war offen und ehrlich zu Wexford gewesen, hatte nichts verheimlicht und zum Beispiel auch zugegeben, daß sie Wheatley angegriffen hatte, als sie übers Wochenende nach Hause gekommen war. Wexford hatte daher auch nichts dagegen gehabt, sie gegen Kaution zu entlassen. Sie hatte versprochen, wieder ganz offen mit ihm zu sprechen, und er hatte ihr geglaubt, mit einer «Vertrauensseligkeit», bei der sich dem Chief Constable die Haare gesträubt hätten.

Zusammen mit Caroline Peters Gründungsmitglied von ARRIA, war Edwina Klein, mager, mittelgroß und hochintelligent, eine Pionierin und Märtyrerin. Sie war von Kopf bis Fuß schwarz angezogen: schwarze Hose, schwarzer Rollkragenpulli, das Haar ganz von einem schwarzen Tuch bedeckt. Ein weiblicher Rabe, die einzige Farbe, die man an ihr sah, war die winzige ARRIA-Ansteckdadel, die sie unterhalb der linken Schulter trug.

Was erwarteten die Mädchen im Zuschauerraum? Wahrscheinlich

eine Art Jeanne d'Arc-Prozeß, dachte Wexford. Keine von ihnen wußte, wie es auf einem Polizeigericht zuging, und alle sahen ungläubig drein, als nach fünf Minuten alles vorüber war und Edwinas Fall an das Krongericht verwiesen wurde. Die Anklage lautete auf Körperverletzung. Edwina wurde gegen Kaution auf freien Fuß gesetzt. Sie mußte selbst tausend Pfund als Sicherheit hinterlegen, und mit der gleichen Summe bürgte ihre Großtante für sie, eine ältere Frau, die zwar nicht alt genug war, um Suffragette gewesen zu sein, aber so aussah, als bereue sie es, diese Chance verpaßt zu haben.

Unter empört klingendem Gemurmel verließ der ARRIA-Trupp den Saal. Helen Blake und Amy Freeborn hoben wieder das orangenfarbene Banner mit der Rabenfrau, dem vor der Verhandlung «Saalverbot» erteilt worden war. Die anderen stellten sich hinter ihnen auf, und was bisher eine Gruppe gewesen war, wurde zu einer Marschformation. Hinter dem Banner her marschierten sie über den Hof der Polizeistation hinaus auf die High Street und sangen: «We shall overcome, we shall overcome some day ...»

Joan Finch war mindestens fünfundsechzig Jahre alt. Wexford war nicht überrascht. Es mußte noch ein paar Frauen unter Fünfzig geben, die Joan hießen, aber auch schon vor fünfzig Jahren kam der Name Joan aus der Mode. Burden hatte so sehr darauf gebaut, daß sie das Mädchen war, nach dem sie suchten.

Sie führte sie in den kleinen, dumpfen Raum, der ursprünglich wohl nichts anderes gewesen war als eine Kofferkammer, in dem sie aber jetzt arbeitete, und zeigte ihnen die Schreibmaschine. Es war eine große mechanische Remington, die wenigstens so alt war wie sie. Heutzutage würden die Finger zurückzucken vor diesem Dikkicht eiserner Tasten, die nur mit großer Muskelkraft bewegt werden konnten.

Wie Ovington ihnen gesagt hatte, hatte sie die Maschine am 26. Juli von der Firma Pomfret Office Equipment abgeholt, und es handelte sich zweifellos um ihre Maschine. Sie hatte schon ihrer Mutter gehört und schien ebenso ein Familienerbstück wie eine Uhr oder ein Stück Porzellan.

Für Wexford und Burden war nur wichtig, daß es keine Reiseschreibmaschine Remington 315 war. Das schien Miss Finch unbegreiflich. Sie setzte sich an die Maschine und tippte schnell eine halbe Seite über Männer herunter, die eine Party retteten. Die Ovingtons hatten hervorragend gearbeitet. Die Maschine wies nicht den kleinsten Mangel und nicht die geringste Unregelmäßigkeit auf.

Wexford und Burden gingen zum Lunch in die zwei Häuser entfernte kleine Wein-Bar mit dem bogenförmigen Erker. An einem Ecktisch saß Pamela Gardner mit einer Freundin. Sie sah voller Verachtung durch Wexford hindurch. Ihre Tochter war am Vormittag an ihm vorbeimarschiert, hatte aus voller Kehle und viel lauter als alle anderen gesungen und ihm fröhlich zugewinkt, als seien sie alte Freunde. Edwina Klein wollte um halb drei zu ihm ins Büro kommen, um mit ihm zu sprechen. Das Gericht hatte es ihr zwar nicht zur Auflage gemacht, doch er war sicher, daß sie ihr Versprechen halten würde. «Nur noch drei Wochen», sagte Burden. Er sprach über sein und Jennys Baby. «Sie sagen, daß es pünktlich kommt. Aber wissen können sie das natürlich nicht.»

«Sie wissen viel mehr nicht, als sie je zugeben.»

Burden stocherte in seiner Quiche herum. «Am Anfang hatte sie Sodbrennen, jetzt hab ich es.» Er war blaß, sah gelbsüchtig aus.

«Wollen mal sehen, ob die Harmers nicht ein Mittel zur besseren Verdauung für Sie haben.»

Der präraffaelitische Kopf von Paulette wurde hinter dem Schaufenster der Apotheke sichtbar. Sie half offensichtlich ihrem Vater. Hope Harmer bediente Burden. Es schien ihr unangenehm, daß Wexford und Burden in ihr Geschäft kamen, weil sie sich möglicherweise nicht klarmachte, daß auch Polizisten ein Privatleben hatten und gegen Krankheit genauso anfällig waren wie andere Menschen.

«Hatten Sie schöne Ferien?» erkundigte sich Wexford.

«O ja, vielen Dank, es war sehr hübsch. Sehr ruhig», fügte sie hinzu, wie Leute das gern tun, wenn sie erzählen, wie sie das Weihnachtsfest verbracht haben. Als ob Fröhlichkeit und ein bißchen Betrieb ihre Respektabilität beeinträchtigten. «Alles Schöne muß einmal zu Ende gehen, nicht wahr? Wir hätten noch eine Woche bleiben können, aber meine Tochter erwartet ihr Abiturzeugnis. Es muß jetzt bald soweit sein.»

Dann saß Sara Williams wohl wie auf Kohlen ... «Noch eine zukünftige Ärztin in der Familie?»

«Nein, nein. Paulette hofft, in die Fußstapfen ihres Vaters zu treten.»

Sie lächelte strahlend, versöhnlich, und begleitete sie, ganz altmodische Geschäftsfrau, zur Tür. Wexford kam kurz vor halb drei ins Büro zurück. Edwina Klein wartete schon auf ihn, und er war erleichtert, obwohl er fest daran geglaubt hatte, daß sie Wort halten werde. Neben ihr, im zweiten Besucherstuhl, saß ihre Tante, die als Anstandsdame mitgekommen war.

Wexford war überrascht. Er hatte in Edwina die Verkörperung von Unabhängigkeit und unerschütterlichem Selbstvertrauen gesehen.

«Ich bin zufällig nicht nur Tante, sondern auch Anwältin.»

«Nun gut», sagte Wexford, «aber das soll kein Verhör werden. Ich möchte mich mit Ihrer Nichte nur über verschiedene Aspekte dieses Falls unterhalten.»

«Das sagen sie alle», antwortete die Tante, die Pearl Kaufmann hieß. Äußerlich ähnelte sie der alternden Virginia Woolf, war groß, dünn, hatte ein langes Gesicht, eine lange Nase und volle Lippen. Sie trug ein halblanges marineblaues Seidenkleid und plumpe weiße Sandalen, die ihre Füße sehr groß aussehen ließen.

Edwina trug noch immer Schwarz, hatte jedoch den Rollkragenpulli mit einem ärmellosen schwarzen T-Shirt vertauscht, das der Tageshitze besser angepaßt war. Die ARRIA-Nadel fehlte natürlich nicht, und eine dunkle Sonnenbrille verwandelte Edwinas Gesicht in eine ausdruckslose Maske.

«Er hat mich behandelt, als wäre ich eine Prostituierte, genauso», hatte sie über Wheatley gesagt, als sie zum erstenmal mit Wexford gesprochen hatte. Damals hatte die schwarze Brille ihre Augen nicht verdeckt. Eifer, Ernst und die Begeisterungsfähigkeit der Jugend hatten in ihnen geglänzt. «Natürlich finde ich nichts dabei, wenn ein Mädchen Prostituierte ist. Es ist ganz in Ordnung, es ist gut und schön, wenn man auf so was steht. Es ist nur diese unglaubliche Art, mit der die Männer voraussetzen ...»

«Nur ein paar Männer.»

«Sehr viele. Er hat nicht einmal mit mir gesprochen. Ich habe versucht, mich mit ihm zu unterhalten. Ich fragte ihn, wo er arbeitete und wo er wohnte. Als ich ihn fragte, wo er wohnte, lachte er nur ganz seltsam auf, als hätte ich etwas Unanständiges gesagt.»

«Warum haben Sie sich von ihm mitnehmen lassen? Um genau die Situation herauszufordern, die dann entstand?»

«Aber nein, wirklich nicht. Damals nicht. Ich gebe zu, daß es gestern abend so war, aber bei dem Autofahrer war es ganz anders.

Ich war per Anhalter von London nach Kingsmarkham gefahren, aber der Typ konnte mich nicht weiter mitnehmen.» Sie schien zu überlegen. «Was im Auto passiert ist, hat mich erst auf den Gedanken gebracht, im Wald spazierenzugehen und abzuwarten, was kommt.»

«Erzählen Sie mir bitte, was im Wagen passiert ist, ja?»

«Er fuhr auf einen Rastplatz. Plötzlich konnte er auch reden. ‹Komm, gehen wir in den Wald›, sagte er. Ich wußte nicht, was er meinte. Ich wußte es wirklich nicht. Wissen Sie, was er dachte? Er dachte, ich wollte vorher bezahlt werden. ‹Reichen zehn Pfund?› fragte er. Und dann faßte er mich an.» Edwina Klein legte die rechte Hand auf ihre linke Brust. «Genauso hat er mich angefaßt. Als wär's ein Wasserhahn oder ein Schalter. Er versuchte nicht, den Arm um mich zu legen oder mich zu küssen oder so. Er wollte nur bezahlen und dann sozusagen den Strom einschalten. Ich holte mein Messer raus und stach ihn in die Hand.»

Als sie das erstemal mit ihm gesprochen hatte, war die Tante nicht dabeigewesen, und die schwarzen Scheiben hatten ihrem Gesicht nicht jeden Ausdruck genommen. Sie wirkte jetzt matter, längst nicht mehr so aufmüpfig. Möglicherweise hatte ihr die Gerichtsverhandlung den Schneid abgekauft. Sie wartete fast unterwürfig darauf, daß er mit der Vernehmung begänne.

Miss Kaufmann betrachtete mit geheucheltem Interesse die Landkarte, die an der Wand hing.

«Haben Sie schon andere Männer mit dem Messer angegriffen?» fragte er unvermittelt, obwohl er wußte, daß gegen die Bemerkung Einspruch erhoben werden würde.

Edwina schüttelte den Kopf.

«Wir wollen über das Ungehörige dieser Frage hinwegsehen, Mr. Wexford.» Es paßte zum Benehmen und der Erscheinung der Tante, daß sie sich dieser veralteten Wendung bediente. In einem zeitgemäßen Stil fügte sie hinzu: «Wir wollen vergessen, daß Sie das gesagt haben.»

«Wie Sie wünschen», entgegnete Wexford. «Wenn die Polizei *agents provocateurs*, sozusagen Lockvögel, einsetzt – zum Beispiel eine Polizeibeamtin in ein Kino setzt, in dem wiederholt Frauen belästigt wurden –, steigt die Öffentlichkeit auf die Barrikaden und ganz besonders Leute mit Ihrer Überzeugung. Ein Aufschrei geht durch alle Schichten, wenn ein junger Polizist gezielt eine von

Homosexuellen frequentierte öffentliche Toilette aufsucht. Mit anderen Worten, es ist unrecht, wenn Polizisten so etwas im Interesse der Justiz und zum Schutz des Bürgers tun, aber es ist recht und billig, wenn es um Ihre Prinzipien geht. Es gibt für das, was Sie getan haben, eine ziemlich eindeutige, nicht sehr schmeichelhafte Bezeichnung, nicht wahr?»

Er war zu sanft, zu ritterlich mit ihr umgegangen, das merkte er sofort.

«Scharfmacherin», sagte sie matt. Die Tante zuckte nicht mit der Wimper. «Aber das stimmt nicht, so habe ich mich nicht benommen. Ich bin nur in einem Wald spazierengegangen, mehr habe ich nicht getan. Ich war nicht herausfordernd angezogen.» Verachtung schlich sich jetzt in ihre Stimme, und sie hob den Kopf. «Das würde ich nie tun. Ich hatte Jeans und eine Jacke an. Ich schminke mich nicht. Niemals. Das einzig Provozierende, das ich getan habe, war, daß ich als Frau dort spazierenging.»

«Ich glaube», warf Miss Kaufmann trocken ein, «meine Nichte will damit sagen, daß es nicht möglich ist, sich als Frau ungestraft an bestimmten Orten aufzuhalten. Nur das wollte sie beweisen, und sie hat es bewiesen.»

Er ließ es dabei. Er widersprach nicht mehr, denn er wußte, daß die beiden Frauen recht hatten. Es war eine jener Situationen, in denen ein Polizeibeamter weiß, daß die Argumente der Gegenpartei stichhaltiger sind als die seinen, der aber trotzdem an den seinen festhalten muß. Daß alle Frauen, die nachts allein unterwegs sein wollten, einen Lehrgang in Selbstverteidigung absolvierten, schien ihm die beste Lösung. Die Alternative war, daß sich die Natur der Männer änderte, und das würde vielleicht innerhalb von Jahrhunderten geschehen, aber nicht in Jahren und auch nicht in Jahrzehnten. Er kritzelte geschäftig sinnloses Zeug auf ein Blatt Papier, um eine halbe Minute zu überbrücken und die beiden für eine Weile zum Schweigen zu bringen. Endlich hob er den Kopf und sah Edwina Klein an. Aus irgendwelchem Grund, vielleicht, weil er keine Brille trug, nahm sie die schwarzen Gläser ab. Sofort sah sie wieder ernst und sehr jung aus.

«Ich glaube, Sie kennen die Familie Williams, Miss Klein», sagte er.

Sie war darauf vorbereitet. Von irgendwoher wußte sie, daß das der eigentliche Grund war, warum sie Wexford jetzt gegenübersaß.

«Welche Familie Williams? Es gibt doch zwei, oder?»

«Es gibt in der Umgebung möglicherweise ein paar hundert», erwiderte er scharf. «Es ist ein häufig vorkommender Name. Ich spreche von den Williams', die in Kingsmarkham in der Alverbury Road wohnen. Die Tochter heißt Sara. Sie war heute vormittag im Gerichtssaal.»

Edwina nickte. «Wir sind in dieselbe Schule gegangen. Sara ist ein Jahr jünger als ich.»

«Kannten Sie Rodney Williams? Den Mann, der ermordet wurde?»

Sie antwortete sehr schnell. Miss Kaufmann blickte auf, als wolle sie sie warnen. «Ihn und Mrs. Williams, ja. Sara und ich waren zusammen im Ballettunterricht.» Sie lächelte. «Ob Sie's nun glauben oder nicht.» Miss Kaufmann verdrehte die Augen, als könne sie es kaum glauben. «Sie haben Sara abgeholt, manchmal beide, manchmal nur sie und manchmal nur er. Ich erinnere mich an ihn, weil er der einzige Vater war, der kam. Manchmal saß er während des ganzen Unterrichts da und sah zu.»

... hat heranwachsende Mädchen beobachtet, die in kleinen Tutus herumhüpfen, dachte Wexford. Oder sind es heutzutage ärmellose Trikots?

«Sie haben mich gefragt, welche Familie ich meine», sagte er.

«Veronica Williams kenne ich nur flüchtig.» Edwina zuckte mit den Schultern. «Sie sieht Sara unheimlich ähnlich.»

Plötzlich fühlte er eine starke innere Spannung. Vielleicht war sie ein Bindeglied zwischen den beiden Familien. Sie war bisher die einzige, die beide Familien kannte – oder die zugab, daß sie sie kannte.

«Dann wußten Sie also, daß sie Halbschwestern sind? Daß beide die Töchter von Rodney Williams sind?»

«Nein. O nein. Ich glaube, ich dachte – na ja, eigentlich habe ich überhaupt nicht darüber nachgedacht. Ich weiß es nicht, ehrlich. Vielleicht habe ich sie für Kusinen gehalten?»

«Wann haben Sie Rodney Williams zum letztenmal gesehen?»

«Das ist schon Jahre her.» Sie wurde nervös und ängstlich. Das hatte nichts zu bedeuten. Es bewies nur, daß ihr allmählich klar wurde, welche Rolle ihr hier zugedacht war, daß man ein noch viel schwereres Geschütz gegen sie auffuhr, auf das sie nicht vorbereitet gewesen war. «Ich habe ihn seit Jahren nicht mehr gesehen.»

Kein dramatischer Ausbruch, keine Nervenkrise und auch kein Zögern. «Sie war meine Gegnerin beim Tennis. Als ich noch in der Schule war.»

«Sie ist drei Jahre jünger als Sie.»

«Okay. Klar. Sie war so was wie ein Wunderkind. Noch nicht mal vierzehn und gehörte schon zu den sechs besten Spielerinnen von Haldon Finch.»

Das klang alles vernünftig, mehr als plausibel. Edwina war an dem Abend, an dem Rodney Williams starb, in Oxford gewesen, war eine Woche vor Semesterbeginn hinaufgefahren. Das hatte sie Wexford schon am Abend vorher gesagt und ihm auch ernsthaft und mit genauen Einzelheiten erklärt, wo und bei wem er ihre Angaben nachprüfen könne. Bennett war im Moment in Oxford und prüfte sie nach, doch Wexford war überzeugt, daß Edwina nicht gelogen hatte.

«Sie kennen beide Familien», sagte er jetzt, «aber Sie haben nicht gewußt, daß sie – sozusagen – eine Familie sind? Sie wußten nicht, daß Rodney Williams nicht nur Saras und Kevins, sondern auch Veronicas Vater war?»

«Kevin? Von ihm habe ich noch nie gehört.»

«Saras älterer Bruder.» Er beschloß, ihr gegenüber ganz offen zu sein. Miss Kaufmann saß da und beobachtete ihn, den Mund säuerlich verzogen. «Die beiden Familien wußten nichts voneinander. Die Familie in Pomfret ahnte nichts von der Existenz der Familie in Kingsmarkham und umgekehrt. Sie haben erst einige Zeit nach Rodney Williams' Tod voneinander erfahren. Wenn Sie beide kannten, müssen Sie also gewußt haben, daß Rodney Williams Bigamist war oder zumindest ein verheirateter Mann mit zwei Haushalten. Und wenn Sie es wußten – woher wußten Sie es?»

«Ich habe es nicht gewußt.»

Das kühle Nein enttäuschte ihn. Er hatte geglaubt, dicht vor einem Durchbruch zu stehen. Doch sie schwächte ihr kompromißloses Nein ab.

«Ich habe es nicht gewußt. Ich sagte, sie sähen sich ähnlich, das war mir aufgefallen. Ich erinnere mich, einmal zu meiner Tante gesagt zu haben, sie müßten Kusinen sein.» Edwina sah Miss Kaufmann an, und die Tante nickte schnell und ungeduldig. «Ich kenne beide nicht sehr gut», fuhr Edwina fort. «Das dürfen Sie nicht vergessen. Und mit Veronica habe ich nie mehr als ein paar Worte gesprochen. Und Mrs. Williams – die richtige, meine ich – habe ich hin und wieder gesehen, aber sie erinnerte sich nicht mehr an mich oder so. Und für die andere war ich eine x-beliebige Kundin.»

Er hatte keine weiteren Fragen an sie. Sie hatte Brian Wheatley und Peter John Hyde, der im Wald zudringlich geworden war, mit dem Messer angegriffen und verletzt, aber mit dem Mord an Williams hatte sie nichts zu tun, davon war Wexford überzeugt. Hätte eine Frau ihn getötet, hätte sie eine zweite zu Hilfe holen müssen.

«Das wäre alles, vielen Dank, Miss Klein.»

Sie stand auf und ging langsam und anmutig zur Tür. Sie hielt sich sehr aufrecht, hatte den Kopf aber leicht gesenkt. Tante und Nichte hatten dieselbe Figur, denselben Gang, obwohl fünfzig Jahre sie trennten. Was sollte aus Edwina Klein jetzt werden? Daß sie für schuldig erklärt und verurteilt werden würde, war unvermeidlich. Würde ihr College sie wieder aufnehmen? Oder hatte sie sich ihre ganze Zukunft zerstört? Hatte sie sie um einer von vornherein verlorenen Sache willen aufs Spiel gesetzt? An der Tür, kurz bevor er sie für sie öffnete, sagte sie noch: «Da ist noch etwas. Sie haben gesagt, die Williams' aus Pomfret und die Williams' aus Kingsmarkham hätten nichts voneinander gewußt. Das möchte ich richtigstellen – es stimmt nämlich nicht.»

Wieder stieg Erregung in ihm auf, seine Kehle war plötzlich ganz trocken. «Wie meinen Sie das?»

«Wie ich es sage. Sie wußten voneinander.»

Er nahm die Hand von der Klinke und lehnte sich an die Tür, als wolle er Edwina nicht hinauslassen. Doch Edwina Klein blieb bereitwillig stehen. Sie sah leicht verblüfft, die Tante gelangweilt und geduldig aus.

«Woher wissen Sie das?»

«Weil ich sie zusammen gesehen habe.»

Erleichterung überrieselte Wexford wie Schweiß. Angenehme Kühle breitete sich in ihm aus, und sein Kopf schien ganz leicht zu sein. Ihr war jetzt bewußt, daß sie ihm, ohne es zu ahnen, etwas Wichtiges mitgeteilt hatte, und ihr Gesicht, das dem seinen sehr nah war, nahm einen lebhaften und fragenden Ausdruck an.

«Wen haben Sie zusammen gesehen?» fragte er.

«Die beiden Frauen. Sie saßen im *Precinct Café* in Kingsmarkham und tranken zusammen Kaffee.

«Wann? Wissen Sie noch, wann das war?»

Wenn es erst eine Woche, ja, wenn es auch einen Monat her war, hatte es nichts zu bedeuten.

«Letzte Weihnachten, glaube ich. Es muß Weihnachten oder Ostern gewesen sein, weil ich ja zu Hause war. Das einzige Wochenende, das ich hier war, war das, an dem Wheatley mich mitnahm.» Edwina sprach den Namen Wheatley mit unendlicher Verachtung aus. «Es war aber nicht an jenem Wochenende, und es war auch nicht zu Ostern. Das weiß ich sicher, weil noch Schnee lag.»

«Geschneit», half Miss Kaufmann bereitwillig, weil ihre Nichte jetzt nicht mehr direkt bedroht war, «hat es in der ersten Januarwoche.»

«Dann muß es in der ersten Januarwoche gewesen sein», sagte Edwina.

Sie lächelte, als sei auch sie froh, daß sie endlich helfen konnte. Wexford wußte, daß sie nicht gelogen hatte.

## 16

Als Wexford in der Alverbury Road 31 die Gartentür öffnete, kam ihm der Postbote mit einem Briefpäckchen in der Hand entgegen. Keiner der Briefe, die von einem Gummiband zusammengehalten wurden, schien für Nummer 29 bestimmt. Das nächste Haus, das er aufsuchte, war das der Milveys, zwei Nummern weiter. Während Wexford ihn beobachtete, wurde ihm plötzlich klar, wie Milvey in den Fall verwickelt worden war. Es war kein Zufall, es war alles ganz einfach und logisch, nur hatte er den Karren vor das Pferd gespannt ...

Wexford klingelte. Im selben Moment schlug es von St. Peter her neun Uhr. Sara öffnete ihm, und zwar so schnell, daß sie direkt hinter der Tür gestanden haben mußte. Sie hatte ein Blatt Papier in der Hand.

«Zwei Einser und eine Zwei», sagte sie und lächelte zufrieden.

Sie hatte das so gesagt, als sei er nur gekommen, um ihre Abiturnoten zu erfahren. Bevor sie die Tür zumachte, mußte sie draußen das Polizeiauto mit Donaldson am Steuer und Marion Bayliss im Fond gesehen haben.

«Herzlichen Glückwunsch», sagte Wexford. «Wo ist Ihre Mutter?»

Sie antwortete nicht. Vielleicht hatte sie die Frage auch nicht gehört, so uninteressiert war sie.

«In St. Biddulph haben sie mir gesagt, daß sie mich auch mit drei Zweiern oder zwei Zweiern und einer Eins nehmen, aber so ist es natürlich viel besser.»

In den Augen des Mädchens brannte leidenschaftliche Erregung, eine fast krankhafte Erregung, die um so bestürzender war, weil Sara sich dennoch so eisern beherrschte, und er hatte sie als Botticelli-Mädchen gesehen, mit sanftem Gesicht, heiter und unschuldig wie ein Frühling ...

«Ich muß gleich meine Kusine Paulette anrufen und fragen, wie sie's geschafft hat.»

Um ein bißchen überheblich zu frohlocken? Oder um nett zu sein? Joy Williams kam aus der Küche, so ordentlich angezogen, wie er sie bisher noch nie gesehen hatte. Er hatte es ihr nicht gesagt, doch vielleicht hatte sie es erraten, daß sie Wendy Williams wiedersehen sollte. Oder Wendy hatte es ihr am Abend vorher selbst gesagt? Er war darauf vorbereitet. Hoffentlich war ihnen klar, daß er inzwischen erfahren hatte, wie lange sie sich schon wirklich kannten. Joy trug Rock und Bluse, beides sauber und adrett. Sie hatte sich das Haar gewaschen und sich die Lippen geschminkt. Aber der Lippenstift war verschmiert, wie so oft bei Frauen, die nur selten Make-up auftragen und achtlos damit umgehen. Wahrscheinlich putzt sie sich immer heraus, wenn sie sich mit Wendy trifft, dachte Wexford. Auch wenn der Haß auf Williams sie einte, waren sie doch Rivalinnen. Außerdem bedeutete eine Allianz zwischen ihnen nicht unbedingt, daß sie sich auch mochten ...

Er hörte Sara telefonieren. «Hast du's auch bekommen? Nun?»

Wenn sie später als Ärztin bei ihren Patienten auch diesen herablassend prahlerischen Ton anschlug, würde sie sich nicht sehr beliebt machen. Eine harte, neurotische kleine Streberin, dachte er, ohne den kleinsten Funken Sorge um ihre Mutter, die im Verdacht steht, ihren Vater ermordet zu haben.

«Aber das ist doch nicht schlecht?» sagte sie gerade. «Es ist ja nicht so, daß du unbedingt Einsen oder auch nur Zweien brauchst.»

Gönnerhaft. Ein bißchen hochmütig. Der Apotheker war natürlich der Arzt der Armen und Verzagten. Ich bitte den Apotheker, daß er mir was für meinen Hals gibt. Oder für den Kopf, den Rükken, die Blasenentzündung, die Blutungen. Er führte Joy hinaus und schloß die Haustür hinter ihnen.

Sergeant Martin und Polly Davies brachten Wendy herein. Am Abend war sie in Tränen ausgebrochen, so hatte sie sich darüber geärgert, daß sie einen Arbeitstag versäumen sollte. Doch der Gedanke, daß sie sich weigern konnte zu kommen – daß die Polizei bisher nur Fragen stellen und überreden konnte –, schien ihr ebensowenig gekommen zu sein wie Joy. Sie waren nicht mit Tanten gesegnet, die Juristinnen waren. Die erste Ehefrau – die Sultana Valideh – saß schon im Verhörzimmer, als Wendy hereingeführt wurde. Sie hielt das ausdruckslose Gesicht abgewandt, und die dunkelbraunen Tieraugen blickten starr an Wendy vorbei zum Fenster.

Wendy trug ein bunt bedrucktes Kittelkleid, am Ausschnitt und an den Ärmeln mit Rüschen verziert. Sie hatte eine weiße Strumpfhose und weiße Schuhe an. Im Beisein von Sergeant Martin und Polly – berichtete Polly später Wexford – hatte Wendy ihre Tochter Veronica in die Arme genommen und innig an sich gedrückt. Und wieder hatte es eine Tränenflut gegeben. Veronica hatte sehr betroffen ausgesehen. Aber Wendy hatte sie fest an sich gepreßt und ihr das Haar gestreichelt, fast als rechne sie damit, Veronica nie wiederzusehen. Und Polly, die gern historische Liebesromane las, sagte, genauso sei es gewesen, bevor Marie Antoinette den Henkerskarren bestieg.

«Lebt wohl, meine Kinder, auf ewig lebet wohl. Ich gehe zu eurem Vater!»

Jetzt erinnerte nur noch Wendys verquollenes und gerötetes Gesicht an diesen Auftritt. Sie warf Wexford einen herzzerreißenden Blick zu. Sie hätte es vorgezogen, von Burden verhört zu werden, von dem sie glaubte, er habe mehr Mitgefühl als der ältere, harte, bitter ironische Mann. Doch Burden war nicht da. Er war in der Alverbury Road und unterhielt sich mit Mrs. Milvey.

«Welche von Ihnen hat zuerst herausgefunden, daß es noch eine zweite Mrs. Rodney Williams gab?» fragte Wexford, sich scheinbar an beide wendend.

«Ich verstehe nicht, was Sie meinen», antwortete Wendy, und ihre Stimme klang noch reizbarer als sonst.

«Ich will mich anders ausdrücken. Wann haben Sie festgestellt, daß Rodney Williams eine Ehefrau hatte? Und wann haben Sie, Mrs. Williams, erfahren, daß Ihr Mann noch einmal ‹geheiratet› hatte.» Er hatte das letzte Partizip Perfekt absichtlich sehr deutlich in Anführungen gesetzt. «Nun?» sagte er. «Ich weiß, daß Sie nicht aufrichtig zu mir waren. Ich weiß, daß Sie sich schon länger kennen. Die Frage ist nur – seit wann?»

«Ich hatte keine Ahnung, daß sie existierte, bis Sie es mir sagten.» Joy sprach auf die ihre eigene müde, leblose Art. «Als Sie mir sagten, mein Mann sei – zu allem anderen – auch noch ein Bigamist.»

«Zu welchem ‹anderen›, Mrs. Williams?»

«Zu seiner Lüge über seinen Job, zum Beispiel.»

Wendy murmelte etwas vor sich hin.

«Tut mir leid, Mrs. Williams, das habe ich nicht verstanden.»

«Ich habe gesagt, ‹und den anderen Frauen›. Ich meine, daß alles andere seine ständigen Weibergeschichten waren.»

«Er hatte nie Weibergeschichten», widersprach Joy. Sie reagierte auf Wendys Herausforderung, wandte sich aber nicht an sie, sondern an Wexford. «Er hatte *sie*, aber andere hat es nie gegeben.»

«Lassen wir ihr doch ihren Kinderglauben», sagte Wendy in die leere Luft, hob die Schultern und lächelte ganz schwach.

«Wann haben Sie sich kennengelernt, Mrs. Williams?» Wexford fand es allmählich ein bißchen peinlich, daß sie beide denselben Namen trugen. Er stand auf, kam um den Tisch herum und wandte sich direkt an Wendy. «Sie dürfen sie nicht so nennen!» platzte Joy heraus. «Sie hat kein Recht, diesen Namen zu tragen! Sie ist Miss Sowieso, wie seit ihrer Geburt. Nennen Sie sie gefälligst auch so.»

«Manieren wie ein Fischweib», sagte Wendy. «Sie ist schrecklich gewöhnlich. Kein Wunder, daß er zu mir gekommen ist.»

«Mieses kleines Miststück! Sehen Sie sich sie doch an, angezogen wie ein kleines Mädchen!»

Das ist eine einstudierte Szene, dachte Wexford. Anders kann's gar nicht sein. Sie spielen mir was vor, ob sie's nun geprobt haben oder nicht. Er rief beide Frauen in aller Ruhe zur Ordnung.

William Milvey war an diesem Tag zu Hause, wo er auch sein Büro hatte, und wartete auf einen Steuerprüfer, für den er Burden zunächst hielt. Daher redeten sie ein paar Minuten lang aneinander vorbei, was für Zuhörer höchst belustigend, für die Beteiligten aber ebenso frustrierend ist.

Zuhörerin war in diesem Fall Mrs. Milvey, eine grobknochige Frau, die oft und gern lachte. Über das Mißverständnis zwischen den beiden Männern wollte sie sich geradezu ausschütten vor Lachen. Doch Burdens Schwierigkeiten waren schnell bereinigt, danach ging alles ganz glatt und hatte sich genauso abgespielt wie Wexford vermutet hatte.

«Meine Frau ist ebenfalls Direktorin unserer Firma, genau wie ich», sagte Milvey großspurig. «Und selbstverständlich kennt sie das Geschäft in- und auswendig und weiß auch immer, was ich gerade tue.»

«Ich muß immer wissen, wo er gerade ist, falls Anrufe kommen», sagte Mrs. Milvey, die nicht so hochtrabend redete wie ihr Mann. «Der fünfzehnte April? Ich sehe mal im Buch nach, soll ich, Bill?»

In dem Moment erschien der Finanzbeamte, ein Mann Anfang Zwanzig, mit einem Aktenkoffer in der Hand. Milvey trennte sich nur widerstrebend vom Schauplatz der interessanteren – und vielleicht auch weniger alarmierenden – Untersuchung, aber er mußte gehen. Er führte den Mann vom Finanzamt in sein Büro und schloß die Tür. Mrs. Milvey lächelte Burden freundlich zu.

«Von Ostern bis Ende April haben sie in der Gegend von Myringham gearbeitet», sagte sie, nachdem sie im Terminbuch nachgesehen hatte. «Mit dem Green Pond haben sie erst einen Monat später angefangen.»

«Sind Sie sicher?»

«Ganz sicher. Da gibt es nicht den geringsten Zweifel. Hier steht es schwarz auf weiß. Green Pond. Einunddreißigster Mai. Außerdem fällt mir jetzt alles wieder ein. Bill hatte für Ende Mai einen großen Auftrag – sollte drüben in Sewingbury einen Teich trockenlegen, aber der Mann stornierte im letzten Moment. Glücklicherweise hatte jemand dem Forellenmenschen in Green Pond Hall unseren Namen genannt, er rief an und fragte, ob Bill den Teich säubern und ausbaggern könnte. Na ja, und da Bill zufällig frei war, weil der andere abgesagt hatte, sagte er, klar, ich fange am nächsten Montag an. Der Forellenzüchter muß ganz schön gestaunt haben.»

Die Bürotür ging auf, und Milvey streckte die Hand nach dem Terminbuch aus. Seine Frau gab es ihm.

«Haben Sie mit jemandem darüber gesprochen?»

«Wahrscheinlich. Es war ja kein Geheimnis und alles streng korrekt. Man erzählt den Leuten doch ganz gern mal eine Neuigkeit, nicht wahr? Und jetzt möchten Sie wissen, ob ich mit meiner Nachbarin Mrs. Williams darüber gesprochen habe, oder?»

«Nun, und haben Sie?»

«Ich hatte damals natürlich keine Ahnung, was mit ihrem Mann los war, das müssen Sie bedenken. Wir trafen uns, als ich einkaufen ging. Bill fuhr eben den Lieferwagen raus, und ich sagte in etwa: ‹Montag fängt er in Green Pond Hall an. Der neue Besitzer will Forellen züchten, haben Sie das gewußt?› So was ähnliches war's jedenfalls.»

«Aber Sie haben ihr zuverlässig gesagt, daß Ihr Mann am Montag, dem einunddreißigsten Mai, anfangen wollte, den Teich zu säubern?»

«Ich bin gar nicht auf die Idee gekommen, daß ich damit Schaden anrichten könnte.»

Hatte sie Schaden angerichtet? Wexfords Vermutung war falsch gewesen. Seinen Überlegungen zufolge hätte Mrs. Milvey Joy erzählen müssen, der Teich sei entweder schon gesäubert oder solle in ein paar Monaten gesäubert werden. Was Mrs. Milvey tatsächlich gesagt hatte, änderte alles, machte es aber nicht verständlicher. Hätte Joy die Reisetasche ihres Mannes, die sie in den Green Pond geworfen hatte, nicht am Wochenende wieder herausgeholt, nachdem sie erfahren hatte, daß die Arbeiten dort schon am nächsten Montag beginnen sollten? Die zweite Möglichkeit war, daß sie die Tasche ursprünglich woanders versteckt und erst in den Green Pond geworfen hatte, *als sie wußte, daß Milvey ihn schon in den nächsten Tagen in Angriff nehmen wollte*. Aber warum sollte sie etwas so Absurdes tun?

Die Ahnung hatte Wexford getrogen. Burden war jetzt drauf und dran, die zweite Möglichkeit zu testen. Soweit er es übersehen konnte, waren sie, trotz Edwina Kleins Aussage, der Lösung des Falles keinen Schritt näher gekommen. Nächste Woche nahm er wahrscheinlich schon Vaterschaftsurlaub ...

Der kahlköpfige James Ovington, der Sohn, war allein im Laden. Er lächelte so breit und freundlich wie immer. Burden fiel jedoch eine neue Eigenheit an ihm auf: er rieb sich ständig nervös die Hände. Der störrische Vater, der sie immer wieder bei ihrer Arbeit behindern wollte, war nicht in der Nähe.

«Wie kann ich Ihnen helfen? Was kann ich für Sie tun?»

«Sie haben hier eine bestimmte Methode, Ihre Maschinen zu kennzeichnen», sagte Burden. «Es ist kein Code, eher eine Art Kurzschrift. Als wir das letztemal hier waren, ist mir eine Maschine mit der Bezeichnung ‹E. Ten› aufgefallen. Ich wüßte gern, was diese Abkürzung zu bedeuten hat. Es war natürlich keine Remington 315, sonst hätten wir uns daraufgestürzt. Meine Frage ist so etwas wie ein Schuß ins Dunkle, und ich weiß nicht, ob ich mich sehr klar ausgedrückt habe.»

«Mir ist jedenfalls klar, daß Sie wissen wollen, was ‹E. Ten› bedeutet, und die Antwort darauf ist kinderleicht.»

«Eric Tennyson», sagte Ovington. «‹E. Ten› hat nichts anderes zu bedeuten als Eric Tennyson.»

Ein zweiter Glückstreffer. «Wissen Sie zufällig, ob er eine Tochter namens Nicola hat?»

«Doch, ich weiß es. Seine Tochter heißt Nicola.»

Die Freundin von Veronica Williams, ihr Heim das Haus, in dem sich Veronica regelmäßig am Dienstag nach der Schule aufhielt. Aber die Schreibmaschine mit dem Anhäger ‹E. Ten› war keine Remington 315. Es sei denn ...

«Eine Olivetti», sagte Ovington. «Sie haben noch eine Maschine, aber ich weiß nicht genau, welches Fabrikat, Mrs. Tennyson erledigt Schreibarbeiten für Leute, ich meine, es ist ihr Beruf.» Ovington sah wieder aus, als fühle er sich nicht wohl in seiner Haut. «Ich glaube, ich sollte es Ihnen sagen.» Das klang, als wolle er etwas beichten, das ihn schon lange schwer belastete. «Es sind meine Freunde. Ich hätte es Ihnen schon sagen müssen, als Sie das letztemal hier waren.»

«Aber warum sollten Sie nicht mit ihnen befreundet sein, Mr. Ovington?»

«Nun ja, weil sie auch Freunde von Mrs. Williams sind. Ich meine die Mrs. Williams, deren Mann ermordet wurde. Seinetwegen führen Sie doch die Ermittlungen durch. Ich will sagen, daß ich sie dort kennengelernt habe, bei den Tennysons.»

«Was wollen Sie mir wirklich sagen, Mr. Ovington?»

Er lächelte wieder, angestrengt diesmal, und die unnatürlich gespannten Muskeln verwandelten sein Gesicht in eine Grimasse. Er rieb sich fest die Hände und verschränkte sie dann im Rücken, um die Geste nicht zu wiederholen. Der gelbliche Lichtschein der flachen Deckenleuchten im Lager fiel auf seinen haarlosen Kopf. Warum verglich man die Köpfe völlig kahler Männer eigentlich mit Eiern? Ovingtons Kopf ähnelte am ehesten einem blankpolierten Kieselstein.

«Noch einmal – was wollen Sie mir wirklich sagen, Mr. Ovington?»

«Ich habe mich mit ihr angefreundet. Mit Mrs. Williams. Es war nichts Unrechtes dabei, das meine ich nicht. Ich lernte sie bei Eric kennen, und wir tranken hin und wieder ein Glas zusammen, gingen spazieren und so. Als es so aussah, als sei ihr Mann nun doch – ich meine, als es so aussah, als sei er für immer gegangen, da habe ich gehofft, es könnte etwas Ernsteres daraus werden.» Er sprach abgehackt, stotternd, unfähig, die Situation zu meistern, in die er sich gebracht hatte. «Es war nichts Unrechtes dabei, das möchte ich noch einmal betonen.»

Burden ließ sich von dem flüchtigen Gedanken ablenken, daß Wendy Williams sich von kahlköpfigen Männern angezogen fühlen mußte. Zuerst Rodney Williams mit seiner übertrieben hohen Stirn, die blank war wie ein Apfel, und dann dieser Kieselkopf.

«Aber ich dachte mir», fuhr Ovington ernsthaft fort, «daß es unrecht von mir wäre – unloyal, wissen Sie –, die Beziehung zu diesem kritischen Zeitpunkt zu verleugnen. So als verließe ich beim ersten Hahnenschrei das sinkende Schiff. Wenn Sie verstehen, was ich meine.»

Burden verstand es annähernd. Diese herrliche Metapher hätte Wexford diebischen Spaß gemacht, dachte Burden. Und jetzt zu den Tennysons. Eine halbe Stunde später erreichte er ihr Haus an dem gegen Haldon Finch zu gelegenen Ende von Pomfret. Mrs. Tennyson teilte ihm mit, ihre Tochter sei beim Camping in Schottland und komme erst am Monatsletzten zurück. Aber vielleicht könne sie ihm helfen?

Ihr Mann hatte die reparierte und gewartete Olivetti vor drei Tagen vom Pomfret Office Equipment abgeholt. Ja, sie habe noch eine kleine Reiseschreibmaschine, die sie benutzte, während die andere einmal im Jahr gründlich überholt werde. Sie zeigte sie Burden: eine Remington 315.

Burden spannte das Blatt Papier ein, das sie ihm gab. «tausend Jahre sind vor Deinem Angesicht wie ein Abend, der vergangen ist ...» Ein Fehler in der Spitze des großen A, in der Oberlänge des kleinen t, der obere Teil des Kommas verschmiert ...

«Ich habe sie bei Gott noch nie gesehen, bis Sie uns hier zusammenbrachten.»

Das war Wendy.

Joy schwieg.

«Ich unterstelle, daß Sie beide sich schon lange kennen. Meiner Meinung nach war es so: Mrs. Joy Williams kaufte eines Tages bei Jickie etwas ein, Sie kamen ins Gespräch und stellten fest, daß Sie mit demselben Mann verheiratet waren. Das war vor etwa einem Jahr. Seither standen Sie miteinander in Verbindung.»

Joy stieß ihr kaltes, rasselndes Lachen aus, das dem Gackern eines Federwilds glich.

«Warum sollte ich es wohl abstreiten, wenn ich schon früher über sie Bescheid gewußt hätte?» fragte Wendy.

Joy antwortete. Sie wandte sich nicht direkt an Wendy, das hatte sie bisher nur getan, um sie zu beschimpfen, aber sie traf die erste Feststellung, die sich nicht feindselig gegen die andere Mrs. Williams richtete.

«Wenn Sie und ich uns schon früher gekannt hätten, hätten wir seiner Meinung nach Rod ermorden können.»

«Ich hätte wahrscheinlich viel eher sie umgebracht», sagte Wendy arrogant. Sie schaute hinunter und entdeckte eine Laufmasche in ihrer weißen Strumpfhose. Wie ein Tausendfüßler kroch sie an der Außenseite ihres rechten Beins hinauf. Joy sah sie auch. Sie heftete den Blick auf die langsam höher gleitende Masche und verzog den Mund fast zu einem Lächeln.

«Jemand», sagte Wexford und sah dabei Joy an, «hat am Freitag, dem 16. April, bei Sevensmith Harding angerufen und gesagt, Rodney Williams sei krank und könne nicht zur Arbeit kommen. Das Mädchen, das den Anruf entgegengenommen hat, ist ziemlich sicher, daß es Ihre Stimme war, Mrs. Williams.»

«Sie kennt meine Stimme nicht. Wie sollte sie auch, wer sie auch sein mag? Ihnen scheint entfallen zu sein, daß ich nicht wußte, daß Rod dort arbeitete.»

Die Tür ging auf, und Burden streckte den Kopf herein. Wendy leckte sich die Fingerspitze und betupfte die Laufmasche, doch es half nichts, die Masche lief plötzlich ein ganzes Stück weiter nach oben. Vielleicht löste das bei Joy rasselndes Gelächter aus. Wexford stand auf, ging aus dem Zimmer und ließ die beiden Frauen mit den beiden Kriminalbeamtinnen allein.

Burden hatte seine Schriftproben ins Labor des gerichtsmedizinischen Instituts geschickt. Er gab Wexford einen zusammenfassenden Bericht über seine Unterhaltung mit Mrs. Tennyson. Sie hatte den Kündigungsbrief nicht geschrieben, und es hatte sie auch niemand darum gebeten. Wendy Williams kannte sie seit Jahren, ihre Bekanntschaft mit Rodney war jedoch nur sehr oberflächlich gewesen. Ihre Töchter waren im selben Alter, gingen zusammen in die Schule, und eine war die «beste Freundin» der anderen.

«Könnte Wendy den Brief getippt haben?» fragte Wexford. «Ich meine, hatte sie Zugang zu dieser Maschine? Wenn es sich um einen vorbedachten Mord handelte, und es sieht mir ganz danach aus, könnte sie den Brief Tage, ja, schon Wochen vorher getippt haben.»

«Mrs. Tennyson zieht sich in ein Zimmer zurück, das sie als Büro benutzt, und tippt dort drei bis vier Stunden täglich. In der Regel benutzt sie die Olivetti, und die Remington wird nicht einmal dort aufbewahrt. Sie steht gewöhnlich in einem Schrank in der Diele, außer ihr Mann oder ihre Tochter brauchen sie. Nicola tippt ihre Schulaufsätze darauf. Das ist an der Gesamtschule Haldon Finch offenbar erlaubt. Kaum zu glauben!»

«Ich finde das recht vernünftig», sagte Wexford. «Außerdem praktisch und völlig harmlos. War Wendy jemals allein in diesem Haus?»

«Anfang April kam sie einmal Veronica abholen. Es war schon dunkel oder spät, oder sie war einfach zufällig in der Nähe gewesen. Die beiden Mädchen waren noch nicht zu Hause, und Mrs. Tennyson mußte noch etwas fertigtippen. Sie hat Wendy fast zehn Minuten allein gelassen, sagt sie, bis sie ihre Arbeit abgeschlossen hatte.»

«Wendy hätte wissen müssen, wo die Maschine aufbewahrt wird. Sie hätte Papier gebraucht. Aber ich finde trotzdem, daß wir der Antwort auf die Frage, wie und wo der Brief getippt wurde, ein gutes Stück näher gekommen sind. Und jetzt wieder zurück zu unserer Schreibmaschine. Was wäre günstiger, als eine zu benutzen, die normalerweise in einem Schrank steht? Es war pures Glück, daß wir von ihr erfahren haben.» Er hörte aufmerksam zu, während Burden ihm von Ovington berichtete. «Ist das ein Motiv, Mike? Wir kommen immer wieder darauf zurück, daß ein Motiv fehlt. Aber wenn Wendy Ovington heiraten wollte ...»

«Wen wollte Joy heiraten?»

«Ja, okay, ich verstehe, was Sie meinen. Wenn sie es getan haben, dann nur gemeinsam, und Joy hätte wohl kaum geholfen, Rodney zu ermorden, damit Wendy jemand anders heiraten konnte.» Wexford trommelte mit der Faust gegen seine Stirn. «Ich bin ein Narr! Da gibt es kein Motiv. Wenn Wendy über Joy Bescheid wußte, war ihr auch klar, daß sie mit Rodney nicht verheiratet war und jemand anders heiraten konnte, ohne mit dem Gesetz in Konflikt zu kommen ... Was ist mit dem Messer? Wir werden nie schlüssig beweisen können, daß es die Tatwaffe war. Es könnte Joy oder Wendy gehört haben.»

«Wendy arbeitet bei Jickie, und die führen solche Messer.»

«Wendy arbeitet dort, aber alle Welt kauft dort ein.» Wexford überlegte einen Augenblick. «Bei dem Zeug, das wir in Rodney Williams' Schlafzimmer in der Liskeard Road gefunden haben, war ein Kostenvoranschlag eines Malers und Dekorateurs, der Wendys Wohnzimmer malen sollte. Und als wir das erstemal dort waren, muß das Zimmer tatsächlich erst kurz vorher renoviert worden sein. Von dieser Firma? Von einer anderen? Von Wendy selbst? Ich finde, daß wir uns darum kümmern sollten. Sie nicht auch?»

Burden sah ihn an. Sie dachten beide daran, daß Rodney Williams erstochen worden war. Ein Stich hatte die Halsschlagader zerfetzt. «O ja, das finde ich auch», sagte er.

Der Tag war sehr warm und stickig, ein drückender, schwüler, fast sonnenloser Tag, wie man sie nur Ende August kennt. In den wenigen Minuten, die sich Wexford und Burden in Wexfords Büro aufgehalten hatten, bei geöffneten Fenstern und ganz leicht in einem kaum merklichen Luftzug schwankenden Jalousien, hatte Wexford die Jacke ausgezogen. Jetzt schlüpfte er wieder hinein und ging hinunter in das Verhörzimmer, in dem die beiden Frauen auf ihn warteten.

# 17

Am nächsten Tag prangte auf den Titelseiten der meisten überregionalen Zeitungen ein Foto von Joy und Wendy, als sie gemeinsam die Polizeistation von Kingsmarkham verließen. Den sensationeller aufgemachten Blättern gelang es, den Eindruck zu erwecken, daß sie nicht aus dem Gebäude kamen, sondern hineingingen; was die Leser natürlich zu der Spekulation anregen sollte, ob die beiden Frauen vielleicht sogar festgenommen worden waren. Joy hielt sich die Hand vor das Gesicht und Wendy blickte mitleiderregend in die Kameras, eine verzweifelte und verlorene Seele im Kittelkleid eines kleinen Mädchens. Die Laufmasche in ihrer Strumpfhose war grausam deutlich zu sehen. Burden stand in der Nähe, kühl, ziemlich abweisend, in einem neueren Anzug.

«Du siehst jung und sehr gut aus», sagte Jenny beim Frühstück. «Aber viel zu dünn.» Sie rutschte mit ihrem ungeheuren Gewicht auf ihrem Stuhl herum und schob ihn zurück.

«Das macht der Kummer.»

«Wahrscheinlich hast du recht, armer Mike.» Sie hob die Arme und legte sie um ihn. Das konnte sie jetzt nur noch im Sitzen. Er hielt sie fest und dachte: Vielleicht wird noch alles gut, vielleicht stehen wir das durch.

Es war noch nicht neun Uhr, und er trat in einen Morgen hinaus, der alles andere als frisch war. Wieder war es bedeckt, stickig und schwül. Der Himmel war eintönig fahlgrau, die Sonne eine weiße Scheibe, die durch das Grau schien. Solche Tage, dachte er, kennt man nur in England. Fünfzig von ihrer Art nennt man bei uns Sommer.

Wie viele Baufirmen, Maler und Dekorateure gab es in Pomfret? In Kingsmarkham? Und dabei mußte man nicht nur richtige Firmen, sondern Einmann-Betriebe berücksichtigen und auch die Leute, die in ihrer Freizeit schwarz arbeiteten. Wenn er Glück hatte, hatten die Williams' die Arbeit von der Firma ausführen lassen, von der der Kostenvoranschlag stammte.

Er ging nicht gleich in die Polizeistation und war daher nicht anwesend, als Hope Harmer anrief und sagte, ihre Tochter sei verschwunden. Sie sei die ganze Nacht nicht zu Hause gewesen und auch am Morgen nicht erschienen.

John Harmer war in seiner Apotheke, und das Geschäft lief wie sonst auch. Wenn Kunden kein Rezept vorlegten, das erst zubereitet werden mußte, sondern in der Drogerieabteilung Seife oder einen Einweg-Rasierer erstehen wollten, kam Harmer heraus und bediente sie. Er wollte nicht wahrhaben, daß seiner Tochter etwas passiert sein konnte. Sie war eine erwachsene Frau und wußte sich zu wehren, das bewiesen ihre Erfolge beim Judo. Wahrscheinlich hatte ihre Abwesenheit etwas mit diesem Emanzen-Unsinn zu tun.

Paulettes Mutter bediente auch wie sonst im Laden, aber vielleicht nur unter dem Druck ihres Mannes. Sie hatte vom Geschäft aus telefoniert. Was wahrscheinlich den Schlußpunkt unter eine heftige eheliche Szene gesetzt hat, dachte Wexford. Hope Harmer war in einem erbärmlichen Zustand. Sie war eine Frau, der es nur bekam, wenn sie glücklich war. Sie war leicht zufriedenzustellen, und wenn sie zufrieden war, blühte sie auf. Angst hatte bei ihr dieselbe Wirkung wie bei einem Tier, ihr Gesicht fiel ein, ihre Züge erstarrten, ihr glänzendes Haar wurde stumpf, und ihre freundlich blickenden Augen wurden matt und ausdruckslos.

Wexford war mit Martin gekommen, und die beiden waren gewissermaßen Starbesetzung, was für eine einfache Vermißtenanzeige ungewöhnlich war – aber man mußte eben den besonderen Umständen gerecht werden.

«Mein Mann meint, ich konnte ja nichts anderes erwarten, wenn ich sie dauernd mit ihrem Freund ausgehen lasse und ihr auch erlaube, bei ihm zu übernachten. Aber so machen's heutzutage doch alle, und man kann nicht gegen den Strom schwimmen. Außerdem sind sie verlobt, und ich sage immer, wenn man sich wirklich liebt ...»

Sie redete, nur um etwas zu sagen, stockte aber immer wieder und rang die Hände.

«War Paulette gestern abend mit ihrem Verlobten unterwegs?»

«Nein, er ist in Birmingham. Er mußte geschäftlich nach Birmingham.»

Nicht zum erstenmal wunderte sich Wexford darüber, wie unlogisch das menschliche Denken sein kann.

«Aber sie ist trotzdem ausgegangen? Wohin?»

«Das weiß ich nicht. Sie hat es mir nicht gesagt. Es war gegen sieben, als sie ging.»

«Und Sie wollten nicht wissen, wohin sie ging?» frage Martin.

«Ob ich's nicht wissen wollte? Natürlich wollte ich das. Wenn es nach mir ginge, wüßte ich immer, wo sie ist – jede Minute, jeden Tag und jede Nacht. Ich wollte damit nur sagen, daß ich sie nicht gefragt habe. Ich habe mich gezwungen, es nicht zu tun. Als sie jünger war, sagte ihr Vater immer: Ich will wissen, wohin du gehst und mit wem du zusammen bist, aber wenn du erst mal achtzehn und nach dem Gesetz erwachsen bist, kannst du tun und lassen, was du willst. Tja, und jetzt ist sie achtzehn und hat natürlich nicht vergessen, was ihr Vater gesagt hat, und er ebensowenig, und er verbietet mir, sie zu fragen. Außerdem würde mir Paulette sowieso nicht antworten.»

Die bedauernswerte Frau stand zwischen Mann und Tochter und wurde zweifellos von beiden tyrannisiert. Oder war sie froh gewesen, daß man es ihr abgenommen hatte, Entscheidungen zu treffen und Entschlüsse zu fassen?

«Erzählen Sie mir, was später passierte? Sie sind natürlich nicht aufgeblieben, um auf sie zu warten?»

«Ich wollte schon. Weil ich ja wußte, daß Richard in Birmingham ist. Aber John sagte, er dulde nicht, daß ich mich in eine Hysterie reinsteigere. Er nahm eine Schlaftablette und überredete mich, auch eine zu nehmen.»

Wahrscheinlich nahm man bei Harmers bei jeder Gelegenheit Beruhigungsmittel, da sie ja unbegrenzt zur Verfügung standen.

«Heute morgen habe ich – na ja, ich hatte ihre Schlafzimmertür offen gelassen, damit ... Ich meine, wenn sie morgens zu ist, weiß ich, daß sie nach Hause gekommen ist. Ich mußte mich zwingen, meine Tür aufzumachen und nachzusehen. Ihre Tür stand noch offen – es war ein solcher Schock, daß ich ... Ich schaute natürlich hinein, es war ja möglich, daß sie nach Hause gekommen war und die Tür nicht geschlossen hatte. Aber das war nicht der Fall. John war noch nicht beunruhigt. Ich schaffte es einfach nicht, ihm begreiflich zu machen, daß Paulette nicht bei Richard sein konnte, da er doch in Birmingham war ...»

Mrs. Harmer brach in Tränen aus. Anstatt den Kopf auf die Arme zu legen, lehnte sie sich zurück, ließ den Kopf nach hinten hängen und jammerte und weinte. Martin holte John Harmer aus dem Laden, der einen verärgerten und gequälten Eindruck machte. Als er seine Frau weinen hörte, legte er die Hände auf die Ohren. Zwar wurden die Geräusche dadurch nicht gedämpft, doch er gab durch diese Geste zu verstehen, daß es ihn anwiderte, wie sie sich aufführte.

«Sie soll ein Valium nehmen», sagte er. «Das wird ihr helfen, sich zusammenzureißen.»

«Sie sollte lieber nach Hause gehen, Mr. Harmer», entgegnete Wexford. «Und Sie sollten sie begleiten. Vergessen Sie mal für kurze Zeit ihren Laden.»

Godwin und Sculp hatten die Malerarbeiten bei Wendy Williams nicht durchgeführt, wußten jedoch, wer es getan hatte – ein Mann, der früher bei ihnen angestellt gewesen war, sich dann selbständig gemacht hatte und seine alte Firma, wie Burden erfuhr, bei jeder Gelegenheit unterbot. Leslie Kitman aufzutreiben, war nicht so einfach. Er war nicht verheiratet, und seine Mutter wußte nicht genau, wo ihr Sohn war. Sie gab Burden fünf Adressen und meinte, unter einer werde er ihren Sohn wohl finden: es waren eine Farm zwischen Pomfret und Myfleet, ein Mietshaus in der Queen Street, Kingsmarkham, ein Cottage in Pomfret und zwei Häuser in der neuen Siedlung außerhalb von Stowerton. Kitman war in keinem dieser Häuser, aber im zweiten Haus in Stowerton sagte man Burden, wenn er Glück habe, treffe er Kitman in der – Liskeard Avenue.

Und dort fand ihn Burden auch, auf der höchsten Sprosse einer Leiter, drei Häuser von Wendy Williams entfernt. Das Haus glich dem von Wendy, grauer Stein, weiße Verschalung auf der Wetterseite, Panoramafenster. Kitman strich einen Fensterrahmen im obersten Stock. Als Burden, am Fuß der Leiter stehend, hinaufrief, wer er war, antwortete Kitman sofort mit einer ganzen Litanei von Gründen, wieso er die Autosteuer noch nicht bezahlt hatte. Burden hatte den Wagen gar nicht bemerkt und noch weniger, daß die Steuerplakette Ende Juni hätte erneuert werden müssen. Nach einiger Zeit begriff Kitman jedoch und kletterte schnell die Leiter herunter, in der Hand einen triefenden Pinsel, mit dem er den Rasen weiß sprenkelte.

Als Wendy Williams am Abend vorher völlig erledigt von der Polizei zurückgekommen war, hatte sie sich im Bett verkrochen und war nicht mehr aufgestanden. Veronica hatte ihr Tee und Butterbrote ans Bett gebracht. Etwas anderes schien ihr Magen nicht zu vertragen, wenn sie sich aufregte. Joy Williams war mit ihrer Tochter ebenfalls zu Hause gewesen. Zumindest hatten sie sich in demselben Haus aufgehalten. Sara in ihrem Zimmer, wie üblich, Joy vor dem Fernseher. Zwischendurch nahm sie immer wieder einen Anlauf, das Antragsformular für Saras Studienbeihilfe fertig auszufüllen. Kevin hatte, obwohl es Donnerstag war, nicht angerufen. Diesen Gefallen tat er seiner Mutter nur, wenn er im College war, aber nicht, wenn er sich während der Ferien irgendwo herumtrieb.

Das waren die Alibis, die Wexfords Hauptverdächtige beibrachten. Richard Cobb kam am Nachmittag aus Birmingham zurück und schilderte Wexford bis ins kleinste, was er am Abend vorher getan hatte. Wexford fand es offensichtlich zufriedenstellend. Die Polizei in Birmingham würde Cobbs Angaben trotzdem überprüfen. Um sechs Uhr war Paulette noch immer nicht zu Hause, und Wexford wußte, daß sie nie wieder nach Hause kommen würde, er fühlte es im tiefsten Innern.

Der Tag war schwül und wolkenverhangen. Seit Stunden schon hatte ferner Donner gegrollt, Wind war aufgekommen, ein trockener, heftiger Wind, der aber ohne Einfluß auf die Temperatur blieb. Es blieb trotzdem heiß und stickig. Wexford und Burden saßen im Büro des Chief Inspectors. Noch wurde offiziell nicht nach Paulette gesucht. Wo sollte man auch suchen?

«Meiner Meinung nach», sagte Wexford, «hat Paulette Harmer das Phanodorm besorgt, mit dem Rodney Williams betäubt wurde. Sie konnte es, es war für sie mit keinerlei Schwierigkeiten verbunden. Jetzt frage ich mich, ob sie vielleicht die Nerven verloren und jemandem – nun ja, natürlich Joy – erklärt hat, sie werde gestehen, bevor man sie überführe.»

«Es gibt natürlich auch noch eine andere Möglichkeit ...» Burden beendete den Satz nicht.

Wexford schaute geistesabwesend aus dem Fenster. Es war längst Feierabend, aber er hatte keine Lust, nach Hause zu gehen. Das Wetter, die Atmosphäre, die späte Stunde schienen auf etwas zu warten. Der Donner war natürlich schon an sich eine Drohung, ein Zeichen aufziehenden Gewitters, schien jedoch auch eine emotionale Gefahr zu enthalten, als braue sich eine Tragödie zusammen.

«Erzählen Sie mir von Kitman», sagte Wexford. «Alle Einzelheiten.» Burden hatte ihm seine Unterhaltung mit dem Maler schon in groben Umrissen wiedergegeben.

«Er hat am vierzehnten April bei Wendy angefangen. Das Zimmer war tapeziert, sagte er, und er mußte zuerst die Tapeten abreißen. Er brauchte zwei Tage dazu, und als er am Fünfzehnten Feierabend machte, war er noch nicht ganz fertig.»

«Er hätte Sevensmith Hardings *Sevenstarker* benutzen sollen», warf Wexford ein und zitierte: «‹Die saubere, schnelle und glatte Methode, alte Tapeten zu lösen.›»

«Vielleicht hat er das Zeug ja benutzt. Er sagt, die Möbel hätten alle noch an Ort und Stelle gestanden, aber er habe seine eigenen Tücher zum Zudecken mitgebracht. Als er am nächsten Morgen – am Freitag, dem Sechzehnten – wiederkam, waren ein paar Möbel abgedeckt, und die Tücher lagen zusammengefaltet daneben. Doch so war es meiner Meinung nach auch am Morgen des Fünfzehnten und an anderen Morgen. Wendy und Veronica hielten sich ja noch ziemlich viel in diesem Zimmer auf.»

«Ist ihm am Freitagmorgen noch etwas aufgefallen?»

«Ein Fleck an der Wand wäre nach unserem Herzen, nicht wahr? Ein großer Blutfleck. Und die Abdecktüchter voller Blut. Aber es war nichts da, und wenn doch, kann er sich nicht mehr daran erinnern, oder er hat es nicht bemerkt. Sie dürfen nicht vergessen, daß die Wände sowieso verschmiert und fleckig waren. Und am Sechzehnten bekam das Zimmer den ersten Anstrich, und damit war ohnehin alles verdeckt, was eventuell vorhanden war. Etwas ist ihm allerdings aufgefallen, und ich habe ihn nicht danach gefragt. Er ist ganz von selbst damit herausgerückt. Anscheinend hat es ihn seither immer wieder beschäftigt. Eines der Tücher gehörte nämlich nicht ihm.»

«*Was*?»

«Ja. Ich dachte mir schon, daß Sie dabei aufhorchen werden. Er hat ein paar alte Tüchter, die er immer mitnimmt, um Möbel oder Fußböden damit zuzudecken. Es sind Bettlaken, zwei Vorhänge und eine gestickte Überdecke aus dünnem Musselin. Angeblich waren, als er am Fünfzehnten mit der Arbeit Schluß machte, alle Möbel und ein Teil des Teppichs mit seinen Tüchern zugedeckt. Es waren übrigen sechs. Als er am nächsten Morgen wiederkam, lagen drei Tücher zusammengefaltet auf dem Boden. Er dachte sich nicht viel dabei, stellte jedoch fest, daß eins seiner Tücher durch ein anderes ersetzt worden war. Es war neuer als die seinen und viel besser erhalten.»

«Hat er Wendy danach gefragt?»

«Er sagt ja. Am Samstag. Sie behauptete, sie wisse nichts davon. Und ihm war es schließlich egal. Er hatte seine sechs Tücher, und damit war für ihn alles in Ordnung. Man geht nicht zur Polizei, weil einem jemand ein altes Laken weggenommen und ein anderes dafür hingelegt hat. Aber irgendwie habe es ihn beschäftigt, sagt er. Es hat immer wieder in ihm gebohrt, wie er es ausdrückt.»

Wexford nickte. «Die von einem Bettlaken abgerissenen Streifen um Williams' Hals. Die Krümel im Kofferraum.»

«Holen wir uns die beiden Frauen wieder?»

«Aber selbstverständlich.»

Es war Freitag. Der letzte im Monat. Am letzten Freitag im Monat trifft sich ARRIA, dachte Wexford. Nein, am letzten Donnerstag. Gestern vor zwei Monaten war er zu den Freeborns gegangen und hatte eine Versammlung gestört.

Er griff zum Telefon und sprach mit John Harmer. Paulettes Vater hatte jetzt auch Angst, war nicht mehr gelassen und überheblich. Seine Frau schlafe, sagte er. Wahrscheinlich mit einer hohen Dosis Valium, dachte Wexford.

«Es wimmelt bei uns von Polizisten», sagte Harmer.

«Ich weiß», antwortete Wexford trocken. Er fand, daß Harmer sich nicht besonders glücklich ausdrückte, wenn er über die Suchaktion sprach, die Wexford in der engeren Umgebung des Hauses durchführen ließ. Er hörte Harmer am anderen Ende der Leitung laut atmen. Seine Stimme hatte rauh und unsicher geklungen.

«Leider kann ich Ihnen nicht sagen, es gebe keinen Anlaß zu ernster Sorge, Mr. Harmer. Es tut mir sehr leid. Ich denke, Sie sollten auf eine sehr schlimme Nachricht gefaßt sein. Aber sagen Sie Ihrer Frau vorläufig lieber nichts.»

«Sie nehmen doch nicht an, daß ich sie wecken und ihr sagen werde, ihr einziges Kind sei tot, oder?»

Wexford verabschiedete sich höflich und legte auf. Harmers Grobheit bereitete ihm sogar eine gewisse Genugtuung. Sie war unter diesen Umständen mehr als entschuldbar und bewies zumindest, daß Harmer als Ehemann nicht so gefühllos war, wie er geglaubt hatte. Morgen früh sollte die Suche nach Paulette ausgeweitet werden. Bis dahin wußte er vielleicht schon ungefähr, in welche Richtung und wie weit.

Ein paar Regentropfen schlugen gegen die Fenster und sahen aus wie kleine Bläschen im Glas. In der Gegend von Myringham krachte und grollte der Donner. Martin und Marion Bayliss brachten die beiden Damen Williams, und Wexford ging ins Verhörzimmer hinunter, um sie sich vorzunehmen. Wendy in ihrem Kostüm von Jickie, das Haar frisch gelegt – in der Friseurabteilung von Jickie –, war in Tränen aufgelöst und tupfte mit einem rosafarbenen Papiertaschentuch an ihren Augen herum. Joy hatte noch nie so heruntergekommen ausgesehen: zerrissene Sandalen an den bloßen Füßen, in einem zerdrückten Baumwollkleid, das von oben bis unten geknöpft war und an dem ein Knopf fehlte, ein Tuch um den Kopf gebunden. Sie sah wie eine Frau aus einem jener Flüchtlingsströme aus, wie sie in der neueren Geschichte so oft quer durch Europa zogen. Ihr Gesicht war grau und wirkte verzerrt.

Burden kam herein und setzte sich neben Wexford. Im Zimmer war es so dunkel geworden, daß sie Licht machen mußten. Aber es regnete noch nicht richtig. Als sich niemand die Mühe gab, Wendy zu trösten, und ihr auch niemand eine Tasse Tee anbot, hörte sie auf zu weinen. Mit bockiger Miene holte sie die Packung Papiertaschentücher aus der Handtasche und legte sie demonstrativ vor sich auf den Tisch.

«War Paulette Harmer das Mädchen, mit dem sich Ihr Mann getroffen hat?»

Wexford richtete die Frage an beide Frauen. Es war eine peinliche Situation. Er hatte das Gefühl, Bigamie wie etwas ganz Legales zu behandeln. Joy begann trocken zu gackern, noch verächtlicher als sonst. Wendy sagte, sie habe noch nie von einer Paulette Harmer gehört und wisse nicht, wer das sei.

«Wer war dann seine Freundin?»

«Er hatte keine», antwortete Joy. «Er hatte kein junges Mädchen.» Sie nickte zu Wendy hinüber. «Außer Sie zählen sie zu den jungen Mädchen. Ich würde sie jedenfalls nicht so nennen.»

Wendy schnüffelte und zog ein Taschentuch aus der Packung.

«Nun, Mrs. Williams», sagte Wexford zu ihr.

«Ich habe Ihnen doch schon gesagt, ich weiß es nicht.»

«Im Gegenteil. Sie haben gesagt, es gebe eins. Von diesem sehr jungen Mädchen, das hier in der Nähe bei seinen Eltern wohnt, haben Sie nie gehört? Es existiert nicht?»

Wendy sah Joy an. Ihre Blicke trafen sich. Zum erstenmal hatte Wexford das Gefühl, daß es zwischen ihnen ein geheimes Einverständnis gab. Dann wandte sich Wendy ruckartig ab und schüttelte heftig den Kopf.

«Rodney Williams hatte es auf junge Mädchen abgesehen», sagte Wexford. «Sie selbst sind ein Beispiel dafür, Mrs. Williams. Wie alt waren Sie, als Sie sich kennenlernten? Fünfzehn? Haben Sie deshalb jetzt diese junge Freundin erfunden? Weil Sie wußten, daß das in seiner Natur lag?»

«Ich habe sie nicht erfunden.»

Er merkte plötzlich, daß mit Joy eine Veränderung vorging. Sie zitterte vor Erregung. Ihre Hände umklammerten die Tischkante. Regen trommelte an die Fenster. Burden stand auf und schloß das Oberlicht. Joy beugte sich vor.

«Hat Sara mit Ihnen gesprochen?» fragte sie.

Es lag ihm auf der Zunge zu sagen, daß er hier die Fragen stelle. Aber er sprach es nicht aus. Er tastete sich vorsichtig weiter. «Möglich.»

«Das kleine Miststück!»

Wieso fühlte er, daß die beiden Frauen etwas Gemeinsames besaßen, und dieses Gemeinsame war nicht der tote Mann. Der Regen war jetzt zu einem laut prasselnden Wolkenbruch geworden. Sie haben voneinander gewußt, dachte er. Die Klein hat nicht gelogen. Sie waren miteinander verschworen und sind es jetzt wieder, sie spielen nicht mehr Theater ... Er wandte sich zu Joy um, und es war, als löse sein langsam näherkommender unnachgiebiger Blick eine Explosion aus.

«Na gut, ich sag's Ihnen, wenn Sie's unbedingt wissen wollen.» Ihre Stimme klang heiser. «Er war nicht hinter jungen Mädchen her – nicht hinter x-beliebigen jungen Mädchen. Sondern hinter seiner eigenen Tochter.»

## 18

So etwas gab es, es war nicht einmal ungewöhnlich. In letzter Zeit war es ein beliebtes Thema für populärwissenschaftliche soziologische Taschenbücher. Doch Wexford wäre nie auf den Gedanken gekommen, daß Vater-Tochter-Inzest bei diesem Fall ein auslösender Faktor sein könnte. Hinterher sollte er sich fragen, warum er nicht daran gedacht hatte, da er seinen Verstand kannte und wußte, wie er arbeitete. Doch jetzt, in diesem Verhörzimmer, mit den beiden Frauen, die ihm am Tisch gegenübersaßen, erinnerte er sich nur an *Die Cenci* und Beatrice und an seine Tochter, die in der Rolle der Beatrice auf die Bühne stürzte und schrie: «O Welt! O Leben! O Tag des Jammers!»

Da hätte er es begreifen müssen. Wendy hatte das Gesicht in den Händen verborgen. Joy hatte die Lippen zwischen die Zähne gezogen und starrte ihn an. Aus ihrem Mundwinkel kroch ein kleines Speichelbläschen. Sie streckte die Hand nach Wendys Papiertaschentüchern aus, zögernd, vorsichtig. Sie beobachtete Wendy wie ein alter Hund, der sich der Futterschüssel nähert, aber nicht weiß, was der junge Hund tun wird. Wendy nahm die Hände herunter. Sie sagte nichts. Sie gab den Papiertaschentüchern einen kleinen Schubs, daß sie in Joys Richtung rutschten. Burden saß mit dem üblichen Ausdruck eisiger Verachtung im versteinerten Gesicht da.

Wexford formte in Gedanken eine Frage, doch bevor er sie aussprechen konnte, sagte Joy:

«Sie ist zu mir gekommen und hat es mir gesagt. Ihrer eigenen Mutter! Seiner Frau! Sie sagte, er sei mitten in der Nacht in ihrem Zimmer erschienen. Er könne einfach nicht warm werden, hat er angeblich geklagt. Er konnte angeblich nie mehr warm werden, seit wir in getrennten Betten schliefen. Das hat er ihr gesagt. Und auch, daß sie ihn wärmen könnte. Warum hat sie nicht geschrien? Warum ist sie nicht weggelaufen? Er kam zu ihr ins Bett und hat es mit ihr getan. Ich werde das Wort nicht wiederholen, das sie benutzte, sie benutzen es alle – dafür. Es passierte, während ich schlief. Ich habe geschlafen, und er hat das mit seiner eigenen Tochter getan.»

Sie lachte. Es klang noch trockener als sonst und rasselte noch stärker, aber es war ein Lachen. Sie sah Wendy an und richtete das Lachen an sie. Und, dachte Wexford, sie mag mit ihr unter einer Decke gesteckt, sie mag es ihr schon längst anvertraut haben, «von Frau zu Frau», aber sie genießt es, es jetzt zu erzählen – in unserer Gegenwart, eine öffentliche, triumphierende Rache, mit der sie Williams bloßstellen kann.

Wie der Therapeut, mit dem Wexford sich verglichen hatte, wollte er sie reden lassen, ohne sie zu unterbrechen oder durch Fragen abzulenken. Wenn sie nur redete! Die Pause dauerte an. Wendy wandte den Blick ab und dem Fenster zu, vor dem der Regen dicht wie ein Vorhang fiel und einem das merkwürdige Gefühl gab, eingeschlossen zu sein. Sie bohrte sich die Finger so fest ins Gesicht, daß sie rote Druckspuren hinterließen. Ohne Aufforderung fuhr Joy fort:

«Sie hat gewartet, bis er zur Arbeit gegangen war, dann hat sie es mir erzählt. Ich bügelte ihr gerade eine Bluse für die Schule.» So ist zur Kränkung noch die Erniedrigung gekommen, wollte sie damit sagen. Daß der Vater die Tochter verführt hatte, wäre für die Mutter weniger kränkend und beleidigend gewesen, wenn sie eins von Kevins Hemden gebügelt hätte, als sie davon erfuhr. «Sie ist richtig rausgeplatzt damit. Sie dachte gar nicht daran, taktvoll zu sein, es mir rücksichtsvoll beizubringen. Er war ja nur mein Mann. Es war ja nur mein Mann, von dessen Untreue sie mir erzählte.» Wieder dieses Lachen, doch diesmal klang es wie ein Gespenst seiner selbst. «Ich wollte es nicht hören. Ich sagte zu ihr, erzähl mir nichts, ich will es nicht hören. Ich hielt mir die Ohren zu.»

Eine abwehrende Geste, die in der Familie Harmer-Williams üblich zu sein scheint, dachte Wexford. Er nickte Joy zu, weil er das Gefühl hatte, ihr irgendein Zeichen geben zu müssen.

«Ich hielt mir die Ohren zu», wiederholte sie. «Da fing sie an zu schreien. Ob es mir egal sei? Ob ich nicht außer mir sei? Natürlich bin ich aufgeregt, sagte ich. Keine Mutter bekommt gern zu hören, daß ihre Tochter so eine ist, nicht wahr? Ich sagte zu ihr: Erzähl das herum, und du reißt die ganze Familie auseinander. Dein Vater muß ins Gefängnis, und was werden die Leute von mir denken? Was soll Kevin seinen Freunden im College erzählen?»

«Wie haben Sie das gemeint, Mrs. Williams, als Sie sagten, Ihre Tochter sei ‹so eine›?» mischte Burden sich ein.

«Das ist doch wohl offensichtlich. Ich will nicht behaupten, daß er nicht schwach war.» Ein Blick zu Wendy hinüber, und dann die Augen flink wieder abgewandt. «Daß er das war, wissen wir alle. Aber er hätte das nie getan, ohne ...»

Sie unterbrach sich und sah Wexford an. Er erinnerte sich, daß Joy ihn vor seinem ersten Gespräch mit Sara mit den Worten «Gehen Sie ruhig hinauf, sie wird nichts dagegen haben. Eher das Gegenteil» zu ihrer Tochter ins Schlafzimmer geschickt hatte.

«Ohne Ermutigung?» sagte er.

Sie nickte ungeduldig. «Sie legte den Arm um ihn, um seine Aufmerksamkeit auf sich zu ziehen. Schließlich war sie nicht mehr zehn. Das habe ich ihr auch gesagt. ‹Du bist nicht mehr zehn› hab ich ihr gesagt. ‹Setzt dich auf seine Knie – was hast du denn erwartet? Aber jetzt halte gefälligst den Mund, das ist das Wenigste, was du tun kannst›, hab ich gesagt. ‹Denk zur Abwechslung auch mal an meine Gefühle.›»

«Und wann war das?»

«Vor Weihnachten. Das weiß ich genau, weil ich ihr noch sagte, sie habe sich eine feine Zeit ausgesucht. Schließlich wollten wir Weihnachten alle zusammensein.»

Wendy, die bisher ein ziemlich gleichgültiges Gesicht gemacht hatte, zuckte leicht zusammen. War ihr endlich klargeworden, wo und mit wem Rodney Williams immer Weihnachten gefeiert hatte? Nicht lange danach, erinnerte sich Wexford, wahrscheinlich in der ersten Januarwoche, hatte Edwina Klein die beiden Frauen im Kaffeehaus gesehen.

«Haben Sie es jemandem erzählt?» fragte Burden.

«Natürlich nicht. Wie hätte ich so etwas herausposaunen können?»

Er wandte sich an Wendy. «Wann haben Sie es von ihr erfahren? Oder sollte ich besser sagen: Wann hat sie Sie gewarnt?»

Wendy war über das, was Joy berichtet hatte, weder schockiert noch überrascht gewesen. Aber sie schüttelte den Kopf. «Sie hat mir nie was gesagt.»

«Aber Wendy!» Wexford hatte das Namensproblem endlich gelöst. «Joy ist irgendwie dahintergekommen, daß Sie existieren, und ist zu Ihnen gegangen, um Ihnen zu sagen, was Rodney für ein Mensch war. Und um Ihnen zu sagen, Sie sollten auf Ihre Tochter aufpassen.»

«Wie käme ich dazu?» rief Joy schrill und gackerte. «Was geht sie mich an?»

«Wendy», fuhr Wexford freundlicher fort, «wollen Sie uns wirklich weismachen, Sie hätten das von Rodney und seiner Tochter Sara nicht gewußt? Wollen Sie uns einreden, was Sie eben gehört haben, sei Ihnen ganz neu? Wenn ich Ihnen erklärt hätte, daß es regne, hätten sie nicht weniger überrascht aussehen können. Joy kam zu Ihnen ins Kaufhaus und sagte Ihnen, wer sie war, hab ich nicht recht? Und zwar eine Woche vor Weihnachten, meiner Schätzung nach. Woher sie wußte, wer Sie sind? Sie hatte Veronica auf der

Straße gesehen, und die Ähnlichkeit mit Sara war ihr aufgefallen. Man kann sie ja wirklich nicht übersehen ...»

Jetzt waren sie überrascht, beide, daran bestand kein Zweifel. Dann war seine Theorie also falsch. Nun, das machte nichts. Es hatte andere Möglichkeiten gegeben: Joy konnte Rodney gefolgt sein, ihn mit Wendy gesehen haben, eine Unzahl von Möglichkeiten.

«Sie lernten sich bei Jickie kennen und trafen sich nach Weihnachten wieder. Bestimmt hat es viele solcher Treffen gegeben.»

Die Augen voller Tränen, sprang Wendy auf und packte eine Handvoll Papiertaschentücher.

«Ich möchte allein mit Ihnen sprechen. Nur Sie und ich ganz allein!»

«Aber selbstverständlich», sagte Wexford.

Er stand auf. Burden wartete nicht, bis er den Raum verlassen hatte, sondern begann sofort mit der Befragung von Joy. Wann war ihr zum erstenmal der Verdacht gekommen, daß Rodney ein zweites Zuhause hatte? Hatte sie ihn je danach gefragt? Über diese Vermutung lachte Joy gerade, als Wexford die Tür hinter sich zumachte. Er ging mit Wendy in sein Büro hinauf. Der Regen hatte nachgelassen, rann, rieselte, tropfte nur noch die frischgewaschenen glänzenden Scheiben hinunter. Die Dämmerung war noch nicht hereingebrochen, und der Himmel war fast durchsichtig grau, denn hinter den Wolken schien die Sonne. Wendy taumelte leicht, als sie den Raum betrat. Wexford hielt es jedoch für unklug, sie anzufassen, auch wenn er sie nur festhalten wollte. Sie griff nach dem Türrahmen und warf Wexford einen jammervollen Blick zu.

In den Sessel, den er ihr zurechtrückte, setzte sie sich so vorsichtig, als glaube sie, plötzlich zerbrechlich geworden zu sein. Sie hatte sich in eine Rekonvaleszentin verwandelt, die zögernd ihre Fühler in die Welt streckt.

«Was wollen Sie mir sagen, Wendy?» Er hatte es jetzt endgültig aufgegeben, eine der beiden Mrs. Williams zu nennen.

Sie flüsterte die Antwort, spielte weiterhin die Kranke, eine gebrochene Frau, die Schultern hochgezogen, mit blassem Gesicht.

«Dasselbe wie sie.»

«Tut mir leid, Wendy, da müssen Sie sich schon ein bißchen deutlicher ausdrücken.»

«Es war bei uns genauso. So wie sie es gesagt hat. Oder – es hätte so sein können. Ich meine, er hätte es getan, aber er ist vorher verschwunden und ließ sich ermorden.»

Wexford ging ein Licht auf. «Sie meinen Rodney machte auch bei Veronica Annäherungsversuche? Ich habe doch richtig verstanden, daß es nur Versuche waren?»

Sie nickte. Die Tränen strömten ihr jetzt aus den Augen. Die Papiertaschentücher, die sie sich vorhielt, saugten sich voll.

«War das, bevor Joy Sie warnte, oder hinterher?»

Ein Schulterzucken, dann begann sie am ganzen Körper zu zittern. Das Make-up wurde von den Tränen abgewaschen, und Wendy zeigte Wexford ein junges, nacktes und verzweifeltes Gesicht.

«Hat er Veronica ein bißchen mehr Aufmerksamkeit gezeigt, als unsere Gesellschaft dem Vater einer halbwüchsigen Tochter zubilligt? Hat sie es Ihnen erzählt, oder ist es Ihnen selbst aufgefallen? Hat er sie geküßt und ihr gesagt, es sei schön, mit ihr allein zu sein, viel schöner, wenn Sie nicht im Weg wären?»

Sie sprang auf. «Ja!» schrie sie. «Ja, ja, ja!»

«Daher haben Sie Ihrer Tochter am fünfzehnten April auch geraten, abends nicht zu Hause zu bleiben, obwohl Sie nicht recht daran glaubten, daß Rodney zurückkommen würde? Sie sagten ihr, sie dürfe es nicht riskieren, mit ihm allein zu sein. Und sie sollte erst wiederkommen, wenn Sie zu Hause wären?»

Schuld lastete jetzt schwer auf ihrem Gesicht, verdrängte die Empörung. Er hatte das Gefühl, daß sie gleich gestehen würde.

«Oder haben Sie Veronica weggeschickt, damit Sie mit Rodney allein sein konnten? Sie und Joy?»

Die Luft war glasklar, der Regen hatte aufgehört, der Himmel schimmerte in zweierlei Blau, einem reinen dunklen Azur und dem rauchigen Blau der sich türmenden Wolken. Neun Uhr, und es wurde allmählich dunkel. Das Regenwasser bildete durchsichtige Pfützen, in denen sich der Himmel spiegelte. Die Luft war ungewöhnlich kühl, beinahe ein bißchen schneidend. Vor morgen früh würde es wieder regnen. Wexford erkannte es an der kristallenen Klarheit der Luft und an ihrem Geruch. Er verließ die Polizeistation zu Fuß und ging immer weiter, um den beengten vier Wänden zu entkommen, der Dumpfheit, den Millionen ausgesprochener Worte, der Last der Lügen ...

Wenn jemand früher ein Alibi gebraucht hatte, hatte er gesagt, er sei spazieren gewesen – heute zitierte man das Fernsehen. Sie wüßten nicht, wo sie gewesen seien, eben ganz einfach spazieren. Er hatte ihnen nicht geglaubt. Jeder wußte, wo er spazierenging. Aber heute, dachte er, wüßte ich wahrscheinlich auch nicht, wo ich überall war. Er ging, wenn auch nicht langsam, so doch ziellos dahin, marschierte durch die frische, kalte Luft, um in Ruhe über das nachdenken zu können, was vorgegangen war.

Nichts, was er erfahren hatte, hatte auch nur die geringste Beweiskraft. Er hatte sich erfolglos abgezappelt. Er hatte die beiden Frauen ausgequetscht, hatte ihnen die Daumenschrauben angesetzt, sie durch die Mangel gedreht, es war nichts dabei herausgekommen. Joy hatte gelacht, und Wendy hatte geweint. Er hatte sich immer wieder selbst vorgesagt: Edwina Klein hat die beiden zusammen gesehen. Warum sollte sie lügen? Warum sollte sie so etwas erfinden? Endlich hatte er die beiden nach Hause geschickt. Wendy war einem Zusammenbruch nahe gewesen – oder hatte es gekonnt vorgetäuscht.

Es sei alles klar, behauptete Burden, der ganze Fall sei klar. Endlich hatte sich ein Motiv herauskristallisiert. Joy hatte aus Bitterkeit und Eifersucht und Wendy aus Angst getötet, weil sie fürchtete, Rodney könnte sich ihrer Tochter genauso bedienen, wie er sich Saras bedient hatte. Das Verb war unter diesen Umständen vielleicht ein bißchen unglücklich gewählt, aber nicht ganz unpassend ... Ein Komplott, das man kurz nach Weihnachten zu schmieden anfing, über dem man bis zum Frühling brütete, und das im April endlich reif war.

Mord in einem Zimmer, das am nächsten Morgen frisch gestrichen wurde. Als das Blut gestillt werden mußte, griff man blindlings nach Kitmans Laken und merkte erst zu spät, was man da benutzt hatte.

So mußte es geschehen sein, eine andere Möglichkeit gab es nicht. Vielleicht hatten sie nicht die Absicht gehabt, ihn zu töten, hatten ihm nur gemeinsam gegenübertreten, ihn bedrohen und ihm Angst einjagen wollen. Aber das französische Küchenmesser war zufällig bei der Hand gewesen, hatte vielleicht auf dem Tisch gelegen. Das erklärte natürlich nicht die Dosis Phanodorm, die Williams geschluckt hatte. Das Messer, das Milvey gefunden hatte? Die Maße der Klinge hatten den Abmessungen der Verletzungen entsprochen. Aber das würden Tausende ...

Wexford ging unter tropfenden Limonenbäumen die Down Road entlang. Vielleicht war ihm im Unterbewußtsein längst klar gewesen, daß er hierher wollte. Die großen alten Häuser, Häuser, die mit Fug und Recht Gebäude genannt werden konnten, schienen sich heute abend unter tropfnasses, lebloses dunkles Laubwerk zu ducken. Aus Gräsern, Blättern und im Regen gebadeten Blumenbeeten stieg ein schwerer, grüner Geruch. Irgendwo in der Nähe heulte ein verwöhnter kleiner Hund, den man am Abend alleingelassen hatte, seinen ganzen Jammer in die Dunkelheit. Wexford öffnete die Gartentür des Freebornschen Hauses. Es brannte Licht. Eins im oberen Stockwerk, eins im Erdgeschoß. Die Müllabfuhr war am Morgen dagewesen, lange bevor es angefangen hatte zu regnen, und die Männer hatten den Müll, der reichlich aus den Tonnen herausgefallen war, einfach liegenlassen. Das war so üblich bei Häusern, in denen sie kein üppiges Trinkgeld bekamen. Ein durchweichtes Blatt Papier, das der Regen auf den Kies geklebt hatte, trug das ARRIA-Emblem und war eng bedruckt, doch es war zu dunkel, um die Schrift lesen zu können.

Die Zwillinge kamen beide an die Tür. Er lobte sie wegen ihrer Vorsicht. Sie waren wieder allein im Haus, sich selbst überlassen, die überdrehten Eltern bei irgendeinem Treffen für Hippie-Veteranen. Heute abend hatten beide Mädchen hellblaues Haar und pinkfarbenen Lidschatten, sonst waren ihre fast identischen Gesichter ungeschminkt. Und ebenso identisch wie ihre Gesichter war die Bestürzung, die sich bei Wexfords Anblick darauf malte.

«Wollen Sie reinkommen?» fragte Eve.

«Ja, bitte.» Im Haus roch es nicht mehr nach Marihuana. Das wenigstens hatte er erreicht – ein zweifelhafter Erfolg. Die Mädchen schienen nicht zu wissen, wohin sie mit ihm gehen sollten. Sie blieben in der Halle stehen.

«Gestern abend war ein ARRIA-Treffen», sagte Wexford. «Wo hat es stattgefunden? Hier?»

«Sie werden meistens hier abgehalten», antwortete Amy.

«Also auch gestern abend?»

«Ja.»

Er öffnete eine Tür und schaltete das Licht ein. Vor ihm lag ein riesiger Wohnraum mit bunten Sitzkissen auf einem Parkettboden, der seit mindestens zwanzig Jahren keine Politur mehr gesehen hatte, einem Diwan, über den etwas geworfen worden war, das aus

Peru zu stammen schien; der einzige Sessel war ein Korbmöbel, das von der Decke hing wie eine Schaukel. Eine Glastür ohne Vorhänge mit Blick auf einen scheinbar undurchdringlichen Wald.

Wexford setzte sich in den hängenden Sessel und unterdrückte seinen Schreck, als das Ding sofort hin und her zu schwingen begann.

«Wer war alles hier?»

Amy und Eve wechselten einen Blick, sahen dann Wexford an.

«Die üblichen», antwortete Amy und fügte beiläufig hinzu: «Es sind immer dieselben, die aufkreuzen.»

Sie nickte bei jedem Namen, den er aufzählte: «Caroline Peters? Nicola Anerley? Jane Gardner? Paulette Harmer?» Eve nickte. Sie nickte genauso wie bei allen anderen Namen. «Edwina Klein?»

In seiner Stimme mußte eine Spur von Zweifel gewesen sein.

«Ja, Edwina war hier. Wieso denn nicht?»

«Tja, warum eigentlich nicht? Und warum Sara Williams nicht?»

«Sara ist nicht gekommen», sagte Amy. «Sie mußte bei ihrer Mutter bleiben.»

Also war John Harmers Vermutung, das Verschwinden seiner Tochter müsse etwas mit diesem Emanzen-Unsinn zu tun haben, gar nicht so abwegig.

«Wann war die Versammlung zu Ende?»

«Gegen zehn», antwortete Amy. «Ja, so ungefähr gegen zehn.»

Wenn ihre Schwester auch unversöhnlich blieb, Amy hatte Wexford verziehen, hatte ihr abweisendes Benehmen völlig abgelegt. «Jemand hat mir heute erzählt, Paulette sei die ganze Nacht nicht nach Hause gekommen, und ...» Sie ließ den Satz in der Luft hängen.

«Das hast du mir gar nicht gesagt», warf Eve scharf ein.

«Hab's vergessen.» Amy sah wieder Wexford an. «Sie kam ein bißchen zu spät, sagte aber nicht, warum. Edwina brachte ihre Tante mit. Sie wollte nicht beitreten, nur mal sehen, was vorgeht. Obwohl sie gut zu uns passen würde, sie war schließlich nie verheiratet. Es hat uns gutgetan, einen alten Menschen zu sehen, der Prinzipien hatte und sich daran hielt.»

«Ich habe einen guten Kampf gekämpft», zitierte Wexford sehr frei. «Ich bin ein sauberes Rennen gefahren. Ich habe die Treue bewahrt.»

«Das stimmt. Genau das ist es. Woher wissen Sie das?»

Er antwortete nicht. Den authentischen Wortlaut kannten sie nicht, er war für sie genauso verloren wie für die Generation vor ihnen, ein verstaubter theologischer Wälzer, in jeder Beziehung ein geschlossenes Buch, eine abgetane Sache.

«War Paulette allein, als sie von hier wegging?»

«Die Versammlung war oben.» Eve kühl und unnachgiebig, aber sie hatte gesprochen. «Wir haben die anderen nicht hinausbegleitet. Sie finden schließlich allein raus. Paulette ging mit Edwina und ihrer Tante.»

«Sie mögen das Haus miteinander verlassen haben, aber weggefahren sind sie nicht zusammen», sagte Amy. «Ich hab aus dem Fenster geschaut und hab gesehen, wie Edwina und ihre Tante in das Auto der Tante einstiegen. Paulette war nicht dabei.»

«Was ist dort draußen?» fragte Wexford plötzlich und zeigte auf die hohen Fenster, hinter denen man nur eine dichte Laubmasse sah.

«Das Treibhaus.»

Amy öffnete die Tür, ließ beide Flügel weit aufschwingen und griff nach einem Schalter. Unkonventionell waren die Freeborns zwar, aber nicht feige. Das alte Treibhaus hatte ein gewölbtes Dach und die oberen farbigen Glasfenster in Rot und Grün ein Tulpenmuster im Stil der *Art Nouveau*. Es war voll dunkelgrüner, blättriger Pflanzen, von denen mehrere subtropisch aussahen, viel Wasser brauchten und es auch bekamen. Das im Winter zu heizen, muß ein Vermögen kosten, dachte Wexford, kam näher, betrat das Treibhaus und entdeckte ein oder zwei Orchideen, die samtenen, malvenfarbenen Trompeten einer *Brunfelsia*.

Ohne daß er darum bitten mußte, überflutete Eve den Garten mit Licht. Ein Druck auf einen anderen Schalter ließ eine Bogenlampe auf dem Treibhausdach aufleuchten und eine zweite in den Zweigen einer riesigen Stechpalme. Das Flutlicht war an den sogenannten Garten verschwendet. Er war eine Wildnis, das Gras nicht gemäht, überall wilde Rosensträucher, dornige Brombeerranken, hin und wieder ein hundertjähriger Baum. Und er war riesig, einer jener Gärten, von denen ihre Besitzer mit Recht sagen konnten, sie schützten vor neugierigen Blicken. Sträucher, die um diese Zeit undurchdringlich schwarz aussahen, bildeten die unregelmäßige Begrenzung.

«Im Garten sind wir eigentlich fast nie», sagte Amy. «Höchstens als Abkürzung zur High Street. Und wenn's geregnet hat und der Boden aufgeweicht ist ...» Wieder ein Satz, der unbeendet blieb. «Dad ist ganz scharf auf das Treibhaus», fuhr sie vage fort. «Er zieht die Pflanzen selbst.»

Ja, dachte Wexford, den *Cannabis Sativa*, aber kaum hier drin. Dazu brauchte man infrarotes Licht, und zwar eine ganze Menge. Er öffnete die Tür zum Garten, eine Glastür aus schmalen grünen und weißen Scheiben. In der kalten Luft hing die Feuchtigkeit bevorstehenden Regens. Wexford entdeckte einen Pfad im Gras, Stücke eines geborstenen Pflasters führten durch etwas, das früher Rasen, jetzt aber nur noch nasses Heu war. Die Mädchen begleiteten ihn nicht. Eve schlang die Arme um den Körper, um sich gegen die Kälte zu schützen. Amy hauchte auf die Scheibe und begann mit dem Finger einen Raben mit dem Gesicht einer Frau zu zeichnen. Wexford ging den Pfad entlang. Das Licht der hohen Gartenlampe reichte nur etwa zehn Meter weit. Wexford holte seine Taschenlampe heraus und knipste sie an.

Das ist der Weg zur hinteren Pforte, dachte er. Ihn mußte Amy gemeint haben, als sie von einer Abkürzung zur High Street sprach. Zuerst schlängelte er sich durch ein Dickicht aus dunklen Sträuchern, Lorbeer und Rhododendren, die vor Nässe glänzten und tropften. Er hatte das Gefühl, durch einen Friedhof zu gehen. Friedhöfe sahen so aus, oft vernachlässigt, mit Schmucksträuchern bewachsen, mit düsteren Bäumen, blumenlos wie dieser Garten, aber anders als dieser Garten voller Grabsteine.

Plötzlich stand er am Zaun und bei der Pforte. Fast wäre er dagegengeprallt. Sie war eine Lücke in der unbeschnittenen Hecke, die parallel mit dem Holzzaun verlief. Von hier aus sah man undeutlich die Rückseiten anderer großer Häuser, zwei davon mit gelben Rechtecken auf schwarzem Grund – erleuchteten Fenstern. Das Licht reichte nicht bis hierher, und der Mond war noch nicht aufgegangen. Der Pfad schlängelte sich durch den ganzen Garten, beschrieb eine elliptische Kurve und führte rechter Hand wieder zurück. Hier wuchs Bambus, der größte Teil halb abgestorben, eine Masse kahler Stämme. Dann verfing sich etwas Stacheliges in Wexfords Regenmantel. Er zog und hörte etwas reißen. Die Lampe anknipsen und nachsehen, was passiert ist ...

Lenk den Lichtstrahl in die Mitte dieses Rondells aus Heckenrosen, Ranken mit bösartigen Dornen – auf einen ausgestreckten Arm, ein mit Erde zugeschüttetes Gesicht, ein Emblem und eine

Abkürzung, Rot auf weißem Baumwollstoff – ARRIA und die Rabenfrau.

Der Garten hatte noch viel mehr mit einem Friedhof gemeinsam als Wexford vermutet hatte.

## 19

Der zuständige Beamte, Dr. Crocker. Sir Hilary Tremlett, den man aus dem Bett geholt hatte und der einen Kamelhaarmantel über der Schlafanzugjacke und einer grauen Leinenhose trug. Burden, so adrett und kühl wie am Vormittag. Und der Regen, der so heftig war wie bei einem Sommergewitter. Sie waren gezwungen, über der Leiche eine Art Zelt zu errichten.

Sie war erwürgt worden. Mit einer Schnur oder einem Strick, möglicherweise. Das sah Wexford selbst, ohne daß er Dr. Crocker oder Sir Hilary fragen mußte. Die Blitze des Fotografen blendeten ihn, und er mußte blinzeln. Er sah die Tote nicht mehr an. Ihr Anblick machte ihn krank, aber es war keine körperliche Übelkeit, darüber war er hinaus. Kein Pharmaziestudium mehr, keine Heirat mit Richard Cobb, nie würde ihre fremdartige Schönheit sich zu voller Reife entfalten.

Er sorgte sich um die Mädchen, um Eve und Amy, die allein im Haus waren, während ein gleichaltriges junges Mädchen tot im Garten lag. Marion Bayliss hatte versucht, sich mit den Eltern der Zwillinge in Verbindung zu setzen, konnte sie aber unter keiner Telefonnummer erreichen, die ihr die Mädchen gegeben hatten. Von den Nachbarn wurden die Freeborns gemieden. Die Leute, die direkt neben ihnen wohnten, sprachen nicht einmal mit ihnen. Eve fiel Caroline Peters ein, und sie war es auch, die schließlich ins Haus kam und über Nacht blieb. Wexford kroch gegen drei Uhr morgens ins Bett. Dora hatte ihm einen Zettel hingelegt, den er zwar las, aber nicht mehr in sich aufnahm: *Ein Mr. Ovington ruft dauernd hier an und möchte Dich sprechen.* Dora schlief tief und sah im Schlaf sehr jung aus. Er streckte sich neben ihr aus. Das letzte, woran er sich erinnerte, war, daß er ihr die Hand auf ihre noch immer schlanke Taille gelegt hatte.

«Sie ist ungefähr seit vierundzwanzig Stunden tot», sagte Crocker. «Und das entspricht genau Ihrer Vermutung, nicht wahr?»

Wenn man nicht genug Schlaf bekommt, dachte Wexford, fühlt man sich eigentlich eher schwach als müde. Aber vielleicht war das dasselbe? «Womit wurde sie erdrosselt?» fragte er. «Mit Draht? Einer Schnur? Einem Elektrokabel?»

«Weil man sie überall kaufen kann und weil sie praktisch unzerreißbar ist, tippe ich auf eine Nylonschnur, wie man sie zum Aufhängen von Bildern verwendet. Und wo waren Ihre Verdächtigen» – Crocker warf einen Blick auf seine Uhr – «vor sechsunddreißig Stunden?»

«Mit ihren Töchtern zu Hause – sagen sie.»

Wexford vertiefte sich in die Aussage, die Burden von Leslie Kitman, dem Maler, aufgenommen hatte. Sie enthielt eine sehr genaue Beschreibung des verschwundenen Lakens. Was jetzt natürlich nichts mehr einbrachte. Es war vier Monate her, seit dieses Laken, in einem Plastiksack versteckt, von der Müllabfuhr mitgenommen worden war. Und das Messer mit allergrößter Wahrscheinlichkeit ebenfalls. Irgendwie konnte er an Milveys Messer nicht recht glauben. Daß bei Milvey zweimal der Zufall im Spiel gewesen sein sollte, war Wexford einfach des Guten zuviel ...

Die Wände waren fleckig und voller Löcher gewesen, hatte Kitman ausgesagt. Er konnte sich nicht erinnern, ob die Flecke am Morgen des 16. April anders ausgesehen hatten als die am Nachmittag des 15. April. Er hatte Risse und Sprünge mit Spachtelmasse verschmiert, die weiße Stellen hinterließ, sobald sie trocken war. Am 16. und am Vormittag des 17. April hatte er die Rauhfasertapete geklebt und am nächsten Montag angefangen darüberzustreichen.

Sollte sich Wexford die beiden Frauen noch einmal vornehmen? Eine von ihnen hatte vorgestern abend das Mädchen getötet. Um es daran zu hindern, sie durch das Phanodorm zu überführen? Nur eine von beiden oder beide? Joy konnte ohne Schwierigkeiten von Sara erfahren haben, wo sie Paulette finden konnte und daß sie die Abkürzung zur Hauptstraße nehmen würde, um den Bus nach Pomfret zu erreichen.

Burden kam zu spät. Aber auch er war seit gestern morgen auf den Beinen gewesen und sogar noch später ins Bett gekommen als Wexford. Nach Mitternacht wach sein, dachte Wexford, heißt beizeiten wach sein. Er hatte den Spruch immer gemocht, nur wußte man heutzutage nicht mehr, was «beizeiten» bedeutete, und dadurch ging der Witz verloren. Als er ans Zubettgehen dachte, fiel ihm Doras Zettel ein, und er wollte eben nach dem Telefon greifen und Ovington anrufen, als Burden hereinkam.

Er sah nicht müde aus, nur zehn Jahre älter und vierzehn Pfund leichter – besser gesagt dünner. Er trug den steingrauen Anzug mit einem Ton-in-Ton-Hemd und dazu eine rostbraune Krawatte mit schmalen schokoladebraunen Streifen. Sieht aus, als gehe er zu einer Hochzeit, dachte Wexford. Fehlt nur noch die Nelke im Knopfloch.

«Bei Jenny haben die Wehen eingesetzt», sagte er. «Ich habe sie heute morgen um acht in die Klinik gebracht. Es wird sich vorläufig noch nicht viel tun, aber sie wollten sie sofort dort haben.»

«Dann beginnt ab sofort Ihr Urlaub.»

«Vielen Dank. Ich habe gehofft, daß Sie das sagen würden. Die Babies suchen sich auch wirklich die unmöglichsten Zeiten aus. Hätte sie nicht noch eine Woche warten können? Sie soll übrigens Mary heißen.»

«Nach Ihrer Großmutter, nehme ich an?»

Aber Burden hatte vergessen, daß er Wexford erzählt hatte, seine beiden Großmütter hätten Mary Brown geheißen. «Wissen Sie, daß ich daran nie gedacht habe? Dann vielleicht Mary Brown Burden?»

«Vergessen Sie's», antwortete Wexford. «Das klingt nach einer amerikanischen Erweckungspredigerin. Ich höre von Ihnen, nicht wahr, Mike?»

Wenn Wexford Glück hatte, ließ ihm der Pathologe im Lauf des Tages den Obduktionsbefund von Paulette Harmer zukommen, und vielleich hörte er auch etwas aus dem Labor des gerichtsmedizinischen Instituts über die Mordwaffe. Er schickte Martin zu einem Friedensrichter, um ihn zu beschwören, einen Durchsuchungsbefehl für Williams' Wohnung in der Liskeard Avenue herauszurükken. In dieser Hinsicht dürfte es eigentlich keine Schwierigkeiten geben, dachte er. In der Zwischenzeit ließ er sich in das andere Williams-Haus fahren. Ihm war nicht danach, zu Fuß zu gehen, egal, was Crocker ihm empfahl.

Sara mähte das Gras im Vorgarten mit einem kleinen elektrischen Rasenmäher, der eigentlich nur zum Trimmen der Kanten gedacht war. Als Wexford aus dem Wagen stieg, winselte der Motor auf und stand still. Sara, feuerrot vor Zorn, stellte das kleine Maschinchen auf den Kopf und zerrte wütend an einem Kabel. Dabei wiederholte sie zischend immer wieder das eine Wort, das ihre Mutter so verabscheute, mit dem sie jedoch ihren Vater bezeichnete, nachdem er sich an ihr vergangen hatte.

«Ficker, Ficker, verdammter Ficker!»

«Wenn Sie das tun, solange der Strom noch eingeschaltet ist», sagte Wexford, «wird Ihnen das Ding eines Tages die Hand abschneiden.»

Sie beruhigte sich so schnell, als habe er ihr ein Kompliment gemacht.

«Ich weiß. Ich hab mir geschworen, den Strom immer abzuschalten, bevor ich dran herummurkse. Aber diese verdammten Dinger funktionieren nie lange.» Sie zog den Stecker aus der Dose, als tue sie es ihm zuliebe, und lächelte. Heute trug sie ein ARRIA T-Shirt, das gleiche, das die tote Paulette angehabt hatte. «Das ist in diesem Sommer schon die vierte von diesen Spulen, die ihren Geist aufgibt. Wollen Sie zu meiner Mutter?»

Bisher konnte sie noch nichts von Paulette wissen. Er erinnerte sich, wie überheblich und gönnerhaft sie mit ihrer Kusine am Telefon gesprochen hatte, und konnte sich nicht vorstellen, daß es sie sehr treffen würde. Es würde ihr auch ziemlich egal sein, wenn ihre Mutter wegen des Mordes verhaftet werden würde. Vielleicht war es aber für Inzest-Opfer ganz natürlich, gegen alles ziemlich gleichgültig zu sein. Mitleid wallte in ihm auf.

«Ich möchte zuerst mit Ihnen sprechen.»

In der Garage, in der jetzt kein Wagen mehr stand, waren Werkzeuge und stark abgenutzte Gartenmöbel untergebracht. Sara bot Wexford einen Liegestuhl an. Sie selbst setzte sich auf eine umgedrehte Öltonne und fuhr fort, an der widerspenstigen Spule herumzubasteln, die aussah, als werde sie genauso enden wie ihre Vorgängerinnen, von denen drei auf einem Regalbrett neben einem Dutzend nur zur Hälfte aufgebrauchter Büchsen mit «Sevenstar»-Farben lagen.

Wexford nahm an, daß sie die Spule zum Vorwand nahm, ihn nicht ansehen zu müssen, während er mit ihr über ihren Vater sprach.

Als er den Inzest zum erstenmal erwähnte, sehr taktvoll auf das zu sprechen kam, was ihre Mutter ihm erzählt hatte, wurde sie nicht rot, sondern immer blasser. Ihre ohnehin sehr helle Haut wurde milchweiß. Und dann merkte er, daß sich der feine goldne Flaum an ihren Unterarmen aufrichtete.

Er fragte sie ganz vorsichtig, wann es zum erstenmal passiert war. Sie hielt den Kopf gesenkt und versuchte mit der rechten Hand die Spule zu drehen, während sie mit dem linken Daumen und Zeigefinger an der glatten roten Schnur zerrte.

«Im November», sagte sie und bestätigte ihn damit in seiner Meinung. «Am fünften November.» Sie blickte auf und senkte rasch wieder den Kopf. «Es ist nur zweimal vorgekommen, dafür habe ich gesorgt.»

«Haben Sie ihm gedroht?»

Sie zögerte. «Nur mit der Polizei.»

«Warum haben Sie's nicht Ihrem Bruder erzählt? Oder haben Sie's getan? Ich habe das Gefühl, daß Sie und Ihr Bruder sich sehr nahestehen.»

«Ja, wir stehen uns sehr nahe. Trotz allem.» Sie erklärte dieses «trotz allem» nicht näher, doch Wexford glaubte es ohnehin zu wissen. «Ich konnte es ihm nicht sagen.» Das klang, als spreche ein ganz anderes Mädchen. «Ich habe mich geschämt.»

Und ihre Mutter haßt sie. Hat sie es ihr deshalb mit Wonne unter die Nase gerieben? Sie zerrte noch einmal, und die Schnur kam endlich durch, viel zuviel, meterweise lose aufgerollte scharlachrote Litze.

Kevin war am Vormittag unerwartet zurückgekommen. Er mußte sehr unbequem und primitiv gereist sein, denn er lag erschöpft, abgekämpft, schmutzig und ungepflegt auf dem gelben Sofa, die in Stiefeln steckenden Füße auf einer Seitenlehne. Joy hatte ein paar Erfrischungen für Kevin in den Händen, als sie auf Wexfords Klopfen öffnete, ein Tablett mit Sandwichs, Kaffee und etwas in einem Becher, Eiskrem oder Joghurt. Wexford machte die Wohnzimmertür zu und schob Joy in die Küche. Sie war genauso angezogen wie am Tag vorher, sogar das Kopftuch hatte sie sich wieder umgebunden. Um schnell in den Supermarkt zu laufen und etwas für Kevins leibliches Wohl zu besorgen? Sie sah jedenfalls so aus, als habe sie in den Kleidern geschlafen. Er sagte ihr ohne Schonung, daß Paulette gefunden worden war, doch sie wußte es schon. John Harmer hatte sie angerufen, als Sara im Garten war. Das war jedenfalls die Erklärung, die sie Wexford gab. Er sagte ihr, er erwarte sie und Wendy später in der Polizeistation. Er werde einen Wagen schicken.

«Und wer soll für das Abendessen meines Sohnes sorgen?»

«Geben Sie ihm einen Büchsenöffner», sagte Wexford. «Ich bringe ihm gern bei, wie man ihn benutzt.»

Die Ironie entging ihr. Sie sagte, nun ja, ausnahmsweise könne Kevin ja etwas aus der Dose essen. Zumindest schlug sie nicht vor, daß seine Schwester für ihn kochen solle, was – wenn man die Dinge von dieser Seite betrachtete – ein Fortschritt war.

Wexfords nächste Station war die Liskeard Road in Pomfret. Martin hatte den Durchsuchungsbefehl bekommen und war mit Archbold und zwei uniformierten Polizisten, PC Palmer und PC Allison, Kingsmarkhams einzigem schwarzen Polizisten, schon dort. Die völlig verheulte Wendy versuchte sie zu überzeugen, daß es nicht nötig sei, im Wohnzimmer die Rauhfasertapete von den Wänden zu reißen.

An dem Glastisch saß Veronica. Sie hatte offensichtlich am Saum eines weißen Kleides gearbeitet, hatte die Nadel jedoch aus der Hand und das Kleid auf den Tisch gelegt, als die Polizisten kamen. Wexford dachte an das Mädchen in dem Kindervers, das auf einem Kissen saß und an einer feinen Naht stichelte, während es Erdbeeren mit Zucker und Sahne aß. Es mußte ihr Kleid mit dem Muster aus Walderdbeeren und grünen Blättern auf cremefarbenem Grund sein, das ihn an das Kinderlied erinnert hatte. Sie trug wieder eine Strumpfhose, dunkelblau diesmal, und weiße Pumps. Was diese Mädchen einander so ähnlich machte, war unter anderem, daß ihre Gesichter nie verrieten, was sie empfanden. Es waren die leicht melancholischen, ein wenig selbstgefälligen, fast immer teilnahmslosen Gesichter florentinischer Madonnen.

Wexfords Tochter Sylvia hatte eine Katze, die lautlos miaute, nur die Schnauze aufriß, aber keinen Ton hören ließ. Als Veronica «hallo» sagte, mußte er an diese Katze denken, es war ein Gruß für jemanden, der von den Lippen ablesen konnte, nicht einmal ein Flüstern wurde hörbar. Wendy wiederholte ihre beschwörenden Bitten, als er hereinkam, diesmal ausschließlich für ihn bestimmt.

«Tut mir leid, Wendy. Ich verstehe Sie natürlich, aber wir lassen das Zimmer für Sie herrichten.» Oder für jemand anders, dachte er, sagte es aber wohlweislich nicht laut. «Und wir machen ganz bestimmt so wenig Unordnung wie möglich.»

Und sie hatten auch wirklich die Absicht, Sevensmith Hardings *Sevenstarker* zu verwenden, vier große Dosen mit Etiketten, die mit roter Kursivschrift verkündeten, nichts löse Tapeten so schnell, zuverlässig und sauber. Wexford hoffte im stillen, daß es keine allzugroße Übertreibung war.

«Aber wozu?» fragte Wendy immer wieder, sammelte merkwürdigerweise jedoch Nippes und andere Zierstücke ein und stellte sie in einen Wandschrank.

«Tut mir leid, aber ich bin nicht befugt, es Ihnen zu sagen», erwiderte Wexford, zu einer jener Antworten Zuflucht nehmend, die Beamte stets auf Lager haben. «Aber wir haben viel Zeit. Räumen Sie das Zimmer ruhig selbst aus, wenn Sie wollen.»

Schweigend nahm Veronica ihre Näharbeit wieder auf. Sie fädelte neu ein und steckte sich einen rosa Fingerhut an den Zeigefinger.

«Sie näht den Saum ihres Tenniskleides. Heute nachmittag spielt sie im Club-Finale der Frauen.» Der tragische Ton in Wendys Stimme wurde nur durch den Stolz gemildert, mit dem sie das Wort «Club» leicht betonte.

Wahrscheinlich im Tennis-Club Kingsmarkham oder sogar im Mid-Sussex County-Club. «Wir wollen sie nicht daran hindern», sagte Wexford.

«Aber sie wird sich aufregen.» Sie zog ihn durch die schon offen stehende Tür in die Küche. «Sie werden doch nichts zu ihr sagen – ich meine, Sie wissen schon, was? Sie werden sie doch nicht nach Einzelheiten fragen?»

«Ich bin kein Sozialarbeiter», antwortete Wexford.

«Aber es ist ja nichts passiert. Ich habe dafür gesorgt, daß nichts passiert ist.»

Es war Wexford unmöglich, in Rodney Williams, bisher nur Lügner und Betrüger, kein menschliches Ungeheuer zu sehen. Eine Tochter zu mißbrauchen, war schon abscheulich genug, aber es gleich darauf bei ihrer jüngeren Halbschwester zu versuchen ...

«Sie hätten natürlich nie an dergleichen gedacht, wenn Joy Sie nicht gewarnt hätte.»

«Wie oft soll ich Ihnen noch sagen, daß ich die Frau nie gesehen habe, bis Sie – uns miteinander bekannt machten.»

«Sie haben mir noch nicht gesagt, woher Sie wußten, daß Rodney sich Veronica sexuell genähert hatte. Er hat es Ihnen wohl kaum gebeichtet, aber Sie wußten es. Veronica war das sehr junge Mädchen, das ‹zu Hause bei seiner Familie lebt›, mit dem Sie uns ganz schön an der Nase herumgeführt haben, nicht wahr?» Wexford schloß die Küchentür und lehnte sich dagegen.

Wendy nickte, ohne ihn anzusehen.

«Woher haben Sie's gewußt, Wendy? Haben Sie etwas beobachtet? Ist Ihnen etwas an seinem Verhalten aufgefallen, wenn er glaubte, Sie sähen nicht hin? War das bevor oder nachdem Joy Sie warnte?»

«Ich habe nichts gemerkt», erwiderte sie kaum verständlich. «Veronica hat es mir erzählt.»

«Veronica? Das unschuldige Kind dort drüben, das man eher für zwölf halten könnte und nicht für sechzehn? Dieses Kind, das Sie so sorgfältig gegen die schädlichen Einflüsse des Lebens abgeschirmt haben? Dieses Kind soll die liebevollen Küsse, Umarmungen und Komplimente seines Vaters für sexuelle Annäherungsversuche gehalten haben?»

Ein Nicken. Wiederholtes heftiges Nicken.

«Und trotzdem sagen Sie, es ‹sei ja nichts passiert›. Damit meinen Sie – wenn ich Sie richtig interpretiere –, daß es nur zu einem Kuß, einer Berührung, einem Kompliment gekommen ist. Aber Veronica hat darin einen – einen inzestuösen Annäherungsversuch gesehen?»

Wendys Antwort war für sie charakteristisch. Sie brach in Tränen aus. Wexford schob ihr einen Stuhl hin, damit sie sich setzen konnte, und suchte eine Packung Papiertaschentücher, die in diesem Haus nie schwer zu finden waren. Er ging ins Wohnzimmer zurück, in dem der Teppich jetzt mit Tüchern abgedeckt und aus dem Veronica verschwunden war. Allison war dabei, *Sevenstarker* an die Wände zu klatschen und zu verstreichen, während Palmer schon mit einem Stahlwerkzeug die Tapeten abkratzte. Die Ahnung, daß etwas ganz Bestimmtes unter der Tapete war, war wahrscheinlich verrückt, aber davon abgesehen, war es durchaus möglich, daß man bei einer Laboranalyse der alten Farbe Spuren von Rodneys Blut entdeckte. Oder auch nicht. Auf jeden Fall bedeutete es Arbeit für Leslie Kitman. Er konnte nächste Woche wiederkommen und das Zimmer auf Kosten der Mid-Sussex Constabulary wieder herrichten.

Es hatte wieder zu regnen angefangen. Das war wohl das Aus für Veronicas Tennismatch am Nachmittag, denn weder der Tennis-Club Kingsmarkham noch der Mid-Sussex County in Myringham hatte eine Halle. Wexford, der wieder im Büro saß, obwohl es Samstag war, warf einen Blick auf die Uhr. Halb eins. Vor drei Stunden war Burden hier gewesen und hatte ihm gesagt, daß bei Jenny die Wehen eingesetzt hatten und die Geburt seiner Tochter unmittelbar bevorstand. Trotzdem war es noch zu früh, schließlich durfte man von einer Erstgebärenden in Jennys Alter nicht zuviel erwarten.

Irgend etwas bohrte im Hintergrund seines Bewußtseins, etwas, was Wendy gesagt hatte. Im Zusammenhang mit dem Tennismatch, wie er sich einbildete. Aber sie hatte nichts anderes darüber gesagt, als daß Veronica heute nachmittag spielen werde. Warum hatte er das merkwürdige Gefühl, daß in dem, was sie gesagt hatte, die Lösung des ganzen Falles lag? Er hatte, wenn es um Kleinigkeiten ging, oft solche Gefühle, kurz bevor ein Fall eine entscheidende Wendung nahm. Und immer erwies sich die «Kleinigkeit» als etwas ungeheuer Wichtiges, und seine Ahnung trog ihn selten. Die Schwierigkeit war nur, daß er nicht wußte, was es für eine Ahnung war.

Seine Leute waren entweder dabei, Wendys Wohnzimmer auseinanderzunehmen oder – und zwar weitaus die meisten – gingen auf der Suche nach brauchbaren Zeugen in der Down Road von Haus zu Haus und verhörten alle Mädchen, die bei der ARRIA-Versammlung gewesen waren.

Wexford fühlte sich einsam und verlassen. Dora war nach London gefahren und übernachtete bei Sheila in Hampstead. Robin, sein ältester Enkel, wurde heute neun Jahre alt. Die Geburtstagsparty begann in drei Stunden. Crocker spielte am Samstag von früh bis abends Golf. Wexford hätte gern geschlafen, aber tagsüber schlief er nur schwer ein. Was, zum Teufel, hatte Wendy gesagt? Was war es nur? Tremlett schnipselte wahrscheinlich noch immer an der Leiche des armen Mädchens herum ... Paulette hatte Joy das Phanodorm besorgt und gedroht, das nicht länger für sich zu behalten. Nun ja, gedroht nicht gerade, aber sie hatte Joy gewarnt und darauf vorbereitet, daß sie aussagen würde, daß sie Angst hatte, noch länger zu schweigen. Joy hatte Rodney das Phanodorm untergeschoben, es gegen seine Blutdrucktabletten eingetauscht, und die

Tat auszuführen, kostete sie nicht mehr Zeit als eine Fahrt nach Pomfret.

Fahr ihm mit dem Bus zu Wendy nach. Wenn du dort eintriffst, schläft er. Du siehst ihn an, und dir fällt wieder ein, was er dir durch deine Tochter angetan hat. Außerdem ist er mit einer zweiten Frau verheiratet, wie ein Scheich. Und die zweite Ehefrau ist auf deiner Seite, obwohl du sie haßt. Nachdem du ihr die Augen geöffnet und ihr gesagt hast, was er für Begierden hat, ist ihre Tochter in Gefahr. Warum soll er je wieder aufwachen dürfen? Sollten Spuren zurückbleiben, macht das nichts. Die andere hat gesagt, das Zimmer wird morgen sowieso frisch tapeziert und gestrichen. Und wenn du die Leiche lange genug versteckst ...

Morgen früh ruf im Büro an, sag, er ist krank, aber verstell deine Stimme ein bißchen. Die andere wird den Kündigungsbrief tippen, sie kommt unauffällig an eine Schreibmaschine ran, die Freunden von ihr gehört und die man nie aufspüren wird. Dann steckt ihr beide in der Sache drin, du und sie, die beiden Ehefrauen von Rodney Williams, in guten und in schlechten Zeiten, bis der Tod euch scheidet. Die Schlaftabletten hast zwar du ihm gegeben, aber erstochen hat sie ihn. Gemeinsam habt ihr seine Leiche diese halsbrecherische Wendeltreppe hinunter – und durch den Flur in die angebaute Garage getragen. Habt ihn samt seiner Reisetasche in den Kofferraum gezwängt. Gefahren ist sie, weil du's ja nie gelernt hast. Dafür hast du das Grab fast allein ausgehoben. Dir hat es nicht soviel ausgemacht wie ihr, dir die Hände mit Erde zu beschmutzen. Zwei Ehefrauen, die die Tat gemeinschaftlich begangen haben, und was Mord vereint hat, soll der Mensch nicht trennen ...

Wexford war Joy gewissermaßen unter die Haut gekrochen und hätte seinen inneren Monolog beinahe mit einem ihrer fürchterlichen Lacher beendet. Burden würde wahrscheinlich vor dem Abend nicht anrufen, und dann würde er es bei ihm zu Hause versuchen. Wexford fuhr zum *Old Cellar*, aß eine Scheibe Quiche, Broccoli mit Pilzen, trank ein kleines Glas Frascati – schließlich war heute Samstag, wenn es auch nichts zu feiern gab –, und dann zurück in die Siedlung, in der die Straßen nach kornischen Städten benannt waren – Bodmin, Truro, Redruth, Liskeard. Kalt und grau regnete es stetig vor sich hin. Es war das gleiche Wetter wie zwischen Rodney Williams' Verschwinden und der Auffindung seiner Leiche.

In Wendys Wohnzimmer hatten seine Leute ziemliche Fortschritte gemacht. Von drei Wänden war die Tapete schlecht und recht abgelöst. Wexford hätte es allerdings nicht mit «glatt, zuverlässig und sauber» bezeichnet, aber es war nicht übel. Martin hatte jemanden vom gerichtsmedizinischen Institut herbeizitiert. Ein zottiges weibliches Wesen in einem Marine-Overall, das trotzdem den Eindruck machte, als verstehe es sein Fach, kratzte mit peinlicher Sorgfalt bräunlich gefärbten Putz von den Wänden.

Wendy saß im Erdgeschoß in ihrem Arbeitsraum, in dem sie nähte, bügelte und noch alles mögliche tat, und trennte Schnittmuster aus Zeitschriften heraus. Veronica saß bei ihr. Jungfer Rührmichnichtan auf einem samtenen Sitzkissen. Das Turnier fiel heute aus, wie Wexford vorhergesehen hatte. Er erinnerte sich plötzlich, daß er Joy angedroht hatte, ihr «später» einen Wagen zu schicken, und daß er damit eine Krise um Kevins Abendessen ausgelöst hatte. Wie es jetzt aussah, würde es wohl viel später werden ... Oder morgen. Oder von nun an jeden Tag bis in alle Ewigkeit. Nein, so durfte er nicht denken.

Wendy hatte sich umgezogen und trug jetzt ein Leinenkostüm. Vielleicht hatte sie ihre Tochter auf den Tennisplatz begleiten und dem Spiel zusehen wollen, denn Veronica war in Tenniskleidung, als hoffe sie noch bis zum letzten Augenblick, daß das Turnier nicht abgesagt würde. Sie trug einen plissierten Minirock – wer hätte sie sich auch in Shorts vorstellen können? – und ein Oberteil, das fast zu elegant war, um als T-Shirt bezeichnet zu werden.

«Ich nehme an, sie verschieben es auf Montagabend», sagte Wendy mit hoher, zornig klingender Stimme, «und das heißt, daß höchstens halb so viele Zuschauer da sein werden.»

Die Sachverständige vom Gerichtsmedizinischen kam mit ihrem Köfferchen voller Proben die Wendeltreppe herunter. Den Kratzer hatte sie noch in der Hand.

«Ich glaube, mir wird schlecht», flüsterte Veronica.

Mit übertriebener Fürsorge sprang ihre Mutter auf und führte sie hastig in das Bad im Erdgeschoß.

Wexford ging wieder hinauf. Archbold war gegangen, die Sachverständige war auch nicht mehr da. Martin trank Tee aus einer Thermosflasche und die anderen beiden Cola aus der Dose, während sie darauf warteten, daß *Sevenstarker* auf der vierten Wand selbsttätig seine Arbeit erledigte. Wexford hatte eine Anwandlung von Niedergeschlagenheit. Der Raum, vorher ein Heiligtum in Muschelrosa, war jetzt ein einziges Chaos. Ein Schlachtfeld, nannte es Martin, doch Wexfords Meinung nach war Schlachthaus der passendere Ausdruck, denn dazu war es mißbraucht worden, davon war er überzeugt, und deshalb hatte er es jetzt auch auseinandernehmen lassen. Angenommen, er irrte sich? Angenommen, Rodney Williams war ganz woanders ermordet worden?

Zu spät.

Wenn die Polizei verlor, war das Kitmans Vorteil. Man mußte das Handwerk schließlich fördern, wo man konnte.

«Geben Sie mir mal so ein Ding», sagte er zu Martin und zeigte auf die Schaber. Die weißen Stellen zwischen den braunen waren diejenigen, die Wendy selbst verspachtelt hatte, bevor Kitman mit dem Tapezieren begann.

Wexford bemühte sich vergeblich, mit dem Schaber kam er gegen die weiße Spachtelmasse nicht an.

«Soll ich's mal versuchen, Sir?» Allison holte ein Werkzeug heraus, das Wexford für einen Hartmeißel hielt.

«In Ordnung, versuchen Sie's.»

Es wurde Allisons großer Tag. Er hatte sich noch nie besonders hervorgetan, seit er vor zwei Jahren bei der Polizei eingetreten war. Manchmal dachten er und seine Frau, daß man ihn nur genommen hatte, weil er schwarz und nicht weil er tüchtig oder besonders tauglich war. Sie waren Rassesnobs, aber im umgekehrten Sinn. Wochenlang hatten sich alle fast überschlagen, um ihn freundlicher, höflicher und rücksichtsvoller zu behandeln als, zum Beispiel, einen millionenschweren Großvater auf dem Sterbebett. Das hatte nach einiger Zeit nachgelassen. Er fühlte sich in Kingsmarkham auch ein bißchen einsam, wo nur seine Frau, seine Kinder und noch zwei westindische Familien dieselbe Hautfarbe hatten wie er. Doch heute wurde er für alles entschädigt. Heute geschah, was ihn in seinen eigenen Augen zum Hüter des Gesetzes machte.

«Sir, ich glaube, ich hab was gefunden –» begann er.

Wexford war wie der Blitz an seiner Seite. Vor seinen Augen grub Allison tiefer und dankte seinem guten Stern, daß er daran gedacht hatte, Handschuhe anzuziehen. Der Gegenstand steckte, in Zeitungspapier eingepackt, in dem Spalt und war eingegipst worden. Allison kratzte und grub und brach Gips- und Mörtelstücke heraus, legte dann die Hand um den Gegenstand, sah Wexford an, und Wexford nickte.

Das Messer fiel nicht heraus. Es wurde so ehrfürchtig ausgepackt wie ein Kristallglas. Blitzsauber und poliert, daß es wie ein langes Prisma an einem Kronleuchter glänzte, lag es auf seiner Verpakkung.

## 20

Wexford behielt sie den ganzen Sonntag bei sich, und am Montag berichteten die Morgenzeitungen, eine Verhaftung stehe unmittelbar bevor. Wexford wollte jedoch beide Frauen überführen, nicht nur eine, nicht nur Wendy, sondern auch Joy. Selbstverständlich wurde Wendy des Mordes an Rodney Williams beschuldigt. Die Klinge des Messers, das in der Wand ihres Wohnzimmers eingegipst gewesen war, paßte ihren Abmessungen nach genau in die Wunden der Leiche, und das Messer selbst war in einen Teil der *Daily-Mail* vom 15. April eingepackt gewesen. Wexford wollte aber auch Joy, aber zwischen Joy und dem Verbrechen schien es keinerlei Verbindung zu geben. Die einzigen Beweise, die er hatte, war eine Zeugin, die behauptete, die beiden Frauen zusammen gesehen zu haben, und eine Stimme am Telefon, die wahrscheinlich die ihre gewesen war.

Außerdem hatte Joy ein Alibi. Wendy hatte keins. Den ganzen Tag häuften sich die Indizien für Wendys Täterschaft. Bis Ovington kam. Das heißt, bis zu Ovingtons zweitem Besuch.

Am späten Samstagabend rief Burden an. Wexford war allein zu Hause und saß bei einem Abendessen aus allerlei Resten. Jennys Wehen waren kein falscher Alarm gewesen, hatten im Lauf des Tages aber wieder nachgelassen. Sie behielten sie jedoch im Krankenhaus und überlegten, ob sie die Geburt nicht einleiten sollten.

«Sie wollten doch, daß sie sich noch eine Woche Zeit läßt», sagte Wexford mürrisch. «Also kommen Sie gefälligst wieder zum Dienst.»

Am nächsten Morgen rief Wexford zuallererst Ovington an. Ob Sonntag oder nicht war ihm völlig egal. Als Ovington auf der Polizeistation eintraf, waren Wexford, Sergeant Martin und Polly Davies schon wieder mit Joy und Wendy – der verrückten Flüchtlingsfrau und der zerbrochenen Puppe – im Verhörzimmer. Es war sehr merkwürdig, aber sie hatten sich einander angenähert. Im Aussehen. Der Übergang war irgendwie fließend geworden, und Wexford dachte an Kiplings Fabel vom Igel und der Schildkröte, die sich vereinten, um zu einem Gürteltier zu werden. So weit waren Joy und Wendy nicht gegangen, aber Angst und Qual hatten bei der jüngeren ihre Spuren hinterlassen, und die ältere hatte sich ein bißchen schicker zurechtgemacht, vielleicht weil ihr Sohn wieder da war. Das Kopftuch war auf alle Fälle verschwunden, und sie hatte ordentliche Schuhe an. Wendys Make-up stammte noch von gestern und war verwischt, und die Schultern ihres schwarzen Baumwollkleides waren mit Haaren übersät. Daß sie eine lange Laufmasche hatte, störte sie heute überhaupt nicht.

Wexford ging hinaus, um mit Ovington zu sprechen. Wie gewöhnlich lächelnd, hätte er mit seiner geradezu absurd schmeichlerischen Art nicht einmal den Gutgläubigsten überzeugen können, geschweige denn einen dickköpfigen Polizisten.

«Sie war am fünfzehnten April bei Ihnen?» sagte Wexford. «Sie war nach der Arbeit auf einen Drink in Ihrer Wohnung? Warum hat sie das denn mit keinem Wort erwähnt?»

«Weil niemand wissen soll, daß wir uns schon getroffen haben, als ihr Mann noch am Leben war.»

Das paßte zu Wendy. Das Image einer tugendhaften Ehefrau wollte Wendy ganz bestimmt aufrecht erhalten. Das bewies noch nicht, daß Ovington die Wahrheit sagte. Er versuchte es eben, ein netter, dummer Mensch mit einem falschen Pflichtgefühl.

Zerstreut bedankte sich Wexford dafür, daß er seine Zeit geopfert hatte. Als er zu den beiden Ehefrauen zurückging, kam ihm plötzlich die Idee, daß es nicht unbedingt Joy und Wendy gewesen sein mußten. Die Paarung konnte auch Wendy und Ovington heißen. Aber wer hatte dann bei Sevensmith Harding angerufen?

Wendy weinte. Sie sagte, ihr sei kalt. Es stimmte, daß es für diese Jahreszeit sehr kalt geworden war, doch darauf hätte sie vorbereitet sein sollen, hätte ihre Eitelkeit opfern und einen Mantel mitbringen müssen. Wexford dachte an die vielen Orte in aller Welt, wo die Polizei Wendy ruhig weiterfrieren ließe, die Temperatur, wenn möglich, noch gesenkt, eine leichte Unterkühlung gern in Kauf genommen würde. Man konnte es nicht Folter nennen, wenn man jemanden dazu brachte zu gestehen, indem man ihn frieren ließ ...

«Holen Sie ihr was zum Anziehen», wandte er sich an Polly.

Er ging mit ihnen noch einmal den Inzest durch und bekam wieder nur Geschichten mit riesigen Löchern zu hören. Joy hätte nie geglaubt, daß Rodney so etwas tun konnte, und blieb bei ihrer Behauptung, Sara müsse ihn dazu verführt haben. Sie behauptete auch, Sara hätte ihn ins Gefängnis gebracht, hätte er auch nur ein Wort verlauten lassen. Wendy sagte jetzt, Veronica habe ihr erzählt, Rodney komme neuerdings abends in ihr Schlafzimmer, um ihr einen Gutenachtkuß zu geben, und es sei «nicht angenehm». Genauso, erklärte Joy und vergaß völlig, was sie eben ausgesagt hatte, habe es bei Sara angefangen. Polly brachte eine unförmige Strickjacke, die aussah, als stamme sie aus Urgroßmutters Zeiten und obendrein aus einem Ramschladen. Der Himmel mochte wissen, wo sie das Ding her hatte! Wendy schlüpfte mit offensichtlichem Widerwillen hinein.

Zum Lunch bekamen sie Sandwichs, teils mit Corned Beef, teils mit Eiern und Kresse belegt. Nicht unbedingt ein Sonntagsessen. Um diese Zeit war Wexford den fünfzehnten April mit ihnen durchgegangen und kam zum vergangenen Donnerstagabend. Wendy hatte zwar ihren Mantel, nicht aber ihren Karton mit Papiertaschentüchern vergessen, pfirsichfarbenen diesmal. Sie saß da und schnüffelte immer gleich eine ganze Handvoll.

Kurz vor drei brach Joy endlich zusammen. Sie brach in haltloses Schluchzen aus, wiegte sich auf ihrem Stuhl vor und zurück, heulte und hämmerte mit den Fäusten auf den Tisch. Wexford unterbrach die Vernehmung und ließ eine Tasse Tee holen. Er ging mit Wendy in das Verhörzimmer nebenan und fragte sie nach Ovington. Zu seiner größten Überraschung gab sie zu, daß sie sich am fünfzehnten April von Viertel nach sieben bis ungefähr Viertel nach neun in Ovingtons Wohnung aufgehalten hatte. Warum sie das nicht schon früher gesagt hatte? Sie nannte denselben Grund wie Ovington. Das haben die beiden miteinander ausgeheckt, dachte Wexford.

«Ich hab mir gedacht, Ihnen kann ich's ja ruhig sagen», erklärte sie mit einem Selbstbewußtsein, das ihn beinahe aus der Fassung brachte. «Ich hab bisher nur deshalb geschwiegen, weil Sie alle einem Menschen ja alles zutrauen. Aber inzwischen ist schon so viel Schmutz ans Licht gezerrt worden, daß meine harmlose Freundschaft kaum noch zählt.»

Aber was zählte schon im Vergleich mit einem Messer in der Wand?

Am Spätnachmittag tauchte Burden auf. Er sah aus, als sei er hundert Jahre alt.

«Um Himmels willen», sagte Wexford, «das war doch nicht ernst gemeint!»

Es stellte sich jedoch heraus, daß Burden nicht wußte, was er sonst mit seiner Zeit anfangen sollte. Er begann mit Joy, bemühte sich, ihr Alibi zu knacken. Aber der Tee hatte bei ihr Wunder gewirkt, und sie blieb bei ihrer Geschichte. Sie hatte bei den Harmers ferngesehen. Punktum. Und nach einer halben Stunde ungefähr hatte sie die schlaue Idee, die ihr schon vor Tagen hätte kommen können. Sie brauchte überhaupt nichts zu sagen, wenn sie nicht wollte. Niemand hatte bisher irgendeine Anklage gegen sie erhoben.

Unglücklicherweise war zu dieser Zeit Wendy wieder im Zimmer und hörte, was sie sagte.

Durch die Tränen lächelte sie Joy freundschaftlich zu. «Gute Idee. Dann sag ich auch nichts mehr. Schade, daß mir das nicht früher eingefallen ist.»

Joy sagte nur noch einen einzigen Satz: «Es ist mir eingefallen, nicht Ihnen.»

Im Schweigen vereint, sahen sie Wexford an. Warum sollte er nicht beide anklagen? Wegen Mordes an Rodney Williams, und wenn er es nicht schaffte, sie zu überführen, wegen Mordes an Paulette Harmer. Morgen vormittag Verhandlung vor dem Special Count, Anordnung der U-Haft... Archbold kam herein und sagte, drei Leute wollten Wexford sprechen. Er ließ die beiden schweigenden Frauen bei Burden und Martin und fuhr mit dem Lift hinunter.

In der Halle saß James Ovington mit seinem wortkargen Vater und einer älteren Frau, die er als seine Mutter vorstellte. Aus irgendeinem Grund war Wexford nie der Gedanke gekommen, Ovington père könnte verheiratet sein. Er sah wie eine Wachspuppe aus. Heute mehr denn je, seine Haut war frischer, seine Wangen röter, sein Lächeln blitzender.

«Meine Eltern möchten Ihnen etwas sagen.»

So konnte man es auch ausdrücken. Sie sahen beide nicht so aus, als hätten sie einen anderen Wunsch, als kehrt zu machen und wieder nach Hause zu gehen. Wexford bat sie, ihn in sein Büro im ersten Stock zu begleiten, aber Mrs. Ovington erwiderte, nein, lieber nicht, besten Dank, als sei es etwas Unanständiges, in männlicher Begleitung nach oben zu gehen. Sie einigten sich auf ein Verhörzimmer. Mrs. Ovington sah sich geringschätzig um, als finde sie es nicht besonders gemütlich.

«Also, Vater», sagte James Ovington, «was wolltest du dem Chief Inspector erzählen?»

Allem Anschein nach nichts.

«Du warst doch bereit, herzukommen und es ihm zu erzählen?»

«Nicht bereit», antwortete Ovington sen. «Wenn es sein muß, dann muß es sein. Das habe ich gesagt.»

«Hat es etwas mit Mrs. Wendy Williams zu tun?» ermunterte ihn Wexford.

Sehr bedächtig und unwirsch sagte Ovington: «Ich habe sie gesehen.»

«Wir haben sie beide gesehen», ergänzte Mrs. Ovington, die plötzlich mutig geworden war.

Wexford kam zu dem Schluß, daß hier nur Geduld half. «Sie haben sie also gesehen. Gut. Wann war das?»

James öffnete den Mund, um etwas zu sagen, war jedoch klug genug, ihn wieder zuzumachen. Sein Vater überlegte und meinte schließlich: «Sie hat ein Auto. Sie hat vor dem Laden im Parkverbot geparkt. Aber nach halb sechs ist es erlaubt. Wir haben sie nicht hineingehen sehen.»

Er schwieg, und das Schweigen dauerte an. Wexford mußte wieder drängen.

«Wo hineingehen?»

«In die Wohnung meines Sohnes, natürlich. Wovon ist denn sonst die Rede? Er wohnt in der untersten Wohnung und wir in der obersten.»

«Im vierten Stock», warf seine Frau ein. «Die Alten können sich ja ruhig anstrengen, so ist es nun mal.»

«Wir haben sie aber gesehen, als sie rauskam», sagte Ovington. «Ich hab aus'm Fenster geschaut. Ungefähr gegen Viertel nach neun. Sie ist gestolpert und beinah hingefallen. Na ja, mit den Absätzen! Dadurch hat auch Mutter sie zu sehen bekommen. Komm her, Mutter, hab ich gesagt, sieh dir das an! Mit den Absätzen macht sie's nicht lange.»

«Das war am fünfzehnten April», mischte sich James ein, der sich nicht mehr zurückhalten konnte.

«Das Datum weiß ich nicht.» Sein Vater schüttelte den Kopf. «Aber es war der erste Donnerstag nach Ostern.»

An diesem Abend ging Wexford früh ins Bett und schlief neun Stunden. Er verbot es sich, an die beiden Frauen zu denken – an Joy, gegen die es keine Beweise gab, und an Wendy, die die Ovingtons entlastet hatten. Er hatte die beiden nach Hause geschickt und sie darauf vorbereitet, daß er sie Montag früh sehr wahrscheinlich wieder holen lassen würde. Der alte Ovington hatte nicht gelogen, doch seine Geschichte schloß dennoch nicht aus, daß Joy in Wendys Haus den Mord begangen und Wendy sich später mit ihr getroffen hatte, um ihr bei der Beseitigung der Leiche, der Kleider und des Wagens zu helfen.

Am nächsten Morgen erwachte er mit klarem Kopf und ganz ruhig. Sofort fiel ihm ein, was es war, das Wendy zu ihm gesagt hatte, als sie ihm erzählte, daß Veronica ein Finale im Tenniseinzel bestreiten sollte. Die Bemerkung war deshalb so bedeutsam, weil sie ihn an etwas Bestimmtes erinnert hatte, und auch das fiel ihm jetzt ein, und aus unzähligen Einzelheiten formte sich ganz allmählich und ohne Schwierigkeiten ein Ganzes. Er hatte das Gefühl, sich an eine Safekombination erinnert zu haben und jetzt eine Zahl nach der anderen einzustellen, bis die Tür langsam aufschwang.

«Was war ich doch für ein Idiot!» sagte er laut vor sich hin.

«Ach, wirklich, Liebling?»

«Wenn ich früher dahintergekommen wäre, hätte das arme Mädchen vielleicht nicht sterben müssen.»

«Ach, komm schon», sagte Dora, «du bist nicht der liebe Gott.»

Das Telefon klingelte, als er das Haus verließ. Es war Burden, aber Wexford war nicht mehr zu erreichen, also sprach Dora mit ihm.

Als Wexford ins Büro kam, erwartete ihn der Obduktionsbericht, den Sir Hilary Tremlett eilig herübergeschickt hatte. Wexford las ihn, und Crocker schaute ihm dabei über die Schulter.

Paulette war mit einer sehr dünnen und sehr festen Schnur erdrosselt worden. In der tiefen Kerbe, die um den Hals des Opfers lief, hatte Tremlette rote Verfärbungen entdeckt.

«Die Nylonschnur von der Spule eines elektrischen Rasenkantenschneiders.»

Crocker sah ihn an. «Eine ziemlich ausgefallene Vermutung.»

«Das glaube ich nicht. In Joy Williams' Garage liegen drei solcher Spulen, und wenn ich mich nicht irre, ist eine leer.»

«Fahren Sie hin, um das zu überprüfen?»

«Im Moment nicht. Später vielleicht. Ist es Ihrer Meinung nach ein Vergehen, ein Kind aufzufordern, gegen die engste Familie auszusagen?»

«Wie es in totalitären Systemen passiert, meinen Sie? Oder wie es meiner Vermutung nach passiert. Extremisten glauben immer, daß der Zweck die Mittel heiligt. Es kommt auch drauf an, was Sie mit ‹engster Familie› meinen. Ich finde es schon ein bißchen hart, wenn es um Vater oder Mutter geht. Da bleiben einem die Worte im Hals stecken.»

«Einen Mann zu betäuben, zu erstechen und das Messer in einer Wand einzugipsen, ist auch nicht grade vom Feinsten. Da bleibt mir auch einiges im Hals stecken.» Wexford griff nach dem Telefonhörer, legte aber wieder auf. «Ich muß die beiden Frauen verhaften», sagte er, «und wie die Dinge liegen, wird es mir nie gelingen, die Anklage gegen sie aufrechtzuerhalten. Wann fängt die Schule wieder an?»

Crocker schien über diesen scheinbaren Gedankensprung ein wenig verblüfft. «Die staatlichen Schulen – die älteren Kinder, meine ich – irgendwann in dieser Woche.»

«Dann tu ich's am besten heute, wenn ich sie allein erwischen will, ohne ihre Mutter.» Wexford griff wieder nach dem Telefonhörer und bat diesmal um ein Amt. Es klingelte so lange, daß er schon glaubte, sie sei nicht zu Hause. Dann antwortete endlich Veronica Williams' leise, ziemlich hohe Stimme, indem sie ihre vollständige zehnstellige Telefonnummer nannte. «Veronica?» sagte Wexford. «Hier spricht Chief Inspector Wexford vom CID Kingsmarkham.»

«O hallo, ja.» Hatte sie Angst oder meldete sie sich immer so vorsichtig und ein bißchen atemlos am Telefon?

«Ich habe nur eine oder zwei Fragen an Sie, Veronica. Wann beginnt heute abend Ihr Tennismatch, und wo findet es statt?»

«Im Tennis-Club Kingsmarkham», antwortete sie. «Um sechs.» Und dann hatte sie doch den Mut zu fragen: «Warum?»

Wexford war ein zu alter Fuchs, um das zu beantworten. «Nach dem Spiel möchte ich mit Ihnen sprechen. Nicht mit Ihnen und Ihrer Mutter, nur mit Ihnen allein. In Ordnung? Ich glaube, Sie haben mir eine Menge zu erzählen, oder?»

Die Stille wurde so lastend, daß er fürchtete, er sei zu weit gegangen. Aber nein. Und es kam besser, als er gehofft hatte.

«Ich habe Ihnen etwas zu sagen. Es gibt da ein paar Dinge, die ich Ihnen sagen muß.»

Wexford glaubte ein Aufschluchzen zu hören, doch möglicherweise hatte sie sich auch nur geräuspert.

«In Ordnung. Dann kommen Sie, sobald das Spiel zu Ende ist, direkt hierher. Wissen Sie, wo das ist?» Er beschrieb ihr den Weg. «Vom Club ungefähr zehn Minuten zu Fuß. Ich lasse Sie später mit einem Wagen nach Hause bringen.»

«Ich muß es meiner Mutter sagen.»

«Aber selbstverständlich. Sagen Sie es, wem Sie wollen.»

Klang das übereifrig? «Aber sagen Sie Ihrer Mutter auch unmißverständlich, daß ich Sie allein sehen möchte.»

Als er den Hörer auflegte, wurde ihm bewußt, was für eine Ungeheuerlichkeit er plante. War sie überhaupt zu rechtfertigen? Veronica war sechzehn und hatte entscheidende Informationen für ihn. Das andere Mädchen, das etwas genauso Wichtiges gewußt hatte, war erdrosselt worden, ehe es mit ihm sprechen konnte. Schickte er Veronica auch in den Tod? Würde sie so sterben wie Paulette Harmer? Wäre Burden hiergewesen, hätte er alles mit ihm besprochen, gegenüber dem Arzt war er zurückhaltender.

«Dann fahren Sie also nicht hin?» fragte Crocker, den Wexfords Miene ebenso verwirrte wie das rätselhafte Telefongespräch.

«Das darf ich auf keinen Fall.»

Später, als der Doktor gegangen war, dachte Wexford: Hoffentlich habe ich die Nerven, das durchzustehen. Ein Jammer, daß es noch Stunden dauert, bis es soweit ist. Daß das Spiel am Abend stattfand, hatte jedoch auch einen Vorteil – hinterher würde es bald dunkel werden ... Vorteil! Jetzt ruft sie bestimmt ihre Mutter bei Jickie an, um es ihr zu sagen, dachte er, und sie irgendwie zu überreden, sie nicht zu begleiten. Er mußte das Mädchen heute den ganzen Tag auf Schritt und Tritt beobachten lassen.

Das Telefon klingelte.

Er hob ab, und die Telefonistin verkündete, sie habe eine Miss Veronica Williams für ihn in der Leitung. Ganz schön hochnäsig, die Kleine, sich selbst «Miss» zu nennen!

«Ich könnte jetzt zu Ihnen kommen», sagte die kindliche Stimme. «Das wäre vielleicht einfacher. Dann brauchte Mami sich nicht aufzuregen. Ich meine, dann müßte ich ihr nicht sagen, daß sie mich nicht begleiten darf.»

Er riß sich zusammen, verhärtete sein Herz. «Ich habe zuviel zu tun und kann erst heute abend mit Ihnen sprechen, Veronica. Und ich will, daß Sie's Ihrer Mutter sagen. Bitte! Sagen Sie's ihr gleich.»

Wenn sie noch einmal anruft, dachte er, gebe ich nach und lasse sie gleich herkommen ... Dann konnte er es nicht mehr durchstehen. Würde sie Martin wiedererkennen? Archbold? Palmer? An Allison konnte sie sich ganz bestimmt erinnern. Aber was machte es schon aus, wenn sie sie erkannte? Er selbst würde ja auch dort sein. Auf keinen Fall ließ er sie im Halbdunkel die zehn Minuten vom Club durch eine Seitengasse der Pomfret Road zur Polizeistation gehen. Und ganz besonders dann nicht, wenn sie seine Anweisungen befolgte und den Fußweg nahm, der durch anderthalb Felder führte.

Wieder klingelte das Telefon. Jetzt ist es soweit, dachte er. Ich kann's nicht durchstehen. Ich fahre zu ihr, hole mir ihre Aussage, und das muß mir Beweis genug sein ... Er nahm ab.

«Inspector Burden, Mr. Wexford.»

Burdens Stimme klang merkwürdig, als sei es gar nicht die seine.

«Es ist alles vorüber. Mutter und Kind geht es gut. Jenny hatte heute morgen um neun einen Kaiserschnitt.»

«Herzlichen Glückwunsch. Das ist großartig, Mike. Grüßen Sie Jenny ganz herzlich von mir, und sagen Sie mir bitte, wie schwer Mary bei der Geburt war, damit ich es Dora berichten kann.»

«Acht Pfund und zweihundertfünfundfünfzig Gramm, doch das Baby wird nicht Mary heißen. Wir ändern aber nur einen einzigen Buchstaben im Namen.»

Wexford hatte keine Lust zum Rätselraten. Jenny hat ihn bestimmt gegen seine Überzeugung zu irgendeinem Modenamen überredet, dachte er.

«Und zwar wird aus Mary – Mark», sagte Burden. «Wir sehen uns später. Ein dreifaches Hurra inzwischen!»

# 21

Auf diesem Fußpfad war schon einmal eine Frau ermordet aufgefunden worden. Daran mochten jetzt alle denken, sogar Palmer und Archbold, der damals wahrscheinlich noch in die Schule gegangen war. Wie Veronica Williams jetzt. Hatte sie je von dem Mord gehört? Sprachen die Leute heute noch darüber?

Die Frau hatte in der Forest Road gewohnt, der letzten Straße, die postalisch noch zu Kingsmarkham gehörte. Gleich dahinter beginnt das zu Pomfret gehörende Gebiet, offenes, unbebautes Land, das sich in einer Richtung bis Pomfret und in der anderen fast bis zur Polizeistation Kingsmarkham erstreckt. Der Tennis-Club liegt jedoch nicht in der Forest Road, sondern in der Cheriton Lane, die mehr oder weniger parallel mit ihr verläuft. Kleinere von Hecken umfriedete Wiesen liegen auf den paar Morgen Land zwischen Tennis-Club und Stadt, und der Fußweg zieht sich an einer dieser Hekken entlang. An einer Stelle umrundet er ein kleines Wäldchen. Ungefähr fünfzig Meter nördlich der Polizeistation mündet er auf der gegenüberliegenden Straßenseite in die High Street.

Wexford beorderte Martin und Palmer mit einem Wagen in die Cherington Lane, er selbst und Archbold wollten im Wäldchen warten, Loring sollte sich beim Match unter die Zuschauer mischen, Bennett Veronica von der High Street entgegengehen und Allison ihr in entsprechender Entfernung folgen.

«Ein Schwarzer sieht für sie bestimmt aus wie der andere, Sir», hatte Allison erklärt. «Das ist in einer Großstadt vielleicht anders, hier draußen trifft es aber zu.»

«Erzählen Sie mir bloß nicht, daß Inspector Burden und ich in Ihren Augen gleich aussehen.»

«Natürlich nicht, Sir, aber das liegt am Alter.»

Das war überdeutlich, dachte Wexford, jetzt weiß ich wieder, wo ich stehe. Burden war bei ihm im Büro, saß neben ihm, wollte unbedingt bei der Besprechung dabeisein, bei der es um den Schutz von Veronica Williams ging. «Sie können wohl auch nicht länger als fünf Minuten ohne uns auskommen», hatte Wexford gebrummt. Doch wenigstens hatte Burden ein bißchen frischen Wind in diesen flauen Nachmittag gebracht.

«Ich begreife nicht, wie ihnen bei der Geschlechtsbestimmung ein solcher Fehler unterlaufen konnte. Ich versteh, weiß Gott, nicht viel davon, aber wenn der Mann XY- und die Frau XX-Chromosomen hat, dann ändert sich das nie, man behält doch das gleiche Geschlechts-Chromosomen-Paar vom Embryo bis ins hohe Alter.»

«Nein, nein, verändert hat sich da nichts. Es ist so: Bei einer Amniozentese werden dem Fruchtwasser Zellen entnommen, aber ungefähr in einem von zehntausend Fällen entnimmt man irrtümlich nicht Zellen des Kindes, sondern Zellen der Mutter. Es gibt eben überall Fehler, und manchmal merken die Ärzte den Irrtum überhaupt nicht, weil das Kind ja tatsächlich ein Mädchen sein kann ... Ich glaube, in diesem Fall wird jemand dafür gradestehen müssen.»

«Der Irrtum hat so viel sinnloses Leid verursacht.»

«Leid, ja», erwiderte Burden, «aber ob es tatsächlich so sinnlos war? Jenny sagt, sie hat dadurch sehr viel über sich selbst erfahren. Sie hat zum Beispiel begriffen, daß sie keine geborene Feministin ist und den Feminismus nicht mehr von einem so emotionalen Standpunkt, sondern objektiver und logischer betrachten muß. Wir wußten beide nicht, wie viele tief in uns verwurzelte altmodische Vorurteile wir hatten. Weil ich nämlich auch so empfand, müssen Sie wissen, ich wollte auch einen Sohn, obwohl ich es nie gesagt habe. Wir haben gelernt, wieviel man noch voreinander verbirgt, obwohl man glaubt, ganz offen und ehrlich zu sein. All das war nicht weit entfernt von einer – wie nennt es Jenny? – gesteuerten Konfrontations-Therapie.»

Es fiel Wexford schwer, ernst zu bleiben. «Wenn ihr nur jetzt, da ihr euren Sohn habt, nicht plötzlich auf die Idee kommt, daß euch eine Tochter doch lieber gewesen wäre.» Er sagte «ihr», aber er meinte Jenny, die er für eine jener Frauen hielt, für die das Unerreichbare immer den größeren Reiz haben würde.

«Selbstverständlich nicht!» rief Burden und machte ein sehr ärgerliches Gesicht. «Schließlich ist es, wie Jenny sagt, doch wirklich egal, solange das Kind gesund ist und alle Finger und Zehen hat.»

Das war ein Klischee, dem Wexford nichts entgegenzusetzen hatte. Hatte Burden, nun da er hier war, vielleicht Lust, Veronica auch zu bewachen? Keine besonders große, antwortete Burden, er müsse ins Krankenhaus zurück. Es sieht nach Regen aus, dachte

Wexford. Wenn es regnete, würde das Match abgesagt, und Veronica würde wahrscheinlich in Pomfret den Bus nehmen, um zu ihm zu kommen.

Aber gegen halb sechs klarte der Himmel auf. Wexford hätte gern gewußt, was die beiden Frauen dachten. Wie hatten sie wohl darauf reagiert, daß sie den ganzen Tag in Ruhe gelassen wurden? Wenn das Spiel nicht glatt mit zwei Sätzen gewonnen wurde, kam Veronica wohl kaum vor sieben Uhr aus dem Club weg. Ob er sich in der Zwischenzeit Kevin Williams vornehmen und sehen sollte, was er aus ihm herausholen konnte? Aber er wollte eigentlich gar nichts aus ihm herausholen. Er wußte es schon. Warum sah er sich nicht ganz einfach das Spiel an?

Wexford war bisher nicht auf den Gedanken gekommen, sich – oder sonst jemand – zu fragen, ob die Turniere des Tennis-Clubs Kingsmarkham vor Zuschauern stattfanden. Das fiel ihm erst ein, als er das Clubhaus betrat. Aber ein munterer älterer Mann, der wie ein pensionierter Offizier der Air Force wirkte, empfing ihn mit offenen Armen. Sie liebten Zuschauer. Wenn es nur mehr davon gäbe! Es feuere die Spieler unglaublich an.

Wexford hatte Martin und Palmer, die in diskreter Entfernung vom Eingang im Wagen saßen, längst bemerkt. Falls Veronica ihn jetzt sah, was beinahe unvermeidlich war, war es am besten, wenn er ging. Dann würde sie ihm später bestimmt nachkommen. Wichtig war, daß sie keine Chance hatte, hier mit ihm zu sprechen. Deshalb ab in die Bar, denn dorthin würde sich eine sechzehnjährige Turnierteilnehmerin gewiß nicht verirren. Der Sekretär, der sah, welche Richtung er einschlug, trabte hinter ihm her und erklärte ihm, als Nicht-Mitglied dürfe er sich leider keinen Drink bestellen, doch wenn er sich zu einem Glas einladen ließe ... Wexford nahm die Einladung an.

Die Bar war halbkreisförmig und hatte ein hohes nach außen gewölbtes Fenster mit Blick auf drei der neun Hartplätze, über die der Club verfügte. Wexford trank ein kleines Glas Lager, denn wie in den meisten Clubs dieser Art gab es weder Faßbier noch «echtes Ale». Der Sekretär beklagte mit monoton klingender Stimme das schlechte Benehmen einiger internationaler Tennisstars in der Öffentlichkeit, erwähnte dann, was für eine herbe Enttäuschung der Regen am Samstag für den Club gewesen sei, weil das Finale im

Einzel abgesagt werden mußte. Am Samstag wären viel mehr Zuschauer gekommen, sagte er traurig. Es waren wirklich und wahrhaftig neun Leute dagewesen – er hatte sie gezählt –, und mußten wieder weggeschickt werden. Natürlich konnte man kaum erwarten, daß sie heute wiederkamen. Wexford hatte den Eindruck, daß der Sekretär über jeden Zuschauer, der auftauchte, so glücklich gewesen wäre, daß er ihn auch zu einem Drink eingeladen hätte.

Es wurde sechs Uhr und dann zehn Minuten nach sechs. Sie kommt nicht, dachte Wexford. Dann erschien ein Schiedsrichter und kletterte auf seinen hohen Stuhl. Fünf Segeltuchsessel und eine Holzbank waren für eventuell auftauchende Zuschauer zurechtgestellt worden. Es sah so aus, als blieben sie leer, aber nach einer Weile kamen zwei ältere Frauen in weißen Strickjacken über weißen Tenniskleidern und setzten sich. Zur gleichen Zeit tauchte Loring auf dem Verbindungsweg auf, der von den ein wenig abseits liegenden sechs Plätzen zum Center Court führte. Nach guter englischer Sitte saßen die beiden Frauen in den Segeltuchsesseln auf der äußersten linken Seite der Sitzreihe, und Loring ließ sich am äußersten rechten Ende der Bank nieder. So klug hätte auch Colin Budd sein müssen.

Veronica und ein größeres, älteres und kräftigeres Mädchen betraten den Platz.

«Also dann wollen wir mal rausgehen und sie ein bißchen moralisch unterstützen», sagte der Sekretär und rieb sich die Hände.

Es war bestimmt kalt. Wind war aufgekommen und zerrte an Veronicas kurzem plissierten Tennisröckchen. Im klassischen Stil begannen die Mädchen sich einzuspielen.

«Ich glaube nicht, daß ich hinausgehe», sagte Wexford. «Haben Sie was dagegen, wenn ich von hier drinnen zuschaue?»

Der Sekretär war schrecklich enttäuscht. Er sah Wexford mit einem Blick gekränkten Vorwurfs an.

«Sie dürfen sich aber keine Drinks bestellen, das wissen Sie, nicht wahr? Und Sie dürfen ihm nichts servieren, Priscilla.»

Loring hatte den Jackenkragen hochgeklappt und rauchte eine Zigarette. Der Sekretär kam heraus und lief zu den beiden Frauen, setzte sich neben sie. Das Einspielen, bei dem Veronica klar die bessere gewesen war, war zu Ende, und das Match begann.

Der Tag war so trüb gewesen, daß es bald dämmern würde. Wexfordnfragte sich, ob es wohl lange genug hell bleiben würde oder ob das Spiel abgebrochen werden mußte? Veronica, die den Aufschlag gewonnen hatte, gewann das erste Spiel zu Null, hatte es jedoch nicht mehr so leicht, als ihre Gegnerin aufschlug.

«Sie können ruhig etwas trinken, wenn Sie wollen», sagte Priscilla. «Ich mache das immer so: spendiere dem Gast einen Drink, und wenn ich das nächste Mal von einem Mitglied zu einem Glas eingeladen werde, bezahlt er eigentlich das Ihre. Ich bin nämlich Abstinenzlerin, aber das brauchen die hier ja nicht zu wissen.»

Wexford lachte. «Lieber nicht, aber trotzdem besten Dank.»

«Wie Sie wollen.» Sie kam zu ihm herüber und stellte sich neben ihn, um zuzusehen.

Es stand drei zu drei im ersten Satz. Es sah aus, als werde er ewig dauern. Und dann war er ganz schnell zu Ende. Veronica gewann ihre beiden Aufschlagspiele und nahm ihrer Gegnerin den noch verbliebenen Aufschlag ab.

«Die Kleine ist 'ne Wucht», sagte Priscilla. «Stark wie ein Pferd, mit Armen, die so schnell zuschlagen können wie Peitschenschnüre.»

Es war zwanzig vor sieben, und die Dämmerung brach herein. Veronica hatte die beiden ersten Spiele im zweiten Satz gewonnen, aber das andere Mädchen kämpfte wie eine Löwin. Vielleicht hatte sie noch nie gegen Veronica gespielt. Sie hatte bis jetzt gebraucht, um Veronicas Schwäche herauszufinden, aber endlich hatte sie sie entdeckt. Veronica konnte lange, schnelle Diagonalschläge auf ihre Vorhand schlecht retournieren, während die Rückhand ihr keine Schwierigkeiten bereitete. Mit einem halben Dutzend dieser Vorhandschläge gewann ihre Gegnerin das nächste, das übernächste und die nächsten beiden Spiele, bis es vier zu zwei für sie stand. Das Licht hatte sich bläulich verfärbt, doch die weißen Linien auf dem Platz waren noch deutlich zu sehen, schienen das Zwielicht zu reflektieren.

Und plötzlich war es, als habe Veronica den Trick entdeckt, wie sie mit diesen hart und diagonal geschlagenen Bällen fertig werden konnte. Oder als sei ihr von irgendwo eine Inspiration zugeflogen. Gewiß lag es nicht daran, daß sie ihn entdeckt oder Loring erkannt hatte, der ihr schließlich nie vorher begegnet war. Aber eine neue Kraft beflügelte sie, eine Virtuosität, die sie sich eben erst erworben zu haben schien. So wie jetzt hatte sie noch nie gespielt, davon war Wexford überzeugt. Für eine kurze Viertelstunde spielte sie, als stehe sie auf dem Center Court in Wimbledon und sei nicht durch einen glücklichen Zufall, sondern durch ihr Können dorthin gelangt.

Ihre Gegnerin war ihr nicht gewachsen. In dieser Viertelstunde gewann sie nur vier Punkte. Veronica gewann den Satz sechs zu vier, und das bedeutete für sie den Sieg. Sie warf den Tennisschläger in die Luft, fing ihn wieder auf, lief ans Netz und schüttelte ihrer Gegnerin die Hand. Wexford sagte Priscilla gute Nacht und verließ den Club auf dem Weg, auf dem er ihn betreten hatte, beobachtete jedoch vorher noch, wie die Spielerinnen in dem Pavillon verschwanden, in dem die Umkleidekabinen waren. Loring saß noch immer auf der Bank.

Allison entdeckte er dort, wo der Fußweg in die Felder mündete. Er lag sehr still in dem hohen Gras an der Hecke und wurde fast völlig davon verdeckt. Wexford sah ihn, ließ es sich aber nicht anmerken. Er war ziemlich sicher, daß Veronica an ihm vorbeigehen würde, ohne ihn zu sehen. Der Weg verlief parallel mit der Hecke und schlängelte sich dann um das Wäldchen herum.

Noch immer herrschte jene falsche Dämmerung, die zwischen Licht und Dunkelheit zu schweben schien. Wäre es viel dunkler gewesen, hätte kein ängstliches junges Mädchen es gewagt, diesen Weg einzuschlagen. Aber Veronica Williams war kein ängstliches junges Mädchen, obwohl sie diesen Eindruck machte.

Die Luft war noch feucht und das Gras naß. Wexford ging im Schatten der hohen Hecke den Pfad entlang, überzeugt, daß derjenige, der es auf Veronica abgesehen hatte, im Wäldchen auf sie lauerte. Damit ja nichts versäumt wurde, war Archbold schon seit halb sechs auf seinem Posten. Wexford konnte jetzt nicht mehr zu ihm, wie es ursprünglich geplant war. Das Risiko, daß er gesehen wurde, war zu groß. Tatsächlich hatte er dadurch, daß er sich das Match angesehen hatte, ihren ganzen Plan aufs Spiel gesetzt. Vor ihm breitete ein Ahornbaum, der die Hecke unterbrach, weit seine Äste aus, deren unterste fast den Boden berührten. Er hob sie auf, lehnte sich an den Baumstamm und wartete.

Inzwischen war es halb acht geworden, und er fragte sich, ob sie überhaupt noch kam. Obwohl die Club-Mitglieder nur sehr spärlich vorhanden gewesen waren, hatten sie sich vielleicht doch entschlossen, Veronica im Clubhaus zu feiern. Aber wohl kaum mit Alkohol. Und sie hätte sich bestimmt davor gedrückt, weil sie genauso dringend mit ihm sprechen wollte wie er mit ihr. Dann fiel ihm ein, daß sie ja ganz die Tochter ihrer Mutter war. Gewiß brauchte sie länger als andere Mädchen, um sich umzuziehen und zu frisieren. Vielleicht duschte sie auch. Wendy gehörte zu den Frauen, die noch einen Sterbenden aus dem Bett zerren, um die Laken zu wechseln, bevor der Arzt kommt.

Wexford stand in der zunehmenden Dämmerung unter seinem Baum. Leichter Nebel zog auf. Hin und wieder hörte man in der Ferne auf der Straße von Kingsmarkham nach Pomfret ein schweres Fahrzeug. Nichts sonst. In dieser Jahreszeit und um diese Stunde sang kein Vogel mehr. Hinter sich konnte er den Weg nur etwa zehn und vor sich vielleicht fünfzig Meter weit überschauen, und er kam ihm wie der unbelebteste Fußweg vor, den er je gesehen hatte. Allison würde Rheuma bekommen, wenn er noch lange auf dem nassen Boden liegen mußte und die Kälte ihm in die Knochen kroch. Archbold war, in seine Steppjacke gewickelt, vermutlich eingeschlafen ...

Sie tauchte ganz plötzlich auf. Doch wie hätte sie wohl sonst erscheinen sollen, da sie völlig lautlos und sehr schnell ging? Sie sah aber nicht so aus, als fürchte sie sich. Wexford sah ihr Gesicht einen Augenblick lang ganz deutlich. Es war völlig arglos. Arglos und vertrauensvoll. Sie wußte nicht, daß sie etwas zu fürchten hatte. Konnte man ihre Halbschwester Sara mit einer florentinischen Madonna vergleichen, war sie ein Page der Medici, das kleine Gesicht ernst und traurig, eingerahmt von goldbraunem Haar, das sie halblang und mit einem Pony trug. Sie hatte rosafarbene Baumwoll-Jeans, von der Mutter erstklassig gebügelt, ihre weißrosa Laufschuhe, einen puderblau- und weißgestreiften Anorak und darunter einen weißen Angorapullover an. Den Tennisschläger hatte sie in einem blauen Futteral. Das alles nahm Wexford mit einem Blick wahr, als sie an ihm vorüberkam.

Er wagte nicht, sein Versteck zu verlassen. Es war ja möglich, daß sie sich umschaute. Statt dessen kroch er durch die Hecke und kauerte sich auf der anderen Seite ins Feld. Es war ein abgeerntetes Weizen- oder Gerstenfeld, und die Stoppeln wirkten grau in diesem Licht. Er lief etwa anderthalb Meter über dem Fußweg an der Hecke entlang. Sehr weit vorn sah er jetzt gerade noch ihren Scheitel im Rhythmus ihrer Schritte wippen. Sie hatte jetzt die Ecke des Wäldchens erreicht.

Ein Stacheldrahtverhau versperrte Wexford plötzlich den Weg. Die einzelnen Drähte waren so eng miteinander verschlungen, daß er nicht durchkriechen, und der oberste Draht so hoch, daß er ihn nicht ohne fürchterliche Folgen für seine Hose übersteigen konnte. Er konnte nur kehrtmachen, wieder durch die Hecke kriechen und über die Böschung auf den Weg zurückklettern. Veronica war zu weit weg, auch wenn sie sich umdrehte, konnte sie ihn nicht sehen. Er sprang hinunter, folgte dem Weg um die nächste Biegung, sah Veronica aber überhaupt nicht mehr, obwohl das ganze Wäldchen vor ihm lag.

Das Herz schlug ihm jetzt ganz hoch im Hals. Wenn sie ihrem Widersacher begegnet und in den Wald gegangen, wenn Archbold tatsächlich eingeschlafen war ... Wexford verließ den Weg und stürmte in den Wald. Hier war es dunkler und trockener, und den Boden bedeckten Millionen von Tannen- und Lärchennadeln. Er rannte zwischen den Bäumen durch und prallte mit Archbold zusammen.

«Es ist niemand hier, Sir. Ich habe seit drei Stunden keine Menschenseele zu Gesicht bekommen.»

«Außer ihr», sagte Wexford außer Atem.

«Sie ist eben vorbeigegangen, allein, in Richtung High Street.»

Er kam auf der Kingsmarkham-Seite aus dem Wald heraus, Archbold dicht hinter ihm. Veronica war nirgends zu sehen. Die Hecken waren zu hoch, das Laubwerk zu dicht. Und dann vergaß Wexford alle Vorsicht und die Mörderjagd und rannte auf dem Weg hinter Veronica her, hatte Angst um sie und um sich selbst. Noch vor ein paar Minuten hatte er den Himmel angefleht, daß Bennett nicht plötzlich von Kingsham her auftauchte und alles verdarb. Jetzt hoffte er, daß er käme.

Vor ihnen lag noch ein flaches Feld, das der Weg diagonal durchschnitt. Dann verlief er im rechten Winkel zu dem Feld, parallel mit einer Hecke bis an die Straße. Keine Spur von Bennett. Weil er Veronica gesehen hatte? Oder ihren Angreifer? Konnte er das überhaupt im schnell schwindenden Licht? Die Wiese war grau, die Hecken schwarz, und die Luft so undurchsichtig wie eine vom Himmel gefallene Wolke. Durch den Nebel sah man nur die Scheinwerfer eines oder zweier Autos auf der Pomfret Road, und dahinter ein unregelmäßiges Bündel blasser Lichter, vermutlich die der Polizeistation.

Veronica war wie vom Erdboden verschwunden, die Wiese leer. Am entgegengesetzten Ende, dort wo der Weg auf die Hecke stieß, war eine kaum wahrnehmbare Bewegung auszumachen. Veronica hatte die Diagonale hinter sich und vor sich die letzten hundert Meter. Das noch vorhandene Licht fing sich in ihrer hellen Kleidung, so daß sie wie ein Nachtschmetterling schimmerte, der an dem dunklen Laub vorüberflatterte.

Wexford und Archbold nahmen nicht die Diagonale. Sie wollten es nicht riskieren, gesehen zu werden. Sie liefen dicht neben der Hecke her, obwohl es dort keinen Weg gab. Archbold, der erst dreißig war, überholte Wexford, der seinerseits das Gefühl hatte, noch nie so gerannt zu sein. Die ganze Zeit sah er vor sich den hellen Schmetterling, der auf den Zauntritt zuhielt, über den man auf den breiten seitlichen Rasenstreifen der Pomfret Road gelangte.

Veronica erreichte ihn nie. Das Flattern hörte auf, und auf einmal war jemand bei ihr, am Ende des Feldes, wo die abgestorbenen Ulmen standen, um deren Wurzeln sich ein fast undurchdringliches Dickicht aus Unterholz, Dornengestrüpp und wilden Klematis gebildet hatte. Etwas oder Jemand war aus diesem Dickicht auf Veronica zugetreten und hatte sich ihr in den Weg gestellt. Wexford glaubte einen Schrei zu hören, war jedoch nicht sicher. Es war kein Angstschrei, sondern eher ein Ausruf der Überraschung gewesen. Er raste um die Ecke, lief wie um sein Leben, glaubte, das Herz müsse ihm im nächsten Augenblick zerspringen, rannte wie kein Mann von fast sechzig Jahren rennen sollte.

Und Archbold kam nur ganz knapp vor ihm an. Es war seltsam, daß das Messer auch jetzt noch glänzen konnte, obwohl es schon fast finster war. Wexford sah es aufblitzen, und dann fiel es zu Boden. Archbold hielt Veronica fest, die das Gesicht an seine Brust drückte und sich an seine Jacke klammerte. Wexford ging selbst auf die andere zu. Sie unternahm keinen Versuch wegzulaufen. Sie schlang die Hände ineinander und ließ den Kopf hängen, so daß er ihr Gesicht nicht sehen konnte.

In diesem Augenblick materialisierte sich Bennett sozusagen aus der Dunkelheit, und da blickte Sara Williams wie benommen mit einem Ausdruck leichter Überraschung auf.

«Nehmt sie beide mit», sagte Wexford. «Sie werden des gemeinschaftlichen vorsätzlichen Mordes an Rodney Williams beschuldigt.»

## 22

«Sie waren es, die sich kannten, nicht ihre Mütter», sagte Wexford. «Edwina Klein hat es mir gesagt, aber ich habe sie mißverstanden. ‹Die beiden Frauen haben sich gekannt›, sagte sie. ‹Ich habe sie zusammen gesehen.› Ich dachte, sie meine Joy und Wendy. Joy und Wendy waren Frauen, Sara und Veronica hingegen Mädchen. Nur daß für ein militant feministisches Gründungsmitglied von ARRIA alle weiblichen Wesen Frauen sind. Genauso wie für die Organisatoren von Sportveranstaltungen. Es ist ein Damen-Einzel, selbst wenn beide Spielerinnen erst fünfzehn sind.»

Burden und der Doktor sagten nichts. Sie saßen alle im Haus des Strohwitwers Burden, tranken den Pulverkaffee des Strohwitwers Burden. Es war alles zu Ende. Beide Mädchen waren hinreichend verdächtig, um vor Gericht gestellt zu werden. Vor ein normales Gericht die eine, vor ein Jugendgericht die andere. Hinterher war Wexford der Presse in die Hände gefallen. Flink und geschmeidig wie die SAS war ein Kamerateam aus seinem Kombi gesprungen, und wieder würde er im Fernsehen zu besichtigen sein. Und dabei aussehen wie hundert, dachte er, nachdem er sich die halbe Nacht um die Ohren geschlagen und mit Sara Williams gesprochen hatte. Die Leute würden den Sender mit Telefonanrufen bombardieren und seinen Rücktritt aus Altersgründen fordern.

«Sie lernten sich natürlich bei einem Tennisturnier kennen. Als ich das zweite Mal mit Sara sprach, entdeckte ich einen Tennisschläger in ihrem Zimmer. Sie spielte nicht annähernd so gut wie Veronica, gehörte nicht zu den ersten oder zweiten Sechs der High School. Sie schaffte es grade noch, als Ersatzspielerin ins Team zu kommen. Doch eines Tages mußte sie einspringen, und ihre Gegnerin war Veronica. Was dann passierte? Ich weiß es nicht, und sie hat es mir nicht gesagt. Ich vermute, daß eins von den anderen Mädchen eine Bemerkung über die Ähnlichkeit zwischen ihnen fallenließ und fragte, ob sie Kusinen seien, da sie denselben Familiennamen hatten. Natürlich reizte das die eine oder die andere der beiden, weiterzuforschen – wahrscheinlich Sara. Und danach war die Sache nicht mehr schwierig, oder? ‹Schau mal, ich hab ein Foto, das sind meine Eltern ...›»

«So was kann einem jungen Menschen schon zusetzen, nicht wahr?» sagte der Doktor.

«Ja, aber es ist auch ziemlich aufregend.»

«Das ist ein recht oberflächlicher Standpunkt», meinte Burden. «Fast würde ich ihn gefühllos nennen. Die beiden Mädchen waren einsam, Veronica verhätschelt und behütet, Sara vernachlässigt, ungeliebt. Mußte es für sie nicht erschütternd und zugleich ungeheuer tröstlich sein, plötzlich eine Schwester zu finden?»

Die Empfindsamkeit, die Burden erst verhältnismäßig spät im Leben entwickelt hatte, weckte in Wexford stets eine Art nachsichtiger Belustigung. Sie galt so häufig den falschen Dingen. Sie ähnelte in gewisser Weise jenen guten Vorsätzen, mit denen der Weg zur Hölle gepflastert ist.

Er wählte seine Worte mit großer Vorsicht. Es waren starke Worte, die jedoch nur zögernd ausgesprochen wurden.

«Sara Williams hat keine normalen Empfindungen – Zuneigung, Liebe, Einsamkeit, das fühlt sie nicht und kann es nicht nachvollziehen. Ich glaube, man kann sie ruhig als Psychopathin bezeichnen. Sie will Aufmerksamkeit erregen und beeindrucken. Ich könnte mir vorstellen, daß sie von ihrer Halbschwester hauptsächlich Bewunderung empfing. Sara ist hochintelligent. Auf geistigem Gebiet ist sie Veronica weit überlegen. Sie ist eine starke, amoralische, gefühllose Solipsistin, ein Mensch, der nur das eigene Ich mit seinen Bewußtseinsinhalten als Wirklichkeit gelten läßt, und sie hat einen furchtbaren Charakter.»

Crocker zog die Brauen hoch. «Sie sprechen von einer Achtzehnjährigen, die von ihrem eigenen Vater mißbraucht wurde.»

Wexford antwortete nicht. Er dachte an das, was Sara im Verhörzimmer zu ihm gesagt hatte. Marion Bayliss hatte an einem Ende des Tisches gesessen, Martin und er selbst ihr gegenüber, und Sara Williams hatte am Kopfende präsidiert und mit hoch erhobenem Kopf ihre Gefühle und ihre Handlungen geschildert. Sie hatte gar nicht daran gedacht, sich zu verteidigen.

«Meine Schwester», hatte sie gesagt, «sieht so aus wie ich. Ich hatte das Gefühl, sie sei ein anderer Aspekt meiner selbst, der schwächere, hübsche, weibliche Teil von mir, wenn Sie so wollen. Ich wollte diesen Teil endgültig loswerden.»

«Warum haben Sie Ihren Eltern nicht erzählt, daß Sie Veronica kennengelernt hatten?»

«Warum sollte ich?»

Bei ihren Antworten blieb einem die Luft weg.

«Es wäre nur natürlich gewesen, wenn Sie Ihren Vater mit dem konfrontiert hätten, was Sie entdeckt hatten.»

Sie war auf ihre Weise aufrichtig. «Es hat mir gefallen, ein Geheimnis zu haben. Es hat mir Spaß gemacht, etwas zu wissen, von dem er glaubte, ich wisse es nicht.»

«Weil Sie ihn dadurch in der Hand hatten?»

«Vielleicht», antwortete sie gleichgültig. Es langweilte sie, wenn sich das Gespräch nicht ausschließlich um sie drehte.

War es das, womit sie ihm gedroht hatte, als es um den Inzest ging? Hatte sie sich ihn damit vom Leib gehalten – im wahrsten Sinn des Wortes?

«Sie haben auch Veronica dazu gebracht, ihrer Mutter nichts zu sagen?»

«Sie hat getan, was ich von ihr verlangte.»

Sie sagte das so wie ein Hundetrainer, der von einem besonders gehorsamen Tier sprach. Für den Trainer ist dieser Gehorsam entwas Selbstverständliches, eine so starke Wirkung geht von seiner Persönlichkeit und seiner Technik aus, so undenkbar ist für ihn eine andere Reaktion. Um das zu verstehen, hätten Crocker und Burden das Mädchen sehen und hören müssen, dachte Wexford. Er konnte nicht einmal versuchen, es ihnen zu vermitteln. «Sara und Veronica trafen sich oft», fuhr er fort. «Sara begleitete Veronica sogar nach Hause, wenn Wendy im Geschäft war. Veronica schwärmte für ihre Schwester, eiferte ihr nach, hätte ihr in allem gehorcht.»

«Hätte?»

«Hat. Psychiater nennen das, was die beiden überkam, *folie à deux*, eine Art Wahnsinn, der von zwei Menschen nur Besitz ergreift, wenn sie zusammen sind und sich gegenseitig beeinflussen. Und immer gibt es in solchen Konstellationen einen, der sich leicht gängeln läßt, und einen, der dominiert.» Wexford schweifte kurz ab. «Wenn ich zurückblicke, kann ich mich nicht daran erinnern, daß Sara Williams je einen Satz zu mir gesagt hätte, der nicht mit ‹ich› anfing oder von ihr selbst handelte.»

Er fuhr mit seinem Bericht fort: «Daß es jetzt eine Verbindung zwischen den beiden Williams-Haushalten gab, führte dazu, daß die Mädchen Informationen austauschten. So hatte Sara zum Beispiel geglaubt, ihr Vater sei bei Sevensmith Harding Firmenvertreter für den Bezirk Ipswich. Und Veronica dachte, ihr Vater sei Verkäufer bei einer Firma für Badezimmereinrichtungen. Sie unternahmen die nötigen Schritte, um die Wahrheit herauszufinden, und das ist ihnen auch gelungen. Schon vor über einem Jahr haben sie festgestellt, was Rodney beruflich wirklich machte, was für eine Stellung er bekleidete, und nachdem Sara ein bißchen recherchiert hatte, wußten sie auch, was ein Marketing Manager im Durchschnitt verdiente.

Sara warnte Veronica vor den sexuellen Neigungen ihres Vaters. Deshalb fürchtete Wendy, er könnte versuchen, ihre Tochter zu mißbrauchen. Nicht, weil sie selbst etwas beobachtet hatte oder Veronica aus einem Kuß und einer Umarmung entsprechende Schlüsse zog, sondern weil Sara ihr sagte, was sie zu erwarten hatte, und Veronica es weitergab, ohne zu verraten, woher sie es wußte. Wie dem auch sei, Sara machte aus Veronica ein völlig verängstigtes Mädchen. Ein völlig verwirrtes und unsicheres Mädchen. Versetzen Sie sich einmal in ihre Lage. Zuerst entdeckt sie, daß ihr Vater eine zweite – die gesetzliche – Ehefrau und erwachsene Kinder hat. Das bedeutet, daß er mit ihrer Mutter nicht verheiratet sein kann und sie daher illegitim ist. Also muß er ein Lügner und Betrüger sein. Er hat sogar eine andere Stellung als die, die er angibt. Und das Schlimmste von allem – er hat seine andere Tochter mißbraucht und hat mit ihr bestimmt dasselbe vor. Kein Wunder, daß sie Angst hatte.

Daß sie Wendy von ihrer Furcht vor einem sexuellen Übergriff ihres Vaters erzählt hatte, führte nur zu Schwierigkeiten zwischen ihren Eltern. Hat Wendy Rodney beschuldigt, und hat er es heftig geleugnet? Da können wir fast sicher sein. Der Streit war jedenfalls so schlimm, daß Wendy glaubte, Rodney werde sie verlassen, sie fürchtete aber auch, daß Veronica dann erst recht in Gefahr sein würde. Wir sehen also, warum sie nicht wollte, daß Veronica am Abend des fünfzehnten April zu Hause blieb. Wenn Rodney doch wieder zurückkam, würde sie mit ihrem Vater allein sein – und zwar zum erstenmal, seit die Sache aufgedeckt worden war.

Aber Veronica hatte jetzt außer ihrer Mutter noch eine andere Freundin und Vertraute. Sie hatte Sara. Und Sara rechtfertigte das Vertrauen, das sie in sie setzte. Sara hatte eine gute Idee, wie man Rodneys Aufmerksamkeit von seiner Tochter – und nicht nur von ihr, sondern eigentlich von allem – ablenken konnte. ‹Vertausch seine Blutdruck- mit Schlaftabletten.› Doch das konnte man nur einmal und im äußersten Notfall tun.

So unwissend auch ihre Mütter sein mochten, Sara und Veronica wußten am fünfzehnten April sehr genau, daß Rodney von der Alverbury Road schnurstracks in die Liskeard Avenue fahren würde. Also tauschte Sara die Tabletten selbst aus, die beiden letzten, die das Fläschchen enthielt. Vergessen Sie nicht, daß wir in der Alverbury Road ein leeres und in der Liskeard Avenue ein halbvolles Fläschchen *Mandaret* gefunden haben. Rodney nahm also seine zwei Mandaret, wie er glaubte, und ließ die leere Packung in seinem Schlafzimmer liegen. Dann fuhr er nach Pomfret. Bestimmt wurde er schon unterwegs schläfrig.»

«Das waren die Phanodormtabletten, die Paulette Harmer besorgt hatte?» fragte der Doktor.

«Ich nehme an, sie hat sie besorgt. Es kommt mir am plausibelsten vor. Aber Paulette mußte nicht sterben, weil sie ein Schlafmittel weitergegeben hatte, obwohl das verboten war. Sie starb, weil die Ereignisse eine Wendung nahmen, die dazu führte, daß sie ihre Gedanken auf den fünfzehnten April konzentrierte, und sie erinnerte sich, wie es wirklich gewesen war. Sie erinnerte sich, daß ihre Mutter an diesem Abend mit Tante Joy telefoniert und erwähnt hatte, sie freue sich, daß Kevin sich an der Uni schon wieder so gut eingewöhnt habe. Und das wollte sie uns sagen, weil sie aus der Zeitung, aus dem Fernsehen und von ihren Eltern wußte, wie stark der Verdacht gegen ihre Tante war. Sie wußte ganz genau, daß ihre Tante an jenem Abend zu Hause gewesen war – um Kevins Anruf um acht Uhr und den ihrer Mutter um Viertel vor neun entgegenzunehmen.»

Das Mädchen hätte Blumen streuen oder in einer Muschelschale den Meereswogen entsteigen sollen. Das Gesicht war weich, unschuldig und ein wenig verschlossen. Obwohl ein winziges selbstzufriedenes Lächeln die Lippen umspielte. Das Haar war von der hohen Stirn straff zurückgekämmt, doch ein paar Strähnchen hatten sich gelöst und lagen wie goldene Ranken auf der weißen Haut.

«Veronica rief mich an. Sie sagte nur, er sei eingeschlafen, wie ich es ihr prophezeit hätte. Ich sagte, ich käme hinüber.»

Wexford hatte sie nur unterbrochen, um zu fragen, warum.

«Nun ja, weil ich es für richtig hielt. Eine solche Chance würde sich mir nie wieder bieten, nicht wahr?»

Er beherrschte sich und fragte nicht, was sie damit meine. Ihre Augen schienen größer zu werden, ihr Gesicht wurde ausdrucksloser.

«Ich sah ihn dort schlafen und dachte, daß jetzt ich Macht über ihn hatte. Ich dachte an die Macht, die er über mich besaß. Ich wurde wütend, wirklich wütend.»

«Und Veronica?»

«An Veronica habe ich nicht gedacht. Ich nehme an, sie war da. Na ja, ich weiß, daß sie da war. Ich sagte zu ihr: ‹Wir könnten ihn umbringen, und damit hätte alles ein Ende.› Ich sagte ihr, sie solle mir ein Messer holen. Ich hab's nicht ernst gemeint, habe nur herumphantasiert. Ich war wütend, und ich war erregt – irgendwie *high*, wie nach einem Drink.»

*Folie à deux*. War Veronica auch erregt gewesen? Von diesem Mädchen würde er kaum etwas über die Gefühle eines anderen Menschen erfahren.

«Ich nahm ihr das Messer aus der Hand und entfernte die Scheide aus Pappe, in der es steckte. Ich ging zu meinem Vater, der auf dem Sofa lag, und fing an rumzuspielen, fuchtelte mit dem Messer in der Luft herum und tat so, als stieße ich es in ihn hinein. Ich merkte, daß er sehr tief schlief. Ich brachte Veronica zum Lachen mit meiner Pantomime, von der er überhaupt nichts merkte. Ich erinnere mich nicht mehr, warum ich eigentlich aufhörte zu spielen. Ich war so erregt und *high*, daß ich's nicht mehr weiß. Aber so ist es passiert. Eben noch war es Phantasie, und im nächsten Moment war es Wirklichkeit.»

Sie sah über den Tisch hinweg zuerst Marion und dann Martin an. Es war, als fordere sie die ungeteilte Aufmerksamkeit ihres Publikums. Dann schaute sie Wexford mit einem festen Blick in die Augen.

«Ich hob das Messer und stieß es ihm in den Hals, ganz fest, mit beiden Händen. Davon wurde er wach und ächzte oder stöhnte oder so. Also stieß ich noch ein paarmal zu, damit das Blut nicht mehr so herumspritzte. Ich will Ärztin werden, daher wußte ich, daß er aufhören würde zu bluten, wenn er tot war ...»

So abgehärtet Wexford auch war, er brauchte ein paar Sekunden, um Worte zu finden.

«Hat Veronica auch zugestochen?»

«Ich habe ihr das Messer gegeben und gesagt, jetzt mal los. Die

Halswunde war sehr groß, und sie stieß das Messer hinein. Dann lief sie weg und übergab sich.»

«Total verrückt», sagte Burden. «Übergeschnappt.»

«Vielleicht. Ich bin nicht sicher. Wir wollen jetzt nicht anfangen, Psychosen zu definieren.»

«Wie ging's weiter?» fragte der Doktor.

«Das Zimmer war zum größten Teil mit alten Laken abgedeckt. Rodney hatte schon halb schlafend das Haus betreten, sich die Treppe hinaufgeschleppt und auf das Sofa fallen lassen, das auf einer Seite ebenfalls mit einem Laken zugedeckt war. Zufällig an dem Ende, an dem sein Kopf lag. Dieses Tuch, das Leslie Kitman gehörte, fing das meiste Blut auf. Etwas spritzte auch auf die Wand, von der am selben Tag die alte Tapete abgelöst worden war. Sara packte Rodneys Kopf in das Laken und wusch die Wand ab. Veronica hatte sich inzwischen erholt und ordnete sich Sara völlig unter. Sie wusch das Messer ab und hatte dann die Idee, es in die Wand einzugipsen. Damit handelten sie zum erstenmal mit wohlüberlegter Raffinesse. Es geschah noch ein paarmal. In den Wänden waren Risse und Sprünge, die verspachtelt werden mußten, und in der Garage fanden sie ein Paket Spachtelmasse. Außerdem stand dort Rodneys Wagen, den Sara fahren konnte. Sie rollten das Laken zusammen und verbanden Rodney den Hals mit einem der Geschirrtücher, die Wendy bei Marks and Spencer gekauft hatte. Nachdem sie das Zimmer gesäubert hatten, trugen sie Rodney die Wendeltreppe hinunter und durch die Verbindungstür, die aus der Diele direkt in die angebaute Garage führt. Dann legten sie ihn in den Kofferraum seiner Greta aus Granada. Das in Zeitungspapier eingepackte Laken warfen sie in die Mülltonne. Und zwar gegen halb acht.»

«Wie», sagte Burden, «ist es dann möglich, daß Kevin, der um acht Uhr in der Alverbury Road anrief, mit seiner Schwester sprach?»

«Er hat nicht mit ihr gesprochen, sondern mit seiner Mutter. Und selbstverständlich wußten er und Joy sehr genau, daß sie miteinander telefoniert hatten. Sie haben nur gelogen, um Sara zu schützen. Oh, ich weiß, Joy liebt Sara nicht besonders, aber sie ist schließlich ihre Tochter. Sobald sie anfing ernsthaft darüber nachzudenken, wurde ihr bald klar, daß Sara etwas mit Rodneys Verschwinden zu tun haben konnte. Zuerst war sie ehrlich überzeugt, daß er sie verlassen hatte, und bat mich deshalb um Rat. Aber dann änderte sich alles. Ich glaube auch zu wissen, warum. Auf meinen Rat hin rief sie bei Sevensmith Harding an und erfuhr dort, daß *sie* am Freitag, dem 16. April, mit der Firma telefoniert und Rodney wegen Krankheit entschuldigt hatte. Zweifellos glaubte Joy zuerst an einen Irrtum, aber sie behaupteten steif und fest, es sei dieselbe Stimme, ganz sicher. Und Joy wußte, daß Saras Stimme der ihren sehr ähnlich war.

Joy glaubte auch zu wissen, was Sara wegen des Inzests für ihren Vater empfand, das dürfen Sie nicht vergessen. Sie erinnerte sich außerdem, daß Sara am Abend des 15. April nicht zu Hause gewesen war. Also erzählte sie uns und brachte Kevin dazu, das zu bestätigen – was nicht weiter schwierig war, da er der Polizei mißtraut und an seiner Schwester hängt –, daß sie an diesem Abend nicht zu Hause gewesen war und Sara den Anruf entgegengenommen hatte. Handelte sie im Einverständnis mit Sara? Ich bezweifle es. Mutter und Tochter redeten kaum miteinander. Ich vermute, daß Joy sagte, es sei vielleicht klüger, die Sache so zu arrangieren, und Sara stimmte wahrscheinlich mit einem Nicken zu und sagte ja.»

«Sie zeichnen da das Bild einer mütterlichen Frau, die sich selbst opfert», sagte der Doktor, «und das stimmt einfach mit Ihrer bisherigen Meinung von Joy Williams nicht überein. Ihre Geschichte kommt mir vor wie das alte Märchen von der Pelikanmutter, die sich das Fleisch aus der eigenen Brust riß, um ihre Brut zu füttern – und gehört ebenso ins Reich der Fabel.»

«Nein. Joy war ganz zu Recht überzeugt, sie gehe kein allzugroßes Risiko ein. Sie hielt es für ausgeschlossen, daß wir die falsche Person verhaften könnten. Ihr Vertrauen muß während der letzten Tage auf eine harte Probe gestellt worden sein.»

Burden, dem immer wohler zumute war, wenn er sich auf belastende Einzelheiten und Indizien stützen konnte, sagte ungeduldig: «Die beiden Mädchen fuhren Williams' Leiche also in den Cheriton Forest hinauf und gruben ihm mit seiner eigenen Schneeschaufel das Grab?»

«Ein flaches Grab, denn nachdem sie ihn getötet hatten, wollte Sara, daß die Leiche bald gefunden wurde. Es sollten höchstens zwei Wochen vergehen, bis dahin würden, wie sie richtig vermutete, alle Spuren verwischt sein. Es kam jedoch nicht so, wie sie wollte, und es dauerte zwei Monate, bis man den Toten fand.

Eins ging mir ständig im Kopf herum, und zwar das, was ich bei mir den ‹Milvey-Zufall› nannte, der den Fall so unglaublich komplizierte. Inzwischen ist auch das ganz klar. Es gab keinen Zufall. Sara und Veronica versteckten Rodneys Reisetasche – wahrscheinlich im Wald – und hofften, daß sie in den nächsten Tagen gefunden würde. Aber das traf nicht ein. Dann sagte Mrs. Milvey eines Tages zu Joy, daß Milvey am nächsten Tag den Teich im Park von Green Pond Hall säubern und ausbaggern würde, und Sara hörte es zufällig. Sie holte die Tasche und warf sie rechtzeitig genug in den Teich, daß Milvey sie am nächsten Tag finden mußte.»

«Aber warum wollte sie, daß die Leiche entdeckt wurde? Das konnte ihr doch egal sein.»

«Dazu komme ich später.»

«Ich begreife nicht, warum sie sich die Mühe machte, Sevensmith Harding anzurufen und einen Brief zu fälschen, um die Entdeckung hinauszuzögern, und dann alles tat, um sie zu beschleunigen. Das heißt – ich nehme an, daß es Sara war, die bei der Firma anrief. Ihre Stimme ist der ihrer Mutter wirklich zum Verwechseln ähnlich.»

«Sie hat angerufen, und Veronica hat den Brief getippt. Im Haus ihrer Freundin Nicola Tennyson, auf der Schreibmaschine von Nicolas Mutter.»

«Sie begruben die Leiche, versteckten die Reisetasche, und Sara fuhr Veronica nach Pomfret zurück, damit sie vor Wendy zu Hause war. Das war gegen neun. Wendy, die Ovington besucht hatte, mit dem sie ein bißchen flirtete, kam erst um halb zehn. Sara fuhr nach Myringham und ließ den Wagen in der Arnold Road stehen, wo Eve Freeborn ihm kaum eine halbe Stunde später eine Delle verpaßte, als sie einparkte. Wäre Sara ein bißchen später und Eve ein bißchen früher drangewesen, hätten sich die beiden ARRIA-Mitglieder getroffen, was unsere Arbeit wesentlich erleichtert hätte. Aber als Eve kam, saß Sara schon im Bus und fuhr nach Hause.

Am nächsten Morgen schloß sie sich, bevor sie in die Schule ging, im Wohnzimmer ein und rief bei Sevensmith Harding an. Sie hatte Glück, daß um diese Zeit schon jemand in der Firma war, um das Gespräch entgegenzunehmen, aber da sie in die Schule mußte, war sie ja gezwungen, so früh zu telefonieren. Und damit, denke ich, wären alle näheren Umstände des Mordes an Rodney Williams geklärt.»

Burden nahm das Tablett auf. «Noch jemand Kaffee?» fragte er.
Nein, keinen Kaffee mehr, antwortete Wexford. Es sei fast Zeit für ein Bier, nicht wahr? Der Doktor sah ihn mit mißbilligend gerunzelter Stirn an, und er wandte absichtlich den Kopf ab, blickte hinaus in Burdens freundlichen, jetzt wieder gepflegten Garten, in dem die Blumenrabatten wie Kleiderchintz und der Rasen wie ein Stückchen grüner Flanell aussahen. Jennys gelbe Chrysanthemen leuchteten in der Sonne so grell, daß man sie kaum ansehen konnte. Burden öffnete die Terrassentür.

«Das traurige an der Geschichte ist», sagte Crocker, «daß ein Medizinstudium für Sara Williams praktisch unmöglich geworden ist.»

Burden sah ihn an. «Aber St. Biddulph wird sich doch an einer solchen Kleinigkeit wie Vatermord nicht stoßen», sagte er sarkastisch.

«Sie halten es also nicht für gerechtfertigt – nicht für mehr als gerechtfertigt, wenn ein Mädchen seinen Vater tötet, nachdem er es mißbraucht hat und darauf aus ist, der jüngeren Halbschwester dasselbe anzutun? Sie glauben nicht, daß Richter und Geschworene ihr mildernde Umstände zubilligen werden?»

«O doch, ich glaube schon.» Es war Wexford, der an Burdens Statt antwortete.

«Das ist nur gerecht, sie wird also nicht für ein paar Jahre hinter Gittern verschwinden, oder? Sie wird zwar nie die zweifelhafte Ehre haben, Ärztin zu sein wie Ihr hier anwesender untertänigster Diener, aber es wird auch keine übliche Strafe geben?»

«Dessen wäre ich mir nicht allzu sicher.»

«Weil sie den Mord geplant und die Spuren verwischt hat, meinen Sie?»

«Sie hat ihre Kusine Paulette Harmer getötet», sagte Burden.

«Das hat sie tatsächlich, doch das habe ich nicht gemeint. Denn sehen Sie, Rodney Williams hat mit seiner älteren Tochter nie Inzest begangen. Er hat sich auch seiner jüngeren Tochter nie auf diese Weise genähert. Ich bezweifle sehr, daß er überhaupt je versucht hat, jemanden sexuell zu mißbrauchen – und das meine ich im weitesten Sinn des Wortes.»

# 23

Crocker hatte sofort verstanden, und Wexford überließ ihm die Erklärung. Der Doktor begann in groben Umrissen Freuds «Verführungs-Theorie» zu erklären, wie in dem berühmten Papier von 1896 dargelegt.

«Dreizehn Patientinnen von Freud behaupteten, von ihren Vätern verführt worden zu sein. Freud glaubte ihnen und baute auf ihren Aussagen eine Theorie auf, verwarf sie jedoch später wieder, weil ihm klar wurde, daß er zu leichtgläubig gewesen war. Statt dessen kam er zu dem Schluß, daß kleine Mädchen dazu neigen, sich einzubilden, ihr Vater habe mit ihnen geschlafen. Von da an hatten kindliche Phantasien für ihn große Bedeutung und waren später die Grundlage für seine nicht beweisbare These vom Ödipuskomplex.»

«Soll das heißen, daß Sara sich die ganze Sache nur ausgedacht hat?» fragte Burden. «Aber sie ist doch gewiß kein kleines Mädchen mehr.»

«Auch Freuds Patientinnen waren keine kleinen Mädchen mehr, als sie zu ihm kamen.»

«Ich denke», sagte Wexford, «Sara hatte die üblichen Phantasien einer Tochter über ihren Vater. Als sie älter wurde, las sie Freud. Sie las auch Bücher über Inzest – sie stehen alle in ihrem Schlafzimmer. In der ARRIA-Satzung wird auch der Inzest zwischen Vater und Tochter erwähnt. Hat sie diesen Passus auch gelesen, oder hat sie ihn sogar geschrieben? Auf jeden Fall war sie in ihrer Vorstellung viel enger mit ihrem Vater verbunden als er mit ihr.»

«Woher wollen Sie wissen, daß er sie nicht tatsächlich verführt hat? Männer begehen Inzest mit ihren Töchtern. Ich meine, woher wollte Freud wissen, ob unter seinen dreizehn Patientinnen nicht doch eine war, die nicht phantasiert, sondern die Wahrheit gesagt hatte?»

«Das kann ich nicht beantworten», sagte Wexford. «Aber ich kann Ihnen verbindlich sagen, daß Sara nie von ihrem Vater mißbraucht wurde. Sie gehört nicht zu den Mädchen, denen so etwas passiert. Sie ist weder unwissend noch dumm, weder verschüchtert noch abhängig. Diese Verführung oder scheinbare Verführung folgt dem klassischen Beispiel, wie es in den Büchern steht. Das Mädchen wehrt sich nicht, kämpft und schreit nicht. Es will kein

Aufsehen. Bei der ersten Gelegenheit erzählt es der Mutter, was geschehen ist, und die Mutter reagiert mit Zorn, Vorwürfen und der Beschuldigung, die Tochter habe sich gegen den Vater allzu herausfordernd verhalten. Joy, wie wir wissen, paßt hervorragend zu diesem klassischen Beispiel. Aber Sara? Hätte Sara, ein leitendes ARRIA-Mitglied, eine überzeugte Feministin, sich nicht gewehrt und geschrien, wenn es wirklich geschehen wäre? Sie war mit dem Messer sehr schnell bei der Hand, wie wir wissen. Und sie ist die letzte, die es stört, zu Hause oder sonstwo Aufsehen zu erregen und alles durcheinanderzubringen. Und Sara – ihrer Mutter was erzählen? Nie und nimmer. Die beiden haben seit Jahren nicht mehr richtig miteinander gesprochen. Sara verachtet ihre Mutter. Wenn sie es jemandem erzählt hätte, dann ihrem Bruder Kevin. Nein, es hat keinen Inzest gegeben. Denn wenn es ihn gegeben hätte, hätte sie ihn verschwiegen, um ein Druckmittel gegen ihren Vater in der Hand zu haben, und wäre damit nicht zu Joy gelaufen.

Es war natürlich Sara, die Colin Budd überfallen hat. Wie Sie sich erinnern werden, passierte das am Abend, bevor Milvey anfing, den Green Pond auszubaggern. Sara holte nach Einbruch der Dunkelheit die Tasche aus ihrem bisherigen Versteck im Wald und steckte sie in einen Plastiksack. Als Budd daherkam, wartete sie auf den Bus, der sie ans andere Ende von Kingsmarkham bringen sollte, zur Forby Road in die Nähe von Green Pond Hall. Daß Budd sich für sie interessierte, kam ihr höchst ungelegen. Außerdem hatte sie sich dazu erzogen, immer Ausschau nach ‹sexistischen Annäherungen› zu halten. Sie war ausschließlich in eigener Sache unterwegs, und dieser Mann behandelte sie so, als sei sie ausschließlich als Lustobjekt auf dieser Welt. Ganz bestimmt verlor sie auch ein bißchen die Nerven. Sie stach mit einem Federmesser zu.»

«Wenn alles nur Phantasie war», sagte Burden, der sich wieder der Analyse von Saras Charakter zuwandte, «warum hat sie dann Veronica gewarnt? Warum die jüngere vor etwas warnen, das nie passieren würde?»

«Sie denken, eine solche Phantasterei sei nur was ‹Ausgedachtes›, so daß derjenige, der phantasiert, nicht daran glaubt?»

«Und glaubt er daran? Hat Sara sich eingeredet, es sei wirlich passiert?»

«Ja und nein. Sie hat zugegeben, daß nie etwas geschehen ist.

Andererseits wäre ich nicht überrascht, wenn sie morgen erklärte, es sei doch so gewesen, und auch fest daran glaubte. Dieses Geheimnis weitergeben zu können, dieses schreckliche und abstoßende Geheimnis, muß ihr einen noch größeren Einfluß auf Veronica verschafft haben. Es hat ihre Macht verstärkt. Sehen Sie, Veronica hatte große Angst vor ihr, sie bewunderte sie fast ehrfürchtig, aber die ganze Sache ging ihr schon vor dem Mord an Rodney auf die Nerven.»

Wexford hatte Wendy holen lassen, und sie war ausnahmsweise ruhig und vernünftig. Seiner Meinung nach war die Atmosphäre in seinem Büro angenehmer als in den kahlen Verhörzimmern. Marion und Polly saßen nebeneinander und Veronica ein wenig abseits – bis Wexford hereinkam. Jungfer Rührmichnichtan und der finstere Riese, der neben ihr Platz nahm. Nur konnte sie nicht weglaufen. Es würde sehr lange dauern, bis Veronica Williams wieder vor etwas weglaufen konnte.

Sie war sehr blaß. Seit Wexford sie zum erstenmal gesehen hatte, war ihr Haar ungefähr fünf Zentimeter gewachsen, und sie trug es jetzt ungefähr fünfzehn Zentimeter länger als auf dem Strandfoto. Hatte sie es wachsen lassen, um ihrem Idol und Vorbild Sara nachzueifern? Er hatte sie gefragt, wann sie ihre Halbschwester kennengelernt hatte.

«Im September.» Sie sprach so leise, daß er sie bitten mußte, die Antwort zu wiederholen. «Im September – vor einem Jahr», sagte sie.

«Und wie oft haben Sie sich seither getroffen? Einmal wöchentlich? Öfter?»

Sehr leise: «Öfter.»

Sie gab zu, daß sie ständig miteinander telefoniert hatten. Manchmal war es wie ein Spiel. Sara rief an und sagte, sie sei in fünf Minuten in der Liskeard Avenue, oder sie rief Sara an und sagte, wenn Sara vorsichtig sei und sich nicht sehen ließe, könne sie Rodney und Wendy beobachten, die ihr – Veronica – beim Tennis zuschauten.

«Aber plötzlich war es kein Spiel mehr, nicht wahr? Am 15. April hörte es auf ein Spiel zu sein.»

Sie nickte, und ein Schaudern ging durch ihren Körper wie ein Krampf. «Warum hast du immer alles getan, was sie sagte?» fragte Wendy. «Warum hast du ihr alles erzählt?»

Wie konnte Veronica ihr das beantworten?

«Du hast ihr gesagt, du wolltest zu mir kommen und gestehen, welche Rolle du bei dem Ganzen gespielt hast, nicht wahr?» fragte Wexford sehr sanft.

Veronica sah Wendy an. «Ich dachte, Sie wollten meine Mutter verhaften.»

Ein winziger Triumph blitzte in Wendys traurigen Augen auf. Unter diesen unglaublichen Umständen wurden ihr all die Jahre ergebener Mutterliebe gelohnt ...

Wexford erwachte aus seinen Gedanken, als Burden ein Tablett mit drei Büchsen Bier und allen möglichen Happen hereinbrachte, von denen er sich hauptsächlich ernährte, während Jenny nicht da war.

«Aufwachen!»

«Entschuldigung.»

«Hören Sie, wenn's keinen Inzest gegeben hatte und auch keiner zu befürchten war, wenn Veronica nicht in Gefahr war – was war dann das Motiv für den Mord an Rodney? Von Anfang an hat uns in diesem Fall ein handfestes Motiv gefehlt. Oder wollen Sie sagen, ein Psychopath brauche kein Motiv – oder zumindest kein Motiv, das ein normaler Mensch versteht?»

«Ich habe Ihnen gesagt, daß Saras Verhalten auf vielen Überlegungen beruht, die Außenstehenden zum Teil völlig unbegreiflich vorkommen müssen. Daß sie die Leiche ursprünglich versteckte, zum Beispiel, und später geradezu erpicht war, daß sie bald gefunden wurde. Ich habe Ihnen auch klargemacht – und bin damit bei Ihnen allen nur auf Mißbilligung gestoßen, wie ich glaube –, daß ich mit Sara kein besonderes Mitleid habe. Und zwar deshalb, weil es für das, was sie getan hat, nicht die geringste Rechtfertigung gibt.

Sie hatte ein Motiv, und das war so berechnend und kaltblütig wie das einer jeden Giftmörderin, die einen alten Erbonkel wegen seines Geldes um die Ecke bringt.»

«Aber Rodney hatte doch kein Geld zu vererben», wandte Burden ein.

«Auf den ersten Blick vielleicht nicht, obwohl der Bankdirektor mir gezeigt hat, was für eine Summe auf dem Konto steht, von dem er den monatlichen Unterhalt auf die beiden ehelichen Konten überwies. Es ist jedenfalls so viel, daß er Rodney empfahl, das

Geld zu investieren. Sara hat ihn jedoch nicht ermordet, um ihn zu beerben, und trotzdem war Geld das Motiv.»

«Aber kein Bargeld, nehme ich an», sagte der Doktor.

Wexford wandte sich an Burden. «Sie haben das Thema erst vor kurzem angeschnitten, Mike. Als Sie glaubten, Sie bekämen eine Tochter – und auch das ist relevant. Sie haben gesagt, daß sie später mal mit einer staatlichen Studienbeihilfe an einer Universität studieren sollte. Wissen Sie's noch?»

«Ich glaube. Aber ich begreife nicht, wo da die Relevanz liegt.»

«Sara will Ärztin werden», entgegnete Wexford. «Das heißt, sie wollte Ärztin werden, sollte ich wohl sagen. Und obwohl es immer schwieriger wird, einen Studienplatz zu bekommen, wußte sie, daß sie die Fähigkeiten hatte, einen zu ergattern. Ihre Eltern rieten ihr jedoch davon ab. Und in diesem Stadium muß das für sie wie ein klassischer Fall von elterlichem Widerstand gegen ihren Berufswunsch ausgesehen haben, der daher rührte, daß sie eine Tochter und kein Sohn, eben ‹nur› eine Frau war. Bei Joy verhielt es sich vermutlich tatsächlich so. Ihr wäre es nicht recht gewesen, hätte Sara mehr Erfolg und schließlich einen gesellschaftlich höherstehenden Beruf gehabt als Kevin.

Anfangs kümmerte sich Sara nicht um den Widerstand der Eltern. Ich spreche natürlich von der Zeit vor etwa einem Jahr. Sara erinnerte sich, daß der Vater, nachdem ihr Bruder den Studienplatz in Keele ergattert hatte, vom Bezirksschulamt das Antragsformular für Studienbeihilfe zugeschickt bekam. Damals interessierte sie sich kaum dafür. Und ganz gewiß hat sie das ausgefüllte Formular nicht gesehen. Aber sie wußte, je höher das elterliche Einkommen, um so geringer die Beihilfe. Dem großen Fragebogen lag noch ein kleineres Formular bei, auf dem der Arbeitgeber des Vaters eine Erklärung über das Bruttogehalt, Überstundenentgelt, über Bonus, Dividende, steuerpflichtige Nebeneinnahmen und Abzüge abgeben mußte. Sie erinnern sich bestimmt noch an das Formular, Mike, das Sie seinerzeit an die Mid-Sussex Constabulary schickten, als Sie um Studienbeihilfe für John und Pat ansuchten?»

Burden nickte. «Allmählich dämmert's bei mir.»

«Vor zwölf Monaten lernte Sara dann Veronica kennen. Als der Schock über diese Begegnung langsam abklang, als das Vorhandensein dieser zweiten Familie viele Ungereimtheiten im Leben ihres Vaters erklärte, begann Sara die nackte Realität zu überschauen. Ihr Vater mochte behaupten, er wolle aus ästhetischen Gründen nicht, daß seine Tochter Medizin studiere, er wolle es nicht, weil es sich nicht schickte oder weil sie ja doch heiraten werde und das Geld dann hinausgeworfen wäre, und so weiter und so weiter. Das alles mochte er anführen, aber der eigentliche Grund war ein ganz anderer. Als Sara feststellte, daß er sowohl ihre als auch Veronicas Mutter über seine Stellung und sein Einkommen belogen hatte, unternahm sie Schritte, um festzustellen, was er eigentlich tat und wieviel er verdiente. Als sie es wußte, begriff sie. Wenn er das Antragsformular ausfüllte, würde er wahrheitsgemäß angeben müssen, daß er im Jahr nicht 10000 Pfund, sondern zweieinhalbmal soviel verdiente, und er hätte keine Möglichkeit, die Behörden so zu täuschen wie ihre Mutter, da er die Bestätigung von Sevensmith Harding beibringen mußte.

Wenn nun das elterliche Einkommen zehntausend Pfund pro Jahr beträgt, müssen laut offizieller Tabelle die Eltern ungefähr 470 Pfund zum Studium beisteuern, verdienen Vater oder Mutter oder beide hingegen 25000 Pfund, müssen sie etwa 2000 Pfund selbst aufbringen. Rodney hatte zwei Haushalte und zwei Familien, er bezahlte schon für Kevin in Keele einen hohen Betrag – vergessen Sie nicht, daß er der Bewilligungs-Behörde die Wahrheit über sein Einkommen sagen mußte, egal, was er seinen Frauen erzählen mochte. Als Sara das alles wußte, war ihr klar, woher der Wind wehte. Für sie würde er nie und nimmer 2000 Pfund im Jahr ausgeben. Und als sie ihn ohne Umschweife fragte, ob er das Formular für sie ausfüllen würde, sobald man es ihm zuschickte, antwortete er, das käme gar nicht in Frage. Sie habe gar nicht das Zeug dazu, Ärztin zu werden, und er tue ihr nur etwas Gutes, wenn er sie nicht dazu ermutige.»

«Ein richtig mieser Typ», sagte Crocker.

Wexford zuckte mit den Schultern. «Der Fehler liegt bei uns, wenn wir die Eltern-Kind-Beziehung in einem falschen Licht sehen. Wir betrügen uns selbst, indem wir uns einreden, daß alle Eltern ihre Kinder lieben und das Beste für sie wollen.»

«Hätte Sara auf dem zuständigen Amt mit einem verständnisvollen Beamten gesprochen, hätte sich für ihr Problem bestimmt eine Lösung gefunden. Gewiß hätte man Rodney irgendwie umgehen können, oder? Es muß doch zahlreiche Fälle geben, in denen Eltern ihren Kindern das Studium nicht gestatten wollen und sich deshalb weigern, das Antragsformular auszufüllen.»

«Wahrscheinlich. Aber Sara ist erst achtzehn. Und bedenken Sie doch: hätte sie getan, was Sie vorschlagen, hätte sie preisgeben müssen, daß ihr Vater ein Lügner und Betrüger, daß er Bigamist war und ihre Mutter hintergangen hatte. Und wie lange hätte das alles gedauert? Es hätte vielleicht bedeutet, daß sie ein Jahr warten mußte? Was wurde dann aus ihrem Platz in St. Biddulph, einer Universität, an der Studienplätze so rar sind wie Goldstaub, an der es eine ellenlange Warteliste für Studienbewerber gibt, die alle darauf brennen, angenommen zu werden? Sie entschloß sich daher, es zuerst mit Überredung zu versuchen und, wenn das nichts nützte, den Vater eiskalt zu erpressen.»

«Sie hat ihm gedroht, Joy die Wahrheit zu sagen und Veronica zu überreden, ihrer Mutter die Augen zu öffnen, wenn er nicht bereit war, das Formular auszufüllen?»

«Sie hatte die Absicht, es zu tun. Sie hatte aber noch ein bißchen Zeit, da sie ja noch nicht einmal wußte, wie ihre Abiturnoten ausgefallen waren. Das Antragsformular kam bestimmt nicht vor Juli. Und sie hatte auch noch den Inzest als Druckmittel. Den hatte es natürlich nie gegeben, aber Joy glaubte daran, und Veronica hatte eine Todesangst davor. Wenn alles andere schiefging, konnte Sara auch noch zu dieser Waffe greifen, um Rodney wirksam zu erpressen. Deshalb war sie auch so glücklich, als sie sah, welche Wirkung sie mit ihren Warnungen bei Veronica erzielte. Veronica begann sich vor jedem Zeichen der Zuneigung ihres Vaters zu fürchten. Sie wollte nicht mehr mit ihm allein sein, und wenn das unumgänglich war, wollte sie ihn gewissermaßen ‹handlungsunfähig› sehen. Sara besorgte das Phanodorm und jagte Veronica nur noch größere Angst ein, weil sie sich zu einem so ernsten Schritt entschloß.

Um wieviel einfacher war es doch, ihn zu töten! Da lag er nun und schlief, der potentielle Zerstörer ihrer Zukunft. Töte ihn jetzt, in diesem Zimmer, das bald sauber und makellos sein, in dem keine Spur des gewaltsamen Todes zurückbleiben wird. Befrei die Welt von ihm, nutz die Gelegenheit! Vielleicht ist es sogar eine Heldentat. Hatten sie es in den ARRIA-Statuten nicht fast zur Bedingung gemacht, daß man, um Mitglied zu werden, einen Mann töten mußte? Veronica wird dir helfen, weil sie ihn jetzt auch haßt und eine tödliche Angst vor ihm hat ...

Aber angenommen, die Leiche wird nie gefunden? Angenommen, die Wochen vergehen, der Juli kommt – der August – und mit ihnen das Antragsformular, und du kannst in die entsprechende Rubrik, in der es heißt: *Falls Vater verstorben, bitte angeben*, nichts hineinschreiben, weil außer Veronica und dir niemand weiß, daß er tot ist? Du hast dein Abitur gemacht, und die Zeit vergeht – der Augenblick ist gekommen, in dem du dafür sorgen mußt, daß die Leiche möglichst schnell entdeckt wird.»

«Man könnte sagen», warf Crocker ein, «daß es vorsätzlicher Mord war, der aus einem Impuls heraus begangen wurde.»

«Das könnte man. Denn weil Sara eine so vielschichtige Persönlichkeit ist, war es auch ein vielschichtiger Mord. Ein Ritualmord – vergessen Sie nicht, daß sie Veronica aufforderte, ebenfalls zuzustechen. Ein Rachemord – Sara hatte sich selbst so halb und halb und Veronica ganz überzeugt, daß der Inzest Tatsache war und keine Phantasterei. Als Sara Rodney erstach, war sie eine Frau aus einem klassischen Mythos, war sie Beatrice Cenci. Es war ein experimenteller Mord, eine Art Vivisektion, begangen von Sara, der Wissenschaftlerin, die sehen wollte, ob so etwas möglich war, ob man es tun konnte. Es war ein Mord aus Abscheu und Enttäuschung. Rodney, den sie einmal angebetet hatte, hatte sich als schmutziger Bigamist erwiesen, der eine zweite Tochter hatte, ein Ebenbild ihrer selbst, das er mehr liebte, als er je sie geliebt hatte. Aber vor allem, trotz all dieser anderen Faktoren, war es ein Mord, mit dem sie sich einen Vorteil verschaffen, den sie beging, weil sie um jeden Preis ihr Ziel erreichen wollte. Alles in allem ist sie wohl nicht der Mensch, den ich mir als Hausarzt wünsche, und noch viel weniger angenehm wäre es mir, mich und die Meinen von ihr operieren zu lassen. Vielleicht hatte Rodney also doch recht, wenn er ihr sagte, sie eigne sich nicht für den Arztberuf. Wer weiß? Vielleicht war es nicht nur der Geiz, der aus ihm sprach, war er doch nicht ganz der miese Typ, für den Sie ihn halten. Vielleicht ahnte er im Charakter dieser Tochter, ohne sich dessen je bewußt zu werden, abnormale Züge, zerstörerische Züge, auf die er anspielte, als er ihr sagte, sie habe nicht das Zeug dazu, Ärztin zu werden.»

Wexford stand auf.

«Machen wir Schluß für heute», sagte er. «Mich zieht es zu Heim und Herd und der Frau meines Herzens.»

Burden begann das Zimmer aufzuräumen und stellte Gläser und Teller auf dem Tablett zusammen. «Und morgen kommt die Frau meines Herzens wieder nach Hause.» Er wirkte froh, zufrieden und hoffnungsvoll, als sei sein Glück nicht fünf Monate lang ernsthaft gefährdet gewesen. «Eine ihrer ehemaligen Schülerinnen von Haldon Finch hat sie und das Baby besucht. Ein ARRIA-Mitglied. Sie hat Jenny gesagt, das Rabensymbol bedeute, daß die Frauen jetzt den ganzen Unrat aufräumen, den die Männer in der Welt zurückgelassen haben. Wir hatten da so einige Zweifel.»

«Ach ja!» Wexford blieb in der Tür stehen. «Fast hätte ich etwas vergessen. Williams' junge Freundin ...»

Sie sahen ihn an. «Williams hatte keine junge Freundin», sagte Burden.

«Und ob er die hatte. Sie hatte nichts mit seinem Tod, nichts mit diesem Fall zu tun, also ging es uns kaum etwas an. Aber ein Mann wie Williams – es lag in seiner Natur, es war unvermeidlich. Seine beiden Frauen wußten es, sie fühlten es. Wahrscheinlich hatte er immer eine junge Freundin, eine ganze Reihe, immer schön eine nach der anderen.

Von der letzten stammten die Fingerabdrücke im Wagen, die wir keinem Familienmitglied zuordnen konnten. Kein Wunder, daß sie sich sträubte, als wir sie ihr abnehmen wollten. Sie haben sich natürlich bei Sevensmith Harding kennengelernt. Im Büro.»

«Jane Gardner ...»

«Mit ihr war er am fünfzehnten April in Myringham verabredet. Zuerst wollte er ihr beim Babysitten Gesellschaft leisten, dann die Nacht mit ihr im Cheriton Forest Hotel verbringen. Warum hätte er denn sonst eine Reisetasche mitgenommen, die nur eine Garnitur Unterwäsche zum Wechseln, Zahnbürste und Zahncreme enthielt? Aber die Schlaftabletten fingen an zu wirken, als er durch Pomfret fuhr, und anstatt sich mit Jane zu treffen, schaffte er es gerade noch bis in sein Haus. Sie dachte, er habe sie sitzenlassen. Und als er verschwand, glaubte sie, er sei mit einer anderen durchgebrannt. Ich habe heute vormittag mit ihr gesprochen, und sie hat alles zugegeben. Da wir die Täterin verhaftet hatten, brauchte sie ja nicht mehr zu schweigen.»

«Wie sind Sie ausgerechnet auf sie gekommen?»

«Ich weiß nicht. Ich hab's wohl erraten. Als ich mit ihr redete, war sie die einzige, die für Rodney Williams ein gutes Wort hatte.»

Wexford verließ das Haus und schloß Burdens pfauenblaue Haustür hinter sich.

# See der Dunkelheit

Deutsch von
Ilse Bezzenberger

# Die Hauptpersonen

| | |
|---|---|
| Finn | weiß, was von ihm verlangt wird |
| Lena | schwankt zwischen Wirklichkeit und Wahn |
| Kaiafas | will vom Immobilienboom profitieren |
| Anne Blake | besteht auf ihren Rechten |
| Martin Urban | sieht sich als Wohltäter |
| Tim Sage | gewinnt für einen anderen |
| Mr. Cochrane | hat über alles feste Ansichten |
| Francesca Brown | weckt in jedem Mann den Beschützerinstinkt |

Wieder für Don

Nero ist ein Fischer
im See der Dunkelheit...
Shakespeare, *König Lear*

# I

Skorpion, das bedeutet Metaphysik, Verwesung, Tod und Wiedergeburt, Wollust und Gewalt, Intuition und Abgründigkeit, Erbschaft, Verlust, Okkultismus, Astrologie, Borgen und Verleihen, fremdes Besitztum. Skorpione sind Magier, Astrologen, Alchimisten, Chirurgen, Pfandleiher und Leichenbestatter. Der Edelstein des Skorpions ist der Ammonit, seine Pflanze der Kaktus, Adler und Wolf sind seine Tiere, sein Körperteil die Genitalien, seine Waffe der Geburtsschmerz und seine Tarotkarte der Tod.

Finn hatte am gleichen Tag Geburtstag wie Kaiser Tiberius, nämlich am 16. November. Von einer Wahrsagerin, einer Freundin seiner Mutter, die sie in der Nervenheilanstalt kennengelernt hatte, wußte er, er würde ein hohes Alter erreichen und durch Gewalteinwirkung sterben.

Am Morgen seines Geburtstages, seines sechsundzwanzigsten, kam eins von Kaiafa's Kindern mit dem Geldpäckchen. Es klopfte plötzlich an Finns Tür; irgend jemand mußte es unten ins Haus gelassen haben. Sie wußten nicht, daß er Geburtstag hatte, das war Finn völlig klar; es war reiner Zufall. Er wickelte das Päckchen aus und stellte fest, daß es genau enthielt, was es enthalten sollte, nämlich zweitausendfünfhundert Pfund in Zehnpfundnoten. Und nachdem es nun gekommen war, mußte er denn wohl die Sache in Gang bringen. Eigentlich konnte er gleich damit anfangen.

Es war zu früh, um zu Lena hinaufzugehen. Sie schlief morgens gern lange. Nicht, daß sie etwas dagegen gehabt hätte, wenn er sie an seinem Geburtstag aufweckte, im Gegenteil, sie würde sich freuen, es vielleicht sogar erwarten, aber er tat es dennoch nicht. Er steckte das Geld weg, so daß es in Sicherheit war, und ging nach unten.

Finn war sehr groß und dünn und bleich. Fast war er ein Albino, einzig das wäßrige Grau, das seine Pupillen umgab, bewahrte ihn davor. Es war bemerkenswert, daß Augen von so fader Schattierung derartig durchdringend und leuchtend sein konnten, fast wie poliertes Silber. Als Kind hatte er weißblondes Haar gehabt; jetzt war es abgestumpft zu dem nichtssagenden Graubeige von heller Pappe. Er hatte eines jener Gesichter, die völlig unoriginell und verwechselbar sind, nur für seine Augen traf das nicht zu. Unter einer langen Kunststoffjacke trug er blaue Jeans, ein kariertes Baumwollflanellhemd, eine schwarze Samtweste und um den Hals eines jener Tücher, wie sie griechische Frauen tragen, schwarz, dreieckig und an einer Kante mit kleinen goldenen Münzen verziert. Er trug einen Werkzeugkasten aus beschichtetem blauem Metall bei sich. Finn hatte einen ziemlich kleinen Kopf auf einem dünnen, zerbrechlich wirkenden Hals. Auch seine Hand- und Fußgelenke waren zart, seine bleichen Hände dagegen waren abnorm groß und von außergewöhnlicher Spannweite.

Sein Wagen, ein kleiner, blaßgrauer Transporter, stand vor dem Haus in der Lord Arthur Road. Man konnte diese Gegend Kentish Town nennen oder Tufnell Park, oder auch Lower Holloway. Es gab hier eine Menge merkwürdiger Häuser, Miniaturgotik mit Treppengiebeln, fette viktorianische Backsteinkästen, riesige graue Schuppen mit viel zu vielen Erkern – als Verzierung oder aus Gründen des Wohnkomforts –, dann wieder schmalbrüstige Häuschen mit schmucklosen Fassaden, sehr alt und umhüllt von einer Haut blaßgrünen, abplatzenden Putzes. Finn war an Architektur nicht interessiert, er hätte genausogut in einer Höhle oder in einer Hütte leben können statt in seinem Zimmer. Er schloß den Wagen auf, kletterte hinein und fuhr los, an Tufnell Park Station vorüber, hinauf nach Dartmouth Park Hill, bis hin zum südlichsten Teil von Hampstead Heath.

Es war Viertel nach neun. Bei der Gospel Oak Station fuhr er unter der Brücke hindurch in die Savernake Road hinein, die an den Parliament Hill Fields entlangführte, und an der Ecke Modena Street parkte er den Transporter. Von hier aus konnte er das Haus, das Kaiafas gehörte, im Auge behalten. Er saß hinter dem Steuer und beobachtete das dreistöckige Gebäude aus violettrotem Backstein.

Die Frazers waren die ersten, die herauskamen. Sie gingen zusammen fort, Arm in Arm. Als nächste kam Mrs. Ionides, knapp fünf Minuten später. Finn nahm nicht weiter Notiz von ihr, auf sie kam es nicht an. Er wollte wegen Anne Blake sichergehen, die sich öfters einmal einen Tag frei nahm und ihm erzählt hatte, sie arbeite dann zu Hause.

Aber nein, Punkt halb zehn trat sie aus der Haustür und machte sich genau wie die anderen auf den Weg zur Station. Als erprobter Allroundman war Finn natürlich im Besitz eines Schlüssels für das Haus in der Modena Street, und damit verschaffte er sich jetzt Zutritt. Und als Beauftragter oder Angestellter des Hauswirtes war das ja auch völlig legitim, selbst wenn verschiedene Dinge, die er dort zu tun beabsichtigte, es nicht waren.

Das Erdgeschoß bewohnte Kaiafa's Schwester, und die Frazers wohnten ein Stockwerk höher. Die Frazers hatten von Kaiafas zweitausend Pfund bekommen und sich bereit erklärt, zum Ende des Monats auszuziehen. Mrs. Ionides tat sowieso alles, was Kaiafas ihr sagte; und jetzt hatte er ihr eingeredet, sie müsse unbedingt nach Hause zurückkehren und ihren alten Vater in Nikosia pflegen. Bezugsfrei würde sich das Haus für sechzig-, vielleicht sogar siebzigtausend Pfund verkaufen lassen. Kaiafas hatte sich bei den Immobilienmaklern danach erkundigt, und er hatte beobachtet, wie die Preise immer mehr in die Höhe schossen, wenn Häuser wie seins verkauft wurden. Das völlig gleichartige Nebenhaus zum Beispiel hatte im August sechzigtausend gebracht. Aber der Häusermakler hatte lächelnd den Kopf gewiegt und gemeint, *das* sei allerdings ein bezugsfreies Objekt gewesen, nicht wahr? Alles das hatte Kaiafas Finn erzählt. Und Finn hatte begriffen.

Er schloß Mrs. Ionide's Tür auf, trat in den Flur und von dort in ihr Wohnzimmer, wo vor ein oder zwei Tagen einer der Fenstergurte gerissen war. Er brachte einen neuen Gurt an und stieg danach die Treppe hinauf, um sich anzusehen, was man bei dem Mauervorsprung über dem Erkerfenster tun könnte, wo, wie Mrs. Frazer behauptete, das Regenwasser durchsickere. Diese Arbeit beschäftigte ihn bis gegen Mittag.

Er hatte sich sein Essen in einem Steinguttopf mitgebracht. Dieses Zeug in der Arbeiterkneipe, schwarzer Tee, Hamburger und Chips, Eier und Erbsenpüree, das war nichts für ihn. In seinem Topf waren roh geraspelte Früchte, mit Kleie und Joghurt vermischt. Finn aß dazu ein Stück dunkelbraunes Brot und trank den Inhalt einer kleinen Dose Ananassaft. Ananas war nicht nur seine Lieblingsfrucht, sondern überhaupt der schönste Geschmack, den er kannte.

Nach dem Essen setzte er sich mit gekreuzten Beinen auf den Teppich und begann seine tägliche Meditationsübung. Er fühlte sich leicht und leichter werden, bis er fast unter der Decke schwebte, von wo er durch den oberen Flügel des Frazerschen Fensters über den hellen Grüngürtel von Hampstead Heath hinblickte, der sich gegen einen kalten, fahlen, leicht überzogenen Himmel abhob.

Die Meditation erfrischte ihn immer. Jedesmal fühlte er diesen wundervollen Strom von Energie seine Arme hinunterfließen und wie Elektrizität aus seinen Fingerspitzen hervorknistern. Vermutlich war seine Aura jetzt sehr stark und hell, aber leider war er nicht fähig, die Aura eines Menschen zu sehen, so wie Lena und Mrs. Gogarty das konnten, also hatte es auch keinen Sinn, in den Spiegel zu blicken. Er nahm seinen Werkzeugkasten in die Hand und stieg die letzte Treppenflucht hinauf. Im Gegensatz zu den Frazers und Mrs. Ionides hatte Anne Blake dem Hauswirt Kaiafas – beziehungsweise seinem Beauftragten oder Angestellten – keine Erlaubnis erteilt, an diesem Tag ihre Wohnung zu betreten, aber dieses Problem löste Kaiafas sehr einfach mit einem zurückbehaltenen Wohnungsschlüssel. Finn schloß Anne Blakes Eingangstür auf, trat ein und drückte sie hinter sich zu. Die Korridorwände waren mit einem William Morris-Design von Hahnenfuß und Weißdorn auf blauem Grund tapeziert, und der Teppich war hyazinthenblauer Velour. Anne Blake hatte hier schon gewohnt, bevor Kaiafas das Haus kaufte, zehn oder zwölf Jahre waren es jetzt, und sie würde nicht einmal für einen größeren Abstand, als Kaiafas den Frazers zahlte, hier ausziehen. Sie hatte Kaiafas klipp und klar erklärt, sie würde auch nicht für zwanzigtausend ausziehen, und er könnte gar nichts gegen sie machen, denn das Gesetz sei auf ihrer Seite. Die Wohnung bekäme er – so hatte sie gesagt – nur über ihre Leiche!

Finn lächelte leicht im Dämmerlicht des Korridors.

Er öffnete den Wandschrank zwischen der Badezimmertür und der Tür zum Wohnzimmer und holte eine Aluminiumtrittleiter hervor. Sie war so leicht, daß ein Kind sie mit einer Hand über den Kopf heben konnte. Finn trug sie ins Badezimmer.

Das Badezimmer war klein, nicht größer als zwei Meter mal zwei Meter fünfzig. Über einem Ende der Badewanne befand sich in der Decke eine Luke, die zum Hängeboden hinaufführte. Wenn diese Bodenluke nicht gewesen wäre, hätte Finn sich eine andere Methode ausdenken müssen. Er stellte die kleine Leiter auf und ging dann ins Schlafzimmer. Hier lag der gleiche violette Teppich, die Wände waren silbergrau gestrichen. Es gab in dem Haus in der Modena Street keine Zentralheizung, und jeder Mieter hatte seine eigene Kollektion von Gas- oder Elektroheizvorrichtungen installiert. Anne Blake hatte in der Küche eine elektrische Wandheizung, im Wohnzimmer einen Gaskamin, ein tragbares Elektroöfchen im Schlafzimmer und überhaupt keine Heizung im Bad. Finn schloß das elektrische Heizöfchen an und schaltete es ein, und als er sah, daß die beiden parallelen Heizspiralen zu glühen begannen, knipste er es wieder aus und zog den Stecker heraus.

Nun kletterte er die Aluminiumtrittleiter hinauf und stieß die Dekkenluke auf, eine Taschenlampe in der Hand. Der Speicher beherbergte einen Wassertank und eine stattliche Menge ausrangierter Haushaltsgegenstände, die unbrauchbar geworden waren, ohne daß man sie als Schrott bezeichnen konnte. Finn war schon öfter hier oben gewesen, einmal, als eine Leitung eingefroren war, und einmal, um aufs Dach zu gelangen. Er hatte eine ziemlich klare Vorstellung, was er hier finden würde, denn ihm entging so leicht nichts, und er hatte ein gutes Gedächtnis. Sorgfältig trat er auf die Querbalken, leuchtete mit der Lampe umher und suchte zwischen verschnürten Bündeln von *National Geographic*-Heften, unzähligen Einmachgläsern, einer alten Remington-Schreibmaschine, Rollen von Teppichresten, Bügeleisen und Dreifuß, angeschlagenen Tellern mit Weidendessin, bis er fand, was er suchte: eine elektrische Kochplatte.

An der Schnur war kein Stecker, und sie war schmutzig. Auf der Heizspirale klebte eine schwarze Schmiere – vielleicht Ölreste. Finn trug sie vorsichtig hinunter und machte sich daran, einen 13-Ampere-Stecker an die Schnur zu montieren. Als er ihn jedoch anschloß, passierte nichts. Kein Grund zur Aufregung – so etwas zu flicken, war für ihn ein Kinderspiel!

Es war an der Zeit, sich mal um Anne Blake zu kümmern. Er wollte schließlich nicht riskieren, daß sie plötzlich nach Hause käme, weil sie etwa eine Erkältung ausbrütete oder weil ihr Boss beschlossen hatte, den Nachmittag freizumachen. Sie war unklug genug gewesen, ihm damals, als er hier das Rohr reparierte, nicht nur zu erzählen, wo sie arbeitete, sondern auch, daß sie immer sofort ein Bad nähme, wenn sie von der Arbeit heimkäme. Solche Informationen vergaß Finn nie. Er suchte also die Nummer im Telefonbuch heraus und wählte bedächtig. Er fragte nach Miss Blake, wurde gebeten, am Apparat zu bleiben, während man zu einer Nebenstelle umschaltete; und als er schließlich ihre Stimme hörte, legte er auf.

Ein altes, längst nicht mehr benutztes Gasrohr lief in der Küche hinter dem Kühlschrank vom Fußboden die Wand hinauf und durch die Decke bis in den Dachboden. Das würde er benutzen. Etwa fünfzehn Zentimeter über dem Fußboden schnitt er aus dem Rohr ein Stück heraus. Dann kehrte er auf den Speicher zurück, diesmal mit einer 100- Watt-Glühbirne am Ende eines langen Kabels. Er fand das andere Ende des Gasrohrs und machte sich daran, das verschlossene Ende abzuschneiden. Während er arbeitete, dachte er über die Feigheit menschlicher Wesen nach, über ihre Ängste und Vorbehalte.

In gewisser Weise besaß Finn Humor, wenn auch weit entfernt von jenem Wahrnehmungsvermögen für Ironie und Widersinnigkeit, das gemeinhin unter diesem Namen läuft. Immerhin hatte es ihn amüsiert, daß Kaiafas ihm bei all ihren gemeinsamen Geschäften niemals direkt gesagt hatte, was er getan haben wollte: Immer war es Finn überlassen geblieben, seine Andeutungen zu verstehen.

«Fiiinn», hatte Kaiafas gesagt, «ich bin mit meine Latein zu Ende. Ich sagen zu ihr, Madam, sagen ich, ich geben Ihnen fünftausend Pfund – fünftausend, Madam, wenn Sie verlassen mein Haus! Bitte, sage ich – ich sage bitte auf meine Knie! Und was sagt sie? Sie sagen, es ist ein Jammer, daß ich jemals von Cyprus hergekommen bin!»

«Schön», sagte Finn. «Na schön!» Das war so eine Redensart von ihm.

Ein Ausdruck unbeschreiblicher Hinterhältigkeit erschien auf Kaiafa's Gesicht. Finn ahnte bereits, worauf er hinauswollte. Schließlich hatte er schon früher gewisse heikle Jobs übernommen, für Kaiafas oder auch andere, so Dinge eben, wie sie ein professioneller Alleskönner im Laufe seiner Arbeit mit erledigt, allerdings noch nie etwas von dieser Tragweite.

«Darum denken ich so bei mich», fuhr Kaiafas fohrt, «ich machen Ihnen kein Angebot mehr, Madam, ich geben keine fünftausend Pfund an Miss Blake... Ich geben es statt dessen an meine Freund Fiiinn...»

Das war alles gewesen. Nun war Finn allerdings auch nicht die Sorte Mensch, die zu Vertraulichkeiten herausforderte. Er hatte lediglich genickt und sein «Schön. Na schön!» gesagt. Darauf hatte Kaiafas ihm eine Dose Ananassaft geholt und ihm den Schlüssel zur obersten Wohnung ausgehändigt. Und jetzt war die Anzahlung seines Lohns gekommen...

Vom Dachboden her führte er ein elektrisches Kabel in das Gasrohr ein, bis das aufgedröselte Ende gerade eben in die frisch gesägte Lücke hinter dem Kühlschrank hineinragte, höchstens sichtbar für einen überaus aufmerksamen Betrachter. Das andere Ende der Leitung reichte bis zur Bodenluke und war noch etliche Meter länger. Finn war mehr oder weniger zufrieden. Früher hätte er die Angelegenheit ohne das ganze umständliche Drum und Dran von Drähten und Gasröhren und Deckenluken erledigt, ohne all die lästige Handarbeit. Sehnsüchtig dachte er an seine frühen Pubertätsjahre zurück – ein Dutzend Jahre war das jetzt her –, als seine bloße Anwesenheit in einem Haus genügte, um eine wilde Poltergeistaktivität auszulösen. Mit nostalgischem Verlangen, so wie andere Männer vielleicht an eine erste Liebe zurückdachten, erinnerte er sich daran – an die Ziegelsteine, die durch Fenster geflogen kamen, an Bilder, die von der Wand fielen, an einen riesigen Felsblock aus dem Garten, den kein Mensch heben konnte, und der dennoch plötzlich mitten auf Queenies Wohnzimmerteppich lag. Diese Kräfte waren ihm zugleich mit seiner Unschuld abhanden gekommen, vielleicht auch zusammen mit dem Haschisch, an das ihn ein Junge aus der Schule gebracht hatte. Jetzt rauchte Finn nicht mehr, und er trank auch keinen Alkohol. Das alles zahlte sich nicht aus, wenn man vorhatte, ein Könner zu werden, ein Mann von Macht, ein Meister!

Er vergewisserte sich nochmals, daß an dem Elektroanschluß hinter dem Kühlschrank noch eine freie Steckdose war. Ein paar Flocken des schwarzen Schmutzes, der anscheinend auf allen Speicherräumen liegt, war in die Badewanne hinuntergefallen. Finn wischte mit dem Lappen, den er immer bei sich trug, solange darin herum, bis die rosarote Oberfläche genauso aussah wie vorhin, als er gekommen war. Dann stellte er die Aluminiumtrittleiter in den Schrank zurück und steckte die elektrische Kochplatte in eine Plastiktragetasche. Es war ein langer Arbeitstag gewesen; einer allerdings, von dem ihm Kaiafas jede einzelne Minute ganz hübsch vergütete!

Jeden Moment mußten jetzt die Frazers zurückkommen. Das war nicht weiter von Bedeutung, vorausgesetzt, daß Finn dann aus Anne

Blakes Wohnung heraus war. Sorgfältig schloß er ihre Eingangstür hinter sich ab. Es war inzwischen dunkel geworden, trotzdem machte Finn kein Licht an. Eine der Fähigkeiten, die er sich eisern antrainiert hatte, bestand darin, daß er im Dunkeln immer besser sehen konnte.

Die Luft war ungewöhnlich klar für einen so milden Abend. Die gelben und weißen Straßenlampen verdunkelten mit ihrem Glitzern einen blassen und glanzlosen Mond. Als Finn den Transporter anließ, sah er Mrs. Ionides, vierschrötig und wie immer in Schwarz gekleidet, die Straße überqueren und die Tür des Hauses öffnen, das er gerade verlassen hatte. Er fuhr Dartmouth Park Hill entlang und ordnete sich geduldig in den dichten Verkehr ein, der sich an der Ampel bei der Untergrundbahn staute.

Das Haus, in dem Finn wohnte, war ein ehemaliges Patrizierhaus, das ziemlich von Anfang an ins Unglück geraten sein mußte; und der Anfang lag jetzt schon sehr lange zurück. Er stieg die Treppe hinauf, die durchs Haus führte, eine breitere Treppe übrigens als die in der Modena Street. Musik drang hinter den Türen hervor, Stimmen und Küchengerüche, und auch der typische Geruch von Haschisch, wenn er in kleinen weißen Tonpfeifen geraucht wird. Er ging an der Tür seines eigenen Zimmers vorüber und stieg noch höher hinauf. Oben klopfte er an die erste Tür und trat, ohne abzuwarten, ins Zimmer.

Eigentlich war es nämlich ein Zimmer, keine Wohnung, allerdings ein sehr großes, und es war in lauter winzige Räume unterteilt worden, in ein Wohnzimmer, ein Schlafzimmer und eine Küche. Zwei von den Trennwänden hatte Finn selbst aufgestellt. Herein kam man durch die Küche, einem Wunderwerk an Regalen, in denen kunstvoll ein Ding über das andere gestapelt, mit größter Akribie jeweils ein Viertellitertopf in einen Halblitertopf gestellt war. Im Wohnraum, zwei Meter fünfzig mal drei Meter groß, wo tausenderlei Krimskrams über Wände und Abstellflächen verteilt war – jedes Stück davon von unermeßlichem Wert und großer Schönheit in den Augen seiner Besitzerin –, in diesem Zimmer, wo ein Gaskamin brannte und ein kleiner grüner Vogel still in seinem Käfig hockte, war Lena eben damit beschäftigt, ihr Pendel zu befragen.

«Schön», sagte Finn, trat neben sie und nahm ihre freie Hand. Sie küßten sich nie. Sie lächelte ihn an, ein weiches, etwas vages Lächeln, als ob sie ihn gar nicht recht wahrnähme oder als ob sie hinter ihm irgend etwas erblicke. Er setzte sich neben sie.

Finn selbst konnte mit dem Pendel nichts ausrichten, Lena dagegen hatte große Geschicklichkeit darin, ebenso wie mit der Wünschelrute. Sehr wahrscheinlich war das eine Folgeerscheinung dessen, was die Leute in der Heilanstalt ihre Schizophrenie genannt hatten. Das Pendel war eine Glasperle, die an einer Baumwollschnur hing. Wenn Lena es in die rechte Hand nahm, kreiste es im Uhrzeigersinn, nahm sie es in die linke, dann kreiste es entgegengesetzt. Vor langer Zeit schon hatte sie das Pendel um Signale für Ja und Nein gebeten und dann diese unterschiedlichen Ausschläge beobachtet. Soeben hatte das Pendel auf ein paar Fragen, die sie Finn nicht verriet, mit Ja geantwortet, und Lena seufzte tief.

Sie wirkte fast zu alt, um seine Mutter zu sein, eine zarte Kreatur, durchsichtig wie ein totes Blatt oder wie eine Muschel, abgenutzt von den ewigen Bewegungen des Meeres. Manchmal glaubte Finn, er könne das Licht durch sie hindurchscheinen sehen. Ihre Augen waren wie seine, nur milder, und ihre Haarfarbe, einstmals ebenso hell wie seine, war wieder in ihr ursprüngliches Weiß zurückgeschlagen. Sie kaufte ihre Kleider in den vielen Trödelläden, von denen die Gegend wimmelte, und ihre Einkäufe dort bereiteten ihr ein ebenso intensives Vergnügen wie einer Dame aus Hampstead, wenn sie in der South Molton Street einkauft. Meist war Lena glücklich, aber es gab auch Momente der Angst. Sie glaubte, eine Reinkarnation der Madame Blavatsky zu sein, was in der Heilanstalt als typische schizophrene Wahnvorstellung eingestuft worden war. Finn hielt es für wahrscheinlich.

«Na, hast du heute was gekauft?» fragte er.

Sie zögerte. Ein schelmisches Lächeln erschien auf ihrem Gesicht. Es war, als habe sie ein Geheimnis und könnte es nicht länger für sich behalten. Mit leuchtenden Augen sagte sie: «Du hast doch Geburtstag!»

Finn nickte.

«Glaubst du, ich hätte das vergessen? Das *könnte* ich gar nicht!» Sie war plötzlich verlegen, schloß ihre Hände um das Pendel und blickte darauf nieder. «Da drüben in der Tasche ist etwas für dich.»

«Schön», sagte Finn.

In der Tasche war ein Ledermantel, schwarz, lang, doppelreihig geknöpft, schäbig, abgewetzt, mit zerschlissenem Seidenfutter. Finn zog ihn über.

«Schön!» sagte er. «Schön, schön!» Es war ein Mantel wie für einen Sturmtruppler. Er schnürte den Gürtel fest. «Das ist bestimmt das Beste, was du je ergattert hast!» lobte er.

Sie war ganz außer sich vor Freude. «Ich werde dir das Futter wieder zurechtnähen.»

«Du hast sicher einen anstrengenden Tag gehabt», meinte er. Der Mantel war einfach zu mächtig für das Zimmerchen. Bei jeder Bewegung war er in Gefahr, kleine Glasvasen, Porzellanhündchen, Kieselsteine, Muschelschalen oder Chutneyflaschen mit getrockneten Blumensträußen umzukippen. Vorsichtig zog er ihn aus, fast ehrfürchtig, um Lena eine Freude zu machen. Der grüne Vogel begann zu singen, schrill und süß, als wolle er sich für einen Kanarienvogel ausgeben. «Was hast du denn so gemacht heute nachmittag?»

«Mrs. Urban ist hiergewesen.»

«Schön.»

«Sie ist mit ihrem neuen Wagen gekommen, einem grünen. Weißt du, die Art von Grün, wo auch Silber drin ist.»

Finn nickte. Er wußte, was sie meinte.

«Sie hat mir die Schokolade da mitgebracht und ist zum Tee geblieben. Den Tee hat sie auch gemacht. Das letzte Mal, war sie hier, bevor du die Trennwand gebaut und mir mein Schlafzimmer abgeteilt hast.»

«Und? Hat es ihr gefallen?»

«O ja!» Ihre Augen strahlten. «Sie war ganz begeistert. Sie hat gesagt, es sei alles so... so kompakt.»

«Na schön», meinte Finn. Dann sagte er: «Frag doch mal das Pendel etwas für mich. Frag es, ob ich ein gutes Jahr haben werde.»

Lena hielt die Schnur in die Höhe. Sie redete das Pendel flüsternd an wie jemand, der in einem dunklen Zimmer mit einem Kind spricht. Die Glasperle begann zu schwingen und mit großer Geschwindigkeit im Uhrzeigersinn zu kreisen.

«Schau!» rief Lena. «Schau dir das an! Sieh mal, was für ein wundervolles Jahr du vor dir hast! Dein siebenundzwanzigstes, drei mal drei mal drei! Das Pendel lügt nie!»

# 2

Auf dem kiesbestreuten Platz vor dem Urbanschen Hause standen die drei Wagen der Familie aufgereiht, der schwarze Rover, der metallic-grüne Vauxhall und der weiße Triumph. Und in ihrem Wohnzimmer saßen die Urbans selbst und tranken Sherry – Oloroso für Margaret, Amontillado für Walter und Tio Pepe für Martin. Sie erinnerten ein bißchen an die Geschichte von den drei Bären, obwohl Baby Bär in Gestalt des achtundzwanzigjährigen Martin nicht mehr zu den ständigen Bewohnern der Copley Avenue, Alexandra Park, zählte, und auch Goldilocks würde erst noch in Erscheinung treten müssen.

Unausweichlich an jedem Donnerstagabend war Martin zum Abendessen da. Er kam dann mit seinem Vater zusammen aus dem Büro ganz in der Nähe. Zuerst tranken sie ihren Sherry, jeder zwei Gläser, denn sie waren Gewohnheitstiere, dann aßen sie zu Abend, und danach saßen sie vor dem Fernseher, wobei Mrs. Urban ihre Patchworkarbeit hervorholte. Seit sie im vorigen Jahr als Klimakteriumstherapie damit angefangen hatte, schien sie beständig umgeben von Haufen kleiner, geblümter Sechsecke. Ihr Patchwork beherrschte allmählich das ganze Haus in der Copley Avenue, hauptsächlich in Form von Kissenbezügen und Bettüberwürfen. Unentwegt stichelte sie vor sich hin, gelassen oder auch voll unterdrückter Energie. Ihr Sohn betrachtete sie nachdenklich, während sein Vater sich mit Hingabe über sein Lieblingsthema ausließ, nämlich die Kapitalverkehrssteuer.

Martin hatte eine große Neuigkeit zu verkünden. Er trug sie schon ein paar Tage mit sich herum und hatte es immer wieder aufgeschoben, damit herauszurücken. Inzwischen waren seine Gefühle ein wenig gemischt; sein begreiflicher Stolz war von Unbehagen und Zweifeln angenagt. Fast fühlte er sich sogar ein bißchen elend, so wie man sich vor einem Examen fühlt oder vor einer wichtigen Unterredung.

Margaret Urban streckte ihr Glas zum Nachfüllen aus. Sie war eine große, statuöse Frau mit schweren Augenbrauen und erinnerte ein wenig an Leightons Gemälde der Klytämnestra. Als sie ihren Sherry ausgetrunken hatte, schnitt sie einen Faden ab und hielt ihrem Mann und ihrem Sohn den langen Streifen zusammengefügter roter und purpurner Sechsecke zur Begutachtung hin. Die Folge war, daß Walter Urban vorübergehend aus dem Konzept gebracht wurde, und Martin murmelte, dies sei eine ganz neue Farbkombination, so etwas hätte er noch nie zuvor gesehen, während er sich innerlich auf seine einleitenden Worte vorbereitete. Mit dem unzufriedenen Seufzer eines Künstlers rollte Mrs. Urban ihr Patchwork zusammen, erhob sich ein wenig schwerfällig und strebte zur Tür, weil sie nach ihrem Schmortopf sehen mußte.

«Mutter», sagte Martin, «warte einen Moment! Ich möchte euch beiden etwas mitteilen.»

Nachdem es nun einmal soweit war, brachte er es kunstlos, beinahe ungeschickt über die Lippen. Sie sahen ihn schweigend an, ein regungsloses, ungläubiges Schweigen, in das sich nach und nach Stolz und Freude mischten. Mrs. Urban nahm die Hand vom Türgriff, kam langsam zurück und zog dabei die Augenbrauen in die Höhe, bis sie unter ihrer bläulich getönten Ponyfrisur verschwanden.

Martin lachte verlegen. «Ich kann es selbst immer noch nicht ganz glauben.»

«Ich dachte schon, du würdest uns mitteilen, daß du heiraten willst», sagte seine Mutter.

«Heiraten? Ich? Wie kommst du denn darauf?»

«Ach, ich weiß nicht, das sind eben so Dinge, an die man manchmal denkt. Wir haben gar nicht gewußt, daß du im Fußballtoto spielst, nicht wahr, Walter? Wieviel, sagst du, hast du gewonnen?»

«Einhundertundviertausendsiebenhundertvierundfünfzig Pfund und sechsundvierzig Pence.»

«Hundertundviertausend Pfund! Und dabei kannst du doch noch gar nicht lange beim Toto mitmachen? Als du noch hier wohntest, hast du es jedenfalls nicht getan.»

«Ich mach's auch erst seit fünf Wochen, Mutter», erklärte Martin.

«Und da hast du gleich hundertviertausend Pfund gewonnen! Oder nein, eigentlich ja hundertundfünftausend. Ist das nicht einfach phantastisch, Walter?»

Ein bedächtiges Lächeln breitete sich über Walter Urbans ansehnliches Gesicht, das entfernt an einen Labrador erinnerte. Er liebte Geld; nicht einmal so sehr den bloßen Besitz als vielmehr das Agieren damit, die Überlegungen, wie man es veranlassen könnte, sich zu vermehren, wie man es mit feingesponnenen Methoden unter raffiniertester Wahrung der Legalität vor den Schatztruhen des Finanzamtes bewahren konnte, und er liebte es in der reinen Schönheit bargeldloser Abstraktion noch weit mehr als in der Form von Banknoten in seiner Brieftasche. Das Lächeln nahm die Proportionen eines rückhaltlosen Strahlens an.

«Mir scheint, hier ist eine Gratulation fällig, Martin! Ja, viele herzliche Glückwünsche! Du bist vielleicht ein Glückspilz! Selbst heutzutage sind hunderttausend noch eine Menge Geld, eine sehr respektable Menge Geld! Wir haben doch noch diese Flasche Piper-Heidsieck von unserem Hochzeitstag, Margaret. Sollten wir die nicht mal aufmachen? Gewinne dieser Art sind natürlich steuerfrei, und wir müssen uns sehr sorgfältig überlegen, wie man es am besten anlegt, damit du nicht deine ganzen Zinsen an die Einkommensteuer verlierst. Aber wenn ein Gespann von Wirtschaftsprüfern das nicht zuwege brächte, wer dann?»

«Geh und hol den Champagner, Walter.»

«Was du auch tust, laß dir bloß nicht einfallen, die Hypothek auf deiner Eigentumswohnung abzulösen. Vergiß nicht, daß die steuerliche Abzugsfähigkeit deiner Tilgungsraten eine Konzession der Regierung seiner Majestät ist, und ein alleinstehender Mann in deiner Position wäre verrückt, das nicht auszunutzen!»

«Er wird die Wohnung gar nicht behalten, er wird sich ein Haus kaufen!»

«Er könnte bei Lloyd's einsteigen!»

«Es gibt gar keinen Grund, weshalb er nicht ein Landhaus kaufen *und* die Wohnung behalten sollte!»

«Er könnte ein Haus kaufen und es mit der Höchsthypothek von fünfundzwanzigtausend belasten.»

«Bitte, geh endlich und hol den Champagner, Walter! – Also, was wirst du denn nun wirklich damit machen, mein Lieber? Hast du schon Pläne?»

Martin hatte. Und es waren nicht gerade Pläne, die auszuplaudern im Augenblick sehr diplomatisch wäre, überlegte er. Also verriet er lieber nichts darüber. Der Champagner wurde geöffnet. Später irgendwann gab es den Schmortopf, die unvermeidlich halb zerkochten Kartoffeln und Schwarzwälder Torte zum Nachtisch. Martin bot seinen Eltern zehntausend Pfund an, was sie dankbar, aber entschieden zurückwiesen.

«Wir würden nicht im Traum daran denken, dein Geld anzunehmen», erklärte sein Vater. «Glaub mir, wenn du schon das Glück hast, in diesen Zeiten steuerfreies Kapital in die Hände zu kriegen, dann darfst du es um keinen Preis verplempern.»

«Und eine Weltreise oder so was würde euch gar nicht locken?»

«O nein, danke dir, mein Lieber, es gibt wirklich gar nichts, was wir uns wünschen. Ich nehme an, es wäre dir lieber, wenn wir niemandem etwas davon erzählen, nicht wahr?»

«Ich hab auch gar nicht daran gedacht, es irgend jemand zu erzählen, außer euch.» Martin sah den Ausdruck strahlenden Glücks auf dem Gesicht seiner Mutter, und das hielt ihn – wie auch manches andere – davon ab, hinzuzufügen, daß es nur noch eine Person gäbe, der er es eigentlich erzählen müsse.

«Ja, ich möchte es lieber geheimhalten», sagte er statt dessen.

«Natürlich solltest du das», meinte Walter. «Mutter hat recht. Du willst bestimmt keine Bettelbriefe bekommen. Das einzig Richtige wird sein, so weiterzuleben, als ob nicht das Geringste passiert sei.»

Martin antwortete darauf nicht. Seine Eltern behandelten ihn ja, als habe er die hundertundviertausend Pfund durch persönliche Anstrengung oder angeborene Genialität verdient, und nicht durch einen unwahrscheinlichen Zufall! Er wünschte, sie hätten sich bereitgefunden, einen Teil davon als Geschenk anzunehmen. Das hätte sein Gewissen ein wenig erleichtert und ihm ein bißchen über die Schuldgefühle hinweggeholfen, die ihn jeden Donnerstagabend bedrängten, wenn er seiner Mutter auf Wiedersehen sagen und nach Hause gehen mußte. Noch immer, nach nun bereits neun Monaten, neigte sie dazu, ihn vorwurfsvoll, wenn auch mittlerweile rein rhetorisch zu fragen, wie er es nun fertiggebracht hätte, aus der Copley Avenue auszuziehen, und dann gleich so weit weg in eine Wohnung in Highgate Hill!

In diese Wohnung im Hause Cromwell Court 7, Cholmeley Lane, trat er soeben ein mit jenem Gefühl tiefster Zufriedenheit, das ihn jedesmal erfaßte, wenn er heimkam. Da war dieser angenehme Geruch, sauber und zart, eine Duftmischung nach neuen Textilien,

Möbelpolitur und Kräuterbadesalz. Er ließ immer alle Verbindungstüren des untadelig gepflegten Apartments offen, so daß beim Eintreten der Eindruck entstand, man beträte die doppelseitige Farbaufnahme eines Interieurs in *House and Garden*. Wenigstens hoffte er das insgeheim, dann natürlich behielt er derartige Gedanken über seine Wohnung für sich, und wenn er sie einem neuen Besucher zeigte, dann führte er ihn lediglich durch den Wohnraum, um ihm von dem großen Panoramafenster aus den Blick auf London zu präsentieren, wie es in einer mächtigen Senke dort hingebreitet lag. Wenn es dem Besucher etwa einfiel, den karamelfarbenen Teppichboden zu loben, den gläsernen Couchtisch mit dem Rahmen aus Messing und Stahl, das schwedische Kristall oder die gerahmten Drucke von Malern der jugoslawischen naiven Schule, dann blickte er bescheiden-erfreut drein, aber das war auch alles. Er empfand zu viel für dieses Zuhause, um lauthals davon zu schwärmen, eine tiefe Dankbarkeit gegenüber weiß Gott wem, und zugleich eine gewisse Furcht davor, die Vorsehung herauszufordern. Es gab Zeiten, da träumte er, alles das würde ihm wieder weggenommen, und er wäre für immer und ewig wieder in der Copley Avenue.

Er knipste die beiden Tischlampen mit den weißen Schirmen an, die aus weiß-blauen Ingwerkrügen gefertigt waren. Die Sessel waren aus Rohr und hatten gepolsterte Sitze, und die Couch – oder das französische Bett, wie der Möbelhändler es genannt hatte – war tatsächlich nur ein breiter Diwan mit zwei Polstern im Rücken und zwei an den Seiten. Jetzt, wo er diese große Geldsumme gewonnen hatte, würde es ihm möglich sein, diese Sachen durch eine regelrechte Polstergarnitur zu ersetzen; vielleicht eine mit goldbraunen Bezügen.

Vom Couchtisch, zwischen dem Aschenbecher mit dem griechischen Mäandermuster um den Rand und dem Kristallei mit dem eingravierten Zeichen des Steinbocks – seinem Sternzeichen – nahm er die Liste auf, die er am Abend zusammengestellt hatte, und las sie noch einmal durch. Es standen vier Namen darauf: Suma Bhavnani, Miss Watson, Mr. Deepdene und Mr. Cochranes Schwägerin. Hinter diesen letzten Namen malte Martin ein Fragezeichen, er wußte nicht so recht, ob sie für seine Absichten geeignet war, und außerdem mußte er erst noch ihren Namen herausfinden. Einige Zweifel hegte er auch in bezug auf Mr. Deepdene. Aber was Suma Bhavnani betraf, so war er ganz sicher. Mit den Bhavnanis würde er morgen sprechen, er würde bei ihnen vorbeischauen, nachdem er sich mit Tim Sage getroffen hatte.

Martin ging hinüber ans Fenster. Schwarz und glitzernd hingen die Zacken und Zinnen Londons vom Himmel herab wie die Kulissen eines extravaganten Bühnenbildners. Er zog an den Schnüren, die die langen, dunkelgrünen Samtvorhänge bewegten, und verhüllte die Kulisse. Tim Sage! Seit Tagen schon, genaugenommen seit er wußte, daß er zu einem Fünftel an der Hauptquote des Littlewood-Totos beteiligt war, vermied er es, an Tim Sage zu denken. Jetzt aber mußte er sich mit ihm befassen, denn morgen würde Tim ins Büro kommen, um mit ihm über seine Einkommensteuer zu sprechen. Es würde seit vierzehn Tagen das erste Mal sein, daß er Tim wiedersah, und vor morgen nachmittag drei Uhr mußte er sich entscheiden, was er tun wollte. Ja, was sollte er tun? Er hatte seiner Mutter gegenüber verschwiegen, daß es eigentlich noch jemanden gab, dem er es sagen müsse, aber das hatte er nur getan, weil er sie nicht beunruhigen wollte, nicht weil er Zweifel hatte, daß es notwendig war. Jedesmal wenn seine Gedanken Tim streiften, wußte er sonnenklar, daß er es Tim sagen *mußte*! Im Grunde hätte er es schon längst tun müssen. Nachdenklich schweifte Martins Blick zu dem dunkelgrünen Telefon hinüber. Sollte er Tim nicht jetzt sofort anrufen?

Martins Vater sagte immer, man solle nie nach zehn Uhr dreißig am Abend und nie vor neun Uhr am Morgen einen Telefonanruf tätigen, ausgenommen natürlich, es handele sich um einen Notfall. Ein Notfall war dies nun kaum, und es war schon zehn Minuten vor elf. Außerdem scheute sich Martin, Tim zu Hause anzurufen. Er hatte es noch nie getan. Nach Tims eigenen verschleierten Andeutungen war sein Zuhause reichlich merkwürdig, ganz zu schweigen wohl von seinen menschlichen Beziehungen; wer würde sich zum Beispiel am Telefon melden? Tim lebte eben nicht in einer Umgebung wie der seinen, wo alles offen, überschaubar und im wahrsten Sinne des Wortes makellos war.

Er wandte sich mit dem Rücken zum Telefon und knipste die Ingwerkruglampen aus. Dabei lenkte ihn ein neuer Gedanke ab. Er trat an das Schränkchen aus Glas, Messing und Stahl und genehmigte sich einen Whisky. Es wäre wirklich albern, Tim jetzt anzurufen, wo er ihn morgen ohnehin sehen würde. Während er seinen Whisky trank, überlegte er hin und her; klar, er hatte sich nur deshalb nicht die Mühe gemacht, Tim anzurufen, weil er ihn morgen treffen würde.

Martin war ein kräftiger, gesunder Mann mittleren Wuchses mit fast zu breiten Schultern. Im Mantel wirkte er daher etwas bäurisch und älter, als er tatsächlich war. Er hatte eine große, kantige Stirn und ein schweres Kinn, sonst aber waren seine Züge wohlgeformt und fein, mit kurzer, gerader Nase und einem Mund, von dem man sagen konnte, er sei wie gemeißelt. Sein kurzes, gewelltes braunes Haar begann sich über der mächtigen Stirn bereits in der Form eines M zu lichten. Er hatte grünlichblaue Augen, eine merkwürdige Färbung, sehr hell und klar, sowie ebenmäßige weiße Zähne, deren kunstvolles Gleichmaß Walter Urban während Martins Teenagerzeit enorme Honorare für einen Kieferorthopäden gekostet hatte. Den Fußstapfen seines Vaters folgend, trug er während der Arbeit immer einen korrekten Anzug. Zum Geschirrspülen band er sich eine Schürze um. Martin hätte natürlich niemals eine gewöhnliche Schürze getragen, das wäre lächerlich gewesen, aber diese Dinger aus Wachstuch waren modern, lustig und durchaus vertretbar für einen Mann. Seine hatte ihm die Mutter geschenkt, orangebraun, mit dem riesigen Etikett einer *Lea & Perrins*-Worcestersaucenflasche auf dem Bauch. Er wechselte zwar seine Bettwäche selbst – eine regelmäßige Arbeit für den Freitagmorgen –, aber sonst verrichtete er keinerlei Hausarbeit, denn um halb neun Uhr jeden Freitag erschien Mr. Cochrane.

Daß er als Putzhilfe einen Mann und keine Frau hatte, war auf die Resolution gegen geschlechtsspezifische Diskriminierung zurückzuführen. Als Martin ein Inserat in der *North London Post* aufgab, war er also gesetzlich verpflichtet gewesen, nicht zu erwähnen, daß er eine weibliche Hilfskraft suche, und als dann Mr. Cochrane auftauchte, ebenso verpflichtet, ihn nicht von vornherein abzulehnen. Außerdem mußte er sowieso froh sein, überhaupt jemanden zu bekommen, wie seine Mutter betonte.

Gewöhnlich erschien Mr. Cochrane gleich nach dem Briefträger und vor dem Zeitungsboten; an diesem Morgen aber schien der Zeitungsjunge früher dran zu sein, denn daß Mr. Cochrane sich verspätete, war undenkbar, und Martin hatte bereits die ersten Seiten der *Post* und des *Daily Telegraph* überflogen, als sein Putzhelfer an der Tür schellte. Immer war dies der Moment, wo er wünschte, er könnte jetzt eine dicke, mütterliche Scheuerfrau einlassen, eine altmodische, willige Person, die ihn zwar nicht gerade mit «Sir» anreden, aber doch mit einigem Respekt behandeln und Entgegenkommen für seine Wünsche zeigen würde. In Büchern hatte er von solchen Kreaturen gelesen. Aber es war sinnlos, Wunschträumen nachzuhängen, während Mr. Cochrane vor der Tür stand, und anscheinend für die ganzen nächsten zehn Jahre jeden Freitagmorgen dort erscheinen würde. Denn er hing an seinen Jobs, von denen er noch einige weitere in Cromwell Court ausübte. Martin ließ ihn ein.

Mr. Cochrane war etwa einen Meter siebzig groß, mager und drahtig, mit einem letzten kleinen Kranz staubfarbenen Haares um seinen kahlen Schädel. Sein Gesicht war ein von Lampenschirmpergament straff überspannter Totenschädel, verziert mit einer Bifocalbrille. Seine Putzausrüstung, deren Bereitstellung er seinen Arbeitgebern wohl nicht zutraute, trug er immer in einem kleinen Koffer bei sich.

«Morgen, Martin.»

Martin sagte guten Morgen. Anreden tat er Mr. Cochrane nicht mehr. Anfangs hatte er ihn mit «Mr. Cochrane» angeredet, worauf er selbst mit «Martin» angesprochen worden war. Daraufhin hatte Martin ihn nach seinem Vornamen gefragt, den zu nennen Mr. Cochrane jedoch in einer seiner plötzlichen Aufwallungen von Zorn verweigert hatte. Um diese Zeit herum hatte ein Nachbar, der auch Mr. Cochrane beschäftigte, ihm von seinen Erfahrungen erzählt. Er hatte vorgeschlagen, Mr. Cochrane möge ihn doch normal mit seinem Nachnamen anreden, hatte aber zur Antwort erhalten, es sei eine Schande, in seinem Alter von einem reiferen Mann – einem Mann, alt genug, um sein Großvater sein zu können! – zu verlangen, daß er ihn mit «Mister» anredete; das sei geradezu Faschismus! Als ob er, Mr. Cochrane, nicht schon genug Kotaus hätte machen müssen in seinem elenden, mit Füßen getretenen Leben! Anscheinend war er eine Art Diener gewesen bei einer mehr oder weniger aristokratischen Person in Belgravia, Butler vielleicht, meinte einer von Martins Nachbarn, der ihn ebenfalls beschäftigte, aber das glaubte Martin nicht; in seinen Augen waren Butler eine ausgestorbene Rasse, unwirklicher als die Dinosaurier.

Als Putzhilfe war er unübertroffen. Und das war auch der Grund, weshalb Martin, und ebenso wahrscheinlich die anderen, ihn behielten, trotz seiner plumpen Vertraulichkeit und seiner Wutausbrüche. Er putzte, polierte, scheuerte und bügelte mit Höchstgeschwindigkeit. Martin sah ihm zu, wie er seinen Koffer öffnete und einen khakifarbenen Drillichkittel, wie ihn Eisenwarenhändler trugen, herausholte, außerdem die Silberputztücher und die Sprühflasche mit dem Putzmittel.

«Wie geht es Ihrer Schwägerin?» erkundigte sich Martin.

Mr. Cochrane, angetan mit roten Gummihandschuhen, war gerade dabei, die Kochstellen des Herdes auseinanderzunehmen. «Es wird ihr nie wieder gutgehen, wenn sie nicht eine andere Wohnung findet, Martin! Die Schwarzen nebenan waren ja schon schlimm genug, aber jetzt die mit ihren Preßlufthämmern!» Er war ein erbitterter Rassist. «Nein, dort kann es ihr nie besser gehen, Martin, da können Sie sich Ihre Nachfragen getrost ersparen! Drei Stunden Preßluftbohren am Vormittag muß sie über sich ergehen lassen, und drei Stunden am Nachmittag! Die Männer selbst können es gar nicht länger als drei Stunden ertragen – das sagt wohl genug! Aber es hat ja keinen Zweck zu stöhnen, was, Martin? Ich hab ihr gesagt, was hat's für einen Sinn, mir was vorzujammern, sag ich, ich kann ja doch nichts machen, ich bin ja bloß ein Diener!»

«Wie ist ihr Name?»

«Wessen Name?» fragte Mr. Cochrane und fuhr am Spülbecken herum wie galvanisiert. «Sie wollen immer die Namen von den Leuten wissen! Den Namen meiner Schwägerin? Warum wollen Sie den denn wissen? Sie heißt natürlich Mrs. Cochrane, ist doch klar, wie denn sonst?»

Martin unterließ es, auch noch nach der Adresse zu fragen. Er dachte bei sich, die könnte er auch allein herausbekommen nach der wiederholten Beschreibung dieser Mietskaserne und ihrer genauen Lage in North Kensington; sofern er das dann überhaupt noch wollte! Zehn Minuten in der Gesellschaft seines Putzmannes genügten, ihn zu überzeugen, daß es wahrscheinlich weit bedürftigere Anwärter auf seine Wohltätigkeit gäbe als die Cochrane-Familie, Suma Bhavnani etwa, oder Miss Watson und Mr. Deepdene. Er steckte die Liste in die Tasche, damit Mr. Cochrane sie nicht fände und unangebrachte Vermutungen anstellte.

Wie gewöhnlich machte er sich um zehn Minuten nach neun auf den Weg ins Büro; diesmal über die Route Archway und Hornsey Lane. Manchmal fuhr er der Abwechslung halber nach Highgate Village hinauf und dann die Southwood Lane hinunter, über die Archway Road hinweg in die Wood Lane. Und ein- oder zweimal, an schönen Sommertagen, war er auch schon zu Fuß gegangen, wie an dem Morgen, als er Tim im Wald begegnet war.

Das Büro Urban, Wedmore, Mackenzie & Co., Steuerberater, lag in der Park Road, in dem Block zwischen Etheldene Avenue und Cranley Gardens. Walter Urban war Experte für Fälle, die die Einkommensteuer betrafen, und Clive Wedmore der Investmentspezialist, während bei Gordon Tytherton alles zusammenlief, was mit der Mehrwertsteuer zusammenhing. Martin hatte sich nicht besonders spezialisiert, er nannte sich selbst scherzhaft «Mädchen für alles», und sein Büroraum war auch der kleinste.

Er wußte, er würde für den Rest seines Lebens an diesem Job hängenbleiben, obwohl er nicht mit dem Herzen bei der Sache war. Er hatte sich ehrlich Mühe gegeben, aber es war ihm nie gelungen, jenen Enthusiasmus, Geld im Abstrakten zu manipulieren, zu entwickeln, wie ihn sein Vater besaß, oder wenigstens die Faszination zu begreifen, die die Aktienbörse auf Clive Wedmore ausübte. Vielleicht hätte er sich lieber einen anderen Beruf aussuchen sollen, obwohl die Neigungen und Sehnsüchte, die er während seiner Schulzeit gehegt hatte, allesamt hoffnungslos impraktikabel waren: Schriftsteller, Forscher, Filmkameramann... All das war dann doch nicht ernsthaft in Frage gekommen. Die Steuerberatung hatte ihn erkoren, nicht er sie. Manchmal glaubte er, er habe sich nur deshalb so passiv da hineinziehen lassen, weil er es nie ertrug, seinen Vater zu enttäuschen. Und die Sicherheit, die Sorglosigkeit und die Respektabilität befriedigte ihn ja auch. Aus einem Job und auch aus einem Lebensstil, wie Tim ihn hatte, hätte er sich ganz und gar nichts gemacht. Er war stolz auf die Studienjahre, die hinter ihm lagen, auf das erworbene Wissen, und er war sehr darauf bedacht, das Fehlen echter Berufsbegeisterung nicht zu Unterlassungen und Fehlern führen zu lassen. Er liebte auch sein kleines Arbeitszimmer mit dem Blick über die Baumwipfel bis in den Alexandra Park, den Park und die Bäume, der er schon als Kind gekannt hatte.

Martin mußte an diesem Morgen keine Klienten empfangen und

auch keine Telefonate führen. Er verbrachte nahezu drei Stunden damit, die geradezu schwachsinnige, undurchsichtige Buchhaltung eines Bauunternehmers zu entwirren, der seit fünfzehn Jahren im Geschäft war und noch nie einen Pfennig Einkommensteuer gezahlt hatte. Walter schaute kurz herein und strahlte ihn väterlich an. Die Nachricht von dem Totogewinn bewirkte, daß er sich seinem Sohn gegenüber ähnlich benahm wie damals, als Martin seine Schule mit dem A-Level abschloß, oder später, als er graduierte. Nachdem er gegangen war, bat Martin Caroline, die zugleich seine und Gordons Sekretärin war, ihm Mr. Sages Akte zu bringen.

Er schlug sie auf, ohne sich jedoch wirklich mit den Aufstellungen, den Bescheiden und Tims eigenen Abrechnungen zu befassen, die darin lagen. In genau zwei Stunden würde Tim ihm hier gegenübersitzen. Und noch immer hatte er sich nicht entschieden, was er tun sollte. Sein fester Entschluß von gestern abend war – nun, nicht gerade rückgängig gemacht worden, aber doch abgeschwächt beim Anblick der *North London Post*. Er *mußte* sich entscheiden, und zwar innerhalb der nächsten beiden Stunden.

Martin nahm seinen Lunch meistens in einem der kleinen Pubs in der Gegend ein und einmal in der Woche zusammen mit Gordon Tytherton in einem griechischen Restaurant in Muswell Hill. Heute allerdings fuhr er allein zu *Woodman*. Das schien ihm der angemessene Ort, um sein spezielles Problem zu lösen. Es war natürlich viel zu kalt und viel zu spät im Jahr, um seine Sandwiches und sein Bier in den Woodmanschen Garten hinauszunehmen. Im Sommer war man sich dort trotz der donnernden Nachbarschaft einer Fernlasterstraße, die in nördlicher Richtung vorbeilärmte, sehr lebhaft der beiden Wälder bewußt, die hinter den auseinanderlaufenden Straßen zusammenstießen. Im Norden lag der Highgate Wood, nach Osten hin erstreckte sich der Queen's Wood, wo er und Tim sich an einem Maimorgen unter blaßgrünen Buchen begegnet waren. Jetzt im November waren diese Gehölze nichts als ein wirres Netzwerk grauer Äste, dicht, kalt und wenig einladend.

Aber Tim... Würde er es Tim nun erzählen, oder nicht? Hatte er nicht die Pflicht, es ihm zu sagen, eine moralische Verpflichtung? Denn ohne Tim hätte er die hundertundviertausend Pfund bestimmt nicht gewonnen, ohne ihn hätte er überhaupt nicht im Toto gespielt.

# 3

Martin hatte Tim Sage an der London School of Economics kennengelernt. Sie waren freundschaftliche Bekannte gewesen, mehr nicht, und Tim war bereits nach einem Jahr abgegangen. Martin hatte ihn nie wieder gesehen, bis zu jenem Morgen im Queen's Wood, acht Jahre später.

Es war ein Morgen gewesen – blaugolden, dunstig und Hitze verheißend –, an dem die nördlichen Randbezirke Londons aussehen, als seien sie von Turner gemalt, ein Morgen eben, an dem man bereitwillig den Wagen zu Hause läßt. Martin spazierte über die Jackson Lane und Shepherd Hill und erreichte den Wald auf dem Fußweg bei Priory Gardens. Der Wald war voller hüpfender Eichhörnchen, und nur gelegentlich wurde die grüne Stille vom Schrei eines Eichelhähers unterbrochen. Unter seinen Füßen Generationen alter, brauner Buchenblätter, und über seinem Kopf die jungen, gerade erst entfaltet, wie zerknitterte Flicken grüner Seide. Es war ein sehr merkwürdiges Erlebnis gewesen, ein fast dramatisches sogar, so ganz allein auf dem Waldweg entlangzuschlendern und plötzlich in der Ferne über der Kuppe eines Hügels Tim auftauchen zu sehen. Mit jedem Schritt verdichtete sich die erste flüchtige Idee, es könnte Tim sein, zur Gewißheit; und als sie noch knapp fünfzig Meter voneinander entfernt waren, da rannte Tim ihm entgegen, um erst dicht vor ihm wie ein durchpariertes Pferd anzuhalten.

«Wenn das nicht Dr. Livingstone ist!»

Warum nicht? Journalist trifft Urwaldforscher im Wald...

Seltsam, die Aufwallung von Gefühlen, die dieser Augenblick auslöste, die Intensität der Freude, die sie beide fühlten. Als ob sie Brüder wären, die sich nach langer Trennung wiedersahen. Kam es daher, daß sich die Begegnung an einem Sommermorgen in einem frischbelaubten Wald ereignete? War es die Unverhofftheit dieses Zusammentreffens ausgerechnet hier im Wald? Martin hatte niemals ganz begreifen können, weshalb ihn diese Zufallsbegegnung mit einem derartig spontanen Gefühl des Glücks und der Hoffnung erfüllt hatte, verbunden mit der Vision einer lebenslangen Freundschaft. Fast schien es, als ob das, was er und Tim so spontan füreinander empfunden hatten, Liebe war.

Dieses geheime Eingeständnis erregte Martin, und es erschreckte ihn zutiefst! Bevor sie sich trennten, hatte Tim kurz einen Arm um seine Schulter gelegt, ihn leichthin getätschelt und seinen Arm gedrückt, eine kameradschaftliche Geste, die ein Mann sich einem anderen gegenüber ja durchaus herausnehmen darf, nur hatte Martin noch nie zuvor so etwas von einem Mann erfahren. Es verwirrte ihn und brachte ihn völlig durcheinander, und als Tim zwei Tage später anrief, brauchte er ein paar Sekunden, um seine normale Stimme wiederzufinden. Dabei hatte Tim nur wissen wollen, ob er ihn als Steuerberater konsultieren dürfe. Er war verärgert wegen der Steuern, die er auf seine Arbeiten als freier Schriftsteller zahlen sollte. Martin stimmte spontan zu, er konnte gar nicht anders, obwohl er gefühlsmäßige Vorbehalte hatte.

Es war eine der Maximen Walter Urbans, daß ein Mann niemals beurteilen könne, ob ein anderer Mann erotisch attraktiv sei oder nicht. Man könne das immer nur spüren, wenn es um das andere Geschlecht ginge. Daran mußte Martin jetzt denken, und es beunruhigte ihn. Denn in seinem Falle traf das nun nicht zu. Und was für ein Mann war er dann?

Tim sah sehr gut aus, er war sogar schön, obwohl das ein Wort ist, das man eigentlich nicht auf einen Mann anwendet. Er besaß die Schönheit eines Schauspielers, auffällig und eindrucksvoll. Man konnte ihn sich in einem Duell vorstellen. Sein Haar war pechschwarz, der Mode entsprechend kurz – wenn auch nicht so kurz wie Martins –, dabei waren seine Augen von lebhaftem Blau. Etwas Slawisches lag über dem Gesicht mit den hohen Backenknochen, dem kräftigen Kinn und den Lippen, die voll und weich waren wie die einer Frau. Er war groß und sehr mager. Die langen, schmalen Hände waren seitlich an den Zeigefingern braun verfärbt von Nikotin. Schon damals im Wald hatte er unaufhörlich geraucht; auch jetzt zündete er sich eine Gauloise an, als er Martins Büro betreten hatte.

Tims Unterlagen waren bedeutend weniger verworren, als Martin es bei neuen Klienten gewohnt war. Es beeindruckte ihn, während er die Zahlenkolonnen studierte, daß Tim sie exakt auswendig hersagen konnte. Er hatte ein fotografisches Gedächtnis. Martin versprach, die Dinge so zu arrangieren, daß Tim Geld sparte, und Tim war sehr dankbar.

Aber würden sie sich wiedersehen? Würden sie sich privat treffen? Wie es schien, ja. Martin konnte sich nicht mehr erinnern, ob er es gewesen war, der Tim angerufen hatte, oder umgekehrt. Der Anfang war jedenfalls ein gemeinsamer Lunch in einem Pub gewesen, dann eine gemeinsam geleerte Flasche an einem Freitag abend – Begegnungen, bei denen sich Martin unbehaglich und nervös, zugleich aber auch ungewöhnlich glücklich gefühlt hatte, die ihn erfüllt hatten mit einer seltsamen, zitternden Euphorie.

Danach war Tim zu einem ziemlich regelmäßigen Gast in der Wohnung am Cromwell Court geworden, und was Martin während ihrer ersten Begegnungen untergründig gefürchtet hatte, war nie eingetreten. Tim hatte ihn nie wieder berührt, abgesehen vom Händeschütteln. Nie hatte er versucht, ihn in die Arme zu nehmen, obwohl das manchmal geradezu in der Luft lag, wenn sie sich voneinander verabschiedeten. Dennoch mußte Tim homosexuell sein, welche Erklärung konnte es sonst geben für seine offenkundige Zuneigung zu Martin? Und was sonst konnte der Grund sein, weshalb er selbst nach wie vor Tim so attraktiv fand? Denn er fand ihn attraktiv. Dieses Eingeständnis hatte er sich schwer abgerungen. Auch normale Männer fanden anscheinend gewisse Homosexuelle anziehend, wenn sie sich selbst gegenüber ganz ehrlich waren. Martin war sicher, das irgendwo gelesen zu haben, in einem Buch über Sexualpsychologie wahrscheinlich. Es war eine klare Tatsache, daß er es liebte, Tim zu betrachten, dem Klang seiner tiefen und dennoch leichten Stimme zuzuhören, genauso, wie es einem Freude bereitete, eine Frau zu beobachten und ihr zuzuhören.

Ganz allmählich erkannte er, daß er sich im Grunde seines Herzens am meisten danach sehnte, mit Tim zu kämpfen, sich in eine handgreifliche, körperliche Balgerei mit ihm zu verwickeln. Natürlich war das ganz absurd. Er hatte nie irgendwelche Ringkämpfe mitgemacht, und er war sicher, Tim ebenfalls nicht. Dennoch mußte er oft daran denken, mehr sogar, als für ihn gut war, das wußte er wohl; und manchmal kamen solche Ringkämpfe in seinen Träumen vor. Es waren wohl diese Phantasien, die ihn dazu reizten, Tim auch im realen Leben tatsächlich zu einem Kampf herauszufordern. Das würde gar nicht so schwer sein, denn trotz seiner Zuneigung für ihn wußte er, daß Tim durchaus keine makellose Persönlichkeit war. Lange bevor seine Ringkampfträume begannen, hatte er an Tim Züge von Skrupellosigkeit, Egozentrik und Habgier festgestellt.

Tim wohnte in Stroud Green. Martin hatte an diese Adresse zwar schon geschäftliche Briefe geschickt, aber er hatte Tim nie unter seiner Privatnummer angerufen und war auch noch niemals dort gewesen. Nicht, daß Tim ihn nicht dazu aufgefordert hätte. Es war Tims Blick und ein gewisser Ton in seiner Stimme, während er die Einladung aussprach, weshalb Martin sich scheute, jemals des Freundes Zimmer, Wohnung, Reihenhaus oder was immer es sein mochte, zu betreten. Tim hatte gemeint, er solle doch mal kommen und sich seine «Menage» anschauen. Dabei hatte er anzüglich gelächelt und seine diabolischen Augenbrauen in die Höhe gezogen, und plötzlich hatte Martin begriffen: Tim lebte mit einem Mann zusammen! Martin war noch niemals in der Gesellschaft zweier Männer gewesen, die in sexueller Beziehung miteinander lebten, aber er konnte es sich mehr oder weniger vorstellen, vor allem aber die qualvolle Verlegenheit, die ihn selbst in einer solchen Situation überwältigen würde.

Er hatte sich jeweils mit einer höflichen Ausrede getarnt – Entschuldigungen hatte er immer parat –, und nach einer Weile schien Tim begriffen zu haben. Jedenfalls erfolgten keine weiteren Einladungen mehr. Aber hatte er wirklich verstanden? Hoffentlich glaubte Tim nicht, er wolle nur deshalb nicht kommen, weil ihm so obskure Gegenden wie Stroud Green zuwider seien?

Tim schien beeindruckt von der Wohnung am Cromwell Court. Jedenfalls hörte er interessiert und voller Bewunderung zu, wenn Martin ihm einen neuen Gegenstand zeigte, den er angeschafft hatte, und er genoß es sehr, an Sommerabenden auf Martins Balkon zu sitzen, Bier zu trinken und die Aussicht zu bewundern. Genau wie sein Vater verband Martin häufig Beruf und Erholung miteinander, und solch ein Abend war es auch, an dem er Tim, der seinen Neid geäußert hatte auf all jene, die ihr Zuhause als Eigentum besaßen, dringend zuredete, sich doch auch eine Wohnung zu kaufen. Er müsse das unbedingt tun, ebensosehr aus Gründen der persönlichen Sicherheit als auch wegen der steuerlichen Abzugsfähigkeit bei der Aufnahme einer Hypothek.

«Bei deinem Gehalt und dem zusätzlichen Einkommen, das du durch diese Kurzgeschichten hast, würde ich sagen, du kannst es dir gar nicht leisten, es *nicht* zu tun!»

«Mein Einkommen, wie du es nennst», erwiderte Tim sarkastisch und zündete sich die zwanzigste Zigarette des Abends an, «ist der niedrigste vom Journalistenverband zugelassene Satz, den mir die *Post* zahlt. Du weißt ja schließlich genau, wie hoch mein Einkommen ist, mein Lieber, und ich besitze nicht einen Penny Kapital!» Martin zitterte fast, als Tim ihn «mein Lieber» nannte. «Die einzige Möglichkeit für mich, an genügend Geld für die Anzahlung auf ein Eigenheim zu kommen, wäre, im Toto zu gewinnen.»

«Dann müßtest du erst mal beim Toto mitmachen», meinte Martin schmunzelnd.

Tims blaue Augen konnten manchmal mit träger Überheblichkeit aufleuchten. «Oh, ich spiele Toto. Ich mache das schon seit zehn Jahren.»

Das hatte Martin überrascht. Im Fußballtoto zu spielen, hatte er immer gedacht, sei ausschließlich Sache der Arbeiterklasse. Noch mehr überraschte es ihn, daß er bald darauf einwilligte, ebenfalls mitzumachen, bloß so zum Spaß. Was konnte er schließlich verlieren?

«Ich wüßte aber gar nicht, wie man das anfängt.»

«Mein liebster alter Livingstone», erwiderte Tim, der ihn gelegentlich so titulierte, «das überlaß nur mir. Ich werde eine Prognose für dich ausarbeiten, dann schicke ich dir Totoscheine und eine Kopie meiner Wette, und alles, was du zu tun hast, ist, die Sache jede Woche abzuschreiben und wegzuschicken.»

Natürlich hatte er zunächst gar nicht die Absicht gehabt, das Ding wirklich auszufüllen und abzuschicken. Aber als es dann kam, hatte er es doch getan. Warum eigentlich? Vielleicht, weil es unfreundlich und undankbar Tim gegenüber gewesen wäre, es nicht zu tun. Martin nahm an, es müsse ihn ziemliche Arbeit gekostet haben, dieses merkwürdige Kreuzmuster auf dem karierten Coupon zu entwerfen, ein Muster, das er fortan jede Woche von neuem gläubig kopierte.

Fünfmal hatte er solch ein Formular ausgefüllt und abgeschickt, und beim fünftenmal hatte er hundertundviertausend Pfund gewonnen, gewonnen aufgrund des Systems, das Tim für ihn aufgestellt hatte. Darum war Tim eigentlich mehr als indirekt verantwortlich für seinen Gewinn. Hätte er also nicht sofort, nachdem die Nachricht gekommen war, ans Telefon gehen und es Tim erzählen müssen?

Martin fuhr über die Wood Lane zur Park Road zurück. Der

Wald zu beiden Seiten der Straße war eine graue Masse, hingekauert auf einer braunen Laubkruste. Wenn er an jenem Morgen im Mai den Wagen genommen hätte, oder wenn er über Wood Vale spaziert wäre, statt über Shepherd Hill, oder wenn er fünf Minuten früher oder später gegangen wäre, dann wäre er Tim nie begegnet und hätte auch nie diese gewaltige Summe Geld gewonnen. Und in nur einer Stunde würde er wiederum mit Tim konfrontiert sein. Tim wollte um drei Uhr kommen. Der Zweck seines Besuches war, Martin die Belege seiner Steuerrückzahlungen für das vergangene Finanzjahr zu bringen sowie die Aufstellung seiner Honorare von den verschiedenen Magazinen, die seine Geschichten veröffentlicht hatten. Es wäre Martin nie in den Sinn gekommen, seinen Gewinn vor Tim geheimzuhalten, wenn Tim nicht Journalist gewesen wäre. Aber ein Wort zu Tim, und die Story von Martins frischerworbenem Reichtum würde womöglich die Titelseite der nächsten Wochenausgabe der *North London Post* ausfüllen. Angenommen, er bäte Tim, keinen Gebrauch davon zu machen? Möglich, daß Tim versprach, es nicht zu tun, aber das schien Martin nicht sehr wahrscheinlich. Vielmehr würde Tim eine Art halbherziges Versprechen abgeben und dann gegenüber einem anderen Reporter eine Andeutung fallenlassen. Und dann würde die Geschichte vielleicht noch fataler sein und großartig mit seiner Menschenfreundlichkeit beginnen...

Martin überlegte jede größere Aktion immer äußerst gründlich, bevor er sie unternahm, und viele kleinere gewöhnlich auch. Er hatte vor, sein Leben auf der Basis gut fundierter Prinzipien zu führen. Jede seiner Handlungen sollte so beschaffen sein, als sei sie der Grundstein eines für die Allgemeinheit bestimmten Gesetzes, so lautete seine Doktrin, auch, wenn er es nicht immer ganz schaffte, danach zu leben. Genaugenommen also müßte er Tim davon erzählen. Er schuldete Tim Dank, und auch die Überlegung, daß lästige Publicity ihm das Leben ein paar Wochen lang unbequem machen würde, durfte ihn nicht davon abhalten. Was war schon dabei, wenn ein paar Bettelbriefe und ein paar Telefonanrufe kamen? Damit würde er schon fertigwerden. Ja, er *mußte* es Tim sagen! Und vielleicht... Der plötzliche Einfall irritierte ihn derartig, daß er die Bearbeitung von Mrs. Barbara Baers Investmentunterlagen unterbrechen und die Akte niederlegen mußte. Ja... vielleicht mußte er ihm auch etwas *anbieten?* Vielleicht war es sogar unumgänglich, Tim etwas von seinem Geld anzubieten?

Tim verdiente das niedrigste Gehalt, das der staatliche Journalistenverband den Arbeitgebern zu zahlen erlaubte. Er konnte sich weder eine Wohnung noch ein Haus kaufen, weil er kein Kapital besaß. Zehntausend Pfund etwa würden Tim mit der nötigen Summe ausstatten, um eine Anzahlung auf eine angemessene Behausung zu leisten. Zehntausend, dachte Martin, das war die Summe, die er ihm geben müßte, sozusagen eine zehnprozentige Beteiligung. Aber dennoch – der Gedanke behagte ihm überhaupt nicht. Schließlich war Tim nicht in einer Notlage wie etwa Miss Watson oder Mrs. Cochrane. Er war jung und kräftig, und er hatte es schließlich nicht nötig, immer nur für dieses miese Lokalblättchen zu arbeiten. Im Hintergrund seines Kopfes tauchte auch der Gedanke auf, wenn Tim es zu Kapital bringen wolle, dann solle er gefälligst nicht so viel rauchen. Außerdem hatte er den Verdacht, daß Tim ein Verschwender war. Es wäre doch höchst ärgerlich, Tim zehntausend Pfund zu schenken und dann feststellen zu müssen, daß er es gar nicht zum Erwerb eines Eigenheims benutzt, sondern daß er es in alle Winde verstreut hätte!

Martin schlug sich in Gedanken mit den zwei Seiten dieses Problems herum, bis es Viertel nach drei war. Tim verspätete sich also. Seine innere Auseinandersetzung hatte zu keinem Ergebnis geführt, ohwohl ihm der Gedanke, Tim ins Vertrauen zu ziehen, mittlerweile unbesonnen vorkam, fast schon unverantwortlich. Um zwanzig Minuten nach drei steckte Caroline ihren blaßroten Afrokopf durch die Tür.

«Mr. Sage ist da, Martin.»

Er stand auf und kam hinter dem Schreibtisch hervor. Wenn Tim danach fragte, dachte er hastig, wenn er auch nur das Thema Fußballtoto erwähnte, dann würde er es ihm erzählen. Sonst aber vielleicht nicht...

Tim war nie auch nur halbwegs adrett gekleidet; heute trug er eine schwarze Cordhose, einen schmuddeligen Rollkragenpullover, der wahrscheinlich einmal weiß gewesen war, und ein abgetragenes Baumwolljackett, an dem ein Knopf fehlte. Diese Aufmachung paßte zu seiner Piratenerscheinung. Sobald er ins Zimmer trat, und noch bevor er das erste Wort sprach, zündete er sich eine Gauloise an.

«Tut mir leid, ich komme zu spät. Eine Gerichtsverhandlung, die sich ziemlich hinschleppte.»

«Ist wenigstens eine Story drin?» erkundigte sich Martin in der Hoffnung, die richtige Journalistenterminologie getroffen zu haben.

Tim zuckte geringschätzig die Achseln. Seine Schultern waren sehr mager, genau wie seine Hände und seine schmalen Teenagerhüften. Dabei wirkte er stählern wie ein Athlet, solange ihn nicht sein Raucherhusten überfiel. Weich und fleischig an ihm war nur der volle rote Mund. Er setzte sich auf die Lehne eines Sessels und meinte: «Die Menschheit bewegt sich immer nur auf dünner Eiskruste über den Abgründen des Schreckens.»

Martin nickte, betroffen durch das, was Tim da sagte. Genau das hatte er empfunden, als er heute morgen an all die Zufälligkeiten gedacht hatte, die ihre Begegnung im Wald nach sich gezogen hatte.

«Ist das ein Zitat?»

«Arnold Bennett.»

«Die Menschheit bewegt sich auf dünner Eiskruste über den Abgründen des Schreckens...» Natürlich mußten es nicht immer gleich Abgründe sein, dachte Martin, manchmal waren es auch bloß flache Stolpergräben. Schriftsteller neigen nun mal zu Übertreibungen.

«Na ja, jetzt wollen wir uns mal diesen Krempel hier ansehen, ja?» schlug er vor.

«Ich habe eine Steuerforderung von nahezu fünfhundert Pfund bekommen. Das kann doch nicht richtig sein, was?»

Martin zog Tims Akte hervor und sah sich den Steuerbescheid an. Tim wollte wissen, ob es möglich sei, den Unterhalt seines Wagens von der Steuer abzusetzen und auch das Bibliotheksabonnement, das er sich zugelegt hätte. Martin sagte nein zu dem Wagen und ja zu dem Abonnement. Dann stellte er Tim noch ein paar Fragen und sagte schließlich, er werde eine Beschwerde einreichen wegen des Fünfhundertpfundbescheids. Weiter gab es dann wirklich nichts zu sagen, sofern es das Geschäftliche betraf. Tim war bei seiner zweiten Zigarette.

«Und wie ist es dir inzwischen ergangen, mein Lieber?» fragte Tim.

«Ganz gut», erwiderte Martin vorsichtig. Jetzt war es soweit. Aber nervös stellte er fest, daß er es nicht fertigbrachte, es zu sagen. Er war wie blockiert, wenn sich allein Tims anfänglichen Unglauben vorstellte, dann sein aufdämmerndes Staunen und schließlich seine überströmenden Glückwünsche. In einem Ton, der ihm selbst allzu gekünstelt und heiter erschien, sagte er: «Ach du, ich habe jetzt in meiner Wohnung den Teppich legen lassen, von dem ich dir erzählt habe!»

«Na, phantastisch!»

Martin spürte, wie er rot wurde. Aber Tims Gesicht war ganz ernst, ja, sogar interessiert und freundschaftlich. «Na ja», fügte er schnell hinzu, «ich führe eben kein sehr aufregendes Leben, weißt du.»

«Wer tut das schon?» meinte Tim. Er saß eine Weile schweigend da. Martin kam es vor, als ob es ein zögerndes, erwartungsvolles Schweigen wäre. Aber dann drückte Tim seine Zigarette aus und stand auf. Martin merkte, daß er den Atem angehalten hatte. Jetzt ließ er ihn ausströmen, und es klang wie ein Seufzer. Tim sah ihn an. «Na gut, ich will dich nicht länger aufhalten. Übrigens, ich gebe eine Party – morgen in einer Woche, am Samstag, dem 25. Besteht eine Chance, daß du Zeit hast?»

Das traf Martin unvorbereitet. «Eine Party?»

«Na ja, du weißt schon», versetzte Tim ungeduldig, «ein gesellschaftliches Treffen oder, exakter ausgedrückt, eine Gruppe von Leuten in einem Privathaus versammelt zum Zwecke gegenseitiger Erheiterung, Essen, Trinken und so weiter – eben ein Fest, eine Feier! In diesem Falle feiern wir meinen dreißigsten Geburtstag. Dreißig sinnlos verbrachte Jahre, mein lieber Livingstone! Bitte komm!»

«Gut... ich meine, natürlich will ich... ich würde gerne kommen!»

«Wunderbar! Der Ort der Handlung ist scheußlich, aber das Essen nicht. Also, um sieben, ja?»

Martin fühlte sich geradezu erlöst, als Tim gegangen war. Er hatte nicht gefragt. Er hatte nicht einmal entfernt das Thema Fußball oder Wetten gestreift, und schon gar nicht das Toto; auch von Geld hatte er kaum gesprochen. Wahrscheinlich war ihm völlig entfallen, daß er Martin je zum Fußballtoto überredet hatte. Wie albern von mir, dachte Martin, mir einzureden, er würde danach fragen und ich müßte ihm eine Belohnung zahlen! Als ob ich Tim je Geld schenken könnte, als ob ich es ihm auch nur anbieten könnte. Die ganze Zeit, während Tim dagewesen war, hatte er das Gefühl gehabt, sich auf der besagten dünnen Eiskruste über den Abgründen zu bewegen. So ein Unsinn! Das Eis war armdick und stark genug, um darauf Schlittschuh zu laufen.

Caroline kam herein mit einer Nachfrage von Clive Wedmore nach dem Journal *Ertrag und Ersparnis*, das er Martin am Tage zuvor geliehen hatte.

«Mr. Sage ist sehr attraktiv, nicht wahr?» meinte Caroline. «Er erinnert an Nurejew – bloß jünger!»

Und mit dem wärst *du* schlecht bedient, meine Liebe! waren die Worte, die ihm spontan in den Sinn kamen. Die vulgäre Anzüglichkeit dieses Gedankens reichte aus, ihn ein zweitesmal an diesem Nachmittag erröten zu lassen. «Seien Sie ein nettes Mädchen und tragen Sie den Aschenbecher raus, ja?»

«Hm, das riecht, als ob man in Frankreich wäre.»

Sie trug den Aschenbecher hinaus und schnupperte hingebungsvoll daran, als wäre es eine Rose. Martin plagte sich noch eine volle Stunde oder länger mit der Steuererklärung des Bauunternehmers ab, dann brach er auf und fuhr die Priory Road hinunter zu dem kleinen Tabak- und Zeitschriftenladen, den die Bhavnanis betrieben. Er war ziemlich aufgeregt. Er versuchte, sich in Mrs. Bhavnanis Lage zu versetzen, sich vorzustellen, wie ihr in den nächsten fünf Minuten zumute sein würde, wenn sie begriffen hatte, daß hier jemand war, der ihr helfen, der ihrem Sohn Leben, Gesundheit und Zukunft schaffen wollte! Wahrscheinlich würde sie weinen. Martin schwelgte in den rosigsten Vorstellungen, was passieren würde, wenn er sein Angebot unterbreitete. Aber dann stockte er, als ihm einfiel, daß man Gutes mit Gleichmut tun müsse, daß die rechte Hand nicht wissen dürfe, was die linke tat.

Es war ein altmodischer kleiner Laden. Als er die Tür öffnete, schlug eine kleine Glocke an, und im Hintergrund des Ladens erschien Mrs. Bhavnani in einem grünen Sari mit einer hellblauen Strickjacke darüber. Gegen die hellen Farben wirkte ihr Gesicht dunkel, welk und voller Schatten, und als Martin sagte, er würde sie gern privat sprechen, wurde es hart und verschlossen. Sie drehte das Schild an der Ladentür mit der Aufschrift GESCHLOSSEN nach außen. Martin stotterte ein bißchen, als er ihr erklärte, weshalb er gekommen sei. Sie hörte ihm schweigend zu.

«Sie sind ein Arzt und wollen Suma operieren?» fragte sie endlich.

«Nein nein, das bin ich nicht. Es ist nur, nun, meine Mutter hat mir von Suma erzählt, und was ich sagen möchte, ist, wenn es wahr ist, daß man diese Operation an seinem Herzen in Sydney machen lassen kann, ja, dann könnte ich helfen, die Sache zu bezahlen.»

«Es wird sehr viel kosten.»

«Ja, das weiß ich. Aber, ich kann es bezahlen, ich *möchte* es gern bezahlen; ich würde mich freuen, wenn Sie es mich bezahlen ließen – Ihren und Sumas Flug nach Sydney, Ihren Aufenthalt dort und Sumas Operation. Ja, das ist es, was ich meine.»

Sie sah ihn starr an. Dann schlug sie die Augen nieder und stand regungslos vor ihm. Er merkte, sie hatte es nicht begriffen. War ihr Mann zu Hause? Nein, im Moment nicht. Martin fragte nach dem Namen ihres Arztes.

«Dr. Ghopal», sagte sie, «im Crouch End.» Die dunklen, trauervollen Augen richteten sich wieder auf ihn; und dann sagte Mrs. Bhavnani, als ob er ein lästiger Eindringling sei, und als ob sein großzügiges Angebot nie gemacht worden wäre: «Jetzt müssen Sie gehen, das Geschäft ist geschlossen, tut mit leid!»

Martin konnte nicht anders, er mußte lachen – für sich und über sich, als er wieder auf der Straße stand. Das war also der Dank für einen Menschenfreund! Natürlich wäre es wesentlich vernünftiger und zweckmäßiger gewesen, wenn er als erstes Dr. Ghopals Namen in Erfahrung gebracht und ihm geschrieben hätte, anstatt die Sache direkt und auf die rührselige Tour anzupacken. Er würde Dr. Ghopal noch heute abend schreiben. Überhaupt, so beschloß er beim Nachhausefahren, würde er jetzt die einleitenden Schritte unternehmen, um seinen Plänen gemäß die eine Hälfte des Geldes auszugeben. Suma Bhavnani war ja nur eine Angelegenheit am Rande. Es war sein ernstes Anliegen, nach einem sinnvollen Schema, fünfzigtausend Pfund zu verschenken. Und darauf würde er sich jetzt konzentrieren, nachdem Tim Sage nicht mehr auf seinem Gewissen lastete.

# 4

*Liebe Miss Watson,*
*ich weiß nicht, ob Sie sich an mich erinnern. Wir sind uns voriges Weihnachten im Hause meiner Tante Mrs. Bennett begegnet. Ich habe inzwischen erfahren, daß Sie Wohnungsprobleme haben, daß Sie fürchten, im nächsten Jahr, wenn Ihr Arbeitgeber nach Übersee auswandert, praktisch auf der Straße zu sitzen. Der Zweck meines Briefes ist, anzufragen, ob ich Ihnen helfen kann. Ich wäre bereit, Ihnen für den Erwerb eines kleinen Hauses oder einer Wohnung – vorzugsweise nicht innerhalb Londons und seiner näheren Umgebung – eine angemessene Summe vorzustrecken. Sie könnten, wenn es Ihnen angenehmer ist, diese Summe als Langzeitdarlehen betrachten und mir das Eigentum gegebenenfalls testamentarisch zurückerstatten. Auf diese Weise könnte ich diese Summe als eine Art Geldanlage betrachten. Aber glauben Sie mir bitte, daß ich lediglich daran interessiert bin, Ihnen bei der Bewältigung Ihrer Probleme zu helfen; und ich hoffe, Sie werden mir erlauben, Ihnen dabei zur Seite zu stehen.*

*Ihr ergebener*
*Martin W. Urban*

*Lieber Mr. Deepdene,*
*Sie werden noch nie von mir gehört haben, aber ich bin ein Freund der Tremletts, die, wie ich glaube, wiederum mit Ihnen befreundet sind. Norman Tremlett hat mir berichtet, daß die städtischen Behörden in ihrer Eigenschaft als Eigentümer den Abriß des Häuserblocks beschlossen haben, in welchem Sie zur Zeit wohnen, und daß man Ihnen ersatzweise eine Wohnung anbietet, die völlig unzureichend ist, um Ihre Möbel, Ihre Bücher usw. unterzubringen. Der Zweck meines Briefes ist, anzufragen, ob ich Ihnen irgendwie behilflich sein kann. Ich wäre bereit, Ihnen für den Erwerb eines kleinen Hauses oder einer Wohnung – vorzugsweise nicht innerhalb Londons und seiner näheren Umgebung – eine angemessene Summe vorzustrecken. Wenn Sie sich die Mühe machen wollten, sich so bald wie möglich mit mir in Verbindung zu setzen, dann könnten wie gemeinsam überle-*

*gen, ob Sie bereit wären, das Geld als Geschenk anzunehmen, oder ob Sie es vorziehen würden, die Summe als lebenslängliches Darlehen zu betrachten, ferner, ob Sie sich mit dem Gedanken anfreunden können, außerhalb Londons zu leben und dergleichen mehr.*

*Ihr ergebener Martin W. Urban*

*Liebe Mrs. Cochrane,*
*Sie haben vielleicht durch Ihren Schwager von mir gehört. Er hat mir erzählt, daß Sie durch Ihre Wohnverhältnisse beträchtlichen Härten ausgesetzt sind und daß Sie dringend umziehen möchten. Der Zweck meines Briefes ist...*

Martin hatte es ungemein schwierig gefunden, diese Briefe zu schreiben. Er unterbrach den an Mrs. Cochrane vorübergehend, weil er ja noch immer nicht ihre Adresse herausbekommen hatte. Dr. Ghopal mußte seinen Brief inzwischen erhalten haben, obwohl er bis jetzt noch nicht darauf reagiert hatte. Es war wohltuend, sich die ungläubige Freude dieser beiden alten Leutchen auszumalen, wenn sie am Montag morgen die Post bekämen. Sie würden doch wohl ohne eine Spur von Unmut verstehen, wie es gemeint war, daß sie sich lieber außerhalb Londons ansiedeln sollten, nicht wahr? Wenn er vier oder fünf Menschen Hilfe angedeihen lassen wollte, so konnte er bei den Londoner Immobilienpreisen nicht mithalten. Er warf die Briefe Sonnabend mittag in den Kasten, auf dem Weg zu seinem gewohnten Wochenenddrink mit Norman Tremlett im *Flask*.

Dr. Ghopal rief ihn am Montag morgen in seinem Büro an. Er würde heute noch mit Mrs. Bhavnani sprechen und hoffte, sich dann schnell mit dem berühmten Herzchirurgen in Australien in Verbindung setzen zu können. Die Stimme mit dem Akzent, der in englischen Ohren immer ein wenig walisisch klingt, zitterte ein wenig, als Dr. Ghopal sagte, wie sehr Mr. Urbans mehr als großherziges Angebot ihn bewegt habe. Martin konnte nicht umhin, sich geschmeichelt zu fühlen. Seine Mutter hatte ihm erzählt, Suma sei außerordentlich gut in der Schule. Angenommen, aus dem Jungen würde – als Konsequenz seines, Martins, rechtzeitigen Eingreifens! –

eines Tages ein berühmter Chirurg oder ein genialer Musiker oder ein zweiter Tagore?

Gordon Tytherton platzte in seinen Tagtraum hinein, um zu verkünden, daß er und seine Frau für eine Aufführung von «Evita» am Samstag abend noch einen Platz im ersten Rang übrig hatten; ob Martin Lust hätte, mitzukommen? Martin nahm mit Freuden an. Er verbrachte den Rest des Tages stimmungsmäßig geradezu auf dem Kamm einer Woge, und es dauerte einige Zeit, ehe er darauf kam, daß er vielleicht lieber um Dr. Ghopals Diskretion hätte bitten sollen, was die Herkunft des Geldes betraf. Immerhin konnte man sich ja aber kaum einen Arzt vorstellen, der solche Dinge an die Presse ausplauderte. Er dachte nicht mehr weiter darüber nach, bis ihm am Donnerstag, als er vom Lunch zurückkam, Caroline berichtete, Mr. Sage habe angerufen; er werde sich später noch einmal melden.

Hatte Tim es herausbekommen, vielleicht durch die Bhavnanis? Nicht, daß Martin Dr. Ghopal irgend etwas über die Quelle seines Reichtums erzählt hätte, aber Tim war schließlich kein Dummkopf, der würde schon zwei und zwei zusammenzählen. Falls Tim eine Story in die morgige Ausgabe der *Post* bringen wollte, so mußte er sich bis Redaktionsschluß ranhalten, kalkulierte Martin. Er sah bereits die sechsunddreißig Punkt große Schlagzeile auf der Titelseite vor sich...

«Wenn er zurückruft, dann sagen Sie ihm bitte, ich sei nicht da, ja?»

«Was, auch wenn Sie in Wirklichkeit hier sind?»

«Ich habe zu viel zu tun heute nachmittag, um mit ihm zu sprechen.»

Caroline zuckte die Achseln und schob schmollend die dunkelrot gemalten Lippen vor. «Okay, wenn Sie es unbedingt so wollen... Er hat eine umwerfende Stimme am Telefon, wie Alastair Burnet!»

Ob Tim wieder angerufen hatte oder nicht, Martin hatte es nicht für nötig gehalten, nachzufragen. Jetzt war es ohnehin zu spät für die nächste Ausgabe der *Post*. Da sein Vater noch eine Verabredung mit einem Klienten in Hampstead hatte, ging er allein in die Copley Avenue und erzählte, einem Impuls folgend, seiner Mutter von seinen fünfzigtausend Pfund schweren Wohltätigkeitsabsichten und seinem Angebot für Suma Bhavnani. Sie hörte schweigend zu, während sie ihren Oloroso trank, und Martin sah wohl, sie war hin und her gerissen zwischen Bewunderung für seine Großmütigkeit und dem verständlichen mütterlichen Wunsch, er möge sich für die gesamten hundertundviertausend Pfund ein eigenes Haus kaufen.

«Ich glaube, nach dem Warum darf ich wohl lieber nicht fragen?» meinte sie.

Es hätte ihm tatsächlich Verlegenheit bereitet, seine Gründe darzulegen, nämlich, daß das Leben es so außerordentlich gut mit ihm gemeint hatte, daß er glaubte, der Welt und dem Schicksal einen Dank schuldig zu sein. Er erwiderte nichts, sondern lächelte bloß und zog die Schultern hoch.

«Was sagt denn Vater dazu?»

«Ich habe es ihm gar nicht erzählt, noch nicht.»

Sie tauschten einen Blick wortloser Komplizenschaft, einen Blick, der besagte, daß sie so lange wie möglich Walter Urban mit dieser für ihn höchst bestürzenden Information lieber verschonen würden. Martin füllte ihre Sherrygläser nach. Später, als sie gegessen hatten, meinte Mrs. Urban: «Weißt du, wenn du so erzählst, für was du das Geld spenden willst, dann muß ich immer an Mrs. Finn denken.»

«Wer ist Mrs. Finn?»

«O Martin! Du erinnerst dich doch sicher an Mrs. Finn! Sie war meine Aufwartung. Das war damals... oh, du warst noch in der Schule. Eine sehr dünne, blasse Frau. Sie sah aus, als ob der kleinste Windstoß sie umpusten könnte. Du mußt dich doch erinnern!»

«Ganz vage vielleicht.»

«Ich habe es mir zur Pflicht gemacht, mit ihr in Verbindung zu bleiben, ich besuche sie regelmäßig. Sie lebt in einer so entsetzlichen Behausung, es würde dir das Herz umdrehen! Ein Raum, kleiner als dieser hier, aufgeteilt in drei winzige Buden. Und wo das Bad ist, das weiß der Himmel! Ich hätte so gern die Toilette benutzt, als ich das letzte Mal da war, aber ich wagte nicht, sie zu fragen. Und es gibt da so merkwürdige Leute im Haus, das ist wie ein richtiger Kaninchenbau. Das ist zum Beispiel ihr Sohn – er ist etwas zurückgeblieben, glaube ich –, der wohnt in einem Zimmer unter ihr. Er ist Klempner oder Bauarbeiter oder so was. Allerdings, Mrs. Finn hat ja selbst Phasen von Geistesgestörtheit gehabt. Dieses Elend und die Schäbigkeit, in der sie leben, das kannst du dir nicht vorstellen!»

Es ging noch eine gute Weile so weiter, und Martin spielte den aufmerksamen Zuhörer. Im stillen aber dachte er, wenn Mrs. Finn einen Sohn hatte, der für sie sorgen konnte, dann käme sie kaum in Betracht für seine Spenden. Außerdem hatte er auch bereits zwei alte Frauen auf seiner Liste. War es nicht besser, sie etwa durch ein junges Paar mit einem Baby abzurunden?

Er wunderte sich, daß er bisher weder von Miss Watson noch von Mr. Deepdene gehört hatte. Auch am nächsten Morgen war nichts in der Post. Mr. Cochrane und die Zeitungen trafen gleichzeitig ein, und Martin blätterte rasch die *North London Post* durch nach einer Story über Suma Bhavnani oder – noch schlimmer – über Suma Bhavnani in Verbindung mit seiner Person.

«Ich habe gesagt, es ist ein schöner Morgen, Martin», sagte Mr. Cochrane vorwurfsvoll und zog dabei seinen Eisenhändlerkittel an. «Ich habe gesagt, es ist beträchtlich wärmer, als es kürzlich noch war. Ich nehme an, Sie halten es nicht für nötig, auf die Höflichkeiten eines Bediensteten zu antworten?» Seine Augen quollen gefährlich aus ihren knöchernen Höhlen hervor.

«Verzeihung», sagte Martin. In der Zeitung wurde über die Bhavnanis oder ihn selbst nichts erwähnt. Die Titelseite war dem Mord an einem Mädchen in Kilburn gewidmet, eine Story, die übrigens Tims Namenschiffre trug. «Ja ja, es ist ein schöner Tag. Sie haben ganz recht, ein wundervoller Tag.» Er sah, daß es ihm gerade noch gelungen war, Mr. Cochranes aufsteigenden Zorn einzudämmen. Es war, als habe man eine Art Alarmindikator vor sich, auf dem, sobald Wasser oder Öl in die entsprechende Einfüllöffnung gegossen wird, eine Nadel oszilliert, hin und her pendelt und schließlich aus dem Gefahrenbereich absinkt. «Wie geht es Ihrer Schwägerin?»

«Immer dasselbe, Martin, immer dasselbe.» Mr. Cochrane verteilte Silberputzmittel auf die Tee- und Kaffeelöffel und schien argwöhnisch über die Frage nachzugrübeln. Als Martin – jetzt bereits im Mantel – wieder vorbeikam, sagte er bissig: «Ich weiß gar nicht, was der Grund für Ihr Interesse ist, Martin. Sie ist ja schließlich keine heiratsfähige junge Dame, nicht wahr, sie ist keins von Ihren Pin-up-Girls, sondern nichts als eine arme alte Frau, die in Stellung kam, als sie gerade vierzehn war. Sie würden sich wohl kaum darum reißen, sich mit so einer abzugeben, Martin.»

Wenn nicht die Tatsache gewesen wäre, daß Mr. Cochrane, wenn er mittags fortging, die Wohnung blitzblanker und makelloser hinterließ, als es selbst das Haus in der Copley Avenue war – nachdem er mit äußerster Akribie sieben Hemden gebügelt, drei Panoramafenster geputzt und eine Besteckausrüstung, reichhaltig wie für eine Kantine, auf Hochglanz gebracht hatte –, Martin hätte ihn auf der Stelle gefeuert. So aber seufzte er lediglich und sagte, also er ginge jetzt.

«Auf Wiedersehen, Martin», sagte Mr. Cochrane im Ton eines Internatsdirektors, wenn er sich am Ende des Schuljahres von einem Schüler verabschiedet, dessen Betragen nichts als flegelhaft, roh, schlampig und faul gewesen war.

Es kam selten vor, daß Mr. Cochrane ihm schriftliche Mitteilungen hinterließ, und wenn er es tat, dann waren sie in dem gleichen vorwurfsvollen, zurechtweisenden Stil gehalten wie seine Rede. Eine davon erwartete Martin, als er kurz vor sechs nach Hause kam.

*Lieber Martin.*
*Ein Mr. Sage hat angerufen, zwei Minuten, nachdem Sie fort waren. Ich habe ihm gesagt, ich sei nur der Putzmann und könnte nichts dafür, daß Sie so früh gegangen wären!*
*W. Cochrane*

Martin knüllte den Zettel zusammen und warf ihn in den ausgeleerten und sichtlich blankpolierten Papierkorb. Gerade, als er mit leisem, melodischen Ton gegen die Wand des gediegenen Metallbehälters flog, begann das Telefon zu klingeln. Martin nahm beklommen ab.

«Wie elitär und abgeschieden du geworden bist», sagte Tims Stimme. «Du scheinst eine ganze Armee von Erzengeln um dich zu haben, die dich vor der Presse abschirmen.»

«Nicht so ganz», erwiderte Martin ziemlich unsicher. «Und was kann ich für dich tun – äh –, nachdem die Presse nun doch bis zu mir vorgedrungen ist?»

Tim antwortete nicht gleich, und es entstand eine Pause. Martin vermutete, daß er sich eine Zigarette anzündete. Er war sehr stolz auf seine schlagfertige Antwort. Um so mehr verblüffte es ihn, als Tim sagte: «Ich wollte dich bloß erinnern, daß du morgen abend zu mir kommen wolltest, mein Herz.»

Martin hatte Tims Party total vergessen. Sie war ihm so völlig entfallen, daß er inzwischen Gordons Einladung ins Theater angenommen hatte. Plötzlich wurde ihm bewußt, wie sehr er es haßte und immer gehaßt hatte, wenn Tim ihn «mein Herz» nannte. Das war viel schlimmer, als «mein Lieber». «Tut mit schrecklich leid, Tim», sagte er, «aber ich fürchte, ich kann nicht. Ich habe schon etwas anderes vor.»

«Das hättest du mir ja vielleicht mitteilen können», versetzte Tim hörbar gekränkt.

Noch einmal sagte Martin: «Tut mir wirklich leid, ich dachte, das sei nicht nötig, bei solcher Art Party.»

Wenn es möglich gewesen wäre, das Hochziehen von Augenbrauen zu hören – Martin war überzeugt, jetzt hätte er es bei Tim hören müssen. «*Welche* Art von Party, Martin?» fragte er gedehnt mit argwöhnischer Stimme. «Dies ist eine Einladung zum Essen. Das hast du ja sicher auch begriffen, als ich sagte, du möchtest um sieben Uhr kommen? Wir sind nur acht Leute zum Dinner.» Es entstand eine lange, für Martin sehr peinliche Pause. «Und es sollte eine ganz besondere Feier sein.»

«Komm, Tim, ich denke doch, es wird nicht gleich den ganzen Abend verderben, wenn ich nicht dabei bin!»

«Im Gegenteil», erwiderte Tim eisig, «wir werden untröstlich sein.»

Damit hatte er aufgelegt. Nie zuvor hatte jemand Martin derartig abgehängt. Er fühlte sich ungerecht behandelt. Sicherlich, er hatte es in der Vergangenheit immer vermieden, Tim zu Hause zu besuchen, aber diesmal – wenn ihm von vornherein klargemacht worden wäre, daß es sich nicht um eine geräuschvoll betrunkene Versammlung in ungemütlichen, abgedunkelten Räumen handelte – hätte er es bestimmt nicht vergessen und wäre hingegangen. Wenn Tim ein Abendessen zelebrieren wollte, warum hatte er ihm das nicht gesagt, als er ihn am letzten Freitag einlud? Martin spürte eine plötzliche, fast wütende Abneigung gegen Tim. Wenn er von der Steuerbehörde eine Antwort erhalten hatte, dann würde er ihm einen formellen Brief schreiben und ihn diesmal nicht anrufen. Im Moment hatte er wirklich genug von Tim. Erst mal ein paar Wochen verstreichen lassen. Vielleicht würde er ihn zu Weihnachten einmal anrufen.

Aber in der folgenden Nacht träumte er seit vielen Wochen zum erstenmal wieder von Tim. Sie waren in dem Haus in Stroud Green, das Martin in Wirklichkeit nie gesehen hatte. Tim hatte es scheußlich genannt, hier in seinem Traum aber war es weit mehr als das, ein Dickens-Milieu von grotesker Schäbigkeit, ein paar von Gerümpel vollgestopfte, nach Fäulnis stinkende Rattenlöcher! Er und Tim stritten über irgend etwas, worüber, wußte er nicht, und einer provozierte den anderen in seiner Wut – Martin durch eine vorgetäuschte Überlegenheit, Tim durch seine unerträgliche Affektiertheit. Schließlich hielt Martin es nicht länger aus und schlug auf Tim ein. Aber Tim parierte den Schlag, und zusammen, hart ineinander verkrallt, fielen sie auf ein weiches, glutrotes Sofa, das den halben Raum ausfüllte. Dort wurde es unmöglich, weiter miteinander zu kämpfen, obwohl sie einander noch immer umklammert hielten, die Ellbogen jeweils um den Nacken des anderen gehakt, denn das rote Samtsofa, das inzwischen feucht und klebrig geworden war, übte eine Art saugende Wirkung aus und zog sie in seine Tiefen hinunter... oder vielmehr Martin allein, denn Tim war nicht mehr da. Aber der rote Samt war Tims Mund, und Martin wurde in diesen Mund hineingezogen zu einem langen, verzehrenden Kuß.

Es war die Art von Traum, aus dem man verwirrt und schweißgebadet aufschreckt. Zum Glück war es bereits halb neun, als Martin erwachte, denn nach derartig bedrückenden Traumvisionen hätte er kaum genüßlich länger im Bett bleiben können. Nachdem er erst einmal zu sich gekommen war, freute er sich über den freien Tag, der sich so einladend vor ihm dehnte, ein gar nicht so übler Samstag.

Es war ziemlich mild, ein feuchtnebliger Novembertag; die Sonne hing wie ein Klumpen geschmolzenen Silbers dort oben über dem Kuppeldach von St. Joseph, das im blassen Abglanz des Silbers jadegrün schimmerte.

Gegen Mittag war der Dunst dünner geworden, und die Sonne brach hervor. Martin überlegte, ob er zu Fuß zu seinem Wochenendlunch mit Norman Tremlett ins *Flask* gehen sollte? Der Fußweg dorthin würde etwa eine Viertelstunde dauern, die Fahrt mit dem Wagen zwei oder drei Minuten – nur bedeutete ein Spaziergang, daß er auch zurücklaufen mußte.

Oft noch in den folgenden Wochen mußte er an diese Überlegung denken: Wenn er sich nämlich für das Laufen entschieden hätte, dann wäre er nicht zu Hause gewesen, als es an der Tür schellte, und er hätte Francesca niemals kennengelernt. Und warum war er nicht zu Fuß gegangen? Aus reiner Faulheit. Ein Anflug von Energie hatte ihn damals zu dem Spaziergang verlockt, auf dem er Tim begegnet war, Faulheit dagegen hatte den Spaziergang verhindert, der seine Begegnung mit Francesca unmöglich gemacht hätte! Er fühlte undeutlich, es müsse damit eine besondere Bewandtnis haben, aber er hätte nicht sagen können, welche.

Er dachte, der klingelnde Besucher könnte vielleicht Miss Watson sein. Sie war zwar sonst noch nie bei ihm gewesen, aber er hatte ihr ja vorher auch noch nie angeboten, ihr ein Haus zu kaufen. Er war also überzeugt, es müsse ein weibliches Wesen draußen stehen, und mit einem freundlichen willkommenheißenden Lächeln auf den Lippen öffnete er die Tür.

Draußen stand ein Junge mit einem riesigen Strauß dicker, gelber Chrysanthemen. Der Junge hatte schwere, schwarze, glänzende Augenbrauen und sehr rosige Backen. Er trug Jeans, einen langen Kittel aus dunkelblauer Baumwolle oder Leinen und eine enganliegende Wollmütze, die sein Haar vollständig verbarg.

Er sagte: «Mr. Urban?» mit einer Stimme, die Martin fast wie die einer Frau vorkam.

«Ja, das ist richtig», erwiderte er, «aber die Blumen da können nicht für mich sein.»

«Sie sind Mr. Martin Urban, und dies ist Cromwell Court 7, Cholmeley Lane, Highgate?»

«Ja, ganz recht, aber ich kann mir nicht...»

«Ganz bestimmt sind die Blumen für Sie, Mr. Urban.» Die Wollmütze wurde plötzlich heruntergerissen und gab eine lange Mähne glänzender Haare frei. Die Mähne war dunkelbraun, sanftgewellt und an die siebzig Zentimeter lang, und ihr Besitzer war unzweifelhaft eine Frau, ein Mädchen von etwa zwanzig Jahren! Sie hatte eine kindlich ernste Stimme und sprach ein wenig zögernd. «Ziemlich warm heute, nicht wahr? Ich weiß selbst nicht, weshalb ich die Mütze aufgesetzt habe. – Hier, an der Adresse können Sie selber sehen, daß die Blumen für Sie sind.»

Er mußte sich zwingen, nicht länger auf ihr Haar zu starren.

«Bitte, kommen Sie doch herein, ich möchte Sie nicht hier draußen stehenlassen.» Ein wenig scheu trat sie näher, zögernd blieb sie zwischen den verschiedenen offenen Türen stehen, unschlüssig, durch welche sie eintreten sollte. «Hier herein», bedeutete er ihr. «Kein Mensch schickt doch einem Mann Blumen, wenn er nicht krank ist, was?»

Sie lachte. Hier drinnen, wo das große Fenster alles blendend erhellte, erschrak er fast ein bißchen, als er sah, wie hübsch sie war. Sie war groß, aber schlank und zart gebaut, und sie hatte eine wundervolle frische Gesichtsfarbe, ein blühendes Rosarot, das sich beim Lachen noch vertiefte. Wie peinlich, wenn sie gemerkt hätte, daß er sie anfangs für einen Jungen gehalten hatte! Aber es waren gerade ihre Schlankheit, diese starken Augenbrauen, der ernste Blick und die Jungenhaftigkeit, die sie als Frau noch attraktiver machten. Plötzlich nahm er den strengen, aggressiv-bitteren Duft von Chrysanthemen wahr.

«Ist eine Karte dabei?» Er nahm ihr die Blumen ab und fand die Karte, die mit Draht an den derben, feuchten Stengeln befestigt war. Der Text war in Druckbuchstaben geschrieben und die Unterschrift ein Schnörkel, der nicht zu entziffern war. «Vielen Dank für alles», las er laut, «ich werde nie vergessen, was Sie getan haben!»

«Der Name ist wirklich ein unleserliches Gekritzel. Ich nehme aber an, wer immer es war, hat das persönlich bei uns im Laden geschrieben.» Sie sah ratlos auf die Karte. «Könnte es Ramsey heißen oder Bawsey? Nein? Wenn Sie wollen, kann ich versuchen, es herauszukriegen.»

Er stand am Fenster und konnte auf dem Mieterparkplatz den Wagen sehen, mit dem sie gekommen war. Ein dunkelblauer Lieferwagen mit rosa Schrift an den Seiten: Floreal, *416 Archway Road N 6.*

«Ist das Ihr Geschäft, an der Ecke der Muswell Hill Road? Ich komme jeden Tag daran vorbei, auf meinem Weg ins Büro.»

«An Wochentagen schließen wir erst um sechs. Sie könnten ja am Montag mal hereinschauen.»

«Oder ich könnte anrufen», meinte Martin. Es würde nämlich schwierig sein, dort einen Parkplatz zu finden; in dieser Hinsicht eine der schlimmsten Gegenden, die er kannte... War es Einbildung, oder sah das Mädchen ein wenig enttäuscht aus? Himmel, du bist achtundzwanzig Jahre alt, sagte er zu sich selbst, und stellst dich schon an wie ein alter Rentner, weil du nicht weißt, wo du in zwei Tagen deinen Wagen parken sollst. Er könnte ihn ja schließlich notfalls an den Hillside Gardens abstellen und dann hundert Meter zu Fuß gehen. «Ich komme am Montag gegen halb sechs Uhr vorbei», sagte er entschlossen.

Vom Fenster aus sah er sie wegfahren. Die Dunstschicht hatte sich gehoben und lag jetzt bleifarben vor der Sonne und dem Himmel. Es war fünf Minuten nach halb eins. Martin zog seine Jacke an und machte sich auf den Weg ins *Flask*, um sich mit Norman Tremlett zu treffen. Als er zurückkam, mußte er als erstes diese Blumen ins Wasser stellen. Merkwürdig, er kannte niemanden, der Ramsey oder Bawsey oder so ähnlich hieß und ihm Blumen schicken würde.

Es waren viel zu viele Chrysanthemen für eine Vase, selbst für zwei waren es noch zu viele. Er mußte noch einen Wasserkrug und die schwedische Kristallvase dazunehmen, sowie den Kopenhagener Porzellankrug mit dem braunen Kätzchenmuster auf blauem Grund. Flüchtig überlegte er, ob er sie überhaupt nicht ins Wasser stellen, sondern sie Alice Tytherton als kleine Aufmerksamkeit mitbringen sollte? ...Und Alice glauben lassen, er persönlich habe sie ausgesucht? Es war ihm peinlich, es einzugestehen, aber es waren sehr häßliche Blumen. Martin hatte immer gedacht, Blumen seien grundsätzlich schön, alle Blumen – einfach ihrer Bestimmung entsprechend, und seine Gefühle gegenüber diesen hier erschreckten ihn ein wenig. Aber es hatte keinen Sinn, sich etwas vorzumachen. Sie waren einfach häßlich, abstoßend, sahen mehr wie Gemüse aus als wie wirkliche Blumen, mehr wie eine Art Artischocke. Man konnte sie sich gekocht vorstellen, mit Buttersauce serviert...

Er begann, sie ins Wasser zu stellen und blickte noch einmal auf die Karte. Nicht Ramsey, aber ja, natürlich! Bhavnani! Was lag näher, als daß Mrs. Bhavnani ihm Blumen sandte als Zeichen ihrer Dankbarkeit. Als Inderin konnte sie nicht wissen, daß es in England nicht üblich war, einem Mann Blumen zu schicken, und außerdem schien sie Blumen mit anderen Augen zu betrachten. In den Augen einer Orientalin waren diese wuchtigen, kugelförmigen Blüten mit den einwärts gebogenen Blättern vielleicht nicht plump und monströs. Aber wenn sie die Absenderin war, dann war der Begleittext doch reichlich nichtssagend: «Vielen Dank für alles, ich werde nie vergessen, was Sie getan haben!» Und außerdem, warum sollte sie sich den weiten Weg bis in die Archway Road gemacht haben, wenn es in demselben Block in Hornsey, in dem sich ihr Laden befand, auch ein Blumengeschäft gab? Ebenso war es möglich, daß Miss Watson, die in der Hurst Avenue in Highgate wohnte, die mysteriöse Spenderin war.

Sein Wohnraum wirkte völlig verwandelt, fast ein wenig absurd durch das erdrückende Vorherrschen der Chrysanthemen, chromgelb, bauchig nach innen gewölbt und nach bitterer Aloe riechend. Die ganze Zeit, während er sie arrangierte, hatte Martin sein Gedächtnis durchforscht nach einem bestimmten Vorfall in der Vergangenheit, an den ihn dieser Geruch dunkel erinnerte. Und plötzlich wußte er es wieder: Es mußte ein Dutzend Jahre her sein. Damals waren Chrysanthemen für seine Mutter gekommen, von irgendeinem Freund oder dankbaren Gast. Aber diese Chrysanthemen hatten zart ausgesehen, blaßrosa, mit gefiederten Blütenblättern, aber ihr Geruch war der gleiche gewesen wie von diesen hier. Ganz deutlich sah er in seiner Erinnerung das Wohnzimmer vor sich, und eine blasse, hagere Frau namens Mrs. Finn, die bitterlich weinte, weil sie eine geschliffene Kristallvase hatte fallen lassen. Die rosa Blumen lagen verstreut in der Wasserlache, und Mrs. Finn hatte geweint, als ob es ihr Herz und nicht eine Vase gewesen wäre, das zu Bruch gegangen war.

Merkwürdig, an welche Dinge man sich erinnert, dachte Martin. Und wie leicht sie aus dem Gedächtnis auftauchen. Er sah Mrs. Finn lebendig vor sich, wie sie an jenem Nachmittag dort gekauert und geweint hatte, über das zerbrochene Glas oder auch über die Schnittwunde an ihrem Finger, aus der das Blut in schweren, dunklen Tropfen gefallen war.

## 5

Sein Fenster ging auf die Hinterfront eines Hauses des Somerset Grove hinaus. Dazwischen lagen verwilderte Gärten, halbzerfallene Schuppen und sogar ein Gewächshaus, an dem sämtliche Glasscheiben zerbrochen waren. Aber solange er nicht hinunterblickte, sah er nur die gelbe Backsteinwand des anderen Hauses mit seinen rostigen Feuerleitern und seinen schmalen Fensterreihen. An einem der Fenster stand eine Frau und bügelte.

Finn starrte unverwandt zu ihr hinüber. Er erprobte seine telepathischen Kräfte an ihr und bemühte sich, sie durch seinen Willen zu beeinflussen. Nicht, daß er etwas gegen sie hatte, er kannte sie ja nicht einmal! Er wollte nur erreichen, daß sie sich an ihrem Bügeleisen ganz leicht den Finger verbrannte! Er preßte seinen Körper gegen das Fenster und konzentrierte sich auf sie, indem er sie mit seinen Blicken und seinen Gedanken durchbohrte. Er wollte, daß sie es in ihrem Kopf fühlte, daß sie verwirrt stockte und mit ihrer zitternden Hand das heiße Dreieck des Eisens streifte!

Aber das Bügeleisen bewegte sich in gleichmäßig streichenden Schwüngen fort. Einmal blickte sie auf, aber sie sah ihn wohl nicht. Alle Magier streben danach, das Geheimnis des Unsichtbarwerdens zu lüften, und Finn fragte sich, ob es ihm vielleicht gelungen sei? Er starrte weiter hinüber, zwang sich, nicht mit den Lidern zu zucken, und atmete ganz langsam und tief. Jetzt hatte die Frau das Eisen aufrecht hingestellt und faltete etwas viereckiges Weißes zusammen. Er hätte schwören können, daß sie mit der Hand über die Spitze des Eisens gefahren war, aber sie zuckte nicht einmal zusammen. Und jetzt starrte sie plötzlich voller Empörung zu ihm hinüber, ja, sie blickte ihm voll ins Gesicht. Falls er eben noch unsichtbar gewesen war, so war er es jetzt nicht mehr. Er sah, wie sie das Bügelbrett vom Fenster fortrückte, in den Hintergrund des Zimmers. Enttäuscht wandte er sich wieder dem zu, was er vorher getan hatte, nämlich, die Rückwand der Kochplatte wieder festzuschrauben.

Sein Zimmer lag im zweiten Stock. Es enthielt einzig und allein eine Matratze, einen dreibeinigen Hocker und ein Bücherregal. Früher hatte es hier noch anderes Mobiliar gegeben, aber in dem Maße, wie er sich zunehmend selbst beherrschte, wie seine inneren Kräfte zunahmen, hatte er sich Stück für Stück davon getrennt. Seine Kleider hängte er einfach an Haken in der Wand. Kein Vorhang war am Fenster, kein Teppich auf dem Boden. Finn hatte Wände und Decke in reinem, strahlenden Weiß gestrichen.

Er besaß keinerlei Vorrichtung, um sich etwas zu kochen, aber er aß ja auch selten etwas Gekochtes. Auf dem Boden stand ein Konservenvorrat von Ananas und Ananassaft, und im Bücherregal befanden sich die Werke von Aleister Crowley, «Begegnungen mit bedeutenden Männern», ferner «Beelzebubs Erzählungen für seinen Enkel» von Gurdjieff, Ouspenskys «Ein neues Modell des

Universums» sowie «Die geheime Doktrin» von Helena Blavatsky. Finn hatte sie bei Büchertrödlern in der Archway Road gefunden.

Als er das Kabel um die Kochplatte wickelte und sie in die Tragetasche zurückschob, hörte er Lena an seiner Tür vorbeikommen und die Treppen hinaufgehen. Sie hatte den ganzen Morgen in einem Geschäft in der Junction Road verbracht, das sich *Second Chance* nannte, um dort die beiden Zehnpfundnoten auszugeben, die Finn ihr von seiner Anne Blake-Anzahlung geschenkt hatte. Ihre Bewegungen waren unstet. Er konnte allein schon mit den Ohren wahrnehmen – aus dem Geräusch ihrer Füße auf den Stufen, an der Art ihrer Schritte auf dem Zwischenflur –, ob sie glücklich war oder ängstlich, oder ob sich eine schlimme Phase ankündigte. Solch eine schlimme Phase hatte es nun schon seit zwei Jahren nicht mehr gegeben. Finn betrachtete ihre Seltsamkeit mit ganz anderen Augen, als es die meisten Menschen taten, zumal es mit den schlimmen Phasen eine besondere Bewandtnis hatte. Sie waren nämlich einzig und allein durch ihn selbst ausgelöst worden.

Er zog die weiße Baumwollrobe aus, die er während seiner Studien, während des Meditierens oder auch während des bloßen Aufenthaltes in seinem Zimmer trug, und hängte sie an einen der Nägel in der Wand. Finn besaß keinen Spiegel, in dem er seinen langen, dünnen Körper, hart und weiß wie eine Wurzel, hätte sehen können. Die Sachen, die er jetzt anzog, Jeans, ein kragenloses Großvaterhemd, die Samtweste und das Tuch mit den Münzen, waren sämtlich von Lena erstanden worden, ebenso wie das mörderisch scharfe Rasiermesser mit dem Perlmuttgriff, das er soeben zum Rasieren an die Kehle setzte. Sein Gesicht spiegelte sich in der Fensterscheibe, wenn er so weit zurücktrat, daß die gegenüberliegende dunkle Backsteinmauer sie in einen brauchbaren Spiegel verwandelte. Trotzdem schnitt er sich. Finn, der abgesehen von den wassergrauen Augen nirgends in seinem Körper Pigmente hatte, fand es manchmal richtig merkwürdig, daß sein Blut ebenso rot war wie das der anderen Leute.

Lena hatte ihre Einkäufe überall in ihrem winzigen Wohnzimmer ausgebreitet, das mauvefarbene Seidenkleid mit der Rüsche am Saum, einen grauen Herrenmorgenmantel, ein Bündel Schals und Halstücher, ein Paar Cancan-Schnürstiefeletten sowie verschiedene Röcke und Pullover. Der Wellensittich, vorübergehend freigelassen, betrachtete all diese Schätze von dem Stiel einer Nouveau Art-Lampe aus. In ein oder zwei Tagen würde Lena all diese Sache in einem anderen Trödelladen wieder verkaufen und höchstens ein Kleidungsstück für sich behalten. Fast immer setzte sie bei diesen Transaktionen Geld zu, aber hin und wieder schlug sie auch einen winzigen Profit heraus. Als sie Finn erblickte, wich sie vor ihm zurück, unglücklich und außer sich vor Angst, wie immer beim Anblick eines Blutstropfens, selbst wenn er nicht größer war als ein Stecknadelkopf.

«Du bist ja verletzt!» rief sie entsetzt, als ob es jemand anders getan hätte.

«Schon gut», beruhigte Finn sie, «nur keine Aufregung. Können wir das mal verbinden, ja?»

Sie gab ihm ein Stückchen Watte, das vielleicht aus einer Pillenflasche stammte oder aus einem Schmuckkästchen. Finn drückte es gegen sein Kinn. Es roch nach Kampfer, genau wie Lenas Kleider. Zu seinem Ärger sah er, daß sie eine Lokalzeitung mitgebracht hatte, die *Post*, und augenblicklich begriff er, was der Grund für ihre Unruhe war. Ihre Augen folgten seinem Blick.

«In Kilburn ist ein Mädchen ermordet worden.»

Er öffnete den Mund, um etwas zu erwidern. Er wußte schon, was jetzt kommen würde. Sie trat dicht an ihn heran, legte die Finger auf seine Lippen und fragte mit angstvoller Stimme: «Hast du es getan?»

«Ach komm», versetzte Finn, «natürlich nicht.» Der Vogel flog von seinem Sitz herunter, klammerte sich an den Saum des malvenfarbenen Kleides und pickte an dem Volant herum.

«Ich bin heute nacht aufgewacht, und ich hatte plötzlich solche Angst. Deine Aura war gestern ganz dunkel, ein dunkles Rotbraun. Dann habe ich das Pendel befragt, und das befahl mir, hinunterzugehen und nachzusehen, ob du da wärst. Da bin ich runtergegangen und habe außen an deiner Tür gelauscht. Stundenlang habe ich gehorcht, aber du warst nicht da.»

«Gib mal her», sagte Finn. Er nahm ihr sanft die Zeitung weg. «Sie ist gar nicht letzte Nacht getötet worden, siehst du? Sie ist auch überhaupt nicht gestern getötet worden. Hier, lies mal. Am Mittwoch letzter Woche ist sie umgebracht worden, am fünfzehnten.»

Lena nickte und klammerte sich dabei mit beiden Händen an seinen Arm, so wie ein Mensch in der Gefahr des Ertrinkens sich an einen Balken klammert. Der Vogel zupfte kleine, malvenfarbene Perlen von dem Kleid und ließ sie auf den Boden fallen.

«Du weißt doch noch, wo wir letzten Mittwoch waren, ja? Das war der Tag vor meinem Geburtstag. Den ganzen Nachmittag und den ganzen Abend waren wir hier drinnen mit dem Planchette beschäftigt, du und ich und Mrs. Gogarty. Okay? Panik vorüber?»

Seit der Sache mit Queenie, die ja erst das Auftreten ihrer Zustände ausgelöst hatte, fürchtete Lena bei jedem Mord, der in der Gegend nördlich des Regent Parks bis südlich von Barnet verübt wurde, er könnte von ihrem Sohn begangen worden sein. Jedenfalls fürchtete sie es so lange, bis er sie vom Gegenteil überzeugen konnte, oder bis ein anderer für das Verbrechen verurteilt wurde. Von Zeit zu Zeit wurde sie aus heiterem Himmel von Zuständen wahnsinniger Angst überfallen. Dann fürchtete sie, man werde ihn für Mordfälle, die sich vor Jahren in Harringay oder Harlesden ereignet hatten, ins Gefängnis sperren. Dies war – unter anderem – der Grund, weshalb er sein derzeitiges Unternehmen lieber als Unfall tarnen wollte. Hätte er damals, in jenen längst vergessenen Tagen geahnt, was er anrichtete, wäre er nicht so sträflich jung gewesen, dann hätte er es mit Queenie genauso gemacht und der armen Lena all diese Leiden erspart. «Na, alles wieder gut?» fragte er nochmals.

Sie nickte und lächelte selig. Eines Tages würde sie das alles vergessen, dachte er, eines Tages, wenn er sie mitnähme nach Indien und sie beide dort im Lichte der alten Weisheit lebten. Mit dem Wellensittich auf der Schulter begann sie, in der Beute ihres Tages herumzuwühlen. Ein Kissen fiel aus dem Haufen und klemmte sich zwischen einem achteckigen Tisch und einem Weidekorb fest. Überhaupt konnte in Lenas Wohnung kaum ein Gegenstand ungehindert zu Boden fallen. Sie brachte etwas gelbes Wollenes zum Vorschein.

«Für dich», sagte sie stolz. «Es ist deine Größe und deine Lieblingsfarbe!» Und wie jede Mutter, die fürchtet, daß ihr Geschenk nicht gebührend gewürdigt wird, fügte sie hinzu: «Und es war nicht billig!»

Finn zog seine Weste aus und fuhr in den gelben Pullover. Er hatte einen Polokragen. Dann stand er auf und betrachtete sich in

Lenas ovalem Spiegel mit dem blauen Samtrahmen. Die Ärmel waren ein bißchen zu kurz, und unter dem linken Arm war eine hellgrüne Stopfstelle, aber die war nur zu sehen, wenn er den Arm hob.

«Schön, schön», sagte Finn.

«Er steht dir.»

«Den zieh ich an, wenn ich ausgehe.»

Als er sie verließ, war sie eifrig dabei, ihre neuen Bestände in das Heft einzutragen, das sie für diesen Zweck eingerichtet hatte. Finn hatte es einmal gesehen. Wenn Lena ein Kleidungsstück nicht beschreiben konnte, dann zeichnete sie es. Er ging in sein eigenes Zimmer hinunter und holte seinen Werkzeugkasten, die Kochplatte in der Plastiktasche und seine Jacke. Es war gerade zwei Uhr vorüber. Er fuhr mit dem Wagen, diesmal jedoch nicht die ganze Strecke. In einer Seitenstraße der Gordonhouse Road, nicht weit von der Highgate Road, stellte er ihn ab.

Finn hatte mit der Ausführung seines Auftrages gewartet, bis die Frazers ausgezogen waren. Am vergangenen Freitag waren sie nun umgezogen. Sofia Ionides verbrachte ohnehin jeden Montagnachmittag damit, im Hampstead Garden Suburb die Kinder ihres Bruders zu hüten. Es machte Finn nichts aus, beim Betreten des Hauses in der Modena Street gesehen zu werden, wichtiger war, es ungesehen wieder zu verlassen. Aber dann würde es ohnehin dunkel sein. Zu seiner größten Befriedigung hatte das Wetter sich weiterhin verschlechtert. Seit Sonnabend nachmittag war es zunehmend kälter geworden, heute morgen hatte es sogar gefroren, und während er die Dartmouth Hill hinauffuhr, waren einzelne Schneeflocken gegen die Windschutzscheibe geflogen. Wenn das Wetter so warm geblieben wäre wie am Sonnabend morgen, dann hätte er sein Vorhaben womöglich aufschieben müssen.

Anne Blakes Wohnung war sauber und ordentlich und sehr kalt. Eines Tages, dachte Finn, wenn er erst seinen Thetarhythmus entwickelt hätte, würde er imstande sein, willkürlich seine Körpertemperatur zu regeln, aber dieser Tag war noch nicht gekommen; jetzt mußte er eben die Kälte ertragen, denn es wäre unklug, Anne Blakes Heizungsvorrichtungen einzuschalten. Er montierte einen Gerätestecker an das Kabel, das aus dem Gasrohr hinter dem Kühlschrank hervorlugte, und steckte ihn in die zweite Steckdose neben dem

Kühlschrankanschluß. Dann stellte er die Leiter auf und kletterte auf den Speicher hinauf, wobei er die Kochplatte mitnahm. Hier oben war es noch kälter. Finn koppelte die Schnur der Kochplatte mit dem Kabel zusammen, das fünf oder sechs Meter lang aus dem Kopfende des Gasrohrs heraushing. Dann stieg er wieder hinunter und probierte aus, ob es funktionierte. Das tat es.

Während die Spirale der elektrischen Kochplatte langsam rotglühend wurde, überdachte Finn noch einmal genau den Ablauf des bevorstehenden perfekten Unfalls. Sie würde also um sechs nach Hause kommen, ihre diversen Heizungen einschalten, einschließlich des elektrischen Öfchens im Schlafzimmer, würde sich vielleicht einen Drink genehmigen und dann ihr gewohntes Bad einlassen. Vielleicht würde sie das Heizöfchen aus dem Schlafzimmer mit ins Badezimmer nehmen, vielleicht aber auch nicht; das spielte auch weiter keine Rolle. Finn würde hier oben auf den Querbalken des Dachbodens liegen, zwischen Wassertank und Bodenluke. Wenn er dann hörte, daß sie in der Wanne war, würde er die Klappe öffnen, die eingeschaltete Kochplatte ins Wasser hinunterwerfen, und der tödliche Unfall durch elektrischen Strom wäre augenblicklich geschehen. Dann würde er die Kochplatte abtrocknen und sie wieder zwischen die *National Geographic*-Magazine und die Einmachgläser zurückstellen. Und da sie dann doch wieder kaputt und unbrauchbar wäre, gab es ja auch keinen vernünftigeren Platz dafür. Wenn er dann die ganzen Installationen von Kabeln und Steckern entfernt hätte, mußte er nur noch den elektrischen Ofen aus dem Schlafzimmer im Badezimmer anschließen, ihn einschalten und ins Badewasser gleiten lassen. Tragischer Unfalltod durch Fahrlässigkeit, da offenbar der Elektroheizer von der gekachelten Fläche am Ende der Wanne ins Wasser hineingeglitten war – so würde ein hilfreicher Gerichtsmediziner bestätigen.

Das, was er da vorhatte, bereitete Finn keinerlei Gewissensbisse. Es gab keinen Tod. Er würde Anne Blake lediglich in den nächsten Zyklus ihrer Existenz befördern, vielleicht sogar in eine fleischliche Hülle von größerer Schönheit. Für diesmal würde ihr das menschliche Los, alt und schwach zu werden, erspart bleiben. Statt dessen verhalf er ihr zu einer schnellen Passage durch das Nichts, bis sie als neugeborenes Kind wiederum ihren ersten Schrei ausstieß. Seltsam, zu denken, daß auch Queenie jetzt irgendwo als Kind lebte, es sei denn, ihre unerlöste Seele irrte noch immer ziellos dort draußen in den dunklen Tiefen des Alls herum.

Durch die Dachsparren und Ziegel hindurch erblickte er draußen die treibenden Schneeflocken. Von hier aus wirkten die grauen Bäume mit ihren dürren Zweigen dort oben auf dem Parliament Hill, als wollten sie dem wolkentreibenden Sturm Einhalt gebieten. Der Himmel hatte die Farbe glänzend grauen Stahls.

Er hatte sich am äußeren Ende des Dachbodens hingelegt, um unter der Dachrinne hindurchschauen zu können. Dadurch aber hörte er nicht, was in den Tiefen des Hauses unter ihm vor sich ging. Die weichen Schuhe, die die teppichbelegten Stufen heraufkamen, waren zu leise, als daß er es hätte hören können. Er hörte nichts, bis das leise Kratzen eines Schlüssels im Schloß der Wohnungstür an sein Ohr drang.

Finn hätte es vielleicht gerade noch schaffen können, die Leiter heraufzuziehen und die Bodenluke zu schließen, aber keinesfalls hätte er rechtzeitig den Kühlschrank an die Küchenwand zurückschieben und seinen Werkzeugkasten holen können, der mitten auf dem Küchenboden stand. Sie kam mehr als zwei Stunden zu früh nach Hause! Er kletterte also über die Querbalken zurück und schaute gerade durch die Deckenöffnung hinunter, als Anne Blake die Badezimmertür öffnete und erschrocken nach oben blickte. In ihrem störrischen, dunkelgrauen Haar lagen Schneeflocken.

«Was um alles in der Welt machen Sie da oben, Mr. Finn?» fragte sie zornig.

«Die Wasserrohre isolieren», sagte Finn, «es sieht nach Kälte aus, und dann frieren die wieder ein.»

«Wieso haben Sie eigentlich einen Schlüssel? Das ist mir ja ganz neu!»

Finn antwortete nicht, er ließ sich nie auf fruchtlose Erklärungen ein. Aber was jetzt? Sie würde bestimmt nicht ihr Bad nehmen, solange er da oben war. Zu dumm! Sonst hätte alles ablaufen können wie geplant. Jetzt mußte er es morgen noch einmal versuchen. Es war ziemlich heikel, das mysteriöse Kabel, das durch das Gasrohr lief, eingesteckt zu lassen! Finn stieg kaltblütig hinunter, zog den Stecker heraus, kletterte zurück auf den Boden und zog vorsichtshalber den Anschluß der Kochplatte ebenfalls heraus. Er würde die Wasserrohre tatsächlich isolieren müssen, allein schon als Begründung dafür, daß er morgen wieder auf den Speicher klettern mußte. Also würde er jetzt hinuntersteigen und ihr erklären, daß er morgen noch einmal mit Glaswolle für die Leitungen käme und oben arbeiten müßte.

Finn stellte die Kochplatte wieder neben das alte Bügeleisen und den Dreifuß, packte seinen Werkzeugkasten zusammen, stieg die Leiter hinunter und zog die Bodenluke hinter sich zu. Er setzte sich auf den Rand der Badewanne, um den Deckel des Werkzeugkastens ordentlich zu verschließen, da fiel sein Blick ins Schlafzimmer, dessen Tür offenstand. Mit dem Rücken zu ihm gewandt kauerte Anne Blake vor ihrer Kommode und bemühte sich krampfhaft, die unterste Schublade aufzuziehen. Im obersten Fach seines Werkzeugkastens lag der größte und schwerste seiner Hämmer... Wie einfach wäre es in diesem Moment... Auf dieselbe Weise hatte er Queenie niedergeschlagen.

Er schloß den Kasten und ließ den Hammer in seine rechte Hosentasche gleiten. Der Kasten blieb auf dem Boden des Badezimmers stehen. Finn bewegte sich lautlos über den blauen Teppich auf sie zu...

## 6

Aber bevor er auch nur bis zum Schlafzimmer gekommen war, stand sie bereits wieder auf den Füßen, in den Händen die zwei oder drei Kleidungsstücke, nach denen sie in der Schublade gesucht hatte. Stocksteif stand er auf der Schwelle, aber sie schien in seinem Gesicht oder an seinem Benehmen nichts Befremdliches zu finden, sie sagte bloß ziemlich ungnädig:

«Sind Sie fertig mit dem, was Sie da oben gemacht haben?»

Finn nickte und fixierte sie mit seinen fahlen Augen. Er wußte genau, ihr war unbehaglich zumute in seiner Gegenwart, aber das war nichts Besonderes, den meisten Leuten ging das so. Allein im Hause, und dann noch mit ihm, da fürchtete sie vielleicht, vergewaltigt zu werden. Finn mußte innerlich lächeln. Er war nicht sehr interessiert an Sex. Es war mehr als ein Jahr her, seit er mit einer Frau zu tun gehabt hatte, und das war auch nur sehr sporadisch gewesen.

Er stellte die Trittleiter fort und zog seine Jacke über. Es war erst halb fünf, aber bereits dämmrig. Anne Blake hatte ein paar Lampen angeknipst und war in die Küche gegangen. Im Wohnzimmer brannte der eben angezündete Gaskamin mit bläulicher Flamme. Finn hatte noch immer den Hammer in der Tasche seiner Jeans. Er ging in die Küche, um Anne Blake zu sagen, daß er morgen mit dem Isoliermaterial wiederkäme. Und während sie miteinander sprachen, während sie ihn fragte, mit welchem Recht Kaiafas eigentlich einen Schlüssel zu ihrer Wohnung hätte, während sie ihn ausschimpfte, daß er etwas umgekippt hätte beim Verschieben des Kühlschrankes, schloß er die Hand um den Hammerstiel und dachte immerfort: wie einfach, wie einfach... Aber wie einfach würde man ihm auf die Spur kommen – hinterher. Ganz zu schweigen von Lenas Angstzuständen.

Sie vergaß anscheinend, ihn zu bitten, den Schlüssel abzuliefern, vielleicht dachte sie aber auch, es wäre einfacher, wenn er ihn gleich behielte, wenn er doch am nächsten Tag wiederkommen mußte. Es schneite noch immer, als er unten auf die Straße trat, aber die Schneeflocken waren jetzt wie dicke Watteflocken, die sofort schmolzen, sobald sie einen festen Untergrund berührten. Finn ging die Mansfield Road entlang und unter der Eisenbahnbrücke bei Gospel Oak hindurch. Dort stieg er in seinen Wagen.

Kaum hatte er die Tür hinter sich geschlossen, da brach das Unwetter los. Seine Scheibenwischer waren auch nicht mehr das, was sie einmal gewesen waren. Finn beschloß, lieber anzuhalten, bis der sintflutartige Schneeregen zu Ende wäre. Unaufhörlich klatschte es klumpig auf das Dach und gegen die Fenster, um dann in strömenden Rinnsalen an den Seiten hinunterzulaufen.

Nach etwa zwanzig Minuten hatte es fast aufgehört zu schneien, aber inzwischen hatte sich ein gewaltiger Berufsverkehr in Richtung Highgate West Hill zusammengeballt. Finn konnte nicht stehenbleiben, wo er stand, er konnte aber auch nicht wenden, also fuhr er den gleichen Weg zurück, den er eben zu Fuß gekommen war. Es war inzwischen dunkel geworden, und die Straßenlampen brannten. Als er das Ende der Modena Street passierte, sah er Anne Blake das Haus verlassen, einen pagodenförmigen Regenschirm in einer Hand, eine Plastiktragetasche in der anderen. Sie ging in Richtung Hampstead Heath. Finn bog an der nächsten Kreuzung rechts in die

Shirlock Road ein und kam bei der massigen, haferbreifarbenen All Hallows-Kirche in die Savernake Road. Anne Blake hatte soeben die Ecke Modena Gardens und Savernake Road erreicht und ging jetzt über die Straße auf die Fußgängerbrücke zu. Finn fand eine Parklücke zwischen Personenwagen und Lastern; der Schnee hatte sich inzwischen in einen Graupelregen verwandelt.

Es war schon sehr dunkel, obwohl es noch nicht einmal halb sechs war. Anne Blake ging wahrscheinlich irgendeine Freundin besuchen, die auf der anderen Seite der Bahnlinie in der Nassington Road oder vielleicht auch in der Parliament Hill Road wohnte, vermutete Finn. Zum Einkaufen würde sie wohl kaum dorthin gehen. Außerdem hatte die Plastiktasche ausgesehen, als ob sie voll sei. Er zauderte, ob er während ihrer Abwesenheit in das Haus zurückgehen sollte. Sie konnte sehr wohl für ein paar Stunden fortbleiben.

Ob sie wohl schon ihr Bad genommen hatte? Zeit genug hatte sie dafür gehabt, aber würde sie unmittelbar nach einem heißen Bad in die Kälte hinausgehen? Vielleicht hatte sie vor, gleich nach dem Zurückkommen zu baden? Es würde ihn höchstens fünf Minuten – allerhöchstens zehn – kosten, die ganzen Kabelkontakte wiederherzustellen. Bloß, wenn sie nun ihr Bad bereits hinter sich hatte, dann wäre er die ganze Nacht dort oben in dem Speicher eingesperrt!

Vielleicht ein Dutzend Menschen waren, seit er dort saß, über die Fußgängerbrücke gekommen, die einen Übergang nach drüben zur Heath und zu den Straßen östlich der South End Road bildete. Aber niemand, der auf dieser Seite wohnte, würde zur Hampstead Heath Station hinübergehen, wo doch die Gospel Oak Station genauso nahe war. Zur Station war sie also nicht gegangen.

Ein wenig später verließ Finn seinen Transporter, überquerte die Straße und ging nochmals in das leere Haus in der Modena Street. Es goß wie aus Eimern, als er dort ankam. Ohne Licht einzuschalten, stieg er die Treppen hinauf, auch Anne Blakes Wohnungstür schloß er im Dunkeln auf. Eine Straßenlampe erhellte schwach das Wohnzimmer, wie auch mit warmem, orangenen Schein der Gaskamin, den sie angelassen hatte. Das hätte sie nicht getan, so überlegte Finn, wenn sie vorgehabt hätte, lange fortzubleiben.

Er ging ins Badezimmer und fuhr mit der Hand über die Innenseite der Wanne. Sie war feucht, ebenso eins der Handtücher, die über dem verchromten Halter hingen. Es hatte also keinen Zweck, hierzubleiben. Leise, obwohl niemand im Haus war, der ihn hätte hören können, schlich er sich hinüber ans Schlafzimmerfenster. Der Regen war wieder zu einer Art Sintflut geworden, und niemand würde jetzt auf die Straße gehen, wenn er es irgend vermeiden konnte.

Finn konnte es nicht vermeiden. Er öffnete Anne Blakes Kleiderschrank. Drinnen hingen zwischen anderen Sachen zwei oder drei Kleidungsstücke, die noch in den dünnen Plastikhüllen steckten, in denen sie aus der Reinigung gekommen waren. Finn suchte sich eine dieser Hüllen aus und streifte sie von dem Bügel mit einem langen schwarzen Abendkleid. Er zog sie sich über den Kopf und riß seitlich zwei Schlitze hinein, durch die er die Arme stecken konnte. So war es eine Art Regencape, wasserdicht und durchsichtig.

Der Regen ließ ein wenig nach, als er zur Savernake Road zurückkam. Weit und breit war kein Mensch zu sehen. Er fühlte sich magisch hinübergezogen zu der weiten, grünen Leere der Heath und stieg die Stufen zur Fußgängerbrücke hinauf. Eine einzelne Lampe an hohem Mast beleuchtete die Brücke, aber die Bahngleise unten konnte man nicht sehen, dazu waren die Seitenwände zu hoch. Um Selbstmorde zu verhindern, dachte Finn. Er ließ den Blick über die sanft ansteigenden Parliament Hill Fields schweifen bis nach Highgate hinüber, wo sich die smaragdfarbenen Kuppeln von St. Joseph in farblosem Perlenschimmer gegen einen Himmel abhoben, der durch den Glutschein der Großstadt wie rötlicher Samt aussah. Die Hinterfronten der Häuser in der Tanza Road waren übersät von Lichtpunkten, aber durch den glimmernden Regenschleier fiel kaum etwas von ihrem Schein bis hierher. Es kam Finn vor, als sei die ganze Gegend linksseitig der Fußgängerbrücke und oberhalb der Bahnböschung ganz ungewöhnlich dunkel. Man konnte kaum ausmachen, wo die Grünanlagen aufhörten und die Nassington Road begann.

Er stieg die Treppe an der Parliament Hill-Seite hinunter. Ein Zug donnerte unter der Brücke hindurch. Der Regen lief in Strömen an seiner Plastikhülle hinunter, obwohl es sich eben wieder ein wenig aufhellte. Anscheinend handelte es sich um einen jener Dauerregen, die sich nur gelegentlich zu einem Tröpfeln verringerten. Sorgfältig umging Finn die zahlreichen Regenpfützen in der finsteren Senke, wo der Fußweg unter dichtstehenden Bäumen entlanglief, ehe er in die Nassington Road einmündete. Jetzt sah er auch, warum es hier so dunkel war. Die Straßenlampe am Ende der Nassington Road war ausgegangen oder hatte gar nicht erst gebrannt.

Finn genoß die Einsamkeit und die Stille. Längst war der Zug mit seinem Getöse in der weiter entfernten Einfahrt nach Gospel Oak verschwunden, und keine Menschenseele spazierte hier jetzt im Regen umher. Finn stand unter den Bäumen – eine hohe, unheimliche Gestalt in gläsern durchscheinender Umhüllung – und blickte tiefatmend über die fahle, regennasse Ebene hin. Und er fühlte sich eins werden mit den Elementen, ein Mann der Macht, ein Eroberer!

Irgend jemand kam die Nassington Road herunter; er hörte die Schritte, obwohl sie durch die Nässe des Pflasters gedämpft wurden, und trat ein wenig zur Seite, hinter den Stamm eines Baumes. Jetzt konnte er die Gestalt deutlich erkennen, die dort unter der letzten brennenden Straßenlampe hindurchging, der aufgespannte Pagodenschirm, die Plastiktüte, nun anscheinend leer... Natürlich, sie hatte mit dem Heimgehen gewartet, bis der Regen ein wenig nachließ. Man sah deutlich, daß sie nervös war, weil die Straßenlampe am Park nicht brannte. Unruhig blickte sie nach links, wo er verborgen stand, und nach rechts zur Brücke hinüber, bevor sie in den See der Dunkelheit eintauchte.

Es war nicht Finns Absicht, sich vorwärtszubewegen und zuzuschlagen, genausowenig, wie er diese Absicht bei Queenie gehabt hatte. Es geschah wie von selbst. Es geschah ohne sein Zutun, ohne seinen Wunsch, auf dieselbe Weise vielleicht, wie damals der Steinbrocken sich bewegt oder die Bilder von der Wand gefallen waren. Einen Augenblick stand er nur da und beobachtete sie mit seinen Nachtvogelaugen, und im nächsten hatte er schon den Hammer in der Hand und war über ihr. Queenie hatte damals entsetzliche Laute ausgestoßen, Anne Blake gab nur ein kehliges Japsen von sich, als sie in die Knie brach und vornüberfiel, während er wieder und wieder auf sie einschlug, diesmal mit der Breitseite seines schweren Hammers.

In der Dunkelheit konnte er nicht unterscheiden, welche der dunklen Flüssigkeiten, die sich überall ausbreiteten, Wasser war, und welche Blut. Er zog sie vom Weg herunter hinter den Stamm des nächsten Baumes. Kein Puls war mehr zu fühlen; sie war tot.

Sie war bereits hinüber ins Unbekannte, im Besitze dessen, was uns im Jenseits erwartet. Fast beneidete er sie.

Und diesmal gab es keine Lena, die dazukam und sah, was er getan hatte. Er mußte das hier auf jeden Fall von ihr fernhalten, mußte sich sorgfältig das Blut abwaschen, das sie immer so entsetzlich erschreckte, und er würde darauf achten, daß sie keine Zeitungen zu Gesicht bekam. Er hob Anne Blakes Schirm auf und klappte ihn zusammen. Dann griff er in die Tragetasche und brachte ein wildledernes Handtäschchen zum Vorschein, in der er sechsundzwanzig Pfund in bar, ein Scheckbuch und zwei Kreditkarten fand. Er steckte alles ein.

Ein wenig später im Schein der Brückenlampe konnte er sehr wohl Wasser und Blut unterscheiden, indem er mit den Fingern an seinem Körper entlangfuhr und die Hände dann ins Licht hob. Das Lampenlicht verschluckte zwar alle Farben, aber die Flüssigkeit, die da an seinen Händen herablief, war dunkel! Jetzt kam jemand von der Parliament Hill Street her. Wer es auch war, er war an Anne Blakes Leiche vorübergegangen. Finn verbarg sich unter der schrägen Rampe, die neben der Treppe für all jene Passanten gebaut war, die die Treppen nicht benutzen wollten oder konnten. Die Schritte verhallten über die Brücke in Richtung Savernake Road. Der Regen hatte sich wieder zu seiner vollen Stärke verdichtet.

Finn trat aus seinem Versteck und ließ sich von ihm reinwaschen.

Auch den Hammer wusch er im Regen. Als er wieder in seinem Transporter saß, streifte er den Plastiksack ab und knüllte ihn zu einem Ball zusammen. Darunter war er völlig sauber und fast trokken. Sorgsam legte er den Hammer in den Werkzeugkasten zurück und verschloß den Deckel. Der Gaskamin in Anne Blakes Wohnung war noch immer an und würde sehr wahrscheinlich die ganze Nacht über brennen. Aber er würde schon nicht das Haus in Brand stekken.

Das Problem war jetzt, den Inhalt der Handtasche loszuwerden, vor allem das Scheckbuch und die Kreditkarten. Finn fuhr nach Hause. Es war noch nicht später als sieben. Der Regen pladderte unverändert, fast schien es, als habe er jetzt endlich einen befriedigenden Rhythmus gefunden, bei dem er auch zu bleiben gedachte. Wegen des Unwetters stellte Finn den Transporter in der Garage ab, die er in Somerset Grove gemietet hatte, eine alte Wagenremise, in der immer noch Teile brüchig gewordenen Pferdegeschirrs hingen.

Lena hatte Besuch von Mrs. Gogarty, jener Freundin, die Finn einen gewaltsamen Tod in hohem Alter vorausgesagt hatte. Die beiden waren intensiv mit dem Pendel beschäftigt. Eine weiß-rosa Babydecke mit einer Häkelborte am Rand war über den Vogelkäfig gebreitet. Mrs. Gogarty war so fett, wie Lena mager war; das volle Haar war in einem geradezu stürmischen Dunkelrot gefärbt.

«Na schön», sagte Finn, «ihr habt es hier ja wirklich gemütlich! Kannst du mir mal eine Schere leihen?»

Lena, die in ihrem malvenfarbenen Kleid und der ellenlangen Stola aussah wie die für die Gegenwart zuständige der drei Schicksalsnornen, reichte ihm ihre Woolworth-Schere, mit der sie gewöhnlich an ihren täglichen Neuerwerbungen herumschnippelte.

«Er ist ein lieber Kerl, dein Junge», sagte Mrs. Gogarty, eine Bemerkung, die sie jedesmal machte, wenn sie zu dritt zusammentrafen. «Ein Ausbund an Fürsorglichkeit.»

Finn brachte es fertig, unauffällig die Lesebrille seiner Mutter von der Kommode zu nehmen, wo sie halbvergraben zwischen Kerzenstummeln, Räucherstäbchen und Muschelschalen herumlag. Dann ging er in sein eigenes Zimmer hinunter, wo er die Banknoten, das Scheckbuch und die Kreditkarten in winzige Stücke zerschnitt. Die Konservendose, aus der er zum Lunch seine Ananasstücke gegessen hatte, war inzwischen innen völlig trocken geworden. Finn stopfte die Schnipsel aus Papier und Pappe in die leere Büchse und hielt ein Streichholz daran. Er brauchte noch ziemlich viele Streichhölzer, um das kleine Feuer anzuzünden und in Gang zu halten, aber am Ende waren Anne Blakes sechsundzwanzig Pfund und ihr Westminster Bank-Scheckbuch zu feiner schwarzer Asche verbrannt. Die Kreditkarten von Access und American Express dagegen waren schwieriger zu vernichten; doch schließlich wurden sie völlig schwarz und strömten einen penetranten chemischen Geruch aus.

Als Finn wieder ins Zimmer seiner Mutter kam, ließ er die Brille fallen und trat darauf. Das veranlaßte Mrs. Gogarty, loszuschreien, die Arme in die Höhe zu werfen und dabei wild auf und ab zu springen, etwas, das sie immer tat, sobald etwas auch nur im geringsten Ungewöhnliches geschah. Lena war viel zu sehr damit beschäftigt, sie zu beruhigen, um etwas über die Brille zu sagen. Sie lenkte die

Freundin mit dem Pendel ab, wie man ein schreiendes Baby mit einer Rassel ablenkt.

Finn versprach, die Brille reparieren zu lassen, sobald er könnte. Gleich morgen früh würde er sie zum Optiker bringen, sagte er. Hatte sie übrigens bemerkt, daß über ihrem Gasherd der Regen durch die Decke schlug? Besser, sie stellte eine Schüssel darunter. Und sobald er eine freie Minute hätte, würde er aufs Dach klettern und sich den Schaden ansehen.

«Ein Ausbund von Fürsorglichkeit!» japste Mrs. Gogarty gerührt.

Das Pendel rotierte gegen den Uhrzeigersinn, und zwar sehr schnell.

## 7

Der Schnee, der während des Nachmittags gefallen war, hatte sich in Regen verwandelt, als Martin die Archway Road hinunterfuhr und nach einer Parklücke Ausschau hielt. In der Southwood Lane war es hoffnungslos, ebenso in der schmalen, überfüllten Biegung der Hillside Gardens. Schließlich stellte er den Wagen irgendwo in den Straßen hinter dem Highgate-Polizeirevier ab und ging zu Fuß zu der Straßenkreuzung zurück, leicht in Sorge, ob das Blumengeschäft wohl noch offen sei, dabei war es erst zehn Minuten vor sechs.

Während des Wochenendes hatte er sich mehrfach gefragt, weshalb er sich eigentlich die Mühe machen wollte, in diesem Blumenladen nachzufragen, nachdem er doch ziemlich sicher war, daß es die Bhavnanis gewesen sein mußten, die die Blumen geschickt hatten. Nun ja, was spielte es überhaupt für eine Rolle, von wem die Blumen stammten? Sicherlich, wenn er es genau wüßte, könnte er ein paar Zeilen des Dankes schreiben oder telefonieren. Dr. Ghopal hatte ihn im Büro angerufen und gesagt, daß der bekannte Herzspezialist die Operation für die Woche unmittelbar vor Weihnachten angesetzt habe. Bei einer so schlechten körperlichen Kondition wie Sumas dürfe man keine Zeit verlieren. Ob Martin die Flugtickets kaufen und ein Hotelzimmer für Mrs. Bhavnani bestellen würde?

Martin hatte sich sofort dazu bereit erklärt, aber er hatte es nicht über sich gebracht, sich wegen der Blumen zu erkundigen, zumal er ja noch heute abend das dunkelhaarige Mädchen danach fragen würde.

Er sah sie schon, als er noch auf der anderen Straßenseite vor dem Postamt war. Sie war damit beschäftigt, Kästen mit Schnittblumen und Töpfe mit Poinsettias vom Bürgersteig ins Geschäft zu tragen. Er wartete, daß die Ampel umsprang, und ging eilig über die Straße. In dem kleinen Laden brannte in einer der Hängelampen eine rote Glühbirne, und der warme, orangene Lichtschein auf dem vielen frischen, feuchtglänzenden Grün, auf den langen, samtroten Blättern der Poinsettias verliehen dem Raum etwas Festliches, etwas aufregend Weihnachtliches. Draußen war alles farblos und dunkel. Der kleine Laden aber leuchtete in Rot- und Gelbtönen zwischen tropischem Grün. Und inmitten der ganzen Herrlichkeit stand das Mädchen, die Arme voller Nelken, und lächelte.

«Oh, ich war ziemlich sicher, daß Sie nicht kommen würden», rief sie.

Aber sogleich fing sie sich wieder und wurde ein wenig verlegen. Die Farbe ihrer Wangen war noch tiefer geworden. Vielleicht täuschte er sich ja, aber fast war es, als ob sie sich tatsächlich auf sein Kommen gefreut hätte und bereits ein bißchen enttäuscht gewesen wäre. Sie wandte sich ab und stellte die Nelken ins Wasser. Mit einer Stimme, die er in solchen Momenten an sich kannte, einer forschen, sachlichen Stimme, die er verabscheute, sagte er: «Na, haben Sie herausbekommen, wer der freundliche Mensch war, der mir den Strauß geschickt hat?»

Es dauerte ein Weilchen, ehe sie sich zu ihm umwandte. «So, das wäre erledigt.» Aufatmend wischte sie sich die Hände an ihrer braun und weiß gewürfelten Schürze ab. «Nein, tut mir furchtbar leid, wir konnten es nicht feststellen. Sehen Sie, die Person, die hier war, hat ja ihren Namen nicht hinterlassen, sondern lediglich die Karte geschrieben und die Blumen bezahlt.»

«Und ich nehme an, Sie erinnern sich auch nicht, ob es eine alte Frau war, oder eine junge, oder ob es eine Weiße war oder eine Inderin oder so etwas?»

«Leider nein. Ich habe sie nicht selbst bedient, verstehen Sie? Es tut mir wirklich leid.» Sie nahm ihre Schürze ab, verschwand in einem kleinen Raum im Hintergrund und kam zurück in einem rotblau gestreiften Mantel mit einer Kapuze. «Machen Sie sich Gedanken, wie Sie den Leuten danken sollen?» fragte sie. «Ich finde eigentlich, das ist doch gar nicht nötig. Schließlich waren die Blumen doch ein Dank für *Sie*, nicht wahr? Für irgend etwas, das Sie getan haben. Man kann sich doch nicht endlos bedanken für einen Dank, immer hin und zurück. Das nächste wäre dann doch, daß die Leute sich bei Ihnen für Ihren Dankesbrief bedanken müßten.» Wieder überzog ein tiefes Rosa ihre Wangen, als sie hinzufügte: «Natürlich geht mich das gar nichts an. Ich wollte mich auch nicht einmischen.»

«Nein nein, Sie haben ja ganz recht!» Und hastig setzte er hinzu: «Wenn Sie jetzt den Laden hier schließen, ich meine, wenn Sie jetzt gehen, kann ich Sie irgendwohin mitnehmen? Ich habe meinen Wagen draußen.»

«Ja, das könnten Sie. Ich meine – würden Sie das tun? Aber Sie wollen doch sicher nach Hause, und ich muß nach Hampstead. Ich besuche jeden Montagabend meine Freundin in Hampstead. Sie können sich nicht vorstellen, wie umständlich es ist, von hier nach Hampstead zu kommen. Man muß den 21er Bus nehmen; und der kommt entweder überhaupt nicht oder gleich in Massen.»

Martin lachte. «Ich gehe und hole den Wagen und gabele Sie hier in fünf Minuten auf.» Um es wirklich so schnell zu schaffen, mußte er rennen. Als er an der Ampel hielt, stand sie dort und wartete, suchte die Straße ab und wirkte sehr verloren.

«Sie sind sehr, sehr freundlich», sagte sie.

«Aber gar nicht! Ich bin bloß froh, daß es mir eingefallen ist.» Es war ihm bereits klargeworden, daß sie zu der Sorte Mädchen gehörte, die einem Mann das Gefühl vermitteln, überlegen, beschützend und voller männlicher Ausstrahlung zu sein. Wie sie da neben ihm saß, duftete sie nach all den Blumen, mit denen sie den ganzen Tag zusammengewesen war. Sie schob die Kapuze zurück ud griff in ihr Haar, um eine Spange oder einen Kamm herauszuziehen, der es zusammengehalten hatte. Wie ein Cape fiel ihr die dunkle, seidige Masse über die Schultern herab.

An der Kreuzung Highgate High Street mußte sie in der Verkehrsschlange warten, um hinter der Schule abzubiegen. Er wandte sich ihr zu, um zu sprechen. Sie hatte so erfrischend ungekünstelt dahergeredet über die Verkehrsschwierigkeiten zwischen Highgate und Hampstead und daß man eine neue Untergrundlinie unter der Heath hindurchführen müßte, mit einer neuen Station, vielleicht namens Vale of Health? Aber dann sprach er doch nicht. Ihm wurde plötzlich überwältigend bewußt, daß sie nicht hübsch war, sondern schön! Daß sie vielleicht der einzige wirklich schöne Mensch war, der je neben ihm gesessen hatte. Ausgenommen Tim Sage.

Als sie durch die Spaniards Road fuhren, verriet sie ihm ihren Namen.

«Ich heiße Francesca», sagte sie und sprach den Namen italienisch aus. «Francesca Brown.»

Es stellte sich heraus, daß die Freundin, die eine Wohnung in der Frognal hatte, noch gar nicht von der Arbeit zu Hause sein würde. Martin schlug einen Drink im *Hollybush* vor. Der Regen peitschte gegen die Scheiben des Wagens, aber Martin hatte einen Regenschirm auf dem Rücksitz liegen. Er spannte ihn auf und hielt ihn schützend über Francesca. Aber zu seiner Überraschung und nicht geringen Verwirrung schob sie einfach ihren Arm durch den seinen und zog ihn an sich heran, so daß beide vor dem Regen geschützt waren. Es waren erst sehr wenige Leute in der Bar. Als er mit ihren Drinks von der Theke an den Tisch zurückkam, sah er ihre großen, dunkel glühenden Augen auf sich gerichtet, und langsam überzog ein Lächeln, ein irgendwie inniges Lächeln, ihr Gesicht. Sein Herz begann schneller zu schlagen. Es war acht Uhr, bevor einer von ihnen bemerkte, wieviel Zeit verstrichen war, und selbst jetzt zögerte sie das Beisammensein noch eine weitere halbe Stunde hinaus.

«Darf ich Sie für morgen abend zum Essen einladen, Francesca?»

Er hatte den Wagen am Anfang der Frognal vor ein paar großen, alten Häusern geparkt, in denen irgendwo Annabel ihre Wohnung hatte. Francesca zögerte. Der Blick, den sie auf ihn richtete, war ernst. Das Lächeln und die Freude waren verflogen.

«Was ist denn?» fragte er.

Sie sagte ausweichend: «Ach, nichts», und dann, mit widerstrebender Stimme, aber so, als könne sie die Worte nicht zurückhalten: «Wir müssen uns wiedersehen, das weiß ich.»

«Dann also morgen?»

Ihre Antwort war ein vehementes Nicken. Sie stieg aus. «Holen Sie mich im Geschäft ab.»

Der graue Regen, von scharfen Windstößen gefegt, verschluckte sie schnell. Es regnete fast die ganze Nacht weiter. Beim Frühstück gab es im Radio eine Durchsage über einen Mord, der am Abend zuvor in Hampstead geschehen war. Martin schauderte bei dem Gedanken, daß, während er mit Francesca zusammengesessen und geplaudert hatte, kaum einen Kilometer entfernt eine Frau ermordet worden war, deren Leiche man später im strömenden Regen gefunden hatte.

Er holte Francesca um Viertel vor sechs im Geschäft ab. Sie nahmen einen Drink in *Jack Straw's Castle* und gingen dann zum Essen in die *Villa Blanca*. Francesca rauchte nicht und trank auch nicht mehr als ein Glas Wein, und als Aperitif bestellte sie Orangensaft. Als es Zeit für sie wurde, nach Hause zu gehen, erlaubte sie ihm nicht, sie heimzufahren. Sie standen neben seinem Wagen und stritten sich geradezu deswegen. Martin bestand darauf, sie zu fahren, aber sie erklärte ernst und energisch, das würde sie nicht einmal im Traum zulassen. In diesem Augenblick kam ein Taxi vorbei, und sie winkte ihm, bevor er es verhindern konnte. Das Taxi entführte sie die Hampstead High Street hinunter und bog in die Gayton Road ein. Das bedeutete also, daß sie entweder nördlich oder östlich von Hampstead wohnen mußte, möglicherweise aber auch westlich davon. Morgen abend, so beschloß er, würde er sie klipp und klar fragen, wo sie wohnte. Warum hatte er das eigentlich nicht schon längst getan? Beinahe schämte er sich, als ihm klar wurde, daß er den größten Teil ihrer gemeinsamen Zeit darauf verwandt hatte, von sich selbst zu reden, während sie aufmerksam zugehört hatte, mit der Intensität eines Menschen, der bereits ein leidenschaftliches Interesse für sein Gegenüber gewonnen hatte. An solche Art der Aufmerksamkeit war er wahrhaftig nicht gewöhnt. Es war lachhaft, sich seine Eltern oder Gordon oder Norman Tremlett vorzustellen, wie sie atemlos an seinen Lippen hingen. Aber bei Francesca war das nicht lachhaft gewesen. Es war ungeheuer schmeichelhaft und wohltuend süß gewesen, und es hatte ihm das Gefühl verliehen, sie beschützen zu müssen, aber es hatte ihn auch völlig davon abgelenkt, irgendwelche Fragen zu stellen, die sie selbst betrafen. Nun ja, er würde das morgen nachholen.

Nicht der Laden war diesmal Treffpunkt, sondern das Foyer des *Prince of Wales Theatre*. Es war das gleiche Schema, nach dem er auch seine früheren, ziemlich kurzen und unbefriedigenden Mädchenbekanntschaften dirigiert hatte: Dinner an einem Abend, Theater am nächsten, dann Kino und dann wieder Dinner. Was gab es auch sonst? Francesca sah heute so schön aus, daß er seinen Gefühlen Luft machte, kaum, daß sie auf ihren Plätzen saßen.

«Sie sehen heute so unglaublich schön aus! Ich kann gar nicht aufhören, Sie anzuschauen!»

Sie trug ein sanft um den Körper drapiertes Kleid aus rosafarbenem Pannesamt, und um den Hals ein Band mit einer winzigen rosa Rosenknospe. Das Haar hatte sie wie eine Japanerin aufgesteckt zu einem Lockentuff, der von langen Schildpattnadeln gehalten wurde. Das ungewohnte Makeup, das sie an diesem Abend trug, ließ sie ein wenig verändert und fremd erscheinen, aber es verlieh ihr eine ungeheure erotische Anziehungskraft. Das Kompliment schien sie eine Spur zu verunsichern.

«Ach, nicht doch, Martin!»

Er wartete, bis das Stück zu Ende war und sie zu seinem Wagen gingen, den er in der Lower Regent Street geparkt hatte. Dann sagte er mit leisem Lächeln: «Wenn Sie keine Komplimente hören mögen, dann dürften Sie aber auch nicht so aussehen.»

Er hatte das in leichtem Ton gesagt, aber sie antwortete tiefernst und fast bedrückt: «Ich weiß das, Martin. Ich weiß, ich bin eine Närrin. Aber ich konnte nicht dagegen an, verstehen Sie das nicht? Ich wollte einfach, daß Sie mich hübsch finden.»

«Natürlich. Warum sollten Sie auch nicht?»

«Oh, reden wir lieber nicht darüber!» bat sie.

Als sie die Highgate West Hill hinunterfuhren, sagte er, er würde sie jetzt nach Hause fahren. Also, wo wohnte sie, bitte schön? Nein, auf keinen Fall! Er möge sie doch bitte hier absetzen, sie würde sich ein Taxi nehmen... Er bog bei der griechisch-orthodoxen Kirche in die Gordonhouse Road ein, stellte den Motor ab und wandte sich ihr zu, um ihr ins Gesicht zu sehen.

«Was ist los, Francesca – haben Sie einen Freund, mit dem Sie zusammenleben?»

«Nein, natürlich nicht. Natürlich habe ich keinen Freund!» Und beinahe böse setzte sie hinzu: «Keinen Boyfriend, mit dem ich *lebe.*» Er war völlig unvorbereitet auf das, was sie dann tat. Sie machte die Tür auf und sprang hinaus. Er folgte ihr, aber nicht schnell genug, und als er schließlich an der Ecke ankam, fuhr eben das Taxi an, in das sie gestiegen war, und verschwand die Straße hinunter.

An diesem Abend fragte er sich, ob er allen Ernstes, nach nur drei Tagen, verliebt sein konnte, und er fand, das sei nicht möglich. Aber er schlief schlecht und konnte am nächsten Morgen an nichts und niemanden denken als an Francesca, bis er gegen halb zehn Uhr bei *Floreal* angerufen, mit ihr gesprochen und erfahren hatte, daß sie sich am Abend wieder treffen wollten.

Diesmal gingen sie in ein kleines Restaurant am Ende der Finchley Street, das sie vorschlug. Er fragte sie nicht, weshalb sie am Abend zuvor davongelaufen war, und von sich aus gab sie keine Erklärung. Nach dem Essen fragte er sie, ob sie mit ihm nach Cromwell Court kommen würde, dann würde er dort einen Kaffee machen. Um ihretwillen fühlte er sich bei dieser Einladung unbehaglich, denn er fürchtete, für ein Mädchen bedeutete das allzuleicht die mehr oder weniger verbrämte Aufforderung zu einem sexuellen Abenteuer. Seit gestern abend hatte er die halbverschämte Überzeugung gewonnen, sie könnte noch Jungfrau sein.

Ja, sie war bereit, mitzukommen. Die gelben Chrysanthemen waren noch immer frisch, lebendig und aggressiv wie eh und je, nur die Blätter begannen zu welken.

«Es sind Immortellen», erklärte Francesca.

Nach einer halben Stunde bestand sie darauf, zu gehen. Er half ihr in den Mantel. Als sie sich zu ihm umdrehte, standen sie so dicht zusammen, daß er sein Gesicht an ihres brachte und sie küßte. Ihre Lippen waren sanft, und sie erwiderte den Kuß; ihre Hände lagen leicht auf seinen Oberarmen. Da schlang er die Arme um sie und küßte leidenschaftlicher, vergrub sich in diesen Kuß, bis sie sich plötzlich losmachte, errötend und verstört.

«Francesca, Liebling, ich konnte nicht dagegen an. Laß mich dich jetzt nach Hause bringen.»

«Nein!»

«Dann versprich mir, daß wir uns morgen wiedersehen.»

«Kommst du mit mir runter und hilfst mir, ein Taxi zu suchen?» fragte Francesca.

Es war die letzte Novembernacht, und sie war feucht und neblig. An jedem nackten Zweig hing eine Kette glitzernder Wassertropfen. Sie gingen zu Fuß bis zur Highgate Hill hinunter. Der Fußweg war mit schwarzgewordenen, schlüpfrig-feuchten Kastanien- und Platanenblättern übersät.

«Soll ich morgen im Geschäft bei dir hereinschauen?» Er hatte einem Taxi gewinkt, und es steuerte bereits auf sie zu. So viele ihrer dramatischen Momente, würde er später denken, hatten mit einem Taxi zu tun. Jetzt aber schüttelte sie den Kopf.

«Nein, nicht morgen.»

«Wann dann? Am Sonnabend?»

Sie atmete heftig und schlug die Hände vors Gesicht. «O Martin, nie wieder!» Und dann war sie auch schon verschwunden.

Wenn er seinen Wagen in der Nähe gehabt hätte, so wäre er jetzt dem Taxi gefolgt, aber der verdammte Wagen stand zweihundert Meter entfernt auf dem Parkplatz in Cromwell Court. Er ging zurück, benommen von untergründiger Angst, von Panik fast, er könnte sie verloren haben. Wegen des Kusses vielleicht? Oder weil er sie bedrängt hatte wegen ihres Privatlebens? Verzweifelt saß er in seinem Wohnzimmer, als das Telefon läutete. Fast erschöpft vor Erleichterung lehnte er sich in den Sessel zurück, als er ihre Stimme hörte.

«Ich hätte das nicht sagen sollen, Martin. Ich habe es auch nicht so gemeint. Nur, du verstehst doch, nicht wahr, daß wir uns dies Wochenende nicht treffen können?»

«Nein, verstehen tue ich es nicht, aber ich nehme es hin, wenn du es sagst.»

«Und wir treffen uns dann in der nächsten Woche, ja? Wir treffen uns am... Dienstag. Ich erkläre dir alles am Dienstag, und dann ist alles wieder gut. Ich versprech's dir, es wird alles wieder gut! Vertraust du mir?»

«Natürlich vertraue ich dir, Francesca. Wenn du sagst, es wird alles gut, dann glaube ich es.» Er hatte nicht vorgehabt, es zu sagen, denn bis zu diesem Moment war er sich gar nicht ganz sicher gewesen, daß er es wirklich fühlte, und eigentlich sollte man es sich ja von Angesicht zu Angesicht sagen, aber... «Ich liebe dich», sagte er.

«Martin, Martin!» klang es zurück. Dann klickte es im Hörer, und die Leitung war tot.

Es war ein merkwürdig leeres Gefühl, zu wissen, daß er sie vier ganze Tage nicht sehen würde. Statt dessen heute abend ein Besuch bei seinen Eltern, als Ausgleich für seine Abwesenheit am Donnerstag, morgen dann der gewohnte Drink mit Norman im *Flask*, Abendessen mit Adrian und Julie Vowchurch, der Sonntag aber eine endlose Öde der Unausgefülltheit... Der Briefträger kam früh, schon zehn Minuten nach acht; er brachte die Telefonrechnung und einen Umschlag, der in einer ihm unbekannten, ältlichen Handschrift adressiert war.

Der Brief darin war mit «Millicent Watson» unterschrieben. Sie redete ihn als «Mr. Urban» an. «Lieber Mr. Urban», schrieb sie, obgleich er sich erinnerte, daß er ihr als Martin vorgestellt worden war und daß sie ihn sonst auch mit seinem Vornamen angeredet hatte. Sie hätte seinen Brief nicht ganz verstanden, schrieb sie. Ob er auch sicher sei, sie nicht mit jemand anderem verwechselt zu haben? Wenn er der Meinung sei, sie wäre eine Klientin seiner Firma und verfüge über Geldanlagen, so sei das ein Irrtum. Die Verantwortung, Besitz zu erwerben, könne sie nicht auf sich nehmen. Außerdem würde sie niemals imstande sein, irgendeine Summe zurückzuzahlen, die die Firma Urban, Wedmore, Mackenzie & Co. ihr vorstreckte. Sie hätte noch nie in ihrem Leben irgend jemand auch nur einen Penny geschuldet, und sie würde auch jetzt damit nicht mehr anfangen wollen. Sein Brief habe sie aufs äußerste verstört, und sie habe deshalb gar nicht mehr schlafen können.

Martin las den Brief mit einiger Bestürzung, als Mr. Cochrane klingelte. Er trug einen zwei Meter langen Bambusstab bei sich, an dessen Ende eine grüne Nylonbürste befestigt war. Dieses Gerät, gedacht zum Reinigen von Zimmerdecken, war schon früher einmal in Martins Wohnung aufgetaucht, im Bus von zu Hause aus der Seven Sisters Road mitgeschleppt von einem deshalb äußerst übel gelaunten Mr. Cochrane. Martin hatte damals sofort beschwichtigend erklärt, er würde natürlich gerne solch eine Deckenbürste kaufen, um seinem Helfer eine derartige Mühe und Unbequemlichkeit zu ersparen, aber Mr. Cochrane war nur immer wütender geworden und hatte erwidert, es mache ihn ganz krank, wenn er Leute, die keine Ahnung hätten, was Armut sei, davon reden höre, wie sie am besten ihr Geld zum Fenster hinauswerfen könnten. Ach, diese Leute, die ihre Pfunde ausgäben, als seien es Pennys. Nächstens würde Martin wohl noch sonst was anschaffen wollen, eine elektrische Bohnermaschine oder so was vielleicht?

Heute morgen verzichtete er überhaupt auf jegliche Begrüßung. Mit energiegestauter Hast stürzte er sich in seinen Eisenkrämerskittel und begann ziemlich unzusammenhängend über den Fortgang des Dramas seiner Schwägerin zu berichten. Und es kamen Informationen zutage, die sonst schwer aus ihm herauszubringen gewesen wären. Dabei fuhr die grüne Nylonbürste kratzend über die Decke.

«Am Rande eines totalen Nervenzusammenbruchs, Martin, nach Ansicht des Doktors. Er hat sie jetzt auf acht Valium täglich gesetzt, ach, was sage ich, auf zwölf! Ich bin rüber nach Nummer zwanzig, bin die halbe Nacht bei ihr geblieben, Martin, und ich kann Ihnen sagen...»

«Wieso Nummer zwanzig?» fragte Martin, als begriffe er nicht.

«Na ja, Nummer zwanzig, Barnard House, oben beim Ladbroke Grove, wie oft muß ich Ihnen denn das noch sagen? Genausogut könnte man gegen eine Wand reden! So, jetzt passen Sie lieber auf, sonst fallen Ihnen noch Spinnweben auf Ihren teuren Anzug. Wunderbar, die Chrysanthemen, nicht wahr? Müssen 'ne schöne Stange Geld gekostet haben. Außerdem – heute frisch und lebendig, morgen nichts wie Staub und Asche, so möchte man sagen.»

Wenn das nur wahr wäre, dachte Martin. Aber die gelben Dinger sahen selbst am Montag morgen noch immer herausfordernd frisch aus. Auf seinem Weg zum Büro steckte er den Brief an Mrs. Cochrane, den er inzwischen fertiggeschrieben hatte, in den Kasten. Er fuhr über die Highgate High Street und die Southwood Lane, so daß er an Francescas Blumengeschäft vorbeikam, aber jetzt, um zwanzig nach neun, war es noch nicht geöffnet. Er wartete bis zehn, dann rief er bei *Floreal* an. Das andere Mädchen war am Apparat, die, der das Geschäft gehörte. Martin fragte nach Miss Brown und war ein wenig erstaunt über die zögernde Pause, bevor sie erwiderte – Moment, bitte, sie würde Francesca holen. Wieder fühlte er seinen Herzschlag rascher werden, als ihre Stimme sanft und ernst und fast ein wenig entschuldigend an sein Ohr drang. Ja, sie würden sich morgen sehen, sie freute sich schon darauf, sie könnte es kaum erwarten, aber was half es? Sie mußte halt warten. Ob er sie vom Geschäft abholen könnte?

Zum Mittagessen traf er sich mit Gordon Tytherton in Muswell Hill. Gordon hatte ein neues Besteuerungssystem erfunden. Natürlich bestand nicht die leiseste Aussicht, daß es je angewandt werden würde, es war pure Theorie, aber Gordon war unheimlich stolz darauf und zutiefst überzeugt, daß durch seine Anwendung sämtliche ökonomischen Probleme des Staates gelöst werden könnten. Die ganze Zeit über redete er davon. Seine kleinen, kurzsichtigen Augen leuchteten förmlich, und gelegentlich zitterte seine Stimme vor Ergriffenheit, so wie es einem anderen vielleicht ergeht, wenn er von einer Frau oder von einem Kunstwerk spricht. Martin trennte sich am Ende des Muswell Hill von ihm und ging ins Reisebüro, um die Flugkarten für Mrs. Bhavnani und Suma abzuholen. Sollte er sie den Bhavnanis persönlich in den Laden bringen oder sie lieber hinschicken? Nach einem zeitraubenden Abwägen des Für und Wider entschied er sich, sie an Dr. Ghopal zu übersenden.

Francesca rief ihn am Dienstag um fünf Minuten nach halb zehn an, um ihm zu sagen, sie könne ihn heute nicht treffen und er solle auch bitte nicht zum Geschäft kommen.

«Es geht wirklich nicht, Martin. Es... es ist etwas Entsetzliches passiert! Martin, liest du die *Post*?» Er dachte an die Post, die Briefpost. «Welche Post?»

«Die Zeitung, die *North London Post*. Ich weiß, du liest sie, ich hab sie gesehen, als ich in deiner Wohnung war. Martin, versprich mir, daß du sie nicht ansiehst, wenn sie am Freitag kommt! Bitte, Martin! Wir treffen uns am Freitag, und dann erkläre ich dir alles!»

Als sie eingehängt hatte, mußte er daran denken, daß er, wenn sie ihren Job aufgab, keine Möglichkeit mehr hätte, sie zu finden, daß sie für ihn verloren sein würde. Er hatte sich in jemanden verliebt, dessen Leben für ihn völlig im dunkeln lag, in ein Mädchen, das nach allem, was er wußte, irgendwo in Golders Green oder Edmonton oder auch in Wembley wohnte, entweder bei ihren Eltern oder in einem Wohnheim, oder auch in einer eigenen Wohnung. Sie war wie eine dieser Figuren aus einem Märchen oder aus Tausendundeiner Nacht, die von nirgendwoher erscheinen und ebenso wieder ins Nichts untertauchen und die damit drohen, für alle Ewigkeit zu verschwinden, wenn der Jüngling, der sie liebt, den Versuch unternähme, den Schleier ihres Geheimnisses zu lüften.

Ohne sie verstrich die Woche in bleiern lähmender Langsamkeit. Sie beherrschte seine Gedanken vollkommen. Warum hatte sie um sein Versprechen gebeten, nicht in die Zeitung zu schauen? Übrigens hatte er es ihr nicht gegeben! Hätte er es getan, dann würde er sich bestimmt auch daran halten, aber er hatte es nun mal nicht, und merkwürdigerweise hatte sie auch nicht darauf bestanden. Konnte sie in Wahrheit vielleicht sogar *wollen*, daß er die *Post* las? Schwankte sie zwischen Wünschen und Fürchten, vielleicht weil eine Geschichte über sie selbst darinstand, eine schmeichelhafte wahrscheinlich? Francesca war sehr bescheiden und zurückhaltend. Konnte es sein, daß sie sich schämte, wenn er las, daß man sie lobte und herausstellte? Sie konnte an einem Wettbewerb teilgenommen, überlegte Martin, oder ein Examen mit Auszeichnung bestanden haben. Er ließ seine Phantasie ein wenig schweifen und sah bereits Francescas ganzseitiges Foto auf der Titelseite mit einer Schlagzeile darunter, daß dies Londons schönste Blumenverkäuferin sei.

Der Briefträger und Mr. Cochrane kamen gleichzeitig. Mr. Cochrane grüßte knapp, sagte nichts über seine Schwägerin und machte sich sofort mit einem Ledertuch und schaumigem Wasser ans Fensterputzen. Martin öffnete einen Brief mit einem Battersea-Stempel. Er war von Mr. Deepdene. Hier gab es kein Mißverständnis, keine Verwirrung, er hatte es nicht in die falsche Kehle bekommen. Mr. Deepdene schrieb, in seinen ganzen vierundsiebzig Lebensjahren habe er niemals so viel Freundlichkeit erlebt. Er sei überwältigt, es sei nicht zu glauben. Zuerst hätte er daran gedacht, Martins Angebot abzulehnen, es sei einfach zu großzügig, aber inzwischen käme es ihm undankbar und falsch vor, es zurückzuweisen. Darum nähme er es dankbaren Herzens an. Martin verzog sich vor Mr. Cochrane in sein Schlafzimmer, schrieb eine kurze Mitteilung an Mr. Deepdene und steckte sie zusammen mit einem Scheck über fünfzehntausend Pfund in einen Briefumschlag. Dann schrieb er an Miss Watson und bat sie, ihn in seinem Büro anzurufen, damit sie ein Treffen vereinbaren könnten.

Die Sonne glitzerte auf den weiß überfrorenen Dächern, die sich wie gleißende, gestaffelte Bergabhänge unterhalb seines Fensters ausdehnten. Es würde ein schöner Tag werden; es war Freitag, und heute abend würde er Francesca wiedersehen. Gedankenvoll stand er am Schlafzimmerfenster, blickte hinunter über die weißen Dächer, die langen Schatten, die vereinzelten, fast noch weißeren Rauchsäulen, die sich durch den lichten Morgendunst kringelten. Der Zeitungsjunge mit seiner Leinentasche kam unten über den Parkplatz. Martin wandte sich vom Fenster ab und trat ins Wohnzimmer zurück, wo Mr. Cochrane emsig das Glas polierte. Die Chrysanthemen waren penetrant und dominierend wie eh und je. Entschlossen trug er die Vasen in die Küche. Die großen gelben Blüten schienen ihn anklagend anzublicken, als er sie in den Mülleimer warf.

«So was von Verschwendung!» tadelte Mr. Cochrane, der hinter ihm hergegangen war, um seinen Eimer auszukippen. «Es war doch noch an keiner einzigen ein welckes Blütenblatt!»

Soeben fielen die beiden Zeitungen durch den Briefschlitz. Martin hob sie auf und nahm sich die *Post* vor. Der Aufmacher der Titelseite war, wie schon in der vorigen Woche, der Parliament Hill-Mord. Diesmal war es ein Report über die gerichtliche Untersuchung des Falles Anne Blake mit der Überschrift «Frau ermordet wegen 26 Pfund», und der Berichterstatter war Tim Sage. Martin blätterte durch die Zeitung und versuchte herauszufinden, was denn nun Francesca in so angstvolle Unruhe versetzt hatte. Die *Post* war ein Vierzigseitenblatt, deshalb brauchte er eine ganze Weile. Aber er konnte nichts finden, kein Foto, keine Story. Es war erst zehn Minuten vor neun. Unter den neugierigen Seitenblicken von Mr. Cochrane begann Martin noch einmal von vorne, diesmal langsamer und genauer.

Er konnte die Unverschämtheit dieser Knopfaugen hinter ihren entstellenden Zweischärfengläsern nicht mehr ertragen. Also nahm er die Zeitung und zog sich abermals ins Schlafzimmer zurück. Dort ging er mit einem roten Kugelschreiber in der Hand wie ein Korrektor jede einzelne Seite durch und hakte sie, wenn er sie beendet hatte, in der rechten unteren Ecke ab.

Er fand, was er suchte, auf Seite sieben, und es war nichts weiter als ein Absatz in einer Klatschspalte, die sich «Finchleys Fußnoten» nannte.

«Das nächste Jahr wird aufregend werden für Mr. Russell Brown, 35, dessen erstes Buch im Sommer erscheinen wird. Es ist ein historischer Roman über die Beulenpest mit dem Titel ‹Der eiserne Kokon›. Mr. Brown, der als Spezialist für das vierzehnte Jahrhundert gilt, unterrichtet Geschichte in einem Polytechnikum im Norden Londons. Er lebt mit seiner Frau Francesca und seiner zwei Jahre alten Tochter Lindsay in Fortis Green Lane.»

## 8

«Ich hätte dich gern zu etwas Besonderem eingeladen», sagte Martin, «weil es doch das letzte Mal ist.» Er sah sich in dem griechischen Restaurant um, auf dem sie bestanden hatte. Es roch nach Fritierfett, und über die Glastheke mit den rohen Kebabs schlängelten sich Efeuranken aus Plastik. «Aber es kommt ja auch nicht mehr drauf an.» Ein häßlicher Gedanke – zwischen so vielen anderen – durchfuhr ihn. «Was denkt *er* eigentlich, wo du bist? Komm, sag mir's, was er gedacht hat, wo du die ganze letzte Woche warst?»

«Er hatte Grippe», antwortete sie, «und der Doktor hat ihm geraten, sich eine Woche freizunehmen für seine Rekonvaleszenz. Da ist er zu seinen Eltern nach Oxford gefahren und hat Lindsay mitgenommen.»

«Ich kann es einfach nicht glauben, daß du ein Kind hast», murmelte er unglücklich, «ein Kind von zwei Jahren!» Der Kellner trat an ihren Tisch. Martin bestellte Lammkebab und Salat für sie beide. Sie reichte ihm etwas über den Tisch, das sie aus ihrer Handtasche genommen hatte. Ohne Begeisterung, ja, sogar mit Abscheu, blickte er auf die Fotografie eines großäugigen, schwarzhaarigen kleinen Mädchens. «Aber wo lebt sie? Was passiert mit ihr, wenn du arbeitest?» Es war, als ob er die nackte Wahrheit anzweifelte, als ob er Francesca durch ein hochnotpeinliches Verhör in die Enge treiben und sie zu dem Geständnis zwingen könnte, daß sie gelogen und daß die Zeitung unrecht hätte.

«In einem Kindergarten. Ich bringe sie morgens hin, und Russell holt sie wieder ab. Er kommt ja vor mir nach Hause.»

«Ich hab seinen Namen im Telefonbuch gefunden», sagte Martin dumpf. «Ich nehme an, er ist der H. R. Brown in der Fortis Green Lane 54?»

Sie stockte kurz, dann nickte sie. «Sein erster Vorname ist Harold», erklärte sie, «aber er zieht den zweiten vor; und Russell Brown klingt ja auch besser für einen Autor.»

«Und ich wunderte mich die ganze Zeit, warum ich dich nie nach Hause bringen durfte! Ich dachte, du schämst dich vielleicht wegen deiner Wohnung, oder du hättest vielleicht einen strengen Vater. Ich dachte, du könntest nicht älter sein als zwanzig.»

«Ich bin sechsundzwanzig.»

«Oh, bitte weine doch nicht!» sagte Martin. «Komm, trink deinen Wein. Weinen hilft bestimmt nicht!»

Keiner von ihnen konnte viel essen. Francesca stocherte in ihrem Kebab herum und schob es dann weg. In ihren tiefbraunen, glänzenden Augen lag fiebernde Verzweiflung, und sie unterdrückte mühsam ein Schluchzen. Bis zu diesem Augenblick hatte er nichts als Zorn und Bitterkeit empfunden. Jetzt ließ ihn ein Anflug von Mitleid seine Hand sacht auf die ihre legen. Sie biß sich auf die Lippen.

«Es tut mir so leid, Martin. Ich hätte letzte Woche nicht mir dir ausgehen dürfen, aber ich – ich wollte es einfach; ich wollte Abwechslung haben, ein bißchen Vergnügen! Ich will bestimmt nicht in Selbstmitleid zerfließen, aber ich habe nun mal wenig Abwechslung und Vergnügen. Und dann war es ja auch längst nicht mehr nur noch das...» Schreck und Freude schüttelten ihn gleichzeitig. Hatte sie nicht eben eingestanden, daß sie ihn liebte? «Russell kam am Freitag nach Hause, und am Montag erzählte er, er sei wegen seines Buches von der *Post* angerufen worden. Da wußte ich, daß sie irgendwas darüber in der Zeitung schreiben würden und daß du es lesen würdest.»

«Ich nehme an, du liebst ihn, nicht wahr? Ihr seid glücklich zusammen, du und Russell und Lindsay und die Beulenpest?» In seinem Elend flüchtete er sich in bitteren Humor; er brachte sogar ein schwaches, ironisches Lächeln zustande.

«Laß uns gehen», bat sie. «Laß uns zu dir gehen, Martin.»

Im Wagen sprach er kein Wort mit ihr. So ist das also, dachte er – so also ist es, und so war es für all die Männer, von denen er gehört und gelesen hatte, oder die er sogar persönlich kannte, Männer, die sich in verheiratete Frauen verliebt hatten. Verstohlene Rendezvous, Betrug und Lüge und untergründig immer das schmutzige Gefühl, böse und hinterhältig zu sein. Und am Ende dann entweder eine bittere Trennung mit häßlichen Beschuldigungen von beiden

Seiten oder aber eine Scheidung und – möglichst unauffällig in irgendeinem High Street-Standesamt – eine Heirat mit einer von bösen Erfahrungen angeknacksten Frau mit einer fertigen Familie. Er wußte, er war altmodisch. «Quadratspießer» hatten sie während ihrer Schulzeit solche Leute genannt. Und schon damals hatte er dunkel gewußt, daß dieser Spottname auch auf ihn zutraf, daß er ihm immer treubleiben würde; er mit seinen Vierkantschultern, dem Quadratschädel, dem eckigen Kinn und seinen simplen, «kantigen» Lebensansichten! Jawohl, eckig, kantig, konventionell, konservativ und reaktionär! Die Revolution der Moral, die während seiner Jünglingszeit stattgefunden hatte, war spurlos an ihm vorübergegangen, hatte ihn als Untertan der alten Ordnung zurückgelassen, als ob er bereits ein ganzes Leben unter ihrem Regime verbracht hätte. Er träumte davon, in der Kirche mit einer Jungfrau getraut zu werden. Was er ganz bestimmt nicht tun würde, dachte er bei sich, während er nach Cromwell Court hinauffuhr, war, eine Affäre mit Francesca anzufangen – mit Mrs. Russell Brown! –, sich zu verstricken in einen Zustand fortwährender sinnloser Aufregung und mieser Heimlichkeiten, einen Zustand, auf dem kein Segen lag. Sie mußten sich trennen, und zwar sofort. Er half ihr aus dem Wagen. Einen Augenblick lang blieb er in der beißend frostigen Kälte stehen und hielt ihren Arm.

Die Wohnung ohne die Chrysanthemen sah merkwürdig nackt aus, ähnlich wie ein Raum, aus dem man gerade die Weihnachtsdekoration entfernt hat. Er zog die Vorhänge zu, um den rötlich-dunklen Himmel mit seinem Sternengeflimmer auszusperren und die Stadt, die sich wie ein von Flittern übersätes Tuch darunter ausbreitete. Francesca saß auf der Kante ihres Stuhles und folgte ihm mit den Augen. Ihm fiel ein, daß er noch letzte Woche gefunden hatte, es sei etwas Kindhaftes an ihr. Das war in den Tagen gewesen, als er noch an ihre Unschuld geglaubt hatte. Jetzt war das vorbei. Sie war fast so alt wie er. Unter ihren Augen zeichneten sich die Schatten der Erschöpfung ab, und ihre Wangen waren blaß. Er blickte auf die Hände in ihrem Schoß hinunter, die sie nervös ineinanderkrampfte.

«Morgen kannst du deinen Ehering wieder anstecken», sagte er bitter.

Mit sehr leiser Stimme, beinahe flüsternd, antwortete sie: «Ich trage ihn nie!»

«Du hast mir noch immer nicht erzählt, was er denkt, wo du bist.»

«Bei Annabel, dem Mädchen, das in Frognal wohnt, die Freundin, die ich jeden Montag besuche. Martin, ich dachte, wir könnten… ich dachte, wir könnten uns manchmal am Montag treffen?»

Er ging hinüber an das Barschränkchen und goß sich einen Cognac ein. Er hielt die Flasche hoch. «Du auch einen?»

«Nein, ich möchte gar nichts. Ich dachte – montags und – und sonnabends nachmittags, wenn du möchtest. Dann geht Russell immer zum White Hart Lane zum Fußballspiel.»

Beinahe mußte er lachen. «Du weißt anscheinend, wie man's macht, was? Wie viele hat es denn schon vor mir gegeben?»

Sie zuckte zusammen, als ob er sie geschlagen hätte. «Es hat überhaupt keinen gegeben.» Sie sagte es sehr einfach und direkt, wehrlos und ohne alle Künstlichkeit. Und genau dies – nämlich, daß sie ebenso wie er selbst weder Esprit noch Schlagfertigkeit besaß – war ja einer der Gründe gewesen, daß er angefangen hatte, sich in sie zu verlieben. Aber nur angefangen, wohlgemerkt. Aufgepaßt, alter Freund!

«Wir werden uns überhaupt nicht mehr treffen, Francesca. Wir kannten uns ja nur zwei Wochen, und das bedeutet doch, daß wir uns trennen können, ohne daß es richtig weh tut. Ich glaube, ich war ein bißchen verrückt, so wie ich mich während der letzten Woche benommen habe, aber es ist ja niemand zu Schaden gekommen, nicht wahr? Ich habe nicht die Absicht, in eine Ehe einzudringen. Über kurz oder lang werden wir einander vergessen haben, und ich weiß ganz genau, daß es so am besten ist. Natürlich wünschte ich, du hättest mich nicht – nun ja – an der Nase herumgeführt, aber ich nehme an, du konntest es selbst nicht ändern.» Tief atmend beschloß er seine Rede und kippte den Rest seines Cognacs hinunter. Dabei fiel ihm eine Phrase aus einem alten Film ein, die er damals lächerlich gefunden hatte. Jetzt brachte er sie scherzhaft und mit kühnem Lächeln an: «Ich war eben ein verrückter, blinder Narr!»

Sie sah ihn schwermütig an. «Ich werde dich nie vergessen», sagte sie. «Weißt du nicht, daß ich in dich verliebt bin?»

Niemand hatte ihm jemals ein solches Geständnis gemacht. Er fühlte, wie das Blut aus seinem Gesicht wich, wie er blaß wurde.

«Ich glaube, ich habe dich von dem Augenblick an geliebt, als ich dir diese gräßlichen Blumen brachte, und als du sagtest –» ihre Stimme zitterte – «daß niemand einem Mann Blumen schickt, wenn er nicht krank ist.»

«Wir müssen uns jetzt Lebewohl sagen, Francesca. Und dann setze ich dich in ein Taxi, und du fährst nach Hause zu Russell und Lindsay. Und nach einem Jahr komme ich mal bei dir vorbei und kaufe dir ein paar Blumen ab. Und dann wirst du ganz vergessen haben, wer ich bin.»

Er zog sie sanft in die Höhe. Sie war schlaff und passiv und hielt sich matt an ihm fest. Kraftlos lehnte sie sich an ihn, so daß ihr ganzer Körper sich sanft gegen seinen schmiegte. Zitternd legte sie ihre Hände um sein Gesicht.

«Schick mich nicht fort, Martin, ich kann es nicht ertragen.»

Mit einem letzten klaren Gedanken war ihm bewußt, daß dies die letzte Chance war, sich vor einer Verstrickung zu retten, die er fürchtete. Wenn er jetzt all seine Kraft zusammennahm, würde er ein freier Mann sein. Aber es verlangte ihn ja auch danach, geliebt zu werden; nicht einmal so sehr nach Sex, sondern nach wirklicher Liebe! Das war ihm noch klar bewußt – von da an aber kaum noch etwas, das in die Zuständigkeit des Intellekts fiel. Seine geöffneten Lippen lagen auf ihrem Mund, und seine Hände fuhren über ihren Körper. Irgendwie glitten sie auf die Kissen der Couch, und ihr weißer, inzwischen nackter Arm griff nach der Lampe, um sie auszuknipsen.

Martin hatte nicht viel Erfahrung in der Liebe. Es hatte einmal in der London School of Economics ein Mädchen gegeben, eins, das er auf einer Party bei den Vowchurchs kennengelernt hatte, und später dann einmal eins, das ihn am Strand von Sitges aufgegabelt hatte… Gewiß, es hatte auch noch andere Mädchen gegeben, aber nur mit diesen dreien war es tatsächlich zu einer sexuellen Beziehung bekommen. Und er hatte es, so gestand er sich selbst – aber nur sich selbst – ein, ziemlich enttäuschend gefunden. Irgend etwas hatte gefehlt; irgendeine Erwartung, die sich aus Büchern, aus Schauspielen oder aus anderer Leute Erfahrung in ihm gebildet hatte, war unerfüllt geblieben. Es mußte doch einfach mehr daran sein als nur eine blinde, gedankenlose Begierde am Anfang und dann im nachhinein nichts als das gleiche Gefühl der Erleichterung, das einem auch ein Niesen verschafft oder ein Schluck kalten Wassers auf eine durstige Kehle.

Mit Francesca war es nicht so. Vielleicht kam es daher, daß er sie liebte und daß er die anderen nicht geliebt hatte? Das mußte es wohl sein, denn er hatte ja nichts anders gemacht als sonst, und es konnte auch nicht an einem besonderen Geschick oder Erfahrenheit ihrerseits liegen. Sie hatte ihm lediglich zugeflüstert, daß er der einzige Mann außer Russell sei. Vor Russell hatte es keinen anderen gegeben, und seit langer Zeit schon hatte Russell sie kaum angerührt. Sie war zwar verheiratet, und sie hatte ein Kind, und doch war sie fast noch so unerfahren wie Martin sie sich gewünscht hätte.

In dieser Nacht schlief sie neben ihm. Gegen elf Uhr rief sie Russell an und erklärte ihm, sie würde die Nacht über bei Annabel bleiben wegen dem Nebel. Martin hörte das Murmeln einer Männerstimme, die ihr mürrisch antwortete. Es war erst das zweite Mal in seinem Leben, daß er die ganze Nacht mit einer Frau im Bett verbrachte. Er gab seinem Impuls nach und erzählte es ihr, und sie schlang die Arme um ihn und schmiegte sich dicht an ihn.

Am Morgen nahm er nochmals die letzte Ausgabe der *Post* zur Hand, mit dem Titelfoto von dem verhängnisvollen Fußweg zwischen der Bahnüberführung und der Nassington Road und der Anmerkung über Russell Brown auf einer der Innenseiten. Hundert Jahre schien es her zu sein, seit er sie zum erstenmal gelesen hatte, seit er jenen verhängnisvollen Namen rot umrandet und nach fieberhaftem Suchen im Telefonbuch sogar noch die Hausnummer in der Fortis Green Lane dazugeschrieben hatte. Er legte das Blatt zuoberst auf den sorgsam geschichteten Haufen alter *North London Post*-Ausgaben unten in den Küchenschrank, während der *Daily Telegraph* auf den Stapel großformatiger Zeitungen daneben wanderte. Später, als er mit Francesca ein Stück zu Fuß ging – sie weigerte sich wieder, sich von ihm fahren zu lassen –, schaute er bei seinem Zeitungshändler vorbei und bestellte kurzerhand die *Post* ab. Warum hatte er eigentlich je dieses Lokalblättchen gehalten? Sicherlich einzig und allein, weil er Tim Sage kannte.

Martin hatte nicht damit gerechnet, Francesca an diesem Wochenende wiederzusehen, und es schmerzte ihn auch nicht sonderlich, aber irgendwie hatte er doch erwartet, daß sie sich von nun an möglichst jeden Abend treffen würden. Deshalb traf es ihn doch hart, als sie ihn am Montag morgen anrief und ihm sagte, es sei ihr leider nicht möglich, sich abends mit ihm zu treffen, Lindsay habe eine schlimme Erkältung. Vielleicht könnten sie sich in einer Woche wieder treffen. So blieb ihm nichts anderes übrig, als zu warten und sie jeden Tag anzurufen, im vollen Bewußtsein jenes anderen Lebens, das sie mit Mann und Kind führte, und dennoch ohne recht an die Realität dieses anderen Lebens glauben zu können.

Nichts konnte ihm die Realität dieses Lebens erbarmungsloser vor Augen führen als Lindsay in Person. Am ersten Samstagnachmittag, an dem Russell zum Fußball ging und es ihr möglich war, das Haus zu verlassen, brachte sie Lindsay mit.

«O Martin, es tut mir so leid. Ich mußte sie einfach mitbringen. Sonst hätte ich auch nicht kommen können.»

Sie war ein sehr hübsches kleines Mädchen; jeder würde das gefunden haben. Sie war dunkelhaarig wie ihre Mutter, doch sonst ähnelte sie ihr nicht sehr. Die beiden waren auf sehr verschiedene Weise hübsch. Francesca hatte eine rosige Gesichtsfarbe und sehr feingeschnittene Züge, dazu Haare, die sich in ihrer ganzen Länge leicht wellten und sich an den Spitzen nach außen bogen, und ihre Augen waren dunkelbraun. Lindsays Augen dagegen waren hellblau, ihre Haut fast olivfarben, der Mund wie die Knopse einer sehr roten Blume, vielleicht einer Kamelie oder einer Azalee aus dem Geschäft ihrer Mutter. Wohl wegen ihres glatten, fast schwarzen, und für ein so kleines Kind ungewöhnlich langen Haares wirkte sie älter, als sie wirklich war. Einen Augenblick lang kam es Martin vor, als gehöre das Gesichtchen neben Francescas lächelndem, verzeihungheischendem Antlitz einer aggressiven Halbwüchsigen: Und als Francesca sie dann aus ihren Hüllen von Mantel und Wolltuch herausgeschält hatte, da war fast noch ein Baby zum Vorschein gekommen, eine wackelnde Puppe, noch keine neunzig Zentimeter groß.

Lindsay rannte durch die Wohnung und entdeckte jauchzend das schwedische Kristall. Martin saß das Herz auf der Zunge, aber er beschimpfte sich innerlich, daß er sich in seinem Alter bereits wie ein verknöcherter Junggeselle benähme. Wenn er jetzt schon so wäre, wie würde er erst sein, wenn er selbst Kinder hätte, wenn er und Francesca eigene Kinder hätten? Lindsay begann, seine sämtlichen Bücher aus dem Regal zu ziehen und auf den Boden zu werfen. Es überraschte Martin, daß Francesca ihn vor Lindsays Augen küßte und es zuließ, daß er ihre Hand hielt, ja, daß sie ihren Kopf gegen seine Schulter lehnte. Es überraschte ihn nicht nur, es befremdete ihn eigentlich ein wenig, denn Lindsay hatte bislang nur einen einzigen Satz gesagt, den allerdings immer wieder, in einer unmodulierten Plapperstimme: «Ich will zu meinem Daddy!»

Martin blickte Francesca an, um zu sehen, wie sie es aufnahm, aber selbst, als Lindsay es schon wenigstens zehnmal wiederholt hatte, lächelte sie nur vage und fuhr fort, Martins Gesicht mit Schmetterlingsküssen zu bedecken. Sie scheint sich nichts daraus zu machen, wenn Russell alles erfährt, dachte Martin, und es beglückte ihn. Es ist ihr egal, weil sie weiß, daß ihre Ehe mit Russell vorbei ist.

Dann geschah etwas sehr Merkwürdiges.

Martin hatte gerade ziemlich düster seine Befürchtungen geäußert, daß sie sich während der Weihnachtszeit wohl nicht sehr häufig würden treffen können.

«Nein, aber ich kann dir etwas Erfreuliches erzählen, Liebling.» Francescas Augen funkelten. «Ich kann die ganze Zeit über Silvester und Neujahr bei dir bleiben – wenn du es möchtest.»

«Und ob ich es möchte! Es ist das schönste Weihnachtsgeschenk, das du mir machen kannst!»

«Russell nimmt sie an dem Wochenende mit zu seinen Eltern nach Cambridge.»

Lindsay kam an, kletterte auf die Knie ihrer Mutter, legte ihr beide Hände über den Mund und sagte:

«Wir wollen jetzt nach Hause!»

Martin sagte: «Ich denke, seine Eltern wohnen in Oxford? Du hast, glaube ich, gesagt, in der Woche, in der wir uns kennengelernt haben, hätte er Lindsay zu seinen Eltern nach Oxford mitgenommen.»

Francesca öffnete den Mund, um etwas zu sagen, aber Lindsay preßte ihr die Lippen zusammen. «Wir wollen nach Hause, wir wollen nach Hause», plärrte sie, «ich will zu meinem Daddy!»

Francesca hob Lindsay hoch und stand auf. «Ich muß sie jetzt nach Hause bringen, Martin, oder wir könnten vielleicht zusammen einen Spaziergang machen. Oh, laß das, Lindsay! Sei nicht so gräßlich!» Sie richtete ihre klaren, grundehrlichen Augen auf Martin.

«Russells Eltern wohnen in Cambridge, Martin. Ich fürchte, *du* bist es, der das durcheinandergebracht hat. Man nennt diese beiden Städte eben immer irgendwie in einem Atemzug, nicht wahr? Da hast du sie eben verwechselt.»

Wieder erlaubte sie ihm nicht, sie nach Hause zu fahren, und bestand auf einem Taxi.

Am Sonnabend, dem 16. Dezember, flogen Mrs. Bhavnani und Suma nach Sidney, und Martin machte nach seinem gewohnten Drink mit Norman Tremlett im *Flask* seine Weihnachtseinkäufe. Er kaufte sechs verschiedene Rosensträucher für seinen Vater, «My Choice», «Duke of Windsor», «Peace», «Golden Showers» und zwei Exemplare «Super Star», außerdem eine Flasche Eau de Toilette «Rive Gauche» für seine Mutter, eine Schachtel Taschentücher, mit gelben und blauen Rosen bestickt, für Caroline, und für die Vowchurchs, die ihn für den zweiten Weihnachtstag eingeladen hatten, einen Blumentopfaufhänger aus Macramé. Mr. Cochrane würde eine Zehnpfundnote bekommen. Sonst gab es niemanden, für den er einkaufen mußte, abgesehen von Francesca.

Das war schwierig. Er hatte nie gesehen, daß sie Schmuck trug, also machte sie sich vermutlich nichts daraus. Er konnte ihr auch keine Kleidungsstücke kaufen, da er ihre Konfektionsgröße nicht wußte, auch kein Parfüm, da er ihren Geschmack nicht kannte. Schließlich fand er in einem Antiquitätenladen zwei geschliffene Parfümflakons mit silbernen Stöpseln, für die er dreißig Pfund zahlte.

Am Sonntag war er zum Lunch bei seinen Eltern. Heimlich, so daß sein Vater es nicht sah, schob seine Mutter ihm die neueste Ausgabe der *North London Post* zu. Der Titelseitenaufmacher war mit der Schlagzeile überschrieben: «Wunderoperation für armen Hornseyjungen», darunter war ein Foto von Mr. und Mrs. Bhavnani mit Suma, eine in typisch viktorianischer Weise gestellte Atelieraufnahme, die augenscheinlich mehrere Jahre alt war. Mrs. Bhavnani, angetan mit einem Sari, saß in einem geschnitzten Armstuhl, der kleine Junge lehnte gegen ihre Knie, und ihr Gatte stand aufrecht hinter ihr.

«Ein Verwandter habe es der Presse mitgeteilt, heißt es in dem Blatt», flüsterte Mrs. Urban. «Sieh mal, hier steht, das Geld dafür sei von einem Kunden ihres Geschäftes gespendet worden, der anonym bleiben möchte.»

Martin sah, daß wiederum Tim der Berichterstatter war. Es war jetzt einen Monat her, daß er ihn zuletzt gesehen hatte. Sollte er ihn nicht anrufen und sich in den Weihnachtstagen mit ihm verabreden?

Für Heiligabend war er mit Norman Tremlett auf einen Drink verabredet, für den Abend des ersten Weihnachtstages zum Abendessen mit Gordon und Alice Tytherton. Weihnachten war doch nun mal eine Zeit, die man gern mit seinen engen Freunden verbringt, und hatte Tim ihm nicht eigentlich viel nähergestanden als Norman oder die Tythertons? Martin konnte sich nicht erinnern, daß jemals, seit sie sich im Mai dort im Wald begegnet waren, eine so lange Zeit verstrichen war, ohne daß sie einander gesehen hatten. Irgendwo hatte er einmal gelesen, daß wir diejenigen hassen, die wir verletzt haben, aber das schien ihm einfach zu absurd. Sicherlich hassen wir doch diejenigen, die *uns* verletzt haben? Vielleicht war aber auch beides richtig. Immerhin konnte man doch nicht sagen, er habe Tim verletzt, weil er nicht zu seiner Dinnereinladung gegangen war. Nein, es war eher *er*, der sich beleidigt fühlen konnte, durch Tims Sarkasmus und seine Vorwürfe. Sie waren doch wohl der Grund, weshalb er eine Abneigung gegen Tim gefaßt hatte. Außerdem war Tim ein etwas zwielichtiger Gefährte, und mit Francesca würde er bestimmt nicht harmonieren.

Mr. Cochrane erschien am Freitag vor Weihnachten nicht. Statt dessen weckte er Martin, indem er morgens um fünf Minuten vor sechs anrief, um mitzuteilen, seine Schwägerin müsse in ein – er nannte es Pflegeheim – gebracht werden, und er gedenke, sie im Krankenwagen zu begleiten. Martin fragte sich, ob das vielleicht der Grund war, weshalb Mrs. Cochrane seinen Brief nicht beantwortet hatte. Möglich. Aber bestimmt war es keine Erklärung dafür, daß Miss Watson nicht wieder geschrieben oder angerufen hatte, oder dafür, daß er bisher von Mr. Deepdene keine Bestätigung seines Schecks erhalten hatte.

# 9

Die Polizei kam und verhörte Finn. Er war einer der letzten gewesen, der Anne Blake lebend gesehen hatte, das hatten ihre Freunde in der Nassington Road ausgesagt. Finn erklärte, er habe das Haus in der Modena Road um halb fünf verlassen, kurz nachdem sie nach Hause bekommen sei, und sei seinerseits direkt nach Hause gefahren. Damit schienen sie zufrieden zu sein. Finn überlegte, wie anders die Dinge hätten verlaufen können, wenn einer der Polizisten – etwa dieser ältere Ermittlungsbeamte – zufällig vor elf Jahren mit der Untersuchung des Mordes an Queenie befaßt gewesen wäre. Aber niemand brachte den Zimmermann und Elektriker aus der Lord Arthur Road in Verbindung mit dem fünfzehnjährigen, fast weißhaarigen Jungen, der damals in jenem Haus in Hornsey gewohnt hatte, wo eine andere Frau erschlagen worden war. Finn fürchtete auch nicht die Polizei. Er fürchtete um seine Mutter.

Lenas Lesebrille war innerhalb einer Woche wieder repariert. Zu diesem Zeitpunkt waren die Berichte über die Parliament Hill-Mordaffäre bereits auf die hinteren Seiten der Zeitungen gerutscht, aber Finn fürchtete, ihr könnte zufällig eine ältere Ausgabe in die Hände geraten. Womöglich konnte ein Paar Schuhe, das sie beim Trödler erstand, damit ausgestopft oder eine Duftkerze darin eingewickelt sein. Jedesmal, wenn er sah, wie Lena zu ihren Trödlergängen loszog, dick vermummt in mehrere übereinandergezogene Mäntel und Schultertücher, in einer Hand eine koreanische Basttasche, in der anderen ein Gemüsenetz, dann versetzte es ihm einen Stich. Er konnte selbst nicht begreifen, was ihn dazu getrieben hatte, Anne Blake auf offener Straße abzuschlachten, wo er doch so einfach bis zum nächsten Tag hätte warten und einen einwandfreien Unfall hätte vortäuschen können. Wie wollte er es je dahin bringen, andere zu beherrschen und Schicksale zu lenken, wenn er sich nicht einmal selbst unter Kontrolle hatte?

Täglich lebte er in Erwartung der noch ausstehenden Restzahlung, des zweiten Geldpäckchens, mit dem eines der olivenhäutigen Kaiafasschen Kinder erscheinen würde. Aber es wurde Weihnachten, bevor es endlich geschah. Der älteste Junge brachte das Geld. Es war in rotes, mit Stechpalmenblätter verziertes Papier eingewickelt, mit silbernem Klebestreifen verschlossen und trug einen Mistelzweig als zusätzlichen Schmuck. Finns blasse, stechende Augen und sein skelettartiger Körper in der schmutzigen, weißen Robe erschreckten das Kind wohl. Hastig murmelte es etwas über seinen Daddy, der erst die Grippe gehabt hätte und jetzt eine Lungenentzündung, und dann rannte es davon.

Finn riß das rote Papier herunter, nicht sonderlich amüsiert über Kaiafas' makabren Scherz. Darunter war eine Keksschachtel, in der das Geld steckte, von Zeitungspapier umhüllt, genauer gesagt, von einer *Daily -Mirror*-Ausgabe vom 28. November mit einem Foto des Fußweges und der Baumgruppe, wo Anne Blake gestorben war. Finn riß sie in Fetzen und verbrannte sie, genau wie er Anne Blakes Geld, ihr Scheckbuch und ihre Kreditkarten verbrannt hatte.

Das Geld stimmte, zweihundertundfünfzig Zehnpfundnoten. Er brauchte keine Sorge zu haben, *ihn* würde bestimmt niemand ausrauben, *ihn* nicht. Sie waren auf der Hut vor ihm in der Nachbarschaft, seit er sich für Kaiafas die Hausbesetzer vorgenommen hatte. Er steckte das Geld in einen Plastikbeutel, kniete sich auf den Boden und schob es unter seine Matratze. Da hörte er Lena draußen an seiner Tür vorübergehen. Sie plauderte unentwegt, es war also noch jemand bei ihr; Mrs. Gogarty vielleicht oder der alte Bradley, dessen Schwiegertochter ihm immer das Haus vor der Nase zuschloß, während sie auf Arbeit war, so daß er ständig in der Bücherei oder bei Lena Zuflucht suchen mußte. Finn lauschte und lächelte leise. Sie hatte haufenweise Freunde, sie war nicht wie er, sie konnte Menschen lieben. Sie hatte sogar Queenie geliebt...

Lena war über vierzig gewesen, als Finn geboren wurde. Sie hatte nie gedacht, daß sie ein Kind bekommen würde. Ihr Mann war an der Addisonschen Krankheit gestorben, und sie nannte das Baby nach dem Verstorbenen Theodor. Aber so wurde er nie genannt, höchstens von seinen Lehrern in der Schule. Lena brauchte keinen Namen für ihn, es genügte, daß ihre Stimme einen ganz speziellen Klang bekam, wenn sie zu ihm sprach, und für Queenie hatte er immer «Liebling» geheißen. Finn war sechs Monate alt gewesen, als sie zu Queenie zogen.

Lena konnte nicht mit einem Baby allein leben, dazu fehlte es ihr an Kraft und Selbstvertrauen. Queenie war ihre Kusine und ebenfalls Witwe. Sie war staatlich geprüfte Krankenschwester, war dick, praktisch und anscheinend auch freundlich; vor allem besaß sie ein eigenes Häuschen.

Queenies Haus stand in Middle Grove, Hornsey, und war eines jener typischen, schmalen, dreistöckigen Reihenhäuser mit Schieferdach. Finn hätte gern mit in Lenas Zimmer geschlafen, aber Queenie meinte, das sei albern und auch nicht richtig, zumal es schließlich vier Schlafzimmer gäbe. Lena bekam zwar eine winzige Rente von Theodor Finns Arbeitgebern, aber sie war zu klein, um davon zu leben und Finn aufzuziehen, deshalb nahm sie die Putzstelle bei Mrs. Urban in der Copley Avenue an und ließ das Kind zu Hause bei Queenie. Es war Queenies sehnlichster Wunsch und auch ihre feste Absicht – wenn auch ohne vorsätzliche Bosheit und ohne eigentlich zu wissen, was sie tat –, Finns Liebe zu gewinnen und ihn so weit zu bringen, daß er sie seiner Mutter vorzöge. Sie war überzeugt, daß sie einen besseren Einfluß auf ihn hätte als Lena. Sie las ihm aus «Thomas, die Lokomotive» vor, fütterte ihn nachmittags mit Bananensandwiches und fuhr ihn im Kinderwagen durch die Geschäfte, und wenn die Leute «Ihr kleiner Junge» sagten, widersprach sie nicht.

Lena beobachtete das alles mit wortlosem Kummer. Sie hatte keine Kraft zum Kämpfen, sie konnte nur voller Schmerz und Hilflosigkeit den Raub ihres Sohnes mitansehen. Aber eigentlich gab es gar nichts zu sehen, denn Finn ließ sich nicht umstimmen. Eine Weile zauderte er, halb verführt durch das Vorlesen und die Bananenbrote, dann aber kehrte er stillschweigend zu seiner Mutter zurück, schlich sich nachts durch die Dunkelheit und kroch zu Lena ins Schlafzimmer.

Er war dreizehn, da begann das mit den Poltergeistern. Lena, mit dem Übersinnlichen wohlvertraut, glaubte tatsächlich, es seien Geister, aber Finn wußte es besser. Manchmal konnte er die Energie durch seine Adern rinnen fühlen, wie elektrischer Strom durch Kupferleitungen fließt, konnte fühlen, wie sie seine Muskeln zum Schwellen brachte und von seinen Fingerspitzen abstrahlte. Damals sah Lena zum erstenmal seine Aura. Sie war goldenorange wie die aufgehende Sonne. Und er wurde sich seiner Gehirnwellen bewußt, seines Überschusses an Kraft.

Eines Tages rasselten sämtliche Teller in Queenies Geschirrschrank von ihren Regalen, und eine Menge davon ging kaputt. Ein andermal kam ein Ziegelstein durchs Küchenfenster geflogen, und zur gleichen Stunde fiel eine gerahmte Fotografie, die Queenie in voller Schwesterntracht zeigte, von der Wand, so daß das Glas zerbrach.

Queenie behauptete, Finn habe schuld, er wäre es gewesen, der es getan habe; aber auch sie konnte nicht erklären, wie er einen Felsbrocken hätte ins Haus schleppen sollen, den kein Mensch auch nur einen Zentimeter vom Boden bewegen konnte. Die Poltergeister verschwanden, bald nachdem er angefangen hatte, Haschisch zu rauchen. Und als sie fort waren, trauerte er ihnen heftig nach und betete um ihre Wiederkunft zu jeglichem Gott oder Geist oder Propheten, der ihm bei seiner Lektüre begegnete. Aber sie hatten ihn verlassen. Da beschloß er, Queenie zu töten.

Es gab dafür eine Reihe von Gründen: Er fürchtete sich vor ihren Hänseleien, und er ärgerte sich über ihre Abneigung gegen seine diversen Beschäftigungen. Sie hatte sogar eines seiner Bücher über die Rosenkreuzer verbrannt. Außerdem wollte er wissen, wie man sich fühlte, wenn man getötet hatte. In seinen Augen glich das Töten einer Feuertaufe an der Schwelle jenes Lebens, das zu führen er sich wünschte, und an der Schwelle der Person, die er zu werden wünschte. Und Queenie war als Opfer geradezu prädestiniert: häßlich, dumm, unsympathisch, jemand, der weit davon entfernt war, das wahre Licht zu erschauen, eine noch ungeformte Seele. Und dann hatte sie ja auch ein Haus, von dem sie immer und immer wieder gesagt hatte, sie werde es Lena hinterlassen. Brenda, ihre Tochter, die in Newcastle lebte, sah sie niemals, von ihr bekam sie lediglich jeweils eine Postkarte zu Weihnachten. Finn verstand nicht recht, weshalb seine Mutter so gern ein eigenes Haus besitzen wollte, aber sie wollte nun mal eins, und er fand, sie hätte darauf eher ein Anrecht als Queenie.

Er trug den Vorsatz, sie zu töten, zwei Jahre lang mit sich herum, aber als er die Tat dann wirklich vollbrachte, da geschah es spontan, beinahe zufällig und ohne seinen Willen. Eines Nachts weckte Queenie Lena und ihn und behauptete, sie habe unten im Haus jemanden gehört. Es war im Frühling und drei Uhr morgens. Finn ging mit Queenie hinunter. Es war niemand dort, aber ein Fenster stand offen, und etwas Geld, etwa sieben Pfund in Noten und Kleingeld, war aus einer Dose im Küchenschrank gestohlen worden.

Queenie hielt den Schürhaken in der Hand, den sie immer benutzten, um den Dauerbrandofen im Wohnzimmer durchzurütteln.

«Gib mal her», sagte Finn.

«Was willst du damit?»

«Ich möchte was ausprobieren.»

Sie gab ihm den Haken und wandte ihm den Rücken zu, um nach ihren Ringen zu sehen, dem Ehe- und dem Verlobungsring, die sie allabendlich abzog und in ein Glasschälchen auf dem Kaminsims legte. Finn hob den Schürhaken und schlug ihr damit auf den Hinterkopf. Sie gab einen entsetzlichen Ton von sich, einen markerschütternden, stöhnenden Klagelaut. Er schlug wieder und wieder zu, bis sie endlich verstummte, bis sie nichts mehr war als ein großer, in sich gekrümmter, blutiger Haufen. Da ließ er den Haken fallen, drehte sich langsam um und... sah Lena in der Tür stehen.

Beim Anblick des Blutes begann Lena zu schlottern. Ihre Zähne schlugen aufeinander, und sie stieß ununterbrochen kleine, wimmernde Töne aus. Dennoch packte sie ihn mit ihren zitternden Händen, befahl ihm, sich zu waschen, nahm ihm seinen Schlafanzug fort – mehr hatte er nicht an – und stopfte die Sachen in den Ofen zwischen die glühenden Briketts. Dann wusch sie eigenhändig den Feuerhaken ab. Sie ließ Finn einen sauberen Pyjama anziehen, befahl ihm, ins Bett zu gehen und sich schlafend zu stellen. Dann lief sie schreiend hinaus und alarmierte die Leute im Nachbarhaus, die die Polizei riefen. Als sie kamen, da schlief Finn tatsächlich, er wurde nicht einmal verdächtigt.

Es brachte Lena vollends an den Rand des Wahnsinns, von dem sie sich lange genug nur mühsam ferngehalten hatte. «Akute Schizophrenie», hörte Finn den Arzt sagen. Das war in dem Hospital gewesen, in das man sie gebracht hatte, nachdem sie aufgegriffen worden war, weil sie in mehrere Fleischerläden gelaufen war und geschrien hatte, sie verkauften dort Menschenfleisch. Und danach hatte sie sich in der Archway Road mitten auf die Straße gelegt und den Autofahrern zugerufen, sie sollten sie überfahren.

Aber sie hatten das Haus doch nicht bekommen, denn es gab kein Testament, also fiel es an Brenda, die sie genau noch sechs Monate dort wohnen ließ.

Finn ging nie wieder in die Schule, nachdem Queenie tot war, und im tiefsten Winter, nach seinem sechzehnten Geburtstag, zogen sie um in die Lord Arthur Road, Lena in ihr Kaninchengehege im Dachgeschoß und er in sein jetziges Zimmer.

Er stand drinnen hinter der Tür und horchte auf die Schritte, die die Treppen hinuntergingen, und auf Mr. Bradleys dünne, brüchige Stimme, die immer und immer wieder krächzte: «Gott segne Ihr freundliches Herz, meine Liebe, Gott segne Ihr freundliches Herz!» Nach einer Weile ging Finn ebenfalls auf die Straße hinunter und rief von der Telefonzelle an der Ecke der Somerset Grove aus bei Kaiafas an. Er brauchte Arbeit, seit der Reparatur des Erkers bei den Frazers hatte er keinerlei Job mehr gehabt. Kaiafas schlug ein Treffen vor, und zwar im *Jack Straw's Castle*. Das läge ziemlich genau auf halbem Wege zwischen ihren Wohnungen, meinte er und hustete dabei erbarmungswürdig ins Telefon. Die Verabredung lag noch in weiter Ferne, erst zwei Tage nach Weihnachten sollte sie sein, aber Finn konnte nichts dagegen einwenden, weil Kaiafas behauptete, er müsse noch immer das Bett hüten.

Die Luft war schneidend vor Kälte, und der geschmolzene Schnee war erneut überfroren, als er sich nach Hampstead auf den Weg machte, um Kaiafas zu treffen. Lena war von irgendeinem Einkaufsbummel, den sie mit Mrs. Gogarty unternommen hatte, noch nicht heimgekehrt. Ein wächserner Mond hing über Highbury, von einem grünlich-weißen Dunstschleier umgeben, und ein feiner Schnee fiel, kleine, harte Flocken, die auf der Haut brannten. Oben auf der Heath, der höchsten Erhebung innerhalb Londons, blies ein eisiger Ostwind, und die geborstenen, frisch überfrorenen Eisschollen auf dem Whitestone Pond erinnerten an einen Granitsteinbruch.

Das *Jack Straw's-Castle* war halb leer. Finn setzte sich und wartete auf Kaiafas. Er dachte nicht daran, sich einen Drink zu bestellen, Geld zu verschwenden bloß der Form wegen. Er sah lediglich einen einzigen Menschen, den er kannte, wenn auch nur vom Sehen. Das war ein *Post*-Reporter, so ein dunkler Typ, mager wie er selbst, mit schwarzem Haar und einem sehr roten Mund. Finn hatte ihn öfters gesehen, wenn er bei den Mietern in der Lord Arthur Road seine Einmannverhöre anstellte, die er dann in seine Storys über Mißhandlungen und Erpressungen ummünzte. Der Mann war nie sehr weit gekommen, denn die Leute, die er interviewte, hielten es noch nicht einmal für nötig, der Polizei etwas zu erzählen, geschweige denn einem Zeitungsfritzen.

Finn beobachtete ihn. Er sprach mit einem behäbig dreinschauenden, dicken Mann, schrieb etwas in sein Notizbuch und drückte seine Zigarette aus. Finn konzentrierte sich auf ihn, um ihn durch die Macht seiner Gedanken dazu zu bringen, sich eine neue Zigarette anzuzünden. Und was ihm neulich bei der Frau mit dem Bügeleisen nicht gelungen war – hier bei dem Reporter gelang es ihm auf Anhieb. Finn war sehr mit sich zufrieden. Da trat Kaiafas ein. Der arme Kaiafas hatte ein Gesicht wie eine alte Ledertasche, schlaff und beutelig, und Augen wie Rosinen. Wenn er abends ausging, trug er immer helle Anzüge aus einem glatten, leicht glänzenden Material. Heute abend war sein Anzug silbrig-blau, aber darüber trug er einen schwarzen Lammfellmantel mit einem schwarzen Pelzkragen, in dem er sein ungewöhnlich blasses Gesicht geradezu versteckte.

«Was willst du zu trinken, Fiin?»

«Ananassaft», sagte Finn. «Marke Britvic.»

Kaiafas begann von Anne Blake zu erzählen, als ob Finn nicht das geringste mit ihrem Tod zu tun hätte, ja, als ob er noch gar nicht wisse, daß sie tot wäre, allerdings tat er es nicht ohne gelegentliches Zwinkern und zahlreiche Knüffe.

«Bei der Miete, die sie hat mir gezahlt, Fiin, sie hätte sich leisten können ein Taxi, aber nein, muß sie gehen allein in diese einsame Gegend bei Dunkelheit! Und was ist Ergebnis?» Kaiafas hatte die Angewohnheit, auf jeden Gesprächspartner, egal, wer es war, mit dem Finger zuzustoßen. «Sie haben ein paar sehr gute Möbel, Antiquitäten. Ihre Schwester kommen und nehmen alles weg!» Es klang sehr bedauernd.

«Na schön», meinte Finn.

Kaiafas stieß ihn in die Rippen. «Schlimmer Wind heute, was? Tut niemand nichts gut!» Er kicherte vergnügt, aber gleich mußte er wieder husten. Finn fragte ihn nicht, wie es ihm gesundheitlich gehe; solche Fragen stellte Finn nie jemandem. «Noch einen solchen Ananassaft?» fragte Kaiafas.

Finn nickte.

«Diesmal bitte schön mit Tropfen Wodka? Nein?»

«Nein», sagte Finn. «Sie wissen doch, ich trinke nicht.»

«Ach ja. Nun, was ist? Du machen schöne Job für mich, dekorieren Haus, Fiin? Haus streichen, neue Kabel und neuen Teppich legen, den ich habe erstanden hintenherum bei Pickford, ja?»

Finn sagte okay und trank seinen zweiten Ananassaft. Sie sprachen noch eine Weile darüber, und dann ging Finn. In der Lord Arthur Road parkte er den Transporter in denselben Furchen graugefrorenen Schnees, die er beim Wegfahren hinterlassen hatte. Im Moment, da er das Haus betrat, wußte er, daß etwas nicht stimmte, er konnte es förmlich riechen. Er lief die Treppen hinauf wie ein Tier, das höher und höher klettert, obgleich es ahnt, daß oben eine Falle oder ein Raubtier warten könnte.

Auf halber Treppe zwischen seinem Zimmer und Lenas Wohnung wartete Mrs. Gogarty auf ihn. Sie lehnte sich Ausschau haltend über das Treppengeländer, so daß er den weißen Mond ihres Gesichtes schon sah, bevor er in seinem Stockwerk angekommen war. Er hastete hinauf, und Mrs. Gogarty klammerte sich an ihn, krallte sich mit den Händen in seine Kleider. In ihrem Gesicht arbeitete es, ihre Stimme war ein einziges Krächzen, und sie konnte kaum sprechen. Mrs. Gogarty fürchtete sich beinahe vor allem, was in der realen Welt vorkam, vor geschlossenen Räumen, vor weiten Plätzen, vor Spinnen, Mäusen und Katzen, vor Menschenmengen, vor Einsamkeit, vor plötzlichen Geräuschen, vor der Stille, bloß vor dem Wahnsinn fürchtete sie sich weit weniger als die meisten Menschen. Davon hatte sie mehr als genug gesehen. Während sie zu Lenas Behausung hinaufgingen, gelang es ihm, die Geschichte aus ihr herauszuholen.

Sie und Lena waren auf einem Trödelmarkt in der Fleet Road in Hampstead gewesen, und als sie dort weggingen und den Bus nehmen wollten, hatten sie an einem Lampenpfosten einen Anschlag gesehen, der Lena in helle Aufregung versetzte. Finn wollte wissen, was für eine Art Anschlag das gewesen sei. Mrs. Gogarty konnte nur immer wieder stammeln: «Der Mord, der Mord!», aber das genügte auch, um ihm alles klarzumachen. Lena hatte eine der polizeilichen Suchanzeigen gesehen, in denen die Bevölkerung zu Informationen aufgerufen wurde, um dem Parliament Hill-Mörder auf die Spur zu kommen. Wahrscheinlich waren die Dinger überall zwischen Hampstead Heath und Gospel Oak verteilt.

«Und was war dann?» flüsterte er.

«Sie hat immer nur geschrien, daß du es getan hättest! Er, frage ich, dein wunderbarer Junge? Aber Worte sind wie Wind. Gott sei Dank waren nicht viele Leute da. Und es kam auch ein Taxi, ich erwischte tatsächlich ein Taxi; aber wie ich sie da hineingekriegt hab, weiß ich immer noch nicht. Ich mußte sie die ganze Zeit im Taxi festhalten. Sie ist ja klein, aber sie ist so furchtbar stark, wenn es über sie kommt.»

«Wo ist sie jetzt?»

«Da drin», erwiderte Mrs. Gogarty zitternd. «Sie hockt da drinnen, geduckt wie ein Tiger. Sie hat gesagt, du hast den Mord auf dem Gewissen. Und dann sagte sie noch, wir sollen sie nicht fortschikken. Ich wußte gleich, was sie damit meinte, und ich hab's ihr versprochen, ich hab gesagt, nein, nicht *das*!»

Finn sagte: «Warten Sie einen Moment!» und lief hinunter in sein eigenes Zimmer. Von der hinteren Seite seines Bücherregals, hinter «Beelzebubs Geschichten», holte er ein Einmachglas hervor, das sein Spritzbesteck und seine Ampullen mit Chlorpromazin enthielt. Er würde ihr eine große Dosis geben, fünfzig Milligramm; oder fünfundsiebzig? Finn hatte zwar keine Freunde, aber er hatte doch Bekannte, die ihm alles mögliche beschafften. Mrs. Gogarty stand noch immer vor Lenas Tür, ihr Gesicht zitterte, und in den Winkeln ihrer nicht ganz symmetrischen blauen Augen glitzerten Tränen.

Finn öffnete die Tür und ging durch die winzige Küche. Unter der Tür der Teilungswand, die er selbst gebaut hatte, blieb er stehen. Lena hatte sich in dem Lehnstuhl unter dem Vogelkäfig zusammengekauert, die Beine unter sich gezogen, die Hände um den Kopf gekrallt. Als sie Finn sah, sprang sie. Sie sprang ihn an, fuhr ihm an die Kehle, klammerte sich um seinen Nacken und drückte mit den Daumen zu.

Mrs. Gogarty stieß einen spitzen Schrei aus, schloß die Tür hinter sich und fiel dagegen wie ein durch die Luft geworfenes Kissen. Finn taumelte unter dem strangulierenden Griff seiner Mutter. Es gelang ihm, seine Finger unter ihre Hände zu schieben, die wie Stahlklammern um seinen Hals lagen. Er zwang ihre Arme hinunter und drehte sie von sich weg. Mit einer Hand hielt er ihre Handgelenke umschlossen, den anderen Arm hatte er ihr unters Kinn gehakt. Sie knirschte mit den Zähnen, entblößte sie fletschend und zischte sinnlos: «Bring mich nach Hause! Ich will nach Hause!» Finn wagte nicht, sie loszulassen. Er wußte, sie würde ihn erneut angreifen, denn sie wußte weder, wer sie war, noch, wer er war, noch, wo sie sich befanden. Deshalb sagte er zu Mrs. Gogarty:

«Tun Sie es!»

Sie kam angstvoll näher, sie scheute sich, die Spritze zu nehmen, aber sie hatte schließlich oft genug zugesehen, wie es gemacht wurde, hatte es auch schon bei sich selbst getan. Finn hätte eine Zwangsjacke benutzen können, aber er sträubte sich gegen all solche Dinge. Er hielt sie einfach fest umschlungen, bis die Droge sie schlaff machte, dann hob er sie auf und legte sie in ihrem Puppenschlafzimmer aufs Bett.

«Ein Ausbund an Fürsorglichkeit», murmelte Mrs. Gogarty, «wirklich, ein Ausbund...»

«Können Sie allein nach Hause gehen? Ja?»

Das große weiße Gesicht nickte wabbelnd.

«Keine Angst vor der Dunkelheit?» fragte Finn.

«Dunkel ist es ja schon seit vier Uhr», meinte sie und hielt ihm ein Amulett vor die Augen, das sie um den Hals trug. Denn es waren ja nicht die Strolche oder das Glatteis auf den Wegen, weshalb sie sich vor der Dunkelheit fürchtete.

Finn deckte Lena zu und blieb die ganze Nacht über bei ihr. Vor Morgengrauen gab er ihr eine weitere Spritze. Sie lag ganz still, fast ohne Atem, als ob sie bereits tot sei. Er wußte nicht, was ein Arzt ihr verordnet hätte, und er würde auch keinen danach fragen. Denn ein Arzt würde Lena einweisen wollen, und genau das durfte nicht sein; ebensowenig brauchte irgend jemand ihr Wahnsinnsgeschwätz über Mord anzuhören.

Damit nämlich fing sie am Morgen wieder an. Aber es war längst zu spät für Finn, ihr mit irgendwelchen lautstarken Gegenargumenten zu kommen, um sie reinzuwaschen von ihrem Verdacht. Sie erkannte ihn gar nicht. Es war jetzt nicht ihr Sohn, sondern der böse Feind, der Queenie getötet und der seither Hunderte von Frauen umgebracht hatte. Sie schrie so laut und anhaltend, daß einer der Mieter von unten heraufkam und sagte, er würde die Polizei holen, wenn das nicht aufhörte.

Finn tat Phenobarbiton in heiße Milch und goß es ihr mühsam durch die Kehle. Und weil das nicht gleich wirkte, zwang er noch einen Brandy hinterher. Er hatte entsetzliche Angst, es könnte zuviel sein, und er würde sie damit töten, aber er mußte doch ihre Schreie zum Verstummen bringen. Sie hatten schon so viel zusammen durchgemacht, er und sie. Sie hatten sich gegen eine ganze Welt zur Wehr gesetzt, hatten das Unsichtbare erforscht und sich fremden geistigen Mächten genähert. Sie weinte sich in den Schlaf, und er saß neben ihr, blickte ratlos in das fahle, verzerrte Gesicht und hielt ihre große, von starken Venen überzogene Hand in seiner großen Hand; dies war das Äußerste an Zärtlichkeit, was er je für ein lebendes Wesen empfunden hatte.

Am Sonntag ging sie dann unentwegt im Zimmer rundum, betastete die Wände mit den Fingerspitzen, als ob sie blind sei, hob jedes einzelne der herumstehenden Sächelchen auf, befingerte es und roch daran. Als sie schlief, nahm er den Vogel mitsamt dem Käfig und trug ihn hinunter in sein Zimmer. Sie würde den Vogel sonst umbringen, ihn mit ihren starken Händen zu Tode würgen, wie sie es mit seinem Vorgänger gemacht hatte, und hinterher außer sich sein vor Kummer über seinen Tod. Jeden Tag gab er ihr Phenobarbiton, bis allmählich ihre Augen die Umwelt wieder erfaßten und auch auf ihm ruhen blieben, bis aus ihren geschwollenen, aufgesprungenen Lippen heiser eine Stimme ertönte, die wieder mehr oder weniger normal klang.

«Laß sie mich nicht wegholen, bitte!»

«Komm, komm», sagte Finn, «*ich* doch nicht!»

Sie weinte und konnte nicht wieder aufhören. Stundenlang weinte sie, warf sich verzweifelt hierhin und dorthin, vergrub das Gesicht in den Händen, wiegte sich vorwärts und rückwärts, weinte und weinte, bis am Ende aller Wahnsinn von Tränen fortgeschwemmt schien.

## 10

«Ein dreifaches Hoch auf die drei Musketiere!» rief Norman Tremlett, schwenkte das Glas und verschüttete ein bißchen Gin-Tonic.

Er sagte das seit zehn Jahren jede Weihnachten, und er würde es auch für den Rest seines Lebens jede Weihnachten sagen, wenn man ihm Gelegenheit dazu gab. Natürlich spielte er damit auf sich, Martin und Adrian Vowchurch an. Adrian lächelte Norman mit seinem dünnen, toleranten oder resignierten Lächeln an und reichte ihm einen Teller mit japanischen Reiscrackern. Obwohl es auch diese Cracker schon als Cocktailknabberei gegeben hatte, so lange Martin – und folglich auch Norman – denken konnte, führte sich Norman auf, als seien sie die originellste avantgardistische Novität. Wie ein Clown knabberte er prüfend daran herum und verkündete dann, sie seien wirklich und wahrhaftig aus Insekten gemacht. Schließlich wüßte ja jeder, daß die Japaner Insekten äßen. Seinem eigenen Vater habe man auf einer Geschäftsreise in Japan schokoladenüberzogene Ameisen angeboten.

Norman benahm sich immer so auf Partys. Niemand nahm es ihm übel, weil er im Grunde so gutartig und freundlich war. Er, Adrian und Martin waren zusammen zur Schule gegangen, und jeder von ihnen war nach einer entsprechenden Ausbildung in die Firma seines Vaters eingetreten. Norman war Vermessungsingenieur und Adrian Rechtsanwalt. Abgesehen von seinem Scherz mit den drei Musketieren nannte Norman sich und die Freunde auch manchmal das Triumvirat. Das Bewußtsein, daß seine engsten Freunde zugleich sein Rechtsberater und sein Vermessungssachverständiger waren, erfüllte Martin mit freudiger Genugtuung und einem gewissen Gefühl der Macht, und er war sicher, genauso empfanden die anderen die Tatsache, daß er ihr Wirtschaftsprüfer war, denn er bearbeitete und überwachte Tremletts und Vowchurchs finanzielle Angelegenheiten. Und als er zum Beispiel seine Eigentumswohnung kaufte, hatte Norman das Vermessungsgutachten erstellt, während Adrian den Kaufvertrag samt Abwicklung in die Hände nahm.

Von den dreien hatte bisher erst Adrian geheiratet. Wegen Francesca fühlte sich Martin in diesem Jahr stärker zu ihm hingezogen, als es früher der Fall gewesen war. Adrian hatte ein Mädchen aus wohlhabender Familie geheiratet, und sie wohnten in einem ansehnlichen Haus in Barnsbury. Sie gaben die Art von Partys, wie Martin sie mochte, nicht zu viele Leute und fast alles solche, die man kannte; anständige Getränke, kein billiges Zeug, und ebenso kein modisches kaltes Buffet, sondern ein vernünftiges Essen mit mehreren Gängen. Und dann gab es auch keine laute Musik oder gar Tanz. Die Leute standen einfach in Gruppen beisammen und unterhielten sich. Martin mußte daran denken, daß Tim wahrscheinlich auch eine Weihnachtsparty geben würde, sicherlich sehr verschieden von diesen; schummerig, lautstark und voller Vorkommnisse, an die man besser nicht dachte. Als Martin einen Augenblick lang mit

Adrian allein war, sagte er, einem Impuls folgend: «Ich hab da übrigens ein Mädchen kennengelernt, das ich gern mit dir und Julie bekanntmachen möchte, das nächste Mal, wenn ihr eine Party gebt.»

«Das wird an Julies Geburtstag im März sein.» Adrians schmales Gesicht nahm diesen wachen, interessierten Ausdruck an, wie immer, wenn er zufrieden war. «Ist es ernst?»

«Es könnte sehr ernst werden.» Martin blickte sich über die Schulter um. «Sie muß sich erst scheiden lassen; und sie würde wohl gerne...» Er brach das ungeschriebene Gesetz zwischen ihnen, nämlich, sich niemals gegenseitig in privaten Dingen zu beraten. «Nun, ich bringe sie einfach mal mit, darf ich?»

Adrian sagte zuvorkommend: «Wenn ich irgendwie helfen kann – du weißt... Übrigens, Martin, herzlichen Glückwunsch! Ich freue mich riesig!»

Glückwünsche waren wohl ein bißchen verfrüht. Sie kannten einander schließlich erst seit einem Monat. Aber er war überzeugt, er war ganz sicher, daß niemand auf der Welt besser zu ihm paßte als Francesca. Und wenn es denn, bevor er sie ganz und gar für sich haben konnte, eine Scheidung geben mußte mit all den Widrigkeiten wie Streitereien um Besitztümer und vielleicht sogar auch noch Ärger mit seiner Familie – nun, so mußte er das alles eben durchstehen, mußte es stur über sich ergehen lassen in der Gewißheit, daß es sich um Francescas willen lohnte.

Russell würde am Freitag abend mit dem Zug nach Cambridge fahren und Lindsay mitnehmen, nachdem er sie vom Kindergarten abgeholt hatte. Und Martin würde Francesca beim Geschäft treffen. Er hatte sich inzwischen mehrfach gefragt, weshalb er so in sie gedrungen war, als sie gesagt hatte, Russells Eltern wohnten in Cambridge. Sie mußte ja schließlich wissen, wo ihre eigenen Schwiegereltern lebten. Es mußte für sie geklungen haben, als ob er an ihr zweifelte, als ob er sie für eine Lügnerin hielte. Als er sie im Geschäft anrief, entschuldigte er sich auch gleich für das, was er gesagt hatte; er wisse selbst nicht mehr, wie er darauf gekommen sei, daß sie in Oxford wohnten, und sie sollte bitte auf keinen Fall denken, er unterstelle ihr irgendeine Unaufrichtigkeit. Francesca lachte nur und sagte, sie hätte das alles längst vergessen, und sie hätte sich auch nicht im geringsten darüber aufgeregt.

Das Wetter war seit Weihnachten zunehmend kälter geworden. Abwechselnd hatte es geschneit, getaut und gefroren. Mr. Cochrane, angetan mit einer Pelzmütze, unter der er aussah wie ein bebrillter Breschnjew, kam für seine Verhältnisse unmäßig spät, nämlich fünf Minuten nach halb neun, und beklagte sich bitter, er sei auf dem Eis ausgerutscht und habe schon gefürchtet, er hätte sich den Arm gebrochen. Da er jedoch dem Briefträger begegnet war und deshalb einen Brief in der rechten Hand und seinen Putzattachékoffer in der linken trug, nahm Martin an, daß er wohl ein wenig übertrieb. Mr. Cochrane machte aus seinem Wollschal eine Schlinge für den Arm. Seine Schwägerin erwähnte er nicht weiter, nachdem er Martins Frage nach ihrem Befinden mit dem Ausruf: «Schrecklich!» beantwortet hatte. Angewidert blickte er sich in der Wohnung um, fuhr mit dem Finger über den Staub auf der Holzverkleidung und murmelte etwas über gewisse Leute, die ja wohl völlig hilflos seien, wenn sie für sich selber sorgen müßten. Martin beachtete ihn nicht weiter. Er las den Brief.

*Lieber Mr. Urban,*
*es ist mir sehr schmerzlich, Ihnen mitteilen zu müssen, daß mein Vater am 11. Dezember gestorben ist. Noch am Abend zuvor war er völlig in Ordnung und guter Dinge, aber als am Morgen um neun Uhr seine Putzfrau kam, fand sie ihn tot im Sessel. Anscheinend war er gerade dabeigewesen, seine Post zu lesen, und Ihr Scheck lag neben ihm. Ich habe nicht die leiseste Ahnung, weshalb Sie meinem Vater diesen Scheck über eine Summe, die mir ungeheuerlich hoch erscheint, geschickt haben könnten, und ich reiche ihn Ihnen hiermit zurück. Bitte entschuldigen Sie, daß ich es nicht früher getan habe.*

*Ihre ergebene*
*Judith Lewis*

Martin war zutiefst erschrocken. Hatte er im Endeffekt den armen Mr. Deepdene mit seiner Hilfsbereitschaft umgebracht? Es sah fast so aus. Mr. Deepdene war vierundsiebzig, und vielleicht war sein Herz nicht sehr gesund gewesen; und obwohl er gewußt hatte, daß das Geld kommen würde, so war wohl das tatsächliche Eintreffen des Schecks doch noch etwas anderes als die bloße hoffnungsfrohe, vielleicht von Zweifeln geplagte Erwartung. Martin stellte sich vor, wie er den Briefumschlag geöffnet, die kurze Grußzeile herausgezogen hatte, und dann den Scheck... und da hatte sein altes, müdes Herz plötzlich... ja, was passierte eigentlich genau bei einem Herzschlag? Nun, was auch immer, sein Herz hatte jedenfalls ausgesetzt, hatte stillgestanden unter dem freudigen Schock. Sein Körper war in den Lehnstuhl zurückgesunken, der Scheck war aus seiner leblosen Hand geflattert...

«Geben Sie bloß acht, wenn Sie auf das Glatteis da draußen gehen!» rief Mr. Cochrane über das Staubsaugergetöse hinweg. «Man muß höllisch aufpassen, es ist richtig tückisch draußen. Sehen Sie sich bloß meinen Arm an. Ich muß damit rechnen, daß etwas verrenkt ist, ausgekugelt oder so. Seien Sie also nicht überrascht, wenn ich in der nächsten Woche nicht kommen kann, Martin.»

Mr. Deepdenes Tod bedrückte Martin den ganzen Tag. Ein Klient, ein Country-Sänger, der erfolgreich zu werden versprach, lud ihn zum Lunch ein. Aber Martin konnte sich nicht recht darüber freuen, und er hatte auch nicht das Gefühl, besonders überzeugend zu sein, als er dem Mann beim Kaffee auseinandersetzte, warum die Kosten für ein Musikzimmer in des Sängers Haus in Hampstead von der Steuer absetzbar seien, während es ein Swimmingpool ganz sicher nicht wäre. Immerfort mußte er an Mr. Deepdene denken – den er sich klein, gebeugt und zart vorstellte –, wie er die Summe auf dem Scheck las und ihm gleich darauf der blitzartige Schmerz den Arm herauf in die Brust fuhr!

War es denn falsch, was er tat oder zu tun versuchte? Spielte er Gott, ohne die Weisheit und Erfahrung, die zu einem Gott gehörten? Alles, was er bisher mit seiner Menschenfreundlichkeit anscheinend erreicht hatte, war, einer alten Frau den Schlaf zu rauben und einen alten Mann buchstäblich zu Tode zu erschrecken! Natürlich gab es da noch Suma Bhavnani, aber nach allem, was er über das Risiko wußte, konnte Suma auf dem Operationstisch gestorben sein. Dabei war doch sein Projekt so simpel, es bestand doch einfach darin, einer Handvoll bedürftiger Leute, die mehr als andere unter der Londoner Wohnungsknappheit litten, zu vernünftigen Behausungen zu verhelfen. Er schrieb einen Beileidsbrief an Judith Lewis, und danach fühlte er sich ein wenig besser. Vielleicht fühlte er sich auch bloß deshalb besser, weil er wußte, daß er in einer Stunde mit

Francesca zusammensein würde. Schließlich hätte Mr. Deepdene seinen Herzanfall ja auch unabhängig davon bekommen können, ob er nun Martins Scheck erhalten hatte oder nicht. Immerhin war er alt gewesen, jenseits der biblischen siebzig Jahre, und es war das gewesen, was die Leute einen schönen Tod nannten, mitten aus dem gesunden Leben heraus...

Der *Floreal*-Laden glühte in rötlichem Licht, das Schaufenster stand voller rosa Alpenveilchen. Francesca kam zu ihm heraus und hatte das rosa Samtkleid an. Sie mußte sich umgezogen haben, nachdem ihre Kollegin gegangen war, extra für ihn. Wenn es überhaupt etwas gab, das Martin an Francesca nicht liebte, so war es ihre Kleidung. Meistens trug sie weite, volantbesetzte Röcke mit hängenden Säumen, formlose Tuniken, «antike» Blusen, Umschlagtücher, große, weite Strickjacken, Schals mit Fransen... Sie zog sich an, wie sonst nur die Hippies es taten, mit schäbigen Siebenmeilenstiefeln, die unter einem zerknitterten weiten Baumwollrock mit wildem Blumenmuster hervorschauten. Diese Sachen konnten ihre Schönheit zwar nicht beeinträchtigen, sie konnten sie höchstens verbergen. Das rosa Samtkleid dagegen unterstrich ihre Schönheit, man sah ihre zerbrechliche, gertenschlanke Gestalt, die schmale Taille, die langen Beine, und die Farbe des Samtes war genau die ihrer Wangen. Sie legte ihm die Arme um den Hals und küßte ihn zärtlich.

Sobald sie in seiner Wohnung waren, überreichte er ihr sein Weihnachtsgeschenk. Die Glasflakons mit den silbernen Stöpseln waren ihm doch irgendwie unpassend vorgekommen, deshalb hatte er nach dem Lunch mit dem Sänger eine Flasche mit *Ma-Griffe*-Eau-de-Cologne gekauft, um sie damit zu füllen. Es war merkwürdig, obwohl sie die Flakons bewunderte und sagte, sie seien sehr hübsch, wirklich wunderschön, und sie hätte noch nie etwas so Zartes gesehen, so glaubte er doch zu spüren, daß sie irgendwie enttäuscht war. Er fragte sie rundheraus, aber sie sagte, nein, nein, kein bißchen, es sei nur, weil sie gar nichts für ihn hätte, das mache sie traurig.

Nach dem Essen – Steaks, die er grillte, und ein Salat, den sie machte – fragte er, ob Russell vielleicht erwartete, daß sie ihn anriefe? Aber sie entgegnete, Russell und sie hätten einen gewaltigen Krach miteinander gehabt und sprächen im Moment überhaupt nicht miteinander.

«Es war deinetwegen, Martin. Ich hab ihm erzählt, ich hätte mich in einen anderen verliebt.»

Martin ergriff ihre Hände. Sie rutschte auf dem Sofa näher zu ihm heran und legte ihren Kopf an seine Schulter. «Du wirst ihn verlassen, wirst dich scheiden lassen und mich heiraten, nicht wahr?»

«Ich möchte ja, aber ich weiß nicht...»

«Was sollte dich denn hindern? Ich liebe dich, und du sagst, du liebst mich...»

«Ja, ich liebe dich wirklich, Martin.»

«Du könntest hier wohnen. Wir könnten gleich morgen hingehen und deine Sachen holen und du brauchtest nie mehr dorthin zurückzugehen.»

Sie erwiderte nichts, sondern schlang die Arme um ihn. Später im Schlafzimmer sah er ihr beim Ausziehen zu. Sie tat es völlig selbstvergessen, ohne falsche Scheu, aber auch ohne provokative Gebärden. Sehr langsam und konzentriert zog sie sich aus, wie ein Kind. Ihr Körper war ungewöhnlich weiß für jemanden mit so dunklen Haaren und Augen, die Taille wie ein junger Baum, Füße und Knöchel schmal und wohlgeformt. Irgendwie schaffte sie es, außerordentlich dünn und dennoch voll weicher Kurven und kein bißchen eckig zu sein. Er mußte an die Feengestalten in Arthur Rackhams Zeichnungen denken. Aber da – sie breitete ihre Sachen über einen Stuhl –, da drehte sie ihm ihre linke Seite zu!

Ihr Oberarm sah entsetzlich aus, ein roter Bluterguß zog sich darüber hin. Aber das war noch gar nichts gegen die Hüfte, die blauschwarz und geschwollen war, ebenso der Schenkel, hinunter bis zum Knie.

«Francesca...»

Er merkte, sie wünschte, er hätte es nicht gesehen. Vergebens versuchte sie, die bösen Stellen mit den Armen zu bedecken.

«Wie um alles in der Welt ist das passiert?» Nie im Leben hätte er es erraten, weil er nie in einem derartigen Milieu gelebt hatte, wenn nicht dieses abgrundtiefe, mit Scham vermischte Unglück in ihren Augen gewesen wäre... Siedendheiß fiel ihm ein, was sie von einem Krach gesagt hatte. «Du willst doch wohl nicht sagen, daß Russell...?»

Sie nickte. «Es war auch nicht das erste Mal. Aber dies – dies war das Schlimmste.»

Er nahm sie sehr zart in seine Arme und hielt den geschundenen Körper dicht an den seinen. «Du mußt zu mir kommen», murmelte er, «du mußt ihn verlassen, du darfst niemals mehr zurückgehen.»

Aber am nächsten Tag wollte sie nicht, daß er ihre Sachen aus dem Haus in der Fortis Green Lane holte. Wenn das Wochenende vorbei sei, dann müsse sie nach Hause zurück, so wie es verabredet war; sie müsse sogar zu Hause sein, bevor Russell und Lindsay wiederkämen. Martin insistierte nicht. Er wollte auf gar keinen Fall die drei kostbaren Tage verderben, die sie zusammen hatten. Am Sonnabend nachmittag machten sie einen Einkaufsbummel durch Hampstead. Noch nie zuvor hatte er eine Frau in ein Modehaus begleitet; er fand es gleichzeitig langweilig und beunruhigend. Francesca stand wie verzückt vor einem Mantel und dem dazupassenden Kleid aus grauem Wildleder oder vor einer hautengen, schmal zulaufenden Hose aus cremefarbenem Nappa und vor einem Kleid, das Martin sehr unpraktisch vorkam, denn es war aus durchsichtigem, plissiertem, beigefarbenem Chiffon. Von Preisen nahm Francesca keine Notiz, das wußte Martin, sie war vollkommen naiv in dieser Hinsicht, wie ein Kind im Spielzeugladen. Er dachte flüchtig daran, ihr das Kleid und den Mantel zu kaufen, aber dann sah er, daß es dreihundert Pfund kostete, und soviel hatte er zur Zeit nicht auf seinem Girokonto. Außerdem, was würde Russell sagen, vielmehr noch, was würde Russell tun, wenn sie mit so etwas nach Hause käme? Am Ende, weil sie gar so sehnsüchtig dreinschaute, fragte er sie, ob er ihr den kleinen, kurzärmeligen Pullover schenken dürfe, der es ihr ebenfalls angetan hatte. Martin fand es lachhaft, für solch ein Ding fünfzehn Pfund auszugeben, aber das spielte schließlich keine Rolle, wenn es Francesca glücklich machte.

Sie gingen ins Theater und hinterher ins *Inigo Jones* zum Essen. Am nächsten Morgen gegen halb elf erschien unerwartet Norman Tremlett. Francesca war eben erst aufgestanden und kam gerade in ihrem Morgenmantel aus dem Badezimmer. Es war mehr als augenscheinlich, daß sie darunter nichts anhatte... Mit unverhohlenem Stolz und Vergnügen sah Martin, wie Normans Augen in aufgeregt kreisende Bewegung gerieten, wie bei einem Hund, der den Bewegungen einer Fliege folgt. Er blieb gern zum Frühstück. Francesca machte sich nicht die Mühe, sich anzukleiden. Sie war sich der Aufregung, die sie auslöste, in keiner Weise bewußt, sie saß einfach da und sprach ganz ernsthaft über das Stück, das sie gesehen hatten, als ob Norman ihr Bruder sei oder als ob sie ein Tweedkostüm trüge und ein Paar dezenter Ballyschuhe.

«Stille Wasser sind tief», flüsterte Norman bewundernd, als Martin ihn hinausbegleitete. «Das hätte ich von *dir* bestimmt nicht gedacht! Mensch, machst du so was öfters?»

Tief in seinem Herzen genoß Martin es beinahe, für einen Casanova gehalten zu werden. Dennoch sollte er es eigentlich nicht zulassen, damit nicht ein schlechtes Licht auf Francesca fiele, auf ihre – jawohl, auf ihre Tugend, wenn dieses Wort heutzutage noch irgend etwas bedeutete. «Wir werden heiraten.»

«Was – wirklich? Tatsächlich? Das... ist ja phantastisch!» Norman blieb in der Tür stehen. «Bei der Hochzeit», meinte er zögernd, «ich meine, du wirst wohl Adrian als Brautführer haben wollen?»

Martin lachte. «Es wird nicht so eine Hochzeit.»

«Ach so, verstehe. Richtig. Das ist schön. Ich meine nur, wenn du irgendwie jemanden brauchst – ich meine, wenn... Also, du weißt, wohin du immer kommen kannst.»

Am Neujahrstag trug Francesca den Pullover, den er ihr gekauft hatte. Der blaue Fleck auf ihrem Arm schaute darunter hervor, deshalb hüllte sie sich in eins ihrer Umschlagtücher. Um vier Uhr meinte sie, es wäre jetzt Zeit, sie würde ihre Sachen zusammenpacken und dann gehen und sich in der Highgate High Street ein Taxi nehmen. Russell und Lindsay würden spätestens um sechs zu Hause sein.

«Selbstverständlich fahre ich dich nach Hause, Francesca.»

«Martin, Liebling, das ist wirklich nicht nötig, ganz bestimmt nicht. Es hat wieder geschneit, und bestimmt friert es heute abend. Womöglich würdest du ins Schleudern kommen. Du willst dir doch nicht deinen schönen Wagen demolieren.»

«Das Taxi könnte auch ins Schleudern kommen und dabei *dich* demolieren, meine Schöne! Es hilft nichts, ich bestehe darauf, dich zu fahren, und diesmal laß ich mich auch nicht abschütteln. Russell ist doch noch nicht da. Er kann uns also nicht kommen sehen, wenn es das ist, was dich beunruhigt. Ich werde dich nach Hause bringen, und wenn du dich weigerst, dann stecke ich dich mit Gewalt in den Wagen, verstanden?»

«Ja, Martin, natürlich. Ich sag ja auch nichts mehr. Du bist so süß und lieb zu mir, und ich bin ein entsetzlich undankbares Mädchen.»

«Nein, das bist du nicht», sagte er. «Du bist ein Engel, und ich liebe dich.»

Er hatte nie weiter nachgedacht über das Haus, in dem sie wohnte, aber jetzt, wo er im Begriff stand, es zu Gesicht zu bekommen, packte ihn die Neugier. Sicherlich war er früher schon einmal durch die Fortis Green Lane gekommen, aber er erinnerte sich nicht daran. Es war jedenfalls Finchley, diese Gegend dort an der Grenze zu Muswell Hill. Während Francesca ihre Sachen packte, suchte er es auf dem Londoner Stadtplan. Aber der gab keinen Aufschluß darüber, ob es eine Gegend mit miesen Reihenhäusern, Luxusvillen oder Mietskasernen war. Sie kam herein, und er half ihr in den blauroten Kapuzenmantel.

«Wenn ich gewußt hätte, daß es so kalt werden würde», meinte sie, «dann hätte ich meinen Pelz angezogen.» Sie bedachte ihn mit ihrem ernsten, kindlichen Lächeln. «Ich habe nämlich einen alten Pelzmantel, der hat mal meiner Großmutter gehört.»

«Wenn wir verheiratet sind, dann kaufe ich dir einen Nerzmantel. Das wird mein Hochzeitsgeschenk für dich.»

Er fuhr die North Hill hinauf und dann in die Finchley High Road. Die Fortis Green Lane verlief von der Fortis Green Road in Richtung Colney Hatch Lane. Francesca gehörte nicht zu der Sorte Frau, die einen durch den Verkehr lotsen. Er hatte den Eindruck, wenn sie zusammen waren, dann war sie es zufrieden, wenn er die Dinge in die Hand nahm und ihr Leben auf seine Weise organisierte. Nicht, daß sie völlig passiv war, nein, eher dankbar nachgiebig. Er bog aus der Fortis Green Road links ab, und sie waren in der Straße, in der sie wohnte.

Inzwischen begann es, dämmrig zu werden; was vom Tageslicht noch übrig war, behauptete sich klar und blau am Horizont. Senfgelbes Lampenlicht – im Spektrum dem Blau kraß entgegengesetzt – flammte in der Fortis Green Lane auf. Es war eine lange, gewundene Straße, unverhältnismäßig breit für die kleinen, geduckten Häuser, die sie säumten. Hier und da gab es einen Block engbrüstiger, dreistöckiger, viktorianischer Reihenhäuser aus rotem Backstein, aber insgesamt herrschten doch die kleinen, niedrigen Häuser vor. Es standen jeweils vier zusammen, manche Blöcke waren dunkel verputzt, andere aus anämisch-blassem Backstein mit kleinen metallgerahmten Fenstern und flachen Ziegeldächern. In den Vorgärten lag Schnee auf dem Rasen. Es waren keine schlechten Häuser, alles andere als Slums, und doch dachte Martin, er würde wer weiß was tun, um nicht in einem solchen Kästchen leben zu müssen. Im Grunde seiner Seele verachtete er Leute, die es taten, immer ein wenig. Hätte nicht Russell Brown, der immerhin fünfunddreißig Jahre alt und anscheinend doch kein Versager war, als Lehrer und Schriftsteller ein bißchen mehr erreichen können für seine Frau? Arme Francesca...

Nummer 54 war das Endhaus eines Blockes, was bedeutete, daß es noch einen Seiteneingang hatte. Es stand an der Ecke einer Seitenstraße, die sage und schreibe Hill Avenue hieß und dabei mit ähnlich kümmerlichen Häuschen bestückt war, die sich in endloser Wiederholung im Zwielicht verloren. Die Dächer waren so niedrig, daß hinter ihren Giebeln die Wipfel von Bäumen sichtbar wurden, die nach Martins Ansicht schon zum Coldfall Wood gehören mußten. Er stieg aus dem Wagen und half Francesca beim Aussteigen. Es brannte kein Licht in ihrem Haus, also waren ihr Mann und ihr Kind noch nicht angekommen. Martin trug ihren Koffer und wollte eben die kleine weiße Eisenpforte öffnen, da griff sie nach seinem Arm.

«Du kannst nicht mit hineinkommen, Liebling.» Sie schaute ihn nervös an.

«Was wäre denn schließlich dabei, wenn Russell und ich uns begegneten? Eines Tages werden wir es ja doch tun müssen. Ich bin überzeugt, er würde mir bestimmt nichts tun.»

«Nein, aber *mir* könnte er hinterher etwas tun.»

Das war leider nur zu wahr. Er hatte ja selbst gesehen, wie Russell sie zugerichtet hatte. Es bedeutete ja auch keine große Enttäuschung für ihn, wenn er das Innere ihres Hauses nicht zu sehen bekam. Verglichen mit der Aussicht, sich jetzt von ihr trennen zu müssen, um sie dann womöglich eine ganze Woche nicht wiederzusehen, war das schließlich völlig belanglos. Er hatte nicht gedacht, daß sie ihn zum Abschied küssen würde, wegen der Gefahr, von den Nachbarn gesehen zu werden; aber sie tat es doch. Hier, mitten auf der Straße, schlang sie die Arme um seinen Hals, küßte ihn auf den Mund und schmiegte sich eine Weile an ihn. Aber so war Francesca eben – viel zu unschuldig, um mit der Herzlosigkeit und Bosheit anderer Menschen zu rechnen.

Er stieg wieder in den Wagen. Sie stand an der Pforte, winkte ihm zu, ihr kleines, helles Gesicht ganz blaß durch das Licht der Straßenlampen, das wundervolle Haar unter der Kapuze verborgen. Er wendete den Wagen und fuhr denselben Weg zurück, den er gekommen war. Als er sich noch einmal nach ihr umblickte, war sie verschwunden.

## 11

Obwohl Martin Francesca fast alles anvertraut hatte, was er in der Vergangenheit erlebt hatte, ebenso wie seine derzeitigen Lebensumstände und seine Hoffnungen für die Zukunft, über den Totogewinn hatte er ihr noch nichts erzählt. Er wußte selbst nicht recht, weshalb er es nicht getan hatte.

Vielleicht, weil sie immer noch mit ihrem Mann zusammenlebte. Martin hatte die vage, verschwommene Vorstellung, daß Russell Brown trotz seiner Erziehung und seiner Talente ein Schuft sein könnte, der vor nichts zurückschreckte. Angenommen, Francesca erzählte Russell, daß der Mann, in den sie verliebt war, hunderttausend Pfund im Toto gewonnen hatte – konnte es nicht sein, daß er womöglich versuchen würde, Geld von ihm zu erpressen? Martin hatte vor, es Francesca erst zu erzählen, wenn sie Russell verlassen hatte und bei ihm in Cromwell Court wohnte.

Nach jenem Wochenende sah er sie, wie er gefürchtet hatte, erst am nächstfolgenden Montag wieder. Am Nachmittag dieses Tages rief Dr. Ghopal ihn an, um zu berichten, daß Suma Bhavnanis Operation am 5. Januar stattgefunden habe und ein voller Erfolg geworden sei. Diese Nachricht hatte eine belebende Wirkung auf Martin. Es war also doch möglich, lieber Gott zu spielen. Zum Lunch aß er zusammen mit Caroline ein Sandwich im *Victoria Stakes*, und sie unterhielt ihn mit der endlosen und traurigen Geschichte eines ihr befreundeten jungen Ehepaares, das sechzig Prozent seines gemeinsamen Einkommens für die Miete einer möblierten Wohnung bezahlte. Kinder hatten sie keine – das Mädchen konnte auch keine bekommen –, also kämen sie nie für eine Sozialwohnung in Frage oder wenn überhaupt, dann höchstens erst in fünf Jahren. Die Möbliertwohnung bestand aus vier zugigen Räumen und lag in Friern Barnett. Unter Zuhilfenahme einiger handfester Lügen, nämlich, daß er jemanden kennte, der wiederum jemanden wüßte, der vielleicht zum April eine unmöblierte Wohnung zu vermieten hätte, gelang es Martin, aus Caroline Namen und Adresse dieser jungen Leute herauszuholen. Am Abend, nachdem er Francesca zum Dinner im *Cellier du Midi* geführt und sie dann per Taxi zu Russell nach Hause geschickt hatte, fügte er seiner Liste diese neuen Namen an. Sie sah jetzt folgendermaßen aus: Miss Watson, Mr. Deepdene, Mrs. Cochrane, Mrs. Finn? und Richard und Sarah Gibson. Er strich Mr. Deepdenes Namen durch und setzte ein Fragezeichen hinter den von Mrs. Cochrane. Dann entwarf er einen Brief an die Gibsons. Er begann damit, die Verbindung über Caroline Arnold zu erwähnen, und fragte dann, ob ihnen daran gelegen sei, sich an einem Abend der nächsten Woche mit ihm zu treffen, weil er vielleicht imstande sei, ihnen zu einer neuen Wohnung zu verhelfen. Es wäre wahrscheinlich nicht sehr klug gewesen, schon in einem ersten, vorbereitenden Brief zu erwähnen, daß er im größeren Rahmen Gelder verschenkte. Man sah ja, was das bei Miss Watson und Mr. Deepdene angerichtet hatte. Besser war es, sich mit den Leuten zu treffen und die Angelegenheit persönlich zu besprechen, wie er es auch im Falle von Miss Watson hätte tun sollen, und übrigens immer noch tun konnte.

Er hatte Francesca wegen ihrer Trennung von Russell mit keinem Wort mehr gedrängt, aber er hatte gehofft, sie würde von sich aus darauf zu sprechen kommen. Vielleicht hatte sie es nicht tun mögen? Sie war so ein zurückhaltendes Geschöpf. Das nächste Mal, wenn er sie wiedersah, würde er darauf bestehen, daß sie endgültig klare Pläne faßten. Er ging durch seine Wohnung und versuchte sich vorzustellen, wie es wohl sein würde, wenn sie die ganze Zeit hier wäre. Ja, er würde eine dreiteilige Polstergarnitur anschaffen und das Rohrstuhlzeug ins Schlafzimmer verbannen. Oder er konnte es auf den Balkon stellen, dort wäre es eine entschiedene Verbesserung gegenüber den zwei schäbigen Liegestühlen. Und das Badezimmer mußte einen neuen Teppichboden bekommen, einen weißen, langflorigen Teppich, das würde Francesca bestimmt gefallen. Und vielleicht sollte er auch einen richtigen Kleiderschrank anschaffen, sein jetziger war voll von seinen eigenen Sachen... Und vielleicht einen Frisiertisch?

Mr. Cochrane würde wahrscheinlich ein entsetzliches Theater machen, wenn er herausbekam, daß Martin mit einer Frau zusammenlebte. Martin konnte sich sein Gesicht und seine Kommentare lebhaft vorstellen. Nun ja, sie konnten ja vorgeben, verheiratet zu sein, oder genaugenommen könnte man Mr. Cochrane auch kündigen und Francesca könnte die Hausarbeit verrichten. Denn Martin wollte nicht, daß sie weiter in dem Blumenladen oder anderswo arbeitete, nachdem sie sich von Russell getrennt hatte.

Es konnten höchstens ein paar Stunden vergangen sein, seit er Martins Brief erhalten hatte, da rief Richard Gibson bereits an. Er klang mißtrauisch und erklärte Martin unverblümt: «Sehen Sie, Mr. Urban, Sarah und ich sind bei ähnlichen Gelegenheiten schon böse übers Ohr gehauen worden. Wenn Sie persönlich uns ein festes Angebot machen können, dann ist das schön, und ich bin Ihnen dankbar, aber wenn es sich bloß um eine vage Möglichkeit handelt oder es taucht dann doch irgend jemand anders auf und schnappt uns die Wohnung vor der Nase weg – nun, dann möchten wir lieber erst gar nichts davon wissen. Und es ist wohl besser, ich sage Ihnen gleich hier und jetzt, wir können keinerlei Abstand oder Vermittlungsprämie oder sonstwas bezahlen, weil wir es einfach nicht haben.»

Martin erwiderte, das Angebot sei völlig klar und ernstgemeint, und es sei gar keine Rede von Abstand oder ähnlichem; es sei am besten, sie sprächen darüber, wenn sie sich träfen. Richard Gibson sagte, jeder Abend der folgenden Woche wäre ihm recht, je eher, desto besser. Also willigte Martin ein, am Montag nach Friern Barnett herauszukommen.

Am Sonnabend kam er zeitig aus dem *Flask* nach Hause, weil Francesca sich für zwei Uhr angekündigt hatte. Sie erschien um fünf Minuten nach zwei, trug den Pullover, den er ihr gekauft hatte, und duftete nach «Ma Griffe». Er begann sofort, ihr seine Pläne für die Wohnung auseinanderzusetzen, für die Zeit, wenn sie hier mit ihm zusammenlebte. Also, wann würde sie es Russell beibringen? Wann würde sie ihn verlassen? Wahrscheinlich würde sie außer ihrer Kleidung eine Menge eigener Sachen mitbringen wollen, und deshalb müßten sie...

«Ich kann nicht kommen und *hier* mit dir leben, Martin.»

Sie sagte es mit leiser, nervöser Stimme, und sie begann die Hände im Schoß ineinanderzuwinden. Er starrte sie an.

«Was meinst du damit, Francesca?»

«Ich habe so viel darüber nachgedacht, und ich fühle mich ganz schrecklich dabei. Aber es ist nicht möglich. Wie könnten wir hier zusammen leben? Es wäre doch nicht groß genug.»

«Nicht groß genug?» Er war wie vor den Kopf gestoßen. Begriffsstutzig wiederholte er ihre Worte: «Was meinst du damit, nicht groß genug? Fast alle Leute in den anderen Wohnungen hier sind verheiratete Paare. Da ist doch dieser riesige Wohnraum und ein Schlafzimmer, eine große Küche und ein Bad. Was willst du denn sonst noch?»

«Es ist nichts, was *ich* will, Martin, das weißt du auch. Es ist wegen Lindsay. Wo wollen wir denn Lindsay unterbringen?»

Er mußte ein Idiot gewesen sein oder vollkommen vernagelt, dachte Martin, aber es war ihm einfach nicht in den Sinn gekommen, daß sie das Kind mitbringen würde. In seinen Augen war Lindsay ein Teil von Russell oder vielmehr sie und Russell waren ein Teil jenes Lebens, das dort in der Fortis Green Lane gelebt wurde. Und wenn Francesca dieses Leben hinter sich ließe, dann würde sie eben alles hinter sich lassen, was dazugehörte – Wände, Möbel, Mann und Kind. Aber natürlich würde es nicht so sein, das hätte er wissen müssen, wenn schon nicht aus Erfahrung, so hätte er sich in sie hineinversetzen müssen, um zu wissen, daß eine Mutter nicht ihr zweijähriges Kind im Stich läßt. Lindsay würde also nun sein Kind werden. Dieser Gedanke verstörte ihn sehr. Er hob den Blick und begegnete Francescas traurigen Augen.

Sie würde nie erfahren, welche Überwindung es ihn kostete, das zu sagen, was er jetzt sagte: «Sie kann doch hier schlafen, oder sie bekommt ein Bett in unserem Schlafzimmer.»

«O mein Liebling, du machst es mir wirklich schwer! Martin, Lieber, siehst du denn nicht, daß es nicht gutgehen würde, wenn wir zu dritt so eng zusammengepfercht leben würden?» Es war schwierig festzustellen, wann Francesca errötete, ihre Wangen waren ohnehin immer rosarot. «Und dann… sie… sie würde uns doch im Bett zusammen sehen.»

«Sie sieht dich und Russell jetzt doch auch zusammen im Bett.»

«Er ist immerhin ihr Vater. Ich kann meine kleine Tochter nicht aus ihrem Zuhause, ihrem eigenen Zimmer herausreißen, fort von ihrem Vater, und sie hierherbringen, wo sie in einem Wohnzimmer schlafen muß oder auf einer Couch oder sonstwas.» Ihre Lippen zitterten. Als er seine Arme nach ihr ausstreckte, legte sie den Kopf gegen seine Schulter und klammerte sich an ihn. «O Martin, verstehst du das?»

«Ich muß es versuchen, Liebling. Aber welche Alternative haben wir denn? Wir haben doch nichts anderes.»

Sein Stolz war verletzt, weil sie seine Wohnung ablehnte, und er dachte voller Bitterkeit an das schäbige Häuschen, in dem sie jetzt wohnte. Als sie gegangen war, wurde er richtig böse auf sie. Erwartete sie vielleicht von ihm, daß er seine Wohnung, die er liebte, aufgab und ein Haus oder sonstwas kaufte, bloß um das Kind angemessen unterzubringen, das sie von einem anderen Mann hatte? Aber dieser Gedanke wurde augenblicklich verdrängt durch einen anderen, nämlich, daß es schließlich Francesca war, seine große Liebe, die er mit solchen harten Vorwürfen bedachte. Sie würden schon einen Ausweg finden, das war ganz sicher. Wenn Francesca Russell erst einmal mitgeteilt hätte, daß sie sich scheiden lassen wollte, dann konnte es doch sein, daß *er* wegging; das war es doch, was Männer für gewöhnlich taten? Martin fragte sich, ob er sich überwinden könnte, wenigstens für ein paar Tage in der Woche dort in diesem Haus in der Fortis Green Lane zu wohnen?

Zur verabredeten Zeit am Montag abend erschien er in Friern Barnett. Die Wohnung war wirklich so scheußlich, wie Caroline sie ihm geschildert hatte, mit nackten, fleckigen Dielenbrettern, an den Wänden noch die Markierungen, wo anderer Leute Bilder und Poster gehangen hatten. Möbliert war sie teils mit Woolworth-Spanplatten-Eleganz und Plastik, teils mit Mahagoni aus der Zeit vor dem ersten Weltkrieg. Die Gibsons boten ihm Nescafé an und sagten immer wieder, wie sehr es sie überraschte, daß er noch so jung sei. Sarah Gibson war blaß, ziemlich schwer und dunkelhaarig, mit einem Gesicht wie Elizabeth Barrett-Browning, und ihr Mann war blond, sehr aufrecht und sah aus wie ein Gardeoffizier, obwohl sich herausstellte, daß er Hospitalwärter mit siebenunddreißig Pfund die Woche war.

Als Martin ihnen erklärte – er fand es äußerst schwierig, das zu tun, und begann sogar zu stottern –, daß seine Absicht darin bestünde, ihnen Geld zu geben, damit sie sich eine Wohnung kaufen könnten, da weigerten sie sich, es zu glauben.

«Warum denn bloß?» fragte Sarah Gibson immer wieder. «Sie kennen uns doch gar nicht. Warum sollten Sie uns Geld schenken wollen?»

Martin sagte, er sei unversehens zu etwas Kapital gekommen, was ja auch der Wahrheit entsprach. Er erklärte seine Motive. Er schilderte sogar seine Erfahrungen mit Miss Watson und Mr. Deepdene und sagte, er hätte eben auch noch ein junges Paar finden wollen.

«Okay, das ist ja sehr schön für Sie. Aber was ist mit uns? Wir wären Ihnen doch unser ganzes Leben lang verpflichtet, wir wären geradezu an Sie gefesselt. Alles in allem – Sie müssen sich doch irgendwas davon erwarten!»

Martin fühlte sich hilflos. Er wußte nicht mehr, was er sagen sollte, und er wünschte, er wäre gar nicht hergekommen. Da sagte Richard Gibson: «Wenn Sie es wirklich ernst meinen, dann könnten wir es ja von Ihnen leihen. Ich meine, wir sind beide Lehrer, bloß wir finden keine Anstellung. Wir könnten es von Ihnen borgen, und wenn wir eine ordentliche Stellung gefunden haben, würden wir anfangen, es zurückzuzahlen, wie ein Darlehen.»

Das war nicht das gewesen, was Martin sich vorgestellt hatte, aber es war die einzige Vereinbarung, auf die die Gibsons sich einlassen wollten. Also sagte er, er werde die Sache durch einen Freund, der Rechtsanwalt sei, arrangieren lassen. Sein Freund Adrian Vowchurch werde eine schriftliche Vereinbarung über ein zinsloses Darlehen vorbereiten, und dann würde er sich in ein oder zwei Tagen wieder mit Richard Gibson in Verbindung setzen. Sarah Gibson saß bloß da und starrte ihn an, ungläubig und stirnrunzelnd.

Ihr Mann, der Martin hinausbegleitete, sagte beim Abschied: «Ehrlich gesagt, ich glaube nicht, daß wir noch mal etwas von Ihnen hören oder sehen werden. Verstehen Sie – ich kann es nicht glauben, ich kann es wirklich nicht.»

«Warten Sie's ab», erwiderte Martin müde.

Er war verärgert. Nicht einmal so sehr über die Gibsons, nein, über die ganze Welt, die Gesellschaft, die Zivilisation, die sogenannte, die sich in einem verdammt desolaten Zustand befinden mußte, wenn man nicht einen Akt der Selbstlosigkeit ausführen konnte, ohne daß die Leute dachten, man sei verrückt. Sarah Gibson jedenfalls hatte gedacht, er sei geistesgestört, das hatte er ihren

Augen angesehen. Er fuhr über die North Circular Road hinunter in die Dolney Hatch Lane und kam dabei sehr nahe an Francescas Haus vorbei. Aber Francesca würde jetzt nicht dort sein, es war Montag, und sie war bei Annabel, das hatte sie ihm am Sonnabend erzählt.

Was gäbe er darum, sie jetzt besuchen zu können. Vielleicht war es jetzt an der Zeit, ihr von dem Geld zu erzählen, und wie er dazu gekommen war, aber es wäre allein schon wundervoll, einfach nur bei ihr zu sein und mit ihr zu plaudern. Zum erstenmal wurde ihm etwas bewußt, was er, soweit er sich erinnern konnte, nie gekannt hatte, bevor er sie kennenlernte – Einsamkeit. Es war jetzt fast neun Uhr. Warum sollte er eigentlich nicht in die Frognal fahren, sie in Annabels Wohnung abholen und sie nach Hause bringen? Er wußte zwar Annabels Nachnamen nicht, aber er kannte ja das Haus, in dem sie wohnte. Nach seiner zweiten Begegnung mit Francesca hatte er vor der Haustür geparkt, um sich von ihr zu verabschieden. Ob sie es ihm übelnahm, wenn er dort auftauchte? Das glaubte er nicht. Schließlich hatte sie in seiner Wohnung Norman Tremlett kennengelernt, nun war es Zeit, sich auch ihren Freunden vorzustellen.

Trotz all dieser überzeugenden Argumente fühlte er sich ein wenig unbehaglich, als er die Hampstead Lane hinunterfuhr. Annabel wußte doch sicher von seiner Existenz, sagte er sich, selbst Russell wußte ja davon. Und dann war es ja auch nichts Hinterhältiges und Unehrenhaftes, was er tat; er holte lediglich das Mädchen, das seine Frau werden würde, im Hause einer Freundin ab. Überall in London taten junge Männer dasselbe. Er fuhr am Whitestone Pond vorüber in die Branch Hill hinein. Vereinzelte Schneeflecken lagen noch auf der bräunlichen Grasnarbe in Judges Walk. Die Luft war dunstig, ein feuchter, eisiger Hauch. Er stellte den Wagen in einer Parklücke am Kopf der Frognal ab und ging über die Straße. Sobald er mit Francesca allein war, würde er ihr sagen, daß er seine Wohnung verkaufen und statt dessen ein Haus für sie drei erwerben würde. Ob sie bereit wäre, bei ihm in Cromwell Court zu wohnen, bis das geschafft sei?

Das Haus, vor dem er an jenem Abend im November gehalten hatte, war sehr groß, fast eine herrschaftliche Villa, mit einem Vorgarten voll kahler Büsche und niedriger, graubrauner Kriechpflanzen, die über Steinstufen und über die Ränder mächtiger Urnen wucherten. Das Haus schien in drei Wohnungen aufgeteilt zu sein, und Martin war recht entmutigt, als er neben den Klingeln keine Namen, sondern lediglich Nummern fand. Das vorige Mal hatte er wenig Notiz von der Villa genommen; aber jetzt, wie er so dastand und an den behäbigen Mauern mit dem reichen Holzwerk und den schier unzähligen Fenstern aus klarem oder getöntem Glas bis zu dem mächtigen Giebel aus roten Schindeln hinaufblickte, da fragte er sich, wie ein alleinstehendes junges Mädchen, eine Freundin von Francesca, es sich wohl leisten konnte, in solch einem Milieu zu wohnen. Schließlich, weil das oberste Geschoß das kleinste und am wenigsten aufwendige zu sein schien, drückte er auf die oberste Klingel.

Nach einer Minute öffnete eine Frau. Sie mochte um die Vierzig sein, eine gutaussehende Blondine, bis auf das Schuhwerk – ein Paar flauschige Pantoffeln – sehr korrekt gekleidet. Martin entschuldigte sich für die Störung. Konnte sie ihm vielleicht sagen, in welcher Etage ein Mädchen mit dem Vornamen Annabel wohnte? Er wolle seine Verlobte abholen, die mit dem Mädchen befreundet sei. Martin stockte innerlich, als er eines anderen Mannes Frau seine Verlobte nannte, aber das gab der Situation wenigstens einen einigermaßen respektablen Anstrich.

«Annabel?» fragte die Frau. «Hier wohnt niemand, der so heißt.»

«Das kann nicht sein. Ein junges Mädchen, das ganz allein lebt.»

«Hier wohne ich mit meinen zwei Söhnen; wir haben das oberste Stockwerk. Mr. und Mrs. Cameron bewohnen die mittlere Wohnung. Sie sind schon älter und haben keine Kinder. Und das Erdgeschoß wird von Sir John und Lady Bidmead bewohnt – der Maler, Sie haben sicherlich von ihm gehört –, denen gehört auch das Haus, sie sind die Eigentümer. Ich kenne sie schon seit zwanzig Jahren, und sie haben ganz bestimmt keine Tochter.»

Während sie noch redete, war Martin der Gedanke gekommen, daß Francesca vielleicht nicht genau auf dieses Haus gedeutet hatte, als sie sagte, Annabel wohne dort. Es war möglich, daß sie das Haus nebenan gemeint hatte. Also ging er nach nebenan. Es war ein kaum weniger mächtiges Doppelhaus. Auf sein Klingeln öffnete ein älterer Mann. Annabel? Nein, die Eigentümerin des Hauses, die es auch allein bewohne, und deren Angestellte er und seine Frau wären, sei eine Mrs. Frere. Martin versuchte es noch in zwei weiteren Häusern, aber nirgends hatte man von einem Mädchen namens Annabel auch nur gehört.

Erstaunen überlagerte seine Enttäuschung darüber, daß er Francesca heute nicht mehr sehen würde. Er versuchte, sich genau zu erinnern, wie es am Abend des 27. November vor sich gegangen war: Sie war aus dem Wagen gestiegen, hatte sich zu ihm zurückgewandt und gesagt: «Holen Sie mich im Geschäft ab», und dann war sie im strömenden Regen verschwunden. Es hatte wie aus Eimern geschüttet, und er hatte gar nicht viel sehen können, aber er wußte doch noch, sie hatte ihn gebeten, hier zu halten, denn genau hier wohne Annabel.

War Annabel eine Erfindung von ihr? Hatte Francesca sie sich ausgedacht? Plötzlich mußte er wieder an ihre Meinungsverschiedenheit denken, wo denn nun Russells Eltern wohnten. Sie hatte Oxford gesagt beim erstenmal, das wußte er genau. Er ging in seine Wohnung hinauf, und ohne Licht zu machen setzte er sich ans Fenster und blickte über London hin. Er sah glitzernde Türme aus dem Dunst hervorragen – sah sie, und sah sie doch nicht. Er schloß die Augen. Annabel als eine Erfindung, um sie Russell gegenüber als Alibi zu benutzen, das leuchtete ein, aber doch nicht ihm gegenüber. Was für ein Motiv konnte sie dafür gehabt haben? Vielleicht lebte sie ein Phantasieleben in einer Phantasiewelt? Er hatte von solchen Leuten gehört. Vielleicht existierte in Wirklichkeit keiner der Menschen, von denen sie ihm erzählt hatte? Aber nein, das stimmte nicht, natürlich gab es sie. Russells Name hatte schließlich schon in der Zeitung gestanden, und noch weniger ließ sich Lindsays Existenz anzweifeln. Er schaltete das Licht an, zog die Vorhänge zu und goß sich einen Whisky ein. Was war denn nur los mit ihm, daß er ihr derartig mißtraute und die Grundfesten ihres Wesens anzweifelte? Sie leistete sich mitunter kleine Phantastereien, das war alles. Sie verdrehte halt die Wahrheit ein bißchen, wie es ja schließlich viele Leute taten, um sich interessanter erscheinen zu lassen. Also hatte sie ihm an jenem Abend im November eben weisgemacht, sie hätte eine Freundin, die in einer exklusiven Gegend von Hampstead wohnte, um ihn zu beeindrucken, und später hatte sie es dann nicht mehr richtigstellen können. So wohnten wahrscheinlich auch Russells Eltern in Wirklichkeit irgendwo in Reading oder Newmarket, und sie war bloß auf die Namen der beiden Universitätsstädte verfallen, weil sie ihr bedeutender und vornehmer vorkamen.

Er lag den größten Teil der Nacht wach, grübelte über sie nach und fühlte sich manchmal ganz elend.

Seit kurzem war es ihm zur Gewohnheit geworden, sie jeden Tag anzurufen, jetzt ließ er den nächsten und den übernächsten verstreichen, ohne mit ihr zu sprechen. Francesca arbeitete donnerstags nicht. Sie hatte ihm gesagt, sie brauche den Donnerstag zum Einkaufen, zum Saubermachen und um mit Lindsay spazierenzugehen. Vielleicht stimmte es ja. Dennoch fragte er sich inzwischen, ob überhaupt etwas, was sie ihm erzählt hatte, wahr sei. Er ging zu seinen Eltern zum Abendessen: das übliche Donnerstag-Drei-Bären-Dinner. Seine Mutter meinte, eine ihrer Nachbarinnen hätte ihn in Hampstead mit einem sehr hübschen Mädchen Einkäufe machen sehen, aber Martin schüttelte den Kopf und erwiderte, die müsse ihn wohl mit jemand anderem verwechselt haben.

Am nächsten Morgen rief er Adrian Vowchurch an und setzte ihm auseinander, welche Vereinbarung er mit Richard Gibson getroffen hatte. Adrian ließ keinerlei Überraschung durchblicken, daß Martin fünfzehntausend Pfund zum Verleihen übrighatte und daß er obendrein noch vorhatte, es zinslos zu verleihen. Um elf Uhr hatte Martin eine Besprechung mit einem Klienten, und genau während dieser Unterredung rief Francesca an. Er mußte sie vertrösten, er werde in einer halben Stunde zurückrufen, und hatte selbst die größte Mühe, seine Aufregung und seine Angst zu verbergen während dieser halben Stunde, in der er dem Klienten darlegte, daß er, wenn er sich alljährlich aus Geschäftsgründen mindestens dreißig Tage außerhalb des Landes aufhielte, eine proportionale Verminderung der Einkommensteuer beantragen könne. Als er wieder allein war, zitterte ihm buchstäblich die Hand, als er den Hörer aufhob.

Die Erklärung für die ganze Annabel-Geschichte war so simpel und überzeugend, daß er sich selbst verfluchte für sein Mißtrauen und für die dreitägige Tortur, die er sich selbst auferlegt hatte.

«Liebling, Annabel ist unmittelbar nach Weihnachten umgezogen! Sie wohnt jetzt in Mill Hill.»

«Aber man hatte nicht einmal von ihr gehört in all den Häusern, in denen ich nachgefragt habe.»

Ihre Stimme wurde sanft und weich und betont nachsichtig, als sie sagte: «Du hast also in dem Haus nachgefragt, wo die alte Dame wohnt?»

«Ja, das sage ich doch! Und in den beiden nächsten daneben auch noch!»

«Aber in dem vierten hast du nicht gefragt, was?»

«Nein. Ach, da also wohnt sie?»

«Wohnte, Martin», seufzte Francesca. «O Martin, hast du wirklich geglaubt, ich hätte dich belogen und betrogen? Vertraust du mir denn überhaupt nicht?»

«Ach, das liegt bloß daran, daß wir nicht richtig zusammenleben», erwiderte er. «Es ist, weil ich dich ja fast nie sehe. Tage und Tage gehen vorbei, und ich sehe dich nicht! Die ganze Zeit frage ich mich, was du wohl machst, dort in deinem anderen Leben. Francesca, wenn ich meine Wohnung zum Verkauf anbiete, um ein Haus für dich und mich und Lindsay zu kaufen, würdest du dann kommen und bei mir leben, bis die ganze Ver- und Ankaufsgeschichte geregelt ist?»

«Martin, Liebling...»

«Also, würdest du das tun? Es wird bestimmt nicht länger dauern als ein Vierteljahr, und dann könnten wir alle drei in dem Haus wohnen! Sag, daß du es tun wirst!»

«Laß uns nicht am Telefon darüber reden, Martin. Ich werde außerdem jetzt im Laden gebraucht.»

Er hätte ihr gern Blumen geschickt, aber das wäre gewesen wie Kohlen nach Newcastle tragen oder Korn nach Ägypten. Statt dessen brachte er ihr eine Schachtel handgefertigter Pralinen mit, als er sie am Montag im Geschäft abholte. Um Viertel vor sechs parkte er den Wagen in den Hillside Gardens und ging durch die kalte, neblige Dunkelheit zu ihrem Laden. In dem grauen Zwielicht sah er mit seiner orangenen Beleuchtung aus wie eine geheimnisvolle, verzauberte Höhle. Francesca war nicht allein. Lindsay war bei ihr; sie hockte auf dem Ladentisch und war damit beschäftigt, die Wedel langer Pampasgräser auseinanderzurupfen.

«Der Kindergarten war heute geschlossen», erklärte Francesca, «dort ist die Heizung kaputt. Zuerst dachte ich daran, dich anzurufen, aber ich wollte dich doch unbedingt sehen, auch wenn es nun nicht lange sein kann.»

Er nahm sie in den Arm. «Du hast einen harten Tag hinter dir, was? Komm zu mir, Liebling, dann brauchst du nicht mehr zu arbeiten und kannst den ganzen Tag mit Lindsay zu Hause bleiben. Ich kaufe uns ein Haus.»

«Hör mal, Martin», unterbrach sie ihn. «Ich hatte eine lange Unterredung mit Russell. Er sagt, er wird sich erst nach zweijähriger Trennung scheiden lassen, und das Problem dabei ist Lindsay. Russell vergöttert sie, das mußt du begreifen. Und er sagt... er sagt...» Ihre Lippen zitterten, und sie hatte Mühe, die nächsten Worte herauszubringen. «...er hat gesagt, wenn ich... sie mitnehme und bei dir lebe... dann wird er das Sorgerecht für sie beantragen... und... o Martin, er wird es bekommen!»

«Francesca, ich glaube, das ist Unsinn! Warum sollte er?»

«Er kennt sich aus in diesen Sachen, er hat Jura studiert.»

«Ich denke, er ist Geschichtslehrer?»

«Ja, ja, natürlich, aber Jura hat er auch studiert. Und er behauptet, er sei für Lindsay mindestens so sehr eine Mutter wie ich, weil er sie immer vom Kindergarten abholt, sie füttert und ins Bett bringt. Jeder Richter würde also einsehen, daß er ganz selbständig für sie sorgen könnte, was er ja auch oft genug täte. Und außerdem führte er ein moralisch einwandfreies Leben, während ich sie in lediglich zwei Zimmer mitschleppen wollte, um sie auch noch mit meinem Liebhaber zusammenleben zu lassen.»

Lindsay warf das Pampasgras auf den Boden und begann zu jammern. Francesca wollte noch mehr darüber erzählen, was Russell tun würde für den Fall, daß sie das Kind unter Martins Dach leben ließe, aber Lindsay polterte mit den Füßen gegen den Ladentisch und preßte ihrer Mutter die Lippen zusammen. Und zu Martin sagte sie in feindseligem Ton: «Wir fahren jetzt mit einem Taxiauto zu Daddy.»

«Francesca, laß mich dich nach Hause fahren. Du kriegst nie im Leben ein Taxi da draußen, und der Nebel wird immer dichter.»

«Wirklich, nein, Martin!» Francesca murmelte dumpf und plagte sich wie Papageno mit dem Schloß vorm Mund. «Hör auf damit, Lindsay! Oder ich setz dich auf den Fußboden!»

«Aber warum soll ich denn nicht fahren. Es sind doch bloß zehn Minuten.» Martin zögerte. «Bitte, tu es mir zuliebe. Ich könnte dann zehn Minuten länger mit dir zusammensein.»

«Ich will zu meinem Daddy!» plärrte Lindsay.

«Hast du Angst, daß Russell mich sehen könnte? Okay, ich verspreche, ich halte hundert Meter von deinem Haus entfernt. Einverstanden?»

«Also gut, Martin», sagte Francesca mit der süßen, nachgiebigen Stimme, die er so liebte. «Gut, du fährst uns nach Hause. Ich wollte nicht undankbar sein. Es ist sehr, sehr lieb von dir.»

## 12

Die Fahrt dauerte viel länger als zehn Minuten, wegen des undurchdringlichen Nebels. Der Himmel selbst, qualmig, erstickend und weißlich glimmend, schien aus der Dunkelheit auf die höhergelegenen Bereiche von Highgate herabgefallen zu sein. Jeder Wagen ließ sich durch die Rücklichter des voranfahrenden leiten, Lichter, die aussahen, als ob ihr schwacher Schein durch trübes Wasser leuchtete.

Lindsay saß auf Francescas Schoß und nahm sich Pralinen aus der Schachtel, die Martin mitgebracht hatte. Die meisten der Füllungen schmeckten ihr, nur eine violette Cremefüllung und die Likörkirschenfüllung nicht; wenn sie die erwischte und davon abgebissen hatte, stopfte sie den Rest ärgerlich ihrer Mutter in den Mund. Silberpapier lag und klebte überall in Martins schönem, sauberen Wagen herum.

Francesca sah wohl, daß Martin gekränkt war über die Art und Weise, wie mit seinem Geschenk umgegangen wurde, aber es war ihr egal. Er mochte Lindsay eben nicht, und er zeigte es auch. Das war für Francesca unfaßbar und schockierend. Jedesmal, wenn sie drauf und dran war, die ganze Sache mit Martin abzubrechen und aus dem Geschäft auszusteigen oder ihm gar die Wahrheit zu sagen, dann dachte sie daran, wie er mit Lindsay sprach oder wie er sie bloß anschaute, das genügte, um ihr Herz wieder zu verhärten und weiterzumachen. Gerade jetzt, während sie an einer roten Ampel hielten, sah er sie wieder so an: Es war der Blick, mit dem ein höflicher Gastgeber den uneingeladenen Hund seines Gastes bedenkt.

«Da siehst du's, Martin, genauso würde sie bald deine schöne ordentliche Wohnung zugerichtet haben.»

«Mag sein, aber wenn wir ein Haus hätten, würde sich das ja ändern. Wir müßten eben eine große Küche haben und ein großes Spielzimmer und natürlich einen Garten. Ich sehe ja ein, du hast recht, es wäre nicht richtig, dein Kind auf der Couch im Wohnzimmer schlafen zu lassen. Also nimm mal an, ich biete meine Wohnung gleich morgen zum Verkauf an und fange an, mich nach einem Haus für uns drei umzusehen, und du bleibst noch so lange bei Russell, bis das Haus bezugsfertig ist? Na, wie klingt das?»

«Ich weiß nicht recht, Martin...»

«Nun, Liebling, wirst du bitte mal darüber nachdenken? Bitte! Tu es, weil ich dich bitte und weil ich es mir so sehr wünsche! Denn siehst du, ich weiß sonst wirklich nicht mehr, was ich dir vorschlagen soll. Du *willst* doch zu mir kommen und mit mir zusammenleben – oder?»

Es war so kalt und neblig, und sie hatte noch diesen scheußlich langen Weg vor sich; sie hatte einfach nicht die Nerven, nein zu sagen. Sie berührte sanft seinen Arm und lächelte.

«Also gut. Du willst nicht mit mir in meiner Wohnung leben, und du willst auch nicht so lange bei mir wohnen, bis wir ein Haus gefunden haben, also bitte ich dich, über diesen letzten Vorschlag nachzudenken. Wirst du das tun, Liebling?»

«Ich kann mir einfach nicht vorstellen, daß ich je...» begann sie tapfer, als Lindsay ihr eine schokoladenverschmierte Hand auf den Mund preßte. Sie brauchte den Satz auch nicht zu beenden, denn Martin hatte eben den Wagen geparkt. Sie waren angekommen.

Sie hob Lindsay nach draußen und stieg dann selber aus. Es war entsetzlich kalt und feucht; in großen, eisigen Tropfen fiel der Regen aus der Nebeldecke. Martin wollte sie zum Abschied küssen, also steckte sie noch einmal den Kopf durchs Fenster und hielt ihm ihre roten Lippen hin, die bereits von einem Regentropfen benetzt waren.

«Ich ruf dich morgen früh an, Francesca.»

«Ja, tu das», erwiderte Francesca abwesend. Sie hielt mit der einen Hand Lindsay fest, mit der anderen preßte sie die aus den Fugen gegangene Pralinenschachtel an sich. Lindsay zerrte und trampelte.

«Und bis dahin wirst du dich entschieden haben, ja? Und die Antwort wird ja heißen, nicht wahr, mein Liebling?»

Francesca hatte mehr oder weniger vergessen, was für eine Entscheidung er von ihr erwartete. Wieder sagte sie, sie wisse nicht recht, aber sie raffte sich doch zu einem hinreißenden Lächeln auf, das ihr alle Möglichkeiten offenhielt. Martin fuhr an und winkte ihr zu, allerdings mit diesem schmerzlichen Ausdruck auf dem Gesicht, der ihr immer so zusetzte.

Als der Wagen außer Sicht war, begann sie, die Fortis Green Lane entlangzugehen. Er hatte sie vor dem Haus Nummer 26 abgesetzt, und als sie die Nummer 54 erreichten, blieb Francesca eine Weile stehen und sah sich neugierig das Haus an. Es war nirgends erleuchtet. Auf der Haustreppe stand eine Milchflasche mit einem Stanniol-deckel darauf, damit die Vögel nicht den Rahm herauspicken konnten.

«Mami, trag mich!» jammerte Lindsay.

«Muß das sein?»

«Muß sein. Lindsay trägt die Schokolade.»

«Na, wenn das so ist, dann kann ich nicht nein sagen.»

Francesca hob sie auf, Lindsay drückte ihr einen feucht-klebrigen Kuß auf die Wange und wedelte fröhlich mit der Pralinenpakkung herum. Vielleicht wäre es besser, die Hill Avenue hinaufzugehen? Aber Francesca verwarf den Gedanken und stapfte weiter. Das Pflaster war mit grauschwarzem, glitschigem Schmutz überzogen, der ihr die Beine hinaufspritzte. Jetzt merkte sie, daß das, was sie für Regen gehalten hatte, in Wirklichkeit kondensierter Nebel war, der von den überhängenden Bäumen und Hecken der Vorgärten tropfte. Sie kam sich vor wie eine jener Frauengestalten, von denen viktorianische Romane nur so wimmeln, Frauen, die sich gleich zu Beginn eines Kapitels einsam und verlassen über Moor und Heide schleppen oder durch die nächtlichen Straßen einer Großstadt, natürlich bei höchst unwirtlichem Wetter und mit einem Kind im Arm. Sehr wahrscheinlich sah sie im Augenblick genauso aus, mit ihren Schnürstiefeln, dem langen Rock, dem um den Kopf gewickelten Umschlagtuch und dem alten Pelz ihrer Großmutter, der unter den schweren Nebeltropfen strähnig und schütter geworden war. Trotz der Kälte, trotz des drückenden Gewichts ihrer kleinen Tochter und ihrer Müdigkeit mußte Francesca plötzlich lauthals lachen.

«Ist nicht lustig», sagte Lindsay vorwurfsvoll.

«Nein, das ist es auch nicht, da hast du ganz recht. Es ist kein bißchen lustig. Wirst es schon noch selber merken, wenn du groß bist, Liebling, daß wir nicht immer bloß lachen, weil etwas lustig ist. Es gibt noch viel mehr Gründe dazu. Ich muß doch verrückt sein! Warum hab ich bloß zugelassen, daß er uns hier herausfährt, Lindsay? Wahrscheinlich, weil es mich so angekotzt hat, diesen hündischen Ausdruck auf seinem Gesicht zu sehen. Aber eins weiß ich bestimmt, und das ist, daß ich ihn nie wiedersehen will. Ich mache nicht mehr mit, jetzt ist Schluß, ein für allemal, basta! Und dein Daddy kann von mir aus... also soll er doch ins Wasser springen.»

«Lindsay will Daddy behalten!»

«Jaja, schon gut! Er kommt ja sowieso erst nach uns nach Hause, selbst bei diesem Umweg, also halt schon den Mund! ‹Ich will zu meinem Daddy, ich will zu meinem Daddy!›... Mensch, manchmal bist du wirklich eine Plage!»

«Ich will aber zu meinem Daddy!» plärrte Lindsay bockig. Sie knüllte ein Schokoladenpapier zusammen und warf es in einen Vorgarten.

«Komm, Liebling, jetzt fahren wir zuerst mal schön mit dem Bus, das wird dir Spaß machen; du fährst doch sonst nie Bus. Komm, rutsch mal ein bißchen höher rauf. Kannst du nicht irgendwie auf meiner Hüfte sitzen?»

Als Antwort warf Lindsay die Pralinenschachtel auf den Boden und kniff ihrer Mutter die Lippen zusammen. Francesca hob die Schachtel auf, die jetzt naß und schmutzverschmiert war, fauchte und knurrte unter Lindsays Fingern wie ein Raubtier und tat, als ob sie beißen wolle. Lindsay kreischte vor Lachen, nahm die Hand ein paar Zentimeter fort und kniff begeistert wieder zu.

«Nun laß schon los, du verrücktes Kind, wir frieren uns hier noch zu Tode.»

Sie waren inzwischen in der Coppetts Road, und Francesca hielt eben Ausschau nach einer Bushaltestelle, als ein Taxi, das vielleicht einen Patienten oder einen Besucher befördert hatte, mit erleuchtetem Schild aus der Einfahrt des Coppetts Wood-Krankenhauses herausgefahren kam. Der Fahrer schien keine Ahnung zu haben, wo Samphire Road Nr. 4 wäre, nicht einmal, als Francesca ihm auseinandersetzte, es sei nicht weit von Crouch Hill Station, aber er willigte ein, sich von ihr hinlotsen zu lassen. Lindsay fing an zu heulen, weil ihr eine Busfahrt versprochen worden war. Sie wollte Bus fahren, und sie machte solch Geschrei, daß Francesca dem Chauffeur von hinten ansehen konnte, wie er sich innerlich wand. Sie stopfte Lindsay mehr Pralinen in den Mund, um sie zum Schweigen zu bringen, und dann spielte sie mit ihr fast ununterbrochen das Löwengebrüll-und-Beißen-Spiel, bis sie endlich zu Hause waren. Der Fahrpreis betrug zwei Pfund, die Francesca sich eigentlich überhaupt nicht leisten konnte.

Hier waren die Straßen noch schmutziger und schlüpfriger als in Finchley. Es war eine trostlose, halbverlassene Gegend, in die das Taxi sie gebracht hatte, eine Gegend, in der ganze Straßenzüge niedergerissen worden waren, um einer Betonlandschaft des sozialen Wohnungsbaus Platz zu machen. Schlammiges Gelände dehnte sich zwischen Abbruchruinen, und einige der Straßen waren zu schmalen Durchgängen zwischen hohen Bauzäunen zusammengeschrumpft. Selbst bei trockenstem Wetter blieben die Fahrstraßen überzogen von feuchtem Schmutz und Mörtel, durch den die mächtigen Reifen der Traktoren und Lastwagen ihre Spuren zogen. Und über alledem lag die Trostlosigkeit des Provisoriums, eine Erwartung ohne Hoffnung, denn dies war der Untergang eines verwahrlosten Viertels zugunsten eines neuen, das jedoch um nichts einladender sein würde.

Die Samphire Road lag immerhin so weit am Rande dieses Neubaugebietes, daß sie mitsamt den parallel verlaufenden Nebenstraßen zunächst verschont blieb. Die Samphire Road mit ihren schäbigen Backsteinkästen, die mehr Schuppen als Häuser waren, mit ihren handtuchgroßen Vorgärten und dem ostentativen Fehlen von Baum und Strauch, schien dazu ausersehen, dieses Jahrhundert unbeschadet zu überstehen, mindestens aber bis zum Jahre 1995 weiterzuexistieren. Das schweflige Licht der Straßenlaternen verwandelte den Nebel noch immer in die gleiche Erbsensuppe, die die Samphire Road schon in ihren Jugendzeiten gekannt hatte.

Francesca schloß die Haustür in Nummer 22 auf – vor Jahren war sie in der Farbe frischer Kalbsleber gestrichen worden –, trat mit Lindsay hinein und ging durch eine Innentür in den Flur der Erdgeschoßwohnung. Drinnen war es so kalt, wie nur ein altes Haus ohne Zentralheizung sein kann, wenn es zehn Stunden unbewohnt war und wenn es Januar ist. Es war nicht nur kalt, sondern auch feucht, eine Feuchtigkeit, unter der man sich krümmte. Francesca machte Licht an und setzte Lindsay in der Küche ab, wo sie als erstes den Gasofen anzündete und die elektrische Wandheizung einschaltete. Das Frühstücksgeschirr stapelte sich noch immer im Spülbecken. Sie wickelte erst Lindsay aus ihren Hüllen und dann sich selbst. Den Pelz hängte sie zum Trocknen über eine Stuhllehne. Eng aneinandergedrängt kauerten sich die beiden vor den offenen Gasofen und hielten die Hände in die Nähe der blassen, bläulich-violetten Flammen.

Nach einer Weile jammerte Lindsay, ihre Füße seien so kalt. Francesca stand auf, um nach ihren warmen Hausschuhen zu suchen. Im Flur war es ebenso kalt wie draußen auf der Straße. Sonst gab es nur noch zwei weitere Zimmer in der Wohnung, das Vorderzimmer, in dem zwei Sessel und ein Eßtisch, ein Klavier und ein Sofa standen, das sich zu einem Doppelbett ausziehen ließ, und nach hinten heraus das Schlafzimmer, in dem Lindsay schlief. Hier zog Francesca die Vorhänge vor das große, zugige Flügelfenster mit den fleckigen Glasscheiben und zündete ebenfalls den Gasofen an. Der Gaskamin mußte mindestens eine Stunde gebrannt haben, bevor sie Lindsay in diesem Eiskeller ins Bett stecken konnte. Die Hausschuhe waren nirgends zu sehen, also ging Francesca hinüber in das andere Zimmer – Wohnzimmer genannt, wo aber zwischen November und April an «Wohnen» nicht zu denken war –, und hier fand sie sie unter dem Klavier. Das Bett war nicht gemacht. Es war schon seit mehreren Tagen nicht gemacht, und als Sofa war es überhaupt höchstens ein halbes dutzendmal benutzt worden, seit Lindsay geboren war.

Lindsay plärrte: «Wo ist Daddy?»

«Zu einem Vortrag gegangen – über das historische Hornsey.»

«Ich geh aber nicht ins Bett, bis mein Daddy kommt!»

«Okay, brauchst du ja auch nicht.» Francesca machte ihr Rührei und bestrich Häppchen dunklen Brotes mit Butter. Sie saß am Tisch und trank Tee, während Lindsay Schokoladenpaste über das Brot verschmierte, ebenso über Kekse und sogar über ein Stück Biskuitrolle. Lindsay liebte Schokoladenpaste über alles, selbst zum Lunch mußte es Schokoladensandwiches geben. Francesca wischte ihr die braune Schmiere vom Kinn, sie wischte sie vom Tischtuch und sogar von der Wand, wo ein Klacks davon gelandet war. Sie mußte an Martin denken. Es war einfach himmlisch, dort in der Wohnung am Cromwell Court zu sitzen oder in seinem eleganten, warmen Wagen und in Restaurants wie in *Villa Bianca* zu essen. Sie liebte Komfort und Luxus, sie sehnte sich herzzerreißend danach; vielleicht, dachte sie bei sich, weil sie beides nie gekannt hatte, weil sie immer viel zu sehr mit Leben beschäftigt gewesen war, um rechtzeitig danach Ausschau zu halten. Das Wochenende mit Martin, mit all dem Wohlleben und der Wärme, hatte sie gründlich durcheinandergerüttelt, so daß sie trotz all der Langeweile ernsthaft mit dem Gedanken gespielt hatte, das Mädchen zu werden, für das er sie hielt. Vielleicht nicht gerade so voll und ganz, so viktorianisch lieb, gehorsam, passiv und nachgiebig, aber doch immerhin die liebende junge Frau, die sich scheiden ließ, um Martin zu heiraten und für alle Ewigkeit mit ihm und seinem Wohlstand zu leben...

«Da kommt mein Daddy!» schrie Lindsay.

Die Haustür schlug zu, und man hörte das Geräusch von Schuhen, die auf der Fußmatte abgeputzt wurden. Francesca stand nicht auf. Lindsay sprang zwar auf und kippte dabei ihren Stuhl um, aber sie traute sich auch nicht hinaus in den eiskalten Flur, nicht einmal, um ihren heißersehnten Daddy zu begrüßen. Da öffnete er schon die Küchentür und trat ein, wobei er eine lockige, feuchte Haarsträhne zurückwarf, die ihm über die Augen hing.

«Hallo!» sagte Francesca.

«Hallo!» Er griff nach dem kleinen Mädchen, hob sie hoch in die Luft und drückte sie dann stürmisch an sich. «Und wie geht es meinem kleinen Liebling? Wie war es denn in Mamis Geschäft? Ich wette, sie haben dich dort zur Oberaufseherin gemacht!» Nach der Melodie der «Roten Fahne» sang er:

«Leckt mich am Arsch, Kameraden, Arbeitsleut
es ist geschafft! Euer Boß bin ich heut!...»

«O Tim», seufzte Francesca, «wir hatten vielleicht einen gräßlichen Heimweg da draußen in diesem Scheißwetter! Komm, laß dir erzählen!»

# 13

«Also, ich weiß wirklich nicht, warum wir weitermachen sollen», sagte Francesca. Sie und Tim saßen sich am Küchentisch gegenüber, zwischen ihnen breitete sich fettiges Papier und eine fleckige Ausgabe der *Post*, in denen der Bratfisch und die Pommes frites eingewickelt gewesen waren, die Tim zum Abendessen mitgebracht hatte. Die Küche war inzwischen sehr warm und verqualmt, und an den Fenstern rann das Kondenswasser hinunter. Vor zehn Minuten hatten sie Lindsay zu Bett gebracht. «Gibst du mir bitte noch eine Zigarette? Wenn ich mit ihm zusammen bin, kann ich doch nicht rauchen, weil's das Image stört. Mensch, das bringt mich fast um, kann ich dir sagen!»

Tim reichte ihr eine Zigarette. Er runzelte leicht die Stirn, schob seine roten Lippen ein wenig vor und meinte leichthin in seinem üblichen ironischen Ton: «Ja, aber Kindchen, warum denn gerade jetzt aufgeben, wo alles so prima läuft? Ich meine, wir haben uns doch in unseren kühnsten Träumen nicht vorstellen können, daß er derartig auf dich abfährt! Oder wie ist das?» Tims Augen wurden schmal. «Oder hat meine kleine Biene ein bißchen geflunkert, als sie gesagt hat, Livingstone wollte sie partout heiraten?»

«Hör mal! ...Gut, vielleicht bin ich nicht immer ganz ehrlich, Tim, das weißt du ja. Aber ich erzähl doch keine sinnlosen Lügen! Oh, Liebling, um ein Haar hätte es doch 'nen schönen Reinfall gegeben wegen Annabel, was?» Francesca begann zu kichern, und als sie Tims blaue Augen auf sich gerichtet sah, kicherte sie noch mehr. «Ach, mein Liebling! Aber jetzt mal ernst: Was ich meine, ist – es hat doch keinen Zweck, noch weiterzumachen, weil es zu nichts führt. Alles, was dabei herauskommt, ist, daß ich meinen Job verliere. Denn wenn er ewig ins Geschäft gerannt kommt, dann muß ich doch kündigen, um ihn loszuwerden. Was haben wir uns eigentlich von der ganzen Sache versprochen, Tim? Ich weiß das gar nicht mehr so recht.»

«Natürlich weißt du das noch. Geld haben wir uns davon versprochen, Möglichkeiten, Zukunftsaussichten, was weiß ich!» Tim zündete sich eine neue Gauloise an. «Und – ganz nebenbei – meine kleine private Rache.»

«Ist das nicht verrückt? Er sagt, er liebt mich und all so was, aber so ganz traut er mir doch nicht. Von seinem Totogewinn hat er mir jedenfalls noch kein Wort gesagt, und darum glaub ich das auch nicht so recht.»

«He! Du zweifelst doch wohl nicht an Onkel Tims unfehlbarem Gedächtnis? Ich sage dir, wenn ich tot wäre und man würde mir den Leib aufschneiden, sie fänden die Zahlen von dem verdammten Totozettel einzeln in meinem Herzen eingraviert. Natürlich besteht die winzige Chance, daß Miss Urban vergessen hat, ihn abzuschicken. Aber wenn Miss Urban ihn abgeschickt *hat* – und darauf kannst du Gift nehmen! –, dann hat sie die erste Gewinnquote einkassiert, ganz oder teilweise, das liebe, glückliche Mädchen!»

Wenn Tim von Martin sprach, nannte er ihn entweder Livingstone oder – mit affektiert schwuler Stimme – Miss Urban. Und Francesca fand, ohne zu wissen, warum, Tims schwule Tour unwiderstehlich sexy. Wenn Tim auf schwul machte, wurde sie sofort weich in den Knien. Aber jetzt wollte sie das nicht, sie wollte jetzt ernsthaft mit ihm reden.

«Hör zu», sagte sie, «als du ihm diese gräßlichen Chrysanthemen geschickt hast, da hast du gesagt, ich könnte mich ja mal ein bißchen an ihn ranmachen; du wolltest, daß er mal ein bißchen mit mir ausgeht und so, weil er haufenweise Geld und keine Freundin hat. Du hast gesagt, er würde mir bestimmt Geld schenken, damit ich einen eigenen Blumenladen aufmachen kann, oder mindestens würde er mir ein paar ordentliche Geschenke machen. Aber nichts ist es damit gewesen! Er hat sich bloß ganz echt in mich verliebt. Dabei ist er nicht mal sehr an Sex interessiert – na ja, eben nicht sehr. Ich meine, *du* hättest mich glatt vergewaltigt, wenn ich mich bei dir so angestellt hätte, wie ich's mit ihm gemacht hab. Der ist verliebt. Der will nicht bloß mit mir pennen, das ist bei dem richtige Liebe, Mensch! Und das einzige, was dabei rauskommt, ist, daß ich jetzt zu ihm in seine Wohnung ziehen soll oder in ein Haus, das er uns kaufen will. Na, und was soll denn das? Warum noch weitermachen, Tim, wenn's doch bloß damit endet, daß ich wegrennen und mich verstecken muß, bloß, um nicht mit ihm zu leben?»

«Kaum zu glauben, was?» meinte Tim nachdenklich. «Daß Livingstone dir bisher noch nicht mehr geschenkt hat als diese sehr merkwürdigen Parfümdinger, oder was das sonst ist! Fünf Tausender – für einen Ring vielleicht oder ein Armband, das hätte doch drin sein müssen, das ist doch nichts, rein gar nichts bei der Inflation heutzutage. Oder warum nicht einen Pelz? Verdammt, und meine arme kleine Biene bibbert sich einen ab in ihrem alten Waschbärfetzen.»

«Er hat was von 'nem Nerz gesagt», kicherte Francesca, «wenn wir verheiratet sind.» Sie suchte unter dem Fischpapier herum. «Heut hat er mir ein paar Pralinen geschenkt, bloß Lindsay hat die meisten davon schon aufgefuttert. Hier, sieh mal!»

«Der Apfel fällt nicht weit vom Baum. Sie hat bloß das Nougat und die Kokosflockendinger übriggelassen.»

«Das Neueste ist, er will seine Wohnung verkaufen und dann ein Haus anschaffen, für mich und ihn und Lindsay. Also muß er wohl doch Geld haben.»

«Was? Und das erzählst du mir erst jetzt? Francesca, weißt du, was Krischna Bhavnani mir heute erzählt hat? Daß es Livingstone war, der das Geld für Sumas Operation spendiert hat.»

«Wirst du darüber in der *Post* was schreiben?»

«Wenn du jetzt kneifst, ja; wenn du weitermachst, nein. Genauso, wie gelegentlich Unwahrheiten in der *Post* erscheinen, so werden Wahrheiten eben gelegentlich unterdrückt!»

Francesca lachte. Sie stellte sich hinter Tim, legte ihm die Arme um die Schultern und strich zart über sein Nurejew-Gesicht. «Okay, Tim, ich kann ja noch ein bißchen weitermachen, wenn du wirklich meinst, daß es sich lohnt. Ich könnte ihn vielleicht am Mittwoch treffen. Jetzt, wo ich das mit dem indischen Jungen weiß, könnte ich's ja mal drauf anlegen, einen Pelzmantel aus ihm rauszuschlagen oder wenigstens einen Ring. Den könnten wir dann verkaufen.»

Tim rieb sein Gesicht an ihren Händen und schnurrte dabei wie eine Wildkatze. «Hast du unsere Decke eingeschaltet?»

Er hatte ihnen zu Weihnachten eine elektrisch heizbare Decke gekauft. «Klar, als ich Lindsay zu Bett gebracht habe», antwortete sie.

«Und warum bringst du mich dann nicht auch zu Bett und beichtest mir in allen Einzelheiten all die Fehltritte, die du mit Dr. Livingstone begangen hast?»

«Du meinst wohl – Miss Urban?» murmelte Francesca schweratmend.

«Meine kleine Biene sollte sich was schämen – so mit ihrem Onkel Tim zu sprechen! O mein Gott!»

Francesca und Tim lebten schon seit drei Jahren zusammen. Tim war zu ihr in die Wohnung in der Samphire Road gezogen, anstatt immer nur die Nächte dort zu verbringen, als Francesca feststellte, daß sie schwanger war. Sie hatten nie daran gedacht, zu heiraten. Sie hätten es auch gar nicht tun können, weil Francesca immer noch mit Russell Brown verheiratet war. Nachdem Tim damals Martin im Wald begegnet war, hatte er ihn mehrfach in die Samphire Road eingeladen, aber Martin hatte immer abgelehnt. Warum, wußte Tim nicht. Francesca spürte, daß es Tim verletzt hatte, obwohl er nie zeigte, daß er imstande war, Schmerz zu fühlen. Und dann war jener Sonnabend im November gekommen, an dem Tim die Totoergebnisse gelesen und wie gewöhnlich nichts gewonnen hatte, während auf die Kombination, die er für Martin zusammengestellt hatte, der Hauptgewinnanteil gefallen war.

Es hatte Francesca damals mächtig verstört, *wie* Tim darauf wartete, daß Martin anrief! Die neurotische Intensität seines Lauerns war ihrer simplen Frohnatur zutiefst zuwider. Die Tage vergingen, und nichts geschah. Gespannt wie eine Bogensehne war Tim dann zu jener Unterredung zu Urban, Wedmore, Mackenzie & Co. gegangen, und immer noch hatte Martin nichts gesagt! Das Schlimmste für Tim aber war gewesen, daß Martin sich geweigert hatte, zu seiner Party zu kommen. In der Samphire Road eine Party zu organisieren, das war beileibe keine Kleinigkeit. Sie hatten sie denn auch in letzter Minute abgesagt, weil es ja zum Feiern keinen Grund gab, keinen Grund, den Champagner zu öffnen...

«Ich fürchte», hatte Tim mit Fistelstimme geblödelt, um seine Enttäuschung zu überspielen, «Miss Urban hüllt sich bloß so sehr in Schweigen, damit sie dem armen kleinen Tim nichts davon abgeben muß. Allerdings – was ich getan hätte, das werde ich nun nie wissen, außer natürlich, hilfreich und lieb zu sein. Mag sein, daß ich nicht lieb genug zu ihr war? Manche Fräuleins nehmen das übel, wie du weißt.»

Francesca konnte sich darauf keinen rechten Vers machen, aber sie begriff, Tim hatte sich irgend etwas von Martin erhofft, zumindest ein Darlehen, damit sie sich eine Wohnung kaufen konnten, die wenigstens etwas besser war als die Samphire Road. Er ging ruhelos auf und ab und fluchte, er werde sich noch rächen; er werde schon an das Geld herankommen, und wenn es durch Lug und Trug sein müsse. Von da an war es nur ein kleiner Schritt gewesen, bis Francesca mit den Blumen vor Martins Tür gestanden hatte – und in die Falle geraten war.

Sie war ein unproblematisches Mädchen, das das Leben auf die leichte Schulter nahm und sich durch nichts lange unterkriegen ließ. Tim hatte ihr einmal gesagt, was er an ihr besonders liebe, sei, daß sie weder Skrupel noch Moral besäße. Allerdings war es ihr dadurch anfangs sehr schwer geworden, die Rolle einer Francesca zu spielen, wie Martin sie wollte, das scheue, hochmoralische Mädchen. Tim hatte ihr regelrecht Unterricht erteilt und ihr ein Lesepensum zusammengestellt, hauptsächlich aus viktorianischen Romanen und Erzählungen des frühen zwanzigsten Jahrhunderts mit den entsprechenden Heldinnen. Sie hatte hart an sich gearbeitet, um sich diesen Modellen anzugleichen, und manchmal war sie nach ihren Zusammenkünften mit Martin total erschöpft. Meist verhielt sie sich in Martins Gesellschaft schweigsam und erweckte den Anschein, als ob sie ihm atemlos zuhörte; in Wirklichkeit aber zerbrach sie sich meistens den Kopf, wie sie es bewerkstelligen konnte, sich mit einem Taxi aus dem Staub zu machen und sich nicht von ihm nach Finchley hinausfahren zu lassen. Jetzt sah sie sich auch noch dem zusätzlichen Problem gegenüber, Martin einerseits davon zu überzeugen, daß sie ihn liebte und sich danach sehnte, mit ihm zusammenzuleben, sich andererseits aber all seinen konkreten Plänen für ein solches gemeinsames Leben zu entziehen.

Folglich sagte sie ihm, als er das nächste Mal anrief, der Gedanke, daß er seine Wohnung verkaufen wolle, sei ihr gar nicht lieb, denn sie wüßte doch, wie sehr er daran hinge.

«Aber ich muß sie ja doch eines Tages verkaufen, Liebling. Wenn du erst frei bist und wir heiraten können, dann brauchen wir ja doch ein Haus.»

«Ich fände es einfach besser, du würdest warten, bis es soweit ist, Martin.»

«Gut, aber das löst doch nicht unser Problem, wie wir es machen, *bis* es soweit ist, nicht wahr?»

An diesem Tag klapperte Francesca die Archway Road ab und

verkaufte die beiden Parfümflakons für siebzehn Pfund. Die ständigen Taxifahrten rissen ein ziemliches Loch in ihr Portemonnaie, und wenn Martin sie am Mittwoch zum Dinner ins *Mirabelle* einlud, dann brauchte sie ein neues Kleid. Sie mußte also alles zusammenkratzen, damit sie sich das weinrote Seidencrêpekleid kaufen konnte, das Kate Ross, die Besitzerin des Blumenladens, seit Wochen für fünfundzwanzig Pfund verhökern wollte.

Martin hatte sich angewöhnt, jeden Morgen um zehn bei *Floreal* anzurufen. Am Mittwoch rief er bereits zwei Minuten vor zehn an und erklärte aufgeregt, er hätte eine wundervolle Idee, die er Francesca am Abend auseinandersetzen wolle. Francesca zog sich in den kleinen Raum hinter dem Laden zurück, probierte das Weinrote an, das Kate mitgebracht hatte, und kriegte sie herum, es ihr für dreiundzwanzig Pfund fünfzig zu lassen.

Gegen fünf Uhr fing es an zu schneien – große, schwere Flocken wie Gänsefedern. Kate ging immer schon um halb sechs nach Hause, weil sie weder einen freien Tag noch einen freien Samstagnachmittag hatte. Martin blieb förmlich der Mund offenstehen, als er Francesca in dem dunkelroten Kleid sah, mit der hochgesteckten Lockenfrisur, in der eine rotweiß gesprenkelte Orchidee befestigt war. Er starrte sie hingerissen an... Diese Zustände hingerissener Verehrung irritierten Francesca immer, obwohl sie wußte, daß es ihm ernst damit war. Ihr waren handgreiflichere Reaktionen lieber, so wie sie sie von Russell Brown und den Männern, die nach ihm kamen, gewohnt war, und wie sie sie – auf sehr individuelle, höchst befriedigende Weise – auch von Tim erfuhr. Aber sie lächelte, sah leicht verlegen drein und fragte ernst: «Sehe ich hübsch aus?»

«Francesca, du siehst so schön aus – ich weiß gar nicht, was ich sagen soll. Ich wollte, ich könnte mich besser ausdrücken, dann würde ich Gedichte auf dich machen.»

«Ich hoffe bloß, ich bin warm genug angezogen», meinte Francesca zweifelnd, die Gedanken fest auf einen Nerzmantel konzentriert. Aber Martin versicherte ihr, sie würde ja nur während der paar Schritte über den Bürgersteig im Freien sein.

«Also, was ist deine wundervolle Idee?» fragte sie, als sie im Wagen saßen. Aber Martin sagte, das würde er ihr erst beim Essen erzählen.

Francesca hatte einen enormen Appetit und eine erstaunliche Kapazität in puncto Alkohol. Sie und Tim gehörten beide zu der Sorte sehr dünner Leute, die essen können, was sie wollen, ohne an Gewicht zuzunehmen. Aber wenn sie mit Martin zusammen war, dann aß und trank sie nie auch nur annähernd so viel, wie ihr schmeckte, weil es sonst das Image gestört hätte. Heute abend allerdings würde sie mit Hummerquenellen anfangen, denn Quenellen jeder Art gehörten zu ihren Lieblingsgenüssen. Vorweg hätte sie sich ja gern einen tüchtigen Brandy mit Soda zu Gemüte geführt, aber sie bat dezent um einen trockenen Sherry.

Martins Scheu und Verlegenheit wurden immer größer im Laufe der Mahlzeit. Als Francesca sich über ihren gebratenen Fasan hermachte, war er soweit, daß er kein Wort mehr über die Lippen brachte. Obgleich ihr das eigentlich ganz recht war, war sie doch neugierig zu erfahren, was es denn wohl auf sich hatte mit seiner wundervollen Idee, die ihn so stumm dasitzen ließ. Und unvermittelt, wie einer eine Sünde beichtet, die ihm lange aufs Gewissen gedrückt hat, legte er los. Fasziniert beobachtete Francesca, wie sich langsam eine flammende Röte über sein Gesicht ausbreitete.

«Ich habe das noch niemandem erzählt, außer meinen Eltern. Im November habe ich hundertundviertausend Pfund im Fußballtoto gewonnen. Nein, sag nichts, laß mich ausreden! Ich habe mich entschlossen, eine Hälfte für mich zu behalten und eine Hälfte wegzuschenken. Wahrscheinlich kannst du dir denken, aus welchen Gründen ich das tue.»

Das konnte Francesca nun ganz und gar nicht, aber sie schwieg. Sie geriet in eine merkwürdig atemlose Aufregung, als ob ihr ungeheuerliche Enthüllungen bevorstünden. Dabei bestätigte er eigentlich nur, was Tim schon seit langem gesagt hatte.

«Verstehst du, ich bin einfach so dankbar, nun, dem Schicksal oder Gott oder sonstwem gegenüber, weil ich so ein glückliches Leben habe, und da habe ich mich entschlossen, Leuten zu helfen, die Wohnungsprobleme haben. Bloß, ich bin damit noch nicht sehr weit gekommen. Es ist viel schwerer, als du ahnst, die Leute so weit zu bringen, das Geld einfach anzunehmen. Alles, was ich bis jetzt konkret erreicht habe, ist, die Herzoperation für einen kleinen Jungen zu bezahlen.»

«Aber das sind doch keine Wohnungsprobleme?» meinte Francesca.

«Nein, nein, das sollte auch nur eine Ausnahme sein. Abgesehen davon möchte ich die Schwägerin meines Putzhelfers bedenken, die wegen des Lärms in ihrer jetzigen Behausung einen Nervenzusammenbruch bekommen hat, und außerdem ist es mir gelungen, ein junges Paar mit sehr niedrigem Einkommen dazu zu bewegen, ein Darlehen von mir anzunehmen.»

Lächelnd beugte er sich über den Tisch und schien auf ihre Zustimmung zu warten.

Francesca schluckte und starrte ihn an. Dieser Mann mußte komplett verrückt sein, das war ihr erster Gedanke. Aber nein, nicht verrückt, bloß bodenlos unbedarft war er, unschuldig wie ein neugeborenes Kind. Sollte sie es darauf ankommen lassen und ihm auf Gedeih und Verderb alles erzählen? Wer sie in Wirklichkeit war, daß Tim ihr Liebhaber und Lindsays Vater war und daß sie in einer weit schlimmeren Umgebung hausten als all diese Leute, von denen er da redete? Nein, sie konnte es nicht tun, es war unmöglich. Er füllte ihr Weinglas nach und sagte:

«So, nun weißt du es. Ich mag nämlich keine Geheimnisse vor dir haben.» Du liebe Güte! Als ob er gerade eine ungeheuerliche Perversion gebeichtet hätte, dachte Francesca. «Aber warum ich dir das alles erzähle... nun, also, ich bin wirklich ein kompletter Dummkopf gewesen! Da bemühe ich mich nun einerseits, anderen Leuten Wohnungen zu verschaffen, und andererseits zerbreche ich mir den Kopf, wo du wohnen könntest, wenn du Russell verlassen hast. Und erst gestern abend ist mir der Gedanke gekommen, daß ich meine Wohnung ja gar nicht zu verkaufen brauche, daß ich sogar nicht mal eine Hypothek brauche, denn abgesehen von dem, was ich verschenken will, hab ich ja fünfzigtausend für mich selber. Ich hab doch meinen eigenen Anteil von dem Gewinn.»

«Und was ist nun die wundervolle Idee?» fragte Francesca vorsichtig.

«Eine Wohnung für dich und Lindsay zu kaufen.» Er machte eine erwartungsvolle Pause, aber sie sagte nichts. «Ich meine, das löst doch alle Probleme, oder? Dann hat Lindsay ihr eigenes Zimmer, Russell kann dir nicht vorwerfen, du würdest sie schlecht behandeln, und nach zwei Jahren, wenn du geschieden bist, dann können wir beide Wohnungen verkaufen und uns ein Haus anschaffen. Na, wie gefällt dir das? Ich... ich stelle keinerlei Bedingungen, Francesca.» Martin lächelte und griff über den Tisch nach ihrer Hand. «... ich hoffe bloß, ich darf manchmal kommen und bei dir bleiben; und ich wäre der glücklichste Mann der Welt, wenn du dir eine Wohnung aussuchst, die nicht allzu weit von meiner entfernt ist.»

«Wir gehen also am Sonnabend auf Wohnungssuche. Er ist schon völlig durchgedreht, plant Farbzusammenstellungen, quatscht von Teppichfliesen oder so was...»

«Miss Urban war schon immer großartig im Nestbau, sie wird gewiß bald irgendeinem Glückspilz eine wunderbare Hausfrau sein!» flötete Tim. «Und was habt ihr gegessen?»

«Hummerquenellen, gebratenen Fasan mit Röstkartoffeln, dann Calabresse und in Butter gebratene Pilze *und* noch Spargel, und anschließend so 'ne Art Chartreuse-Soufflé mit Sahne!»

«Hättest du dir nicht 'ne Plastiktüte geben lassen können, um was mitzunehmen für einen armen, alten Verwandten?»

Francesca kicherte. Sie saß auf Tims Schoß, nahm ihm die Zigarette aus dem Mund und zog daran. «Aber mal im Ernst, Tim, was soll daraus werden, wenn ich ihn eine Wohnung für mich kaufen lasse? Ich werde ja doch nicht darin wohnen. Ich weiß bloß nicht, wie ich aus der ganzen Sache rauskommen soll – außer ich erkläre ihm klipp und klar, daß ich meinen Mann nicht verlassen will.»

«Hab ich dir nicht gesagt, du sollst noch zwei Wochen weitermachen? Bloß noch bis Montag, den 12. Februar, ja? Wenn er meiner kleinen Biene ein Liebesnest kauft, dann muß er's doch auch möblieren, klar? Und in diesen skandalösen Zeiten sind ja fünf Tausender das mindeste – aber das allermindeste! –, was er für die Einrichtung springen lassen muß.»

«Er hat gesagt, ich kann die Rohrsessel aus seinem Wohnzimmer haben.»

«So ein Mistkerl!» sagte Tim. «Aber das wirst du dir ja nicht bieten lassen, nicht wahr? Doch nicht ein Mädchen mit Köpfchen, wie du es bist! Du wirst ihn einfach um fünftausend bitten, um damit bei *Heals* um dich zu werfen.»

«Ach, Liebling», seufzte Francesca mit einem herzzerreißenden Gähnen, «okay, ich will's versuchen! Ich tue ja, was ich kann, aber keine Minute länger als bis zum 12. Februar, das sag ich dir!»

# 14

Francesca wußte nicht recht, sollte sie sich auf die erste Wohnung, die sie besichtigten, festlegen, damit sie schnell nach Hause konnte, oder sollte sie lieber so tun, als ob ihr alles mögliche nicht gefiele, so daß die ganze Sache bis zum 12. Februar in der Schwebe gehalten wurde? Im Grunde genommen aber konnte sie keins von beidem tun, denn sobald sie etwas gemeinsam unternahmen, zeigte sich, besonders bei praktischen Entscheidungen, Martins Überzeugung, daß das Männersache sei. Abgesehen vielleicht von Überlegungen, was sie anziehen solle, oder allenfalls, was sie essen wollten, hielt er es bei allen Fragen von größerer Wichtigkeit – also auch bei der Wohnungsangelegenheit – für selbstverständlich, daß *er* die Entscheidungen traf, und wenn er ihre Zustimmung einholte, so war das lediglich eine Sache der Höflichkeit.

In den zwei Tagen seit ihrem gemeinsamen Dinner im *Mirabelle* hatte er sich mit verschiedenen Immobilienmaklern in Verbindung gesetzt, hatte sich in allen Einzelheiten mit sämtlichen verfügbaren Eigentumswohnungen in dem Gebiet zwischen Highgate und Crouch End befaßt und hatte auch bereits einige davon besichtigt. Das Resultat war eine lange Liste, die nach und nach kürzer wurde und am Sonnabend nachmittag auf ein einziges Objekt zusammengeschmolzen war. Die in Frage kommende Wohnung war nicht ganz so nahe bei Cromwell Court, wie er es sich gewünscht hätte, aber in jeder anderen Hinsicht war sie so günstig, daß er fand, man müsse diesen kleinen Nachteil in Kauf nehmen.

Francesca hätte nie gedacht, daß die Wohnungsangelegenheit sie irgendwie zu Emotionen hinreißen würde, weder zu Begeisterung noch zu Entrüstung. Sie hatte eher gedacht, daß es sie anöden würde. Deshalb war sie beim Betreten der Wohnung von ihren Gefühlen sehr überrascht. Noch nie in ihrem Leben hatte sie in einer großzügigen oder eleganten oder auch nur einigermaßen attraktiven Behausung gewohnt. Zuerst war es die Mietwohnung ihrer Eltern gewesen, groß, kalt und wo man hinsah dunkelbraun, später dann möblierte Buden in Pimlico und in Shepherd's Bush, dann das winzige Haus, in dem sie mit Russell gewohnt hatte, und schließlich die feuchtkalten Löcher, die sie mit Russells Nachfolgern teilte, ihre drei schäbigen Räume in Stroud Green. Zuhause, das Wort hatte für

Francesca nie viel mehr bedeutet als ein Unterschlupf vor dem Regen, mit einem Tisch, von dem man essen konnte, und einem Bett, in dem man schlafen konnte – mit jemandem, den man mochte. Aber dies hier war etwas ganz anderes. Vierter Stock, Penthouse, Swan Place, Stanhope Avenue, Highgate... Weiß Gott, das war etwas ganz und gar anderes.

Das Wohnzimmer war riesig groß, und die Eßecke war durch einen Torbogen davon abgetrennt. Eine Wand schier ganz und gar aus Glas. Und die Heizung so, daß es selbst in ihrem dünnen Mantel viel zu warm war, man konnte hier nackt herumlaufen. Und während sie aus dem riesigen Thermopaneglasfenster blickte – auf hügelansteigende Straßen, auf Grünflächen und verschneite Dächer –, während man ihr die pastellblaue Küche zeigte und das aprikosenfarbene Bad, erkannte Francesca zu ihrer Verwunderung, daß sie tatsächlich gern hier leben würde, brennend gern sogar. Es war eine verdammte Schande, daß das nicht möglich war oder vielmehr, daß der Preis, den sie dafür zahlen müßte, zu hoch war. Denn schön wäre es schon, oh, sehr schön! Und wie es Lindsay erst gefallen würde! Und Tim wahrscheinlich auch, obwohl man das bei ihm nie so genau wußte. Ja, wirklich jammerschade, daß sie das hier nur haben konnte, wenn sie die ausgehaltene Freundin dieses Einfaltspinsels Martin wäre. Was die Wohnung wohl kostete?

«Was hältst du davon?» fragte Martin, als sie wieder im Wagen saßen.

«Sie ist wunderbar.»

«Ich bin so froh, daß sie dir gefällt, Liebling, denn – auch wenn du mich für sehr überheblich und für ein typisch männliches Chauvinistenschwein hältst – ich habe dem Makler bereits gesagt, daß ich sie haben will, und ich habe auch schon eine Anzahlung geleistet.»

«Und was hättest du gemacht, wenn ich sie nun nicht gemocht hätte?» fragte Francesca neugierig.

«Ach, ich wußte, sie würde dir gefallen. Ich glaube, ich kenne dich inzwischen schon ganz gut.»

«Wieviel kostet sie, Martin?»

«Zweiundvierzigtausend Pfund.»

Francesca verschlug es die Sprache. Ihr wurde ganz wirr und verschwommen im Kopf, wenn sie an soviel Geld dachte. Martin sagte, das sei eine gute Geldanlage, Hausbesitz sei in diesen Zeiten die beste Kapitalanlage; und bevor sie heirateten, würde er beide Wohnungen dann wieder verkaufen und dafür ein Haus erwerben. Auf dem Immobilienmarkt, so hatte man ihm gesagt, würde für das Frühjahr mit weiteren Preissteigerungen gerechnet. Mit einigem Glück konnte er aus beiden Wohnungen einen ordentlichen Profit herausschlagen.

Sie fuhren zurück zum Cromwell Court, wo Martin Schokoladeneclairs und einen Königskuchen zum Tee bereitstehen hatte. Francesca sprach beidem herzhaft zu. Es war wirklich ein einziger Jammer, daß sie Martin nicht im mindesten attraktiv finden konnte. Wenn sie ihn doch wenigstens ein klein wenig gemocht hätte, dann hätte sie sich um der wunderbaren Wohnung willen schließlich mit seiner spießigen Langweiligkeit abfinden können, mit seinem gestelzten Wirtschaftsprüferlatein und seiner hölzernen Wohlerzogenheit. Aber leider mochte sie ihn nun mal kein bißchen. Eigentlich war das gemein, denn er war doch ebenso groß und dunkel – wenn auch nicht ganz so gutaussehend – wie Tim; dafür war er jünger und sauberer, und er stank auch nicht ständig nach Gauloises. Voller Bedauern grübelte Francesca über die Unlogik sexueller Anziehung nach, während Martin ihr einen ausführlichen Vortrag hielt über Immobilienbesitz, Grundbucheintragung, über Stempelsteuer und die Geheimnisse der Eigentumsübertragung.

Francesca nahm sich einen weiteren Schokoladeneclair vor. Martin gehörte nicht zu der Sorte Mann, die auch nur daran dachte, am hellen Nachmittag ins Bett zu gehen. Das wäre ihm pervers vorgekommen. Ergeben ließ sie ihn also ihre Hand halten, über einen Wall von Sofakissen hinweg.

«Ich nehme an, es wird Monate dauern, bis sie dir richtig gehört?» fragte sie.

«O nein. Ich zahle ja bar, verstehst du? Mein Freund Norman Tremlett – du hast ihn ja hier kennengelernt – wird am Montag ein Vermessungsgutachten erstellen. Und mit meinem Rechtsanwalt habe ich auch schon gesprochen; er ist ebenfalls ein Freund, wir waren alle zusammen in der Schule, und er sagt, vorausgesetzt, das Vermessungsgutachten fiele positiv aus, gäbe es keinen Grund, weshalb der Kaufvertrag nicht bis zum 12. Februar zur Unterschrift für mich bereitliegen sollte; das wäre Montag in einer Woche. Dann folgt so schnell wie möglich die Abwicklung und die Instandsetzung der Wohnung, und in – na sagen wir – in drei Wochen könntest du dann einziehen.»

Francesca mußte daran denken, welche Schwierigkeiten und Hindernisse es damals gegeben hatte, als Russell und sie versucht hatten, ein Haus zu kaufen. Die ersten beiden, für die sie sich entschieden hatten, wurden über ihren Kopf hinweg verkauft, weil die Wohnungsbaugesellschaft sich nicht schnell genug entschließen konnte, Russell eine Hypothek einzuräumen. Und es waren Monate, fast ein Jahr voller Hoffnungen und Enttäuschungen vergangen, bis sie schließlich das erworben hatten, in dem sie dann wohnten. Aber sie hatten ja auch kein Geld zur Verfügung gehabt und kein Team alter Schulkameraden. Na ja, das spielte ja jetzt keine Rolle mehr; es war Vergangenheit, zehn Jahre her, fortgeschwemmt vom Ozean der Zeit. Sie strahlte Martin an.

«Und wie machen wir es mit der Einrichtung, Liebling?»

«Ich denke, ich treffe ein gesondertes Übernahmeabkommen mit den jetzigen Eigentümern betreffs der Teppiche, Vorhänge, der Schlafzimmereinrichtung, des Kühlschrankes und des Herdes; das möchte der nämlich verkaufen. Natürlich, falls es irgend etwas Besonderes gibt, das du dir wünschst, dann können wir ja am nächsten Sonnabend einkaufen gehen.»

Hatte es überhaupt noch einen Sinn, bis zum 12. Februar weiterzumachen? Überhaupt keinen, außer daß sie es Tim versprochen hatte. Martin schien es für selbstverständlich zu halten, daß sie von nun an jeden Abend mit ihm verbrachte. Francesca betonte vorsichtig, daß sie, solange sie noch mit Russell zusammenlebte, nicht jeden Abend fortgehen und ihm das Kind überlassen könne. Aber sie wollte versuchen, außer dem Montag noch einen weiteren Abend herauszuschlagen.

«Ich möchte, daß meine Eltern dich kennenlernen», sagte Martin.

Sie bestand darauf, um sechs Uhr nach Hause zu gehen, und er bestand darauf, sie heimzufahren. Diesmal hielt er nicht hundert Meter entfernt, sondern setzte sie direkt vor Nummer 54 ab und wartete, bis sie ins Haus geschlüpft wäre. Francesca blieb zögernd an der weißen Gartenpforte stehen und winkte ihm ungeduldig zu. Aber er blieb stur im Auto sitzen und weigerte sich, zu verschwinden, bevor sie es tat. Nach ein paar Sekunden merkte sie, daß Warten sinnlos war. Entweder mußte sie jetzt so tun, als betrete sie das Haus, oder sie mußte das Spiel aufgeben.

Drinnen im Korridor brannte Licht, aber sonst nirgends. Sie öffnete die weiße Gartenpforte und ging schnell auf den Seiteneingang zu, eine hölzerne Tür in einem zwei Meter hohen Lattenzaun. Es dämmerte zwar stark, war aber noch nicht richtig dunkel. Kühn drückte Francesca den Türgriff hinunter, und als er nachgab, stieß sie die Tür auf und befand sich auf einem kleinen, betonierten Hofplatz. Es wäre ziemlich peinlich, dachte sie, aber auch sehr komisch, wenn jemand sie hier herumschleichen sähe und die Polizei riefe. Nach ein paar Augenblicken hörte sie Martins Wagen davonfahren, also öffnete sie wiederum die Hoftür und kam eilig heraus. Dann rannte sie die Seitenstraße hinunter, die an dem Garten des Hauses Nr. 54 entlangführte.

Bei ihrem nächsten Treffen erzählte ihr Martin, daß er noch einmal zurückgefahren sei, um sich zu vergewissern, daß bei ihr zu Hause auch «alles in Ordnung» sei, wie er es ausdrückte. Wie er das von der Straße und vom Auto aus hatte feststellen wollen, sagte er nicht. Aber während er dort gestanden habe, so berichtete er, sei Russell aus dem Haus gekommen und in Richtung Coldfall Wood davongegangen.

Als erstes erzählte er ihr, er sei so glücklich über die Wohnung und über ihre gemeinsame Zukunft, daß er sich am Sonntag kurzerhand entschlossen hätte, den Stier bei den Hörnern zu packen und zu Miss Watson zu gehen. Und dort im Hause ihres Arbeitgebers in der Hurst Avenue hätte er ihr geduldig auseinandergesetzt, was in seinem Brief vielleicht unklar geblieben wäre. Schließlich sei sie von seinen guten Absichten überzeugt gewesen, habe unter Tränen und einiger Verwirrung zugestimmt, die zehntausend Pfund von ihm anzunehmen und damit ein Reihenhäuschen in einer kleinen Stadt in Lincolnshire zu kaufen, in der auch ihre verheiratete Schwester lebte.

«Damit wären also fünfundzwanzigtausend Pfund fest vergeben. Glaubst du, es wäre unrecht von mir, wenn ich jetzt nur noch zwanzigtausend Pfund verschenke? Weißt du, ich hatte ja mit deiner Wohnung doch mehr Ausgaben, als geplant war.»

Nein, sagte Francesca mit innigster Überzeugung, sie glaube nicht, daß das unrecht sei. Jedesmal, wenn er davon anfing, daß er sein Geld an diese Leute verschenkte, hatte sie alle Mühe, an sich zu halten. Sie mußte jedesmal ihr Gesicht abwenden, damit er ihren Ausdruck von Wut und Abscheu nicht sah. Auch jetzt wandte sie ihm den Rücken zu, um rote Tulpen und blaue Iris aus den Blumengefäßen am Boden zu ziehen, aus denen sie einen Strauß für seine Mutter binden wollte.

«Und noch was muß ich dir erzählen. Ich habe Russell gesehen!»

Sehr langsam, mit den Blumen in der Hand, drehte sie sich zu ihm um. Er lächelte sie triumphierend an.

«Der hat nur gewartet, bis du nach Hause kamst, um dann selber wegzugehen, stimmt's? Ich muß schon sagen, es war ein merkwürdiges Gefühl für mich, ihn *in persona* zu sehen. Er sieht viel älter aus, als er ist, findest du nicht?»

«Ach – ich weiß nicht, Martin.»

«Na, viel älter als fünfunddreißig, fand ich. Magst du eigentlich diese Kaninchenfellmäntel für Männer? Die sind sehr ‹in› dieses Jahr. Ich könnte mir ja auch einen kaufen.»

«Hatte Russell denn seinen Kaninchenfellmantel an?» fragte Francesca vorsichtig.

«Als ich ihn rauskommen sah, fiel mir wieder ein, was er dir angetan hat, und am liebsten wäre ich ausgestiegen und hätte ihn verprügelt. Aber ich tat es natürlich nicht, ich dachte daran, wie sehr es dich aufregen würde. Er ging die Straße hinauf zum Wald, oder zur North Circular Road oder sonstwohin.»

«Er hat Freunde in der Coppetts Lane», erklärte Francesca.

Als der Blumenstrauß fertig war, gingen sie zum Wagen.

«Ich habe meinen Eltern so dies und das von dir erzählt. Ich fürchte, ich habe die Wahrheit ein bißchen zurechtbiegen müssen, das schien mir diplomatischer.»

Die Wahrheit ist schon soviel zurechtgebogen worden, dachte Francesca, sie würde wohl nicht gerade heute abend aus den Fugen gehen.

«Ich habe ihnen zum Beispiel zu verstehen gegeben, daß du bereits von deinem Mann getrennt lebst», erklärte Martin, «und ich spreche von dir als von meiner Verlobten.»

«Dann müßte ich ja eigentlich einen Ring haben», meinte Francesca.

«Ich fürchte, den würdest du genausowenig tragen wie Russells Ehering. Aber ich könnte dir ja einen kaufen, wenn deine Scheidung perfekt ist, dann kannst du ihn beim Standesamt tragen?»

Die Urbans waren ziemlich genauso, wie Francesca sie sich vorgestellt hatte; nur daß Walter Urban jünger war und besser aussah, als sie gedacht hatte. Sie fand ihn sogar ziemlich attraktiv, und sie mußte plötzlich daran denken, wie es wohl wäre, mit einem Mann ins Bett zu gehen, der doppelt so alt war wie sie selbst. Margaret Urban saß da und produzierte Patchwork, genau das gleiche, aus dem schon sämtliche Kissenbezüge ringsum hergestellt waren. Es mußte eine entsetzlich langweilige und knifflige Arbeit sein, all diese Sechsecke ordentlich zusammenzunähen. Francesca konnte gar nicht begreifen, warum sie das wohl tat, die Leute hatten doch haufenweise Geld. Immerhin, sie hätte schon gern einen solchen Patchwork-Rock für sich selbst gehabt. Wirklich jammerschade, daß sie so gar keine Aussicht hatte, von Mrs. Urban einen zu bekommen.

Die drei waren wie aus dem Buch von den «Drei Bären», fand sie. Sie hatte sich mir nichts dir nichts auf dem Sessel rechts neben dem Kamin niedergelassen, aber sogleich raunte Martin ihr zu, das sei der Platz seiner Mutter! Dann tranken sie alle Sherry – Oloroso für Mrs. Urban, Amontillado für Walter und Tio Pepe für Martin. Eigentlich hätte sie, genau wie Goldilocks, nun von jeder Sorte etwas probieren müssen, aber sie entschied sich lieber auch für Tio Pepe.

Innerlich amüsierte sie sich. Wie bekümmert mußten die beiden Alten sein bei der Vorstellung, daß ihr Sohn (ein Junge, der mit äußerster Sorgfalt erzogen worden war!) eine geschiedene Frau mit Kind heiraten würde. Lag nicht eine Spur dieser Enttäuschung auf ihren Gesichtern oder in Mrs. Urbans Ton, als sie jetzt von ihrer Näharbeit aufblickte und nach Lindsay fragte? Aber nein, durchaus nicht. Sie gingen wohl auf Nummer Sicher und ließen Martin gewähren, zweifellos in der Hoffnung, daß er, wenn sie sich nicht gegen ihn stellten, von selbst über diese Affäre hinwegkäme, bevor der entscheidende Schritt getan war. Genauso würde sie selbst eines Tages gute Miene zum bösen Spiel machen, falls womöglich etwas so Gräßliches passierte, daß Lindsay ihr einen Steuerberater oder einen Rechtsanwalt anschleppte und erklärte, den wolle sie heiraten.

Sie waren bei ihrem zweiten Glas Sherry angelangt, da eröffnete Martin ihnen, daß er die Wohnung am Swan Place gekauft hätte.

«Für Francesca und Lindsay», erklärte er bündig.

Was dachten sie wohl, wo sie jetzt wohnte? Sie erwartete, daß die beiden Martins Erklärung mit äußerstem Befremden aufnehmen würden. Ihrer Erfahrung nach hatten Eltern immer was dagegen, wenn man Geld ausgab, sogar, wenn es das eigene war. Aber sie hatte nicht mit der Leidenschaft für geschickte Kapitalanlage gerechnet, die im Herzen eines jeden guten Wirtschaftsberaters wohnt. Martins Mutter nahm die Sache kühl auf, wie Francesca feststellte. Sie hatte ein sicheres Gespür für die Reaktionen anderer Frauen, und sie begriff, was in Margaret Urban – Mutter eines einzigen Sohnes – vorging: Jetzt, da sie wußte, daß dieser Sohn und seine Verlobte nicht unter einem Dach wohnten, konnte sie sich an die Überzeugung klammern, daß die beiden vor der Hochzeit auch nicht zusammen schlafen würden.

«Sehr vernünftige Idee», lobte Walter, «die Wohnung jetzt zu kaufen, bevor die Preise wieder anziehen. Ich denke, du wirst sie als deinen Hauptwohnsitz anmelden, nicht wahr?»

«Es wird nicht *sein* Wohnsitz sein, Walter», berichtigte ihn Mrs. Urban sehr bestimmt.

Ihr Gatte überhörte ihren Einwurf, über den Francesca verhalten lächeln mußte. «Wenn du nämlich Swan Place als deinen zweiten Wohnsitz angibst, dann vergiß bitte nicht, daß du zur Kapitalzuwachssteuer herangezogen wirst, wenn du sie wieder verkaufst!»

«Ach ja, richtig», sagte Martin, «das hatte ich total vergessen! Und die Steuerbelastung würde ein Drittel meines Profits ausmachen, nicht wahr?»

«Dreißig Prozent», stellte Walter richtig.

Während des ganzen Essens redeten sie über Steuern, und wie man sie umgehen konnte. Mrs. Urbans Augen unter der schieferblauen Lockenpracht ruhten ergeben bald auf dem einen, bald auf dem anderen, aber Francesca langweilte sich bald so entsetzlich, daß sie ihr Gähnen nicht mehr unterdrücken konnte.

Am Samstag nachmittag gingen sie nochmals in die Wohnung am Swan Place und trafen dort den Besitzer, einen Mr. Butler. Er und Martin vertieften sich alsbald in etwas, das Martin «Übernahmevereinbarungen» nannte, für Teppiche, Vorhänge, Teile der Küchenausstattung sowie der Schlafzimmereinrichtung. Danach lud er Francesca zum Tee ins *Louis* in Hampstead ein und versprach ihr, am nächsten Wochenende würden sie zusammen losziehen, und er würde ihr alles an Einrichtungsgegenständen kaufen, was sie sich noch wünsche. Als sie einwandte, das könne sie doch auch sehr gut allein tun, meinte er, er würde doch gern dabeisein, denn eines Tages würden es ja nicht nur ihre, sondern auch seine Sachen sein. Francesca gab es auf, sie hörte kaum noch hin. Zum Glück war das ganze Elend ja bald vorüber. Sie würde sich für Montag noch einmal mit ihm verabreden, um ihm dann zu sagen, sie könnte Russell nicht verlassen, oder sie mußte wohl oder übel einen Mordskrach mit ihm inszenieren, und damit hatte es sich dann.

Als Francesca so viele Cremeschnitten und Rumkugeln verzehrt hatte, wie sie nur irgend schaffen konnte – wozu sollte sie auch jetzt immer noch krampfhaft den Appetit einer viktorianischen jungen Dame vortäuschen –, da schlug Martin vor, sie könnten sich doch drüben im Kino auf der anderen Straßenseite den Buñuel-Film ansehen. Du liebe Güte, das fehlte Francesca gerade noch. Nein. Wenn Goldie oben im Haus so nett war und ab und zu nach Lindsay hinunterhorchte, dann würde sie nachher mit Tim in die Kneipe an der Ecke gehen. Also erklärte sie Martin, sie müsse nach Hause zu Lindsay, weil Russell zu einem Dinner eingeladen sei, mit seinem Verleger und noch jemandem, der daran interessiert sei, den «Eisernen Kokon» fürs Fernsehen zu verfilmen. Es war eine Ausrede, die Tim mit ihr förmlich einstudiert hatte, und sie freute sich richtig, daß sich hier eine Gelegenheit ergab, sie anzubringen. Natürlich fuhr Martin sie wieder in die Fortis Green Lane. Und wieder mußte sie sich neben dem Seiteneingang verkriechen. Nur noch bis Montag, dachte sie, und dann würde sie nie wieder einen Fuß in diese verdammte Gegend setzen. 10. Februar, 11. Februar... bald war es ja überstanden. Francesca überlegte angestrengt, wie sie sich von Martin trennen konnte, ohne daß es zu brutal für ihn wäre. Sich mit Tim darüber zu unterhalten war sinnlos, er würde ihr sogar raten, ihm die nackte Wahrheit ins Gesicht zu schleudern, und zwar so brutal wie möglich.

Punkt Viertel vor sechs am Montag, den 12. Februar, betrat Martin das Blumengeschäft. Das letzte Mal, dachte Francesca erleichtert, das letzte Mal. Sie gab ihm einen flüchtigen Kuß. Sie hatte sich nicht mehr groß angestrengt mit rosa Pannesamt oder dunkelrotem Seidencrêpe oder so, sondern sie hatte *ihre* Lieblingssachen an, einen Patchwork-Rock, eine ungarische Bauernbluse mit einer langen Strickjacke darüber und die bequemen Stiefel, die hier im Geschäft eine reine Wohltat waren. Sollte Martin doch davon denken, was er wollte.

«Tut mir schrecklich leid, Liebling, aber bevor wir zum Dinner gehen können, muß ich noch mal zu meinem Rechtsanwalt wegen des Kaufvertrages. Das macht dir doch nichts aus, oder?»

Nein, es machte Francesca nichts aus. Von ihr aus hätten sie den ganzen Abend bei seinem Rechtsanwalt zubringen können. Sie interessierte sich nur noch dafür, wie sie für alle Zeit aus Martins Leben verschwinden konnte. Vielleicht war es am einfachsten, während des Essens einen Streit vom Zaun zu brechen? Oder sie konnte eine Ausrede benutzen, die ihr heute im Laufe des Tages eingefallen war, sie konnte ihm sagen, sie sei schwanger und es sei Russells Kind, also müßte sie nun doch bei ihm bleiben, nicht wahr? Sie würde es schon schaffen, sich derartig in diese Möglichkeit hineinzuversetzen, daß sie ihn überzeugte. Und dieser Ausweg hatte den großen Vorteil, daß er Martin weder demütigte, noch ihm seine Illusionen raubte. Francesca war zwar unmoralisch und habgierig, aber sie war nicht völlig herzlos. Martin kam ihr manchmal vor wie ein großer, gutmütiger Hund, ein Neufundländer vielleicht, den man zwar im Battersea-Tierheim abgeben mußte, weil er einem lästig war, dem man aber doch nicht einen Tritt versetzen würde. Sie würde alles daransetzen, ihn so schmerzlos wie möglich abzuservieren, zugegeben, nicht bloß seinetwegen, sondern auch ihretwegen. Sie haßte nun mal Szenen, Vorwürfe und Geschrei!

Martin stellte sie Adrian Vowchurch als seine Verlobte vor. Irgendwo schien es auch eine Mrs. Vowchurch zu geben, nach dem Geklapper aus der Küchenregion zu urteilen. Blitzschnell taxierte Francesca Adrian ab. Sie mochte diese Männer mit den scharfgeschnittenen Gesichtern und den anmaßenden Augen nicht, die mit einem affektierten Public-school-Akzent sprachen, der schon komisch wirkte. Er schüttelte ihr die Hand und beteuerte – unaufrichtig, fand sie –, welch riesiges Vergnügen es ihm bereite, sie endlich kennenzulernen. Während er und Martin mehr oder weniger unverständliches Zeug redeten, dämmerte es Francesca allmählich, daß sie hergekommen waren, um tatsächlich diesen Kaufvertrag für die Wohnung am Swan Place zu unterschreiben. Was da auf der Schreibunterlage des Mahagonischreibtisches lag, schien jedenfalls dieser Vertrag oder so was ähnliches zu sein. Adrian sah ihren neugierigen Blick und versicherte ihr, er hoffe, die ganze Abwicklung werde in etwa zwei Wochen erledigt sein, das müßte als Verhandlungsspielraum ausreichen, was immer das nun sein mochte. Ob Mrs. Brown sich den Vertrag einmal durchlesen wolle? Francesca zauderte. Es war einfach zu unfair, Martin diese Wohnung kaufen zu lassen, wo sie doch nicht die leiseste Absicht hatte, je darin zu wohnen. Bisher war ihr dieser ganze Wohnungskauf völlig unwirklich erschienen. Erst hier in diesem Augenblick wurde er – schwarz auf weiß geschrieben – zur Realität.

«Heute, am 12. Februar 197…, wird folgende Vereinbarung getroffen zwischen John Alexander Butler, wohnhaft Apartment Nr. 10, Swan Place, Stanhope Avenue, Highgate, Grafschaft London – im folgenden der Verkäufer genannt – und Mrs. Francesca Brown, wohnhaft…» Martin hatte ihre Adresse mit Cromwell Court Nr. 7 angegeben. Und das wegen dieses einen lächerlichen gemeinsamen Wochenendes. Es war ebenso lachhaft wie rührend. Sie las die erste Seite bis zu Ende. Wahrscheinlich war sie als eine Art Zeugin für diesen Vertragsabschluß gedacht. Aber wenn das Ding einmal unterschrieben und mit den Butlers ausgetauscht war, dann würde es doch schwierig, wenn nicht gar unmöglich sein, die Sache wieder rückgängig zu machen? Das wußte sogar sie. Eigentlich müßte sie ihn also jetzt auf der Stelle bitten, die Unterzeichnung noch etwas aufzuschieben, und wenn sie dann allein waren, *mußte* sie ihm die Wahrheit sagen.

Aber sie brachte dazu einfach nicht den Mut auf. Sie blickte hoch und begegnete Adrian Vowchurchs kalten, mißtrauischen Augen. Der mochte sie nicht, soviel war sicher. Mehr noch, er mißtraute ihr und verabscheute ihre Gegenwart. Mit einem kaum wahrnehmbaren Achselzucken reichte er ihr einen Füllfederhalter.

«Darf ich Sie also um Ihre Unterschrift bitten, Mrs. Brown… äh, ich meine, Francesca?»

Sie nahm den Federhalter.

«Nicht da», sagte er kühl, «hier oben.»

Martin lachte ein zärtlich-nachsichtiges Lachen. Sie begriff nicht recht, aber sie unterschrieb, wo Adrian es ihr gezeigt hatte, und dann unterzeichnete Julie Vowchurch, die hereingekommen und Francesca mit verkniffenem Lächeln zugenickt hatte, als Zeugin des Vertrages. Francesca war ganz aufgeregt und durcheinander, und sie hatte plötzlich Angst. Die Einladung der Vowchurchs zu einem Drink lehnte Martin dankend ab, und sie fuhren zum Essen in den *Cellier du Midi* in Hampstead.

«Du ahnst nicht, wie erleichtert ich bin, daß ich dir von meinem Totogewinn erzählt habe», sagte Martin. «Wir wollen nie Geheimnisse voreinander haben, Francesca, ja?»

«Nein», erwiderte Francesca, verzweifelt bemüht, einen klaren Gedanken zu fassen. Ach, sie konnte es gar nicht erwarten, wieder bei Tim zu Hause zu sein.

«Nachdem jetzt die Sache mit deiner Wohnung abgeschlossen und unsere Zukunft insofern geregelt ist, möchte ich auch diese andere Angelegenheit hinter mich bringen; ich denke an meine Spendenaktion oder Wohltätigkeit, oder wie man es nun nennen will. Ich werde doch noch einmal an Mrs. Cochrane herantreten, und dann meine ich, die letzten zehntausend sollten lieber an Mrs. Finn gehen. Hab ich dir von ihr erzählt? Sie war früher unsere Aufwartung, und sie ist nicht ganz bei Verstand, die arme alte Seele; ich werde mich mit ihrem Sohn in Verbindung setzen müssen. Aber sie ist wohl wirklich hilfsbedürftig... Was ist mit dir, Liebling? Du siehst aus, als wärst du ganz in Gedanken.»

«Ich bin so entsetzlich müde, Martin. Wenn du nicht böse bist, dann möchte ich heute nicht mit zu dir kommen. Ich nehme mir ein Taxi in der Heath Street.» Enttäuschung malte sich auf seinem Gesicht. «Aber wir könnten uns für morgen verabreden, wenn du willst.»

«Liebling», sagte er liebevoll, «wenn das ein Versprechen ist, dann bleibt mir ja nichts übrig, als dich gehen zu lassen.»

Tim saß am Küchentisch und war dabei, seine Spesenaufstellung zu machen. «Die großartigste Prosadichtung seit ‹Krieg und Frieden›», pflegte er zu sagen. Dabei war er, dem Geruch nach zu urteilen, bei seiner hundertsten Gauloise des Tages angekommen und trank dazu Rezina aus der Flasche. Der Gasofen brannte, ebenso der elektrische Heizofen, und wie immer rann das Kondenswasser an den Wänden herab.

«O Tim», sagte Francesca kläglich, «mir ist gar nicht wohl in meiner Haut. Ich muß es dir gleich mal erzählen. Kann ich ein bißchen Wein haben und 'ne Zigarette?»

«Hast wohl eine herzzerreißende Abschiedsszene hinter dir?»

«Nein, Tim, hör mal – wir waren bei seinem Rechtsanwalt, und der hatte da diesen Kaufvertrag über die Wohnung. Und als ich ihn durchlas, da stand da was von Vereinbarung zwischen John Alexander Butler und Francesca Brown... Und ich hätte das um ein Haar nicht unterschrieben, weil es ja ein bißchen gemein ist, ihn für die Wohnung bezahlen zu lassen, wo ich doch gar nicht drin wohnen will. ...Na, du brauchst nicht gleich so zu gucken, ich *hab* ja unterschrieben, und...»

«Na, Gott sei Dank!» sagte Tim. Sein bleiches Gesicht, in dem der rote Mund und die schwarzen Brauen wie grelle Farbflecke leuchteten, war noch eine Spur blasser geworden. «Denk mal genau nach: Bist du auch sicher, daß der Vertrag zwischen diesem Butler und *dir* abgeschlossen worden ist? Livingstone hat nicht mit unterschrieben?»

«Nein.»

«Aber als du bei dem alten Urban warst, da hat er doch davon gesprochen, daß Livingstone für eine seiner beiden Wohnungen Kapitalzuwachssteuer zahlen müßte, wenn er sie wieder verkaufte?»

«Ja, stimmt, er erinnerte Martin an irgendein Gesetz und sagte, wenn Martin zwei Wohnungen besäße und sie beide wieder verkaufte, dann müßte er für eine von beiden diese Steuer bezahlen; dreißig Prozent vom Profit, hat er gesagt. Du, was hat er denn nun eigentlich gemacht, Tim? Er hat mit mir gar nicht weiter darüber gesprochen, er hat die Sache mit keinem Wort mehr erwähnt, nachdem wir den Anwalt hinter uns hatten. Und ich – ich hab auch nichts gesagt, und ich hab's auch nicht mal fertigbekommen, mit ihm Schluß zu machen, Tim...»

«Schluß machen?» fuhr Tim auf. «Du wirst jeden Abend mit diesem Kerl verbringen, bis die Sache durchgezogen ist! Und wenn du *und* ich dabei draufgehen! Kapierst du denn nicht, was er da tut? Er kauft die Wohnung in *deinem* Namen, um zu verhindern, daß er Vater Staat zwei oder drei Tausender an Steuern zahlen muß! Mit anderen Worten: In ein paar Wochen, so Gott will, ist dieses Zweiundvierzigtausend-Pfund-Luxusapartment das ausschließliche, unbestrittene und schuldenfreie Eigentum meiner kleinen Biene!»

«O Tim, dann hab ich's ja wirklich geschafft, was? Das ist ja noch besser als ein Ring oder irgendein Möbelstück!»

«Ja. Und außerdem: Rache ist süß!» lächelte Tim.

Er streckte die Arme aus, sie warf sich ungestüm hinein, und sie drängten sich aneinander.

## 15

Es passierte sehr selten, daß Finn oder Lena Post erhielten. Alle Vierteljahre traf die Rechnung für Gas und Elektrizität ein und die kleine Rente der Firma, bei der Finns Vater gearbeitet hatte, und zu Weihnachten kam eine Postkarte von Brenda, das war alles. Monate konnten verstreichen, ohne daß Finn irgendeine an ihn adressierte Postsendung erhielt. Deshalb, wenn er je so etwas wie Erstaunen empfunden hatte, so war es in dem Augenblick, als er den langen, weißen Umschlag von der Fußmatte aufhob.

Die Adresse hieß «z. Hd. Herrn T. Finn» und war mit der Maschine geschrieben. Finn wollte gerade in die Modena Street, wo er die Wände tapezierte. Als er in seinem Wagen saß, zog er den Brief hervor und las ihn.

*Lieber Mr. Finn.*
*Ich glaube, wir haben uns nie kennengelernt, obwohl unsere Mütter alte Freundinnen sind. Vielleicht hat Mrs. Finn Ihnen erzählt, daß sie sich erst vor ein paar Wochen zum Tee getroffen haben. Ich nehme an, Sie werden überrascht sein, von mir zu hören. Der Grund dafür ist ein geschäftliches Anliegen, das ich Ihnen gern unterbreiten würde. Ich möchte Sie daher um eine persönliche Unterredung bitten, in der wir die Einzelheiten erörtern können. Könnten Sie mich unter obiger Nummer in den nächsten Tagen einmal anrufen? Ich bin dort zwischen 9.30 und 17.30 Uhr zu erreichen.*

*Ihr ergebener*
*Martin W. Urban*

Finn ließ den Motor an und fuhr los in Richtung Parliament Hill Fields. Martin Urban hatte unrecht, wenn er glaubte, sie hätten sich nie gesehen. Finn vergaß selten etwas, schon gar nicht so etwas. Er erinnerte sich haargenau an Martin als pickeligen Halbwüchsigen, während er selbst erst elf oder zwölf Jahre alt gewesen sein konnte. Lena hatte ihn damals in die Copley Avenue mitgenommen, weil Schulferien waren und Queenie die Grippe hatte. Er hatte aus Neugier leise eine Zimmertür aufgemacht, und drinnen an einem Schreibtisch hatte Martin gesessen, mit Zirkel und Winkelmesser beschäftigt. Der ältere Junge hatte sich nach ihm umgedreht, mit einem Blick, den Finn damals für Wut und Abscheu gehalten, den er später jedoch besser verstanden hatte. Jener Blick nämlich war nichts weiter gewesen als Erstaunen darüber, daß Finn versucht hatte, eine Brücke über den sozialen Abgrund zwischen ihnen zu schlagen.

Was wollte der erwachsene Martin jetzt von ihm? Wenn es stimmte, daß Mrs. Urban die Trennwände in Lenas Zimmer bewundert hatte, dann konnte es ja sein, daß sie ihrem Sohn davon erzählt hatte und daß er jetzt jemanden für eine ähnliche Arbeit suchte. Dazu war Finn mehr oder weniger bereit, vorausgesetzt, die Bezahlung war gut und man setzte ihn nicht unter Zeitdruck. Die Worte «geschäftliches Anliegen» schienen ja irgend so etwas anzudeuten. Er schloß das Haus in der Modena Street auf und ging langsam von Zimmer zu Zimmer, um zu sehen, wieviel Arbeit dort noch zu tun blieb. Wenn er die Tapeten im Vorderzimmer des Erdgeschosses aufgezogen und die Fußbodenplatten im Flur neu verlegt hatte, dann war hier alles erledigt, und er hatte wieder Ruhe. Aber er wollte lieber erst sehen, wie er vorankam, bevor er bei Urban anrief.

Wenn er an diesen Blick zurückdachte, mit dem Martin ihn vor Jahren in der Copley Avenue bedacht hatte, dann war er einigermaßen erstaunt über die Floskel, daß ihre Mütter «alte Freundinnen» seien. Und der gemeinsame Tee «vor ein paar Wochen» stimmte auch nicht so ganz, es war der 16. November gewesen, sein Geburtstag, daran erinnerte er sich genau. Aber bloß gut, daß die Frau nicht noch einmal gekommen war, während der vergangenen schrecklichen Monate, während Lenas wochenlanger Leidenszeit. Kein Wunder, daß er die Arbeit für Kaiafas immer noch nicht erledigt hatte...

Es kröchen überall Maden aus den Wänden, hatte sie damals geschrien. Das war am Anfang gewesen, als sie noch Farben sehen und Gerüche riechen konnte, die wirklichen und die eingebildeten. Später konnte sie nur noch Schwarz und Weiß und Grau unterscheiden, und sie hatte nur dagelegen und geweint, Tag und Nacht. Er hatte sie keine Minute allein gelassen. Wenn sie ins Hospital gekommen wäre, hätte man sie in die geschlossene Abteilung gesteckt. Er wagte nicht zu schlafen, ehe sie nicht mit Medikamenten betäubt war, sonst wäre sie ihm in einem unbewachten Augenblick an die Kehle gefahren. Zweimal hatte sie versucht, ihre Wohnung in Brand zu stecken, und als er es verhinderte, hatte sie sich selbst anzünden wollen. Noch immer hatte sie Brandwunden an den Handgelenken und in den Armbeugen.

Aber schließlich hatte sie es doch geschafft. Sie hatte es ja noch jedesmal überwunden, obwohl Finn fürchtete, eines Tages würde sie es nicht mehr schaffen. Sie konnte wieder die Stimmen der Menschen hören und Farben sehen, und sie wußte auch wieder, wer er war. An dem Tage, als sie seine Hand festhielt und ihn fragte, ob er ihr Geburtstagsgeschenk schon einmal getragen hätte, da wußte er, daß es ihr besser ging, und er hatte den Vogel aus seinem Zimmer zurückgebracht. Und von nun an kam Mrs. Gogarty regelmäßig, um ihn abzulösen, damit er wieder zur Arbeit gehen konnte. In der letzten Woche war Lena schon wieder zweimal zum *Second Chance*-Laden gefahren, und heute nachmittag hatte Mrs. Gogarty sie zu einem Straßenmarkt mitgenommen, irgendwo in Islington, jedenfalls weit weg von Parliament Hill Fields.

Als Finn gegen sechs Uhr in die Lord Arthur Road zurückkam, fand er die beiden emsig mit Tarotkarten beschäftigt, diesmal nicht, um die Zukunft vorauszusagen, sondern sie betrachteten lediglich interessiert die Bilder der verschiedenen Karten. Mrs. Gogarty hatte das Spiel für fünfundsiebzig Pence an einem Marktstand erworben. Leider schienen der «Eremit» und die «Acht der Kelche» zu fehlen. Lena wurde von einem Zittern befallen, als sie die «Zehn der Schwerter» abhob und näher betrachtete. Sie zeigte den Körper eines Mannes, der am Rande eines Sees lag und mit zehn scharfen Klingen der Länge nach durchbohrt und auf den Boden geheftet war. Hastig legte Finn die Karte der «Königin der Münzen» darüber, und insgeheim schwor er sich, wenn er je wieder töten würde, so *mußte* es wie ein Unfall aussehen, allein schon um Lenas willen!

Sie blickte ihn mit einem rührenden Lächeln an und kramte aus einer Tasche all die Sachen heraus, die sie heute erstanden hatte, damit er sie begutachtete: einen Männerhut aus weichem Filz, ein Paar Buchstützen mit hölzernen Elefanten, einen grünen Porzellan-Vierfüßler mit abgebrochenem Schwanz, und ein halbes Dutzend Nummern eines Magazins mit dem Titel *Schlankwerden auf natürliche Weise.*

Später wollte Mr. Beard, der Inhaber der Pelz- und Lederreinigung in der Brecknock Road, der schon einmal mit einigem Erfolg versucht hatte, den Geist von Cornelius Agrippa zu beschwören, vorbeikommen und sein Ouijabrett mitbringen. Finn war sehr erleichtert, daß die Dinge wieder ihren normalen Gang gingen. Während sie auf Mr. Beard warteten, legte Mrs. Gogarty Finn die Karten und weissagte ihm überraschenden Reichtum.

Finn wartete ein paar Tage, ehe er Martin Urban anrief; dann tat er es morgens um zehn Uhr von einer Telefonzelle an der Gospel Oak Station aus.

«Ich sollte Sie anrufen. Mein Name ist Finn.»

«Ach ja! Guten Morgen. Wie geht es Ihnen? Wie nett, daß Sie anrufen. Ich nehme an, Sie haben bereits meinem Brief entnommen, daß ich Ihnen einen Vorschlag machen möchte, der nicht zu Ihrem Schaden ist. Aber ich meine, wir sollten uns darüber nicht am Telefon unterhalten. Könnten wir... könnten wir uns nicht irgendwo treffen und das in Ruhe besprechen, was meinen Sie?»

«Bitte, wenn Sie wollen», sagte Finn.

«In einem Pub vielleicht? Nehmen wir doch einen, der halbwegs in der Mitte zwischen unseren Wohnungen liegt, einverstanden? Wie wäre es mit dem *Archway Tavern*? Wenn es Ihnen heute paßt, dann sagen wir doch heute abend um acht im *Archway Tavern.*»

Er hängte ein, ohne Finn zu fragen, wie er ihn erkennen könne, oder ihm zu erklären, wie er selbst aussähe. Finn beunruhigte das nicht weiter, er war überzeugt, er würde in dem Mann von heute schon noch den fleißigen und hochnäsigen Schüler von damals wiedererkennen. Immerhin wunderte er sich ein bißchen, daß Martin

Urban am Telefon nicht wenigstens eine Andeutung gemacht hatte, wenn er lediglich einen Raum unterteilt haben, oder umgekehrt, zwei Räume in einen verwandelt haben wollte.

Mr. Bradley verbrachte den größten Teil des Tages sowie auch den Abend bei Lena. Seine Schwiegertochter wurde wegen ihrer Gallensteine operiert, und er konnte nicht ins Haus, bevor sein Sohn am Abend um neun aus dem Krankenhaus zurückkam. Es war ein kalter, nebliger Abend mit wenig Autoverkehr und noch weniger Fußgängern. Finn trug den gelben Pullover und das schwarze Tuch mit den Münzen, und darüber Lenas Geburtstagsgeschenk. Genau zwei Minuten nach acht betrat er den *Archway Tavern*, blieb an der Tür stehen und sah sich um. Wie erwartet, erkannte er Martin Urban sofort wieder, einen großen, kräftig gebauten Mann, der älter aussah, als er war, und bereits anfing, vierschrötig zu werden. Er saß an einem Tisch, in den *Evening Standard* vertieft, und als Finns fahle, stechende Augen ihn fixierten, schaute er auf. Als Finn auf ihn zutrat, erhob er sich.

«Mr. Finn?»

Finn nickte.

«Wie geht es Ihnen? Sie sind sehr pünktlich. Nett, daß Sie gekommen sind. Ich hab noch mal darüber nachgedacht, allzuviel hab ich Ihnen ja nicht verraten. Ich hoffe, Sie nehmen mir das nicht übel.» Finn erwiderte nichts. Er setzte sich hin.

«Was möchten Sie trinken?»

«Ananassaft», sagte Finn.

«Ananassaft? Einfach so, ohne was dazu? Möchten Sie das wirklich?»

«Reinen Ananassaft», wiederholte Finn, «Marke Britvic.»

Er nahm an, Martin würde Bier trinken, er war so der Typ des unentwegten Biertrinkers in Kneipen, aber er bestellte sich einen riesigen Whisky, mindestens einen doppelten, und dazu eine kleine Flasche Sodawasser. Er war ziemlich nervös, fand Finn, nervös wegen irgend etwas oder irgend jemand – und dieser Jemand war höchstwahrscheinlich er selbst. Er wußte ja, daß seine bloße Gegenwart die Leute in Unbehagen und Angst versetzte, sogar solche, die sonst außerordentlich selbstsicher waren. Er wußte nur nicht, wie er den Leuten diese Wirkung seiner Person ersparen konnte. Übrigens hätte er es auch nicht getan, wenn er es gewußt hätte. Er saß einfach schweigend da und ließ den dicken, gelben Saft aus der Flasche in ein kleines Becherglas fließen. Sie waren bisher nicht allein am Tisch gewesen, aber jetzt trank der Mann, der noch dort gesessen hatte, sein Bier aus, griff nach seinem Mantel und ging fort.

«Und wie geht es Ihrer Mutter inzwischen?»

«Sie ist ganz okay», sagte Finn.

Martin Urban rückte mit seinem Stuhl ein wenig näher an Finn heran. «Prost!» sagte er und trank ein paar Schluck von seinem Whisky. «Sie wissen ja, meine Mutter besucht sie manchmal. So oft sie kann, schaut sie bei ihr vorbei.» Er wartete auf eine Antwort, und als keine kam, fuhr er fort: «Ich glaube, im November hat sie sie zuletzt gesehen. Und sie fand... nun, sie war ein bißchen besorgt um Ihre Mutter.»

«Na schön», meinte Finn.

«Sie hält nämlich sehr viel von ihr, müssen Sie wissen. Und sie kennen sich ja nun auch schon sehr lange.» Finn merkte wohl, wie mühsam es Martin vermied, zu erwähnen, daß Lena Mrs. Urbans Putzfrau gewesen war, eine Tatsache, die Finn nicht im geringsten irritierte. Er ließ hingebungsvoll den Ananassaft in seinem Mund kreisen, um den Geschmack voll auszukosten. Besonders gute Sorte, dachte er. «Na, ist das Zeug gut, das Sie da trinken?» fragte Martin.

Finn nickte. Er beobachtete, wie Martins Gesicht von dunkler Röte überzogen wurde. «Sie müssen nicht denken, ich will Sie kritisieren oder Ihnen gar Vorwürfe machen. Wenn man heutzutage nicht das Glück hat, eine Eigentumswohnung zu besitzen oder in einer Sozialwohnung zu leben, dann ist es ganz schön schwierig, eine Behausung zu finden, zumal in einer einigermaßen anständigen Gegend. Und um etwas kaufen zu können, muß man nicht nur ordentlich verdienen, man braucht auch noch Kapital. Was ich damit sagen möchte, ist folgendes: Als meine Mutter mir erzählte, in welcher Umgebung Mrs. Finn wohnt – woraus man niemandem einen Vorwurf machen kann –, nun da kam mir der Gedanke, daß ich vielleicht helfen könnte, das alles grundlegend zu ändern, Sie beide zu... unterstützen, weil wir ja schließlich alte Freunde sind, nicht wahr?»

Finn trank sein Glas leer. Er erwiderte nichts. Langsam dämmerte ihm, daß ihm hier ein Angebot gemacht werden sollte, bloß – was für eins, und für welche Gegenleistung, das begriff er noch nicht. Dieser Mann da redete genauso um den heißen Brei herum, wie Kaiafas das immer tat! In Gedanken hörte er die Stimme des Zyprioten – in einer anderen Kneipe – sagen: «Ich geben das Geld statt dessen an meine Freund Fiinn!» und plötzlich fielen ihm da gewisse Parallelen auf... Er hob den Blick und ließ ihn interessiert auf dem verlegen erröteten, kantigen Gesicht seines Gegenübers ruhen.

«Ich hoffe, ich habe Sie nicht gekränkt.»

Finn schüttelte den Kopf.

«Gut. Dann komme ich jetzt zum Kern der Sache.» Martin Urban blickte um sich, um sicherzugehen, daß niemand ihm zuhörte, dann sagte er mit etwas gedämpfter Stimme: «Ich könnte Ihnen zehntausend Pfund geben; mehr ist mir leider nicht möglich. In London könnten Sie dann allerdings nicht bleiben.»

Finn senkte den Blick, hob ihn aber sogleich wieder. Er war überwältigt von der Großzügigkeit dieses Angebotes. Sein Ruf schien sich ja mächtig verbreitet zu haben; und es war bestimmt nicht sein Ruf als Klempner oder Tapezierer. Für ihn bestand zwischen Ruhm und Schande kein Unterschied, er war ohne jede Eitelkeit. Bedächtig trank er die letzten Tropfen seines Ananassaftes und sagte: «Das ist eine Menge Geld.»

«Na ja, es ist ja auch keine einfache Sache.»

Da tat Finn etwas sehr Seltenes: er lächelte. Und dann fragte er nur: «Wann?»

Martin Urban schien etwas schockiert. «Ja... wann Sie wollen! So bald wie möglich. Sie sind also einverstanden?»

«O ja. Warum nicht?»

«Gut. Das ist großartig. Ich bin sehr froh, daß Sie sich gar nicht erst zieren und erst mal zum Schein ablehnen oder so etwas, das kostet bloß Zeit. Trinken wir darauf, einverstanden?» Er holte noch einen Ananassaft und einen Whisky von der Theke. Als er Finn wieder gegenübersaß, schienen ihm Zweifel zu kommen, denn sein Gesicht nahm wieder diesen beunruhigten Ausdruck an. «Habe ich mich auch klar genug ausgedrückt? Haben Sie mich verstanden?»

Ziemlich ungeduldig erwiderte Finn: «Natürlich. Sie können das völlig mir überlassen.»

«Na ja, das ist ja schön. Ich dachte schon, Sie hätten nicht ganz begriffen, wie ich es meinte. Ist es Ihnen recht, wenn ich Ihnen einen Scheck schicke?»

«Ich habe kein Bankkonto. Ich möchte es lieber in bar.»

«In bar? Mein lieber Freund, das ist aber ein ganz schöner Pakken!»

Finn nickte verständnisvoll. «Umwickeln Sie es ordentlich mit Zeitungspapier. Sie können mir ja die Hälfte jetzt geben und die andere Hälfte später. Auf diese Weise brauchen Sie mir den Rest auch erst zu geben, wenn Sie wissen, daß ich alles so gemacht habe, wie Sie es wollten. Klar?»

«Ja, ja, ich glaube schon. Aber werden Sie es denn auch ganz allein schaffen? Ich meine, wissen Sie denn, wie man so etwas anfängt?»

«Wenn Sie's nicht glauben, dann suchen Sie sich lieber jemand anderen», meinte Finn knapp.

«Entschuldigen Sie, so war das nicht gemeint. Jetzt habe ich Sie doch gekränkt. Na ja, es ist ja wirklich nicht meine Sache, wie Sie das anpacken. Es stimmt ja, wenn ich ihnen das Geld nun mal gegeben habe, ist der Rest Ihre Angelegenheit, bleibt völlig Ihnen überlassen.» Martin trank in hastigen Zügen seinen Whisky. «Aber, Sie... Sie werden meinen Vorschlag befolgen, nicht wahr?»

«Hab ich das nicht gesagt?»

Der hier war ja noch schlimmer als Kaiafas, dachte Finn. Und als ob es *seine* Sorge wäre, wo Lena wohnte, oder was Lena tat, fing der jetzt doch tatsächlich schon wieder davon an, man sollte ihr eine Wohnung oder gar ein Haus kaufen, damit sie aus der Lord Arthur Road herauskäme.

«In den kleinen Landstädten kann man immer noch bescheidene Häuser für weniger als zehntausend kaufen. Wenn Sie nur weit genug von London weggehen, da gibt es noch Baufirmen, die Häuser für solchen Preis erstellen. Ich würde es ihr selbst überlassen, wo sie gern leben möchte, vielleicht irgendwo in der Nähe von Verwandten oder so? Und dann sollten Sie mit ihr an einem Sonnabend hinfahren und mit den dortigen Maklern sprechen.»

Finn verstand sehr wohl: Martin Urban wollte ihn aus dem Wege haben, soweit wie möglich, nachdem der Auftrag erledigt war! Er konnte ja nicht wissen, wie absurd es war, irgendein kleines Kaff für

Lena zu empfehlen. Lena würde verrückt werden – verrückt, verrückter, am verrücktesten! –, wenn man sie aus ihrer geliebten Puppenwohnung herausholte, die einzige Umgebung, in der sie das Leben ertragen konnte, und wenn man sie obendrein von ihren Freunden trennte, von Mrs. Gogarty und Mr. Bradshaw und Mr. Beard. Es fehlte nicht viel und Finn hätte Martin gesagt, er solle den Mund halten und erst mal nachdenken, die Realität bedenken. Aber er tat es nicht. Er saß stumm und in sich gekehrt da, während der andere redete und redete... über Vermessungsgutachten und freien Grundbesitz und Frontbreite und Brandmauern. Und Finn begriff immer deutlicher: Genau wie Kaiafas glaubte auch Martin Urban, sich über das Ausmaß der krummen Sache, die er da vorhatte, und für die er Tausende zu zahlen bereit war, hinwegtäuschen zu können, indem er pausenlos über diese harmlosen, technischen Allerweltsdinge sprach.

Schließlich hörte er auf, weil er Atem holen mußte, vielleicht aber auch, um so was wie Zustimmung zu hören. Aber Finn stand auf, nickte ihm zu und ging ohne ein weiteres Wort hinaus. Er hatte zwar keine weiteren Instruktionen erhalten, aber er zweifelte nicht daran, daß er die schon noch rechtzeitig bekommen würde.

Über der Archway-Kreuzung tanzte der Schnee in Millionen daunenweichen Flocken; wie Leuchtkäfer wirbelten sie durch das gelbliche Licht der Straßenlaternen.

## 16

Das Päckchen mit der ersten Hälfte des Geldes wurde Finn durch einen Expreßbotendienst zugestellt. Ein Mann in grüner Uniform händigte es ihm an der Haustür aus. Finn nahm es mit sich nach oben. Das Haus in der Lord Arthur Road hatte seinen Samstagsgeruch nach gebackenen Bohnen und Marihuana, im Gegensatz zu seinem Wochentagsgeruch nach stinkenden Mülleimern und Marihuana. Finn hatte das Päckchen ausgewickelt und war gerade dabei, das Geld nachzuzählen, als er Lena die Treppe herunterkommen hörte. Ihre Schritten klangen geradezu beschwingt. Mr. Beard wollte sie zu einem Treffen der Theosophen von Tufnell mitnehmen. Lena hatte nicht viele männliche Freunde, es war also ein aufregendes Ereignis für sie. Finn öffnete die Tür.

«Na? Bringst du ihn hinterher mit nach Hause?»

Lächelnd und ein wenig entrüstet meinte sie, das wüßte sie ja noch nicht. Sie würde es ja gern tun, und sie würde ihn auch fragen. Ihre Augen leuchteten. Sie trug das malvenfarbene Kleid mit dem Volant und darüber einen roten Mantel, der mit zerschlissenem Satin gefüttert war. Wenn man die Augen halb zukniff und sie so betrachtete, dann konnte man meinen, ein – nein, nicht ein junges Mädchen, das nicht! –, aber vielleicht den Geist eines jungen Mädchens vor sich zu sehen. Sie war wie ein Schmetterling, dessen Flügel Glanz und Farbe eingebüßt hatten, ein flatternder, verblichener Falter – sie war wie das Skelett eines einstmals grünen Blattes. Sie legte ihre Hand auf Finns Arm und blickte ihm von unten her ins Gesicht, als ob er der Vater wäre und sie das Kind.

«Hier», sagte er, «kauf was Gutes ein für den Tee hinterher!» Er drückte ihr ein Bündel Banknoten – vierzig, fünfzig Pfund – in die Hand.

Sie roch ein bißchen nach Kampfer, eine Myrtenkranzbraut, wiederauferstanden nach fünfzig Jahren im Mottenschrank. Übers Geländer gebeugt sah er ihr nach, wie sie leichtfüßig hinunterlief und dabei die Banknoten wahllos in ihr Handtäschchen und in ihre Manteltaschen stopfte, wunderbarerweise ohne auch nur eine einzige dabei zu verlieren. Und so – wohlhabend, genesen und wieder jung geworden – strebte sie ihrem spiritistischen Seelenfreunde entgegen. Finn kehrte in sein Zimmer zurück.

Er steckte das Geld zu den übrigen Banknoten in die Plastiktüte, schob sie wieder unter seine Matratze und mußte wieder an Martin Urbans merkwürdigen Vorschlag denken. Bei der bloßen Vorstellung, Lena mutterseelenallein in einem kleinen Provinznest oder sonstwo auszusetzen, überhaupt Lena irgendwo allein, verzog sich sein Mund zu einem dünnen, kopfschüttelnden Lächeln. Sie herauszureißen aus der Lord Arthur Road, dem einzigen Ort auf der Welt, wo sie annähernd Ruhe und Frieden und bisweilen sogar einen Hauch von Glück gefunden hatte, sie zu trennen von ihren innigen Freunden, ihren Trödelläden und der Geborgenheit ihrer Puppenwohnung, das war mehr als absurd. Er wußte genau, welch panisches Entsetzen sie überfallen würde, wenn man sie der vielgepriesenen Landluft aussetzte, dem Wind der freien Natur... wie in dem geräumigen Schlafzimmer eines Bungalows sie von Schlaflosigkeit gepeinigt sein würde, ohne die Möglichkeit, sich wie ein kleines Tier zu verkriechen.

Aber natürlich hatte Martin Urban mit seinem Gerede von Lenas Umsiedlung in eine Kleinstadt ja auch gar nicht ernsthaft gemeint, daß Finn ihr von dem Geld ein Haus kaufen sollte. Genauso war es doch damals bei Kaiafas gewesen, als er über sein Heimatland gefaselt hatte und über Anne Blakes boshaftes Bedauern, daß er es jemals verlassen hätte. Daß diese zimperlichen Leute aber auch immer um den heißen Brei herumreden mußten, statt ihre Wünsche klipp und klar zu äußern. Finn begriff das nicht. Falls er selbst je in die unwahrscheinliche Lage kommen sollte, jemand anders um die Erledigung irgendwelcher Dinge zu bitten, so würde er ganz ruhig seine wasserhellen Augen auf sein Gegenüber richten und sagen: «Töte diese Frau – oder diesen Mann – für mich!»

Er saß mit untergeschlagenen Beinen auf dem Boden, öffnete eine große Dose Ananas und verzehrte den Inhalt zusammen mit etwas Vollkornbrot und einem Stück Käse. Er wunderte sich doch sehr, daß man ihm bisher nicht gesagt hatte, wer sein Opfer sein würde. Eigentlich hatte er erwartet, daß Martin Urban ihm das Geld persönlich bringen und ihm entweder durch eine beigefügte Notiz oder auch im Laufe einer angelegentlichen Unterhaltung den Namen und die Personenbeschreibung geben würde. Mitten auf dem Fußboden, zwischen der Matratze und der Ananasdose und den anderen Rückständen seiner Mahlzeit, lag noch das Einwickelpapier des Geldpäckchens. Es lag in dem hellen Lichtfleck eines Sonnenstrahls, des einzigen, dem es gelungen war, sich durch das chinesische Puzzle von Hauswänden und Mauervorsprüngen hindurchzuwinden und in sein Zimmer einzudringen. Finn hatte Martin Urban ja auch selbst geraten, er solle das Geld tüchtig in Zeitungspapier einschlagen, und jetzt fiel sein Blick auf ein Foto auf der ersten Seite der *North London Post*-Ausgabe, mit der die Scheine unter dem braunen Packpapier umhüllt gewesen waren. Er beugte sich vor, streckte den Arm aus, griff nach der Zeitung und besah sich dieses Foto genauer.

Er warf so gut wie niemals einen Blick in die Zeitung, und diese hier hatte er noch nie gesehen, aber er erkannte augenblicklich, was das Bild zeigte. Es war der Weg zwischen der Fußgängerbrücke und dem Ende der Nassington Road in der Nähe der Parliament Hill Fields. Er kannte den Ort, weil er dort gewesen, weil es die Stelle war, wo er Anne Blake getötet hatte und auch, weil er dieses Foto schon einmal in einer anderen Zeitung gesehen hatte, nämlich in der, die Kaiafas mit makabrem Spott zum Einwickeln *seines* Geldes benutzt hatte.

Also wußte Martin Urban Bescheid. Natürlich, und *weil* er Bescheid wußte, hatte er ihn auch ausgewählt, diesen gewissen, bisher nicht näher bezeichneten Auftrag für ihn auszuführen. Aber *wieso* wußte er Bescheid? Finn spürte ein Prickeln auf der Stirn und der Oberlippe, weil ihm der Schweiß ausbrach. Er hatte keine Ahnung, *woher* Martin Urban es wußte, aber *daß* er es wußte, war klar, denn weshalb hätte er Finn sonst ausgerechnet diese Zeitung mit dem Foto geschickt?

Das ungewohnte Angstgefühl, das in Finn aufstieg, wurde ein wenig beschwichtigt durch seine Überlegung, daß Martin Urban sein Wissen wohl kaum weitergeben würde angesichts dessen, was er hier selber in Auftrag gab und auch schon halbwegs bezahlt hatte. Er schüttelte die Zeitung, weil er annahm, es würde vielleicht eine Notiz herausfallen. Langsam wendete er die einzelnen Seiten um und suchte sie nach einem Hinweis ab. Und da, auf Seite 7 – da war es!

Ein Absatz war mit rotem Kugelschreiber eingerahmt, Name und Straße unterstrichen, die Hausnummer hinzugefügt. Finn las den Absatz sorgfältig durch, um sich die Einzelheiten einzuprägen. Dann zog er seinen gelben Pullover über und schlüpfte in seine Kunststoffjacke. Für diese Gelegenheit schien es ihm ratsam, sein ungewöhnlich helles Haar unter einer grauen Wollmütze und die auffälligen Augen hinter dunklen Brillengläsern zu verstecken; beides übrigens Fundgrubenartikel, die er Lena zu verdanken hatte. Finn verschloß seine Tür und ging in seine Garage im Somerset Grove.

Dort wechselte er die Nummernschilder aus. Die neuen trugen das Kennzeichen TLE 315 R. Er hatte sie vor zwei Jahren von einem dunkelbraunen Lancia abgeschraubt, der einen Tag und eine Nacht lang in der Lord Arthur Road gestanden hatte, denn er hatte sich schon gedacht, daß sie ihm eines Tages nützlich sein könnten. So fuhr Finn leicht verändert in seinem leicht veränderten Tranporter in die Fortis Green Lane und parkte nicht weit von dem Haus Nr. 54 entfernt. Es war kurz vor drei.

Ob das Haus zur Zeit leer war oder nicht, war nicht auszumachen. Es war naßkalt, einer jener Tage, die man als trostlos bezeichnet, mit einem schmutziggrauen Himmel und häßlichem feuchten Wind. Alle Fenster in Nummer 54 waren geschlossen, und an den größeren im Obergeschoß waren die Vorhänge zugezogen. Aber es war auch noch zu früh, um Licht anzuschalten.

Der Vorgarten bestand aus Grasnarbe und Beton, wobei das letztere überwog. Auf dem Plattenweg, der dicht an der Außenwand ums Haus lief, stand ein Mülleimer, dessen Deckel daneben auf dem Boden lag. Er lag verkehrt herum, mit der Höhlung nach oben. Der Wind hielt ihn in beständiger Schaukelbewegung, die ein gleichmäßiges, mißtönendes Scheppergeräusch verursachte. Wenn jemand zu Hause war, überlegte Finn, so würde er wahrscheinlich herauskommen und den Deckel aufheben, um das durchdringende Geräusch abzustellen.

Eine Menge Leute gingen an ihm vorüber; junge Paare Arm in Arm oder Hand in Hand, ältere Leute, die vom Einkaufen in der Finchley High Road kamen. Ihre Gesichter wirkten verschlossen, und sie beeilten sich wegen der unfreundlichen Kälte. Niemand nahm Notiz von Finn, der in einem unauffälligen grauen Transporter saß und Zeitung las.

Der Mülleimerdeckel schaukelte weiter mit der gleichen Stetigkeit. Es war fünf Uhr, als ein scharfer Windstoß ihn packte und hart über den Betonweg klappern ließ, bis er auf dem Gras landete. Selbst jetzt kam niemand aus dem Hause. Finn geduldete sich noch eine weitere halbe Stunde, dann bewies ihm das weiterhin dunkel bleibende Haus, daß es leer sein mußte, und er fuhr heim.

Lena trank Tee mit Mr. Beard. Auf dem kleinen Bambustisch lag eine mit Langetten verzierte Tüllgardine als Tischtuch, und darauf waren all die Köstlichkeiten ausgebreitet, die Lena eingekauft hatte: mit Teiggitter überzogene Wurstpastete, Anschovispizza, Wiener Apfelstrudel, Eistorte und Mandelschnitten. Mr. Beard erzählte höchst interessant von Dr. Dee und von der henochischen Sprache, in der er durch seinen Geistführer unterwiesen wurde. Finn setzte sich dazu und trank eine Tasse Tee mit ihnen. Lena bedachte ihn alle Augenblicke mit einem zufriedenen, stolzen Lächeln. Sie schien vollkommen glücklich zu sein. Er bemühte sich, Mr. Beards Geschichte von Dees Engel zuzuhören, aber es fiel ihm schwer, sich zu konzentrieren. Unentwegt mußte er über seinen Auftrag nachdenken. Wie sollte er es bewerkstelligen, diese fremde Person, die er noch nie gesehen hatte, zu beseitigen, und zwar so, daß es wie ein Unfall aussah?

Am nächsten Tag fuhr er bereits am Morgen in die Fortis Green Lane. Der Mülleimer samt Deckel war verschwunden. Diesmal parkte er auf der anderen Seite der breiten Straße und beobachtete Leute beim Wagenwaschen oder beim Ausschneiden ihrer Rosen. Niemand verließ oder betrat das Haus Nummer 54, und die Schlafzimmervorhänge waren immer noch geschlossen.

Er bezog seinen Posten am Sonntag nachmittag und am Montag vormittag, aber es wurde Montag abend, ehe seine Ausdauer belohnt wurde. Es war etwa Viertel vor sieben, als ein schlanker Mann mittleren Alters aus der Richtung Finchley High Road erschien, die weiße Gartenpforte entriegelte, den Weg entlangging und in der Haustür verschwand. Er trug eine lange Jacke aus glattem, hellbraunen Pelz, dunkle Hosen und einen dunkelgrauen Schal. Die Erscheinung dieses Mannes verwunderte Finn; er hatte jemand Jüngeres erwartet. Er sah die Lichter im Haus aufleuchten, zuerst im Flur, dann im Vorderzimmer des Erdgeschosses und schließlich oben hinter den geschlossenen Schlafzimmervorhängen. Die Schlafzimmerlampe erlosch wieder, die anderen aber brannten weiter. Nach einer Weile fuhr Finn davon, trank im *Royal Oak* in der Sydney Road einen Ananassaft, um dann im Coldfall Wood einen Spaziergang zu machen in der Dunkelheit unter den alten Buchen mit ihren stählern schimmernden Stämmen und den knackenden, seufzenden Ästen. Finn war nicht gerade jemand, dem man gerne in einem finsteren Wald begegnet, aber es gab ja auch weit und breit niemanden, dem er begegnen konnte.

Als er zurückkam, waren die Lichter im Haus erloschen. Es war nur gut, daß Finn sich niemals langweilte. Er saß in seinem Wagen auf der Seite mit den ungeraden Hausnummern der Fortis Green Lane, versetzte sich in Trance und projizierte seinen Astralleib in ein Buddhistenkloster im Vorgebirge des Himalaja. Er war schon öfters dort gewesen und hatte sich sogar manchmal mit einem der Mönche unterhalten. Dergleichen Kunststücke vollbrachte er inzwischen mit Leichtigkeit. Die Überwindung des Raumes war relativ einfach. Würde er aber jemals die Überwindung der Zeit meistern, so daß er sich in die Vergangenheit oder in die Zukunft versetzen konnte?

Er schlief ein Weilchen, nachdem sein Astralleib zurückgekommen war. Als er erwachte, ärgerte er sich über sich selbst, denn womöglich war seine Beute an ihm vorübergeschlichen, während er die Augen geschlossen hatte? Aber das Haus lag immer noch im Dunkeln. Finn beschloß, noch bis Mitternacht zu warten; jetzt war es zehn Minuten vor elf.

Während er dort gesessen hatte, waren viele Wagen vorübergekommen, obwohl niemals starker Verkehr geherrscht hatte. Genau um sieben Minuten vor elf hielt ein weißer Triumph Toledo vor dem Haus Nummer 54, und nach einer Weile stieg eine Frau aus. Sie war jung und schlank, hatte eine gerade Nase und Lippen, gewölbt wie die Klingen eines Krummsäbels; das Haar leuchtete wie ein Bronzehelm in dem diffusen Licht. Finn kurbelte das Fenster herunter. Er nahm an, daß jetzt auch der Mann in dem kurzen Pelz aussteigen würde. Statt dessen vernahm er Martin Urbans Stimme, die verhalten rief:

«Gute Nacht, Francesca!»

Das beantwortete Finn so manche Frage, die ihn beunruhigt hatte. Er war also durchaus an der richtige Adresse. Jetzt wußte er Bescheid. Endlich. Lange genug hatte er gezweifelt. Er drehte das Fenster hoch und beobachtete die Frau, wie sie zunächst an der Gartenpforte stehenblieb, sie dann öffnete und den seitlichen Plattenweg entlangging bis zu einer Tür in der Holzplanke neben dem Haus. Sie winkte Martin Urban noch einmal zu, trat durch die Tür und schloß sie hinter sich. Finn war richtig erleichtert. Er sah den weißen Wagen langsam anrollen und dann beschleunigen.

Während er mit den Augen dem Sportwagen folgte, der rechts in eine Seitenstraße einbog, streifte ganz dicht neben ihm, so daß es fast das Fenster des Fahrersitzes berührte, etwas Flauschiges, Braunes vorbei, ähnlich dem Fell eines Pelztieres. Finn fuhr herum, um ihm nachzublicken. Da überquerte Russell Brown die Straße, entriegelte die weiße Pforte und ging den Gartenweg hinauf. Obwohl die Frau mittlerweile mindestens seit einer Minute im Haus sein mußte, brannte nirgends Licht. Allerdings hatte sie vielleicht nur in den hinteren Regionen Licht gemacht, denn sie war ja durch den Seiteneingang hineingegangen. Russell Brown schloß die Haustür auf und trat ins Haus. Sofort ging die Flurbeleuchtung an.

Finn ließ den Motor an, schaltete die Scheinwerfer ein und fuhr davon.

## 17

Es stimmte Francesca traurig, daß sie kündigen mußte. Sie hatte gern für Kate Ross gearbeitet, es hatte ihr Freude gemacht, den ganzen Tag zwischen Blumen zu sein, sie im Schaufenster zu arrangieren oder zu Sträußen zu binden, Blumen auszutragen und das überraschte Entzücken auf den Gesichtern der Leute aufleuchten zu sehen. Tim hatte einmal gesagt, sie selbst habe etwas Blumenhaftes an sich, und (dies war sicherlich ein Zitat!) ihr Hyazinthenhaar, ihr klassisches Antlitz und ihr Najadenduft habe ihn heimgeholt vom Meer der Verzweiflung. Na ja, er war ganz schön betrunken gewesen, als er es sagte. Aber es half alles nichts, sie mußte kündigen. Der 24. Februar würde ihr letzter Tag bei *Floreal* sein, und für zwei Tage später hatte Adrian Vowchurch den Abschluß der Wohnungsangelegenheit am Swan Place versprochen.

«Du bist ohnehin viel zu gut, um in einem Blumenladen zu arbeiten», meinte Tim und vergrub seinen Mund in den sanften Höhlungen über ihrem Schlüsselbein. Francesca gab schnurrende Laute von sich. Die Luft im Zimmer war so kalt, daß ihr Atem wie fedriger Dampf vom Bett aufstieg. «Warum bittest du Livingstone nicht, dir ein Gartencenter zu kaufen?»

«Jetzt reicht's aber!» sagte Francesca sehr bestimmt. «Ich finde, ich habe geradezu Wunder vollbracht. Und mehr werde ich aus ihm auch nicht herausholen, weil ich ihn nämlich nicht wiedersehen werde; nicht, nachdem er das Geld für die Wohnung bezahlt und dieser Adrian die Was-weiß-ich-Abschlüsse getätigt hat. Und wenn ich bei *Floreal* aufgehört habe, kann er mich ja auch gar nicht mehr finden.»

«Er kann dich sehr wohl finden, nämlich in deinem bezaubernden Swan Place-Nest! Es sei denn, meine schlaue kleine Biene gibt ihm einfach keinen Schlüssel?»

Die elektrisch geheizte Bettdecke strömte Wogen von Hitze aus, so daß sie beide ins Schwitzen gerieten. Am Morgen hatte Francesca Eisblumen auf der Innenseite der Fenster entdeckt; der Raum war von beklemmender, dumpfer Feuchtigkeit erfüllt. Tim zündete eine Gauloise an und rauchte sie in der Dunkelheit. Die glühende Spitze schimmerte wie ein einsamer Stern an einem kalten, dunstigen Himmel.

«Ich glaube, ich gehe zunächst mal überhaupt nicht dorthin. Anfangs hatte ich ja vor, richtig einzuziehen, wie er es von mir erwartet, und dann, nachdem ich ein paar Tage dort gewohnt habe, einen gewaltigen, irreparablen Krach zu inszenieren und ihm zu sagen, daß ich ihn nie wiedersehen wolle. Aber ich glaube, das schaffe ich nicht. Kräche sind eben nicht meine Stärke. Jetzt hab ich mir überlegt, ich bleibe zwei oder drei Tage schön ruhig hier zu Hause, und dann schreibe ich ihm einen Brief. Darin schreibe ich ihm dann all das, was ich ihm sonst bei dem Krach gesagt hätte, daß zwischen uns alles aus ist, und daß ich weiß, die Wohnung gehört mir, und daß ich sie dringend brauche und darin leben werde. Na, was hältst du davon? Was meinst du, Liebling, sollen wir in die tolle Wohnung umziehen und dort leben, oder wollen wir sie lieber verkaufen und uns irgendeine andere Behausung anschaffen?»

«Das mußt *du* entscheiden.»

«Was mein ist, soll auch dein sein... du weißt doch! In meinen Augen bist du mein Ehemann, nach dem Gewohnheitsrecht sozusagen. Darf man wohl einen Gewohnheitsehemann haben, wenn man schon einen abgewöhnten hat?» kicherte sie.

Tim lachte. «Ich bin gespannt, was Miss Urban unternehmen wird, wenn sie hinter deine Schliche kommt – *wenn* sie überhaupt was unternimmt. Verlaß dich lieber nicht darauf, daß du auch die Einrichtung behalten kannst.» Er zog an seiner Zigarette, und der Stern leuchtete hell auf. «Ich muß ja sagen, ich bin nicht böse, wenn meine kleine Biene mich nicht mehr jede Nacht mit einer anderen Frau betrügt.»

«Du mußt dir doch vorkommen wie ein Zuhälter», meinte Francesca. «Zuhälter haben doch nie Skrupel, was?»

«Skrupel, wie du es zu nennen beliebst, verändern sich umgekehrt proportional zum Ertrag der Unmoral, mein Kleines.» Er drückte seine Zigarette aus und wandte sich ihr zu. «Mit gewissen ‹Aktivitäten› an sich hat das nichts zu tun. Persönlich kann ich nur hoffen, daß du Livingstone für sein Geld auch einiges bietest.»

«Na ja, wie man's nimmt. O Tim, du hast eine warme Hand und eine eiskalte. Das ist ziemlich aufregend, du – das ist phantastisch...!»

Francesca brachte Martin aus dem Geschäft ein Riesenexemplar Xygocactus truncatus mit. Er war spät erblüht, aber jetzt, Ende Februar, saß an jeder Spitze seiner flachen, fleischigen Glieder eine hellrosa, sternförmige Blüte. Martin freute sich unmäßig, ja geradezu kindlich über das Geschenk. Er stellte es auf die Fensterbank, mitten vor das Fenster mit dem Ausblick über London. Draußen fiel Schnee, obwohl er nicht liegenblieb. Die Flocken woben ein zartes Netz zwischen dem Fenster und der weiß und gelblich erleuchteten Stadt.

Das war am Mittwoch, und Martin ließ sie mit einem Taxi nach Hause fahren. Am Donnerstag aber blieb sie den ganzen Tag und auch die Nacht über in Cromwell Court. Martin nahm sich einen Tag frei, und gemeinsam kauften sie Bettwäsche und Handtücher, einen Satz Kochtöpfe und eine gußeiserne französische Bratpfanne, ferner zwei Tischlampen, einen transportablen japanischen Fernseher und Steingutgeschirr. All diese Dinge nahmen sie gleich mit; die dreiteilige, mit jadegrünem und elfenbeinfarbenem Samt bezogene Polstergarnitur dagegen sowie der Eßtisch aus Glas und Messing mit den acht dazugehörigen Stühlen mußten natürlich geschickt werden. Francesca erklärte, sie werde ihre eigenen Gläser und ihr eigenes Besteck mitbringen. Es langweilte sie im Grunde, Dinge einzukaufen, die sie wahrscheinlich nicht behalten durfte.

Zum Essen gingen sie ins *Bullock Cart* in der Heath Street, und Martin wußte zu berichten, daß John Butler und seine Frau gesagt hätten, sie würden am nächsten Montag gleich frühmorgens aus der Wohnung am Swan Place ausziehen. Den Schlüssel würde er beim Makler abgeben, aber wenn Martin wollte, könne er auch am Wochenende vorbeikommen und ihn persönlich abholen.

«Wir könnten ihn ja am Sonntag abholen», schlug Francesca vor, denn sonst gab es womöglich noch Schwierigkeiten.

Als Mr. Cochrane am nächsten Morgen um halb neun Uhr klingelte, öffnete ihm Francesca die Tür. Sie trug das Oberteil von Martins Schlafanzug und ein Paar blaue Strumpfhosen. Martin kam hastig aus der Küche, mit der Worchestersauceschürze vorm Bauch. Peinvolle Verlegenheit malte sich auf seinem Gesicht. Mr. Cochrane trat ein, ohne ein Wort zu sagen. Unverzüglich erspähte er den blühenden Kaktus, und seine Nasenflügel registrierten schnuppernd den Duft von «Ma Griffe». «Guten Morgen, Madam», sagte er dann höflich und marschierte in die Küche, wo er seinen Koffer auf dem Tisch ablegte.

«Wie geht's Ihrer Schwägerin?» fragte Martin.

«Ist wieder zu Hause», erwiderte Mr. Cochrane. Er blickte Martin bedeutsam an, zuerst durch seine Bifocalgläser, dann über den Rand der Brille hinweg. «Jawohl, zu Hause, Martin, wenn man das ein Zuhause nennen kann.» Dann nahm er eine Sprühdose Möbelpolitur und zwei Staubtücher und verschwand damit ins Wohnzimmer. Dort betrachtete er kritisch den Kaktus und dann, indem er jedes einzelne Stück in die Hand nahm, alles, was die beiden am Tage vorher eingekauft hatten, Laken, Handtücher, Töpfe und Lampen. Schließlich wandte er sich zu Francesca um, und seine Totenkopfvisage verzog sich zu einem breiten Lächeln.

«Was für ein Segen, daß er endlich ein normales Leben führt, Madam! Ich finde, ein Mann sollte doch auch wie ein Mann leben... Wenn Sie verstehen, was ich meine.»

«Klar verstehe ich, was Sie meinen», erwiderte Francesca lachend.

«Haben Sie irgendwelche speziellen Wünsche, Madam, oder soll ich alles so machen wie gewöhnlich?»

«Oh, machen Sie nur alles so weiter wie gewöhnlich», meinte Francesca, «das mache ich selbst auch immer.» Und dabei bedachte sie ihn mit ihrem schönsten, strahlendsten Lächeln.

Es war ihr letzter Tag im Geschäft, denn Kate hatte gesagt, am Samstag vormittag brauche sie nicht mehr zu erscheinen. Ob Martin in der nächsten Woche, wenn sie verschwunden war, wohl ins Geschäft kommen und Kate nach ihr ausfragen würde? Nicht, daß es ihr noch das geringste ausmachte, was Martin täte oder nicht täte, nachdem am Montag das Geld transferiert und die Sache abgeschlossen wäre. Vielleicht schaffte sie es ja, all ihren Mut zusammenzuraffen und tatsächlich am Montag nachmittag einzuziehen, so wie Martin es sich vorstellte, einziehen, ihn für den Abend einladen... und ihm dann die Wahrheit ins Gesicht sagen, nämlich, daß die Wohnung ja jetzt rechtmäßig ihr gehöre, daß sie darin leben würde, und zwar ohne ihn je wiederzusehen. Ach nein, das würde sie niemals fertigbringen. Die einzige Möglichkeit war, es so zu machen, wie sie es Tim erklärt hatte: verschwinden, ihm schreiben, und falls er Krach schlüge, Tim alles erklären zu lassen, und erst dann von der Wohnung Besitz zu ergreifen, wenn aller Lärm vorüber war. Die Wohnung gehört *dir*, daran mußt du dich halten, ermutigte sie sich selbst, sie gehört *dir* mit Brief und Siegel, daran ist nicht zu rütteln.

Martin holte sie um zehn Minuten vor sechs ab, und sie fuhren zum Cromwell Court, wo Martin das Essen kochte. Ungefähr gegen elf fuhr er sie in die Fortis Green Lane, und wieder mußte Francesca notgedrungen im Hof des Hauses Nr. 54 Zuflucht nehmen. Heute lag das Haus in völliger Dunkelheit. Sie stand gegen die verputzte Hauswand gepreßt und wartete darauf, seinen Wagen wegfahren zu hören. Als es soweit war, trat sie durch die Tür in den Vorgarten... zu früh! Es war gar nicht Martins Wagen gewesen, sondern ein kleiner, grauer Transporter, der weggefahren war. Martin stand immer noch da und beobachtete das Haus. Wartete er darauf, daß das Licht anginge?

Sie erklärte ihm, sie habe ihren Schlüssel im Haus vergessen und müsse nun Russell aufwecken, damit er sie hereinließe.

«Bitte, geh jetzt, Liebling. Ich komme schon klar.»

Zögernd setzte sich Martin in Bewegung. Francesca zitterte doch wahrhaftig vor Schreck. Sie mußte sich einen Moment auf die niedrige Mauer setzen. Als sie wieder aufstand, sich umdrehte und ängstlich nach dem Haus zurückblickte, fürchtete sie, der Bewohner werde sie von einem der oberen Fenster aus böse anstarren. Aber es war niemand zu sehen. Heute war es viel kälter als während der letzten Woche. Die Luft war sehr klar, der Himmel ein tiefes, wolkenloses Purpurrot. Sie brauchte wirklich etwas Wärmeres zum Anziehen als den blaugestreiften Mantel über ihrem dünnen Cordsamtkittel. Jedesmal, wenn Martin sie hier absetzte, war sie in eine andere Himmelsrichtung marschiert, um ein Taxi zu finden, jetzt gab es keine neue Möglichkeit mehr. Sollte sie also zur Muswell Hill hinunterlaufen oder lieber in Richtung Finchley High Road? Martin war in Richtung Muswell Hill gefahren... Francesca, die für gewöhnlich nicht besonders ängstlich war und sich nie lange mit Befürchtungen aufhielt, mußte plötzlich daran denken, wie gräßlich es wäre, wenn er nun eine Panne hätte, und sie würde ihm genau in die Arme rennen! Jetzt, wo sie ihrem Ziel so nahe war, wurde sie von Stunde zu Stunde ängstlicher, es könnte buchstäblich noch in letzter Minute irgend etwas passieren, das ihr die ganze Sache mit der Wohnung verpatzte. Die Leute sagten zwar, es sei grundsätzlich unmöglich, so ein Geschäft rückgängig zu machen, nachdem einmal die Verträge ausgetauscht waren, aber er brauchte es ja auch gar nicht rückgängig zu machen: Er brauchte ja nur einen neuen Vertrag zu schließen, in dem anstelle ihres Namens sein eigener stand!

Nein, es durfte nichts passieren. Sie mußte nur noch den Samstag überstehen! Am Sonntag, so waren sie übereingekommen, wollten sie sich nicht treffen; dann würde sie zu sehr mit Packen beschäftigt sein. Sie zog die Kapuze des Mantels über den Kopf und setzte sich in Bewegung – die breite, kalte, ausgestorbene Fortis Green Lane entlang. Kurz bevor sie die Finchley High Road erreichte, erwischte sie ein Taxi.

«Sonst bringt mich ja so leicht nichts aus der Ruhe, weißt du», erklärte sie Tim, «aber ich glaube, wenn so viel auf dem Spiel steht, da wird jeder nervös. Während ich da in diesem Garten rumschlich, mußte ich immer dran denken, wie peinlich es wäre, wenn der Mann, der da drin wohnt, plötzlich rauskäme! Mensch, stell dir vor, der hätte mich angebrüllt, und Martin hätte ihm womöglich eine gescheuert, weil er denkt, es ist mein Mann... Ach du, ich habe mir schon die gräßlichsten Sachen vorgestellt!»

Tim lachte schallend. «Das Gräßlichste, was passieren könnte, wäre allerdings, daß wir dadurch um unser zukünftiges Heim gebracht würden. Aber abgesehen davon kann ich mir nichts Komischeres vorstellen, als daß sich Livingstone mitten in der Nacht und mitten im finstersten Finchley einen Boxkampf mit einem völlig Fremden liefert.»

Francesca dachte darüber nach, dann lachte sie ebenfalls und griff sich eine von Tims Zigaretten. «Wie bist du eigentlich ausgerechnet auf dieses komische Haus und auf diesen Mann gekommen?»

«Ich? Ich bin doch gar nicht auf ihn gekommen und auch nicht auf das Haus. Das war doch dein Bräutigam. Weißt du nicht mehr? Ich wußte nicht mal, daß in der Fortis Green Lane irgend jemand mit Namen Brown wohnt. Den Absatz für die Zeitung habe ich doch nur geschrieben, um deiner Geschichte ein bißchen Glaubwürdigkeit zu verleihen. Die Leute sagen zwar immer, die Zeitungen seien voller Lügen, aber trotzdem glauben sie alles, was in der Zeitung steht. Die Fortis Green Lane ist eine lange Straße, und Brown ist ein häufiger Name. Kann doch sein, daß da ein halbes Dutzend Browns wohnt. Livingstone hat im Telefonbuch nun ausgerechnet diesen hier gefunden.»

Kichernd meinte Francesca: «Dann wäre es wirklich sehr unfair gewesen, wenn Martin ihm eine geknallt hätte.»

«Du wirst ganz schön aufpassen müssen, daß er es nicht noch tut. Denn der ist ja nun wirklich unschuldig.»

Während der Nacht hatte starker Frost geherrscht, die Dächer der Häuser waren weiß überzogen, als ob es geschneit hätte. Francesca und Tim blieben lange im Bett liegen, und Francesca holte Lindsay noch dazu. Sie redeten über die Wohnung am Swan Place, während Lindsay auf dem Kopfkissen saß und Francescas Haare in winzige Afrozöpfe flocht. Tim meinte, sie würden wohl die Wohnung verkaufen müssen und dafür eine nehmen, die nicht in Highgate lag; schließlich wäre es gar zu peinlich, wenn er Martin dort begegnete. Ihr wäre das nur recht, sagte Francesca, sie würde sehr gern irgendwo im Grünen wohnen, etwa in Richtung Epping Forest, sie sei mit London ja nicht verheiratet. So wenig wie mit dem ehrenwerten Autor des «Eisernen Kokons» neckte Tim sie, und sie lachten so schallend, daß Lindsay ihnen die Lippen zusammenkniff.

Tim fuhr sie so dicht an Cromwell Court heran, wie es nur eben anging. Martin wollte wissen, welche Vorbereitungen sie für Montag getroffen hatte. Hatte sie einen Wagen gemietet? Würde Lindsay an dem Tag in den Kindergarten gehen oder nicht? Und würde sie ihre Garderobe mit einer Fuhre herüberschaffen können? Und was war mit Russell? Hatte sie ihm vorgeschlagen, eine ehrliche Teilung ihres Eigentums vorzunehmen, und hatte er zugestimmt? Francesca beantwortete seine Fragen, so gut sie konnte, während sie zum Swan Place unterwegs waren, um den Schlüssel von Mr. Butler zu holen. Sie war wie erlöst, als sie den Schlüssel in Empfang genommen hatte. Ein Schlüssel vermittelte einem so ein sicheres Gefühl von Rechtmäßigkeit, von Privatsphäre und Besitztum. Mrs. Butler führte sie nochmals durch die Wohnung, und Francesca konnte ihrer Aufregung kaum Herr werden. Wie anders war es doch, das alles zu betrachten, über den sanften, zartfarbenen Teppich zu gehen, die steifen Seidenvorhänge zu betasten, die Wärme zu fühlen, einen Wasserhahn aufzudrehen oder einen Schalter anzuknipsen, wenn man wußte, daß das alles einem nun wirklich und wahrhaftig gehörte.

«Na, wirst du mich Montag zum Abendessen einladen?» fragte Martin scherzend.

«Lieber am Dienstag, Martin. Laß mir einen Tag Zeit, mich einzurichten, Lindsay wird am Anfang schwierig sein, weißt du?»

«Ach ja, das kann ich mir vorstellen. Also dann am Dienstag.» Auf seinem Gesicht lag dieser Ausdruck von Gekränktheit, der es immer so in die Länge zog und ihm Ähnlichkeit mit einem Hund verlieh. «Adrian hofft, bis Montag mittag alles erledigt zu haben. Von da an kannst du also jederzeit kommen, auch wenn die Butlers mit ihrem Auszug noch nicht ganz fertig sind.»

Francesca sah wenig Sinn darin, noch weiter darüber zu reden, denn in Wirklichkeit würde sie ja gar nicht einziehen. Sie wünschte, sie hätte den Nerv, Martin zu fragen, was mit den Dokumenten, der Überlassungsurkunde oder wie immer das hieß, geschähe. Wahrscheinlich deponierte er sie in seiner Bank. Aber nicht lange, dachte sie, nicht lange. Das sollte nur Tim regeln, sie hatte schließlich ihren Teil erledigt; oder vielmehr – beinahe erledigt! Im Wagen nahm sie Martins Hand, legte sie auf ihr Knie und sagte: «Laß uns nicht ausgehen zum Essen, Martin, wir wollen uns lieber einen ruhigen Abend zu Hause machen, ganz für uns allein, ja?»

## 18

Meistens war überhaupt niemand in dem Haus, aber der Mann war doch noch häufiger da als die Frau. Das war genau umgekehrt wie gewöhnlich, fand Finn. Zusammen hatte er die beiden noch nie gesehen, obwohl er jetzt schon an fünf Abenden in die Fortis Green

Lane hinausgefahren war, wobei er jedesmal an einer anderen Stelle geparkt hatte. Die Frau hatte er zweimal gesehen, den Mann dreimal, und einmal hatte er den Mann mit einer anderen Frau zusammen gesehen. Aber das beunruhigte ihn nicht weiter, er war auch nicht im geringsten verwundert über die Beziehungen dieser Leute untereinander oder über Martin Urbans Beziehungen zu ihnen. Gefühle, Leidenschaften, Eifersucht, Begehren, ja sogar Haß lagen außerhalb seines Begriffsvermögens. Alles das langweilte ihn; ihn interessierte einzig die Magie, und er wünschte, er hätte noch die Fähigkeit, diese Magie auch praktisch auszuüben, etwa sein Opfer allein durch seine Gedankenkraft aus dem Haus zu zitieren, es in seine Falle zu locken.

Aber diese magische Kraft hatte er eingebüßt, sogar schon vor Queenies Tod. Während er so in seinem Wagen saß und das Haus beobachtete, fiel ihm wieder ein, wie er sich im *Jack Straw's* auf diesen Reporter konzentriert hatte, wie er ihm telepathisch befohlen hatte, sich eine Zigarette anzuzünden. Aber hatte er das auch wirklich getan? Solche Zweifel waren die Feinde des Glaubens; und es ist der Glaube, der Berge versetzt.

Komm heraus aus diesem Haus! sagte er in Gedanken zu den dunklen Fenstern, zu der geschlossenen Haustür, zu den undurchdringlichen Mauern. Er sagte es wieder und wieder, wie die Mantras, die er beim Meditieren unentwegt wiederholte. Er hatte keine Ahnung und auch keine Möglichkeit, festzustellen, ob das Haus leer war oder nicht. Vielleicht brannte im Hinterzimmer des Erdgeschosses Licht oder in der Küche. Er war schon seit fünf Uhr auf seinem Beobachtungsposten, also schon, bevor die Dunkelheit hereingebrochen war; aber es hatte in dem Haus keinerlei Lebenszeichen und keinerlei Lichtschimmer gegeben.

Es war ein kalter Abend. Die frostige Luft legte bereits einen sehr zarten Silberschimmer auf die Köpfe der Zaunlatten, die Querstreben der Pforten, auf Zweige, dürre Blätter und auf die schrägen Heckscheiben der parkenden Autos. Das schweflige Licht der Straßenlampen fiel auf kleine, vorwitzige Frühlingsblumen in einigen Gärten – blasse oder weiße oder einfach farblose Knospen und Glocken. Finn kannte sich mit Blumennamen nicht aus. Der Frost war nicht stark genug, um das Gras mit Rauhreif zu überziehen. Im Wagen war es sehr kalt. Finn trug seinen gelben Pullover, die graue

Wollmütze und den Ledermantel, und er las Crowleys «Bekenntnisse». Zu Hause in der Lord Arthur Road hatte er Lena und Mrs. Gogarty in heller Entrüstung zurückgelassen, weil Mr. Beard den Vorschlag gemacht hatte, zu ihrer Erbauung Abremelin den Magier zu beschwören, aber mit völlig unverantwortlichen Methoden. Er hatte doch tatsächlich das Opfer einer Taube darbringen wollen, weil die Ausdünstungen lebendigen Blutes einem Seher die geeignete Materie böten, um einen Körper daraus erstehen zu lassen. Und Tauben gäbe es in der Brecknock Road schließlich mehr als Fliegen, hatte Mr. Beard gemeint. Lena und Mrs. Gogarty hatten vor Entsetzen gezittert und geschnattert, und dann hatten sie Mr. Beard zum Teufel gejagt. Finn wünschte, er könnte jetzt bei ihnen zu Hause sein, wo die beiden, verschreckt durch Mr. Beards Spinnereien, sich in das unschuldige Vergnügen des Planchettes geflüchtet hatten.

Da, jetzt war in der Fortis Green Lane Nr. 54 im Korridor Licht angegangen. Kein sehr helles, vielleicht von einer 60-Watt-Birne. Es schien durch einen Fensterspalt rechts neben der Haustür und durch eine kleine, diamantförmige Glasscheibe in der Tür selbst. Niemand kam heraus, niemand ging hinein. Es war zehn Uhr. Finn glaubte nicht, daß heute abend noch irgend etwas passieren würde. Wieder einmal würde er alles auf später verschieben müssen. Es beunruhigte ihn allmählich, daß er Martin Urbans Geld angenommen und bis jetzt noch nichts dafür getan hatte. Aber weil es nun einmal Zeitverschwendung gewesen wäre, noch länger hier herumzusitzen, fuhr er hinunter nach Muswell Hill ins *Green Man* und trank zwei Flaschen Britvic-Ananassaft.

Wie er dort so allein an seinem Tisch saß, fixierte er seinen Blick und seine Willenskraft auf einen dicken Mann in kariertem Sportjackett und befahl ihm in Gedanken, aufzustehen und hinauszugehen auf die Herrentoilette. Und richtig, kaum fünf Minuten später stand der Dicke tatsächlich auf und ging hinaus. Bloß, ein kleiner, dünner Mann, der bei ihm saß, war kurz zuvor ebenfalls hinausgegangen. Finn wußte nicht recht, was er davon halten sollte. Als er wieder auf die Straße trat, wurde er von einer Vorahnung heimgesucht, so plötzlich und so intensiv, daß sie ihn fast blendete; er fühlte sie wie einen stechenden Schmerz im Kopf.

Jetzt, heute abend noch war die Zeit gekommen. Wenn er nur die

Gelegenheit ergriff und sofort in die Fortis Green Lane zurückfuhr, dann war alles gut. Wie auf einem Bildschirm erschien vor seinem geistigen Auge klar und deutlich das Haus, aus dem ein schwacher Lichtstrahl in den Vorgarten aus Rasen und Beton fiel. Er versenkte den Blick in diese Vision und befahl in Gedanken Martin Urbans Widersacher, zu erscheinen. Und es geschah auf der Stelle: Finn starrte in ein Paar verwirrter, schreckerfüllter Augen. Er sprang in seinen Wagen und fuhr, so schnell er irgend konnte, in die Fortis Green Lane zurück.

Er brauchte weder zu warten noch zu suchen. Genau wie in seiner Vision befand sich Martin Urbans Feind im Vorgarten und war soeben dabei, die weiße Eisenpforte zu öffnen. Diesmal begegneten sich ihre Blicke nicht.

Finn hatte noch nicht einmal den Motor abgestellt. Er beobachtete die Gestalt im Pelz, wie sie die Pforte schloß und schnell nach links in die Seitenstraße einbog. Aus welchem Grund ging wohl jemand um diese Zeit am Samstagabend allein aus? Finn wußte, er durfte dabei nicht von sich auf andere schließen. Er selbst tat das schon gelegentlich, um mit den Mächten der Dunkelheit zu kommunizieren, aber anderen Menschen fehlte fast immer diese Weisheit. Die besuchten allerhöchstens irgendeinen Freund, einen obskuren Nachtmenschen, der nichts gegen späte Besucher hatte.

Er gewährte seiner Beute zwei Minuten Vorsprung, dann folgte er ihr. Jetzt war Martin Urbans Feind nirgends mehr zu sehen. Die Straße lag einsam und verlassen. Vor ihm erstreckte sich grau und schweigend unter einem indigoblauen Himmel der Coldfall-Wald. Er bog nach rechts ab und fuhr am Waldrand entlang, und da sah er sie wieder, die Gestalt im Pelz, weit voraus. Sie warf tanzende, abwechselnd kürzer und länger werdende Schatten, wenn sie unter einer Straßenlampe hindurchging. Es gab kaum noch Verkehr, nur parkende Autos überall, und außer seinem nur ein einziges, das sich bewegte, ein Sportwagen, der an ihm vorbeifuhr in Richtung Finchley.

Finn blieb zurück und hielt eine Weile an. Als er langsam wieder weiterfuhr, dauerte es nicht lange, bis er an ein Schild kam, das auf die nahegelegene North Circular Road hinwies. Hier gab es keine Häuser mehr; auch parkende Autos gab es bald nicht mehr. Zu beiden Seiten der Straße, auf die er hier geraten war, erstreckte sich offenes Gelände. Nicht Wald oder Heide oder irgend etwas, das auch nur entfernt an eine Landschaft erinnerte, obwohl allenthalben verwildertes Gras wuchs. Es war ein unübersehbares Gelände, das einer Müllhalde glich, voller Haufen von Unrat, Autowracks hier und da, voller rostiger Eisenteile, Bretterstapel, die wie zerfallene Hütten aussahen, von Gestrüpp überwucherte Reste verlassener Kleingärten... Und die ganze trostlose Wildnis wurde grell und gespenstisch erleuchtet von hohen Bogenlampen, die den Himmel hinter einer bräunlich schimmernden Dunstglocke verschwinden ließen und der Szenerie einen Hauch desolater Ausweglosigkeit verliehen.

Ringsum war keine menschliche Behausung in Sicht. Finn wußte, daß die meisten neu angelegten Zubringerstraßen zu Autobahnen oder Fernstraßen derartig aussahen, daß die Gegend nur deshalb wie ein Alptraum von Zerstörung wirkte, weil noch vor kurzem die Abrißbagger und Straßenbaumaschinen hier am Werk gewesen waren. Trotzdem ergriff ihn das Gefühl, in eine fremde, unwirkliche Welt eingedrungen zu sein, eine Welt, in der die gewöhnlichen Normen des Lebens nicht galten, in eine Welt, wo die okkulten Mächte regierten. Und er fühlte sich allein gelassen in dieser Welt, allein mit jenem hüpfenden Schatten dort weit vor ihm. Plötzlich spürte er auch, daß er hier vielleicht sogar unsichtbar geworden war... hatte er womöglich unwillkürlich das Geheimnis der Unsichtbarkeit gefunden, dem seit Anbeginn der Zeit alle Magier nachjagten?

Ein Schauer entfesselter Macht durchströmte ihn. Der verschwommene braune Himmel überzog sich vor seinen Augen blitzartig mit einem gleißend goldenen Lichtschleier. Bis auf ein untergründiges, fernes Pochen herrschte tiefe Stille. Finn ließ den Wagen langsam vorwärtsrollen. Linker Hand, ein Stück vor der dahinhuschenden Gestalt, hörte der Bürgersteig auf. Bald würde sie unweigerlich – ja, ganz unausweichlich! – die Fahrbahn überqueren müssen, die breite, gewundene Fahrbahn, weiß und golden schimmernd in mitternächtlicher Verlassenheit...

Der Kopf über dem Pelzkragen wandte sich nach rechts, nach links und wieder nach rechts. Und dann kroch der schwarze Schatten auf die Fahrstraße. Finn fuhr im zweiten Gang. Und jetzt trat er den Gashebel durch, schaltete mit einer einzigen Bewegung in den vierten Gang und schoß auf die wandelnde, schimmernde Pelzsäule zu. Und dann, erst ganz zuletzt, sah er die Augen wieder, rund, riesig und dunkel vor Entsetzen. Er mußte kunstvoll schlingern bei der Verfolgung, um sie nicht zu verfehlen. Da gellte ein durchdringender Schrei durch die gleißende Leere, Arme warfen sich in verzweifelter, sinnloser Abwehr in die Höhe, und dann, gerade, als er glaubte, die schreiende, plötzlich riesenhafte, tierähnliche Gestalt werde an seiner Windschutzscheibe zerschellen und als grauenhafte Masse daran kleben bleiben, da fühlte er sie unter dem Transporter... Knirschend mahlten die Räder über Fleisch und Knochen...

Finn fuhr noch einmal rückwärts über jenes Etwas, das er zermalmt hatte, und dann noch einmal im ersten Gang vorwärts. Da war eine Menge Blut überall, dunkel und farblos wie das von Anne Blake, große Pfützen, hingespritzt auf die weiße Fahrbahn. Er zog eine Schleife und fuhr den Weg zurück, den er gekommen war. Noch ein paar Meter weit hinterließen die Räder ihre Blutspur. Er würde die Reifen sorgfältig säubern müssen, wenn er die Nummernschilder auswechselte. Er würde das Blut gut abwaschen, bevor er zu Lena nach Hause ging.

## 19

Vorerst zeigte sich noch nicht der winzigste Grünschimmer im Wald, aber er war jetzt leuchtend braun geworden, und die Buchenstämme glänzten silbrig. Ihre Myriaden zarter Rispen – Zweige wäre eine zu derbe Bezeichnung gewesen – bildeten ein zartes Fächerwerk gegen den perlmuttfarbenen Himmel. Unweigerlich wurde Martin hier an Tim erinnert, und plötzlich hatte er den Wunsch – einen völlig absurden Wunsch, dem er natürlich auf gar keinen Fall nachgeben würde –, den Wagen hier an der Straßenwindung nach Highgate hinauf abzustellen und durch den Wald zu wandern, um die Stelle wiederzufinden, an der er damals Tim begegnet war. Der versinkende Tag, nicht gar so verschieden von einem eben heraufsteigenden, und der nahende Frühling erinnerten ihn beklemmend deutlich an die Wärme jener Begegnung und auch an jenes andere, seltsam intensive Gefühl, das er nie zuvor und auch niemals danach für einen Menschen empfunden hatte – nicht einmal für Francesca.

Entschlossen fuhr er weiter. Der Himmel nahm ein dunkles Lavendelblau an, und der Sonnenuntergang wischte rosa und goldene Streifen darüber hin. Was hatte Tim eigentlich an jenem Morgen im Wald gemacht? Merkwürdig, daß er sich die Frage noch nie gestellt hatte. Während er durch die Priory Gardens gekommen war und nordwärts ging, mußte Tim den Wald von der Muswell Hill Road her betreten haben, als ob er von der Kreuzung gekommen war, an der das *Woodman* lag. Gerade näherte sich Martin jetzt dieser Kreuzung, und es kam ihm in den Sinn, daß er schnell zu *Floreal* gehen und Francesca ein paar Frühlingsblumen kaufen könne. Er hatte zwar versprochen, daß er sie heute nicht besuchen würde, aber er konnte sie ja anrufen, wenn er nach Hause käme, und wenn sie ihn wirklich heute abend nicht sehen wollte, dann konnte er ihr die Blumen ja morgen früh auf dem Weg ins Büro vorbeibringen.

Aber der Blumenladen war geschlossen und die Beleuchtung abgeschaltet, obwohl es erst zwanzig Minuten vor sechs war. Martin fuhr die Southwood Lane entlang und dann die High Street hinunter zum Cromwell Court. Mit der zweiten Post waren keine weiteren Briefe gekommen. Er hatte am Freitag noch einmal an Mrs. Cochrane geschrieben, aber vielleicht war es zu früh, jetzt schon mit einer Antwort zu rechnen. Im Wohnzimmer lagen noch immer, teils auf einem Stuhl, teils auf dem Boden, die Töpfe, die Bratpfanne, die braun-weiße Bettwäsche, die orange, braun und beige gemusterten Handtücher und das Steingutservice übereinandergestapelt. Francesca würde diese Sachen doch sicherlich am Swan Place brauchen.

Er hatte sich am Sonnabend nachmittag in der Wohnung die Telefonnummer der Butlers notiert. Er wählte sie, hörte aber die Ansage: «Kein Anschluß unter dieser Nummer.» Also hatte die Post ihr anscheinend nicht die alte Nummer gelassen, als heute der Anschluß umgestellt worden war. Vielleicht mußte man immer eine neue Nummer bekommen?

Ob er jetzt Tim anrufen sollte? Es war drei Monate her, nein, sogar noch länger, seit er zuletzt mit Tim gesprochen hatte. Aber da er den Abend doch nicht mit Francesca verbringen würde, konnte er sich nichts Schöneres vorstellen, als ein paar Stunden mit Tim zusammenzusein. Sie hatten sich ja auch nicht gezankt; bloß wegen seiner eigenen Schuldgefühle, wegen nichts und wieder nichts waren sie auseinandergeraten. Er selbst hatte ihre Freundschaft gebrochen wegen dieses dämlichen Geldes. Und das war ja jetzt nahezu restlos ausgegeben. Wenn er die Dinge mit Mrs. Finn und Mrs. Cochrane geregelt hatte, würde nichts mehr übrig sein.

Aber Tim war wahrscheinlich noch gar nicht zu Hause. Martin rief zunächst Adrian Vowchurch an und bedankte sich, daß er die Wohnungsangelegenheit so zügig abgeschlossen hatte.

«Na, Francesca zieht wohl schon ein, was?»

«O ja», antwortete Martin.

«Übrigens, ganz nebenbei, ich bekam hier eine Nachricht – weiß der Himmel, warum – daß noch zwei weitere Schlüssel bei dem Immobilienmakler hinterlegt worden sind. Okay?»

Martin fand das ganz in Ordnung; er hatte sich sogar schon gewundert, warum man ihnen nur einen Schlüssel ausgehändigt hatte. Er zog die Unterhaltung ein wenig in die Länge, in der Hoffnung, Adrian würde ihn und Francesca einladen, doch mal abends vorbeizukommen, aber das tat Adrian nicht. Er entschuldigte sich schließlich, er müsse sich beeilen, weil er und Julie heute ausgingen, zu einem Dinner mit dem Seniorpartner und dessen Frau. Martin überlegte sich, daß Francesca ihn ganz sicher anrufen würde, sobald Lindsay zu Bett gebracht und eingeschlafen war. Er trank ein bißchen Whisky, machte sich dann ein Omelett aus vier Eiern, zwei mächtigen Scheiben Speck und einer Menge Pilzen, und als er alles verspeist und das Geschirr gespült hatte, war es halb neun geworden.

Um neun Uhr klingelte das Telefon. Es war Norman Tremlett. Norman lebte noch bei seinen Eltern zu Hause und wollte Martin und Francesca für Samstag in einer Woche zum Abendessen einladen. Martin war zwar nicht besonders darauf erpicht, bei den Tremletts zu speisen, aber er genoß es doch, daß ihm gewissermaßen das Recht zugestanden wurde, Einladungen für sich selbst *und* Francesca entgegenzunehmen, als ob sie bereits ein verheiratetes Paar wären. Also sagte er, ja, sie würden sehr gerne kommen.

War es vorher zu früh gewesen, so erschien es ihm jetzt zu spät für einen Anruf bei Tim – jedenfalls zu spät, um noch ein gemeinsames Ausgehen für diesen Abend zu verabreden. Er würde Tim morgen oder übermorgen anrufen. Zum erstenmal seit dem Herbst schloß

Martin die Glastür auf und trat auf den Balkon. Die Nacht war kühl, und der Himmel war so ungewöhnlich klar, daß man die Sterne sehen konnte, wenn auch sehr winzig und schwach. Sie sahen aus, als habe die feindselige Dunstglocke über London sie zurückgestoßen, noch tiefer ins Weltall hinein. Francesca schien also heute abend doch nicht mehr anzurufen, stellte er resigniert fest. Aber es war doch albern, deshalb *so* abgrundtief enttäuscht zu sein. Sie war sicherlich einfach nur müde nach diesem langen Tag, der womöglich mit einem letzten Streit zwischen ihr und Russell begonnen und mit Lindsays zermürbenden Quengeleien geendet hatte, und wahrscheinlich schlief sie jetzt schon.

Die Post brachte einen Brief, nicht von Mrs. Cochrane, sondern von ihrem Schwager. Der Ton war der gleiche wie in seinen Notizen – unverbindlich und rechthaberisch. Er begann mit «Lieber Martin» und enthielt im wesentlichen die Mitteilung, daß er und Mrs. Cochrane heute abend am Cromwell Court vorbeikommen würden, und zwar um acht Uhr, wenn es recht wäre. Martin suchte im Telefonbuch, ob Mr. Cochrane Telefon hätte, und fand ihn zu seinem Erstaunen darin verzeichnet. Aber als er die Nummer wählte, meldete sich niemand. Er mußte es später noch einmal versuchen, denn heute abend würde er mit Francesca am Swan Place zu Abend essen, also konnte er sich nicht mit Mr. und Mrs. Cochrane treffen.

Diesmal fuhr er über Shepherd's Hill ins Büro. Auf diese Weise kam er dicht an der Stanhope Avenue vorbei, aber Francescas Fenster waren nicht zu sehen. Zu dumm, daß er keine Telefonnummer von ihr hatte. Um elf Uhr mußte er zu einer Verabredung mit einem Klienten, die sich bis über die Lunchpause hinzog, und es wurde halb drei, ehe er ins Büro zurückkam.

Francesca hatte nicht angerufen.

«Sind Sie ganz sicher, daß keine Anrufe für mich gekommen sind?»

Caroline, heute mit schwarzlackierten Fingernägeln und auf Streichholzlänge gestutztem roten Haar, meinte schnippisch, allerdings sei sie *ganz* sicher, er wisse ja schließlich, daß ihr solche Fehler nicht unterliefen.

«Schon gut. Würden Sie sich dann bitte mit der Auskunft in Verbindung setzen und herausfinden, ob es auf den Namen Brown,

Apartment 10, Swan Place, Stanhope Avenue, Highgate, eine neue Telefonnummer gibt?»

Nach etwa fünf Minuten kam sie zurück. «Nein, es gibt keine neue Nummer, Martin, und ich bin auch *ganz* sicher. In der Auskunftszentrale war übrigens ein toller Mann, mit einer Stimme wie Terence Stamp!»

Dann hatte also die Post Francescas Telefon überhaupt noch nicht angeschlossen. Und wahrscheinlich saß sie jetzt zu Hause und wartete auf die Leute. Das konnte auch der Grund sein, weshalb sie ihn nicht von einer Telefonzelle aus anrief. Aber jetzt kam es ja auch nicht mehr darauf an, er würde ja direkt nach der Arbeit zu ihr fahren.

Er verließ das Büro um Punkt halb sechs. Der Swan Place war noch weit attraktiver als Cromwell Court. Die Gebäude waren neuer, es gab Lifte und Teppichboden im Treppenhaus. Martin mußte bei dem Gedanken lächeln, daß er für Francescas Wohnung mehr ausgegeben hatte als für seine eigene. Er fuhr mit dem Lift nach oben und drückte auf die Klingel am Apartment Nr. 10.

Niemand kam. Er klingelte nochmals. Sie mußte ausgegangen sein. Warum um alles in der Welt war sie jetzt ausgegangen? Erwartete sie ihn denn nicht? Er überlegte, wo sie sein konnte, jetzt, wo fast alle Läden geschlossen hatten. Vielleicht war sie irgendwo zum Tee? Bei einer Freundin, die vielleicht ein Kind in Lindsays Alter hatte? Aber außer von Annabel hatte Martin nie etwas über solche Freundinnen gehört. Unschlüssig stand er draußen vor der Tür und ärgerte sich, daß er nicht bei der Maklerfirma vorbeigefahren war, um die anderen Schlüssel abzuholen. Jetzt hatten die längst Feierabend.

Er wartete fast eine halbe Stunde auf sie. Dann schrieb er eine kurze Notiz auf die Rückseite eines Umschlages, den er in seiner Tasche fand und schob ihn durch den Briefschlitz: Er bat sie, ihn sofort anzurufen, wenn sie zurückkäme.

Er begann, sich Sorgen zu machen. Was konnte ihr zugestoßen sein? Angenommen, Russell hätte sie gebeten, noch einmal zu einer Unterredung zurückzukommen, und ließe sie nun nicht wieder gehen? Er trank etwas Whisky, aber nicht zu viel, denn er war überzeugt, daß er heute abend noch Auto fahren mußte. Er hatte nichts Eßbares in der Wohnung außer Brot, Käse und Konserven.

Das Telefon schwieg beharrlich, aber kurz vor acht klingelte die Türglocke. Martin war sicher, es sei Francesca, die sich überlegt hatte, wenn sie schon auf die Straße gehen müßte, um eine Telefonzelle aufzusuchen, dann könnte sie ebensogut in ein Taxi springen und selbst zu ihm kommen…

Aber in der Tür standen Mr. Cochrane und eine sehr kleine Frau in scharlachrotem Mantel mit einer schwarzen Pelzkappe auf dem Kopf. Martin hatte die beiden völlig vergessen.

«'n Abend, Martin. Dies ist Mrs. Cochrane. Rita, dies ist Martin.»

Mr. Cochrane war lässig gekleidet, in Baumwollhosen, einem Fair-Isle-Pullover und einer Art Anorak mit Pelzbesatz. Das unvermittelte Auftauchen der beiden verschlug Martin völlig die Sprache. Aber was half das; Mr. Cochrane wartete auch gar nicht, bis er aufgefordert würde, einzutreten und Platz zu nehmen. Er ging schnurstracks hinein, nahm seiner Schwägerin Hut und Mantel ab, dirigierte sie auf das Sofa und ging dann zurück in den Flur, um ihren Mantel und seine Jacke in den Garderobenschrank zu hängen. Dann stand er da, rieb sich fröstelnd die Hände und wärmte sie gelegentlich an einem Heizkörper.

«Möchten… möchten Sie einen Drink?» fragte Martin, um Fassung ringend.

«Für mich Whisky, Martin, und Mrs. Cochrane nimmt eine Limonade mit einem Tropfen Port drin.»

Martin hatte weder Limonade noch Port. Jede einzelne Flasche mußte aus dem Barschrank genommen werden, ehe Mr. Cochrane sich für etwas anderes entscheiden konnte. Seine Schwägerin hatte bisher noch nicht ein einziges Mal den Mund aufgemacht. Als ihr schließlich ein Glas in die Hand gedrückt wurde, in dem sich eine Mixtur aus rotem Vermouth und Soda befand, begann sie, heftig mit dem Kopf zu nicken und hörte gar nicht wieder auf. Es war, als habe sie eine Spirale, wo andere Leute ein Genick haben. Ihr Mund war zu einem hilflosen Lächeln erstarrt.

Mr. Cochrane hatte sich auf den Heizkörper gesetzt und holte großspurig zu einer Rede aus. Dieser Mann hatte einen Ton am Leib, wie er Martin bei den Empfängern seiner Geldgeschenke noch nicht vorgekommen war. Also, meinte er von oben herab, seine Schwägerin sei bereit, Martins Angebot zu akzeptieren, hier begann

Mrs. Cochrane, die nicht aufgehört hatte zu lächeln, wieder heftig mit dem Kopf zu nicken, vorausgesetzt allerdings, es werde ihr die absolute Freiheit der Entscheidung belassen, was den Ort und die Art ihrer neuen Wohnung beträfe. Außerdem müsse Martin begreifen, daß man dem Lauf der Dinge Rechnung tragen müsse: die Dinge hätten sich in den letzten Jahren aber über alle Maßen gewandelt, und selbst im weiteren Umkreis von London könne man nichts Erwägenswertes mehr unter fünfzehntausend Pfund kaufen. In diesem Augenblick klingelte das Telefon. Martin stürzte darauf zu. Falsch verbunden. Mr. Cochrane meinte, es sei doch wohl gestattet, sich zu bedienen, goß sich noch einen Whisky ein und beendete seine Rede dahingehend, daß er nun, nachdem sie sich verständigt hätten und alle Zweifel beseitigt seien, mit der Wohnungssuche beginnen werde, und zwar gleich morgen früh.

Martin hatte nur den einen Wunsch, nämlich, diese beiden loszuwerden. Und wenn es ihn seine letzten fünftausend Pfund kostete. Was machte das schließlich noch aus? Denn ihm war klar, das war der springende Punkt, der alles rasch erledigen würde. Bedächtig füllte er sein Glas halb voll Whisky und goß es in einem Zug hinunter.

«Ich freue mich, Ihnen behilflich sein zu können», sagte er dann leichthin, «und ich freue mich, daß wir alles so schnell arrangiert haben.»

Wieder schrillte das Telefon. Es war noch einmal Norman Tremlett. Er fragte, ob Martin und Francesca wohl lieber am Samstag in zwei Wochen kommen könnten anstatt in der nächsten Woche? Martin stimmt hastig zu und versprach, Norman später wieder anzurufen. Mr. Cochrane hatte seine Schwägerin bereits wieder in Mantel und Pelzkappe verpackt und schlüpfte soeben selbst in seinen Anorak. Mißbilligend blickte er auf die Stapel von Töpfen und Geschirr, auf die Handtücher und die Bettwäsche. «Falls ich Madam am Freitag nicht sehe, Martin, dann können Sie ihr sagen, ich würde jetzt mit dem Frühjahrsputz beginnen; ihr Einverständnis vorausgesetzt, natürlich.»

Martin wußte nicht, was er darauf erwidern sollte.

«So, und jetzt komm, Rita!»

Martin schloß aufatmend die Tür hinter ihnen und trank seinen Whisky aus. Es war nur noch ein Rest von höchstens drei Zentimetern in der Flasche übrig, also goß er sich den auch noch ein. Als das Telefon vorhin zum zweitenmal klingelte, hatte er den Entschluß gefaßt, sobald er die Cochranes los wäre, zum Swan Place herumzufahren; aber jetzt konnte er doch nicht fahren, er hatte viel zuviel getrunken. Er schlief traumlos und bleiern in dieser Nacht und erwachte frühmorgens mit Kopfschmerzen.

Gegen Viertel vor neun klingelte er an Francescas Wohnungstür, und er hörte nicht auf zu klingeln, auch, als es längst keinen Sinn mehr hatte. Dann fiel ihm ein, daß sie vielleicht unterwegs war, um Lindsay in ihren Kindergarten zu bringen. Wieder schrieb er ihr eine kurze Nachricht, diesmal auf der Rückseite der Rechnung für die Handtücher und die Bettwäsche; er bat sie, ihn noch vor dem Lunch anzurufen.

Als es auf zwölf zuging, und dann auf halb eins, und sie hatte immer noch nicht angerufen, da bekam er zum erstenmal richtige Angst. Er entschuldigte sich bei Gordon Tytherton, mit dem er sich zum Lunch verabredet hatte, und fuhr zurück zum Swan Place. Francesca war noch immer nicht zu Hause. Er wußte einfach nicht mehr, was er tun sollte. Da fielen ihm plötzlich die beiden zusätzlichen Schlüssel wieder ein. Also fuhr er nach Highgate Village, wo ihm die Sekretärin der Immobilienfirma ohne weiteres die Schlüssel aushändigte.

Seine Zettel lagen noch auf der Fußmatte; das war das erste, was er sah. Das zweite war – aber das tatsächlich zu begreifen, brauchte einige Zeit –, daß hier überhaupt niemand eingezogen war, seit die Butlers die Wohnung verlassen hatten. Da lagen zwar die Teppiche auf dem Boden, da hingen die Vorhänge an den Fenstern, da standen die Tische und Stühle, der Kühlschrank und der Herd und ein elektrischer Wasserkessel, aber es waren keine Lebensmittel in der Küche, die Kühlschranktür stand noch genauso offen, wie Mrs. Butler sie nach dem Abtauen gelassen hatte. Im Badezimmer fanden sich weder Seife noch Zahnbürsten. Martin ging in beide Schlafzimmer und sah, daß die Betten nicht bezogen waren. Die Kleiderschränke im großen Schlafzimmer standen leer bis auf fünf armselige Kleiderbügel aus Draht.

Zunächst war er so völlig konsterniert, daß er sich einfach an das riesige Wohnzimmerfenster der Dachwohnung setzte, das fast noch größer war als seines in Cromwell Court. Aber sofort sprang er wieder auf. Natürlich, er mußte sie zu Hause in der Fortis Green Lane anrufen! Denn durch irgend etwas mußte sie ja daran gehindert worden sein, am Montag dort auszuziehen. Möglich, daß sie oder Lindsay krank waren, oder daß Russell dazwischengefunkt und vielleicht Gewalt angewendet hatte.

Nur flüchtig kam ihm der Gedanke, die nächste Telefonzelle aufzusuchen, eine Einrichtung, die er kaum jemals in seinem Leben hatte benutzen müssen; er verwarf ihn denn auch sofort wieder und fuhr statt dessen nach Hause zum Cromwell Court. Dort wählte er zum erstenmal die Nummer, die im Telefonbuch hinter dem Namen H. R. Brown, Fortis Green Lane Nr. 54, stand. Das Rufzeichen ertönte, aber niemand nahm ab. Also konnte sie nicht krank zu Hause sein. Er fühlte sich sehr elend. Vielleicht war der Kater daran schuld oder auch der Hunger? Er machte sich ein Käsebrot zurecht, aber dann brachte er es doch nicht hinunter. Auf den Gedanken, den Nachmittag freizunehmen und persönlich nach Francesca zu schauen, kam er nicht. Er versuchte es nochmals vergeblich mit dem Telefon, dann fuhr er zurück ins Büro. Er mußte wieder an jenes Angstgefühl denken, das ihn während der ersten Tage ihrer Bekanntschaft geplagt hatte, weil sie ihm nicht das geringste über sich selbst erzählt und ihm auch ihre Adresse verheimlicht hatte. Damals hatte er sich gefragt, was er wohl machen sollte, wenn sie ihren Job aufgäbe, denn der Blumenladen war schließlich der einzige Ort, wo er sie finden konnte.

Wieder war der Blumenladen dunkel und verschlossen, als er kurz vor sechs Uhr daran vorbeifuhr. Er fuhr nach Hause und goß sich als erstes einen großen Brandy ein, denn der Whisky war ja nun alle. Unpassenderweise fiel ihm ein, daß er sich noch vor einer Woche kistenweise Whisky hätte leisten können, ohne auch nur darüber nachzudenken, jetzt aber nicht mehr. Er hatte jetzt keinen Penny mehr als zu der Zeit, bevor er Tims Totozettel eingesandt hatte.

Wieder ging in der Fortis Green Lane Nr. 54 niemand ans Telefon. Viermal versuchte er es zwischen sechs und sieben. Kaum hatte er nach dem vierten Versuch aufgelegt, da begann es zu schrillen. Norman Tremlett. Warum er gestern abend nicht zurückgerufen habe, wie er es versprochen hätte? Martin nahm sich zusammen, so gut es ging, und bemühte sich, nicht die Nerven zu verlieren bei Normans geistsprühenden Fragen nach seiner «lieblichen Anverlobten», und wann denn nun der «glückliche Tag» sein würde? Sobald er irgend konnte, beendete er die Unterhaltung. Er grillte sich das Steak, das er mitgebracht hatte, und aß es ohne Appetit. Die Brandyflasche lockte verführerisch, aber er wußte, wenn er noch mehr tränke, dann konnte er es nicht verantworten, nach Finchley hinauszufahren.

Noch ehe er aus dem Wagen stieg, wußte er, daß das Haus leer war. Was nun? Herumfragen bei den Nachbarn, so wie er es mit Annabel gemacht hatte? Eine Ewigkeit saß er in seinem Wagen und zerbrach sich den Kopf. Dann versuchte er es in Nr. 52.

Ein etwa fünfzehnjähriges Mädchen kam an die Tür. Er hätte ebensogut Aramäisch oder Haussa sprechen können, ihre Begriffsstutzigkeit wäre die gleiche geblieben.

Endlich fragte sie: «*Was* bitte?»

Er begriff, daß die Fragen, die er hier stellte, in diesen gesetzlosen Zeiten Anlaß zu äußerstem Mißtrauen geben konnten. Das Mädchen ging fort, um seine Mutter zu holen. Martin zermarterte sich das Hirn, wie er aus diesen Leuten Informationen herausholen konnte, ohne verdächtig zu erscheinen. Da kam schon die Frau. Sie trocknete sich die Hände an einem Geschirrtuch ab.

«Es tut mir leid», begann Martin nochmals. «Ich weiß, es muß Ihnen sehr merkwürdig vorkommen, aber ich möchte lediglich wissen, ob Mr. und Mrs. Brown von nebenan fort sind. Ich bin nämlich...» Es stimmte zwar nicht so ganz, aber was sollte er sonst sagen? « ...ich bin nämlich ein Freund der Browns.»

Es war, als habe er Geld verlangt für Waren, die sie nicht gekauft, ja, nicht einmal bestellt hatte. Sie lachte kurz und zynisch.

«Das stimmt wohl nicht so ganz, mein Herr. Es gibt nämlich gar keine Mrs. Brown. Er ist Witwer, und zwar schon seit fünf Jahren!»

Martin blieben die Worte im Halse stecken. Vielleicht bemerkte sie, welchen Schock ihm die Auskunft versetzt hatte, denn sie wurde ein wenig zugänglicher. «Sehen Sie, Sie könnten ja sonstwer sein. Hab ich nicht recht? Es passiert doch so allerhand heutzutage. Also, Mr. Brown ist nicht zu Hause, das sehen Sie ja selbst. Ich habe ihn schon seit Samstag nicht mehr gesehen. Aber das hat weiter nichts zu bedeuten. Er lebt sehr zurückgezogen.»

Sie hatte die Tür bereits wieder geschlossen, ehe Martin nur halbwegs an der Gartenpforte war. Seine Hände zitterten, als er das Lenkrad umfaßte. Er krümmte und spreizte abwechselnd die Finger, zwang sich zu tiefen, ruhigen Atemzügen und versuchte, seine Gedanken abzuschalten. Als er wieder nach dem Steuer griff, waren seine Hände ruhig. Es waren ja auch nur ein paar Kilometer bis nach Highgate hinunter, auch wenn er langsam fahren mußte wegen des Regens, der plötzlich eingesetzt hatte und wie aus Eimern niederprasselte.

Als er seine Wohnung betrat, klingelte das Telefon. Wenn das jetzt Francesca wäre, durchfuhr es ihn, so wüßte er buchstäblich nicht, was er sagen sollte. Ihm würde nicht ein einziges Wort einfallen, nicht mal die simpelste Anfangsfloskel. *Was* sie ihm angetan hatte, das wußte er noch nicht genau, nur, daß es furchtbar war, das wußte er.

Er griff nach dem Hörer und meldete sich. Keine Antwort.

Dann sagte eine Stimme: «Hier spricht Finn.»

## 20

«Ja?» sagte Martin. «Ja, bitte?» Er hatte völlig vergessen, wer Finn war, und die leise, tiefe Stimme sagte ihm nichts.

«Ich dachte, ich hätte inzwischen mal was von Ihnen gehört.»

Von ihm gehört... Ach ja! Finn war Mrs. Finns Sohn, und Mr. Finn wollte... Er war selber erstaunt, daß seine Stimme so völlig normal, so betont ruhig klang, als er sagte: «Dann haben Sie also Erfolg gehabt, nehme ich an?»

Ein kurzes, tonloses «Ja».

Martin war allmählich an Undankbarkeit gewöhnt, es machte ihm nichts mehr aus. «Also dann schicke ich Ihnen den Rest zu, genauso, wie ich es mit der ersten Hälfte gemacht habe, okay?»

«Aber wieder Bargeld!» verlangte Finn und hängte ein.

Es war gerade erst neun Uhr. Martin goß sich noch einen Brandy ein, aber er konnte ihn nicht trinken, allein schon von dem Geruch wurde ihm übel. War es möglich, daß die Frau im Nachbarhaus gelogen hatte? Aber warum sollte sie, wenn nicht aus Schwachsinn oder grundloser Bosheit? Nein, es stimmte schon: Francesca wohnte gar nicht dort, sie hatte auch niemals dort gewohnt. Aber er hatte sie doch ins Haus gehen sehen…? Nein, genau hatte er es nie gesehen. Plötzlich fielen ihm lauter kleine Dinge ein, ihre Hartnäkkigkeit, mit der sie auf einem Taxi bestand, ihre Ausflüchte, weshalb er nicht mit ins Haus kommen sollte…

Aber wo *war* sie jetzt?

Sie mußte doch irgendwo ein Zuhause haben. Sie war ja schließlich nicht wie eine Märchenfrau dem Meer entstiegen oder aus einer anderen Welt in sein Leben getreten. Und ganz gewiß hatte sie ihn geliebt… Es mußte doch für ihre Lügen ein Motiv geben! Und dieses Motiv mußte ja nicht unbedingt böse sein. Bis tief in die Nacht saß er dort im Sessel am Fenster und zermarterte sich das Hirn. Schließlich trank er den Brandy aus und ging zu Bett. Und vor dem Fenster lag London und glitzerte vor sich hin, als ob nichts passiert wäre…

Am nächsten Tag war die Welt eine andere geworden. Der Tag begann kalt und feucht, und ein heftiger Wind wehte. Als er aufwachte, fühlte er sich unerklärlich elend. Aber schon im nächsten Augenblick verwandelte sich das unbestimmte Gefühl in das eiskalte Bewußtsein, daß Francesca ihn betrogen hatte. Der Wind blies scharf und böig. Als er die Archway Road überquerte, sah er, wie ein Regenschirm von einem Windstoß umgestülpt wurde. Die Lampen im Blumenladen brannten noch nicht, aber es war ja auch noch nicht halb zehn. Aber innen an der Glasscheibe der Tür klebte ein Zettel, der vorige Woche noch nicht dort gewesen war: *Geschlossen bis Montag, 5. März.* Vielleicht war Kate Ross krank oder machte Ferien? Er wandte sich ab, ging zu seinem Wagen zurück und fuhr ins Büro.

Aber Kate mußte doch eigentlich Francescas richtige Adresse haben? Im Telefonbuch gab es etwa ein Dutzend Leute mit dem Namen K. Ross, aber keinen einzigen in Highgate, wo Kate wohnte. Jedenfalls hatte Francesca behauptet, daß sie dort wohne. Konnte er überhaupt noch etwas glauben, was Francesca gesagt hatte?

Ihre Eltern wohnten in Chiswick, und ihr Mädchenname sei Blanch gewesen, hatte sie gesagt. Aber ob das stimmte? Es gab einen E. Blanch in Chiswick unter der Adresse Petrarch Court, Barrowgate Gardens. Sie hatte gesagt, ihre Eltern lebten in einer Wohnung in einem großzügigen alten Mietshaus. Sie hatte gesagt, sie hatte gesagt... Kurz entschlossen wählte er die Nummer und machte sich innerlich darauf gefaßt, eine Frauenstimme sagen zu hören, nein, sie habe keine Tochter, denn sie sei gar nicht verheiratet.

Ein Mann meldete sich. Er klang, als sei er schon älter, ein Rentner vielleicht.

«Ich versuche, mit Ihrer Tochter in Verbindung zu kommen, mit Francesca Brown.»

Ein hartnäckiges Schweigen war die Antwort, dann sagte der Mann: «Ich könnte jetzt ebensogut sagen, ich habe gar keine Tochter!»

Martin wußte nicht, was er darauf antworten sollte. Er war nahe dran, wortlos den Hörer aufzulegen. Aber die alte, jetzt sehr brüchig klingende Stimme fuhr fort: «Ich habe Francesca schon seit fünf Jahren nicht mehr gesehen.» Ein krächzendes Lachen folgte. «Sie war nie eine richtige Tochter. Ein kaltherziges Mädchen. Na, ich kann Ihnen ja die Telefonnummer ihres Mannes geben, aber der Himmel allein weiß, wann sie *den* verlassen hat. Sie verläßt jeden.»

Martin sagte ja, er würde gern die Nummer haben und schrieb sie sich auf.

«Stimmt», sagte Mr. Blanch, «Russell Brown ist sein Name, aber er wird jetzt unterwegs sein, zur Arbeit. Sie sind wohl nicht zufällig jemand, den sie auch verlassen hat?»

Es war eine Ostlondoner Telefonnummer, Ilford oder Stratford. Hatte Francesca ihm die Fortis Green Lane vorgegaukelt, weil sie sich ihrer richtigen Adresse schämte? Wieder hörte er im Geiste die trockene, rasselnde Stimme: «Der Himmel allein weiß, wann sie ihn verlassen hat. Sie verläßt jeden.» Bitterer Zynismus hatte aus Mr. Blanchs Worten geklungen. Zum erstenmal wurde Martin die peinliche Absurdität seiner Lage klar, die entsetzliche Demütigung. Wie sollte er seinen Eltern oder Norman und Adrian klarmachen, daß er Francesca eine Eigentumswohnung gekauft und daß sie ihn dann verlassen hatte, ohne auch nur dort einzuziehen. «Sie verläßt jeden...»

Er sah keine Möglichkeit, sich vor dem gemeinsamen Abendessen mit seinen Eltern zu drücken. Seine Mutter trank ihren Oloroso und meinte, eigentlich habe sie ja auch Francesca erwartet, aber sie nähme an, dann hätte sie erst mühsam einen Babysitter für das kleine Mädchen besorgen müssen. Mr. Urban lehnte mit seinem

Amontillado am Kaminsims. Martin trank heute drei Gläser Tio Pepe. Er grübelte unentwegt, wo Francesca wohl jetzt sei und wer der Vater von Lindsay war und warum sie ihn so belogen hatte, daß ihm jetzt alles, was sie je gesagt hatte, wie eine Lüge vorkam...

«Glaubst du, Francesca würde sich freuen, wenn ich ihr einen Patchwork-Rock arbeite?» fragte Mrs. Urban.

Martin sagte, er wüßte es nicht – eine Antwort, die er auf jegliche Frage würde geben müssen, die Francesca betraf.

«Ich selbst mache mir ja nichts aus diesen Dingen», meinte seine Mutter, «aber sie scheint der Typ zu sein, der so etwas gern trägt.»

Martin verabschiedete sich früh, nachdem er sich aus dem Badezimmerschränkchen eine der Schlaftabletten genommen hatte, die seine Mutter immer einnahm, wenn sie in die Ferien reiste. Er war gegen halb zehn zu Hause. Was versprach er sich eigentlich davon, Russell Brown anzurufen? Nach allem, was Mr. Blanch gesagt hatte – «Der Himmel allein weiß, wann Francesca ihn verlassen hat» –, vielleicht also schon vor Jahren, konnte er kaum Lindsays Vater sein. Am Ende probierte er tatsächlich die Nummer, die der Alte ihm gegeben hatte, aber niemand meldete sich. Er nahm die Mogadontablette, spülte sie mit Brandy hinunter und ging zu Bett.

Mr. Cochrane, der am Morgen pünktlich um halb neun erschien, erwähnte mit keinem Wort seinen Besuch am Dienstag abend. Er hatte den Briefträger unterwegs getroffen und Martins Briefe gleich mitgebracht. Aber Martin öffnete sie nicht, er warf nicht mal einen Blick darauf. Er war jetzt einfach nicht in der Stimmung für Rechnungen und mäkelige Rückfragen von Miss Watson oder von den Gibsons, die wahrscheinlich in den Umschlägen steckten.

Er trug Töpfe, Bratpfanne, Eßgeschirr, die beiden Lampen, die Bettwäsche und die Handtücher in sein Schlafzimmer und verstaute alles unten im Kleiderschrank. Eines Tages würde ihm der ganze Kram wohl noch zupaß kommen, dachte er grimmig, als Hochzeitsgeschenke für andere Leute.

Mr. Cochrane in seinem Eisenkrämerkittel räumte gerade Schränke und Wandborde aus und türmte alles auf den Küchenboden, die erste Etappe seines Frühjahrsputzes. Auf dem Tisch lagen zwei Stapel alter Zeitungen, säuberlich getrennt nach Groß- und Kleinformat.

«Ich möchte bloß wissen, was Sie mit diesem ganzen Krempel

wollen, Martin», meinte Mr. Cochrane kopfschüttelnd. «Wie ein altes Weib, das Trödel anhäuft.»

Martin kümmerte sich nicht um ihn. Er suchte in dem Stapel der *North London Post* nach der Ausgabe vom 8. Dezember, die die Meldung über Russell Brown enthalten hatte. Ganz bestimmt hatte sie oben auf dem Stapel gelegen, denn es war ja die letzte Nummer gewesen, die er bekommen hatte, gleich danach hatte er das Blatt doch abbestellt. Plötzlich erinnerte er sich. Er mußte sie benutzt haben, um Mr. Finns Geld darin einzuwickeln. Natürlich! Er hatte die Zeitung genommen, die obenauf lag. Ach ja, Mrs. Finn. Irgendwann heute noch würde er zur Bank gehen müssen und die restlichen fünftausend Pfund abheben. Besser vielleicht, er rief dort vorher an, so wie er es das letzte Mal getan hatte...

Er saß kaum zehn Minuten an seinem Schreibtisch, da rief Adrian Vowchurch an und sagte, er sei da in einiger Verlegenheit (seine Stimme klang durchaus nicht verlegen!), weil er wissen müsse, ob seine Rechnung für das Vermessungsgutachten an Francesca oder an Martin gehen solle?

Martin hatte eigentlich gar keine Rechnung erwartet. Gewiß, Adrian hatte ihm seinerzeit auch die Vermessung seiner eigenen Wohnung in Rechnung gestellt, aber inzwischen hatte er, Martin, unendlich viele Stunden damit zugebracht, das Durcheinander eines Familientrusts für Julie in Ordnung zu bringen, und er hätte nicht im Traum daran gedacht, dafür eine Rechnung zu schicken. Er erwiderte kurz angebunden:

«An mich natürlich. An wen sonst?»

«Mein lieber alter Kumpel, ich hab ja bloß gefragt! Bedenke, Frauen geraten heutzutage leicht in Rage, wenn ihre Gleichberechtigung nicht respektiert wird. Francesca ist jetzt mit Brief und Siegel Wohnungseigentümerin und Steuerzahlerin. Das kann den Damen zu Kopf steigen, mußt du wissen. Und du tust hier, als ob...»

«Adrian!» versuchte Martin ihn zu unterbrechen.

«Moment mal!» fuhr Adrian unbeirrt fort. «Ich wollte dir lediglich klarmachen – wenn das Wort ‹lediglich› hier überhaupt ausreicht – daß du redest, als ob die Wohnung *dir* gehörte. Du kannst nun mal nicht beides haben: deine Steuern sparen und gleichzeitig einen Fuß in der Tür behalten.»

Die Wohnung war ihr Eigentum. Ob sie das wußte? Er hatte es ihr nie so direkt erklärt, aber wissen mußte sie es wohl, sie war ja nicht dumm. Aber wenn sie begriffen hatte, daß sie ihr gehörte, dann würde sie doch bestimmt auch dort hinkommen. Er steckte den Kopf durch seines Vaters Tür und sagte, er ginge eben mal für eine Stunde fort. Walter Urban war in den Brief eines Klienten vertieft. Er blickte auf, und der Ärger über die Störung machte sein Gesicht noch hundeähnlicher, als es ohnehin schon war.

«Merkwürdiger Bursche hier», sagte er und klopfte dabei auf den Brief. «Nennt sich Präsident einer Public-Relation-Gesellschaft für Finanzwirtschaft und hat nicht den leisesten Schimmer vom Finanzwesen. Hier erzählt er mir, er hätte zehntausend Pfund an seine Schwester weggegeben – weggegeben, ich bitte dich! – für die Eröffnung irgendeines Geschäftes, und ob er dafür bitteschön Steuernachlaß kriegen könne? Der wird sich noch wundern. Das Finanzamt wird keinen Penny an ihn ‹weggeben›, sondern umgekehrt. Hat der eigentlich noch nie was von Schenkungssteuer gehört?»

«Wieso Schenkungssteuer?» fragte Martin abwesend.

«Jawohl, Schenkungssteuer. – Wach auf, Martin! – Die Schwester ist ja schließlich kein Fürsorgefall. Warum hat er mich nicht konsultiert, bevor er anfängt, das Geld rauszuschmeißen?»

Ja, fragte Martin sich selbst, warum hatte nicht auch er seinen Vater konsultiert oder wenigstens an sein eigenes Wissen appelliert? Weil er sich seine versponnenen, noblen Absichten nicht hatte verderben lassen wollen? Genauso, wie er auch nichts allzu Genaues über die wahren Beziehungen zwischen Francesca und ihrem Mann hatte wissen wollen? Jetzt würde er in beiden Fällen bitter dafür zahlen müssen, daß er den Kopf in den Sand gesteckt hatte. Fast sein ganzes Geld war weg, und wahrscheinlich würde er jetzt auch noch Steuern dafür zahlen müssen, bestimmt jedenfalls für die Summen, die er Miss Watson und Mrs. Cochrane geschenkt hatte. Für das Geschenk an Mrs. Finn allerdings vielleicht nicht, denn er hatte es ja in bar gegeben... Sieh mal an: Hatte er etwa vor, auch in diesem Punkt unehrlich zu sein? Energisch verbannte er alle Gedanken an Geld aus seinem Kopf – was bedeutete das alles noch bei der jetzigen Lage der Dinge? – und fuhr zum Swan Place. Die Wohnung war noch genauso wie am Mittwoch: leer und verlassen, die Kühlschranktür offen, der Teppichboden markiert von runden Abdrükken, wo einmal die Beine der Möbel gestanden hatten.

Er hätte Adrian gern die Wahrheit erzählt, aber er hatte sich nicht getraut. Adrians Stimme war so kühl und mokant und überheblich gewesen. Er dachte an die anderen seiner Freunde, die er vielleicht um Rat fragen konnte, an Norman oder die Tythertons... Aber die konnten ihm ja auch nicht helfen, genausowenig wie er sich selbst helfen konnte. Und da sie alle zutiefst konservativ und unrettbar konventionell waren, würden sie auch noch hinter seinem Rücken verstohlen über ihn lachen.

Als er wieder im Büro saß, besann er sich auf den kleinen Artikel in der *Post*. Er wußte noch sehr genau, was darin gestanden hatte. Russell Brown war fünfunddreißig Jahre alt, war Lehrer an einer Technischen Hochschule, hatte ein Buch geschrieben über das vierzehnte Jahrhundert und die Pest, hatte eine Frau namens Francesca und eine Tochter namens Lindsay... Martin seufzte und wählte noch einmal die Ilforder Telefonnummer, die Mr. Blanch ihm gegeben hatte. Aber er bekam keine Antwort.

Ob die *North London Post* sich geirrt haben konnte? Konnte es statt der angegebenen Adresse vielleicht die Fortis Green Road oder Fortis Green Avenue gewesen sein? Aber das erklärte noch lange nicht, weshalb Francesca wiederholt erwähnt hatte, sie wohne in der Fortis Green Lane. Trotzdem konnte die *Post* vielleicht eine Erklärung für dieses ganze Durcheinander liefern, und er kannte ja jemanden, der für die *Post* arbeitet...

Tim Sage.

Tim selbst würde vielleicht nicht die Antwort wissen, aber er würde ihm weiterhelfen können. Journalisten wußten doch immer einen Weg, schwer auffindbare Adressen und Telefonnummern aufzustöbern – übrigens auch schwer auffindbare Personen, fiel ihm ein. In diesem Augenblick war es doch einfach lächerlich, sich und Tim als Feinde zu betrachten. Warum tat er das eigentlich? Es hatte doch gar keinen Streit zwischen ihnen gegeben, lediglich in seinen eigenen Gedanken und in seinen Träumen.

Er wählte die Nummer der *Post*-Redaktion in Wood Green. Nein, Mr. Sage sei nicht da, aber er könne es ja in ihrem Redaktionsbüro in Child's Hill versuchen. Martin versuchte es in Child's Hill, und man sagte ihm, Mr. Sage sei den ganzen Tag nicht dort gewesen. Aber es war ja schon immer schwierig gewesen, Tim zu erwischen. In den guten alten Zeiten – das waren die Zeiten vor dem letzten

November – war es fast immer Tim gewesen, der ihn angerufen hatte. Ein Gefühl der Verzweiflung beschlich ihn. Er saß an seinem Schreibtisch, und zum erstenmal, solange er zurückdenken konnte, fühlte er sich außerstande zu arbeiten.

Etwa eine Stunde war vergangen, da kam Caroline herein und meldete, es sei da eine indische Familie, die nach Mr. Urban fragte.

«Ein Mann und eine Frau und ein kleiner Junge und ein alter Mann und noch eine alte Frau, die genau aussieht wie Mrs. Gandhi.»

Er starrte sie verständnislos an.

«Und was wollen die?»

«Na, zu Ihnen!» antwortete Caroline. «Sie sind soeben aus Indien zurückgekommen, oder wenigstens ein paar von ihnen, und davor seien sie in Australien gewesen, und jetzt wollen sie Sie besuchen und sich für irgendwas bedanken, sagen sie.»

Die Bhavnanis!

Seit Wochen hoffte er, von ihnen zu hören, sehnte sich – obwohl er es sich nie ganz eingestanden hatte – danach, von irgend jemandem ein Quentchen Dankbarkeit zu erfahren, und nun, da sie kamen, brachte er es nicht fertig, ihnen gegenüberzutreten.

«Bringen Sie sie zu meinem Vater», sagte er kurz, «der heißt ja schließlich auch Mr. Urban.» Obwohl es erst vier Uhr war, verließ er das Büro und fuhr wieder zum Swan Place. Dort setzte er sich ans Fenster und wartete auf Francesca, obwohl er wußte, sie würde nicht kommen.

Samphire Road. Martin fand sie auf dem Londoner Stadtplan, den er immer im Handschuhfach seines Wagens hatte. N 4, Finsbury Park, er glaubte nicht, daß er jemals dort hingekommen war, und er kannte auch niemanden, der dort wohnte.

Wenn Tim nicht zu Hause wäre, dann würde er im Wagen sitzen bleiben und auf ihn warten. Und er würde bis Mitternacht warten, wenn nötig, es gab ja für ihn auch nichts anderes zu tun. Aber wahrscheinlich war das gar nicht erforderlich, denn der Mann, mit dem Tim zusammenlebte, würde wohl zu Hause sein. Warum hatte er sich eigentlich immer so gescheut, diesem Mann zu begegnen, oder ihn und Tim zusammen zu sehen? Jetzt gab es nichts auf der Welt, was ihm gleichgültiger war.

Es ging auf sechs Uhr zu, als Martin die Wohnung am Swan Place verließ. Wenn Tim nachmittags Dienst hatte, dann würde er jetzt zu Hause sein, und wenn er einen Abendjob hatte, dann würde er wahrscheinlich kaum vor sieben Uhr fortgehen. Vielleicht aßen er und sein Freund gerade gemeinsam Abendbrot. Martin mußte an das riesige rote Sofa denken, von dem er geträumt hatte, roter Samt, schwammig, feucht und doch staubig. Allein der Gedanke daran war beklemmend...

Er fuhr die Crouch End Hill entlang und dann Hornsey Rise hinunter. Der dicke graue Schleier des Himmels war stellenweise aufgerissen von einem Sonnenuntergang, der seine grellen Blut- und Fleischfarben leuchtend durch die Wolkenrisse schob. Er würde Tim einfach alles erzählen, überlegte er sich, und die Aussicht darauf, sich gerade Tim gegenüber rückhaltlos zu offenbaren, erfüllte ihn mit einer solchen Vorfreude, daß seine Hände auf dem Lenkrad zu zittern begannen. Einen Augenblick vergaß er darüber sogar Francescas Verlust und die wachsende Bitterkeit seiner Enttäuschung. Das Geheimnis, das er Tim drei Monate lang vorenthalten hatte, war eine schwere Bürde gewesen, wie schwer, das begriff er erst jetzt, da er drauf und dran war, sich vielleicht schon in wenigen Minuten von dieser Last zu befreien. Der eigentliche Grund seines Kommens, nämlich Tim wegen des Absatzes in der *Post* zu befragen, war völlig in den Hintergrund gerückt und unwichtig geworden vor der glühenden Erwartung seiner bevorstehenden Beichte, die er vor dem Freunde ablegen würde – über das Geld und die Quelle, aus der es stammte, über Francesca, über sein langes Schweigen und seine abweisende Kälte... Er sehnte sich nach dieser Gewissensentlastung, wie ein bekehrter Sünder sich nach der Beichte, wie ein bis zur Erschöpfung gefolterter Gefangener sich nach der Chance sehnt, ein Schuldbekenntnis abzulegen.

Er fuhr jetzt durch eine desolate Gegend, wo sich Straßen wie holzverschalte Schützengräben durch menschenleere, baum- und strauchlose Wüsteneien zogen. Erst einige wenige Neubauten in seltsamen Farben wie Orange, Zitronengelb, Anthrazit, Rosa und teigigem Weiß ragten hier und dort in wirren Linien auf. Die angestammten Straßen mit ihren alten, braunen Häusern umgaben das wüste Bauland nur noch an der Peripherie, so wie niedrige Felsenriffe einen Krater in der Wüste umgeben. Martin fand die Samphire

Road ganz leicht, obwohl seine Karte keinen sehr genauen Aufschluß über ihren Verlauf gab. Sie lief wie ein Hohlweg durch die braune Einöde und erinnerte Martin mit ihren heruntergekommenen Häusern an die Mannschaftsquartiere einer überalterten oder bereits verlassenen Garnison. Verglichen damit war die Fortis Green Lane ein Paradies.

Er stieg die rissigen Betonstufen vor der ochsenblutfarbenen Haustür hinauf und drückte auf den Klingelknopf mit dem Namen Sage. Eine Weile geschah gar nichts. Dann ging eine Lampe an hinter dem grüngelben Oberlicht über der Tür. Und jetzt glaubte er auch, den Geruch von Gauloise-Zigaretten wahrzunehmen, so als ob Tim erst gerade vor ihm hier eingetreten wäre.

Die Tür ging auf, und da stand Tim. Er trug Jeans und einen abgetragenen, weiten grauen Pullover, in dem er noch hagerer wirkte als sonst. Sein Gesicht war sehr blaß, sein Mund rot wie frisches Blut. War er immer so blaß gewesen? Er nahm die Zigarette aus dem Mund und sagte:

«Ich dachte mir, daß du kommen würdest. Es war ja auch nur eine Frage der Zeit, bis es dir aufgehen würde.»

Martin starrte ihn an. Er begriff nicht, was Tim meinte. Und dann passierte etwas so Merkwürdiges, etwas so Frappierendes, daß er Tims Gegenwart sekundenlang völlig vergaß. Eine Tür am Ende des Korridors öffnete sich, ein Kind stürzte daraus hervor und rannte auf sie zu. Und dieses Kind war – auch wenn er seinen Augen nicht traute –, dieses Kind war niemand anders als Lindsay.

Sie hielt abrupt im Laufen inne und sah Martin mit einem Blick voll abgrundtiefen Hasses an. Dann warf sie sich gegen Tims Beine und reckte die Arme in die Höhe. Tim hob sie hoch und drückte sie an sich. Schwarzes Haar schmiegte sich gegen schwarzes Haar, fahle, samtene Haut gegen fahle, wächserne Haut, und vier sehr blaue Augen sahen Martin an... Die Erde unter seinen Füßen wankte, die Wände gaben nach, und der dunkle, muffige Korridor schien sich vor ihm aufzubäumen. Dann aber erstarrte alles um ihn zu eisiger Ungeheuerlichkeit.

«Du kommst wohl besser rein», sagte Tim.

Wie in Trance trat Martin ein und spürte undeutlich, wie die Tür hinter ihm geschlossen wurde. Er war nicht fähig zu sprechen. Automatisch ging er ein paar Schritte den Flur entlang, dann drehte er sich, wie von Schüttelfrost überfallen, zitternd wieder um und starrte die beiden an: Lindsay und ihren unverkennbaren Vater. Aber Francesca war doch unverkennbar ihre Mutter…

«Ich verstehe nicht», stammelte er, «1du… und Francesca? Wo ist Francesca?»

Tim setzte das Kind auf den Boden. Er lehnte sich gegen die Tür und verschränkte die Arme.

«Sie ist tot. Wußtest du das nicht? Nein, stimmt ja, wie solltest du auch. Sie ist verunglückt, Samstag nacht. Überfahren. Der Wagen hat nicht mal angehalten.»

Lindsay klammerte sich an seine Beine und begann lauthals zu weinen.

## 21

Es war, als ob Lindsays wildes Schluchzen stellvertretend dem Schmerz beider Männer Ausdruck verliehe: Tims kalter Verzweiflung und Martins starrem, ungläubigem Entsetzen. Beide waren stumm, unfähig, zu reagieren auf das entfesselte Weinen und Schluchzen, auf die stampfenden kleinen Füße und die Fäuste des Kindes, die gegen Tims Beine trommelten. Wortlos starrten sie einander an, dann war Martin der erste, der den Blick senkte und sich abwandte. Langsam beugte sich Tim zu Lindsay und nahm sie auf den Arm. Sie umklammerte ihn mit Armen und Beinen wie ein Seestern, und das verzweifelte Heulen wurde zu einem schüttelnden Schluchzen.

Oben im Haus wurde eine Tür geöffnet, und eine Frauenstimme rief: «Alles in Ordnung, Tim? Mein Gott, hat sie ein Geschrei gemacht!»

Tim trat mit Lindsay auf dem Arm an den Treppenaufgang und fragte: «Könntest du sie wohl für eine halbe Stunde nehmen, Goldie?»

«Klar, wenn du möchtest. Sie muß halt mit vor den Fernseher, es läuft nämlich gerade 'ne Serie, die ich mag.»

«Lindsay will zu Goldie.» Das Kind rutschte zappelnd an ihrem Vater hinunter und krabbelte auf allen vieren die Treppen hinauf.

«Komm mit rein und trink was. Wir können beide einen Schluck gebrauchen.»

Er führte Martin den Flur entlang in den Raum, aus dem Lindsay erschienen war. Es war eine Küche, verkommen und altmodisch. Lediglich die Ecke mit dem Ausguß und ein paar billigen Hängeschränken darüber war notdürftig überstrichen. In einer anderen Ecke hing ein längst nicht mehr funktionierender Boiler, und an der Wand gegenüber stand ein alter Kohleherd, dessen Abzug mit rotem Kreppapier verstopft war. Der Backofen des Gasherdes brannte und ebenso die Wandheizung. Auf dem von Zeitungen und Zigarettenpackungen bedeckten Tisch standen noch die Reste einer Mahlzeit und eine halbleere Flasche mit *Dominic's Military Gin*.

Martin bewegte sich wie unter Betäubung. Tim bedeutete ihm, sich auf einen der schäbigen kleinen Kaminsessel zu beiden Seiten neben der Wandheizung zu setzen, aber Martin sank auf den nächstbesten Küchenstuhl am Tisch und vergrub den Kopf in den Händen.

«Willst du ihn pur oder mit Wasser?»

«Ganz egal.»

Martin hatte noch nie zuvor Gin ohne Tonic oder Martini oder mit sonst einer Beimischung getrunken; und schon gar nicht hatte er ihn so warm getrunken, wie es dieser hier war. Es schmeckte so widerwärtig, daß er sich wild schütteln mußte, aber immerhin, das grauenhafte Zeug brachte ihn ein wenig zu sich. Langsam wandte er sich zu Tim und sah ihn mit verstörten Augen an. Und Tim betrachtete ihn mit einem Ausdruck, der ebensogut stumme Verzweiflung wie Gleichgültigkeit sein konnte. Als er sprach, tat er es mit kühler, unbeteiligter Stimme, etwa wie ein Soziologe, der den Tatbestand des Versagens, der Niederlage und des Unglücks wissenschaftlich darlegt.

«Ich werde dir berichten, was mir die Polizei erzählt hat, und die Lücken aus eigenem Wissen auffüllen. Also, nachdem du sie in dieser Straße in Finchley abgesetzt hattest, ist sie losgegangen, um ein Taxi zu suchen, das sie nach Hause bringen würde. Das war ja nicht das erste Mal, und es ist gar nicht so leicht, dort ein Taxi zu finden. Sie ist ein ganzes Ende gelaufen, fast rauf bis zur North Circular.» Tim schwieg eine Weile, dann fuhr er mit tonloser Stimme fort: «Es ist einfach undenkbar, daß der Fahrer sie übersehen hat, als sie dort diese Straße überquerte, so taghell, wie die erleuchtet ist. Vielleicht war der Bursche stockbetrunken, oder er hat überhaupt nicht nach vorn gesehen. Ein anderer Autofahrer hat sie dann gefunden, zehn Minuten später. Jedenfalls nehmen sie das an. Sie war nicht tot. Sie ist erst im Krankenhaus gestorben – Sonntag abend.»

«Die ganze Zeit hat sie noch gelebt?» Martin fragte es kaum hörbar.

«Sie war nicht bei Bewußtsein. – Noch Gin?»

Tim füllte ihre beiden Gläser auf und zündete sich eine neue Zigarette an. Das einzige sichtbare Zeichen innerer Bewegung war die Art und Weise, wie er daran sog, mit nervösen, gierigen Zügen.

«Tja», sagte er, «jetzt bist du mit Fragen dran.»

Der Gin stieg Martin zu Kopf und machte ihn benommen, aber auch kühn. «Warst du mit Francesca verheiratet?»

Tim lachte. Es war ein Lachen, das nichts mit Amüsement zu tun hatte. «Das mußt *du* doch wissen. Schließlich bist du mein Steuerberater, und wenn ich verheiratet gewesen wäre, hätte ich dir das doch wohl mitteilen müssen, nicht wahr? Francesca war noch immer mit einem Burschen in Ilford verheiratet. Er heißt Russell Brown, ja, er heißt tatsächlich so.»

«Aber diese Meldung in deiner Zeitung...»

«Meldungen in einer Zeitung stammen immer von Menschen und nicht aus einer unfehlbaren Quelle der Wahrheit.» Tim zuckte die Achseln. «Die Nachricht hab ich mir aus den Fingern gesogen, bis auf die Namen. Dieses Haus dort hast du dann gefunden; ich habe nie behauptet, daß sie in der Fortis Green Lane Nr. 54 wohnt. Und sie hat das auch nie gesagt. Das hast *du* dir zusammengebastelt. Du hast Vermutungen etwas voreilig für die Wirklichkeit gehalten. Genauso hast du es ja auch gemacht, als du die blauen Flecken auf Francescas Haut gesehen hast und sofort dachtest, Russell hätte sie ihr beigebracht. In Wirklichkeit war sie bloß auf dem Glatteis ausgerutscht und hingefallen, so wie einige tausend andere Leute auch an jenem Tag.»

Martin saß sehr still. Endlich sagte er langsam: «Willst du damit sagen, daß alles nur ein ausgemachtes Komplott war – zwischen dir und Francesca? Alles?» Die Wellen der Ungeheuerlichkeit, die ihm angetan worden war, schlugen über Martin zusammen. Er fühlte das Blut in seinem Kopfe dröhnend pulsieren. «Ihr beiden... ihr wart drauf aus, mich reinzulegen, um...» Jetzt begriff er. «...um eine Wohnung von mir zu bekommen? Ihr wart also nichts als zwei... Betrüger?»

«Anfangs war Francesca lediglich scharf darauf, ein bißchen Geld oder ein Schmuckstück von dir zu kriegen», erklärte Tim kühl. «Ich wußte natürlich von deinem Totogewinn, ich wußte es von Anfang an. Du scheinst vergessen zu haben, daß ich ein ungewöhnlich gutes Gedächtnis besitze, auch wenn ich sonst nicht gerade ein Erfolgsmensch bin.» Er nahm einen hastigen Schluck Gin und schüttelte sich. «Du bist nicht gerade die Großzügigkeit in Person, was? Ich kriegte nichts, und sie kriegte nichts, bis dir die glorreiche Idee kam, wie du deine Steuern sparen könntest! Erst in dem Augenblick war sie für dich ein – wie ihr Steuerberater sagen würdet – lohnendes Investitionsobjekt!»

Martin sprang auf die Füße. Er schwankte, er zwang sich zum Stillstehen. Es gab noch eine Sache, eine letzte Sache, die zu sagen war. Wenn Francesca Russell Brown mit Tim betrogen hatte, so hatte sie Tim mit *ihm* betrogen. Er blickte Tim fest in die Augen, aber seine Stimme, die scharf und ätzend klingen sollte, war nur ein mühsames Stammeln:

«Sie hat mit mir geschlafen! Hat sie dir das erzählt?»

Tim hatte sich halbwegs erhoben. Sein Mund lächelte, seine Augen waren wie tot. Er zuckte die Achseln. «Na und? Geschäft ist Geschäft. War wohl auch 'n schönes Stück Arbeit. Und an Spaß war ja bei der ganzen Sache auch nicht gedacht.»

Blindlings schlug Martin zu. Er ballte die Faust, holte aus und traf Tim am Kinn. Tim gab einen grunzenden Laut von sich und sackte in den Sessel zurück. Aber augenblicklich schnellte er wieder hoch und stürzte sich mit erhobenen Händen auf Martin. Martin duckte sich, schlug erneut nach ihm, fiel dabei der Länge nach über den Tisch und riß die Lampe um. Sie rollte an den Rand, fiel auf den Boden und erlosch.

Der Raum lag im Dunkeln; nur der glutrote Schein der Wandheizung tränkte die dunstige Luft und lag wie Höllenschimmer über Möbeln und Gegenständen – und über Tim, der wie ein Dämon, wie ein gefallener Engel sprungbereit gegen die Tür gelehnt stand. Erneut fuhr er auf Martin los, schlug ihm die Faust ins Gesicht, aber diesmal packte Martin ihn bei den Schultern und umklammerte seinen schmalen, knochigen Brustkorb. Einen Augenblick lang verharrten sie aufrecht, kämpfend gegeneinandergepreßt, dann taumelten sie und kippten zur Seite. Hart umschlungen wälzten sie sich in der düsteren Schattenzone des Fußbodens über einen dicken, muffig riechenden Flauschteppich.

Tim versuchte, Martins Schultern zu packen und seinen Kopf gegen den Boden zu schlagen. Aber Martin war stärker. Er war größer und schwerer als Tim und darum auch kräftiger. Er umklammerte Tims Handgelenke, bog ihm die Arme hinter den Rücken und hielt seinen Körper mit eiserner Kraft umschlungen. Dieser Sieg, die körperliche Überwältigung des Freundes, löste eine nie gekannte Erregung in ihm aus. Ja, er kämpfte mit Tim. Er tat, wonach er sich in jenen Träumen gesehnt hatte. Und in der Hitze dieses Kampfes, der sie herumschleuderte, hierhin und dorthin, engumschlungen, als ob ein Körper den anderen durchdränge und beide verschmelzen ließe, unter der hautnahen Berührung mit Tims hartem Fleisch, dem wilden Aufbäumen seines sehnigen Körpers, überschwemmte ihn eine nie gekannte Sinnlichkeit, und er fühlte sich starr werden vor Begierde. Er stürzte in den Sog einer Leidenschaft, gegen die alles, was er je für Francesca empfunden hatte, armselig und kalt war.

Ob Tim es bemerkte oder nicht, es kümmerte ihn nicht. Er war jenseits aller Vorsicht und aller Scham; dies hier überstieg seine Widerstandskraft. Mit heiserer Stimme flüsterte er Tims Namen, wieder und wieder, und der Kampf verebbte. Es kam ein Moment, da Martin kaum noch atmete. Und dann konnte er nicht anders, er preßte seinen Mund über Tims Lippen und küßte ihn wie von Sinnen. Die Erlösung, die mit diesem Kuß kam, schwemmte die aufgestaute Last eines ganzen Lebens mit sich fort... Er rollte sich von Tim herunter und blieb auf dem Gesicht liegen.

Tim war der erste, der sich erhob. Und er tat, was er selbst unter dem Galgen oder bei einem H-Bomben-Alarm getan hätte: Er zündete sich eine Gauloise an. Seine Mundwinkel zuckten, und er betrachtete Martin mit der Andeutung eines Zwinkerns. Martin wurde von Scham überflutet, und die aufgestaute Last seines ganzes Lebens kehrte zurück. Schwerfällig richtete er sich auf und sank in einen der Kaminsessel.

«Bitte mach kein Licht an.»

«Okay, wenn du's nicht willst...»

«Ich... Es tut mir leid. Ich meine, wegen eben.»

Martin wollte jetzt nicht stammeln, er versuchte, Tim durch das rote Dämmerlicht hindurch anzuschauen, seinen Augen standzuhalten und klar und deutlich zu sprechen. Aber es war schier unmöglich. «Ich weiß nicht, warum... ich das getan habe.»

«Es war der ‹Military Gin›. Der ist nun mal für Gardisten bestimmt, und du weißt ja, wie die sind.»

«Ich bin nicht schwul oder ein warmer Bruder oder wie man das sonst nennt...»

«Es war einfach der Gin, alter Freund», wiederholte Tim.

Er hatte sich auf eine Ecke des Tisches gehockt. Martin zwang sich, ihn geradeheraus anzublicken, und wenn er dabei errötete, so konnte man das in dieser Beleuchtung jedenfalls nicht sehen. «Oder vielleicht bin ich es doch», fuhr er mit halberloschener Stimme fort. «Vielleicht bin ich es wirklich und habe es nur nie begriffen. Warum gibt es so viele Sachen, die ich nicht begriffen habe, Tim?»

«‹Die Menschheit bewegt sich immer auf einer dünnen Eiskruste über den Abgründen des Schreckens.› Ich weiß noch, wie ich das zu dir gesagt habe, bevor dies alles anfing. Und wir sind alle beide mit Pauken und Trompeten durch das Eis gebrochen, was?»

Martin nickte. Er war noch völlig benommen vor Verwirrung und Scham, und dennoch spürte er eine Wärme durch sich hindurchströmen, die nichts mit der Wandheizung zu tun hatte. Er liebte Tim, das wußte er jetzt. Und das wog alles auf, was Tim ihm angetan hatte. Er sagte:

«Diese Wohnung, in die Francesca einziehen wollte... du kannst sie haben, Tim. Ich möchte, daß du sie bekommst.»

«Kannst du denn darüber verfügen, mein Lieber?»

«Nun, ich...» Nein, juristisch betrachtet konnte er es nicht. Und auf diesen juristischen Aspekt der Sache kam es jetzt wohl an.

«Ich nehme an, es werden vier Leute sein, die sich in dieses Erbe teilen müssen. Francesca hatte einen Ehemann, ein Kind und Eltern. Einen Teil davon wird also Lindsay bekommen, und den Hauptteil wahrscheinlich Russell Brown.»

«Tim, ich schenke dir...» Ja, was eigentlich? Er besaß nichts mehr, was er verschenken konnte. «Ich möchte irgend etwas für dich tun... Wir beide haben Francesca verloren – das müßte uns doch einander näherbringen, müßte uns... Was lächelst du?»

«Über deine Naivität.»

«Ich kann nicht finden, daß es naiv ist, jemandem helfen zu wollen, weil man glaubt, es ihm schuldig zu sein. Sieh mal, ich könnte meine Wohnung verkaufen und ein kleines Häuschen kaufen, irgendwo, na ja, in einer billigeren Gegend, und du könntest Lindsay mitbringen, und wir würden dort zusammen wohnen und... o Tim, wir müssen Freunde bleiben.»

«Glaubst du wirklich, mein Guter? Ich habe dich verletzt, und wir hassen bekanntlich die, die wir verletzt haben.» Tim ging quer durch den Raum und knipste die Deckenbeleuchtung an. Die Helligkeit war erbarmungslos grell und gleißend. «Ich bereue jetzt, was ich getan habe», sagte er, «ich bereue es bitter, aber auch die bitterste Reue kann mich nicht dazu bringen, dich gern zu haben. Ich würde nicht mal im Traum daran denken, mit dir ein Haus zu teilen, und wenn du mir jetzt Geld anbötest, so würde ich es zurückweisen.» Er drückte mit harter Bewegung seine Zigarette aus und hustete ein wenig. «Es ist Zeit, daß du gehst. Ich muß Lindsay herunterholen und sie ins Bett bringen.»

Martin erhob sich. Ihm war zumute, als habe man ihm etwas Kaltes und Nasses ins Gesicht geschlagen, einen feuchten Handschuh vielleicht.

«Ist das alles?» stammelte er. «Ist das alles, was wir uns zu sagen haben?»

Tim antwortete nicht. Sie gingen durch den feuchten, eisigen Korridor, und irgendwo aus der Ferne von oben hörte man ein langgezogenes Plärren: «Lindsay will zu Daddy!»

Tim öffnete die Haustür. «Heute war die gerichtliche Untersuchung. Unfalltod. Die Einäscherung ist Montag, drei Uhr, im Krematorium Golders Green. Eine herzliche Einladung ergeht hiermit an alle Exgatten, einerlei, ob sie durch Fug und Recht, durch Lug und Trug oder durch die Macht der Gewohnheit mit ihr verbunden waren.»

Martin ging die Stufen hinunter und den Gartenweg entlang, ohne sich umzublicken. Er hörte die Tür ins Schloß fallen. Sein Kopf dröhnte, vom Gin und von ungläubigem Nichtbegreifen.

Es war Viertel nach sieben. Noch nicht einmal eine Stunde war er bei Tim gewesen. Aber diese fünfundvierzig oder fünfzig Minuten hatten sein ganzes Leben – die Vergangenheit, die Gegenwart und auch die Zukunft – von Grund auf verändert. Es war, als sei die Welt aus den Fugen geraten, als sei er aus ihr herausgeschleudert worden auf eine abschüssige Bahn und hinge nun mit verkrampften Händen über dem Abgrund; oder als sei – wie Tim es ausgedrückt hatte – die Eiskruste unter ihm gebrochen.

Sein Kopf schmerzte. Er hatte eine Menge von dem entsetzlichen Gin getrunken, wahrscheinlich ein ganzes Weinglas voll. Er war nicht betrunken, er fühlte sich nur ausgehöhlt und elend, und sein Kopf tat ihm weh. Und müde war er. Aber er wußte, er würde nicht schlafen können, nie wieder würde er schlafen können.

Lange saß er wie versteinert in seinem Wagen dort in der Samphire Road. Endlich fuhr er fort, aus Angst, Tim könnte herauskommen und ihn immer noch dort sitzen sehen. Aber gleich darauf mußte er wieder anhalten in einer der Straßen, die durch die aufbrechenden Krater des Baugeländes zu einer Sackgasse geworden waren.

Es war jetzt ganz dunkel. Die von Bauschutt überzogene Wüste lag völlig unbeleuchtet da. Wie Randgebirge hoben sich die schwarzen, zackigen Dächer der von Lichtpunkten übersäten Neubauten gegen den rötlichen Dunst des Himmels ab. Hier also hatte Francesca gelebt, von hier war sie jeden Morgen aufgebrochen, und hierher war sie am Abend zurückgekehrt. Das war etwas, was er niemals ganz begreifen würde, so unendlich abwegig erschien es ihm. Jetzt war sie tot. Seit nahezu einer Woche schon war sie tot. Und durch ihren Tod war sie ihm irgendwie zurückgegeben worden... nein, es hatte ihn gar nicht gegeben, diesen entsetzlichen Betrug! Wie wollte Tim denn wissen, was sie gefühlt hatte? Wie wollte er denn wissen, ob sie nicht – trotz aller anfänglich bösen Absichten – schließlich doch ihn, den zukünftigen Mann dem ehemaligen vorgezogen hätte?

Hatte ihn anfangs, als er begriff, was geschehen war, ihr Tod mit einer Art fataler Genugtuung erfüllt, so konnte er jetzt voll mitleidiger Zärtlichkeit an sie denken. Sie wären niemals miteinander glücklich geworden oder wenigstens nicht für lange Zeit, das begriff er jetzt. Endlich begann er, sich selber kennenzulernen!

Seine Kopfschmerzen würden nicht besser werden, wenn er noch länger hier herumsäße. Wäre die Gegend ein wenig attraktiver gewesen und nicht so entsetzlich deprimierend, so hätte er jetzt einen Spaziergang gemacht, um den Kopf freizubekommen, denn es war ein milder Abend, voll von jenem undefinierbaren Etwas und dem gewissen Duft, der den herannahenden Frühling ankündigte. Aber hier konnte er nicht spazierengehen. Er ließ den Motor an und fuhr in Richtung Hornsey Rise davon.

Vor ihm überquerte jemand auf dem Fußgängerstreifen die Straße. Er bremste scharf und wartete länger als gewöhnlich, weil er an die Art und Weise denken mußte, wie Francesca verunglückt war. Wer konnte so etwas tun, jemanden überfahren und sich dann aus dem Staube machen? Und sie ihrem Schicksal überlassen? Eine ganze Nacht und einen ganzen Tag hatte sie zum Sterben gebraucht. Ein unkontrollierbares Zittern überfiel ihn. Wer immer das getan hatte, die Polizei würde ihn finden, die Polizei würde ihn unbarmherzig... Da schoß es ihm durch den Kopf, daß auch er selbst eigentlich gar nicht fahren dürfte; er hatte viel zuviel getrunken, weit über das zugelassene Maß. Vielleicht hatte Francescas Mörder ähnlich viel getrunken? Vielleicht hatte die Panik ihn ernüchtert, als er sah, was er angerichtet hatte, eine Panik, die ihn zur Flucht trieb? Martin fuhr über den Archway nach Hause zurück.

Zu Hause stellte er seinen Wagen auf dem Parkplatz des Cromwell Court zwischen einen orangefarbenen Volvo und einen kleinen grauen Transporter. Der Volvo gehörte einem Arzt von Royal Free, der im Erdgeschoß wohnte, und der graue Transporter wahrscheinlich irgendeinem Geschäftsmann. Martin hatte das undeutliche Gefühl, ihn schon irgendwo einmal gesehen zu haben, und zwar erst kürzlich und in einem Zusammenhang, der ihm im Augenblick nicht einfiel. Aber das war ja auch wahrhaftig nebensächlich. Er überquerte den asphaltierten Platz vor der Wohnanlage, ging auf den Hauseingang zu und bemerkte dabei, daß aus dem Transporter jemand ausgestiegen war und ebenfalls auf den Eingang zustrebte.

Martin hielt die Tür nicht extra offen; er ließ sie zufallen und begann, die Treppen hinaufzusteigen. Dabei wünschte er sich nicht zum erstenmal, daß das Haus einen Lift hätte wie das am Swan Place. Sollte er Adrian dazu bringen, um die Swan Place-Wohnung zu kämpfen, gegen Francescas Familie? Wenigstens konnte er jetzt Adrian und Norman und seinen Eltern die traurige Nachricht unterbreiten, daß Francesca tot war, überlegte er sich, während er zum vierten Stock hinaufkletterte.

Die leisen, gleichmäßigen Schritte, die er schon weiter unten hinter sich gehört hatte, jetzt waren sie wieder da und kamen die letzte Treppe herauf. Der Fahrer des grauen Transporters mußte also in eine der drei Wohnungen hier oben im vierten Stock wollen. Martin hatte den obersten Vorplatz erreicht und trat auf seine eigene Wohnungstür zu. Und hier, auf der Schwelle seines Heims, wurde er plötzlich wieder überfallen von dem, was geschehen war: Er und Tim engumschlungen in Tims roterleuchteter Küche, die überdeutliche Erinnerung, wie er Tim geküßt hatte, als er ihn in den Armen hielt... O Gott, was sollte aus ihm werden, wenn es *das* war, was er im Grunde begehrte? Was stand ihm bevor? Er stieß seinen angehaltenen Atem aus und steckte den Schlüssel ins Schloß.

Und während er es tat, hörte er ein leises Husten hinter sich. Martin zuckte zusammen und fuhr herum. Kaum einen Meter vor ihm stand in grauer Wollmütze, gelbem Pullover, schwarzer Samtweste und einem schwarzen, mit Metallmünzen verzierten Schal... Mr. Finn. Es war Martin vorher nie aufgefallen, welche ungewöhnlichen Augen dieser Mann hatte. Sie waren fast silbern. Der Mann mit den silbernen Augen...

«Na schön», sagte Finn. «Lange genug habe ich jetzt gewartet.» Er drängte sich an Martin vorbei in die Wohnung.

## 22

Die Wohnung war heiß und stickig. Die Sonne hatte wohl den größten Teil des Tages auf das große Fenster geschienen. Es kam selten vor, daß Finn in der Wohnung anderer Leute zu Gast war. Die Male, wo das vorgekommen war, konnte er an den Fingern seiner großen Hände abzählen: zweimal bei Mr. Beard, einmal bei Mrs. Gogarty, drei- oder viermal im Zimmer eines Mädchens.

Er stand stumm da und sah sich um. Vor allem war es ja die Ausführung der Malerarbeit, an der er ein berufsmäßiges Interesse hatte. Er nahm seine Wollmütze ab, behielt aber die Handschuhe an.

Dieser Martin Urban holte jetzt eine Brandyflasche aus dem Schrank. Dabei sollte man denken, daß der genug hatte. Er stank ja richtig nach Gin. Finn sah sofort, daß dieser Mann durch irgend etwas ungemein aufgeregt oder verängstigt war. Seine Hände zitterten und ließen die Flasche gegen das Glas scheppern.

«Einen Brandy? Whisky ist nicht da, aber Wodka und Martini und Sherry.»

«Ich trinke nicht», sagte Finn.

Martins Stimme klang erschöpft und verlegen zugleich, als er sagte: «Tut mir leid mit dem Geld. Sie müssen verstehen, ich hatte heute einfach zu viel um die Ohren. Ja, ich habe Sie darüber leider völlig vergessen. Ich könnte Ihnen jetzt sofort einen Scheck geben, aber Sie werden wohl auf Bargeld bestehen, was?»

Finn sagte kein Wort.

«Setzen Sie sich doch. Tut mir wirklich leid, daß Sie den ganzen Weg hier heraus gekommen sind für nichts und wieder nichts. Sie hätten lieber anrufen sollen.» Er setzte sich selbst und goß den Brandy in sich hinein, als ob es Medizin sei. Finn blickte ihn verständnislos an, sah, wie eine plötzliche Röte Martins Haut marmorierte. Nein, er würde sich nicht hinsetzen. Warum auch?

«Ich bin nicht für nichts und wieder nichts gekommen», sagte er dumpf.

«Hören Sie mal...» Mehr Brandy ergoß sich in das Glas. «Ich meine ja nur, Sie haben nun nichts erreicht, als sich in Erinnerung zu bringen. Ich kann Ihnen das Geld irgendwann in der nächsten Woche bereitstellen. Mit Bargeld ist das nicht so einfach, müssen Sie wissen, jedenfalls nicht bei solcher Menge. Ich muß erst mit meiner Bank telefonieren, ich muß erst...»

Finn, der an der Balkontür gestanden hatte, trat einen Schritt vor. «Sie können es mir am Montag morgen holen», unterbrach er Martin. «Und ich will es auch nicht zugeschickt haben, diesmal nicht. Legen Sie es in Ihrem Wagen auf den Beifahrersitz und stellen Sie den Wagen auf den Parkplatz vorm Palace.»

«Vorm Palace?» wiederholte Martin Urban und starrte ihn an.

«Alexandra Palace.» Finn wurde ungeduldig. «Haben Sie kapiert? Sie legen das Geld in einem Plastikbeutel auf den Vordersitz Ihres Wagens und stellen ihn dort zwischen eins und zwei am Montag ab, okay?»

Martin Urbans Gesichtsfarbe hatte sich zu einem dunklen Rot vertieft. Seine Augen waren stechend geworden, seine Züge aufgequollen und verzerrt. Er setzte sein Glas ab und stand auf. Sehr leise und bestimmt erwiderte er: «Nein, das ist nicht okay. Das ist ganz und gar nicht okay.» Er fuhr sich mit der Hand über die Stirn, und als er sie fortzog, sah Finn, daß sein Gesicht vor verhaltenem Zorn bebte. «Für wen, zum Teufel, halten Sie sich eigentlich? Sie platzen hier herein und machen mir Vorschriften, was ich mit meinem eigenen Geld zu tun habe? Sie haben doch nicht den leisesten Anspruch darauf, vergessen Sie das gefälligst nicht. Ihr miesen Leute, alle seid ihr gleich. Ihr denkt, jeder, der ein bißchen mehr hat als ihr selbst, schuldet euch selbstverständlich einen ordentlichen Batzen. Dabei ist es reine Gutmütigkeit und reine Menschenfreundlichkeit von mir, wenn ich es Ihrer Mutter ermögliche, in eine anständige Behausung umzuziehen. Aber ich bin doch nicht verrückt und sage einen wichtigen Termin am Montag morgen ab, um für Sie zur Bank zu gehen; und ich verzichte auch nicht Ihretwegen für eine Stunde auf meinen Wagen. Warum auch? Warum, zum Teufel, sollte ich?»

Finn glaubte, der Mann würde gleich umkippen. Er sah, wie er nach einer Stuhllehne griff und sich daran festhielt. Dann atmete er tief und hörbar und schien sich wieder in den Griff zu bekommen. Jedenfalls soweit, daß er jetzt eiskalt sagen konnte: «Bitte, gehen Sie!» Und dann, indem er Finn zur Seite schob und die Balkontür aufschloß: «Entschuldigen Sie, ich muß an die Luft!»

Martin Urban ging hinaus auf den Balkon. Finn betrachtete ihn, wie er dort stand, auf London hinunterblickte und dann hinaufsah in den klaren, rötlichen Himmel, an dem ein paar schwache Sterne flimmerten. Nach einer Weile kam er wieder herein, anscheinend ein wenig erholt. Er blieb vor dem großen Kaktus am Fenster stehen und sah mit einem merkwürdig schmerzlichen Ausdruck auf die wächsernen rosa Blüten. Ohne sich nach Finn umzuwenden, sagte er:

«Ich dachte, ich hätte Sie gebeten zu gehen?»

Finn antwortete nicht auf diese rhetorische Frage. Er sagte ungerührt: «Ich will das Geld nicht geschickt kriegen, ist das klar? Diese Leute von der Zustellungsfirma brauchen es nicht zu wissen.»

«*Was* denn nicht wissen, um Himmels willen?» Martin Urban fuhr herum und sagte scharf: «Menschenskind, jetzt reicht's mir aber! Ich bin hundemüde, ich hab einen schlimmen Tag hinter mir. Wenn ich es Ihnen nicht versprochen und wenn ich nicht was dagegen hätte, mein Wort zu brechen, dann würde ich Ihnen jetzt sagen, daß Sie mein Geld vergessen können, Mann! Also – entweder Sie nehmen jetzt einen Scheck, oder Sie kriegen gar nichts, klar?»

«Na schön», sagte Finn, «so ist das also.»

«Ja, so ist es. Und wenn die Sache erledigt ist, dann habe ich, glaube ich, Ihnen und Ihrer Mutter einen ziemlichen Gefallen getan, oder nicht?» Er ging, wenn auch nicht allzu sicher, zum Schreibtisch hinüber und suchte darin nach seinem Scheckbuch.

«Hab ich vielleicht *nichts* für Sie getan?» sagte Finn.

Ohne ihn anzusehen, meinte Martin Urban: «So? Und das wäre? Außer daß Sie mir allmählich auf die Nerven gehen? Was haben *Sie* denn wohl für mich getan?» Er begann den Scheck auszufüllen. Finn trat neben ihn, legte seine schwere Hand auf Martins Arm und nahm ihm wortlos den Füller weg. Martin schoß in die Höhe und schrie: «Nehmen Sie Ihre verdammten Hände weg!»

Finn hielt ihn schweigend an den Oberarmen fest und sah ihn durchdringend an. Auf dem kantigen, rot verquollenen Gesicht malte sich Entrüstung, Zorn und äußerste Verstörtheit. Finn verstand es, Gesichter zu lesen und manchmal auch Gedanken.

«Sie wissen es also noch gar nicht?» sagte er tonlos. «Na schön, stand ja auch nicht in der Zeitung. Also, ich hab es erledigt. Letzten Samstag.»

Martin Urban wand sich unter seinem Griff, und Finn ließ ihn los. «Wagen Sie es nicht noch einmal, mich anzurühren! Und wovon, zum Teufel, reden Sie da eigentlich?»

Es war merkwürdig, aber jetzt, wo es sich als notwendig erwies, fand Finn es ebenso schwierig wie vorher seine Auftraggeber, die Sache in Worte zu kleiden. Er blickte verstohlen um sich und räusperte sich.

«Also letzten Samstag», stieß er hervor, «da hab ich das Mädchen erledigt. Wie Sie es wollten.»

Martin Urban stand sehr still.

«Was sagen Sie da?»

«Das haben Sie ja gehört.»

«Letzten Samstag haben Sie...»

«Das Mädchen erledigt, dafür bezahlen Sie mich ja schließlich. Ich hab es getan, und jetzt will ich mein Geld.»

Der Ton, den dieser Mann da von sich gab, war eine Art schauerliches Stöhnen, etwas, das Finn bislang nur bei Lenas Anfällen gehört hatte. Und jetzt kippte er rückwärts auf das Sofa und schlug die Hände vors Gesicht. Finn betrachtete ihn regungslos, wie er sich vor und zurück warf, sich die geballten Fäuste in die Augen bohrte und sie dann gegen seine Schläfen hämmerte. Finn trat unsicher ein paar Schritte zurück, setzte sich kerzengerade auf einen Stuhl... und begriff, daß er einen Fehler gemacht hatte. In seinem Hirn purzelten die Gedankenbrocken durcheinander und fielen plötzlich Stück für Stück an ihren Platz, wie in Lenas chinesischem Kugelspiel die silbernen Kügelchen in die richtigen Löcher rollten.

«Geben Sie mir noch einen Brandy!» stöhnte Martin.

Finn füllte ein Glas, schob es Martin Urban an den Mund, und der Brandy verschwand. Es folgte ein fröstelndes Schütteln, eine Art Schluchzen, und dann sagte eine heisere, gebrochene Stimme:

«Sie... Sie waren... in dem Wagen, der nicht gehalten hat?»

«Hab ich doch gesagt.»

«O mein Gott! Was soll ich bloß machen? Sie haben gedacht, ich bezahle Sie *dafür*? Was für ein Ungeheuer sind Sie eigentlich?» Martin stand schwankend auf und hielt die Hände gegen den Kopf gepreßt. «Ich habe sie geliebt», stammelte er, «und sie hat mich geliebt. Und wir wollten heiraten. Und Sie...»

Er blickte hinüber zu dem Allheilmittel des modernen Menschen, seinem Rettungsanker in allen Lebenslagen – dem Telefon. Und er machte einen unsicheren Schritt darauf zu. Finn kalkulierte blitzschnell, wie er ihn daran hindern, wie er das Kabel aus der Wand reißen könnte. Aber was dann? Nein, es gab nur eine Möglichkeit, zu verhindern, daß Martin Urban irgend jemandem erzählte, was er wußte...

Schwankend, die Hände gegen die Schläfen gepreßt, stand er da, den Blick starr auf Finn fixiert. Langsam erhob Finn sich. Schweißperlen prickelten auf seinem Gesicht. Irgendwie mußte er diesen Martin Urban hier herausbekommen, in seinen Wagen und weg von hier, weit weg, an einen einsamen Ort... Und um ihn ruhig zu halten, mußte er jetzt irgend etwas inszenieren, ihm irgend etwas versprechen, ihn hinhalten... Aber wie? Er kannte sich nicht aus in solchen Sachen. Er war plötzlich ganz machtlos, all seiner Kraft beraubt, so, als ob in seinem Inneren eine Sicherung durchgebrannt und den Energiestrom in seinen Gliedern unterbrochen hätte.

Martin Urban nahm die Hände herunter und wandte sich vom Telefon ab. Völlig unerwartet warf er sich auf Finn. Eben noch hatte er in der Mitte des Zimmers gestanden, die Fäuste an der Stirn geballt, und langsam waren seine Arme zu beiden Seiten herabgesunken. Und dann hatte er ausgeholt, sich blitzartig auf Finn gestürzt und seine Fäuste wie Hämmer gebraucht. Finn stolperte und kippte nach rückwärts. Es war das erste Mal in seinem Leben, daß ein anderer ihn zu Boden geschlagen hatte.

Er rollte sich herum, stemmte sich mit solcher Wucht in die Höhe, daß Martin ins Taumeln geriet, und dann sprang er ihn an wie ein Panther. Martin duckte sich und stolperte hinaus auf den Balkon. Da draußen lag London und glitzerte wie das Schaufenster eines Souvenirladens. Finn stand breitbeinig im Türrahmen, mit zitterndem Körper, die Arme ausgebreitet. Und der Mann, der ihm aus überspanntem Altruismus fünftausend Pfund geschenkt hatte, dieser Mann, den Finn auch nicht im entferntesten zu verstehen vermochte, stand dort mit dem Rücken gegen die niedrige Balkonbrüstung gelehnt und bebte – so schien es Finn – vor leidenschaftlichem Rachedurst. Irregeführt vielleicht durch Finns bleiche Magerkeit fuhr er wieder auf ihn los.

Aber Finn reagierte um den Bruchteil einer Sekunde schneller. Er schlug mit dem rechten Arm zu, brutaler, als er je zuvor zugeschlagen hatte. Und da geschah etwas Seltsames: Martin Urban hob beide Arme hoch über seinen Kopf zu einer theatralischen Abwehrgebärde. Und er taumelte rückwärts, mit einer fast komischen Langsamkeit, als bade er genüßlich in der schimmernden Nachtluft vor der sternenglitzernden Kulisse. Er schwankte, taumelte, bis die Balkonbrüstung, die ihm nur halbwegs bis an die Oberschenkel reichte, direkt hinter ihm war. Finn sah, was geschehen würde. Er stürzte vorwärts, um den Mann zu packen, bevor er fiel. Er tat es ein klein wenig zu spät. Martin Urban prallte rücklings gegen die Brüstung, kippte hintenüber und stürzte mit einem kehlig-dumpfen Aufschrei hinunter.

Zwölf Meter tief fiel er, in einen Krater von undurchsichtiger Schwärze. Es war ein Treppenschacht, der vielleicht zu der Souterrainwohnung des Portiers führte. Finn lehnte sich über die Brüstung und blickte hinunter. Kein Fenster öffente sich, kein Mensch erschien, niemand war alarmiert worden durch das dumpfe Stöhnen, das der Mann von sich gegeben hatte, als er wie ein Seestern durch die Luft sauste. Finn ging ins Zimmer zurück, machte die Balkontür zu und verschloß sie. Dann knipste er die Lampen aus und blieb an der Korridortür stehen, um zu horchen – auf irgendeine Bewegung, auf Türen, die geöffnet würden, auf Schritte... Aber nichts rührte sich.

Moment! Er war doch ein Idiot gewesen, diese Balkontür abzuschließen. Es mußte doch wie ein Selbstmord aussehen. Es mußte aussehen, als habe Martin Urban sich selbst umgebracht wegen des Todes der Frau, die er hatte heiraten wollen. Finn schloß die Tür wieder auf. Das Brandyglas rührte er nicht an. Ein Mann konnte schließlich sehr wohl Brandy trinken, bevor er Selbstmord beging. Als er sich an die Wohnungstür zurückschlich, wurde ihm plötzlich die Ironie seiner Situation bewußt: Noch niemals, wenn er einen Mord begangen hatte, war er in einer brenzligeren Lage gewesen als hier und jetzt, nach dem Tod dieses Mannes, der nun wirklich ein Unfall gewesen war.

Als er sich überzeugt hatte, daß alles ruhig war, stahl er sich aus der Wohnung und zog die Tür leise hinter sich zu. Dann ging er eilig die Treppen hinunter, ohne irgend jemandem zu begegnen. Der Transporter wartete auf dem menschenleeren Parkplatz. Und menschenleer wirkte auch der ganze Wohnblock und seine Umgebung, wenn man von dem sanften Lampenschein absah, der aus den meisten der großflächigen Fenster fiel.

Immerhin, es war nur eine Frage der Zeit, vielleicht nur eine Sache von Minuten, ehe man diesen Körper dort unten fand. Er mußte sich schleunigst aus dem Staub machen. Er durfte nicht länger hier herumtrödeln und womöglich der Versuchung nachgeben, um den Block herumzuschleichen, um auf der anderen Seite in jenen dunklen Schacht hinunterzugucken, um herauszufinden, welches Fenster erhellt oder welche Tür geöffnet werden müsse, um den grausigen Fund ans Licht zu bringen...

Er widerstand der Versuchung. Als er die Dartmouth Park Hill hinunterfuhr und die Verkehrsampel an der Tufnell Park Station erreicht hatte, hörte er Polizeisirenen. Aber wer konnte schon sagen, ob das nun ein Unfallwagen für Martin Urban war? Es konnte genausogut ein Feuerwehrauto oder eine Polizeistreife sein. Er fuhr den Transporter in die Garage an der Ecke der Somerset Grove und ging nach Hause. Das schweflige Licht der Lampen tauchte die Straße in billigen, fadenscheinigen Glanz.

Das Haus roch nach Haschisch und Abfällen. Mit großen Schritten, immer zwei Stufen auf einmal nehmend, stieg Finn die Treppen hinauf, bis ganz nach oben. Die Zufriedenheit eines reinen Gewissens durchströmte ihn. Diesmal war es nun wirklich ein Unfall gewesen, und er konnte Lena ohne Angst gegenübertreten. Und es bestand auch keine Gefahr, daß jemand auf die Idee käme, Martin Urban könne nicht allein in seiner Wohnung gewesen sein. Keine Seele ahnte, daß zwischen ihm und Martin Urban eine Verbindung bestanden hatte. Er war überzeugt, kein Mensch hatte ihn gesehen, und wenn, dann würde kein Mensch wissen, wer er war. Martin Urban konnte jetzt kein Unheil mehr anrichten, er war zum Schweigen gebracht, und das Geheimnis um Finns Versehen nahm er mit sich in das dunkle Weltall, oder er überantwortete es der Vergessenheit, wenn er in einen neuen Zyklus des Seins eintrat.

Der grüne Vogel stieß ein schrilles Kreischen aus, als Finn den kleinen Raum betrat. Mrs. Gogarty, eben dabei, aus den Tarotkarten Prophezeiungen herauszulesen, stand ärgerlich auf und warf die Babydecke über den Käfig.

«Na schön», meinte Finn, «ihr habt es hier ja gemütlich.»

Er zog die Handschuhe aus, stopfte sie in die Tasche und ergriff Lenas Hand. Sie war heute durchsichtig wie ein Insekt und staubfarben wie die Flügel einer Motte. Mit stumpfen, bleigrauen Augen begegnete sie seinen hellsilbernen; und sie lächelte.

«Ein Ausbund von Fürsorglichkeit!» Mrs. Gogarty seufzte vor Rührung. Dann vertiefte sie sich wieder in ihre Karten. Diesmal legte sie sie für Finn auf. «Nanu, Tod auf der ganzen Linie...» begann sie.

Finn warf ihr über Lenas Kopf hinweg einen warnenden Blick zu.

«Oh!» Sie raffte die Karten zusammen, und die Todeskarte, die Karte des Skorpions – der Tod, in einen Mantel gehüllt, auf bleicher Mähre reitend –, kam obenauf zu liegen. Schnell bedeckte sie sie mit der Königin der Stäbe. Und in mechanischem, zigeunerhaftem Singsang verkündete sie: «Oh, hier ist Geld, mein Liebling, ein Haufen Geld! Aber warte mal... Nein, es kommt nicht zu dir, das Geld, du wirst eine Enttäuschung erleben...»

Die Hand, die Lenas Finger umschloß, wurde schlaff und kalt.

Finn beugte sich herunter und blickte der Wahrsagerin entgeistert ins Gesicht. «Was? Was haben Sie gesagt?»

«Eine Enttäuschung über Geld... Warum siehst du mich so an?»

Vor sich sah Finn nicht die Karten, die Mrs. Gogarty jetzt ängstlich mit der Hand verdeckte, auch nicht Lenas Gesicht, auf dem ahnungsvolle Furcht aufdämmerte, sondern einen Scheck, der auf einem Schreibtisch lag, eingeschlossen in Martin Urbans Wohnung! Das Datum war schon daraufgeschrieben gewesen. Und sein Name...?

Die Augen der beiden Frauen waren ängstlich auf ihn gerichtet, als er jetzt aufrecht und am ganzen Körper zitternd in der winzigen Stube stand und hinauslauschte – auf den fernen Ton einer Polizeisirene, die durch die Dunkelheit heulte, einer Vorbotin jener, die um seinetwillen heulen würde...

Ruth Rendell

«Mich fasziniert jedesmal wieder, wie leise-harmlos die Romane von **Ruth Rendell** beginnen, wie verständlich und normal die ersten Schritte sind, mit denen die Figuren ins Verhängnis laufen. Ruth Rendells liebevoll-ironisch geschilderten Vorstadt-Idyllen sind mit einer unterschwelligen Spannung gefüllt, die atemlos macht.»
*Hansjörg Martin*

Eine Auswahl der thriller von Ruth Rendell:

**Dämon hinter Spitzenstores**
(thriller 2677)
Ausgezeichnet mit dem Gold Dagger 1975, dem begehrtesten internationalen Krimi-Preis.

**Der Pakt**
(thriller 2709)
Pup ist sechzehn und möchte seine Stiefmutter loswerden. Aus dem Spiel mit der Schwarzen Magie wird tödlicher Ernst...

**Flucht ist kein Entkommen**
(thriller 2712)
«...ein sanfter, trauriger Thriller. Mit einer Pointe wie ein Feuerwerk.»
*Frankfurter Rundschau*

**Die Grausamkeit der Raben**
(thriller 2741)
«...wieder ein Psychothriller der Sonderklasse.»
*Cosmopolitan*

**Der Kuß der Schlange**
(thriller 2934)

**Die Masken der Mütter**
(thriller 2723)
Ausgezeichnet mit dem Silver Dagger 1984.

3017/2

rororo thriller

**Durch Gewalt und List**
(thriller 2989)

**Ein Wolf auf die Schlachtbank**
(thriller 2996)
**Mord ist des Rätsels Lösung**
(thriller 2899)

**In blinder Panik**
(thriller 2798)
«Ruth Rendell hat sich mit diesem Krimi selbst übertroffen: die Meisterin der Spannung ist nie spannender zu lesen gewesen.»
*Frankfurter Rundschau*

**Die Tote im falschen Grab**
(thriller 2874)

**Mancher Traum hat kein Erwachen**
(thriller 2879)

**«Ruth Rendell - die beste Kriminalschriftstellerin in Großbritannien.»**
**Observer Magazine**

*Linda Barnes*

«Carlotta Carlyle ist eine großartige Bereicherung der schnell wachsenden Gruppe intelligenter, witziger, verführerischer, tougher, aber dennoch verwundbarer Privatdetektivinnen ...»
*The Times*

**Carlotta steigt ein**
(thriller 2917)
Carlotta Carlyle, Privatdetektivin, Ex-Cop und Hin-und-wieder-Taxifahrerin, bekommt von der alten Dame Margaret Devens den Auftrag deren spurlos verschwundenen Bruder zu suchen...
«Linda Barnes' Stil gefällt mir ungemein gut: klar, straff und aufregend.»
*Tony Hillermann*

**Carlotta fängt Schlangen**
(thriller 2959)
Zwei Fälle halten Carlotta in Atem: in Fall 1 sucht sie im Auftrag ihres kürzlich suspendierten Freundes Mooney eine Entlastungszeugin. Hauptmerkmale: Wasserstoff-Blondine, attraktive Nutte, Schlangen-Tätowierung. Fall 2 beschert ihr eine halbwüchsige Ausreißerin, Tochter aus gutem Hause und Schülerin der ebenso teuren wie angesehenen Emmerson-Privatschule. In beiden Fällen führen die Spuren in Bostons üblen Rotlichtbezirk.

**Früchte der Gier** *Ein Michael Spraggue-Roman*
(thriller 3029)
Michael Spraggue, Schauspieler und Detektiv (auch wenn seine Lizenz schon abgelaufen ist) bekommt es in seinem ersten Fall mit gleich drei Kofferraum-Leichen zu tun.

*rororo thriller*

**Blut will Blut**
(thriller 3064)
Wer goß Blut in den Bloody Mary, wer enthauptete Puppen und Fledermäuse? Und wer legte den toten Raben ins Büro des Theaterdirektor? Michael Spraggue wird wieder einmal gefordert.

Im Wunderlich Verlag ist erschienen:

**Carlotta jagt den Coyoten**
Roman
288 Seiten. Gebunden

*rororo thriller* wird herausgegeben von Bernd Jost. Ein Gesamtverzeichnis der Reihe finden Sie in der *Rowohlt Revue*. Jedes Vierteljahr neu. Kostenlos in Ihrer Buchhandlung.

3025/1

Martha Grimes

Die Amerikanerin **Martha Grimes** gilt zu Recht als die legitime Thronerbin Agatha Christies. Mit ihrem Superintendant Jury von Scotland Yard belebte sie eine fast ausgestorbene Gattung neu: die typisch britische Mystery Novel, das brillante Rätselspiel um die Frage «Wer war's?».
Martha Grimes lebt, wenn sie nicht gerade in England unterwegs ist, in Maryland/USA.

**Inspektor Jury küßt die Muse**
*Roman*
(rororo 12176)
Für Richard Jury endet der Urlaub jäh in dem Shakespeare-Städtchen Stratford-on-Avon. Eine reiche Amerikanerin wurde ermordet.

**Inspektor Jury schläft außer Haus**
*Roman*
(rororo 5947)
Der Inspektor darf wieder einmal reisen – in das idyllische Örtchen Log Piddleton. Aber er weiß, daß einer der liebenswerten Dorfbewohner ein Mörder ist.

**Inspektor Jury spielt Domino**
*Roman*
(rororo 5948)
Die Karnevalsstimmung im Fischerdörfchen Rackmoor ist feuchtfröhlich, bis eine auffällig kostümierte, schöne Unbekannte ermordet aufgefunden wird.

**Inspektor Jury sucht den Kennington-Smaragd** *Roman*
(rororo 12161)
Ein kostbares Halsband wird der ahnungslosen Katie zum Verhängnis – und nicht nur ihr...

rororo Unterhaltung

**Inspektor Jury bricht das Eis**
*Roman*
(rororo 12257)
Zwei Frauen werden ermordet - ausgerechnet auf Spinney Abbey, wo Jurys vornehmer Freund im illustren Kreis von Adligen, Künstlern und Kritikern geruhsam Weihnachten feiern will.

Im Wunderlich Verlag sind außerdem erschienen:

**Inspektor Jury besucht alte Damen**
*Roman*
304 Seiten. Gebunden.

**Inspektor Jury geht übers Moor**
*Roman*
448 Seiten. Gebunden.

**Inspektor Jury lichtet den Nebel**
*Roman*
224 Seiten. Gebunden

**«Es ist das reinste Vergnügen, diese Kriminalgeschichten vom klassischen Anfang bis zu ihrem ebenso klassischen Ende zu lesen.»**
**The New Yorker**

P. D. James

Adam Dalgliesh ist Lyriker von Passion, vor allem aber ist er einer der besten Polizisten von Scotland Yard. Und er ist die Erfindung von **P. D. James.** «Im Reich der Krimis regieren die Damen», schrieb die Sunday Times und spielte auf Agatha Christie und Dorothy L.Sayers an, «ihre Königin aber ist P. D. James.» In Wirklichkeit heißt sie Phyllis White, ist 1920 in Oxford geboren, und hat selbst lange Jahre in der Kriminalabteilung des britischen Innenministeriums gearbeitet.

**Ein reizender Job für eine Frau**
*Kriminalroman*
(rororo 5298)
Der Sohn eines berühmten Wissenschaftlers in Cambridge hat sich angeblich umgebracht. Aber die ehrfürchtig bewunderte Idylle der Gelehrsamkeit trügt.

**Der schwarze Turm** *Kriminalroman*
(rororo 5371)
Ein Kommissar entkommt mit knapper Not dem Tod und muß im Pflegeheim schon wieder unnatürliche Todesfälle aufdecken.

**Eine Seele von Mörder**
*Kriminalroman*
(rororo 4306)
Als in einer vornehmen Nervenklinik die bestgehaßte Frau ermordet wird, scheint der Fall klar – aber die Lösung stellt alle Prognosen über den Schuldigen auf den Kopf.

rororo Unterhaltung

**Tod eines Sachverständigen**
*Kriminalroman*
(rororo 4923)
Wie mit einem Seziermesser untersucht P. D. James die Lebensverhältnisse eines verhaßten Kriminologen und zieht den Leser in ein kunstvolles Netz von Spannung und psychologischer Raffinesse.

**Tod im weißen Häubchen**
*Kriminalroman*
(rororo 4698)
In der Schwesternschule soll ein Fall künstlicher Ernährung demonstriert werden. Tatsächlich ereignet sich ein gräßlicher Tod... Für Kriminalrat Adam Dalgliesh von Scotland Yard wird es einer der bittersten Fälle seiner Laufbahn.

**Ein unverhofftes Geständnis**
*Kriminalroman*
(rororo 5509)
«P. D. James versteht es, detektivischen Scharfsinn mit der präzisen Analyse eines Milieus zu verbinden.»
*Abendzeitung, München*

Dorothy L. Sayers

**Dorothy Leigh Sayers** stammte aus altem englischem Landadel. Ihr Vater war Pfarrer und Schuldirektor. Sie selbst studierte als einer der ersten Frauen überhaupt an der Universität Oxford, wurde zunächst Lehrerin, wechselte dann für zehn Jahre in eine Werbeagentur. Weltberühmt aber wurde sie mit ihren Kriminalromanen und ihrem Helden Lord Peter Wimsey, der elegant und scharfsinnig Verbrechen aufklärt, vor denen die Polizei ratlos kapituliert. Dorothy L. Sayers starb 1957 in Whitham/Essex.

**Ärger im Bellona-Club**
*Kriminalroman*
(rororo 5179)

**Die Akte Harrison**
*Kriminalroman*
(rororo 5418)

**Aufruhr in Oxford**
*Kriminalroman*
(rororo 5271)

**Das Bild im Spiegel** *und andere überraschende Geschichten*
(rororo 5783)

**Diskrete Zeugen**
*Kriminalroman*
(rororo 4783)

**Figaros Eingebung** *und andere vertrackte Geschichten*
(rororo 5840)

**Fünf falsche Fährten**
*Kriminalroman*
(rororo 4614)

**Hochzeit kommt vor dem Fall**
*Kriminalroman*
(rororo 5599)

3273/1

rororo Unterhaltung

**Der Glocken Schlag** *Variationen über ein altes Thema in zwei kurzen Sätzen und zwei vollen Zyklen.*
*Kriminalroman*
(rororo 4547)

**Keines natürlichen Todes**
*Kriminalroman*
(rororo 4703)

**Der Mann mit den Kupferfingern**
*Lord Peter-Geschichten und andere*
(rororo 5647)

**Mord braucht Reklame**
*Kriminalroman*
(rororo 4895)

**Starkes Gift** *Kriminalroman*
(rororo 4962)

**Ein Toter zu wenig**
*Kriminalroman*
(rororo 5496)

**Zur fraglichen Stunde**
*Kriminalroman*
(rororo 5077)

Crime Ladies

«Es liegt in der Tradition des Kriminalromans, daß Frauen bessere Morde erfinden. Aber warum? Diese Frage kann einen wirklich um den Schlaf bringen!»
*Milena Moser in «Annabelle»*

**Patricia Highsmith**
**Venedig kann sehr kalt sein**
(thriller 2202)
Peggy liegt eines Morgens tot in der Badewanne. Niemand zweifelt, daß sie sich selbst die Schlagader aufgeschnitten hat. Nur für den Vater ist klar: der Ehemann muß schuldig sein...
«Unter den Großen der Kriminalliteratur ist Patricia Highsmith die edelste.»
*Die Zeit*

**Nancy Livingston**
**Ihr Auftritt, Mr. Pringle!**
(thriller 2904)
**Pringle vermißt eine Leiche**
(thriller 3035)
«Wer treffenden, sarkastischen, teils tief eingeschwärzten Humor und exzentrische Milieus schätzt, komm mit Privatdetektiv G.D.H. Pringle, einem pensionierten Steuerbeamten, der die Kunst liebt, ganz auf seine Kosten.»
*Westdeutscher Rundfunk*

**Anne D. LeClaire**
**Die Ehre der Väter**
(thriller 2902)
**Herr, leite mich in Deiner Gerechtigkeit**
(thriller 2783)
Peter Thorpe zieht an die Küste von Maine und hat zum erstenmal in seinem Leben den Eindruck ehrlichen, rechtschaffenden Menschen zu begegnen. Hier gibt es keine Lügner, Diebe, Mörder. Oder doch?

rororo thriller

Jen Green (Hg.)
**Morgen bring ich ihn um!** *Ladies in Crime I - Stories*
(thriller 2962)
Diese Anthologie von sechzehn Kriminalgeschichten von Amanda Cross über Sarah Paretsky bis Barbara Wilson zeigt in Stil und Humor die breite schriftstellerische Palette der Autorinnen.

Jutta Schwarz (Hg.)
**Je eher, desto Tot** *Ladies in Crime II - Stories*
(thriller 3027)

**Irene Rodrian**
**Strandgrab**
(thriller 3014)
Eine Anzeige verführt so manches Rentnerpaar, die Ersparnisse in ein traumhaftes Wohnprojekt im sonnigen Süden zu investieren. Sie können ja nicht ahnen, daß sie nicht nur ihr Geld verlieren, sondern auch ihr Leben aufs Spiel setzen...
**Tod in St. Pauli** *Kriminalroman*
(thriller 3052)
**Schlaf, Bübchen, schlaf**
(thriller 2935)